BASTEI
LÜBBE

Mary Shelley

FRANKENSTEIN

oder

Der moderne Prometheus

VERNEY

oder

Der letzte Mensch

Aus dem Englischen von
Ralph Tegtmeier

BASTEI LÜBBE

BASTEI LÜBBE TASCHENBUCH
Band 25679

Vollständige Taschenbuchausgabe

Bastei Lübbe Taschenbücher ist ein Imprint
der Verlagsgruppe Lübbe
Titel der englischen Originalausgaben:
FRANKENSTEIN; THE LAST MAN

Umschlaggestaltung: Tanja Diekmann
Titelfoto: Stone
Satz: KCS GmbH, Buchholz/Hamburg
Druck und Verarbeitung: AIT Trondheim
Printed in Norway

ISBN: 3-404-25679-4

FRANKENSTEIN

oder

Der moderne Prometheus

Aus dem Englischen von
Ralph Tegtmeier

BASTEI LÜBBE

VORWORT

Dr. Darwin sowie einige der deutschen Naturphilosophen haben die Begebenheit, auf die dieser Roman gegründet ist, nicht für unmöglich gehalten. Man sollte nicht glauben, daß ich eine solche Möglichkeit auch nur im entferntesten ernsthaft in Betracht ziehe; andererseits habe ich mich – indem ich sie in den Mittelpunkt einer erfundenen Dichtung stelle – nicht nur als jemanden betrachtet, der lediglich eine Folge übernatürlicher, schrecklicher Ereignisse aneinanderreiht. Die Begebenheit, der das Augenmerk dieser Geschichte gilt, ist frei von den Ungereimtheiten reiner Gespenster- und Spukgeschichten. Ich habe sie wegen der Neuartigkeit der Situationen ausgesucht, die sich aus ihr ergeben; und wie unglaubwürdig sie als physikalische Tatsache auch sein mag, so eröffnet sie doch unserer Phantasie eine geeignetere und eindrucksvollere Bühne für ein Schauspiel menschlicher Leidenschaften, als es der Fall sein könnte, wenn man von einer tatsächlichen Begebenheit ausginge.

Deshalb habe ich mich bemüht, die grundlegenden Wesenszüge der menschlichen Natur zu bewahren, aber ich habe nicht gezögert, sie auf neue Art und Weise zusammenzusetzen. Die *Ilias*, jene tragische Dichtung der Griechen, *Der Sturm* und *Ein Sommernachtstraum* von Shakespeare und vor allem *Das Verlorene Paradies* von Milton gehorchen ebenfalls dieser Regel, und auch der bescheidenste Romanautor, der mit seinem Werk sowohl anderen als auch sich selbst Vergnügen bereiten will, mag bei seiner Prosadichtung von einer gewissen Freiheit oder vielmehr Regel Gebrauch machen, durch deren Anwendung bereits viele großartige Kombinationen menschlicher Gefühle und hochpoetische Werke gelungen sind.

Der Sachverhalt, auf dem meine Geschichte aufbaut, ergab sich im Verlauf einer müßigen Unterhaltung. Ich habe den Roman zum Teil zur Zerstreuung und zum anderen aus Freude an der Entdeckung bisher unerforschter Möglichkeiten des Geistes begonnen. Als das Werk gedieh, kamen noch andere Motive hinzu. Es ist mir keineswegs gleichgültig, wie etwaige moralische Züge in den Charakteren selbst oder in ihren Empfindungen auf den Leser wirken, aber mein Interesse in dieser Hinsicht bestand vor allem darin, einerseits die Langeweile der zeitgenössischen Romane zu vermeiden und andererseits die Schönheit verwandtschaftlicher Zuneigung und den Vorzug der Tugend im allgemeinen aufzuzeigen. Auf keinen Fall darf man die Ansichten, die der Held gemäß seinem Charakter je nach Situation äußert, mit meinen persönlichen Meinungen verwechseln. Ebensowenig wäre es gerechtfertigt, aus den folgenden Seiten irgendeine philosophische Überzeugung herauszulesen, der ich selbst anhängen würde.

Außerdem möchte ich in eigener Sache noch betonen, daß ich mit der vorliegenden Geschichte in jener großartigen Landschaft begonnen habe, in der dieser Roman hauptsächlich spielt, und in einer Gesellschaft von Freunden, die ich immer noch vermisse. Ich verbrachte den Sommer des Jahres 1816 in der Genfer Gegend. Der Sommer war kalt und regnerisch, und an den Abenden saßen wir um ein loderndes Holzfeuer und erfreuten uns gelegentlich an deutschen Gespenstergeschichten, die uns zufällig in die Hände fielen. Diese Geschichten erweckten in uns den spielerischen Wunsch, etwas Ähnliches zu versuchen. Ich kam mit zweien meiner Freunde (von denen jeder die Leserschaft mit einer einzigen Erzählung mehr beeindrucken würde als ich mit mehreren) überein, daß jeder von uns eine Geschichte schreiben sollte, die sich aus einem übernatürlichen Ereignis ergeben mußte.

Aber gleich darauf wurde das Wetter heiterer; meine beiden Freunde verließen mich zu einer Reise durch die Alpen und vergaßen bei den großartigen Panoramen der Berge ihre ganzen Gespenstervisionen. Daher ist die folgende Erzählung die einzige, die fertiggestellt wurde.

MARLOW, September 1817

ERSTER BRIEF

An Mrs. Saville, England

St. Petersburg, *11. Dez. 17 ...*

Es wird Dich freuen, zu hören, daß mein Unterfangen, dem Du mit so vielen bösen Vorahnungen entgegengesehen hast, bisher glücklich verlaufen ist. Ich bin gestern hier angekommen und erachte es als meine vordringlichste Pflicht, Dir, meine liebe Schwester, zu versichern, daß es mir gutgeht und daß ich immer zuversichtlicher dem Erfolg meines Unternehmens entgegensehe.

Die Gegend, wo ich jetzt bin, liegt schon viel nördlicher als London, und wenn ich durch die Straßen von Sankt Petersburg gehe, spüre ich eine kalte, nördliche Brise auf den Wangen, die meine Nerven stärkt und mich mit Entzücken erfüllt. Kannst Du dieses Gefühl verstehen? Dieser Wind, der aus den Gegenden herüberweht, zu denen ich unterwegs bin, vermittelt mir einen Vorgeschmack des eisigen Klimas, das mich erwartet. Von diesem Wind des Versprechens inspiriert, werden meine Tagträume glühender und lebendiger. Ich bemühe mich vergebens, mich davon überzeugen zu lassen, daß der Nordpol ein Sitz des Frosts und der Einsamkeit sei; in meiner Vorstellung stellt er sich stets als eine Region der Schönheit und des Entzückens dar. Dort, Margaret, ist die Sonne stets sichtbar; ihre mächtige Scheibe rollt dicht über den Horizont dahin und taucht alle Dinge in ewigen Glanz. Dort – und mit Deinem Einvernehmen, meine Schwester, will ich ein gewisses Vertrauen in das Zeugnis der Seefahrer früherer Tage setzen – dort oben sind Schnee und Frost verbannt; wir werden über ein ruhiges Meer segeln und an ein Gestade getrieben werden, dessen Wunder und Schönheiten diejenigen jeder Weltgegend übertreffen, die bisher auf dem bewohnbaren Erdball entdeckt wurde. Möglicherweise sind die Schöpfungen und Eigenarten dieses Landes beispiellos, ebenso wie es ohne Zweifel die Himmelserscheinungen über dieser unerforschten Einsamkeit sind. Was steht in einem Land des ewigen Lichts nicht alles zu erwarten! Vielleicht entdecke ich dort die wundersamen Kräfte, die auf die Kompaßnadel einwirken; vielleicht bringe ich auch Ordnung in tausend Himmelsbeobachtungen, und es war nur noch diese eine Reise erforderlich, um ihre scheinbaren Widersprüchlichkeiten für alle Zeiten zu lösen. Ich werde meine brennende Wissensgier mit dem Anblick eines Weltteils befriedigen, der nie zuvor besucht wurde, und meinen Fuß auf ein Land setzen, das vor mir niemand je betreten hat. Dies sind meine Verlockungen; sie verbannen all meine Furcht vor Gefahr und Tod, lassen mich die Mühen dieser Reise auf mich nehmen und erfüllen mich mit der Freude eines Knaben, der mit seinen Spielgefährten in einem kleinen Boot zu einer Entdeckungsfahrt zu den Quellen des heimatlichen Flüßchens aufbricht. Aber, einmal angenommen, alle diese Annahmen erwiesen sich als falsch, so kannst Du doch nicht den unschätzbaren Dienst bestreiten, den ich der Menschheit bis hin zur letzten Generation erweise, wenn ich in der Nähe des Pols eine Passage zu diesen Ländern entdecke, die zu erreichen zur Zeit noch so viele Monate beansprucht; oder indem ich das Geheimnis des Magneten ergründe, das sich – wenn überhaupt – nur durch ein Unternehmen der Art lüften läßt, wie ich es vorhabe.

Diese Überlegungen haben die Unruhe, mit der ich diesen Brief begann, aufgelöst, und ich fühle, wie mein Herz in einer Begeisterung erglüht, die mich zum Himmel emporhebt; denn nichts trägt so sehr zur Besänftigung des Geistes bei wie ein beharrlich verfolgtes Ziel – ein Fixpunkt, auf den die Seele ihr geistiges Auge richten kann. Diese Expedition war schon in meinen frühen Jahren mein Lieblingstraum. Ich habe mit brennendem Interesse die Berichte über die vielen Reisen gelesen, die in der Hoffnung unternommen wurden, über die Gewässer in Polnähe in den Pazifischen Ozean zu gelangen. Vielleicht erinnerst Du Dich, daß die ganze Bibliothek unseres guten Onkels Thomas aus einer Geschichte all dieser Entdeckungsreisen bestand. Meine Erziehung wurde vernachlässigt, aber ich war ein leidenschaftlicher Leser. Tag und Nacht habe ich über diesen Bänden gebrütet, und zugleich mit meiner Vertrautheit mit ihnen nahm das Bedauern zu, das ich schon als Knabe darüber empfunden hatte, daß mein Vater meinem Onkel auf dem Sterbebett das Versprechen abnahm, mich daran zu hindern, ein Seefahrerleben zu beginnen.

Diese Luftschlösser verblaßten, als ich zum ersten Mal mit jenen Dichtern Bekanntschaft machte, deren Wort Eingang in meine Seele fanden und sie gen Himmel emporhoben. Ich wurde ebenfalls zu einem Dichter und lebte ein Jahr lang in einem Paradies eigener Schöpfung; ich träumte davon, ebenfalls eine Nische in jenem Tempel zu erhalten, in dem die Namen Homers und Shakespeares verewigt sind. Du bist mit meinem Versagen und mit der Schwere meiner Enttäuschung darüber wohl vertraut. Aber eben zu dieser Zeit erbte ich das Vermögen meines Cousins, und meine Gedanken wurden wieder in ihre früheren Bahnen gelenkt.

Sechs Jahre sind vergangen, seit ich den Beschluß zu meinem jetzigen Unternehmen faßte. Ich erinnere mich noch heute an die Stunde, in der ich dieses große Wagnis gelobt habe. Ich begann, meinen Körper an Strapazen zu gewöhnen. Ich begleitete Walfänger auf mehreren Fahrten ins nördliche Meer; ich erduldete aus freien Stücken Kälte, Hunger, Durst und Schlafmangel; ich arbeitete tagsüber oft härter als die gewöhnlichen Matrosen und widmete meine Nächte dem Studium der Mathematik, der

Medizin und jener Naturwissenschaften, die für den Abenteurer auf See den größten praktischen Nutzen besaßen. Zweimal habe ich tatsächlich als Zweiter Steuermann auf einem Walfänger angeheuert, der nach Grönland zu segeln beabsichtigte, und bin meinen Pflichten zur allgemeinen Bewunderung nachgekommen. Ich muß zugeben, daß ich ein wenig Stolz empfand, als mein Kapitän mir die Stelle als Erster Steuermann anbot und mich allen Ernstes zu überreden versuchte, daß ich auf dem Schiff blieb – so hoch schätzte er meine Dienste ein.

Und nun sage selbst, liebe Margaret, verdiene ich es nicht, Großes zu vollbringen? Ich hätte mich mit einem Leben in Nichtstun und Luxus zufriedengeben können, aber ich habe den Ruhm jeder Verlockung vorgezogen, die der Reichtum mir bieten könnte. Oh, wie ich mich nach einer ermutigenden Stimme sehne! Mein Mut und meine Entschlossenheit sind zwar ungebrochen, aber meine Hoffnung schwankt und mein Gemüt ist oft bedrückt. Ich bin im Begriff, eine lange und gefahrvolle Reise fortzusetzen, deren Wechselfälle meine ganze Beherztheit erfordern: Man verlangt nicht nur von mir, daß ich die Zuversicht der übrigen hochhalte, sondern manches Mal muß ich auch meinen eigenen Mut stärken, wenn andere verzagen.

Hier in Rußland herrscht jetzt die günstigste Reisezeit. Die Einheimischen gleiten geschwind in ihren Pferdeschlitten über den Schnee; diese Fortbewegungsmethode ist vergnüglich und meinem Empfinden nach angenehmer als in einer englischen Postkutsche. Die Kälte ist erträglich, wenn man sich in Pelze hüllt – eine Bekleidung, an die ich mich bereits gewöhnt habe, denn es ist ein großer Unterschied, ob man auf dem Deck eines Schiffes umhergeht, oder stundenlang reglos sitzt und keine Bewegung möglich ist, die verhindert, daß einem buchstäblich das Blut in den Adern gefriert. Ich habe nicht die Absicht, mein Leben auf einer Poststrecke zwischen Sankt Petersburg und Archangelsk auszuhauchen.

Ich werde in vierzehn Tagen oder drei Wochen zu der letztgenannten Stadt aufbrechen. Ich beabsichtige, dort ein Schiff zu mieten – was sich unschwer bewerkstelligen läßt, wenn man dem Besitzer eine Pfandsumme hinterlegt – und so viele im Walfang erfahrene Seeleute anzuheuern, wie nötig sind. Ich habe nicht die Absicht, vor Juni aufzubrechen; und wann werde ich zurückkehren? Ach, liebe Schwester, wie könnte ich diese Frage beantworten? Falls ich Erfolg habe, werden viele Monate, möglicherweise Jahre, vergehen, bis ich Dich wiedersehe. Wenn ich keinen Erfolg habe, wirst Du mich bald wiedersehen – oder niemals.

Lebewohl, meine liebe, unvergleichliche Margaret. Möge der Himmel Dich mit Segen überschütten und mich beschützen, auf daß ich Dir immer aufs neue meine Dankbarkeit für all Deine Liebe und Freundlichkeit versichern kann. – Dein Dich liebender Bruder.

R. Walton

ZWEITER BRIEF

An Mrs. Saville, England

Archangelsk, *28. März 17 …*

Wie langsam doch die Zeit vergeht, wenn man, wie ich hier, von Frost und Schnee eingeschlossen ist! Und doch habe ich den zweiten Schritt in meinem Unternehmen getan. Ich habe ein Schiff gemietet und bin vollauf damit beschäftigt, meine Deckmannschaft zusammenzubekommen. Die Männer, die ich bereits angeheuert habe, scheinen mir verläßlich zu sein, und sie sind gewiß von unerschütterlichem Mut beseelt.

Aber mich plagt ein Verlangen, das zu erfüllen mir noch nicht gelang; und ich spüre diesen Mangel jetzt recht empfindlich. Ich habe keinen Freund, Margaret; wenn ich vor Begeisterung über meinen Erfolg glühe, ist niemand da, der an meiner Freude teilhaben könnte; wenn mich Enttäuschung niederdrückt, nimmt es niemand auf sich, mich in meiner Niedergeschlagenheit aufzurichten. Gewiß, ich werde meine Gedanken dem Papier anvertrauen; aber welch ein armseliges Mittel ist doch ein Brief, um Gefühle mitzuteilen! Ich verzehre mich nach der Gesellschaft eines Mannes, der mit mir empfinden könnte; dessen Blick dem meinen Antwort gäbe. Du magst mich für einen Romantiker halten, meine liebe Schwester, aber ich vermisse bitterlich einen Freund. Niemand steht mir zur Seite, mitfühlend, und doch beherzt; der über einen kultivierten und doch mutigen Geist verfügte, dessen Geschmack dem meinen gliche und der meinen Plänen zustimmen oder sie korrigieren könnte. Wie gut ein solcher

Freund die Schwächen Deines armen Bruders ausgleichen könnte! Ich bin zu hitzig in meiner Vorgehensweise und zu ungeduldig, wenn es Schwierigkeiten gibt. Aber größere Probleme bereitet mir, daß ich Autodidakt bin: In den ersten vierzehn Jahren meines Lebens lief ich wild auf Gemeindeland herum und las nichts als die Reisetagebücher unseres Onkels Thomas. Mit vierzehn machte ich mit den gefeierten Poeten unseres Landes Bekanntschaft; aber erst, als es nicht länger in meiner Macht lag, den besten Nutzen aus einer solchen Überzeugung zu ziehen, erkannte ich die Notwendigkeit, mich auch mit anderen Sprachen als meiner Muttersprache zu befassen. Heute bin ich achtundzwanzig und tatsächlich ungebildeter als mancher Schuljunge von vierzehn Jahren. Gewiß, ich habe mir mehr Gedanken gemacht und meine Tagträume sind wagemutiger und großartiger; aber ihnen mangelt (wie die Maler es nennen) an *innerer Harmonie*; und ich brauche dringend einen Freund, der genug Empfindsamkeit besäße, um mich nicht als romantisch abzutun, und genügend Zuneigung zu mir, um sich zu bemühen, mein Denken zu zügeln.

Nun, dies sind nutzlose Klagen; ich werde gewiß weder auf dem weiten Ozean noch hier in Archangelsk, unter Kaufleuten und Seefahrern, einen Freund finden. Und doch trifft man auch im Busen dieser hartgesottenen Männer auf Gefühle, die dem Bodensatz der menschlichen Art fremd sind. Mein Erster Steuermann zum Beispiel ist ein Mann von wunderbarem Mut und Unternehmungsgeist; er verlangt sehnsüchtig nach Ruhm, oder besser gesagt, nach Erfolg in seinem Beruf. Er ist Engländer und eine Fundgrube für nationale und berufliche Vorurteile; ungemildert durch Kultiviertheit; hat sich aber doch einen Rest der vornehmsten menschlichen Eigenschaften bewahrt. Ich habe an Bord eines Walfängers seine Bekanntschaft gemacht, und als ich hörte, daß er in dieser Stadt keine Anstellung finden konnte, hatte ich keine Mühe, ihn zu überreden, bei meinem Unternehmen mitzumachen.

Der Kapitän ist ein Mann von untadeligem Charakter und wird von seiner Mannschaft einstimmig wegen seiner Sanftheit und der Milde seiner Disziplin geschätzt. Dieser Umstand in Verbindung mit der wohlbekannten Rechtschaffenheit und Unerschrockenheit dieses Mannes ließ mich sehr wünschen, mich seiner Dienste zu versichern. Meine einsame Kindheit und der Umstand, daß ich meine Jünglingsjahre unter Deiner sanften und weiblichen Anleitung verbrachte, haben meinen grundlegenden Charakter derart empfindsam gemacht, daß ich meinen starken Abscheu vor der Brutalität, die üblicherweise auf Schiffen herrscht, nicht überwinden kann. Ich habe nie geglaubt, daß sie erforderlich ist; und als ich von einem Seemann hörte, der von ähnlich freundlicher Gesinnung war, und von der Achtung und dem Gehorsam, die seine Mannschaft ihm zollte, pries ich mich außerordentlich glücklich, mich seiner Dienste versichern zu können. Ich hörte zuerst in recht romantischen Worten von ihm, und zwar von einer Dame, die ihm das Glück ihres Lebens verdankt. Dies ist, in Kürze, seine Geschichte:

Er hatte sich einige Jahre zuvor in eine junge russische Dame von eher bescheidener Mitgift verliebt, und da er über eine beträchtliche Summe an Prisengeldern verfügte, stimmte der Vater des Mädchens der Verbindung zu. Er sah seine Verlobte einmal vor der festgesetzten Trauung. Sie war in Tränen gebadet, warf sich ihm vor die Füße und flehte ihn an, sie zu schonen; sie beichtete ihm, daß sie einen anderen liebte, der jedoch arm sei, und daß ihr Vater niemals einer Verbindung mit jenem Manne zustimmen würde. Mein großzügiger Freund tröstete die Bittende, und sobald er den Namen ihres Liebhabers in Erfahrung gebracht hatte, ließ er sofort von seinem Vorsatz ab. Er hatte bereits einen Teil seines Geldes zum Erwerb eines Landguts aufgewendet, auf dem er sein restliches Leben zu verbringen gedachte; aber jetzt vermachte er seinen Besitz seinem Rivalen, zusammen mit dem Rest seines Prisengeldes, damit dieser Vieh kaufen konnte; dann bat er persönlich den Vater des jungen Mädchens, deren Heirat mit ihrem Liebhaber zuzustimmen. Aber der alte Mann lehnte entschieden ab, da er sich meinem Freund auf Ehre verpflichtet fühlte. Dieser verließ das Land, als er den Vater unerbittlich fand, und kehrte nicht eher zurück, als bis er hörte, daß seine frühere Verlobte ihrer Neigung entsprechend verheiratet war. »Welch ein edelmütiger Mann!« wirst Du ausrufen. Und das ist er; aber andererseits ist er vollkommen ungebildet. Er ist stumm wie ein Türke und es haftet ihm eine Art sorgloser Ignoranz an, die zwar seine Handlungsweise um so erstaunlicher wirken läßt, aber doch die Teilnahme und Sympathie, die ihm ansonsten entgegengebracht würde, beeinträchtigt.

Aber glaube nicht, weil ich mich ein wenig beklage, oder weil ich wegen all der Mühen, die ich vielleicht niemals haben werde, Deinen Zuspruch erhalten möchte, daß ich in meinen Entschlüssen schwankend werde. Sie sind so gewiß wie das Schicksal, und meine Weiterreise ist nur so lange aufgeschoben, bis das Wetter erlaubt, daß ich mich einschiffe. Der Winter war entsetzlich streng, aber der Frühling läßt hoffen, und man glaubt, daß er besonders früh einsetzen wird, so daß ich möglicherweise zeitiger als erwartet aufbrechen kann. Ich werde nichts überstürzen; Du kennst mich gut genug, um immer dann auf meine Klugheit und Umsicht zu vertrauen, wenn ich für die Sicherheit anderer Menschen verantwortlich bin.

Ich kann Dir meine Gefühle angesichts der nahen Aussicht auf die Fortsetzung meines Unternehmens nicht beschreiben. Es ist unmöglich, Dir eine Vorstellung von den erregenden Gefühlen zu vermitteln, die sich halb aus Freude und halb aus Furcht zusammensetzen, und die meine Vorbereitungen der Einschiffung begleiten. Ich breche in unerforschte Regionen auf, in ›das Land des Nebels und des Schnees‹; aber ich werde keinem Albatros etwas zuleide tun, deshalb mach Dir keine Sorgen um meine Sicherheit oder deswegen, daß ich so erschöpft und erbärmlich zurückkehre wie der ›Alte Matrose‹ in jener Ballade. Du wirst über meine Anspielung lächeln, aber ich werde Dir ein Geheimnis verraten. Ich habe mein Verlangen, meine leidenschaftliche Sehnsucht nach den gefahrvollen Geheimnissen des Meeres oft auf jenes Werk des phantasievollsten unter den modernen Poeten zurückgeführt. In meiner Seele wirken Kräfte, die ich nicht begreife. Im praktischen Leben bin ich ein arbeitsamer, ja, gewissenhafter Mensch; ein fleißiger und ausdauernder Arbeiter; aber daneben empfinde ich eine Vorliebe für das Wunderbare; einen Glauben an das Wunderbare; der in all meinen Vorhaben zutage tritt, mich aus dem Alltagstrott der Menschen ausbrechen läßt und auf die ungebärdige See hinaus und in die nie gesehenen Regionen treibt, die zu erforschen ich im Begriff bin.

Aber zurück zu angenehmeren Gedanken. Werde ich Dich wiedertreffen, nachdem ich grenzenlose Meere durchpflügt und das südlichste Kap von Afrika oder Amerika umschifft habe? Ich wage nicht, auf einen derartigen Erfolg zu hoffen – und ich kann es nicht ertragen, mir den umgekehrten Fall auch nur vorzustellen. Säume Du nur nicht, mir bei jeder sich bietenden Gelegenheit zu schreiben; es könnte immerhin sein, daß Deine Briefe mich genau dann erreichen, wenn ich den Zuspruch am dringendsten brauche. Ich liebe Dich sehr zärtlich. Denk an mich mit Zuneigung, falls Du nie wieder von mir hören solltest. – Dein Dich liebender Bruder

ROBERT WALTON

DRITTER BRIEF

An Mrs. Saville, England

7. Juli 17 ...

Teuerste Schwester,

nur rasch diese Zeilen, um Dir mitzuteilen, daß ich wohlauf bin und meine Reise gute Fortschritte macht. Dieser Brief wird England durch einen Handelsmann erreichen, der jetzt auf seiner Heimreise von Archangelsk ist; glücklicher als ich, der ich mein Heimatland vielleicht viele Jahre lang nicht wiedersehen werde. Ich bin dennoch guten Muts; meine Mannschaft ist unerschrocken und, wie es aussieht, voller Zuversicht; zudem scheinen die Eisschollen, die ständig an uns vorbeitreiben und auf die Gefahren der Region hinweisen, der wir uns nähern, sie nicht zu schrecken. Wir haben bereits einen recht nördlichen Breitengrad erreicht, aber es ist Hochsommer, und wenn es auch weniger warm als in England ist, tragen die südlichen Winde, die uns geschwind jenen Gestaden entgegentreiben, die ich so sehnlich zu erreichen wünsche, eine unerwartete, belebende Wärme mit sich.

Bisher hat es keine erwähnenswerten Zwischenfälle gegeben. Eine oder zwei steife Brisen und ein unbedeutendes Leck – Vorfälle, die erfahrene Seeleute kaum der Aufzeichnung für wert erachten, und ich will zufrieden sein, wenn uns auf unserer Reise nichts Ärgeres widerfährt.

Adieu, meine liebe Margaret. Sei versichert, daß ich in meinem eigenen sowie in Deinem Interesse keine übereilten Gefahren eingehen werde. Ich werde besonnen, beharrlich und umsichtig sein.

Aber ich *werde* mein Unternehmen mit Erfolg krönen. Wie wäre es auch anders möglich? So weit schon bin ich vorgedrungen; habe einen sicheren Kurs durch die weglose See verfolgt; und die Sterne selbst sind Zeugen meines Triumphs. Weshalb nicht weiter über dieses ungezähmte und doch so willige Element fortschreiten? Was vermöchte das entschlossene Herz und den festen Willen eines Mannes aufzuhalten?

Nun hat mein übervolles Herz sich doch, ohne, daß ich es wollte, in diesem Erguß Luft verschafft. Der Himmel segne Dich, meine geliebte Schwester!

R. W.

VIERTER BRIEF

An Mrs. Saville, England

5. August 17 …

Es ist etwas so Seltsames geschehen, daß ich es nicht unterlassen kann, davon zu berichten, obwohl Du mich sehr wahrscheinlich wiedersehen wirst, bevor dieser Brief in Deinen Besitz gelangt.

Letzten Montag (den 31. Juli) waren wir nahezu von Eis umgeben; es umschloß das Schiff von allen Seiten und ließ kaum noch eine Fahrrinne für unsere Weiterfahrt frei. Unsere Lage war nicht ganz gefahrlos; insbesondere, da uns ringsum sehr dichter Nebel umgab. Folglich drehten wir bei und hofften, daß sich die Wetterlage ändern würde.

Etwa gegen zwei Uhr lichtete sich der Nebel, und wir erblickten in jeder Richtung ungeheure, bizarre Eiswüsten, die sich bis in endlose Fernen zu erstrecken schienen. Einige meiner Kameraden murrten, und auch ich selbst konnte mich einer gewissen Anspannung und furchtsamer Gedanken nicht erwehren. Plötzlich zog ein seltsamer Anblick unsere Aufmerksamkeit auf sich und lenkte uns von der Besorgnis über unsere eigene Lage ab. Wir erblickten in etwa einer halben Meile Entfernung einen Schlitten mit niedrigem Aufbau, der von Hunden gezogen wurde, auf geschwinder Fahrt in nördlicher Richtung. Auf dem Schlitten hockte eine Gestalt, die menschliche Formen aufwies, aber anscheinend von riesenhafter Statur war, und lenkte die Hunde. Wir beobachteten das rasche Vorwärtskommen des Reisenden mittels unserer Fernrohre, bis er sich in den Klippen des Eises verlor.

Diese Erscheinung erregte unsere maßlose Verwunderung. Wir waren, wie wir annahmen, viele hundert Meilen von jedem Festland entfernt; aber diese Gestalt auf dem Schlitten schien zu bezeugen, daß die Küste in Wahrheit nicht so weit entfernt war, wie wir angenommen hatten. Da wir jedoch vom Eise eingeschlossen waren, war es uns unmöglich, den weiteren Weg der Gestalt, den wir mit solch großer Aufmerksamkeit beobachtet hatten, zu verfolgen.

Etwa zwei Stunden nach diesem Ereignis vernahmen wir die Grundsee: und noch bevor die Nacht hereinbrach, gab das Eis unser Schiff frei. Wir blieben jedoch bis zum Morgen liegen, weil wir befürchteten, in der Dunkelheit mit einer jener mächtigen Eisschollen zusammenzustoßen, die nach dem Aufbrechen des Packeises frei umhertreiben. Ich nutzte diese Wartezeit, um mich für ein paar Stunden in die Koje zu legen.

Am Morgen, sobald es heller wurde, ging ich an Deck und stellte fest, daß die gesamte Mannschaft an der Reling einer Schiffseite versammelt war; offensichtlich sprachen die Männer mit jemandem auf dem Meer. Es handelte sich in der Tat um einen Hundeschlitten von der Art, wie wir ihn am Vortag gesehen hatten; er war während der Nacht auf einer großen Eisscholle an unser Schiff getrieben worden. Nur noch einer der Hunde war am Leben, doch auf dem Schlitten befand sich ein Mensch, den die Seeleute zu überreden versuchten, an Bord des Schiffes zu kommen. Er war nicht, wie der andere Reisende geschienen hatte, ein wilder Eingeborener irgendeines unentdeckten Eilands, sondern ein Europäer. Als ich auf dem Deck auftauchte, sagte der Kapitän: »Da kommt der Schiffsherr, und er wird nicht zulassen, daß Ihr auf dem offenen Meer umkommt!«

Als der Fremde meiner ansichtig wurde, sprach er mich in Englisch, aber mit einem fremdartigen Akzent an: »Bevor ich an

Bord Eures Schiffes komme«, sagte er, »werdet Ihr die Freundlichkeit haben, mir zu sagen, wohin Eure Reise geht?«

Du kannst Dir mein Erstaunen vorstellen, eine derartige Frage von einem Manne zu hören, der bereits seinen sicheren Untergang vor Augen hatte und von dem ich angenommen hätte, daß er mein Schiff als eine Rettungsmöglichkeit betrachtet haben würde, die er nicht gegen allen Reichtum der Welt einzutauschen bereit wäre. Trotzdem erwiderte ich, wir befänden uns auf einer Entdeckungsreise zum Nordpol.

Dies zu hören, schien ihn zufriedenzustellen, und er erklärte sich bereit, an Bord zu kommen. Großer Gott! Margaret, wenn Du mit eigenen Augen gesehen hättest, wie zögernd dieser Mann in seine eigene Errettung einwilligte – Du wärst maßlos erstaunt gewesen. Seine Glieder waren fast erfroren, und sein Leib war durch Erschöpfung und Strapazen jämmerlich ausgezehrt. Nie zuvor habe ich einen Mann in einer derart elenden Verfassung gesehen. Wir brachten ihn in die Kajüte, doch kaum dort angelangt, wurde er ohnmächtig. Also schleppten wir ihn wieder zurück aufs Deck und riefen seine Lebensgeister zurück, indem wir ihn mit Cognac abrieben und ihm ein wenig davon einflößten. Sobald er wieder Lebenszeichen von sich gab, hüllten wir ihn in Decken und setzten ihn an den Kamin des Küchenofens. Allmählich erholte er sich genug, um ein wenig Suppe zu sich nehmen zu können, die ihn in erstaunlichem Maß wiederherstellte.

Zwei Tage lang verblieb er in diesem Zustand, bevor er wieder fähig war, zu sprechen; und ich befürchtete mehr als einmal, seine Qualen hätten ihn der Vernunft beraubt. Als er sich einigermaßen erholt hatte, ließ ich ihn in meine Kabine schaffen und leistete ihm Gesellschaft, so oft es meine Pflichten erlaubten.

Nie habe ich einen ungewöhnlicheren Menschen getroffen; seine Augen haben für gewöhnlich einen wilden, sogar wahnsinnigen Ausdruck; aber es gibt Momente – wenn jemand ihm eine Freundlichkeit oder auch nur den geringfügigsten Dienst erweist –, in denen seine Miene sich erhellt und eine Güte und Milde ausstrahlt, wie ich sie nie zuvor erblickt habe. Aber meistens malen sich Schwermut und Verzweiflung in seinem Gesicht ab; und zuweilen knirscht er mit den Zähnen, als wolle er sich gegen das Gewicht des Elends stemmen, das ihn niederdrückt.

Als mein Gast ein wenig erholt war, hatte ich große Mühe, die Männer von ihm fernzuhalten, die ihm tausend Fragen stellen wollten; aber ich ließ nicht zu, daß sie ihn mit ihrer eitlen Neugier quälten, denn die Besserung des Zustandes, in dem sich sein Körper und Geist befand, hing offensichtlich von absoluter Ruhe ab. Trotzdem stellte ihm der Erste Steuermann die Frage, weshalb er sich auf einem derart merkwürdigen Gefährt so weit aufs Eis hinaus gewagt habe?

Seine Miene verdüsterte sich augenblicklich und vollständig, und er erwiderte: »Um jemanden zu verfolgen, der vor mir geflohen ist.«

»Und ist der Mann, den Ihr verfolgt habt, auf dieselbe Weise gereist?«

»Ja.«

»Dann könnte ich mir denken, daß wir ihn gesehen haben, denn an dem Tag, bevor wir Euch auflasen, sahen wir ein paar Hunde einen Schlitten übers Eis ziehen, auf dem ein Mann saß.«

Diese Worte erweckten das Interesse des Fremden, und er stellte eine Unmenge Fragen über den Kurs, den der Dämon, wie er ihn nannte, genommen hatte. Bald darauf, als wir allein waren, sagte er zu mir: »Zweifellos habe ich Eure Neugier erregt. Ebenso wie die dieser guten Leute hier, aber Ihr seid zu rücksichtsvoll, um in mich zu dringen.«

»Gewiß; es wäre in der Tat sehr ungehörig und rücksichtslos von mir, Euch mit meiner Wißbegier zu belästigen.«

»Und dennoch habt Ihr mich aus einer seltsamen und gefährlichen Lage gerettet; Ihr habt mich großmütig gesund gepflegt.«

Kurze Zeit später erkundigte er sich, ob ich dächte, daß das

Bersten des Packeises jenen anderen Schlitten zerstört hätte? Ich erwiderte, ich könne mir darüber keine Meinung bilden, für die auch nur die geringste Wahrscheinlichkeit spräche, denn das Eis sei erst um Mitternacht gebrochen und der Reisende könne bis zu diesem Zeitpunkt durchaus einen sicheren Ort erreicht haben; aber das könne ich nicht beurteilen.

Seit diesem Gespräch belebten den geschwächten Leib des Fremden neue Lebensgeister. Er äußerte den lebhaftesten Wunsch, an Deck zu gehen und nach dem Schlitten Ausschau zu halten, der als erster erschienen war, aber ich überzeugte ihn davon, daß es besser für ihn sei, in der Kabine zu bleiben, da er bei weitem zu schwach sei, um der rauhen Luft zu trotzen. Ich versprach ihm, jemand würde an seiner Statt Ausschau halten und ihn umgehend benachrichtigen, falls sich etwas zeigen sollte.

Soweit mein Bericht über diesen merkwürdigen Vorfall und seine Entwicklung bis auf den heutigen Tag. Die Gesundheit des Fremden hat sich allmählich stabilisiert, aber er ist sehr schweigsam und läßt Anzeichen von Unbehagen erkennen, wenn jemand außer mir die Kabine betritt. Und doch ist sein Wesen so einnehmend und sanft, daß die gesamte Mannschaft Interesse an ihm hat, obwohl sie nur sehr wenig mit ihm in Berührung gekommen ist. Ich für meinen Teil fange an, ihn wie einen Bruder zu lieben, und sein ständiger und tiefer Kummer erfüllt mich mit Mitgefühl und Zuneigung. Er muß in seinen besseren Tagen ein vornehmer Mann gewesen sein, da er selbst jetzt in seinem erbärmlichen Zustand noch so anziehend und liebenswert ist.

Ich schrieb in einem meiner Briefe, meine liebe Margaret, daß ich auf dem weiten Ozean keinen Freund finden würde; und doch habe ich einen Mann gefunden, den ich, bevor sein Geist am Elend zerbrach, mit Freuden als meinen Herzensbruder betrachtet haben würde.

Ich werde meinen Bericht über diesen Fremden fortsetzen, sobald ich neue Vorfälle zu berichten habe.

13. August 17 …

Meine Zuneigung zu meinem Gast wird von Tag zu Tag stärker. Er erregt zugleich meine Bewunderung und mein Mitgefühl in erstaunlichem Maße. Wie könnte ich auch zusehen, wie ein solch vornehmer Mensch vom Unglück zugrunde gerichtet wird, ohne den quälendsten Kummer zu empfinden? Er ist so sanft und dabei so klug; sein Geist ist so gebildet; und wenn er spricht, fließen seine Worte, obwohl äußerst wohlgesetzt, rasch und mit unvergleichlicher Eloquenz.

Er hat sich inzwischen weitgehend erholt und ist ständig an Deck zu finden; anscheinend hält er nach dem Schlitten Ausschau, den wir vor dem seinen erblickten. Obwohl er unglücklich ist, läßt er sich nicht zu sehr von seinem Kummer vereinnahmen, so daß er auch tiefes Interesse an dem bekundet, was andere beschäftigt. Er hat sich häufig mit mir über mein Vorhaben unterhalten, und ich habe mich ihm vorbehaltlos mitgeteilt. Er lauschte aufmerksam all meinen Argumenten, die letztlich für meinen Erfolg sprachen, und folgte bis ins kleinste den Maßnahmen, die ich zu dessen Sicherstellung getroffen hatte. Die Sympathie, die er mir bekundete, machte es mir leicht, ihm mein Herz zu öffnen; ihm das brennende Verlangen meiner Seele zu offenbaren; und ihm mit dem ganzen Eifer, der mich erwärmte, zu versichern, wie freudig ich mein Vermögen, meine Existenz, sogar die Hoffnung selbst zugunsten meines Unternehmens opfern würde. Leben oder Sterben eines Mannes waren nur ein geringer Preis für die Erlangung des Wissens, nach dem ich strebte; für die Herrschaft über die feindlichen Elemente, die ich erlangen und den Menschen zu Füßen legen wollte. Während ich so sprach, verdüsterten sich die Züge meines Gegenübers immer mehr. Mir fiel auf, daß er sich bemühte, seine Bewegtheit zu verbergen; er schlug die Hände vor sein Gesicht; dann bemerkte ich, daß Tränen zwischen seinen Fingern hindurchrannen – ein Stöhnen entrang sich seiner schweratmenden Brust –, und meine Stimme erbebte und versagte schließlich. Ich hielt inne. Endlich sprach er in abgerissenen Sätzen: »Unglücklicher Mann! Teilt Ihr meinen Wahnsinn? Habt Ihr ebenfalls von jenem vergifteten Trank genossen? Hört mich an – laßt mich Euch meine Geschichte beichten, und Ihr werdet diesen Kelch Euch vom Munde reißen!«

Du kannst Dir wohl vorstellen, daß diese Worte meine Neugier anstachelten; aber der Ausbruch von Kummer, der den Fremden befallen hatte, überforderte seine geschwächten Kräfte, und viele Stunden des Ausruhens und der ruhigen Unterhaltung waren erforderlich, bis er seine Fassung wiedergewann.

Nachdem er seiner heftigen Gefühle Herr geworden war, schien er sich selbst dafür zu verachten, daß er ein Sklave seiner Leidenschaft geworden war, und indem er der düsteren Tyrannei seiner Verzweiflung Einhalt gebot, bat er mich, von meinen persönlichen Belangen fortzufahren. Er fragte mich nach dem Verlauf meines bisherigen Lebens. Meine Geschichte war rasch erzählt; aber sie rief mannigfaltige Reflexionen hervor. Ich sprach von meinem Verlangen, einen Freund zu finden – von meiner Sehnsucht nach einer engeren Beziehung zu einem verwandten Geist, als sie mir je vergönnt gewesen war; und ich verlieh meiner Überzeugung Ausdruck, daß ein Mann, der nicht in den Genuß dieser Segnung gelangt war, sich nur eines geringen Glücks rühmen könne.

»Ich stimme mit Euch überein«, erwiderte der Fremde, »wir sind unfertige Geschöpfe; nur halb vollkommen, solange nicht ein Klügerer, Besserer, Liebenswerterer als wir selbst – eben ein solcher Freund, wie er sein sollte – dazu beiträgt, unsere Schwächen und Fehler auszugleichen. Ich hatte einst einen Freund; den edelsten Menschen, den man sich nur vorstellen kann; und bin deshalb in der Lage, mich zum Thema Freundschaft zu äußern. Ihr habt Hoffnung; die Welt liegt noch vor Euch, und Ihr habt keinen Grund zu verzweifeln. Ich hingegen – ich habe alles verloren und kann mein Leben nicht neu beginnen.«

Während er dies sagte, malte sich auf seinem Gesicht ein stiller Kummer ab, der mir ans Herz griff. Aber der Mann blieb stumm und zog sich gleich darauf in seine Kabine zurück.

Obwohl gebrochen im Geist, kann niemand tiefer als er die Schönheiten der Natur empfinden. Der bestirnte Himmel, das Meer, und die wundervollen Anblicke, die dieser Weltteil bietet; all diese Dinge scheinen immer noch die Macht zu haben, seine Seele sich über die Erde emporschwingen zu lassen. Ein solcher Mann führt ein doppeltes Leben: Er mag Leid erdulden und von Enttäuschungen überwältigt sein; aber wenn er in sich selbst ruht, gleicht er einem himmlischen Geist, von einem Glorienschein umgeben, in dessen Strahlenkreis kein Kummer oder Wahnsinn bestehen kann.

Wirst Du über die Begeisterung lächeln, mit der ich über diesen göttlichen Erdenwanderer spreche? Du würdest es nicht tun, wenn Du ihn sehen könntest. Du bist durch die Lektüre von Büchern und durch Deine Zurückhaltung der Welt gegenüber unterrichtet und gebildet und aus diesem Grunde ein wenig wählerisch; aber dies versetzt Dich nur noch besser in die Lage, die ungewöhnlichen Vorzüge dieses wunderbaren Mannes würdigen zu können. Ich habe manches Mal zu ergründen versucht, welche Eigenschaft er besitzt, die ihn so unermeßlich hoch über alle anderen Menschen erhebt, die ich jemals kennenlernte. Ich glaube, es handelt sich um einen intuitiven Scharfblick; eine rasche, doch niemals fehlende Urteilskraft; ein Eindringen in den Urgrund der Dinge, unvergleichlich in seiner Klarheit und Unfehlbarkeit – denke Dir hierzu die Mühelosigkeit, mit der er sich auszudrücken versteht, und eine Stimme, deren Veränderungen im Tonfall sie einer seelenbezwingenden Musik gleich macht.

19. August 17 …

Gestern sagte der Fremde zu mir: »Captain Walton, Ihr werdet leicht erkannt haben, daß mir große und unvergleichliche Unglücksfälle widerfahren sind. Einmal bereits hatte ich beschlossen, daß die Erinnerung an diese Übel gemeinsam mit mir selbst sterben sollte; aber Ihr habt mich dazu gebracht, meinen Entschluß umzustoßen. Ihr sucht nach Wissen und Weisheit, wie ich einst; und ich hoffe inbrünstig, daß die Erfüllung Eurer Wünsche keine Schlange sein mag, die Euch sticht; so, wie es bei mir war. Ich weiß nicht, ob mein Bericht über mein Unglück Euch nützen wird; aber wenn ich bedenke, daß Ihr denselben Kurs verfolgt, Euch denselben Gefahren aussetzt, die mich zu dem gemacht haben, was ich heute bin; dann vermag ich mir vorzustellen, daß Ihr eine Lehre aus meiner Geschichte ziehen könnt; eine Moral, die Euch den rechten Weg weisen mag, wenn Ihr Erfolg in Eurem Unternehmen habt, und Euch trösten könnte, falls Ihr versagt. Macht Euch darauf gefaßt, von Ereignissen zu hören, die ein gewöhnlicher Mensch als wunderbar betrachten würde. Umgäbe uns eine gemäßigtere Naturszenerie, müßte ich befürchten, Euren Unglauben zu erregen – vielleicht sogar Euren Spott; aber in dieser wilden und geheimnisvollen Weltgegend werden Euch viele Dinge möglich vorkommen, die das Gelächter eines jeden hervorrufen würden, der nicht mit den vielfältigen Kräften der Natur vertraut ist. Aber ich zweifle auch nicht daran, daß meine Erzählung in seinem Fortgang Euch von der Wahrheit der Ereignisse überzeugen wird, von denen sie berichtet.«

Du kannst Dir gewiß vorstellen, wie sehr ich mich über die Bereitschaft des Fremden, sich mitzuteilen, freute; aber ich konnte nicht zulassen, daß er seinen Kummer erneuerte, indem er seine Mißgeschicke schilderte. Ich empfand äußerste Ungeduld, dem versprochenen Bericht zu lauschen; teils aus Neugier und zum anderen aus dem starken Wunsch heraus, ihm nach Kräften sein

Schicksal erleichtern zu helfen. Ich teilte ihm diese Gefühle in meiner Antwort mit.

»Ich danke Euch«, erwiderte er, »für Eure Anteilnahme, aber sie kommt zu spät; mein Schicksal hat sich beinahe schon erfüllt. Ich warte nur noch auf ein Ereignis, dann kann ich in Frieden ruhen. Ich verstehe Eure Gefühle«, fuhr er fort, als er sah, daß ich ihn unterbrechen wollte, »aber Ihr irrt Euch, mein Freund, wenn Ihr mir erlaubt, Euch so zu nennen –; nichts vermag mein Schicksal von mir abzuwenden. Lauscht meiner Geschichte, und Ihr werdet begreifen, wie unvermeidlich meine Bestimmung sich erfüllen muß.«

Dann stellte er mir in Aussicht, daß er seinen Bericht am folgenden Tag während meiner Mußestunden beginnen wolle. Dieses Versprechen erfüllte mich mit dem innigsten Dank, und ich habe mir vorgenommen, jeden Abend, an dem mich meine Pflichten nicht allzu gebieterisch in Anspruch nehmen, auf die Aufzeichnung dessen zu verwenden, was er mir im Verlauf des Tages berichtete, und mich dabei so eng wie möglich an seine eigenen Worte zu halten. Sollte ich verhindert sein, so will ich mir wenigstens Notizen machen. Zweifellos wird Dir dieses Manuskript das größte Vergnügen bereiten; aber mit welchem Interesse und Mitgefühl werde erst ich, der ich ihn kenne und den Bericht von seinen eigenen Lippen höre, es eines Tages lesen! Eben jetzt, da ich meiner Aufgabe nachkomme, klingt mir seine volltönende Stimme im Ohr; der Blick aus seinen leuchtenden Augen ruht auf mir mit all seiner melancholischen Süße; ich sehe seine magere Hand von der Erzählung mitgerissen sich heben, während die Züge seines Gesichts seine Seele durchleuchten lassen. Seltsam und quälend muß seine Erzählung sein; furchtbar der Sturm, der dieses tapfere Schiff auf seiner Fahrt ergriff und derart zerschellen ließ!

KAPITEL
EINS

Ich bin gebürtiger Genfer und entstamme einer der angesehensten Familien dieser Republik. Meine Vorfahren waren viele Generationen lang Ratsherren und Rechtsberater, und mein Vater hat viele öffentliche Ämter in Ehren und Würden bekleidet. Alle, die ihn kannten, schätzten ihn wegen seiner Rechtschaffenheit und seiner unermüdlichen Sorge um das öffentliche Wohlergehen. Er widmete seine jüngeren Jahre beharrlich den Interessen seines Landes; eine Vielzahl von Umständen hatte ihn von einer frühen Ehe abgehalten, und er sollte erst gegen Ende seines Lebens ein Ehemann und Familienvater werden.

Da die Begleitumstände dieser Heirat seinen Charakter recht gut ausleuchten, kann ich nicht umhin, von ihnen zu berichten. Einer seiner engsten Freunde war ein Kaufmann, der sein blühendes Unternehmen durch zahlreiche Mißgeschicke verlor und verarmte. Dieser Mann – er hieß Beaufort –, war von stolzer und unbeugsamer Wesensart, und er konnte es nicht ertragen, in dem Land, in dem er zuvor wegen seines Ranges und seiner Größe bekannt gewesen war, in Armut und Vergessenheit zu leben. Deshalb zog er sich – nachdem er seine Schulden beglichen hatte – auf die ehrenhafteste Weise mit seiner Tochter nach Luzern zurück, wo er unbekannt und in Dürftigkeit lebte. Mein Vater liebte Beaufort als wahrer Freund und war durch dessen Abstieg in ärmliche Verhältnisse zutiefst betrübt. Er beklagte bitter den falschen Stolz, der seinen Freund zu einem Verhalten verleitete, das der Zuneigung, die sie beide verband, so unwürdig war. Er bemühte sich sogleich, den Aufenthaltsort seines Freundes ausfindig zu machen, in der Hoffnung, ihn überreden zu können, daß er mit Hilfe einer Leihsumme und des Beistandes, die mein Vater ihm gewähren wollte, sein altes Geschäft wiederaufzunehmen.

Beaufort hatte wirksame Maßnahmen ergriffen, um sich zu verbergen, und es dauerte zehn Monate, bis mein Vater seinen Aufenthaltsort herausfand. In höchster Freude über seine Entdeckung eilte er zu dem Haus, das in einer elenden Gasse nahe der Reuß gelegen war. Aber als er das Haus betrat, waren Elend und Verzweiflung die einzigen, die ihn willkommen hießen. Beaufort hatte nur eine sehr geringe Summe Geldes aus dem Zusammenbruch seines Unternehmens retten können, aber sie reichte aus, um ihn und seine Tochter ein paar Monate lang am Leben zu halten; er hoffte, innerhalb dieser Frist eine achtbare Beschäftigung in einem Handelshaus zu erhalten. Er verbrachte die Wartezeit naturgemäß in Untätigkeit; sein Kummer wurde nur noch tiefer und schmerzlicher, da er Muße hatte, nachzudenken; und endlich fraß er sich so tief in Beauforts Geist ein, daß er ihn nach Ablauf von drei Monaten aufs Krankenlager geworfen hatte – unfähig zu jeder Tätigkeit.

Seine Tochter pflegte ihn mit der größten Zärtlichkeit, mußte aber voller Verzweiflung zusehen, wie ihrer beider Notgroschen rasch dahinschmolzen, ohne daß eine Aussicht auf weitere Unterstützung bestanden hätte. Aber Caroline Beaufort besaß einen ungewöhnlich starken Geist, und ihr Mut ließ sie alle Widrigkeiten überstehen. Sie führte niedrige Arbeiten aus; sie flocht Stroh; und sie verdiente auf die verschiedensten Arten einen Hungerlohn, der eben dazu ausreichte, daß sie und ihr Vater ihr Leben fristen konnten.

Auf diese Weise vergingen mehrere Monate. Ihrem Vater ging

es schlechter; sie brauchte ihre ganze Zeit, um ihn zu pflegen; ihre Einnahmen versiegten; und am zehnten Monat starb ihr Vater in ihren Armen und ließ sie als Waise und Bettlerin zurück. Dieser letzte Schicksalsschlag übermannte sie; sie kniete neben Beauforts Sarg und weinte bitterlich, als mein Vater die Stube betrat. Er kam wie ein Schutzgeist zu dem armen Mädchen; sie vertraute sich seiner Fürsorge an. Nach der Beerdigung seines Freundes führte er sie nach Genf zurück, wo er sie der Fürsorge einer Verwandten überließ. Zwei Jahre nach diesen Ereignissen ward Caroline die Frau meines Vaters.

Zwischen meinen Eltern bestand ein beträchtlicher Altersunterschied aber dieser Umstand schien sie nur noch enger in die Bande zärtlicher Zuneigung zu schlagen. Die Rechtschaffenheit meines Vaters war mit einem Sinn für Gerechtigkeit gepaart, der verlangte, daß seine Liebe nur dann stark erblühte, wenn die Empfängerin dieser Liebe als wert sich erwies. Vielleicht hatte er in früheren Jahren darunter gelitten, daß er die Unwürdigkeit einer Geliebten zu spät entdeckte, und legte deshalb gesteigerten Wert auf erprobte Tugend. Seine Zuneigung zu meiner Mutter war von Bezeugungen seiner Dankbarkeit und Verehrung geprägt, die sich gänzlich von der närrischen Verliebtheit des Alters unterschieden, denn sie entsprangen seiner Achtung vor ihren Tugenden sowie dem Wunsch, derjenige zu sein, der sie in gewissem Umfang für das ausgestandene Leid entschädigte. Dieses Bestreben verlieh der Art, wie er sie behandelte, eine unaussprechliche Güte. Er tat alles, um ihre Wünsche zu erfüllen und es ihr behaglich zu machen. Er war bestrebt, sie zu schützen, wie ein Gärtner eine liebliche, exotische Blume vor jedem rauheren Wind schützt, und sie mit allem zu umgeben, was dazu angetan schien, ihr sanftes und gütiges Wesen zu entzücken. Ihre Gesundheit und sogar ihre bisher bewahrte Seelenruhe waren durch das, was sie durchgemacht hatte, erschüttert. Mein Vater hatte bereits in den beiden letzten Jahren vor seiner Eheschließung alle seine öffentlichen Ämter eines nach dem anderen abgegeben, und gleich nach ihrer Verbindung suchten er und Caroline das angenehme Klima Italiens auf, und der Landschaftswechsel sowie die Anregungen, die ihre Reise durch jenes Land der Wunder mit sich brachte, trugen zur Wiederherstellung ihrer angegriffenen Gesundheit bei.

Von Italien aus besuchten sie Deutschland und Frankreich. Ich, ihr Erstgeborener, kam in Neapel zur Welt und begleitete sie als Säugling auf ihren Reisen. Ich blieb mehrere Jahre lang ihr einziges Kind. Sie schienen unerschöpfliche Zuneigung aus einer wahren Mine der Liebe zu schürfen, mit der sie einander und auch mich überschütteten. Die zärtlichen Liebkosungen meiner Mutter und das glückstrahlende Lächeln meines Vaters, wenn er mich betrachtete, stellen meine ersten Erinnerungen dar. Ich war ihr Spielzeug und ihr Idol, und noch etwas Besseres – ihr Kind; das unschuldige und hilflose Geschöpf, das ihnen der Himmel geschenkt hatte; das sie zum Guten erziehen mußten und dessen zukünftiges Glück oder Unglück in ihren Händen lag; je nach dem, wie sie ihren Pflichten mir gegenüber nachkamen. In Anbetracht ihres tiefen Bewußtseins dafür, was sie dem Wesen schuldeten, dem sie das Leben geschenkt hatten, in Verbindung mit dem aufmerksamen Geist der Zärtlichkeit, der sie beide beseelte, kann man sich leicht vorstellen, daß ich in jeder Stunde meiner frühen Kindheit Lektionen in Geduld, Fürsorge und Selbstbeherrschung erhielt und gewissermaßen an einer seidenen Schnur geführt wurde, so daß mir das Leben wie eine einzige Kette von Vergnügungen erschien.

Lange Zeit hindurch war ich ihre einzige Sorge. Meine Mutter hatte sich sehr gewünscht, eine Tochter zu haben, aber vorläufig blieb ich ihr einziges Kind. Als ich etwa fünf Jahre alt war, machten meine Eltern einen Ausflug über die Grenzen Italiens hinaus und verbrachten eine Woche am Ufer des Comer Sees. Ihr Hang zur Mildtätigkeit ließ sie oft die Hütten der Armen aufsuchen.

Meine Mutter sah darin mehr als eine Pflicht; für sie war es eine Notwendigkeit, eine Leidenschaft, im Gedenken an ihr eigenes Leiden und die Umstände ihrer Befreiung daraus ihrerseits den Schutzengel der Elenden zu spielen. Bei einem ihrer Gänge erregte eine armselige Hütte in einem Seitentälchen, die ihnen besonders trostlos erschien, ihre Aufmerksamkeit. Die Schar zerlumpter Kinder in der Nähe der Hütte sprach von äußerster Armut. Eines Tages, als mein Vater allein nach Mailand gefahren war, nahm meine Mutter mich zu dieser Hütte mit. Wir fanden einen Bauern mit seinem Weib vor, die beide von harter Arbeit, von Sorge und Mühsal gebeugt waren und soeben ein kärgliches Mahl an ihre fünf hungrigen Kleinen ausgaben. Unter diesen Kindern war eines, das meiner Mutter besonders auffiel: ein Mädchen, das nicht in die Familie zu passen schien. Die vier übrigen Kinder waren dunkeläugige kleine Strolche von verwegenem Aussehen; dieses Kind wirkte zerbrechlich und war sehr hübsch. Ihr Haar war vom hellsten, warmen Gold und ließ sie trotz ihrer ärmlichen Kleidung wie ein Kind vornehmer Eltern erscheinen. Ihre Stirn war rein und weit geschwungen; ihre blauen Augen blickten klar; ihre Lippen und das Oval ihres Gesichts drückten ein Übermaß an Empfindsamkeit und Reinheit aus, und wohl niemand, der sie anschaute, konnte sich des Eindrucks erwehren, daß sie einem anderen als dem menschlichen Geschlecht angehörte; daß sie vom Himmel herabgestiegen und der Hauch ihrer überirdischen Herkunft noch immer um sie war.

Als die Bäuerin bemerkte, daß meine Mutter das liebliche Geschöpf mit Erstaunen und Bewunderung anschaute, erzählte sie bereitwillig dessen Geschichte. Das Mädchen war nicht ihr Kind, sondern die Tochter eines Mailänder Edelmannes. Ihre Mutter war eine Deutsche gewesen, die bei ihrer Geburt gestorben war. Das Kind war diesen guten Leuten in Obhut gegeben worden; damals war es ihnen besser gegangen. Sie waren noch nicht lange verheiratet, und ihr ältestes Kind hatte soeben das

Licht der Welt erblickt. Der Vater ihres Mündels gehörte zu den Italienern, die im Gedenken an die vergangene Glorie Italiens aufgezogen worden waren – einer jener *schiavi ognor frementi*, die sich geschworen hatten, die Freiheit ihres Vaterlandes zu erkämpfen. Er fiel der Schwäche dieses Vaterlandes zum Opfer. Ob er gestorben war oder noch immer in den Kerkern Österreichs schmachtete, war unbekannt. Sein Vermögen wurde konfisziert, seine Tochter ward eine Waise und zum Betteln gezwungen. Sie blieb bei ihren Pflegeeltern und erblühte unter deren ärmlichem Dach zur Schönheit einer Rose unter dunkelblättrigen Brombeeren.

Als mein Vater von Mailand zurückkehrte, fand er mich im Vestibül unserer Villa im Spiel mit einem Kind vertieft vor, das schöner als ein gemalter Cherub war – mit einem Mädchen, dessen Augen förmlich strahlten und das in seinem Gliederbau und seinen Bewegungen anmutiger als eine Berggemse war. Die Erscheinung wurde ihm erklärt, und mit seiner Zustimmung überredete meine Mutter die bäuerlichen Pflegeeltern, ihr die Obhut über das Mädchen zu überlassen. Sie waren in die unschuldige Waise vernarrt. Ihre Gegenwart war ein Segen für sie gewesen; aber da sie einsahen, daß es dem Kind gegenüber unrecht gewesen wäre, es in Armut und Not festzuhalten, wenn die himmlische Vorsehung ihm so wohlhabende Beschützer sandte, beratschlagten sie sich mit ihrem Dorfpfarrer. Das Ergebnis war, daß Elisabeth Lavenza zu einer Mitbewohnerin unseres Hauses und – mir teurer als eine Schwester – die schöne und angebetete Gefährtin all meiner Beschäftigungen und Vergnügen wurde.

Jedermann verliebte sich in Elisabeth. Ich teilte die freudige und beinahe ehrfurchtsvolle Zuneigung, die alle ihr entgegenbrachten, und sie wurde mein Stolz und die Quelle meines Entzückens. An dem Abend, bevor sie Einzug in unser Haus hielt, hatte meine Mutter scherzhaft gesagt: »Ich habe ein hübsches Geschenk für meinen kleinen Viktor – gleich morgen soll er es erhalten!« Und als sie mir am folgenden Morgen Elisabeth als das versprochene Geschenk vorstellte, nahm ich in meinem kindlichen Sinn ihre Worte als bare Münze und betrachtete das Mädchen als die meine; als sei es nur an mir, sie zu beschützen, zu lieben und in Ehren zu halten. Ich war stolz auf alles Lob, das ihr gezollt wurde. Wir nannten einander gewöhnlich Cousin und Cousine, aber es gab kein Wort, keinen Ausdruck, der dem besonderen Verhältnis hätte gerecht werden können, in dem wir zueinander standen; sie war mir mehr als meine Schwester, denn sie sollte allein die meine bleiben, bis der Tod uns trennte.

KAPITEL
ZWEI

Wir wurden gemeinsam aufgezogen; zwischen uns bestand ein Altersunterschied von nicht ganz einem Jahr. Ich brauche nicht zu betonen, daß uns Uneinigkeiten oder Streit jeder Art fremd waren. Harmonie war die Seele unserer Zweisamkeit, und die Verschiedenartigkeiten und Gegensätzlichkeiten in unseren Charakteranlagen banden uns nur noch enger zusammen. Elisabeth war von ruhigerem und gesammelterem Wesen, während ich mich eingehender mit den praktischen Aspekten der Dinge befaßte und von Wissensdurst geplagt war. Sie beschäftigte sich mit den ätherischen Schöpfungen der Poeten und den majestätischen und ehrfurchtgebietenden Szenerien, die unseren Schweizer Wohnsitz umgaben – die Erhabenheit der Berge, die Wechsel der Jahreszeiten, die Stille des Winters und das Leben und Weben des alpinen Sommers –; sie fand in Hülle und Fülle Dinge, die sie in Verwunderung und Entzücken versetzten. Während meine Gefährtin sich mit Ernsthaftigkeit und Befriedigung der großartigen Welt der Erscheinungen widmete, erfreute ich mich an der Untersuchung ihrer Ursachen. In meinen Augen war die Welt ein Geheimnis, das zu entschleiern ich mich sehnte. Neugierde; ein ernsthaftes Verlangen nach Erkenntnis der verborgenen Naturgesetze; und an Verzückung grenzende Freude, wenn sie sich mir offenbarten – diese Empfindungen gehören zu meinen frühesten Erinnerungen.

Nach der Geburt eines zweiten Sohnes, der sieben Jahre nach mir zur Welt kam, gaben meine Eltern ihr Wanderleben gänzlich auf und setzten sich in ihrer Heimat zur Ruhe. Wir besaßen ein Haus in Genf und eine *campagne* auf Belrive, dem Ostufer des Sees, gut eine Meile von der Stadt entfernt. Wir wohnten die meiste Zeit über in diesem Landhaus, und das Leben meiner Eltern verlief in ziemlicher Abgeschiedenheit. Es entsprach meinem Naturell, vielen Menschen aus dem Weg zu gehen und mich um so eifriger wenigen anzuschließen. Aus diesem Grunde bedeuteten mir Schulkameraden im allgemeinen nicht viel; nur mit einem einzigen von ihnen verband mich die engste Freundschaft.

Henri Clerval war der Sohn eines Genfer Kaufmannes. Er war ein Knabe von einzigartiger Begabung und Phantasie. Er liebte Wagnisse, Mühsal und sogar Gefahren um ihrer selbst willen. In den Büchern über Rittertum und Romanzen war er zu Hause. Er komponierte Heldenlieder und begann viele Erzählungen über Zauberei und ritterliche Abenteuer. Er versuchte uns zu überreden, daß wir uns verkleideten und Theaterstücke aufführten, deren Charaktere den Helden von Roncevalle, König Arthurs Tafelrunde oder den Kreuzfahrern nachempfunden waren, die ihr Blut vergossen, um den Ungläubigen das Heilige Grab zu entreißen.

Kein Mensch hätte eine glücklichere Kindheit durchleben können als ich. Meine Eltern waren vom Geist der Güte und Nachsicht selbst durchdrungen. Wir spürten, daß sie nicht zu jenen Tyrannen gehörten, die nach Lust und Laune über das Los ihrer Kinder bestimmen, sondern die Urheber und Schöpfer der vielen Freuden waren, die wir genossen. Immer, wenn ich mit anderen Familien zusammenkam, wurde mir deutlich bewußt, wie gut ich es hatte, und meine erwachende Sohnesliebe wurde durch Dankbarkeit noch verstärkt.

Meine Launen und Leidenschaften waren zuweilen heftig; aber dank meiner besonderen Wesensveranlagung wurden sie umgewandelt, und ich verfolgte sie nicht in kindlicher Manier, sondern verwandelte sie in den brennenden Wunsch, zu lernen – einen Wunsch, der sich allerdings nicht unterschiedslos auf alle Dinge erstreckte. Ich gestehe, daß mich weder die Sprachen, noch Regierungsprogramme oder die politischen Richtungen der verschiedenen Staaten interessierten. Es waren die Geheimnisse des Himmels und der Erde, die ich ergründen wollte. Ob es um äußere Substanz der Dinge oder den innewohnenden Geist der Natur und die mysteriöse Seele des Menschen ging, die mich beschäftigte – meine Fragen galten stets dem Metaphysischen, oder – in ihrem höchsten Sinn verstanden – den physikalischen Geheimnissen der Welt.

Henry Clerval hingegen befaßte sich sozusagen mit den ethischen Aspekten der Dinge. Das geschäftige Treiben auf der Bühne des Lebens, die Tugenden der Helden und die Taten der Menschen – dies waren seine Themen; und es war seine Hoffnung und sein Traum, daß irgendwann einmal sein Name unter jenen unerschrockenen und abenteuerlichen Wohltätern der Menschheit aufgezeichnet würde, die von der Geschichte überliefert werden.

Elisabeths heiligmäßige Seele schimmerte wie das Licht einer Altarkerze in unserem friedvollen Heim. Ihre Sympathie gehörte uns; ihr Lächeln, ihre sanfte Stimme, der unschuldige Blick aus ihren himmlischen Augen waren stets gegenwärtig, uns zu segnen und zu ermutigen. Sie war der lebendig gewordene Geist der Liebe, der die Seele besänftigt und zu sich erhebt; ich hätte über meinen Studien schwermütig und durch mein heftiges Wesen rücksichtslos werden können, aber sie war dort und unterwies mich durch das Beispiel ihrer Sanftheit. Und Clerval – welche Schlechtigkeit hätte in seiner vornehmen Gesinnung jemals Fuß fassen können? – und doch wäre er vielleicht nicht so vollkommen menschenfreundlich, so einsichtsvoll in seiner Großherzigkeit geworden; so voller Freundlichkeit und Sanftheit trotz seiner

Vorliebe für abenteuerliche Taten, hätte sie ihn nicht zur wahren Schönheit der Wohltätigkeit angeregt und den Wunsch, Gutes zu tun, zum Ziel und Zweck seines brennenden Verlangens gemacht.

Es ist mir ein köstliches Vergnügen, in den Erinnerungen an meine Kindheit zu schwelgen; bevor das Unglück mir die Seele verdüstert und ihre lichten Visionen von umfassender, tätiger Nächstenliebe in trübes und bedrückendes Nachgrübeln über mich selbst verwandelt hat. Übrigens zeichnen sich in meinem Entwurf eines Bildes meiner frühen Jahre bereits jene Vorfälle ab, die in unmerklichen Schritten zu meiner nachfolgenden Geschichte des Elends führen: Denn wenn ich nach den Ursprüngen jener Leidenschaft forsche, die später mein Schicksal beherrschen sollte, so sehe ich sie wie einen Gebirgsbach aus kaum sichtbaren und fast vergessenen Quellen entspringen, aber im weiteren Laufe meines Lebens immer mehr anschwellen, bis sie endlich zum reißenden Strom wurde, der all meine Hoffnungen und Freuden hinwegschwemmte.

Die Naturphilosophie ist der Leitstern geworden, der mein Leben bestimmte; deshalb bestehe ich darauf, in diesem Bericht jene Umstände aufzuzählen, die zu meiner Vorliebe für diese Wissenschaft geführt haben.

Als ich dreizehn Jahre alt war, unternahmen wir alle eine Landpartie zu den Bädern von Thonon – aber der Wettergott zürnte und zwang uns, einen ganzen Tag im Gasthof des Ortes zu verbringen. Zufällig fiel mir in jenem Haus ein Band der Werke von Cornelius Agrippa in die Hände. Ich öffnete ihn ohne sonderliches Interesse, aber die Theorie, die er darzulegen versucht, und die wundersamen Tatsachen, von denen er berichtet, ließen meine Gleichgültigkeit bald in Begeisterung umschlagen. Ein neues Licht schien meinen Geist zu erhellen, und ich eilte hüpfend vor Freude zu meinem Vater und sprach mit ihm von meiner Entdeckung. Mein Vater warf nur einen flüchtigen Blick auf die Titelseite des Buchs und sagte nur: »Ah, der Wunderdoktor von Nettesheim! Mein lieber Viktor, verschwende nicht deine Zeit mit ihm; es ist wertloser Plunder.«

Wenn mein Vater sich nicht mit dieser Bemerkung begnügt, sondern sich die Mühe gemacht hätte, mir zu erklären, daß Agrippas Thesen aus dem 16. Jahrhundert inzwischen vollständig überholt waren und man ein modernes System der Wissenschaft eingeführt hatte, das von größerer Erklärungskraft als das klassische war, deren Lehrsätze mehr der Vorstellungskraft als der Empirie entsprangen, ja, dann hätte ich die alte Schrift gewiß beiseitelegen und meine angeregte Einbildungskraft befriedigen können, indem ich mit vermehrtem Eifer zu meinen früheren Studien zurückgekehrt wäre. Es ist sogar möglich, daß mein Denken in diesem Fall niemals die verhängnisvolle Richtung eingeschlagen hätte, die zu meinem Verderben führen sollte. Aber der flüchtige Blick, mit dem mein Vater den Band bedacht hatte, überzeugte mich keineswegs davon, daß er mit dessen Inhalt vertraut war; und ich setzte meine Lektüre mit dem größten Eifer fort.

Als ich nach Hause kam, sorgte ich als erstes dafür, mir die sämtlichen Werke dieses Autors zu beschaffen; danach folgten Paracelsus und Albertus Magnus. Ich las und studierte die wilden Phantasien dieser Schriftsteller mit Entzücken; sie kamen mir wie Schätze vor, die nur wenige Menschen außer mir kannten. Wie bereits gesagt, erfüllte mich immer schon ein brennendes Verlangen, die Geheimnisse der Natur zu ergründen. Trotz der großen Anstrengungen und der wunderbaren Entdeckungen der modernen Gelehrten ließen mich meine Studien stets unzufrieden und unerfüllt zurück. Wie man sich von Sir Isaac Newton erzählt, bekannte er, daß er sich wie ein Kind vorkam, das am Ufer des großen und unbekannten Ozeans der Wahrheit Muscheln auflas. Diejenigen seiner Nachfolger auf allen Gebieten der Naturphilosophie, mit denen ich vertraut wurde, erschienen selbst meinem kindlichen Verständnis wie Laien, die ein gemeinsames Interesse verband.

Der ungebildete Landmann nahm die Elemente um sich wahr und machte sich mit ihrer praktischen Nutzung vertraut. Der im höchsten Maße gelehrte Naturphilosoph wußte nur wenig mehr. Er hatte das Antlitz der Natur zum Teil entschleiert, aber ihre unsterblichen Züge waren ihm noch immer ein Wunder und ein Geheimnis. Er mochte zerteilen, zergliedern und Namen vergeben, so viel er nur wollte; aber selbst die Stoff- und die Formursachen waren ihm vollständig unbekannt – ganz zu schweigen von den Zielursachen. Ich hatte einen Blick auf die Befestigungen und Hindernisse geworfen, die Menschen davon abhielten, die Zitadelle der Natur zu erstürmen, und vorschnell und einfältig darüber gemurrt.

Aber hier waren Bücher, und hier waren Männer, die tiefer in die Geheimnisse der Natur eingedrungen waren und mehr wußten. Ich glaubte aufs Wort alles, was sie behaupteten, und wurde ihr Schüler. Es mag seltsam erscheinen, daß so etwas im achtzehnten Jahrhundert möglich war; aber ich hatte zwar den üblichen Unterricht in den Schulen Genfs genossen, war jedoch hinsichtlich meiner Lieblingsstudien auf mich selbst gestellt gewesen. Mein Vater war kein Mann der Wissenschaft, und es hatte an mir gelegen, den Kampf zwischen meiner kindlichen Verblendung und der Wißbegier eines Studiosus auszufechten. Unter der Anleitung meiner neuen Lehrer machte ich mich mit Feuereifer auf die Suche nach dem Stein der Weisen und dem Lebenselixir – aber dem letzteren galt schließlich mein ungeteiltes Interesse. Reichtum galt mir nicht viel, aber welch einen Ruhm würde mir diese Entdeckung einbringen, wenn es mir gelänge, den menschlichen Leib von Krankheiten zu heilen und die Menschheit von allen Übeln bis auf einen gewaltsamen Tod zu befreien!

Doch waren dies nicht meine einzigen Träume. Das Zitieren

von Geistern oder Dämonen stellte ein Versprechen dar, das meine Lieblingsautoren bereitwillig gaben und dessen Erfüllung ich mir aufs sehnlichste wünschte; und meinen ständigen Mißerfolg bei Beschwörungen schrieb ich eher meiner eigenen Unerfahrenheit und meinen Fehlern zu als einem Mangel an Fähigkeiten oder gar Glaubwürdigkeit meiner Lehrer. Auf diese Weise war ich eine Zeitlang von längst verworfenen Denksystemen in Anspruch genommen; vermengte wie ein Unkluger tausend widersprüchliche Theorien und quälte mich verzweifelt durch einen wahren Sumpf unvereinbaren Wissens; geleitet durch eine blühende Vorstellungskraft und kindliche Vernünftelei – bis ein neuerlicher Vorfall mein Denken wieder einmal in andere Bahnen lenkte.

Ich war etwa fünfzehn Jahre alt, und unsere Familie hatte sich inzwischen in das Haus in der Nähe von Belrive zurückgezogen, als wir ein sehr heftiges und fürchterliches Unwetter erlebten. Es kam von jenseits des Juragebirges. Der Donner brach unvermittelt mit entsetzlichem Getöse von verschiedenen Himmelsrichtungen zugleich los. Ich blieb während des ganzen Unwetters in der Tür stehen und beobachtete seinen Verlauf voller Neugier und Entzücken. Plötzlich gewahrte ich einen feurigen Strahl, der von der alten und herrlichen Eiche auszugehen schien, die rund zwanzig Meter von unserem Haus entfernt stand, und sobald das blendende Licht erlosch, war die Eiche bis auf einen verkohlten Stumpf verschwunden. Als wir den Stumpf am folgenden Morgen näher untersuchten, stellten wir fest, daß der Baum auf einzigartige Weise zerschmettert worden war. Der Blitzschlag hatte ihn nicht nur zersplittert, sondern gänzlich zu dünnen Spänen zerfetzt. Ich hatte nie zuvor etwas erblickt, das so vollständig zerstört worden war.

Vor diesem Vorfall war ich mit den erkennbaren Gesetzen der Elektrizität durchaus nicht unvertraut gewesen. Aber bei dieser Gelegenheit hatte ein in der Naturphilosophie sehr bewanderter

Gast bei uns geweilt, der – von diesem Unglück angeregt – sich auf die Erläuterung einer Theorie einließ, die er über Elektrizität und Galvanismus entwickelt hatte. Seine Einsichten kamen mir zugleich neu und erstaunlich vor. Was dieser Mann sagte, stellte Cornelius Agrippa, Albertus Magnus und Paracelsus – die Herrscher meiner Phantasie – weitgehend in den Schatten, doch leider tötete der Umsturz dieser Männer die Lust in mir, meine gewohnten Studien fortzusetzen. Mir schien es, als würden oder könnten wir Menschen niemals etwas wissen. Alles, was so lange mein Interesse erregt hatte, wurde mir unvermittelt verächtlich. In einer jener Launen des Gemütes, denen wir in der frühen Jugend wohl am meisten unterworfen sind, gab ich mit einem Male meine frühere Beschäftigung auf; ich verwarf die Naturphilosophie mitsamt ihren Abkömmlingen als mißgebildete und lebensunfähige Schöpfungen der Vernunft und empfand den tiefsten Abscheu gegenüber einer Möchtegern-Wissenschaft, die niemals auch nur zur Schwelle wirklichen Wissens gelangen können würde. In dieser Stimmung nahm ich meine Zuflucht bei der Mathematik und den Disziplinen, die mit ihr zusammenhingen, denn von ihr nahm ich an, daß sie auf sicherer Grundlage ruhte und deshalb meiner Beachtung wert war.

So sonderbar sind unsere Seelen beschaffen, und von solch kleinen Zufällen hängt unser Wohlergehen oder unser Untergang ab. Wenn ich zurückschaue, will mir scheinen, als sei dieser ans Wunderbare grenzende Wandel in meinen Neigungen und Vorsätzen auf den unmittelbaren Einfluß meines Schutzengels zurückzuführen gewesen – der letzte Versuch, den dieser Geist der Bewahrung unternahm, um den Sturm abzuwenden, der schon damals in meinen Sternen stand; bereit, über mich hereinzubrechen. Der Sieg meines Engels zeigte sich durch eine ungewöhnliche Ruhe und Freude meiner Seele, die dem Aufgeben meiner überholten und neuerdings quälenden Studien folgten. Auf diese Weise wurde ich gelehrt, Böses mit der Verfolgung derartiger Studien zu verbinden, und Glück mit ihrer Verachtung.

Der gute Geist unternahm eine gewaltige Anstrengung; allein, sie war vergebens. Die Schicksalsgöttin war zu mächtig, und in ihren unumstößlichen Regeln lag meine äußerste und schreckliche Vernichtung beschlossen.

KAPITEL DREI

Als ich siebzehn Jahre alt wurde, beschlossen meine Eltern, daß ich Student an der Universität von Ingolstadt werden sollte. Bisher hatte ich zwar die Genfer Schulen besucht, aber mein Vater hielt es zur Vervollständigung meiner Erziehung für notwendig, daß ich auch mit anderen Sitten als denen meines Geburtslandes vertraut wurde. Meine Abreise war also zu einem frühen Zeitpunkt anberaumt worden; aber noch bevor der festgesetzte Tag herankam, ereilte mich das erste Unglück meines Lebens.

Elisabeth hatte Scharlach bekommen; ihre Erkrankung war sehr heftig, und sie schwebte in großer Gefahr. Während des normalen Verlaufs ihrer Krankheit hatten wir alle möglichen Gründe angeführt, weshalb meine Mutter davon Abstand nehmen sollte, sich dem Krankenlager zu nähern. Anfangs hatte sie unseren dringlichen Mahnungen Gehör geschenkt, aber als sie hörte, daß das Leben ihres Lieblings bedroht war, konnte sie ihre Angst nicht länger bezähmen. Sie eilte an Elisabeths Krankenbett – ihre aufopferungsvolle Pflege besiegte die bösartige Krankheit –, Elisabeth wurde gerettet; aber für ihre Retterin waren die Folgen ihrer Unbesonnenheit fatal. Am dritten Tag wurde meine Mutter krank; ihr Fieber war von höchst alarmierenden Symptomen begleitet, und die Blicke, die ihre behandelnden Ärzte einander zuwarfen, ließen das Schlimmste befürchten. Auch auf ihrem Sterbelager wurde diese beste aller Frauen nicht von ihrer Tapferkeit und Milde verlassen. Sie legte Elisabeths Rechte in meine Hand und sagte: »Meine Kinder, meine höchsten Hoffnungen auf künftiges Glück gründeten sich auf eure spätere Vereinigung. Diese Erwartung wird nun den Trost eures Vaters darstellen. Elisabeth, meine Liebe, du mußt meinen Platz bei meinen jüngeren Kindern einnehmen. Ach! wie schmerzt es mich, von euch genommen zu werden; ist es nicht hart, euch verlassen zu müssen, da ihr alle mich glücklich gemacht und geliebt habt? Aber derartige Gedanken schicken sich nicht für mich; ich will versuchen, mich freudig dem Tod zu überlassen, und mich der Hoffnung ergeben, in einer anderen Welt mit euch wiedervereint zu werden.«

Sie starb friedlich; und noch im Tode drückte ihre Miene Liebe aus. Ich brauche die Gefühle derjenigen, denen der liebste Mensch jenem unwiderruflichsten aller Übel erlegen ist, nicht zu beschreiben; die Leere, die ein solcher Verlust in ihren Herzen hinterläßt; und die Verzweiflung in den Zügen der Hinterbliebenen. Es dauert so lange, bis der Verstand begreift, daß der Mensch, den wir täglich sahen und dessen Dasein wir als zu unserem eigenen Leben gehörig betrachteten, für immer von uns ging – daß der Glanz eines geliebten Auges erloschen, der Klang einer vertrauten und so gern vernommenen Stimme verstummt sein kann, um niemals mehr zu erklingen. Dies sind die Gedanken an den ersten Tagen; aber wenn das Verstreichen der Zeit die Wirklichkeit des Verlusts ins Bewußtsein dringen läßt – dann erst beginnt die wahre Betrübnis. Aber von wem hätte die grausame Hand des Schicksals nicht bereits einen geliebten Menschen fortgerissen? Weshalb also sollte ich einen Kummer beschreiben, den alle Menschen fühlten und fühlen müssen? Endlich naht die Zeit heran, da der Kummer eher ein wehmütiges Sich-Erinnern als ein Bedürfnis darstellt, und er uns das Lächeln auf unseren Lippen zwar wie eine Entweihung vorkommen läßt, aber nicht gänzlich verbannt. Meine Mutter war tot, aber wir hatten immer noch

Pflichten zu erfüllen; wir, die Hinterbliebenen, mußten unser Leben weiterführen und lernen, uns glücklich zu schätzen, daß der Verderber uns noch verschont hatte.

Meine Abreise nach Ingolstadt, die wegen der geschilderten Ereignisse aufgeschoben worden war, wurde nun beschlossen. Ich erreichte bei meinem Vater einen Aufschub von einigen Wochen. Es kam mir wie ein Sakrileg vor, die Stille des Trauerhauses so früh schon zu verlassen und mich in den Trubel des Lebens zu stürzen. Der Kummer war zwar eine neue Erfahrung für mich, aber er nahm mich deswegen nicht weniger mit. Ich war nicht geneigt, auf den Anblick jener zu verzichten, die mir verblieben waren; und vor allem wollte ich meine liebliche Elisabeth wenigstens halbwegs getröstet sehen.

Tatsächlich verbarg sie ihren Kummer und bemühte sich, uns alle zu trösten. Sie hielt ihren Blick fest auf das Leben gerichtet und kam ihren Alltagspflichten mit Mut und Eifer nach. Sie widmete sich jenen, die mit Onkel und Cousins anzusprechen man sie gelehrt hatte. Niemals war sie so bezaubernd wie in dieser Zeit, in der sie sich ihres sonnigen Lächelns erinnerte und es uns schenkte. In ihrem Bemühen, uns die Sorgen vergessen zu machen, vergaß sie sogar ihren eigenen Kummer.

Der Tag meines Scheidens stand bevor. Clerval verbrachte den letzten Tag bei uns. Er hatte sich bemüht, seinen Vater zu der Erlaubnis zu überreden, mich zu begleiten und mein Mitstudent zu werden; aber vergebens. Sein Vater war ein engstirniger Handelsmann und erblickte in den Bestrebungen seines Sohnes Müßiggang und späteren Ruin. Henry empfand es als Unglück, von einer liberalen Erziehung ausgeschlossen zu sein. Er sprach nicht viel; aber wenn er etwas sagte, las ich in seinem brennenden und seelenvollen Blick den nicht geäußerten, aber festen Entschluß, sich von den verächtlichen Dingen, mit denen ein Kaufmann sich abgeben muß, nicht in Ketten legen zu lassen.

Wir saßen noch spät zusammen. Wir konnten uns nicht voneinander trennen und uns nicht überwinden, das Wort ›Lebewohl‹ auszusprechen. Schließlich wurde es gesagt, und jeder von uns zog sich unter dem Vorwand zurück, er bedürfe der Ruhe, und jeder glaubte, den anderen getäuscht zu haben; aber als ich in der Morgendämmerung zu dem Wagen hinabstieg, der bereitstand, mich fortzuführen, standen sie alle dort – mein Vater, um mich noch einmal zu segnen, Clerval, um mir noch einmal die Hand zu drücken, und meine Elisabeth, um mich noch einmal zu bitten, ihr recht oft zu schreiben, und um ihrem Spielkameraden und Freund die letzten weiblichen Aufmerksamkeiten zukommen zu lassen.

Ich warf mich in die Kalesche, die mich entführen sollte, und gab mich den traurigsten Gedanken hin. Ich, der ich stets von den liebenswürdigsten Gefährten umgeben und ständig bemüht gewesen war, anderen Vergnügen zu bereiten, war nun allein. In der Universität, zu der ich unterwegs war, würde ich mir meine eigenen Freunde suchen und mein eigener Beschützer sein müssen. Mein bisheriges Leben war ungewöhnlich abgeschirmt und häuslich gewesen, und diese Lebensweise hatte mir eine unüberwindliche Abneigung neuen Gesichtern gegenüber eingegeben. Ich liebte meine Brüder, Elisabeth und Clerval; dies waren ›alte, vertraute‹ Gesichter; und ich glaubte mich vollständig unvorbereitet auf die Gesellschaft Fremder. Dies waren die Grübeleien, denen ich mich zu Beginn der Fahrt hingab; aber je mehr ich mich meinem Ziel näherte, desto höher stiegen meine Stimmung und meine Hoffnungen. Ich verlangte brennend nach Wissen. Zu Hause hatte ich oft gedacht, daß es mir schwerfallen würde, meine ganze Jugend an ein und demselben Ort zu verbringen, und ich hatte mich danach gesehnt, in die Welt hinauszugehen und meinen Platz unter anderen Menschen einzunehmen. Nun wurden meine Wünsche erfüllt, und es wäre in der Tat töricht gewesen, dies zu bereuen.

Während meiner langen und ermüdenden Fahrt nach Ingolstadt hatte ich genügend Muße für diese und andere Überlegungen. Endlich erblickte ich den hohen, weißen Kirchturm der Stadt. Als wir anhielten, stieg ich aus dem Wagen und wurde in meine einsame Unterkunft geführt, wo ich den Abend nach Belieben verbringen konnte.

Am folgenden Morgen reichte ich meine Empfehlungsschreiben ein und stattete einigen der wichtigsten Professoren einen Besuch ab. Der Zufall – oder vielmehr der unheilvolle Einfluß; der Engel der Vernichtung, der von dem Augenblick an, als ich meine zögernden Schritte von der Tür meines Vaterhauses fortgelenkt hatte, eine unwiderstehliche Macht über mich ausübte – führte mich zuerst zu Magister Krempe, Professor für Naturphilosophie. Er war ein ungeschlachter Mann, aber tief mit den Geheimnissen seiner Wissenschaft vertraut. Er stellte mir Fragen über meinen Wissensstand in den verschiedenen Zweigen der Naturphilosophie. Ich antwortete unbekümmert und erwähnte mit einer gewissen Verachtung die Namen meiner Alchemisten als der wichtigsten Autoren, die ich studiert hatte. Der Professor starrte mich an und sagte: »Habt Ihr wirklich Eure Zeit damit verbracht, derlei Unsinn zu studieren?«

Ich bejahte. »Jede Minute«, fuhr Magister Krempe erregt fort, »jeder Augenblick, den Ihr auf diese Bücher verschwendet habt, ist vollständig und für alle Zeit verloren. Ihr habt Euer Gedächtnis mit überholten Denkweisen und nutzlosen Namen belastet. Großer Gott! In welchem verlassenen Land habt Ihr nur gelebt, in dem niemand die Freundlichkeit besaß, Euch darauf hinzuweisen, daß diese Phantastereien, die Ihr so begierig aufgenommen habt, tausend Jahre alt sind und daher veraltet sein *müssen*? Ich bin einigermaßen überrascht, in diesem aufgeklärten und wissenschaftlichen Zeitalter einen Schüler von Albertus Magnus und Paracelsus zu finden. Mein lieber Herr, Ihr müßt Eure Studien gänzlich von neuem beginnen.«

Nach diesen Worten trat er beiseite, um eine Liste mit den

Titeln verschiedener Bücher über die Naturphilosophie zusammenzustellen, von denen er wünschte, daß ich sie mir besorgte; dann entließ er mich mit dem Hinweis, er beabsichtige, mit Beginn der kommenden Woche eine Vorlesungsreihe über die Naturphilosophie in ihren allgemeinen Aspekten abzuhalten, und sein Kollege, Magister Waldmann, werde an den anderen Tagen Vorlesungen über Chemie halten.

Ich kehrte guten Gewissens nach Hause zurück, denn ich hatte ja gesagt, daß ich diese Autoren, die der Professor verwarf, schon vor langer Zeit als nutzlos erkannt hatte; andererseits war ich nicht sonderlich geneigt, diese Studien in welcher Form auch immer wieder aufzunehmen. Magister Krempe war ein kleiner, untersetzter Mann mit einer barschen Stimme und abstoßenden Gesichtszügen; deshalb nahm mich der Lehrer nicht gerade zugunsten seines Fachs ein. Ich habe ja bereits – wenn auch vielleicht in zu philosophischer und knapper Form – dargelegt, zu welchen Schlußfolgerungen ich in meinen frühen Jahren gekommen war. Als ich ein Kind war, hatten mir die wissenschaftlichen Ergebnisse, die moderne Professoren der Naturphilosophie in Aussicht stellten, nicht genügt. Ich war in einer gedanklichen Verwirrung, für die man nur meine allzu große Jugend und das Fehlen einer Anleitung in diesen Dingen verantwortlich machen kann, den Weg des Wissens in der Zeit zurückgegangen und hatte die Erkenntnisse moderner Forscher gegen die Träume längst vergessener Alchemisten eingetauscht. Außerdem verachtete ich die Art und Weise, wie die moderne Naturphilosophie angewendet wurde. Damals hatten die Meister der Wissenschaft nach Unsterblichkeit und Macht gesucht; das war eine ganz andere Sache gewesen; solche Perspektiven waren großartig, so irrig sie auch sein mochten; aber heute hatten sich die Verhältnisse geändert. Der Ehrgeiz der Forscher schien sich auf die Vernichtung jener Visionen zu beschränken, auf die mein Interesse an der Wissenschaft hauptsächlich gegründet war. Ich sollte die

Chimären grenzenloser Größe gegen banale Realitäten eintauschen.

Derart waren meine Überlegungen während der ersten zwei oder drei Tage meines Aufenthaltes in Ingolstadt, die ich hauptsächlich darauf verwendete, mich mit den Örtlichkeiten und den bedeutendsten Bürgern meines neuen Wohnsitzes vertraut zu machen. Aber zu Beginn der neuen Woche gedachte ich des Hinweises, die Magister Krempe mir bezüglich seiner Vorlesungen gemacht hatte. Und wenn ich es auch nicht über mich bringen konnte, hinzugehen und diesen kleinen, eingebildeten Wicht seine Sentenzen von einen Katheder herab verkünden zu hören, erinnerte ich mich doch an das, was er über Magister Waldmann gesagt hatte, dem ich noch nicht begegnet war, da er sich bisher außerhalb der Stadt aufgehalten hatte.

Teils aus Neugier, teils aus Muße begab ich mich in den Vorlesungsraum, den Magister Waldmann kurz darauf betrat. Dieser Professor hatte nur wenig Ähnlichkeit mit seinem Kollegen. Er schien etwa fünfzig Jahre zu zählen und strahlte äußerstes Wohlwollen aus. Sein Haar war an den Schläfen leicht ergraut, am Hinterhaupt jedoch noch fast schwarz; seine Statur war untersetzt, aber er hielt sich bemerkenswert gerade; und seine Stimme war die angenehmste, die ich je vernommen hatte. Er begann seine Vorlesung mit einem Abriß der Geschichte der Chemie sowie einer Aufzählung der Fortschritte, die Gelehrte verschiedener Fachrichtungen erzielt hatten, wobei er die Namen der hervorragendsten Entdecker mit Begeisterung aussprach. Dann beleuchtete er kurz den gegenwärtigen Stand dieser Wissenschaft und erläuterte ihre vielen Grundbegriffe. Nachdem er noch ein paar einleitende Experimente vorgeführt hatte, schloß er mit einer Lobrede über die moderne Chemie, deren Wortlaut ich wohl niemals vergessen werde:

»Alle alten Lehrmeister dieser Wissenschaft«, sagte er, »versprachen Unmögliches und vollbrachten nichts. Die modernen

Meister versprechen sehr wenig; sie wissen, daß sich Metalle nicht transmutieren lassen und daß das Lebenselixier ein Hirngespinst ist. Aber diese Gelehrten, deren Hände nur dazu zu dienen scheinen, im Schmutz herumzusuchen, und deren Augen nur dazu, um in Mikroskope oder Tiegel zu starren – sie vollbringen die eigentlichen Wunder. Sie dringen in die Tiefen der Natur ein und zeigen, wie sie an ihren verborgenen Orten wirkt. Sie schwingen sich in den Himmel empor; sie zeigen, wie das Blut zirkuliert und wie die Luft beschaffen ist, die wir atmen. Sie haben sich bisher unbekannte und nahezu unbegrenzte Kräfte nutzbar gemacht; sie können dem Donner des Himmels gebieten, ein Erdbeben nachahmen und spotten sogar der Welt des Unsichtbaren mit ihren dunklen Geheimnissen.«

Dies waren die Worte des Professors – oder laßt mich lieber sagen, die Worte des Schicksals; ausgesprochen, um mich zu verderben. Während Magister Waldmann fortfuhr, hatte ich das Gefühl, als ringe meine Seele mit einem leibhaftigen Feind; Taste um Taste meines inneren Mechanismus wurde getätigt; Saite um Saite wurde angeschlagen; und bald darauf war da nur noch *ein* Gedanke, *ein* Begriff, *ein* Ziel, das mich ausfüllte. So vieles wurde bereits erreicht, rief die Seele Frankensteins aus – mehr, weit mehr, will ich erreichen; indem ich in die Fußstapfen meiner Vorgänger trete, will ich einen neuen Weg erschließen, unbekannte Kräfte erforschen und der Welt die tiefsten Geheimnisse der Schöpfung erschließen.

In jener Nacht tat ich kein Auge zu. Mein Innerstes befand sich in einem Zustand der Verwirrung und des Aufruhrs; ich ahnte zwar, daß daraus eine neue Ordnung entstehen würde, hatte aber nicht die Kraft, sie zu schaffen. Nach Anbruch der Morgendämmerung nahte sich allmählich der Schlaf. Als ich daraus erwachte, dünkten mich die Gedanken der Nacht wie ein Traum. Das einzige, was blieb, war mein Entschluß, zu meinen alten Forschungen zurückzukehren und mich einer Wissenschaft zu verschreiben, für die ich ein natürliches Talent zu besitzen glaubte. Noch an demselben Tage stattete ich Magister Waldmann einen Besuch ab. Im privaten Bereich war sein Verhalten noch angenehmer und anziehender als vor Publikum, denn in den Vorlesungen war sein Gebaren von einer gewissen Würde, die in seinem Heim durch die größte Freundlichkeit und Güte ersetzt wurde. Ich schilderte ihm meine früheren Beschäftigungen mit fast denselben Worten, wie ich sie seinem Professor-Kollegen gegenüber gebraucht hatte. Er lauschte aufmerksam meinem Bericht über meine Studien und lächelte bei den Namen Cornelius Agrippa und Paracelsus, aber ohne die Geringschätzung, die Magister Krempe gezeigt hatte. Er sagte: »Dies waren Männer, deren unermüdlichem Eifer moderne Gelehrte die Grundlagen ihres Wissens verdanken. Sie haben uns nur die leichtere Aufgabe hinterlassen, neue Benennungen zu ersinnen und die Fakten, die sie in großem Umfang ans Tageslicht gebracht haben, in logisch verknüpfte Klassifikationen einzuordnen. Die Arbeiten genialer Männer – so irrig die Annahmen, auf denen sie gründen, auch sein mögen – verfehlen ja selten, letztlich zum Fortschritt der Menschheit beizutragen.« Ich lauschte seinen Ausführungen, die ohne jede Anmaßung oder Heuchelei vorgetragen wurden, dann erwiderte ich, seine Vorlesung habe meine Vorurteile gegen moderne Chemiker ausgeräumt; ich drückte mich in wohlgesetzter Rede aus; mit der Bescheidenheit und Achtung, die ein junger Mensch seinem Lehrer schuldet, ohne auch nur ein Wort (jede Andeutung über meine Unerfahrenheit hätte mich erröten lassen) über die Begeisterung zu verlieren, mit der ich meiner künftigen Arbeit entgegensah, und erbat lediglich seinen Rat, welche Bücher ich mir besorgen sollte.

»Ich schätze mich glücklich«, sagte Magister Waldmann, »einen Schüler gewonnen zu haben; und wenn Eure Hingabe Euren Fähigkeiten entspricht, zweifle ich nicht an Eurem Erfolg. Die Chemie ist jener Zweig der Naturphilosophie, in dem die größten Fortschritte gemacht wurden und wohl auch zu erwarten sind; deshalb habe ich sie zu meinem speziellen Fachgebiet gemacht; aber dies bedeutet nicht, daß ich die übrigen Wissenschaftsbereiche vernachlässigt hätte. Ein Forscher, der sich nur einem einzigen Zweig des menschlichen Wissens verschriebe, gäbe einen armseligen Chemiker ab. Falls Ihr den Wunsch habt, ein rechter Mann der Wissenschaft zu werden und nicht nur ein unbedeutender Experimentator, gebe ich Euch den Rat, Euch mit jedem Zweig der Naturphilosophie zu befassen, einschließlich der Mathematik.«

Dann zeigte er mir sein Laboratorium und erklärte mir Sinn und Zweck der verschiedenen Apparate, führte im einzelnen auf, was ich mir beschaffen sollte, und versprach mir, ich dürfe seine eigenen Gerätschaften benutzen, sobald ich tief genug in die Chemie eingedrungen wäre, um diese teuren Apparate nicht zu beschädigen. Zum Abschied gab er mir die Bücherliste, um die ich ihn gebeten hatte, und entließ mich.

So endete ein denkwürdiger Tag, der mein weiteres Schicksal entscheidend beeinflussen sollte.

KAPITEL VIER

Von diesem Tage an wurde die Naturphilosophie und besonders die Chemie im umfassendsten Sinne nahezu meine einzige Leidenschaft. Ich las mit Eifer die Bücher, die moderne Forscher über diese Gegenstände geschrieben haben, und die so voller Genie und Scharfsinn waren. Ich besuchte die Vorlesungen und pflegte die Bekanntschaft mit Männern der Wissenschaft an der Universität; sogar Magister Kremp erwies sich als Quell der Gelehrsamkeit und des gesunden Menschenverstandes, und seine abstoßenden Gesichtszüge und Manieren taten dem keinerlei Abbruch. In Magister Waldmann fand ich einen wahren Freund. Seine Freundlichkeit wurde niemals durch Dogmatismus getrübt, und seine Unterweisungen erfolgten mit einer Freimütigkeit und Herzlichkeit, daß niemand ihn als pedantisch bezeichnet hätte. Er glättete mir auf tausendfältige Weise den Pfad des Wissens und verstand es, selbst auf meine verworrensten Fragen derart klare und verständliche Antworten zu geben, daß ich sie leicht begreifen konnte. In der ersten Zeit war mein Eifer schwankend und ungewiß; dann wurde er entschlossener; und bald wurde er so glühend und hingebungsvoll, daß häufig das Licht der Sterne in der Morgendämmerung verblaßte, während ich noch in meinem Laboratorium geschäftig war.

Bei solcher Hingabe blieb es nicht aus, daß ich rasche Fortschritte machte. Mein glühender Eifer erregte in der Tat die

Verwunderung meiner Mitstudenten, und meine Tüchtigkeit erstaunte die Magister. Professor Krempe fragte mich häufig mit einem anzüglichen Lächeln, wie ich mit Cornelius Agrippa vorankäme, während Magister Waldmann aufrichtiges Lob wegen meines Lernerfolgs aussprach. Zwei Jahre vergingen auf diese Weise, ohne daß ich einen Besuch in Genf gemacht hätte, denn ich hatte mich mit Leib und Seele dem Bemühen um einige Entdeckungen verschrieben, die ich zu machen hoffte. Wer sie noch niemals selbst erfahren hat, kann die Faszination, die von der Wissenschaft ausgeht, nicht begreifen. In anderen Fächern kann man nur so weit voranschreiten, wie andere vor einem gegangen sind, und damit ist das Wissen auf diesen Bereich erschöpft; aber bei der wissenschaftlichen Forschung gibt es immer etwas zu entdecken und zu bestaunen. Ein Geist von bescheidenem Fassungsvermögen, der sich intensiv mit einem Fach befaßt, muß zwangsläufig große Tüchtigkeit auf diesem Gebiet erwerben; ich hingegen – der ich ständig ein bestimmtes Ziel vor Augen hatte; der ich völlig in diesem Studium aufging – kam so rasch voran, daß ich nach Ablauf von zwei Jahren mehrere Erfindungen zur Verbesserung der chemischen Apparaturen machte, die mir in der Universität große Wertschätzung und Bewunderung einbrachten. Bald war ich mit der Theorie und Praxis der Naturphilosophie bereits so weit vertraut, daß mir die Vorlesungen sämtlicher Professoren in Ingolstadt nichts Neues mehr beibringen konnten und mein Verweilen dort nicht länger zu meinem Vorwärtskommen beigetragen hätte; und ich dachte bereits daran, zu den Freunden in meiner Geburtsstadt zurückzukehren, als sich ein Vorfall ereignete, der mich zum Bleiben bestimmte.

Zu den Dingen, die mein Interesse in besonderem Maße angeregt hatten, gehörte der Aufbau des Körpers beim Menschen und natürlich bei jedem mit Leben begabten Tier. Woraus, so fragte ich mich häufig, ging das Prinzip des Lebens hervor? Es war eine kühne Frage, die seit jeher als ein Geheimnis betrachtet worden war; aber bei wie vielen Dingen stünden wir wohl kurz vor der Erkenntnis, wenn nicht Feigheit oder Nachlässigkeit unseren Forschungen Einhalt geboten hätten! Ich wälzte diese Überlegungen immer wieder in meinem Kopf und beschloß schließlich, mich eingehender mit jenen Zweigen der Naturphilosophie zu beschäftigen, die mit der Physiologie zusammenhängen. Hätte mich nicht ein beinahe übernatürliches Interesse angetrieben, wäre meine Beschäftigung mit diesem Studium fast unerträglich ermüdend gewesen.

Um die Urgründe des Lebens zu erforschen, müssen wir uns zunächst mit dem Tode befassen. Ich machte mich mit der Wissenschaft der Anatomie vertraut; aber das war nicht genug; ich mußte darüber hinaus den natürlichen Verfall und die Verwesung des menschlichen Leibes beobachten. Mein Vater hatte bei meiner Erziehung größten Wert darauf gelegt, mein kindliches Gemüt nicht durch die Erwähnung übernatürlicher Schrecken einzuschüchtern. Ich erinnere mich nicht, jemals beim Anhören einer Gespenstergeschichte erschauert zu sein oder die Erscheinung eines Geistes befürchtet zu haben. Die Dunkelheit hatte keinerlei Wirkung auf meine Phantasie, und ein Friedhof war für mich nichts weiter als ein Aufbewahrungsort für des Lebens beraubte Körper, die – vordem der Sitz von Schönheit und Kraft – zum Wurmfraße geworden waren. Nun trieb es mich, die Ursache und den Vorgang dieser Verwesung selbst zu ergründen, und ich war genötigt, Tage und Nächte in Grabgewölben und Beinhäusern zu verbringen. Meine Aufmerksamkeit galt allem und jedem, was dem menschlichen Zartgefühl im höchsten Maß unerträglich ist. Ich beobachtete, wie die liebliche Gestalt des Menschen verdorben und verwüstet wurde; ich sah, wie die Entstellung des Todes über das blühende Antlitz des Lebens triumphierte; ich ward Zeuge, wie der Wurm die Wunder von Auge und Hirn zernagte. Ich nahm mir die Zeit, all die ursächlichen

Details zu überprüfen und zu analysieren, in denen sich zum Beispiel die Verwandlung vom Leben zu Tode und vom Tode zum Leben vollzieht; und plötzlich erschien mir inmitten der Dunkelheit ein Licht; eine Erkenntnis, so strahlend und wunderbar und dabei doch so naheliegend, daß es mich überraschte – während mich zugleich die ungeheuerliche Schau blendete, die sie mir eröffnete –, unter all den vielen Männern von großem Verstand, die ihr Interesse derselben Wissenschaft zugewandt hatten, als einziger ein derart erstaunliches Geheimnis entdeckt zu haben.

Bedenkt bitte, daß ich hier nicht von den Visionen eines Wahnsinnigen berichte. Seid versichert, daß die Sonne vom Himmel herabscheint, ist nicht wahrer als das, was ich nun berichten werde. Mag sein, daß ein Wunder bei meiner Erkenntnis mitwirkte, aber die einzelnen Schritte, die zu ihr führten, waren klar und folgerichtig. Nach Tagen und Nächten unglaublich harter Arbeit und Erschöpfung erkannte ich die Ursache der Zeugung und des Lebens – mehr noch, ich selbst wurde fähig, lebloser Materie Leben einzuhauchen.

Die Verwunderung, die ich anfangs über diese Entdeckung empfunden hatte, wich bald der Freude und dem Entzücken. Nach einer so langen Zeit, die ich mit mühseliger Arbeit verbracht hatte, nun mit einem Male auf dem Gipfel meiner Wünsche angelangt zu sein, war der befriedigendste Lohn für meine Mühen. Aber diese Entdeckung war so ungeheuer groß und überwältigend, daß alle Schritte, die mich allmählich zu ihr hingeführt hatten, ausgelöscht waren und ich nur noch das Ergebnis sah. Was seit Erschaffung der Welt Gegenstand der Forschung und der Sehnsucht der klügsten Männer gewesen war, lag nun in meiner Reichweite. Nicht, daß sich mir wie in einem Zauberstück alles zugleich offenbart hätte; das Wissen, das ich erlangt hatte, war von der Art, daß es meine Bemühungen erst dann lenkte, als ich selbst sie auf den Gegenstand meiner Forschung richtete; aber es war nicht so beschaffen, daß es mir diesen Gegenstand sogleich vollständig vor Augen geführt hätte. Ich befand mich in einer Lage ähnlich der jenes Arabers, den man zusammen mit den Toten begraben hatte und der einen Ausweg ins Leben fand; und dies allein mit Hilfe eines glimmenden und scheinbar nutzlosen Lichts.

Ich erkenne an Eurer Ungeduld und an der Neugier und Hoffnung, die sich in Euren Augen abmalen, mein Freund, daß Ihr erwartet, in das Geheimnis, das ich entdeckt habe, eingeführt zu werden; aber dies kann nicht geschehen. Hört nur geduldig bis zum Ende der Geschichte zu, und Ihr werdet leicht begreifen, weshalb ich über diesen Punkt Schweigen bewahren muß. Ich will Euch, der Ihr ebenso unvorbereitet und von brennendem Wissensdurst erfüllt seid, wie ich es damals war, nicht in Euer Verderben und in das sichere Elend führen. Lernt von mir; und wenn nicht durch meine Mahnungen, so doch durch mein Beispiel dafür, wie gefahrvoll die Erlangung von Wissen ist, und um wie vieles glücklicher sich ein Mann schätzen kann, der seine Heimatstadt für die Welt erachtet, als einer, der danach strebt, größer zu sein, als die Natur es zuläßt.

Als ich begriff, welch wunderbare Macht in meine Hände gegeben war, sann ich lange Zeit über die Art und Weise nach, wie ich sie anwenden sollte. Obwohl ich die Fähigkeit besaß, Leben einzuhauchen, war die Vorbereitung eines Leibes mit all seinen komplizierten Fasern, Muskeln und Adern, der dieses Leben empfangen sollte, immer noch eine ungeheuer mühevolle Arbeit. Ich war anfangs noch nicht schlüssig, ob ich mich in der Erschaffung eines Wesens gleich mir selbst oder lieber eines einfacheren Organismus versuchen sollte; aber meine Phantasie war durch meinen anfänglichen Erfolg derart erregt, daß ich nicht an meiner Fähigkeit zweifelte, einem Tier Leben einzuhauchen, das so kompliziert und wunderbar wie ein Mensch war. Die Mittel, die mir zur Verfügung standen, schienen einem derart schwierigen Unterfangen kaum angemessen; aber ich war mir sicher, daß ich letztlich erfolgreich sein würde. Ich bereitete mich auf eine Vielzahl von Rückschlägen vor; es mochten sich mir ständig Hindernisse in den Weg legen, und zumindest mußte meine Arbeit Stückwerk bleiben; andererseits blieb mir, wenn ich an die beinahe täglichen Verbesserungen in der Wissenschaft und in der Technik dachte, die Hoffnung, daß meine gegenwärtigen Anstrengungen zumindest den Grundstein für einen zukünftigen Erfolg legen würden. Zudem sprachen Umfang und Kompliziertheit meines Vorhabens auch nicht unbedingt für dessen Undurchführbarkeit. Mit diesen Gefühlen machte ich mich an die Erschaffung eines Menschen. Da die Kleinheit der verschiedenen Teile zuviel Zeit kosten würde, beschloß ich entgegen meiner früheren Absicht, ein Wesen von riesenhafter Statur zu erschaffen; das heißt, es sollte eine Größe von etwa zwei Meter vierzig bei einem entsprechenden Körperumfang aufweisen. Nachdem ich diese Maße festgelegt und einige Monate damit verbracht hatte, die nötigen Materialien zu beschaffen und zu ordnen, begann ich.

Niemand vermag, sich die unterschiedlichen Empfindungen vorzustellen, die mich in der ersten Begeisterung, die durch den Erfolg hervorgerufen worden war, gleich einem Sturmwind vorantrieben. Der Übergang zwischen Leben und Tod erschien mir als Schranke, die nur in unserer Einbildung existierte und die ich als erster durchbrechen würde, um eine Flut von Licht auf unsere dunkle Welt zu lenken. Eine neue Rasse würde mich als ihren Schöpfer und Urheber preisen; viele glückliche und vortreffliche Geschöpfe würden mir ihr Dasein verdanken. Kein Vater konnte die Dankbarkeit seines Kindes mit größerem Recht beanspruchen, als ich den Dank meiner Geschöpfe. Indem ich diese Betrachtungen fortspann, dachte ich, daß ich – wenn ich unbelebter Materie Leben einhauchen konnte – später (obwohl ich dies jetzt noch für unmöglich hielt) das Leben dort erneuern können würde, wo der Tod den Leib bereits in Verwesung überführt hatte.

Diese Gedanken befeuerten mich, während ich mein Vorhaben mit unablässigem Eifer verfolgte. Meine Wangen waren durch das Studium fahl geworden, und mein Körper war durch das erzwungene Eingesperrtsein abgezehrt. Zuweilen versagte ich an der Schwelle des sicheren Sieges; aber ich klammerte mich weiterhin an die Hoffnung, die schon der folgende Tag oder die nächste Stunde erfüllen mochte. Ein Geheimnis, das allein ich besaß, stellte die Hoffnung dar, der ich mich verschrieben hatte; und der Mond lugte auf meine mitternächtlichen Arbeiten, während ich mit nie nachlassendem und atemlosem Eifer die Natur bis in ihre Schlupfwinkel verfolgte. Wer könnte die Schrecken meines verborgenen Tuns nachempfinden, wenn ich mich im unheiligen Dunstkreis der Gräber beschmutzte oder die lebende Kreatur quälte, auf daß sie leblosen Ton beseelte? Noch heute erbeben meine Glieder und schwimmen meine Augen im Gedenken daran; aber damals zwang mich ein unwiderstehlicher, beinahe fanatischer Drang vorwärts; ich schien kein Empfinden oder Gefühl mehr für alles zu besitzen, was nicht mit diesem einen Ziel zusammenhing. Es handelte sich jedoch nur um einen vorübergehenden Trancezustand, der mich wieder mit erneuerter Dringlichkeit fühlen ließ, sobald ich – als der unnatürliche Antrieb erstarb – zu meinen alten Gewohnheiten zurückkehrte. Ich sammelte Knochen aus Beinhäusern und störte mit frevelnden Händen die ehrfurchtgebietenden Geheimnisse der sterblichen Hülle des Menschen auf. In einer abgelegenen Kammer, einer kargen Zelle unter dem Dach des Hauses, durch einen Korridor und eine Hintertreppe von den übrigen Räumen des Hauses abgeschieden, befand sich die Werkstatt, in der meine unheiligen Schöpfungen entstanden; oft genug wollten meine Augen aus den Höhlen hervortreten angesichts der Details meiner Tätigkeit. Der Sezierraum und das Schlachthaus versorgten mich mit einem Großteil meines Materials; und häufig wandte sich meine menschliche Natur mit Grausen von meiner Beschäftigung ab, als ich – durch einen ständig zunehmenden Eifer angetrieben – meine Arbeit fast bis zu ihrem Abschluß brachte.

Die Sommermonate vergingen, während ich mit Herz und Seele nur dieser einen Sache verschrieben war. Es war die schönste Jahreszeit; nie versprachen die Felder eine üppigere Ernte und trugen die Weinberge reichere Frucht; aber meine Augen waren blind für die Schönheiten der Natur. Und dieselbe Besessenheit, die mich nicht auf die Vorgänge um mich herum achten ließ, führte auch dazu, daß ich die Freunde vergaß, von denen mich so viele Meilen trennten und die ich so lange nicht mehr gesehen hatte. Ich wußte, daß mein Schweigen sie beunruhigte, und ich erinnerte mich gut an die Worte meines Vaters: »Ich weiß, daß du in Liebe an uns denken wirst und wir in regelmäßigen Abständen von dir hören werden, solange du mit dir selbst zufrieden bist. Du mußt mir vergeben, wenn ich jedes Ausbleiben deiner Briefe als Beweis dafür betrachten werde, daß du auch deine übrigen Pflichten vernachlässigst.«

Ich konnte mir deshalb genau ausmalen, was mein Vater dachte, aber ich konnte meine Gedanken nicht von meinem Vorhaben losreißen, das zwar im Grunde widerwärtig war, aber meine Vorstellungskraft unwiderstehlich in ihrem Bann hielt. Tatsache, ich wünschte, alle meine Gefühle der Zuneigung beiseite zu schieben, bis das große Unternehmen, das meine eigentliche Natur gänzlich unterdrückte, abgeschlossen sein würde.

Ich dachte damals, daß es unrecht von meinem Vater wäre, wenn er meine Nachlässigkeit meiner Faulheit oder einer Charakterschwäche von mir zuschrieb; aber heute bin ich davon überzeugt, daß er mit seiner Annahme, ich sei nicht frei von Schuld, recht hatte. Ein untadeliger Mensch sollte sich stets einen ruhigen und friedvollen Geist bewahren und niemals zulassen, daß eine Leidenschaft oder ein flüchtiges Verlangen seine Gemütsruhe stören. Ich bin nicht der Ansicht, daß das Streben nach Erkenntnis eine Ausnahme von dieser Regel entschuldigt.

Wenn das Studium, dem Ihr Euch widmet, dazu angetan ist, Euch die Menschen, die Ihr liebt, vergessen zu machen und Euren Sinn für jene einfachen Freuden zu zerstören, die keines zusätzlichen Anreizes bedürfen, dann ist dieses Studium gewiß unerlaubt und dem menschlichen Geist nicht zuträglich. Wären diese Regeln stets befolgt worden; hätte sich kein Mensch jemals auf die Verfolgung eines Zieles eingelassen, das seiner Seelenruhe abträglich ist, wäre Griechenland nicht unterworfen worden, hätte Caesar sein Reich verschont; wäre die Entdeckung Amerikas allmählicher vonstatten gegangen und die Reiche Mexiko und Peru wären nicht zerstört worden.

Aber ich ertappe mich dabei, daß ich im interessantesten Teil meines Berichts zu moralisieren beginne; und Euer Blick gemahnt mich, fortzufahren.

Mein Vater ließ in seinen Briefen keinen Vorwurf erkennen und reagierte auf mein Schweigen nur in der Form, daß er sich eingehender als zuvor nach meiner Beschäftigung erkundigte. Winter, Frühjahr und ein weiterer Sommer vergingen über meiner Arbeit, und ich achtete nicht auf das Blühen und das Sprießen des Grüns – Anblicke, die früher niemals verfehlt hatten, mein höchstes Entzücken zu erregen –, so tief war ich in meiner Tätigkeit versunken. Das Laub dieses Jahres war verwelkt, als meine Arbeit sich ihrem Abschluß näherte; und jetzt zeigte mir jeder Tag deutlicher, wie groß mein Erfolg war. Aber meine Begeisterung war jetzt durch Furcht gedämpft, und ich glich eher einem Arbeiter, der dazu verdammt ist, unter Tage zu schuften oder einer anderen unzuträglichen Tätigkeit nachzugehen, als einem Gelehrten bei seiner Lieblingsbeschäftigung. Nacht für Nacht suchte mich ein schleichendes Fieber heim, und ich wurde so nervös, daß es anfing, peinlich zu werden; ein fallendes Blatt ließ mich zusammenzucken, und ich mied meine Mitmenschen, als hätte ich mich eines Verbrechens schuldig gemacht. Manches Mal bestürzte mich das Ausmaß, in dem ich zu meinem Nachteil verändert hatte; allein mein Werk verlieh mir noch Kraft: Meine Arbeit würde bald abgeschlossen sein, und ich glaubte, Bewegung und Zerstreuung würden dann jeder beginnenden Krankheit Einhalt gebieten; und ich versprach mir selbst beides, sobald meine Schöpfung vollendet wäre.

KAPITEL
FÜNF

In einer düsteren Novembernacht stand mein Werk vor dem Abschluß. Mit einer Verzagtheit, die an Todesangst grenzte, baute ich die lebensspendenden Instrumente um mich herum auf, die dem leblosen Ding zu meinen Füßen den Lebensfunken eingeben sollten. Es war bereits ein Uhr am Morgen; der Regen klopfte trostlos gegen die Fenster, und mein Windlicht war fast heruntergebrannt, als ich im trüben Schein der halb erloschenen Kerze sah, wie sich das stumpfe, wasserhelle Auge der Kreatur öffnete. Ihre Brust hob sich zu einem tiefen Atemzug, und ein krampfhaftes Zucken lief durch ihre Glieder.

Wie soll ich meine Gefühle in diesem schicksalhaften Augenblick oder das bedauernswerte Geschöpf beschreiben, das zu formen mir so unendliche Pein und Sorge bereitet hatte? Seine Glieder waren ebenmäßig, und seine Züge hatte ich angenehm gebildet. Angenehm! Barmherziger Gott! Seine helle Haut spannte sich straff über das Spiel der Muskeln und das Pulsieren der Adern darunter; sein schimmernd schwarzes Haar wallte; seine Zähne waren makellos weiß wie Perlen – aber all diese Schönheit bildete nur einen um so entsetzlicheren Kontrast zu seinen ausdruckslosen Gesichtszügen, den glatten, dunklen Lippen und zu den stumpfen Augen, die beinahe von derselben Farbe wie die schmutzig-weißen Höhlen waren, in denen sie saßen.

Die Wechselfälle des Lebens sind weniger veränderlich als die

Gefühle des Menschen. Ich hatte nahezu zwei Jahre lang hart gearbeitet, mit dem einzigen Ziel, einem unbeseelten Leib Leben einzuhauchen. Ich hatte mir keine Ruhe gegönnt und meine Gesundheit aufs Spiel gesetzt. Mein brennendes Verlangen hatte jedes Maß überschritten; aber nun, da es vollbracht, war die Schönheit des Traumes verschwunden, und atemloser Schrecken und Abscheu erfüllten mein Herz. Unfähig, den Anblick des Wesens zu ertragen, das ich erschaffen hatte, eilte ich aus dem Raum und ging lange Zeit in meiner Schlafkammer auf und ab, da ich viel zu aufgewühlt war, um an Ruhe denken zu können. Endlich ging der Aufruhr in meinem Inneren in Ermattung über, und ich warf mich angekleidet aufs Bett, um zu versuchen, ein paar Augenblicke lang Vergessen zu finden. Aber vergebens; ich schlief zwar, wurde aber von den wildesten Träumen heimgesucht. Ich glaubte, Elisabeth zu sehen, wie sie in blühender Gesundheit durch die Straßen von Ingolstadt ging. Erfreut und überrascht schloß ich sie in meine Arme, aber als ich ihr den ersten Kuß auf die Lippen drückte, wurden sie totenfahl; Elisabeths Gesichtszüge verwandelten sich, und ich glaubte, den Leichnam meiner Mutter in Armen zu halten; ein Leichentuch verhüllte ihre Gestalt, in dessen Falten ich die Totenmaden wimmeln sah. Entsetzt schrak ich aus meinem Schlummer auf. Kalter Schweiß bedeckte meine Stirn; meine Zähne schlugen aufeinander und meine Glieder zuckten krampfhaft, als ich bei dem schwachen, bleichen Mondlicht, das durch die Fensterläden fiel, das elende Geschöpf erblickte; das bedauernswerte Ungeheuer, das ich erschaffen hatte. Er hielt den Bettvorhang zur Seite, und seine Augen – wenn man sie als Augen bezeichnen konnte – waren auf mich geheftet. Sein Mund öffnete sich, und er gab einige unartikulierte Laute von sich, während ein Grinsen seine Wangen verzerrte. Mag sein, daß er etwas sagte, aber ich verstand es nicht; er hatte eine Hand ausgestreckt, wie, um mich zurückzuhalten; aber ich entwischte ihm und eilte die Treppe hinab. Ich verbarg mich in dem Hof, der zu dem Haus gehörte, in dem ich wohnte, und verbrachte den Rest der Nacht damit, in höchster Erregung auf- und abzuschreiten und aufmerksam zu lauschen. Ich hörte und fürchtete jeden Laut, als kündige er das Herannahen des dämonischen Leichnams an, dem ich so beklagenswerterweise Leben verliehen hatte.

Ach! Kein Sterblicher konnte das Entsetzen ertragen, das von solchen Zügen ausging. Eine wieder zum Leben erweckte Mumie hätte nicht so fürchterlich wie diese unglückliche Kreatur sein können. Ich hatte ihn betrachtet, als er noch im Entstehen begriffen war – schon damals war er häßlich –, aber als diese Muskeln und Gelenke die Fähigkeit der Bewegung erlangten, wurde er zu einem Ding, wie es selbst Dante sich nicht hätte ausmalen können.

Ich verbrachte die Nacht in elendem Zustand. Manches Mal klopfte mein Puls derart ungestüm, daß ich mein Blut durch jede Ader strömen spürte; dann wieder hätte ich mich vor Ermattung und äußerster Erschöpfung am liebsten zu Boden sinken lassen. In diesem elenden Zustand mischte sich noch die Bitterkeit meiner Enttäuschung; Träume, die so lange Zeit meine Nahrung und meine angenehme Zuflucht dargestellt hatten, waren mir jetzt zur Hölle geworden; der Wandel war so überraschend, meine Vernichtung so vollständig!

Endlich dämmerte ein verhangener und regnerischer Morgen herauf und ließ vor meinen schmerzenden Augen den weißen Glockenturm der Kirche von Ingolstadt erstehen. Die Uhr des Turmes zeigte die sechste Stunde an. Der Pförtner öffnete das Tor des Hofs, der mein Asyl in dieser Nacht gewesen war; ich trat auf die Straßen hinaus und durchmaß sie eilenden Schrittes, als fürchtete ich an jeder Ecke, die elende Kreatur zu erblicken. Ich wagte nicht, in meine Wohnung zurückzukehren, sondern fühlte mich gedrängt, weiterzueilen; durchnäßt vom Regen, der unablässig aus einem düsteren und trostlosen Himmel fiel.

Lange Zeit wanderte ich so dahin, in dem Wunsch, durch die körperliche Bewegung die Bürde zu erleichtern, die mir schwer auf der Seele lag. Ich durchmaß die Straßen ohne klare Vorstellung, wo ich mich befand, oder was ich tat. Mein Herz schlug ängstlich; mir war übel; ich hastete mit unstetem Schritt weiter und wagte nicht, mich umzuschauen. Gefühle, wie sie Coleridge in seinem Gedicht ›Ancient Mariner‹ so genau beschrieben hat:

Gleich einem einsamen Wandersmann,
Auf seinem Wege, voll Angst und verzagt,
Der nach seinem ersten Blick hinter sich
Nicht nochmals zurückzuschau'n wagt,
Im Wissen, daß dichtauf ihm folgt
Ein furchtbarer Feind, der ihn jagt.

Nach einer Weile sah ich vor mir den Gasthof, an dem mehrere Kaleschen und Postkutschen anzuhalten pflegten. Ich hielt inne, ohne zu wissen, warum, und blieb mehrere Minuten lang stehen, den Blick starr auf eine Kutsche gerichtet, die sich über die Straße dem Gasthof näherte. Bald erkannte ich, daß es sich um eine Schweizer Postkutsche handelte; sie hielt unmittelbar neben mir an – der Schlag öffnete sich –, und ich erblickte Henry Clerval in der Kutsche, der, als er mich sah, sogleich heraussprang. »Mein lieber Frankenstein«, rief er, »wie froh bin ich, dich wiederzusehen! Welch ein glücklicher Zufall, daß du just im Augenblick meiner Ankunft hier stehst!«

Der Anblick Clervals erfüllte mich mit unvergleichlichem Entzücken; seine Gegenwart rief mir meinen Vater, Elisabeth und all die häuslichen Szenen ins Gedächtnis, die ich in so teurer Erinnerung hatte. Ich ergriff seine Hand und vergaß im selben Augenblick all mein Entsetzen und mein Unglück. Plötzlich, zum ersten Mal seit vielen Monaten, empfand ich eine stille und gelassene Freude. Ich hieß meinen Freund aufs herzlichste willkommen, und wir begaben uns zu meiner Unterkunft. Clerval berichtete mir von gemeinsamen Freunden und von den glücklichen Umständen, die es ihm gestattet hatten, nach Ingolstadt zu kommen. »Du kannst dir leicht vorstellen«, sagte er schließlich, »welche Mühe es kostete, meinen Vater davon zu überzeugen, daß die hohe Kunst der Buchführung nicht alles erforderliche Wissen einschließt; und ich glaube in der Tat, daß es mir nicht gelungen ist, ihn ganz zu überzeugen, denn seine ständige Erwiderung auf meine beharrlichen Vorhaltungen war dieselbe wie jene des holländischen Schulmeisters in dem Roman *Der Vikar von Wakefield*: ›Ich bekomme zehntausend Florins jährlich, ohne Griechisch zu können, und ich esse herzhaft, ohne Griechisch zu können.‹ Aber schließlich siegte seine Zuneigung zu mir über seine Abneigung vor dem Studieren, und erlaubte mir, eine Entdeckungsreise ins Land des Wissens zu unternehmen.«

»Es bereitet mir die größte Freude, dich zu sehen; aber sag mir rasch, wie geht es meinem Vater, meinen Brüdern und Elisabeth?«

»Sie sind wohlauf und guter Dinge, sorgen sich aber ein wenig, weil sie selten von dir hören. Übrigens werde ich dir in ihrem Namen ein wenig die Leviten lesen. – Aber, mein lieber Frankenstein«, fuhr er fort, während er stehenblieb und mir voll ins Gesicht schaute, »ich bemerke erst jetzt, wie schlecht du aussiehst, so dünn und blaß, als hättest du mehrere Nächte lang nicht geschlafen.«

»Du hast recht, in letzter Zeit nahm mich eine bestimmte Angelegenheit derart in Anspruch, daß ich mir nicht die nötige Ruhe gegönnt habe; aber ich hoffe – hoffe wirklich, daß diese Art von Tätigkeit jetzt vorbei ist und daß ich endlich wieder frei bin.«

Ich zitterte am ganzen Körper und wagte kaum, an die Ereignisse der vergangenen Nacht zu denken – um wie vieles weniger, davon zu sprechen! Ich ging schnell voran, und bald hatten wir meine Unterkunft erreicht. Dann dachte ich – und der Gedanke ließ mich erschauern –, daß die Kreatur, die ich in meiner Wohnung zurückgelassen hatte, sich noch immer höchst lebendig dort aufhalten und umhergehen mochte. Ich fürchtete, das Ungeheuer zu sehen; aber noch mehr fürchtete ich, daß Henry es zu Gesicht bekommen würde. Ich beschwor ihn deshalb, ein paar Minuten lang unten an der Treppe stehenzubleiben, und eilte in meine Räume hinauf. Meine Hand lag bereits auf der Türklinke, als ich mich besann. Ich hielt inne, und ein kalter Schauer durchlief mich. Ich stieß die Tür heftig auf, wie Kinder es tun, wenn sie erwarten, daß ein Gespenst auf sie lauert; aber nichts war zu sehen. Furchtsam trat ich ein: Die Wohnung war leer; auch in meinem Schlafzimmer war mein gräßlicher Gast nicht. Ich vermochte kaum zu glauben, daß ich solches Glück haben sollte, aber als ich mich vergewissert hatte, daß mein Feind tatsächlich entflohen war, klatschte ich vor Freude in die Hände und lief die Treppe hinab zu Clerval.

Gemeinsam gingen wir in meine Wohnung hinauf, und der Hausdiener brachte uns sogleich ein Frühstück; aber ich war unfähig, an mich zu halten. Es war nicht die Freude, die von mir Besitz ergriff; ich fühlte am ganzen Körper ein Prickeln äußerster Erregung, und mein Herz hämmerte wild. Ich war unfähig, auch nur einen Augenblick lang stillzusitzen; ich sprang über die Stühle, klatschte in die Hände und lachte laut auf. Clerval führte meine ungewöhnliche Ausgelassenheit anfangs auf die Freude über seinen Besuch zurück, aber als er mich genauer anschaute, erblickte er in meinen Augen eine Wildheit, deren Ursache er unmöglich sein konnte; und mein lautes, unbeherrschtes und vernunftloses Lachen versetzte ihn in Furcht und Staunen.

»Mein lieber Viktor«, rief er aus, »was um Himmels willen ist mit dir los? Lach doch nicht so fürchterlich. Du bist ja ganz verstört; was ist denn in dich gefahren?«

»Frag mich das nicht!« schrie ich und legte mir die Hand vor Augen, weil ich glaubte, das entsetzliche Gespenst ins Zimmer treten zu sehen, »*er* kann es dir sagen. – Ach, rette mich! Rette mich!« Ich fühlte mich von dem Ungeheuer gepackt und schlug wie ein Wahnsinniger um mich, bis ich in einem Anfall zu Boden fiel.

Armer Clerval! Wie muß er sich vorgekommen sein? Das Wiedersehen, auf das er sich so gefreut haben mußte, hatte eine solch seltsame und schmerzliche Form angenommen. Aber ich bekam seinen Kummer nicht mit, denn ich war ohnmächtig geworden und sollte meine Sinne für lange, lange Zeit nicht wiedererlangen.

Es handelte sich um den Ausbruch eines Nervenfiebers, das mich für mehrere Monate aufs Krankenlager warf. Während dieser ganzen Zeit war Henry der einzige, der mich pflegte. Hinterher erfuhr ich, daß er – im Gedenken daran, daß sich mein Vater im vorgerückten Alter befand und zu einer solchen langen Reise kaum imstande war, und auch, wie sehr die Kunde von meiner Erkrankung Elisabeth mitnehmen würde – meiner ganzen Familie diesen Kummer erspart hatte, indem er sie über das Ausmaß meiner Erkrankung im ungewissen ließ. Er wußte, daß ich mir keinen liebevolleren und aufmerksameren Krankenpfleger hätte wünschen können als ihn selbst; und in der festen Hoffnung auf meine Wiederherstellung zweifelte er nicht daran, daß er meinen Angehörigen nicht nur keinen Schaden zufügte, sondern ihnen darüber hinaus die größtmögliche Freundlichkeit erwies.

Aber in Wahrheit war ich sehr krank, und gewiß hatte ich es nur den selbstlosen und unermüdlichen Bemühungen meines Freundes zu verdanken, daß ich dem Leben wiedergeschenkt wurde. Ich hatte ständig die Gestalt des Ungeheuers, dem ich zum Dasein verholfen, vor Augen, und phantasierte von ihm. Mein Gestammel versetzte Henry zweifellos in Verwunderung; zunächst hielt er es für die Ausgeburt meiner irrenden Phantasie, aber die Hartnäckigkeit, mit der ich ständig zu demselben Gegenstand zurückkehrte, überzeugte ihn schließlich davon, daß meine Verstörung in der Tat auf einen ungewöhnlichen und entsetzlichen Umstand zurückzuführen war.

Sehr allmählich und mit häufigen Rückfällen, die meinen Freund alarmierten und bekümmerten, erholte ich mich. Ich erinnere mich, beim ersten Mal, da ich wieder fähig war, meine Umwelt mit einiger Anteilnahme wahrzunehmen, bemerkt zu haben, daß das gefallene Laub verschwunden war und aus den Bäumen, die meinem Fenster Schatten spendeten, junge Blattknospen sprossen. Es war ein wunderbarer Frühling, und die Jahreszeit trug sehr zu meiner Erholung bei. Auch fühlte ich, wie Gefühle der Freude und Liebe wieder in meiner Brust Einzug hielten; die Düsternis in meinem Herzen wich, und nach kurzer Zeit war ich wieder so zuversichtlich, wie ich es gewesen war, bevor mich jene verhängnisvolle Leidenschaft ergriffen hatte.

»Mein liebster Clerval«, rief ich aus, »wie freundlich, wie überaus gut du zu mir bist. Du hast den ganzen Winter, statt ihn mit Studien zu verbringen, wie du es dir vorgenommen hattest, an meinem Krankenbett verbracht. Wie soll ich dir das jemals vergelten? Ich verspüre das größte Bedauern für die Enttäuschung, die ich dir bereitet habe; aber du wirst mir vergeben.«

»Du wirst mich voll und ganz entschädigen, wenn du dich nicht sorgst, sondern so rasch wie möglich wieder gesund wirst. Und da du solch guter Laune zu sein scheinst – kann ich mit dir wohl über eine bestimmte Angelegenheit reden?«

Ich erbebte. Eine bestimmte Angelegenheit – was mochte er wohl damit meinen? Konnte er auf etwas anspielen, an das ich nicht einmal zu denken wagte?

»Beruhige dich«, sagte Clerval, dem mein plötzliches Erbleichen nicht entgangen war, »ich werde nicht darüber sprechen, wenn es dich aufregt; aber dein Vater und deine Cousine würden sich über einen Brief in deiner eigenen Handschrift sehr freuen. Sie wissen nicht, wie krank du gewesen bist, und sorgen sich, weil sie so lange nichts von dir gehört haben.«

»Ist das alles, mein lieber Henry? Wie konntest du nur glauben, daß meine ersten Gedanken nicht diesen teuren, teuren Freunden gelten würden, die ich so sehr liebe, und die meine Liebe so sehr verdienen!«

»Wenn du so denkst, mein Freund, wirst du vielleicht gern den Brief lesen, der seit einigen Tagen für dich bereitliegt; ich glaube, er ist von deiner Cousine.«

KAPITEL SECHS

Clerval händigte mir den folgenden Brief aus. Er war von meiner Elisabeth:

Mein liebster Cousin,

Du warst sehr, sehr krank, und selbst die regelmäßigen Briefe von unserem lieben Freund Henry haben es nicht vermocht, mich über Deinen Zustand zu beruhigen. Man hat Dir untersagt, zu schreiben – ja, sogar, eine Feder zur Hand zu nehmen; dabei benötigen wir so dringend eine Nachricht von Dir, um unsere Anspannung zu lindern. Ich habe lange Zeit bei jeder eingehenden Post gehofft, die ersehnte Nachricht vorzufinden, und habe meine ganze Überredungskunst aufbieten müssen, um meinen Onkel davon abzuhalten, daß er eine Fahrt nach Ingolstadt unternahm. Ich habe verhindert, daß er sich den Unbequemlichkeiten und möglichen Gefahren einer derart langen Reise unterzog, und andererseits oft bedauert, nicht selbst in der Lage gewesen zu sein, sie zu unternehmen. Ich stelle mir vor, daß Deine Pflege einer habgierigen alten Frau übertragen wurde, die niemals Deine Wünsche erriet oder sich ihnen mit derselben Sorgfalt und Liebe widmete, wie Deine arme Cousine sie aufgebracht haben würde. Aber das ist nun vorbei; Clerval schreibt, daß es Dir besser geht. Ich hoffe sehnlichst, daß Du diese Nachricht bald bestätigen wirst.

Werde gesund – und kehre zu uns zurück. Du wirst ein glückliches und zufriedenes Heim vorfinden, und Freunde, die Dich sehr lieben. Deines Vaters Gesundheit ist ungebrochen, und sein einziger Wunsch ist, Dich wiederzusehen, um sich mit eigenen Augen von Deinem Wohlergehen überzeugen zu können; dann wird keine Sorge mehr sein gütiges Antlitz überschatten. Wie erfreut Du sein würdest, wenn Du sehen könntest, welch ein stattlicher junger Mann aus unserem Ernest geworden ist! Er ist jetzt sechzehn Jahre alt und voller Tatendrang und Eifer. Er wünscht sich, ein wahrer Schweizer zu sein und Kriegsdienste im Ausland zu leisten, aber wir können es wenigstens so lange nicht zulassen, bis sein älterer Bruder zurückgekehrt ist. Mein Onkel ist von der Vorstellung einer martialischen Laufbahn in einem fernen Land nicht erfreut, aber Ernest hat ja niemals über Deinen Lerneifer verfügt. Er würde das Studium als verhaßte Fessel betrachten – er verbringt seine Zeit lieber an der frischen Luft, indem er auf Berge klettert oder auf dem See rudert. Ich befürchte, er wird zum Müßiggänger, wenn wir nicht seinem Drängen nachgeben und ihm erlauben, den Beruf zu ergreifen, den er sich ausgesucht hat.

Hier hat sich wenig getan, seit Du uns verlassen hast; außer, daß unsere geliebten Kinder größer werden. Der blaue See, die schneebedeckten Berge, sie ändern sich ja niemals; und ich glaube, unser stilles Heim und unsere zufriedenen Herzen gehorchen denselben unveränderlichen Gesetzen. Meine kleinen Beschäftigungen füllen meine Zeit aus und machen mir Freude, und all meine Arbeit trägt ihren Lohn darin, daß ich nur zufriedene und freundliche Gesichter um mich herum sehe. Nur eine Veränderung hat stattgefunden, seit Du unseren kleinen Haushalt verlassen hast. Erinnerst Du Dich an die Umstände, unter denen die kleine Justine Moritz in unsere Familie aufgenommen wurde? Vermutlich nicht; ich will Dir deshalb ihre Geschichte in wenigen Worten berichten. Madame Moritz, ihre Mutter, war eine

Witwe mit vier Kindern, von denen Justine das dritte war. Dieses Mädchen war stets der Liebling ihres Vaters gewesen; aber aufgrund einer sonderbaren Fügung konnte ihre Mutter sie nicht ausstehen und behandelte sie nach dem Tod von Monsieur Moritz sehr schlecht. Meine Tante sah dies und bedrängte – als Justine zwölf Jahre alt war – meine Mutter so lange, bis sie erlaubte, daß Justine in unserem Haus leben durfte. Die republikanischen Einrichtungen unseres Landes haben zu schlichteren und menschlicheren Sitten geführt, als sie in den benachbarten, großen Monarchien herrschen. Es werden weniger Unterschiede zwischen den Klassen der Bürger gemacht, und die niedrigeren Stände sind weder so arm noch so verachtet wie anderswo, und ihre Sitten sind angenehmer. Ein Diener in Genf zu sein bedeutet nicht dasselbe wie ein Diener in Frankreich oder in England zu sein. Als Justine also in unsere Familie aufgenommen worden war, erlernte sie die Pflichten eines Dienstmädchens; ein Stand, der in unserem glücklichen Land allerdings nicht mit Mangel an Bildung oder Verzicht auf die Menschenwürde verbunden ist.

Vielleicht erinnerst Du Dich, wie sehr Du Justine ins Herz geschlossen hast. Ich weiß noch, wie Du einst sagtest, wenn Du einmal schlechter Laune seiest, könne ein Blick von Justine sie vertreiben, aus demselben Grund, den Ariost für die Schönheit Angelicas verantwortlich macht: weil sie so offenherzig und heiter aussah. Meine Tante faßte ebenfalls eine große Zuneigung zu dem Mädchen und ließ ihr eine bessere Erziehung zuteil werden, als sie ursprünglich vorgehabt hatte. Diese Wohltat zahlte sich in vollem Umfange aus; Justine war das dankbarste Geschöpf der Welt. Ich meine damit nicht, daß sie irgendwelche diesbezüglichen Beteuerungen ablegte – ich hörte nie desgleichen –, aber man konnte ihr an den Augen ansehen, daß sie ihre Beschützerin beinahe anbetete. Obwohl von heiterem und in mancher Hinsicht sogar leichtsinnigem Wesen, achtete sie auf jede Geste meiner Tante. Sie betrachtete sie als Muster an

Güte und gab sich derart große Mühe, ihre Ausdrucksweise und ihr Verhalten nachzuahmen, daß sie mich selbst jetzt noch häufig an sie erinnert.

Als meine liebste Tante starb, waren wir alle zu sehr mit unserem eigenen Kummer befaßt, um von der armen Justine Kenntnis zu nehmen, die der Verstorbenen während ihrer Krankheit mit der rührendsten Aufmerksamkeit beigestanden hatte. Der armen Justine ging es sehr schlecht; aber sie sollte bald noch weiteren Prüfungen ausgesetzt sein.

Nacheinander starben ihre Brüder und Schwestern; und ihre Mutter blieb – mit Ausnahme ihrer vernachlässigten Tochter – kinderlos zurück. Das Gewissen der Frau war beunruhigt; sie begann, zu denken, daß der Tod ihrer Lieblinge eine Strafe des Himmels für ihre Parteilichkeit war. Sie war römisch-katholisch, und ich glaube, ihr Beichtvater bestärkte sie in dieser Meinung. Entsprechend wurde Justine ein paar Monate nach Deinem Fortgang nach Ingolstadt von ihrer reuigen Mutter nach Hause gerufen. Armes Mädchen! Sie weinte, als sie unser Haus verließ; aber der Tod meiner Tante hatte sie sehr verändert; der Kummer hatte ihrem Verhalten, das zuvor von auffallender Munterkeit gewesen war, eine gewisse Sanftheit und gewinnende Milde verliehen. Aber das Haus ihrer Mutter war erst recht nicht dazu angetan, ihre alte Fröhlichkeit wiederherzustellen. Die arme Frau war sehr schwankend in ihrer Bußfertigkeit. Manches Mal bettelte sie Justine an, ihr ihre Hartherzigkeit zu vergeben, aber bei weitaus häufigeren Gelegenheiten gab sie ihrer Tochter die Schuld am Tod ihrer Brüder und Schwestern. Die unaufhörliche Selbstquälerei rief bei Madame Moritz endlich eine Schwindsucht hervor, die sie anfangs noch reizbarer machte; aber mittlerweile hat sie ihren ewigen Frieden gefunden. Sie starb beim ersten kalten Wetter zu Beginn dieses letzten Winters. Justine ist zu uns zurückgekehrt, und ich versichere Dir, daß ich sie zärtlich liebe. Sie ist sehr klug und sanft und außerordentlich hübsch; wie bereits erwähnt, erinnern ihr Gebaren und ihr Sprachhabitus mich ständig an meine liebe Tante.

Ich muß Dir, mein teurer Cousin, auch noch einige Worte über unseren kleinen Liebling Wilhelm sagen. Ich wünschte, Du könntest ihn sehen; er ist sehr groß für sein Alter und hat holde, strahlend blaue Augen, dunkle Wimpern und einen Lockenkopf. Wenn er lacht, bilden sich zwei Grübchen auf seinen Wangen, die rosig vor Gesundheit sind. Er hat bereits ein oder zwei kleine *Bräute*, aber Louisa Biron – ein hübsches, kleines Mädchen von fünf Jahren – ist sein Liebling.

Und jetzt, lieber Viktor, wage ich zu prophezeien, daß Du nichts dagegen hast, ein wenig Klatsch über die guten Leute in Genf zu hören. Die hübsche Miss Mansfield hat bereits die Gratulationsbesuche wegen ihrer bevorstehenden Hochzeit mit einem jungen Engländer, dem Esquire John Melbourne, empfangen. Ihre häßliche Schwester Manon heiratete im letzten Herbst Monsieur Duvillard, den reichen Bankier. Louis Manoir, Dein liebster Schulfreund, hat seit der Abreise Clervals aus Genf mehrere Schicksalsschläge erlitten. Aber er hat sich schon wieder von ihnen erholt, und man hörte sogar, daß er im Begriff ist, Madame Tavernier zu heiraten; eine sehr hübsche Französin. Sie ist Witwe und viel älter als Manoir; aber sie wird sehr bewundert und ist bei jedermann beliebt.

Das Schreiben dieses Briefs hat meine Laune gebessert, lieber Cousin; aber jetzt, da ich mich dem Schluß nähere, kehrt meine alte Besorgnis zurück. Schreibe uns, liebster Viktor; eine Zeile nur – ein Wort – würde uns guttun. Zehntausendfachen Dank an Henry für seine Freundlichkeit, seine Liebe und seine vielen Briefe; wir sind ihm wirklich dankbar. Lebewohl, mein Cousin; paß auf Dich auf, und ich flehe Dich an, laß von Dir hören!

ELISABETH LAVENZA
Genf, *18. März 17 …*

»Liebe, liebe Elisabeth!« rief ich aus, als ich ihren Brief gelesen hatte. »Ich will sofort schreiben und sie alle von den Sorgen befreien, die sie empfinden müssen.« Ich tat, wie angekündigt, und diese Anstrengung erschöpfte mich sehr; aber meine Erholung hatte eingesetzt und machte stetige Fortschritte. Zwei Wochen später war ich in der Lage, mein Zimmer zu verlassen.

Eine meiner ersten Pflichten nach der Genesung bestand darin, Clerval den Professoren der Universität vorzustellen. Dieses Unternehmen kam mich hart an und wirkte sich auf die Wunden, die mein Gemüt empfangen hatte, übel aus. Seit jener verhängnisvollen Nacht, die zugleich mit der Beendigung meiner Mühen den Beginn meines Unglücks eingeläutet hatte, empfand ich einen heftigen Widerwillen allein schon gegen das Wort *Naturphilosophie*. Wenn auch meine Gesundheit im übrigen weitgehend wiederhergestellt war; der Anblick eines chemischen Gerätes ließ das ganze Elend meines nervösen Leidens wiederauferstehen. Henry hatte dies bemerkt und meine sämtlichen Gerätschaften aus meinem Blickfeld verbannt. Er besorgte mir auch eine neue Wohnung, denn er hatte bemerkt, daß ich eine Abneigung dem Raum gegenüber entwickelt hatte, der zuvor mein Laboratorium gewesen war. Aber all diese Vorsorgen Clervals wurden zunichte gemacht, als ich mit ihm die Professoren besuchte. Magister Waldmann peinigte mich, als er mit Wohlwollen und Begeisterung meine erstaunlichen Fortschritte in den Wissenschaften rühmte. Er bemerkte bald, daß mir das Thema nicht behagte; aber da er den wirklichen Grund dafür nicht erriet, schrieb er meine Reaktion meiner Bescheidenheit zu und wechselte von meinen Fortschritten zur Wissenschaft selbst über; von dem Wunsch beseelt – wie ich deutlich bemerkte –, mich zum Reden zu bringen. Was konnte ich nur tun? Er wollte mich erfreuen und ahnte nicht, daß er mich quälte. Mir war, als lege er mir bedächtig eines nach dem anderen alle jene Instrumente vor, mit deren Hilfe ich später einem langsamen und grausamen Tode überantwortet werden würde. Ich wand mich unter seinen Worten und wagte nicht, die Pein zu zeigen, die ich fühlte. Clerval, der die Empfindungen anderer stets rasch erahnte, wechselte den Gesprächsgegenstand unter dem Vorwand, in der Wissenschaft gänzlich unbeschlagen zu sein, und die Unterhaltung wandte sich allgemeinen Themen zu. Ich war meinem Freund von Herzen dankbar, sagte jedoch nichts davon. Seine Überraschung war ihm deutlich anzusehen, aber er versuchte nicht ein einziges Mal, mir das Geheimnis zu entlocken; und obwohl ich ihn mit einer Mischung aus Zuneigung und grenzenloser Achtung liebte, konnte ich es niemals über mich bringen, ihm jenen Vorfall anzuvertrauen, an den ich so häufig denken mußte, von dem ich aber befürchtete, er würde sich noch tiefer in mein Gedächtnis eingraben, wenn ich anderen gegenüber von ihm sprach.

Magister Krempe war weniger leicht zu lenken, und in meinem damaligen Zustand einer fast unerträglichen Empfindsamkeit verursachten mir seine unangenehm plumpen Lobreden noch größere Pein als der wohlwollende Beifall Magister Waldmanns. »Verdammter Bursche!« brüllte er. »Nun, ich versichere Euch, Monsieur Clerval, er sticht uns alle aus. Ja, da mögt Ihr staunen; es ist trotzdem wahr. Ein junger Kerl, der noch vor wenigen Jahren ebenso fest an Cornelius Agrippa wie an das Evangelium glaubte, hat sich jetzt zum Ersten der Universität gemausert; und wenn ihm nicht bald die Flügel gestutzt werden, verlieren wir übrigen alle das Gesicht. – Ja, ja«, fuhr er fort, als er meine leidensvolle Miene bemerkte, »Monsieur Frankenstein ist bescheiden; eine großartige Eigenschaft bei einem jungen Mann. Wißt Ihr, Monsieur Clerval, junge Männer sollten bescheiden sein – ich selbst war so, als ich jung war –, aber das legt sich nach sehr kurzer Zeit.«

Magister Krempe begann nun mit einer Lobrede über sich selbst, die zum Glück das Gespräch von einem Gegenstand ablenkte, der mir unangenehm war.

Clerval hatte meine Liebe zu den Naturwissenschaften nie verstanden, und seine Lesegewohnheiten unterschieden sich gänzlich von den meinen. Der einzige Grund dafür, daß er die Universität besuchte, war sein Wunsch, seine Kenntnisse in den morgenländischen Sprachen zu vervollkommnen und sich auf diese Weise einen Beruf zu sichern, der seinem Lebensplan entsprach. Entschlossen, jede unrühmliche Beschäftigung zu vermeiden, wandte er seinen Blick gen Osten als Betätigungsfeld für seinen Unternehmungsgeist. Sein Interesse galt der persischen und arabischen Sprache sowie dem Sanskrit; und ich ließ mich leicht von ihm überreden, mich denselben Studien zuzuwenden. Untätigkeit war mir immer schon ein Greuel gewesen, und jetzt, da ich allen Grübeleien aus dem Weg gehen wollte und meine früheren Studien mir verhaßt waren, verspürte ich große Erleichterung darin, ein Studienkollege meines Freundes zu sein, und fand in den Schriften der morgenländischen Dichter nicht nur Belehrung, sondern auch Trost. Ich versuchte mich nicht, wie er, in vergleichenden Sprachstudien, da ich nicht beabsichtigte, mehr als eine vorübergehende Zerstreuung daraus zu machen. Ich las die betreffenden Werke nur, um ihre Bedeutung zu verstehen, und sie lohnten mir meine Mühe reichlich. Ihre Melancholie wirkt in weitaus höherem Maße besänftigend und ihre Lebenslust erheiternd auf das Gemüt, als ich es jemals beim Lesen der Autoren anderer Länder erlebt habe. Wenn Ihr in jenen Schriften lest, scheint Euch das Leben aus warmem Sonnenschein und Rosengärten zu bestehen – aus dem Lächeln und dem Unmut eines ritterlichen Feindes und dem Feuer, das Euer eigenes Herz verzehrt. Welch ein Unterschied zu der männlichen und heldenhaften Poesie Griechenlands und Roms!

Unter dieser Beschäftigung ging der Sommer dahin, und meine Rückkehr nach Genf wurde für den Spätherbst festgesetzt; da sich meine Abreise jedoch durch mehrere Zwischenfälle verzögerte, stellte sich der Winter mit seinen Schneefällen ein; die

Straßen galten als nicht passierbar, und meine Reise wurde auf das Frühjahr verschoben. Mir kam dieser Aufschub bitter an, denn ich sehnte mich nach dem Anblick meiner Geburtsstadt und meiner geliebten Freunde. Ich hatte meine Rückkehr nur so lange verschoben, weil es mir widerstrebte, Clerval an einem fremden Ort alleinzulassen, bevor er mit einigen Ortsansässigen bekannt geworden war. Trotzdem verbrachten wir den Winter guten Muts; und obwohl der Frühling ungewöhnlich lange auf sich warten ließ, entschädigte seine Schönheit mich letztlich für die Verzögerung.

Der Mai war bereits angebrochen, und ich erwartete täglich den Brief, der das Datum meiner Abreise festlegen sollte, als Henry mir eines Tages eine Fußwanderung in die Umgebung von Ingolstadt vorschlug, damit ich Gelegenheit hätte, dem Land, in dem ich so lange geweilt hatte, Lebewohl zu sagen. Ich stimmte diesem Vorschlag mit Vergnügen zu; die körperliche Bewegung war mir willkommen, und Clerval war schon immer mein bevorzugter Begleiter bei jenen Ausflügen in die Natur gewesen, die ich in heimatlichen Landschaften unternommen hatte.

Unsere Wanderung dauerte vierzehn Tage. Meine Gesundheit und meine Lebensgeister waren ja schon längst wiederhergestellt, und sie wurden zusätzlich gekräftigt durch die bekömmliche Luft, das Erlebnis der Natur und die Unterhaltungen mit meinem Freunde. Das Studium hatte mich vom Umgang mit meinen Mitmenschen abgehalten und mir Scheu vor jeder Gesellschaft eingeflößt; aber Clerval bewirkte, daß sich mein Sinn wandelte; er brachte mir wieder bei, die Natur und die fröhlichen Gesichter der Kinder zu lieben. Ausgezeichneter Freund! Wie aufrichtig hast du mich geliebt, wie sehr hast du dich bemüht, mein Gemüt zu erheben, bis es so hochgestimmt wie das deine war! Ein selbstsüchtiges Verlangen hatte mich in Banden geschlagen und eingeengt, bis deine Güte und Zuneigung mir den Sinn wärmte und öffnete und ich wieder zu dem glücklichen Geschöpf wurde, das noch vor wenigen Jahren von allen geliebt wurde und keinerlei Kummer oder Sorge kannte. Wenn ich zufrieden war, konnte unbelebte Natur mich zu den größten Entzückungen hinreißen. Ein heiterer Himmel und grünende Felder erfüllten mich mit Seligkeit. Es war eine herrliche Zeit! Die Frühlingsblumen blühten an den Feldrainen, und die Sommerblumen trieben bereits Knospen. Ich wälzte keine störenden Gedanken der Art, wie sie mich im vergangenen Jahr trotz meiner Bemühungen, sie abzuschütteln, mit einer unerträglichen Bürde belastet hatten.

Henry freute sich über meine frohe Laune und brachte meinen Gefühlen die innigste Sympathie entgegen; er übertraf sich selbst in dem Versuch, mich aufzuheitern, indem er den Empfindungen in seiner eigenen Brust Ausdruck verlieh. Die Kraft seiner Seele, die sich dabei zeigte, war wahrhaft erstaunlich; seine Unterhaltung verriet größte Phantasie; und oft ersann er Erzählungen von wunderbaren Begebenheiten und Leidenschaften nach Art der persischen und arabischen Schriftsteller. Bei anderen Gelegenheiten rezitierte er meine Lieblingsgedichte oder verwickelte mich in Streitgespräche, bei denen er sich mit großem Geschick verteidigte.

Wir kehrten eines Sonntagnachmittags zu unserer Herberge zurück; die Bauern tanzten, und alle, denen wir begegneten, schienen glücklich und ausgelassen zu sein. Auch ich selbst war ausgelassen, und ich hüpfte mit dem Gefühl unbändiger Freude und Fröhlichkeit umher.

KAPITEL SIEBEN

Bei meiner Rückkehr fand ich folgenden Brief von meinem Vater vor:

Mein lieber Viktor,

Du hast wahrscheinlich ungeduldig auf einen Brief gewartet, in dem das Datum deiner Rückkehr zu uns festgelegt ist; und anfangs war ich auch versucht, Dir nur ein paar Zeilen zu schreiben und nur den Tag zu erwähnen, an dem ich Dich erwartete. Aber das wäre ein grausamer Liebesdienst gewesen, und ich habe es nicht gewagt. Wie bestürzt wärest Du, mein Sohn, wenn Du ein glückliches und fröhliches Willkomm erwartetest und ganz im Gegenteil Tränen und Trübnis gewahrtest? Und auf welche Weise, Viktor, kann ich Dir von dem Unglück Mitteilung machen? Deine Abwesenheit kann Dich unseren Freuden und Bekümmernissen gegenüber nicht fühllos gemacht haben; und wie kann ich meinem so lange fortgebliebenem Sohn Kummer zufügen? Ich wünsche mir, Dich auf die schmerzlichen Nachrichten vorzubereiten, aber ich weiß, daß dies unmöglich ist. Schon jetzt fliegt Dein Auge über die Seite auf der Suche nach den Worten, die Dir die furchtbare Neuigkeit mitteilen.

Wilhelm ist tot! – Dieses liebliche Kind, dessen Lächeln mein

Herz entzückte und erwärmte; das so freundlich und so fröhlich war! Viktor, er wurde ermordet!

Ich will nicht versuchen, Dich zu trösten, sondern Dir nur den Hergang der Ereignisse berichten.

Letzten Donnerstag (den 7. Mai) unternahmen ich, meine Nichte und Deine beiden Brüder einen Spaziergang nach Plainpalais. Der Nachmittag war mild und der Himmel klar, und wir dehnten unseren Bummel länger als gewöhnlich aus. Es dämmerte bereits, als wir daran dachten, uns auf den Heimweg zu machen; und dann entdeckten wir, daß Wilhelm und Ernest, die uns vorausgelaufen waren, nicht auffindbar waren. Also setzten wir uns auf eine Bank, bis sie umkehren würden. Ernest traf denn auch bald ein und fragte, ob wir seinen Bruder gesehen hätten; er sagte, er habe mit ihm gespielt und Wilhelm sei fortgelaufen, um sich zu verstecken, und er habe vergebens nach ihm gesucht und anschließend lange Zeit auf ihn gewartet, aber er sei nicht wieder aufgetaucht.

Dieser Bericht versetzte uns in beträchtliche Unruhe, und wir suchten nach Wilhelm, bis die Nacht hereinbrach. Elisabeth äußerte die Vermutung, daß Wilhelm allein zum Haus zurückgekehrt war. Aber dort war er nicht. Wir kehrten mit Fackeln an den Ort des Geschehens zurück, wo wir Wilhelm aus den Augen verloren hatten, denn ich konnte bei dem Gedanken, daß mein lieber Junge sich verlaufen hatte und der feuchten Nachtluft ausgesetzt war, keine Ruhe finden. Auch Elisabeth schwebte in tausend Ängsten.

Gegen fünf Uhr morgens entdeckte ich meinen holden Jungen, den ich am Abend zuvor blühend vor Gesundheit und springlebendig gesehen hatte, totenblaß und reglos im Gras ausgestreckt; an seinem Hals waren die Würgemale des Mörders.

Wir trugen ihn nach Hause, und der Schmerz, der mir ins Gesicht geschrieben stand, verriet Elisabeth, was geschehen war. Sie bestand darauf, den Leichnam zu sehen. Ich bemühte mich ohne Erfolg, sie davon abzuhalten; und sie betrat das Zimmer, in dem Wilhelm lag, untersuchte mit fliegenden Fingern seinen Hals, schlug die Hände zusammen und schrie: »O Gott! Ich habe mein liebstes Kind ermordet!«

Sie wurde ohnmächtig und ließ sich nur unter größten Mühen wieder ins Leben zurückrufen. Als sie wieder bei Sinnen war, nahm ihr Weinen und Seufzen kein Ende. Sie berichtete mir, am Abend zuvor habe Wilhelm sie angebettelt, ihn das sehr wertvolle Medaillon mit dem Bildnis Deiner Mutter tragen zu lassen, das sich in ihrem Besitz befand. Dieses Medaillon war verschwunden, und es hatte unzweifelhaft den Mörder zu der Tat gereizt. Wir haben noch keine Spur von dem Mörder, setzen aber unsere Bemühungen, ihn ausfindig zu machen, fort – obwohl sie meinem geliebten Wilhelm nicht das Leben wiedergeben werden!

Komm, liebster Viktor; nur Du allein vermagst Elisabeth zu trösten. Sie weint beständig und klagt sich zu Unrecht der Schuld an seinem Tod an; ihre Worte durchbohren mir das Herz. Wir alle sind unglücklich. Muß das für Dich, mein Sohn, nicht ein zusätzlicher Grund sein, zurückzukehren und uns zu trösten? Deine arme, liebe Mutter! Ach, Viktor; ich sage jetzt, Gott sei Dank, daß Er sie den grausamen und beklagenswerten Tod ihres jüngsten Lieblings nicht mehr hat erleben lassen!

Komm, Viktor; aber nicht mit brütenden Rachegedanken dem Mörder gegenüber, sondern von friedvollen und besänftigenden Gefühlen beseelt, die sich heilsam auf die Wunden in unserer Seele auswirken, statt sie schwären zu lassen. Betrete das Trauerhaus, mein Sohn, aber mit Freundlichkeit und Zuneigung für diejenigen im Herzen, die Dich lieben, und nicht voller Haß auf Deine Feinde. – Dein Dich liebender und betrübter Vater

ALPHONSE FRANKENSTEIN

Genf, *12. Mai 17 …*

Clerval, der mein Gesicht beobachtet hatte, während ich diesen Brief las, war überrascht, Verzweiflung zu sehen, die der Freude folgte, die ich anfangs über die Nachrichten von meinen Freunden empfunden hatte. Ich warf den Brief auf den Tisch und barg das Gesicht in den Händen.

»Mein lieber Frankenstein«, rief Henry, als er mich bitterlich weinen sah, »ist es dir denn bestimmt, immer unglücklich zu sein? Mein lieber Freund – was ist geschehen?«

Ich deutete wortlos auf den Brief und schritt in höchster Erregung im Zimmer auf und ab. Als Clerval von dem Unglück las, das mir widerfahren war, stürzten auch aus seinen Augen Tränen.

»Ich kann dir keinen Trost spenden, mein Freund«, sagte er, »denn dein Verlust ist unersetzlich. Was gedenkst du zu tun?«

»Ich beabsichtige, unverzüglich nach Genf zu reisen. Komm mit mir, Henry; wir wollen die Pferde besorgen.«

Unterwegs versuchte sich Clerval in ein paar Trostworten, aber ich las nur sein innigstes Mitgefühl daraus. »Armer Wilhelm«, sagte er, »dieses liebe, reizende Kind, nun weilt er bei seiner Mutter, die ebenfalls ein Engel ist und, da sie ihn strahlend und fröhlich in der Blüte seiner jungen Jahre gesehen hat, über sein vorzeitiges Dahinscheiden weinen muß! Welch jammervolles Ende im Würgegriff des Mörders! Um wie vieles mehr er ein Mörder ist, daß er eine solche blühende Unschuld zerstören konnte! Der arme, kleine Kerl! Ein einziger Trost bleibt uns: Seine Freunde trauern und weinen, aber er hat seine Ruhe gefunden. Seine Todespein ist überstanden, seine Leiden sind für alle Zeiten vorbei. Der Rasen bedeckt seinen zarten Körper, und er empfindet keine Schmerzen mehr. Er braucht unser Mitgefühl nicht, und wir können es uns für die bedauernswerten Hinterbliebenen aufsparen.«

So redete Clerval, während wir durch die Gassen eilten; seine Worte prägten sich meinem Gedächtnis ein, und später, in der Einsamkeit, sollten sie in mir nachhallen. Aber für den Augenblick sprang ich – sobald die Pferde ankamen – in den Wagen und entbot dem Freunde den Abschiedsgruß.

Es war eine sehr traurige Heimfahrt. Zu Beginn ging es mir nicht schnell genug, denn es verlangte mich danach, meine geliebten und bekümmerten Freunde zu trösten und sie meines Mitgefühls zu versichern; aber je näher ich meiner Geburtsstadt kam, desto mehr verlangsamte ich die Fahrt. Ich konnte die zahllosen Empfindungen in meiner Brust kaum ertragen. Ich fuhr durch Landschaften, die mir von Jugend an vertraut waren und die ich seit annähernd sechs Jahren nicht mehr gesehen hatte. Wie sehr sich in dieser Zeit alles in Genf verändert haben mochte! Von einer plötzlichen und verheerenden Veränderung wußte ich ja, aber tausend für sich allein unbedeutende Dinge mochten gemeinsam zu anderen Veränderungen geführt haben, die – obwohl sie sich in aller Stille vollzogen hatten – möglicherweise nicht weniger einschneidend waren. Furcht überkam mich; ich wagte nicht, weiterzufahren; ängstigte mich vor tausend namenlosen Übeln, die mich erzittern ließen, obwohl ich sie nicht zu benennen vermochte.

Ich blieb zwei Tage in Lausanne, während der schmerzliche Zustand meines Gemüts anhielt. Ich saß sinnend am See; das Wasser war unbewegt; alles ringsum atmete Stille, und die schneebedeckten Berge, ›die Paläste der Natur‹, waren unverändert. Allmählich wirkte sich die ruhige und herrliche Szenerie besänftigend auf mich aus, und ich setzte meine Fahrt nach Genf fort.

Die Straße zog sich am Ufer des Sees entlang, der schmäler wurde, während ich mich meiner Heimatstadt näherte. Ich erkannte jetzt deutlicher die schwärzlichen Hänge des Jura und den hellen Gipfel des Montblanc. Ich weinte wie ein Kind. »Liebe Berge! Mein wunderschöner See! Wie heißt ihr den Wanderer willkommen! Eure Gipfel sind heiter; der Himmel und der See sind blau und friedlich. Verheißt ihr mir auf diese Art Frieden, oder spottet ihr meines Unglücks?«

Ich fürchte, mein Freund, ich verdiene Euren Vorwurf der Weitschweifigkeit, indem ich bei diesen einleitenden Schilderungen verweile, aber ich erlebte in jenen Tagen ein vergleichsweises Glück und denke mit Freude an sie zurück. Mein Land, mein geliebtes Land! Wer, wenn nicht der, der hier geboren wurde, kann das Entzücken nachempfinden, das mich aus dem Anblick deiner Flüsse, deiner Berge und vor allem deines wunderschönen Sees überkam!

Allein, als ich mich meinem Heim näherte, überfielen mich aufs neue Kummer und Furcht. Außerdem senkte sich die Nacht hernieder, und als ich die dunklen Berge kaum mehr erkennen konnte, sank meine Stimmung noch mehr. Der Anblick breitete sich wie eine ungeheure und düstere Szenerie des Bösen vor mir aus, und ich ahnte dunkel, daß es mir bestimmt war, der unglücklichste aller Menschen zu werden. Ach, diese Prophezeiung sollte sich als nur zu wahr erweisen, und sie ging nur in einem einzigen Umstand fehl, daß nämlich das Elend, das ich ahnte und fürchtete, nicht einmal den hundertsten Teil der Qual ausmachte, die zu erdulden mir bestimmt war.

Es war tiefe Nacht, als ich die Mauern von Genf erreichte; die Stadttore waren bereits geschlossen, und mir blieb nichts anderes übrig, als die Nacht in Secheron zu verbringen, einem Dorf in einer halben Meile Entfernung von Genf. Der Himmel war wolkenlos, und da ich nicht schlafen konnte, beschloß ich, den Ort zu besuchen, an dem mein armer Wilhelm ermordet worden war. Da mir der Weg durch die Stadt verwehrt war, mußte ich den See auf einem Boot überqueren, um nach Plainpalais zu gelangen. Auf dieser kurzen Bootsfahrt sah ich unentwegt Blitze um den Gipfel des Montblanc zucken und anmutige Muster weben. Das Gewitter schien sich rasch zu nähern, und als ich auf dem anderen Ufer aufsetzte, erklomm ich einen niedrigen Hügel, um seinen Verlauf zu verfolgen. Es kam heran; der Himmel bewölkte sich, und anfangs fiel der Regen in schweren Tropfen, um rasch heftiger zu werden.

Ich stieg von dem Hügel und setzte meinen Weg fort, obwohl die Finsternis und der Sturm mit jeder Minute zunahmen und der Donner mit fürchterlichem Krachen über mir dahinrollte. Sein Echo hallte vom Salêve, dem Juragebirge und von den Savoyer Alpen wider; grelle Blitze blendeten meine Augen und erhellten den See und ließen ihn wie ein ungeheures Laken aus Feuer erscheinen; gleich darauf schien alles in schwärzeste Dunkelheit getaucht, bis die Augen sich von dem vorhergegangenen Blitzen erholt hatten. Wie so häufig in der Schweiz entluden sich Gewitter in mehreren Himmelsgegenden zugleich. Am heftigsten wütete ein Gewitter genau nördlich der Stadt, über jenem Teil des Sees, der zwischen dem Vorgebirge Belrives und dem Dorf Copêt liegt. Ein weiteres Gewitter erleuchtete den Jura mit schwachen Blitzen, und ein drittes verdunkelte und enthüllte abwechselnd den Molê, einen Berggipfel östlich des Sees.

Während ich dem Unwetter zuschaute, das von so furchteinflößender Schönheit war, schritt ich eilig voran. Dieser erhabene Krieg am Himmel erhob auch mein Gemüt; ich klatschte in die Hände und rief laut: »Wilhelm, geliebter Engel! Dies ist deine Totenfeier, dies ist dein Grabgesang!« Währenddessen gewahrte ich in der Düsternis eine Gestalt, die sich hinter einer nahestehenden Baumgruppe hervorstahl. Ich stand wie erstarrt und blickte angestrengt; ich konnte mich nicht geirrt haben. Ein Blitz erleuchtete die Umrisse dieser Gestalt und ließ sie scharf hervortreten; eine riesenhafte Statur in ihrer ganzen Unförmigkeit; zu gräßlich, um der Menschheit angehören zu können. Ich wußte sofort, daß es die elende Kreatur war, der scheußliche Dämon, dem ich das Leben gegeben hatte. Konnte es sein, daß er (ich erschauerte bei dem Gedanken) der Mörder meines Bruders war? Sobald diese Idee in meinem Kopf auftauchte, war ich auch schon von ihrer Wahrheit überzeugt; meine Zähne schlugen aufeinander, und ich mußte mich an einen Baum lehnen, um nicht niederzusinken. Die Gestalt schritt rasch an mir vorüber und verschwand in der Finsternis. Kein Wesen menschlicher Abstammung konnte dieses liebliche Kind vernichtet haben. *Er* war der Mörder! Ich konnte nicht länger daran zweifeln. Allein, daß mir diese Idee gekommen war, stellte einen unwiderlegbaren Beweis für ihre Richtigkeit dar. Ich erwog, dem Dämon zu folgen; aber es wäre ein vergebliches Unterfangen gewesen, denn ein neuerlicher Blitz beleuchtete ihn in der nahezu senkrechten Felswand des Mont Salêve, eines Berges im Süden von Plainpalais. Bald darauf erreichte er den Gipfel und war verschwunden.

Ich blieb reglos stehen. Der Donner wurde schwächer, aber der Regen rauschte mit unverminderter Heftigkeit hernieder, und die Szenerie war in undurchdringliche Finsternis gehüllt. Ich sann über die Geschehnisse nach, die ich bis jetzt zu vergessen mich bemüht hatte: das Gedeihen meines Schöpfungswerkes; die nächtliche Erscheinung dieses lebenden Werkes meiner Hände an meinem Bett; ihr Verschwinden. Beinahe zwei Jahre waren seit jener Nacht vergangen, in der er zum Leben erweckt worden war – ob dies sein erstes Verbrechen darstellte? Ich hatte eine verderbte, elende Kreatur in die Welt gesetzt, deren einzige Lust im Anrichten von Blutbädern und Unheil bestand; hatte sie nicht meinen Bruder ermordet?

Niemand vermöchte meine Qualen im Verlauf der verbliebenen Nacht zu ermessen, die ich frierend und durchnäßt im Freien verbrachte. Aber ich hatte kein Gefühl für die Unbilden des Wetters; meine Phantasie war in Szenen des Grauens und der Verzweiflung gefangen. Ich grübelte über das Geschöpf nach, das ich mit einem eigenen Willen und der Kraft ausgestattet, ein entsetzliches Vorhaben gleich der Tat, die es soeben vollbracht hatte, auszuführen, und auf die Menschheit losgelassen hatte; beinahe so, als wäre es meine eigene Verwandlung in einen Vampir; in einen Untoten, der dem Grabe entsteigt, um all das zu vernichten, was mir lieb und teuer war.

Der Tag graute herauf, und ich wandte meine Schritte der Stadt zu. Das Tor war geöffnet, und ich eilte zum Haus meines Vaters. Mein erster Gedanke war, der Familie zu entdecken, was ich über den Mörder wußte, und auf einer sofortigen Verfolgung zu bestehen. Aber dann dachte ich an die Geschichte, die ich würde erzählen müssen, und zögerte. Eine Kreatur, die ich selbst gebildet und mit Leben begabt hatte, war mir zur Mitternacht an den Steilwänden eines unzugänglichen Berges begegnet. Ich dachte auch an das nervöse Fieber, das mich zum Zeitpunkt meiner Schöpfung ergriffen hatte und das meinem Bericht, der ansonsten völlig unglaubwürdig klingen müßte, den Anschein eines Fieberwahns verleihen würde. Ich wußte sehr gut, wenn ein anderer mir eine derartige Geschichte zugemutet hätte, würde ich sie für die Ausgeburt eines kranken Hirns betrachtet haben. Außerdem würde die unnatürliche Herkunft des Geschöpfes selbst dann jede Verfolgung unmöglich machen, wenn es mir gelänge, meine Verwandten zu überzeugen. Und zudem: Welchen Erfolg würde eine solche Jagd überhaupt haben? Wer würde ein Geschöpf ergreifen können, das fähig war, die steilen Felswände des Mont Salêve zu erklimmen? Diese Überlegungen gaben den Ausschlag, und ich beschloß, zu schweigen.

Es war gegen fünf Uhr morgens, als ich meines Vaters Haus betrat. Ich wies die Dienerschaft an, die Familie nicht zu stören, und begab mich in die Bibliothek, um die Stunde abzuwarten, zu der sie üblicherweise aufstanden.

Sechs Jahre waren vergangen wie ein Traum, der jedoch eine unauslöschliche Spur hinterlassen hatte, und ich stand wieder dort, wo ich vor meiner Abfahrt nach Ingolstadt zum letzten Mal meinen Vater umarmt hatte. Mein geliebter und verehrungswürdiger Vater! Er war mir noch verblieben. Ich betrachtete das Bildnis meiner Mutter, das oberhalb des Kaminsimses hing. Es handelte sich um ein klassisches Sujet; es stellte Caroline Baufort dar, die in einer Pose tiefster Verzweiflung neben dem Sarg ihres Vaters kniete. Sie trug rustikale Kleidung, und ihre Wangen waren fahl; aber um sie war ein Hauch von Würde und Schönheit, der kaum dazu angetan war, Mitleid aufkommen zu lassen. Unter diesem Bild stand eine Miniatur, die Wilhelm darstellte; und als ich sie anschaute, flossen meine Tränen. Während ich derart ergriffen dort stand, betrat Ernest die Bibliothek; er hatte mich ankommen gehört und war herbeigeeilt, um mich willkommen zu heißen. Er zeigte eine durch Kummer getrübte Freude, mich zu sehen. »Viktor, mein liebster Viktor«, sagte er. »Ach! Ich wünschte, du wärst drei Monate früher gekommen, dann hättest du uns alle fröhlich und guter Dinge vorgefunden. Doch nun kommst du, um eine Betrübnis, die nichts zu lindern vermag, mit uns zu teilen; und doch wird deine Gegenwart unseren Vater, der unter dem Unglück zusammenzubrechen scheint, hoffentlich mit neuem Lebensmut erfüllen; und dein Zuspruch bewegt Elisabeth vielleicht dazu, ihre nutzlosen und quälenden Selbstvorwürfe einzustellen. – Armer Wilhelm! Er war unser Liebling und unser Stolz!«

Ungehindert fielen Tränen aus meines Bruders Augen, und mich überkam Todesschmerz. Zuvor hatte ich mir das Elend in meinem unglücklichen Heim nur vorgestellt, aber nun brach die Wirklichkeit als ein neues und deshalb nicht weniger schreckliches Unglück über mich herein. Ich bemühte mich, Ernest zu beruhigen; ich erkundigte mich eingehender über meinen Vater und jene, die ich meine Cousine nannte.

»Sie ist es vor allem«, sagte Ernest, »die des Trostes bedarf; sie hat sich selbst die Schuld am Tod meines Bruders gegeben, und das macht sie sehr unglücklich. Aber nun, da der Mörder entdeckt wurde ...«

»Der Mörder entdeckt! Großer Gott! Wie ist das möglich? Wer könnte es wagen, ihn zu verfolgen? Ausgeschlossen; man könnte ebensogut versuchen, die Winde zu überholen oder einen Gebirgsbach durch einen Strohhalm zu leiten. Ich habe ihn ebenfalls gesehen; letzte Nacht war er frei!«

»Ich weiß nicht, wovon du sprichst«, versetzte mein Bruder in höchstem Erstaunen, »aber unsere Entdeckung hat unser Unglück nur vollständig gemacht. Anfangs wollte es niemand glauben, und Elisabeth ist jetzt noch nicht überzeugt, trotz aller Beweise. Und in der Tat; wer hätte geglaubt, daß Justine Moritz, die stets so liebenswert und so herzlich zu unserer Familie war, plötzlich zu einem so entsetzlichen, einem so abscheulichen Verbrechen fähig sein sollte?«

»Justine Moritz! Armes, armes Mädchen; so ist sie diejenige, die angeklagt wird? Aber das ist ein Irrtum; jeder weiß das; niemand glaubt es – nicht wahr, Ernest?«

»Zuerst hat es niemand geglaubt, aber es ergaben sich mehrere Umstände, die fast keine andere Deutung zulassen, und sie selbst benahm sich derart verwirrt, daß – nimmt man das Gewicht der Indizien hinzu –, wie ich fürchte, kein Zweifel mehr möglich ist. Aber man wird sie heute verhören; dann wirst du alles vernehmen.«

Er berichtete, an dem Morgen, als der Mord an dem armen Wilhelm entdeckt wurde, sei Justine von einer Krankheit erfaßt worden, die sie mehrere Tage lang ans Bett fesselte. In dieser Zeit fand einer der Dienstboten, der zufällig das Kleid untersuchte, das sie in der Mordnacht getragen hatte, in einer Tasche das Medaillon mit dem Bildnis meiner Mutter, das Wilhelm kurz vor seiner Ermordung getragen hatte. Der Dienstbote zeigte seinen Fund sofort einem anderen, der – ohne mit einem Mitglied der Familie darüber zu sprechen – sofort zu einem Richter lief, und Justine wurde aufgrund der Aussagen der Dienstboten in Haft genommen. Nachdem man sie mit den Tatsachen konfrontiert hatte, erhärtete das Mädchen den Verdacht durch ihr auffallend verwirrtes Verhalten.«

Dies war eine merkwürdige Erzählung, die jedoch meine Überzeugung nicht erschütterte, und ich erwiderte ernst: »Ihr irrt euch alle, ich kenne den Mörder. Justine, die arme, gute Justine, ist unschuldig.«

In diesem Augenblick betrat mein Vater die Bibliothek. Ich sah den Kummer tief in sein Gesicht eingegraben, trotzdem bemühte er sich nach Kräften, Freude über unser Wiedersehen zu zeigen; und nachdem wir uns gegenseitig unserer Trauer versichert hatten, hätten wir uns sicherlich einem anderen Gegenstand als dem Unglücksfall zugewandt, wenn Ernest nicht ausgerufen hätte: »Großer Gott, Papa! Viktor behauptet, zu wissen, wer der Mörder des armen Wilhelm war.«

»Auch wir wissen es, unglücklicherweise«, erwiderte mein Vater, »denn es wäre mir in der Tat lieber, ich wüßte es nicht, als eine solche Verworfenheit und Undankbarkeit bei einer entdeckt haben zu müssen, die ich so hoch eingeschätzt hatte.«

»Mein teurer Vater, Ihr irrt Euch; Justine ist unschuldig.«

»Wenn sie es ist, sei Gott davor, daß sie leiden muß. Sie wird heute verhört, und ich hoffe – hoffe von ganzem Herzen –, daß sie freigesprochen wird.«

Diese Aussage beruhigte mich. Ich selbst war fest davon überzeugt, daß Justine – tatsächlich jeder Mensch – an diesem Mord unschuldig war. Ich hegte deshalb keinerlei Besorgnis, daß Indizien zutage gefördert würden, die ausreichten, um sie zu überführen. Mein Bericht war für die Öffentlichkeit nicht geeignet; jeder normal empfindende Mensch würde ihn wegen seiner Entsetzlichkeit als Wahnwitz abtun. Konnte denn jemand außer mir, dem Schöpfer selbst, ohne das Zeugnis seiner Sinne an die Existenz des lebenden Monuments der Vermessenheit und Unbesonnenheit glauben, das ich auf die Welt losgelassen hatte?

Bald danach gesellte sich Elisabeth zu uns. Die Zeit hatte für sie gearbeitet; seit ich sie das letzte Mal gesehen, hatte ihre Lieblichkeit die Schönheit ihrer Jahre als Kind übertroffen. Da waren noch dieselbe Offenheit und dieselbe Munterkeit; aber dazu hatte sich der Ausdruck einer größeren Empfindsamkeit und eines voll entwickelten Geistes gesellt. Sie hieß mich mit der innigsten Zuneigung willkommen. »Deine Ankunft, mein lieber Cousin«, sagte sie, »gibt mir Hoffnung. Du wirst vielleicht ein Mittel finden, die Schuldlosigkeit meiner armen Justine zu beweisen. Ach, wer wäre sicher, wenn sie eines Verbrechens überführt würde? Ich vertraue ebenso sehr auf ihre Unschuld wie auf meine eigene. Unser Unglück ist doppelt hart; wir haben nicht nur unseren reizenden, kleinen Liebling verloren, sondern zudem soll uns auch noch dieses arme Mädchen, das ich aufrichtig liebe, von einem noch schlimmeren Geschick entrissen werden. Wenn sie verurteilt wird, kann ich mich nie wieder erfreuen. Aber sie wird nicht verurteilt, dessen bin ich gewiß; und dann werde ich wieder glücklich sein, selbst nach dem traurigen Ende meines kleinen Wilhelm.«

»Sie ist unschuldig, meine Elisabeth«, erwiderte ich, »und das wird sich erweisen; fürchte nichts und sei guten Mutes; ich versichere dir, daß sie freigesprochen wird.«

»Wie freundlich und großherzig du bist! Jedermann sonst glaubt, daß sie schuldig ist, und das hat mich unglücklich gemacht, denn ich wußte, daß es nicht sein kann; und alle anderen in einem so tödlichen Vorurteil befangen zu sehen, machte mich hoffnungslos und verzweifelt.« Sie brach in Tränen aus.

»Liebste Nichte«, ließ sich mein Vater vernehmen, »trockne deine Tränen. Wenn sie – wie du glaubst – unschuldig ist, verlaß dich auf die Gerechtigkeit unserer Gesetze und auf meine Entschlossenheit, auch den geringsten Anschein einer Voreingenommenheit zu bekämpfen.«

KAPITEL ACHT

Wir verbrachten einige traurige Stunden bis elf Uhr; dem Zeitpunkt, an dem die Verhandlung beginnen sollte. Mein Vater und die übrigen Verwandten waren als Zeugen geladen worden, und ich begleitete sie zum Gericht. Ich durchlitt während der ganzen abscheulichen Justiz-Posse brennende Qualen. Immerhin sollte sich entscheiden, ob das Ergebnis meiner Neugier und meines ruchlosen Vorhabens den Tod zweier meiner Mitmenschen verursacht hatte; zum einen den eines selig lächelnden Kindes voller Unschuld und Fröhlichkeit und zum anderen den eines Mädchens, das auf weit furchtbarere Weise ermordet werden sollte; zusätzlich erschwert durch jede nur denkbare Schande, die den Mord im Gedächtnis der Menschen entsetzlich machen konnte. Justine war ein achtbares Mädchen und besaß Eigenschaften, die ihr ein unbeschwertes Leben ermöglicht haben würden; nun sollte all dies zunichte gemacht und in ein schändliches Grab getragen werden – und ich war die Ursache! Tausendmal lieber hätte ich mich selbst des Verbrechens als schuldig bekannt, dessen Justine angeklagt war; aber ich war nicht an Ort und Stelle gewesen, als es verübt wurde, und eine solche Erklärung wäre viel eher als die Phantasie eines Wahnsinnigen betrachtet worden, statt diejenige, die durch meine Schuld litt, zu entlasten.

Justine wirkte gefaßt. Sie trug Trauerkleider, und der Ernst ihrer Gefühle verlieh ihrem ohnehin ansprechenden Antlitz vollkommene Schönheit. Aber trotz ihres Ernstes schien sie auf ihre Unschuld zu vertrauen, und sie zitterte nicht, obwohl so viele Menschen sie anstarrten und insgeheim verdammten; denn der Gedanke an die Ungeheuerlichkeit des Verbrechens, das sie begangen haben sollte, verbannte alle Freundlichkeit, die man ihr ansonsten wohl um ihrer Schönheit willen entgegengebracht hätte, aus den Köpfen der Zuschauer. Sie war gelassen, aber ihre Gelassenheit war offensichtlich erzwungen; da man ihre frühere Verwirrung als Beweis für ihre Schuld ausgelegt hatte, zwang sie sich nun dazu, zuversichtlich zu erscheinen. Als sie den Gerichtssaal betrat, schaute sie sich unter den Versammelten um und hatte uns bald ausfindig gemacht. Tränen schienen ihren Blick zu verschleiern, als sie uns anschaute; aber sie faßte sich rasch wieder, und ein Blick mitleidvoller Zuneigung schien ihre völlige Schuldlosigkeit zu beweisen.

Die Verhandlung begann, und nachdem der Gegenanwalt die Anklageschrift verlesen hatte, wurden mehrere Zeugen aufgerufen. Gegen Justine sprachen eine Reihe merkwürdiger Umstände, die jedermann, dem nicht die gleichen Beweise für ihre Unschuld vorlagen, wie mir, schwankend gemacht hätten. Sie war in der ganzen Nacht, als der Mord geschah, nicht im Haus gewesen, und war gegen Morgen nicht weit von dem Ort, wo man die Leiche des ermordeten Kindes später fand, von einer Marktfrau beobachtet worden. Die Frau hatte sie gefragt, was sie dort tat, und sie hatte sehr merkwürdig ausgesehen und eine verwirrte und unverständliche Antwort gegeben. Gegen acht Uhr war sie ins Haus zurückgekehrt, und als man sie gefragt hatte, wo sie die Nacht verbracht habe, hatte sie erwidert, sie habe nach dem Kind gesucht und sich angelegentlich erkundigt, ob jemand etwas über den Jungen gehört habe. Als man ihr die Leiche gezeigt hatte, war sie einem heftigen, hysterischen Anfall erlegen und hatte einige Tage lang das Bett hüten müssen. Dann kam das Medaillon ins Spiel, das der Dienstbote in ihrer Tasche gefunden hatte, und als Elisabeth es mit versagender Stimme als das nämliche bezeichnete, das sie dem Kind eine Stunde, bevor es vermißt wurde, um den Hals gehängt habe, erfüllte ein Gemurmel des Entsetzens und der Entrüstung den Gerichtssaal.

Justine wurde aufgerufen, sich zu verteidigen. Im Zuge der Verhandlung hatte sich ihr Gesichtsausdruck mehrmals verändert. Überraschung, Entsetzen und seelische Not waren deutlich auf ihrer Miene abzulesen gewesen. Zuweilen hatte sie gegen die Tränen angekämpft; aber als sie nun zu ihrer Verteidigungsrede aufgefordert wurde, sammelte sie sichtbar ihre Kräfte und sprach mit hörbarer, wenn auch schwankender Stimme.

»Gott allein weiß«, sagte sie, »wie gänzlich unschuldig ich bin. Aber ich gebe mich nicht der trügerischen Hoffnung hin, daß meine Beteuerungen mich entlasten werden; ich hoffe vielmehr, meine Unschuld durch eine klare und einfache Erklärung der Umstände darlegen zu können, die gegen mich angeführt wurden, und vertraue darauf, daß der Charakter, den ich immer gezeigt habe, meine Richter zu einer günstigen Auslegung geneigt machen werden, wo ein Umstand zweifelhaft oder verdächtig erscheint.«

Dann berichtete sie, sie habe den Abend vor der Nacht, in welcher der Mord ausgeführt wurde, mit Erlaubnis Elisabeths im Hause einer Tante in Chêne verbracht, einem etwa eine Meile von Genf entfernten Dorf. Bei ihrer Rückkehr gegen neun Uhr begegnete sie einem Mann, der sie fragte, ob sie das vermißte Kind gesehen habe. Die Nachricht, die in dieser Frage enthalten war, alarmierte sie, und sie verbrachte mehrere Stunden mit der Suche nach dem Kind, bis die Genfer Stadttore geschlossen waren und sie die restlichen Nachtstunden in der Scheune eines Bauernhauses verbringen mußte, da sie sich scheute, die Bewohner – die sie gut kannten – zu wecken. Sie verbrachte den größten Teil der Nacht schlaflos, und gegen Morgen glaubte sie, ein paar Minuten lang geschlafen zu haben, als das Geräusch von Schritten sie weckte. Es dämmerte bereits, und sie verließ ihre Nachtunterkunft, um sich erneut auf die Suche nach meinen Bruder zu machen. Wenn sie der Stelle nahegekommen war, an der seine Leiche lag, sei dies ohne ihr Wissen geschehen. Ihre Verwirrung, als die Marktfrau sie zur Rede stellte, war begreiflich, da sie eine schlaflose Nacht hinter sich hatte und über das Schicksal des armen Wilhelm beunruhigt war. Wie das Medaillon in ihre Tasche gelangt war, konnte sie nicht erklären.

»Ich weiß«, schloß das unglückliche Opfer, »wie schwer und nachteilig gerade dieser Umstand gegen mich spricht; aber es steht nicht in meiner Macht, ihn zu erklären, und nachdem ich meine völlige Ahnungslosigkeit in diesem Punkt zugegeben habe, kann ich nur Vermutungen darüber anstellen, wie dieser Gegenstand in meine Tasche gelangt ist; aber auch hier bin ich überfordert. Ich glaube nicht, daß mir jemand auf dieser Welt feindlich gesonnen ist, und gewiß halte ich niemanden für so verderbt, daß er mich mutwillig vernichten möchte. Hat mir der Mörder das Medaillon untergeschoben? Ich wüßte nicht, bei welcher Gelegenheit ihm dies möglich gewesen wäre; oder weshalb er das Kleinod gestohlen haben könnte, um sich sogleich wieder von ihm zu trennen.

Ich vertraue meinen Fall der Gerechtigkeit meiner Richter an, aber ich sehe kaum einen Grund zur Hoffnung. Ich bitte darum, mir zu bewilligen, daß einige Zeugen über meinen Charakter befragt werden, und wenn ihr Zeugnis nicht die mir angelastete Schuld überwiegt, muß ich verurteilt werden, obwohl ich mein Seelenheil als Pfand für meine Unschuld setzen würde.«

Nun wurden mehrere Zeugen aufgerufen, die Justine seit vielen Jahren kannten, und sie sprachen sehr gut über sie; aber Furcht und Abscheu angesichts des Verbrechens, dessen diese Menschen sie schuldig glaubten, ließen sie nur zaghaft, beinahe widerwillig, vortreten. Elisabeth sah, wie selbst diese letzte Hoffnung für die Angeklagte, nämlich ihre ausgezeichnete Charakteranlage und ihr untadeliges Verhalten, im Begriff war, zunichte zu werden, und bat trotz ihrer heftigen Gefühlsbewegung um die Erlaubnis, zum Gericht sprechen zu dürfen.

»Ich bin«, so sagte sie, »die Cousine des unglücklichen Jungen, der ermordet wurde; oder eigentlich seine Schwester, denn ich wurde gemeinsam mit ihm aufgezogen, und ich lebe bereits seit lange vor seiner Geburt bei seinen Eltern. Es mag deshalb ungebührlich erscheinen, daß ich bei dieser Gelegenheit das Wort ergreife; aber da ich sehe, daß ein Mitgeschöpf wegen Feigheit seiner vorgeblichen Freunde in Begriff ist, zu verderben, wünsche ich die Erlaubnis, hier zu sprechen, damit ich sagen kann, was ich über ihren Charakter weiß. Ich bin mit der Angeklagten sehr vertraut. Ich habe im selben Haus wie sie gelebt; einmal fünf und ein anderes Mal beinahe zwei Jahre lang. In dieser ganzen Zeit schien sie mir der liebenswerteste und gutmütigste aller Menschen zu sein. Sie pflegte Madame Frankenstein, meine Tante, während derer letzten Krankheit mit der größten Liebe und Aufmerksamkeit; später dann stand sie ihrer eigenen Mutter während eines langwierigen Leidens auf eine Art und Weise bei, welche die Bewunderung von jedermann erregte, der sie kannte; danach lebte sie wieder im Hause meines Onkels, wo die ganze Familie sie liebte. Dem Kind, das jetzt tot ist, war sie innig zugetan, und sie behandelte es wie die zärtlichste aller Mütter. Ich für meinen Teil zögere nicht, zu sagen, daß ich ihr trotz aller Indizien, die gegen sie sprechen, glaube, und daß ich sie für vollkommen unschuldig halte. Sie hatte keinerlei Veranlassung für eine solche Tat; und was das wertlose Schmuckstück betrifft, auf das sich die Anklage in der Hauptsache beruft – wenn sie mich ernsthaft darum gebeten hätte, würde ich es ihr bereitwillig überlassen haben, so sehr schätze und achte ich sie.«

Ein zustimmendes Gemurmel erhob sich nach Elisabeths schlichter, aber kraftvoller Rede; aber die Zustimmung galt ihrer großherzigen Fürsprache, und nicht der armen Justine, die sich im Gegenteil als Ziel eines erneut aufflammenden allgemeinen Unmuts sah – man klagte sie der schwärzesten Undankbarkeit an. Sie hatte während Elisabeths Ansprache geweint, erwiderte aber nichts auf die Vorwürfe. Ich selbst war während der ganzen Verhandlung außerordentlich erregt und furchtsam. Ich glaubte nicht nur, daß Justine unschuldig war; ich wußte es. Konnte es sein, daß der Dämon, der (und daran zweifelte ich keinen Augenblick lang) nicht nur meinen Bruder ermordet, sondern zu seiner höllischen Befriedigung auch noch diese Unschuldige dem Tod und der Schande ausgeliefert hatte? Ich konnte den Schrecken meiner Lage nicht ertragen; und als ich bemerkte, daß die Stimme des Volkes und – nach ihren Mienen zu urteilen – auch die Richter mein unseliges Opfer bereits verdammt hatten, floh ich in höchster Pein aus dem Gericht. Die Qualen der Angeklagten waren nicht mit den meinen zu vergleichen; sie wurde vom Wissen um ihre Unschuld getröstet, aber mir zerfleischten die Fänge des Gewissens die Brust, und sie würden ihre Beute niemals wieder hergeben.

Ich verbrachte die Nacht in ungelindertem Elend. Am Morgen ging ich ins Gericht; Lippen und Kehle waren mir ausgedörrt. Ich wagte nicht, die schicksalhafte Frage zu stellen; aber man kannte mich hier, und der Gerichtsbeamte erriet den Grund meines Besuchs. Die Stimmen waren abgegeben worden; sie hatten sämtlich auf schuldig gelautet, und Justine war verurteilt worden.

Ich kann nicht für mich beanspruchen, zu beschreiben, was ich damals empfand. Ich hatte schon zuvor Entsetzen gefühlt und habe mich bemüht, die passenden Worte dafür zu finden; aber bloße Worte können nicht die krankmachende Verzweiflung übermitteln, die mich damals überkam. Der Gerichtsbeamte, an den ich mich gewandt hatte, fügte noch hinzu, Justine habe ihre Schuld bereits gestanden. »Ein solches Geständnis«, bemerkte er, »war in diesem offenkundigen Fall kaum mehr erforderlich, aber ich bin trotzdem froh darüber. In der Tat gefällt es keinem unserer Richter, einen Verbrecher allein aufgrund von Indizien zu verurteilen, so eindeutig sie auch sein mögen.«

Das war eine sonderbare und unerwartete Mitteilung – was konnte sie bedeuten? Hatten meine Augen mich getrogen? Und war ich wirklich so wahnsinnig, wie alle Welt den Verdacht hätte, wenn ich meinen Verdächtigen nennen würde? Ich eilte nach Hause zurück, wo Elisabeth bereits ungeduldig auf den Urteilsspruch wartete.

»Meine Cousine«, sprach ich zu ihr, »das Urteil ist gesprochen, wie du es bereits vermutet haben magst; alle Richter würden lieber zehn Unschuldige dem Leiden überantworten, als einen Schuldigen entkommen lassen. Sie aber hat gestanden.«

Dies war ein schwerer Schlag für Elisabeth, die fest auf Justines Unschuld gebaut hatte. »Wehe!« rief sie aus. »Wie soll ich jemals wieder an das Gute im Menschen glauben? Wie konnte Justine, die ich liebte und wie meine Schwester betrachtete, ein derart unschuldsvolles und trügerisches Lächeln aufsetzen? Ihr sanfter Blick schien jeglicher Heftigkeit und Arglist unfähig, und doch hat sie einen Mord begangen.«

Bald darauf vernahmen wir, daß das arme Opfer den Wunsch ausgedrückt hatte, meine Cousine zu sehen. Mein Vater wünschte nicht, daß sie ging, sagte jedoch, er überließe die Entscheidung ihrem Urteil und Empfinden. »Ja«, sagte Elisabeth, »ich will zu ihr gehen, obwohl sie schuldig ist; und du, Viktor, sollst mich begleiten; ich habe nicht die Kraft, allein zu gehen.« Die Vorstellung dieses Besuchs war eine Qual für mich, aber ich konnte nicht ablehnen.

Wir betraten die düstere Kerkerzelle und sahen Justine auf einer Schütte Stroh hocken; ihre Hände waren gefesselt, und ihr Kopf ruhte auf den Knien. Bei unserem Anblick erhob sie sich, und als wir allein waren, warf sie sich Elisabeth zu Füßen und weinte bitterlich. Meine Cousine brach ebenfalls in Tränen aus.

»O Justine«, sagte sie, »weshalb hast du mich meines letzten

Trostes beraubt? Ich habe mich auf deine Unschuld verlassen; und obwohl ich bereits sehr unglücklich war, fühle ich mich jetzt noch elender.«

»Ihr glaubt also auch, daß ich derart durch und durch verderbt bin? Gesellt Ihr Euch meinen Feinden zu, die mich als Mörderin verdammen?« Ihre Stimme wurde von Schluchzen erstickt.

»Steh auf, mein armes Mädchen«, erwiderte Elisabeth, »weshalb kniest du nieder, wenn du unschuldig bist? Ich gehöre nicht zu deinen Feinden; ich habe trotz aller Indizien an deine Schuldlosigkeit geglaubt, bis ich vernahm, daß du dich als schuldig bekannt hast. Du sagst, diese Nachricht sei falsch, und sei versichert, liebe Justine, daß nichts mein Vertrauen in dich erschüttern kann, als dein eigenes Geständnis.«

»Ich habe gestanden, aber es war nicht die Wahrheit. Ich habe gestanden, um die Absolution zu erlangen; aber nun lastet diese Unwahrheit schwerer auf meiner Seele als all meine übrigen Sünden. Der Herr des Himmels möge mir vergeben! Seit meiner Verurteilung hat mein Beichtvater mich bedrängt; er drohte mir, bis ich fast zu glauben anfing, daß ich in der Tat jenes Ungeheuer war, als das er mich hinstellte. Er drohte mir mit Exkommunikation in meinen letzten Augenblicken auf Erden und mit dem Höllenfeuer, wenn ich weiterhin verstockt bliebe. Liebe Herrin, ich hatte niemanden, der mir beistand; alle schauten mich als eine Elende an, die zu Schande und ewiger Verdammung verurteilt war. Was konnte ich tun? Ich habe mich in einer trüben Stunde zu einer Lüge entschlossen – und jetzt bin ich erst wahrhaft unglücklich.«

Sie weinte und fuhr fort: »Ich habe mit Entsetzen daran gedacht, liebste Herrin, Ihr könntet glauben, Eure Justine, die Eure gesegnete Tante so hoch geschätzt hat und die Ihr selbst so liebtet, sei eines Verbrechens fähig, das niemand als der Teufel selbst zu vollbringen imstande sein könnte. Lieber Wilhelm! Liebstes, gesegnetes Kind! Bald schon sehe ich dich im Himmel wieder, wo wir alle glücklich sein werden – und das tröstet mich, da ich mich nun anschicke, Schande und Tod zu erleiden.«

»O Justine! Verzeih mir, daß ich dir auch nur einen Augenblick lang mißtraut habe. Weshalb hast du gestanden? Aber gräme dich nicht, liebes Mädchen. Fürchte nichts. Ich werde Einspruch erheben und deine Unschuld beweisen. Ich werde die steinernen Herzen deiner Feinde durch meine Tränen und Gebete erweichen. Du wirst nicht sterben! – Du, meine Spielgefährtin, meine Schwester, sollst auf dem Schafott verderben? Nein! Nein! Ich könnte ein derart schreckliches Unglück niemals überleben.«

Justine schüttelte trauervoll ihr Haupt. »Ich fürchte mich nicht vor dem Sterben«, sagte sie, »diese Angst ist vorüber. Gott steht mir in meiner Schwäche bei und verleiht mir den Mut, das Schlimmste zu erdulden. Ich verlasse eine traurige und bittere Welt, und wenn Ihr Euch meiner erinnert und an mich als eine denkt, die zu Unrecht verurteilt wurde, bin ich zu dem Schicksal, das mich erwartet, bereit. Lernt von mir, liebe Herrin, sich geduldig dem Willen des Himmels zu unterwerfen!«

Ich hatte mich während dieses Gesprächs in eine Ecke des Kerkers zurückgezogen, wo ich die entsetzliche Qual verbergen konnte, die von mir Besitz ergriffen hatte. Verzweiflung! Wer wagte es, von Verzweiflung zu sprechen? Das arme Opfer, das am morgigen Tag die furchtbare Schwelle zwischen Leben und Tod überschreiten würde, konnte nicht die tiefe und bittere Pein wie ich fühlen. Ich knirschte mit den Zähnen, preßte sie zusammen und konnte ein Stöhnen nicht verhindern, das sich meiner innersten Seele entrang. Justine schrak zusammen. Als sie mich erkannt hatte, trat sie vor mich und sagte: »Lieber Herr, es ist sehr freundlich von Euch, mich zu besuchen. Ich hoffe, Ihr glaubt nicht, daß ich schuldig bin!«

Ich war zu keiner Antwort fähig. »Nein, Justine«, ergriff Elisabeth das Wort, »er ist mehr als ich von deiner Unschuld überzeugt, denn selbst, als er hörte, daß du gestanden hattest, glaubte er es nicht.«

»Ich danke ihm aufrichtig. Ich verspüre in diesen meinen letzten Augenblicken die größte Dankbarkeit gegenüber allen, die meiner mit Freundlichkeit gedenken. Wie süß dünkt einer Elenden wie mir diese Zuneigung anderer! Sie entschädigt mich weitgehend für mein Ungemach, und ich fühle, daß ich nun – da Ihr, meine liebe Herrin und Euer Cousin – an meine Unschuld glaubt, in Frieden sterben kann.«

Auf diese Weise versuchte die arme Dulderin andere und sich selbst zu trösten. Und sie erlangte in der Tat die Ergebenheit, die sie sich wünschte. Ich hingegen, der wahre Mörder, spürte den nimmersterbenden Wurm der Schuld in meiner Brust nagen, der niemals Hoffnung oder Trost zuläßt. Elisabeth weinte ebenfalls und war unglücklich, aber auch ihr Leiden war frei von Schuld, und es vermochte gleich einer Wolke, die vor dem hellen Mond daherzieht und ihn verbirgt, nicht den Glanz auf Dauer auszulöschen. Qual und Verzweiflung hatten mein Herz bis ins Innerste durchbohrt; ich trug ein Höllenfeuer in mir, das nichts löschen konnte. Wir blieben mehrere Stunden lang bei Justine, und selbst dann vermochte sich Elisabeth nur sehr schwer loszureißen. »Ich wünschte«, rief sie, »ich müßte gemeinsam mit dir sterben; ich kann in dieser Welt des Elends nicht leben.«

Justine bemühte sich, zuversichtlich zu erscheinen, obwohl sie nur mühsam ihre bitteren Tränen zurückhalten konnte. Sie umarmte Elisabeth und sagte mit einer Stimme, die vor halb unterdrückter Bewegung zitterte: »Lebt wohl, liebste Elisabeth, meine geliebte und einzige Freundin; möge der Himmel in seiner Gnade Euch segnen und beschützen; möge dies das letzte Unglück sein, das Ihr je erdulden müßt! Lebt und seid glücklich, und macht auch andere Menschen glücklich.«

Am nächsten Morgen starb Justine. Es war Elisabeths herzbewegender Beredtsamkeit nicht gelungen, die Richter von ihrem festen Glauben an die Schuld der heiligmäßigen Dulderin abzubringen. Auch meine leidenschaftlichen und empörten Appelle zeitigten keine Wirkung bei ihnen. Und während ich den nüchternen Antworten und den strengen, gefühllosen Argumenten dieser Männer lauschte, erstarb mir mein beabsichtigtes Geständnis auf den Lippen. Auf diese Weise würde ich mich nur selbst zum Wahnsinnigen erklären, ohne bewirken zu können, daß die über mein unseliges Opfer verhängte Strafe aufgehoben würde. Sie starb als Mörderin auf dem Schafott!

Ich wandte mich fort von den Qualen meines Herzens der Betrachtung des tiefen und stummen Kummers meiner Elisabeth zu. Auch dies war mein Werk! Und meines Vaters Schmerz, und die Trostlosigkeit in diesem noch vor kurzem so glücklichen Heim – alles war das Werk meiner dreimal verfluchten Hände! Weinet, ihr Unglücklichen; doch dies sind nicht eure letzten Tränen! Wieder und wieder sollt ihr die Totenklage erheben, stets aufs neue soll euer Wehgeschrei ertönen! Frankenstein, euer Sohn; euer Angehöriger; euer vielgeliebter Freund von Kindheit an; er, der seinen letzten Blutstropfen für euch hergeben würde – der keine Freude ersinnen oder genießen konnte, hätte sie sich nicht auch in euren geliebten Zügen widergespiegelt – der allen Segen auf euch herabflehte und sein Leben im Dienst an euch verbrachte – er macht euch weinen, läßt euch zahllose Tränen vergießen und wäre doch glücklicher, als er jemals zu hoffen gewagt, wenn die Vernichtung innehielte, bevor der Friede des Grabes eure schlimmen Qualen beendet!

So sprach meine prophetische Seele, während ich, von Reue, Entsetzen und Verzweiflung zerrissen, all jene beobachtete, die in vergeblicher Betrübnis an den Gräbern von Wilhelm und Justine standen – den ersten, unseligen Opfern meiner unheiligen Künste.

KAPITEL NEUN

Nichts bereitet dem menschlichen Geist mehr Pein als die tödliche Stille der Untätigkeit und der Gewißheit, nachdem die Gefühle durch eine rasche Aufeinanderfolge von Ereignissen aufgewühlt wurden – sie beraubt die Seele ebenso der Hoffnung wie der Furcht. Justine starb, und ich war am Leben. Das Blut strömte ungehindert durch meine Adern, aber auf meinem Herzen lasteten Verzweiflung und Reue als ein Gewicht, das durch nichts fortgenommen werden konnte. Der Schlaf floh meinen Augen; ich ging umher wie ein böser Geist, denn ich hatte Übeltaten vollbracht, deren Entsetzlichkeit jeder Beschreibung spotteten, und vieles, vieles mehr (so redete ich mir ein) stand noch bevor. Und doch floß mein Herz vor Freundlichkeit und Tugendliebe über. Ich hatte mein Leben mit guten Vorsätzen begonnen und nach dem Augenblick gedürstet, in dem ich sie in die Tat umsetzen und mich meinen Mitmenschen nützlich machen konnte. Und nun war alles vernichtet; statt jener Gemütsruhe, die mir erlaubt hätte, mit mir selbst zufrieden auf die Vergangenheit zurückzublicken und von dort aus neue Hoffnung zu schöpfen, war ich von Reue und Schuldbewußtsein gepackt, die mich einer Hölle äußerster Qual überantworteten.

Diese Gemütsverfassung zehrte an meiner Gesundheit, die vielleicht noch von jenem ersten Schrecken angegriffen war. Ich scheute die Gesellschaft von Menschen; jeder Ausruf der Freude, jeder Ausdruck von Zufriedenheit war mir ein Greuel, und mein einziger Trost bestand in tiefer, dunkler, todesartiger Einsamkeit.

Mein Vater bemerkte die Veränderungen in meinem Wesen und meinen Gewohnheiten voll Kummer und bemühte sich, mich mit Zureden, die sein reines Gewissen und die Makellosigkeit seines Lebens ihm eingaben, aufzurichten und den Mut in mir zu erwecken, die dunkle Wolke, die über mir dräute, zu vertreiben. »Glaubst du nicht, Viktor«, sagte er, »daß auch ich leide? Niemand könnte ein Kind mehr lieben, als ich deinen Bruder geliebt habe ...«, seine Augen füllten sich mit Tränen, »... aber ist es nicht die Pflicht der Überlebenden, sich vor einer Vermehrung ihres Unglücklichseins durch übermäßigen Kummer zu hüten? Diese Pflicht hat man auch sich selbst gegenüber; denn übergroße Trauer verhindert, daß wir gesund werden und uns freuen können und sogar, daß wir unseren täglichen Pflichten nachkommen, ohne die ein Mann der Gesellschaft keinen Nutzen bringt.«

Dieser Rat war zwar gut gemeint, aber in meinem Fall ganz und gar nicht anwendbar; ich wäre der erste gewesen, der seinen Kummer verborgen und seine Freunde getröstet haben würde, hätten nicht Reue und Entsetzen all meine übrigen Empfindungen beherrscht. Deshalb konnte ich meinem Vater nur mit einem Blick der Verzweiflung antworten und mich danach bemühen, ihm nicht unter die Augen zu kommen.

Etwa um diese Zeit zogen wir uns wieder in unser Haus in Belrive zurück. Diese Veränderung kam besonders mir sehr gelegen. Das regelmäßige Schließen der Stadttore um zehn Uhr abends und die damit verbundene Unmöglichkeit, über diese Stunde hinaus am See zu verweilen, hatten mir das Wohnen innerhalb der Mauern Genfs gründlich verleidet. Nun war ich frei. Oft stieg ich – nachdem die übrige Familie sich zur Ruhe begeben hatte – ins Boot und verbrachte viele Stunden auf dem Wasser. Manches Mal setzte ich die Segel und ließ mich vom Wind treiben; zu anderen Malen ruderte ich zur Seemitte, ließ das Boot treiben, wohin es wollte, und gab mich meinen unglücklichen Betrachtungen hin. Häufig war ich versucht – wenn rings um mich alles friedvoll und ich das einzige Lebewesen war, das ruhelos inmitten einer so wunderschönen, herrlichen Szenerie dahintrieb; wenn abgesehen von einer Fledermaus auf einsamem Streifflug oder den Fröschen, deren mißtönendes und unregelmäßig erschallendes Quaken sich nur dann vernehmen ließ, wenn ich mich dem Ufer näherte – oft, so sage ich, war ich versucht, mich in den stillen See gleiten zu lassen, auf daß seine Wasser sich über mir schlössen und meinem Unglück ein für allemal ein Ende bereiten. Was mich davon abhielt, war der Gedanke an die heldenmütig leidende Elisabeth, die ich so zärtlich liebte, und deren Leben in solchem Maße mit meinem verbunden war. Und ich dachte auch an meinen Vater und den überlebenden Bruder; sollte ich diese beiden durch meine feige Flucht schutzlos der Bosheit jenes Unholdes preisgeben, den ich auf sie losgelassen hatte?

In solchen Augenblicken weinte ich bitterlich und wünschte mir nur deshalb, daß wieder Frieden in meine Seele Einkehr halten möge, damit ich diesen Menschen Trost und Glück spenden könnte. Aber dies war nicht möglich. Gram über das Geschehene löschte alle Hoffnung aus. Ich war der Urheber untilgbaren Unheils gewesen, und ich lebte täglich in der Furcht, daß das Monstrum, das ich erschaffen hatte, eine neue Ruchlosigkeit beging. Ich hatte das unbestimmte Gefühl, daß noch nicht alles vorüber und er im Begriff war, eine weitere unerhörte Schandtat zu begehen, die durch ihre Ungeheuerlichkeit die Erinnerung an sein früheres Verbrechen fast auslöschen würde. Solange es noch etwas gab, an dem ich hing, bestand Grund zur Furcht. Mein Abscheu vor jenem Dämon läßt sich nicht beschreiben. Immer, wenn ich an ihn dachte, knirschte ich mit den Zähnen, meine Augen spien Flammen, und ich wünschte mir sehnlichst, dieses

Leben, das ich so unbedacht geschaffen hatte, wieder auszulöschen. Gedachte ich seines Verbrechens, überstiegen meine Haß- und Rachegefühle jedes Maß. Ich hätte auf den höchsten Gipfel der Anden klettern und ihn von dort in den Abgrund werfen können. Ich wünschte mir, ihm wiederzubegegnen, um ihn meine äußerste Abscheu spüren zu lassen und die Morde an Wilhelm und Justine zu rächen.

Unser Haus war ein Trauerhaus geworden. Die Gesundheit meines Vaters war durch die Schrecken der jüngsten Ereignisse aufs tiefste erschüttert. Elisabeth war betrübt und verzweifelt; sie empfand keine Freude mehr an ihren üblichen Beschäftigungen; alles, was Vergnügen bereitete, schien ihr um der Toten willen ein Sakrileg; sie betrachtete ewiges Leid und Tränen als gerechten Tribut, den sie der vernichteten Unschuld zu entrichten hatte. Sie war nicht länger jenes fröhliche Geschöpf, das in meinen Knabenjahren mit mir an den Ufern des Sees gewandelt war und mit Begeisterung über unsere gemeinsame Zukunft gesprochen hatte. Sie hatte den ersten jener Unglücksfälle miterlebt, die uns Menschen gesandt werden, um uns der Erde zu entwöhnen, und sein dämpfender Einfluß hatte ihr liebliches Lächeln ausgelöscht.

»Wenn ich, mein lieber Cousin«, sagte sie, »über den elenden Tod von Justine Moritz nachdenke, sehe ich die Welt und ihr Wirken in einem anderen Licht als bisher. Früher erschienen mir Berichte über Laster und Ungerechtigkeit, über die ich in Büchern las oder von anderen hörte, wie Geschichten aus früheren Tagen oder wie der Phantasie entsprungene Ereignisse; zumindest waren sie an einem weit entfernten Ort geschehen und sprachen eher den Verstand als das Vorstellungsvermögen an; aber jetzt hat das Unglück Einzug in mein Heim gehalten, und die Menschen dünken mich Ungeheuer, die eines nach dem Blut des anderen trachten. Aber ich bin gewiß ungerecht. Alle haben jenes arme Mädchen für schuldig gehalten, und hätte sie die Untat, derer man sie bezichtigte, in Wahrheit begangen, wäre sie der verworfenste aller Menschen gewesen. Für ein Schmuckstück den Sohn ihres Wohltäters und Freundes zu ermorden; ein Kind, das sie von Geburt an gepflegt hatte und wie ihr eigenes zu lieben schien! Ich könnte der Tötung eines Menschen niemals zustimmen, aber ich hätte ein solches Geschöpf gewiß als untauglich erachtet, in der Gesellschaft von Menschen zu verbleiben. Aber sie war unschuldig. Ich weiß – ich *fühle*, daß sie unschuldig war; du bist derselben Ansicht, und das bestätigt mich. Ach, Viktor, wenn Falschheit sich so sehr als Wahrheit gebärden kann, wer könnte dann seines ungetrübten Glücks sicher sein? Ich komme mir so vor, als wandele ich am Rande eines Abgrunds, und Tausende drängten hinter mir und versuchten, mich in die Tiefe zu stürzen. Wilhelm und Justine wurden ermordet, und der Mörder kommt ungestraft davon; er bewegt sich frei und vielleicht geachtet in der Welt. Aber selbst, wenn ich für dasselbe Verbrechen zum Schafott verurteilt würde, wollte ich mit einem solchen Unhold nicht tauschen.«

Ich lauschte dieser Erklärung in äußerster Seelenpein. Ich selbst war der Mörder; ich hatte die Morde zwar nicht selbst begangen, aber verursacht. Elisabeth las mir meine Qualen vom Gesicht ab; sie ergriff zärtlich meine Hand und sagte: »Mein liebster Freund, du mußt dich beruhigen. Die Ereignisse haben mich mitgenommen; Gott allein weiß, wie sehr; aber ich fühle mich so elend wie du. In deinen Zügen malt sich manches Mal Verzweiflung und ein anderes Mal Rachedurst ab; und das läßt mich erzittern. Lieber Viktor, gebiete diesen dunklen Leidenschaften Einhalt. Denk an die Freunde, die um dich sind und alle ihre Hoffnungen auf dich setzen. Haben wir denn die Macht verloren, dich glücklich zu machen? Da wir einander doch lieben – wahrhaftig zueinander sind; hier in diesem Land des Friedens und der Schönheit; deinem Geburtsland – können wir doch die segensvolle Ruhe genießen; was könnte unseren Frieden stören?«

Konnten nicht solche Worte von ihr, die ich vor allen anderen Gaben des Glücks am meisten pries, genügen, um den bösen Geist, der in meinem Herzen lauerte, zu vertreiben? Noch während sie sprach, war ich näher zu ihr gerückt, als griffe das Entsetzen nach mir; als befürchte ich, daß in diesem Augenblick der Zerstörer gekommen sei, um mich von ihrer Seite fortzureißen.

So vermochten weder die zärtlichste Freundschaft noch die Schönheiten der Erde und des Himmels meine Seele von ihren Qualen zu erlösen; sogar die Sprache der Liebe selbst war ohnmächtig. Mich umhüllte eine Wolke, die kein wohltätiger Einfluß durchdringen konnte. Ich glich einem waidwunden Hirsch, der sich mit ermattender Kraft in ein Dickicht schleppt und dort mit brechendem Auge auf den Pfeil blickt, der ihn durchbohrte.

Manches Mal gelang es mir, mit der dumpfen Verzweiflung, die mich gefangen hielt, in gewohnter Weise umzugehen; zu anderen Malen trieb mich der Wirbelwind meiner Besessenheit dazu, mir durch körperliche Bewegung und Ortswechsel eine gewisse Erleichterung in meinen unerträglichen Gefühlen zu verschaffen. Es war während einer solchen Anwandlung, als ich plötzlich mein Heim verließ und meine Schritte zu den nahegelegenen Alpentälern lenkte und in der Großartigkeit und der Zeitlosigkeit solcher Landschaften Vergessen für mich selbst und meine unwichtigen, weil menschlichen, Leiden zu suchen. Meine Wanderung führte mich in das Tal von Chamonix. Als Knabe hatte ich es häufig aufgesucht. Seitdem waren sechs Jahre vergangen; ich selbst war ein Wrack, aber an dieser wilden und unwandelbaren Landschaft hatte sich nichts verändert.

Den ersten Teil meines Ausflugs legte ich zu Pferd zurück. Danach mietete ich einen Maulesel, der auf diesen rauhen Pfaden einen sicheren Tritt hatte und auf dessen Rücken man sich folglich weniger der Gefahr einer Verletzung aussetzte. Das Wetter war schön; es war Mitte August; seit dem Tod Justines – jenem unglücklichen Ereignis, mit dem all mein Leid begann –

waren fast zwei Monate vergangen. Das Gewicht, das auf meiner Seele lastete, wurde spürbar leichter, während ich tiefer in die Arve-Schlucht eindrang. Die gewaltigen Berge und Klippen zu beiden Seiten, das Brausen des Flusses zwischen den Felswänden und das tosende Donnern der Wasserfälle ringsum, all dies sprach beredt von der Allmacht des Schöpfers und ließ alle Furcht von mir abfallen und die Bereitschaft in mir ersterben, mich vor einem Wesen mit geringerer Macht zu verbeugen, als derjenige sie besaß, der die Elemente erschaffen hatte und ihnen gebot – wie mir hier auf die ehrfurchteinflößendste Weise vor Augen geführt wurde. Je höher ich stieg, desto großartiger und staunenerregender wurde der Blick ins Tal. Auf den Klippen tannenbestandener Berge thronten Burgruinen; die ungestüme Arve und versprengte Gebirgsdörfchen, die hier und dort zwischen den Bäumen hervorlugten – dies alles trug zu einer Szenerie von einzigartiger Schönheit bei. Dieser Eindruck wurde durch die mächtigen Alpen, deren weiße und schimmernde Pyramiden und Dome alles überragten – als gehörten sie zu einer anderen Erde; die Wohnsitze fremder Wesen –, noch ins Erhabene übersteigert und mit einem künstlerischen Hintergrund versehen.

Ich passierte die Brücke von Pélissier, wo die Schlucht, die von der Ravine gebildet worden war, sich vor mir eröffnete, und begann, den Berg zu erklimmen, der sie überragte. Bald darauf gelangte ich in das Tal von Chamonix. Dieses Tal ist anmutiger und lieblicher, aber nicht von der pittoresken Schönheit wie das von Servox, durch das ich soeben geritten war. Es war unmittelbar von den hohen und schneebedeckten Bergen begrenzt; aber ich erblickte weder Burgruinen noch fruchtbare Felder. Gewaltige Gletscher schoben sich bis an die Straße vor; ich vernahm das ferne Donnern einer zu Tal gehenden Lawine und erblickte die aufstäubende Schneewolke, die ihren Weg markierte. Der Montblanc – der unvergleichliche, herrliche Montblanc – erhob sich aus den ihn umgebenden *aiquilles*, und sein atemberaubender Gipfel überragte das Tal.

Auf diesem Ausflug durchrann mich oft ein prickelndes, lange vermißtes Gefühl der Freude. Eine Wegbiegung, ein neuer Anblick, der sich unvermittelt meinem Blick darbot und mich an vergangene Tage erinnerte und mit der leichtherzigen Fröhlichkeit meiner Knabenzeit zusammenhing. Sogar der Wind flüsterte besänftigend, und die Allmutter Natur bat mich, nicht mehr zu weinen. Dann wieder verlor der begütigende Zuspruch seine Wirkung auf mich, und ich befand mich erneut im Gefängnis des Grams und der endlosen Grübeleien. In solchen Augenblicken gab ich meinem Reittier die Sporen, in dem Bestreben, die Welt, meine Ängste und vor allem mich selbst zu vergessen; und wenn mich die Aussichtslosigkeit meiner Lage überwältigte, stieg ich aus dem Sattel und warf mich ins Gras, von Entsetzen und Verzweiflung zu Boden gedrückt.

Endlich erreichte ich das Dorf Chamonix. Restlos erschöpft blieb ich eine kleine Weile am Fenster stehen und beobachtete die fahlen Blitze, die über dem Montblanc spielten, und lauschte dem Rauschen der Arve auf ihrem tosenden Weg ins Tal. Dieselben einschläfernden Geräusche lullten meine überwachen Empfindungen ein; sobald mein Kopf das Kissen berührte, überkam mich der Schlaf; ich spürte sein Kommen und hieß ihn als Spender des Vergessens willkommen.

KAPITEL ZEHN

Am folgenden Tag unternahm ich einen Streifzug durchs Tal. Ich stand vor den Quellen des Arveiron, die einem Gletscher entspringen, der sich allmählich von den Berggipfeln abwärts bewegt und droht, das Tal auszufüllen. Die schroffen Hänge riesenhafter Berge waren vor meinen Augen; die Eiswand ragte vor mir empor; die Reste einiger zerschmetterter Kiefern lagen verstreut umher; und die feierliche Stille in diesem herrlichen Audienzsaal des Herrschers Natur wurde nur durch die murmelnden Wasser, das Herabstürzen eines ungeheuren Felsbrockens, das Donnern einer Lawine oder das von den Bergen widerhallende Krachen im Eis unterbrochen, das aufgrund unabänderlicher Gesetze immer wieder bewegt und entzweigerissen wurde, als wäre es nur ein Spielball dieser Kräfte. Diese erhabene und großartige Szenerie spendete mir den größtmöglichen Trost, den zu empfangen ich fähig war. Sie erhob mich über alle kleinlichen Empfindungen, und wenn sie auch meinen Kummer nicht von mir fortnahm, so linderte und dämpfte sie ihn doch. Und sie lenkte mich in gewissem Umfang von jenen Gedanken ab, die mich in den letzten Monaten beschäftigt hatten. Am Abend zog ich mich zur Ruhe zurück; im Halbschlaf griffen meine Träume das Thema der Versammlung gewaltiger Naturerscheinungen auf, die ich tagsüber betrachtet hatte, und führten es auf ihre Weise fort. Sie alle umstanden mich – der makellose, schneeige Gipfel, die schimmernde Felsnadel, die Kiefernwälder und die zerklüftete, kahle Schlucht – und baten mich, Frieden mit mir zu schließen.

Wohin waren sie entwichen, als ich am folgenden Morgen erwachte? Die Erhebung meiner Seele entfloh zugleich mit dem Schlaf, und düstere Schwermut umwölkte erneut alle meine Gedanken. Der Regen ging in wahren Sturzbächen hernieder, und dichter Nebel verbarg die Berggipfel, so daß ich nicht einmal die Antlitze dieser mächtigen Freunde erblicken konnte. Dennoch wollte ich ihren Nebelschleier durchdringen und sie in ihrer wolkenverhangenen Einsamkeit aufsuchen. Was vermochten Regen und Sturm mir anzuhaben? Mein Maulesel wurde an die Tür gebracht, und ich machte mich an den Aufstieg zum Gipfel des Montanvert. Ich erinnerte mich an die Wirkung, die der Anblick des gewaltigen und in steter Bewegung befindlichen Gletschers auf mein Gemüt gehabt hatte, als ich ihn zum ersten Mal erblickte. Er hatte mich mit einem Hochgefühl erfüllt, das meiner Seele Flügel verliehen und ihr ermöglicht hatte, sich von der Düsternis der Welt empor zu Licht und Freude zu erheben. Der Anblick der ehrfurchtgebietenden und majestätischen Natur hatte in der Tat stets die Wirkung, mein Gemüt zu erheben und mich die vergänglichen Sorgen des Lebens vergessen zu machen. Ich beschloß, auf einen Bergführer zu verzichten, da ich mit dem Weg wohlvertraut war und die Gegenwart eines anderen nur die erhabene Einsamkeit der Szenerie stören würde.

Der Aufstieg ist steil, aber der Pfad ist in fortlaufenden und kurzen Serpentinen angelegt, die es einem ermöglichen, die Steilheit des Berges zu meistern. Die Landschaft ringsum ist entsetzlich einsam. Man gewahrt überall die Spuren der Winterlawinen; zerschmetterte und weit verstreute Bäume, von denen einige völlig zersplittert sind und andere geknickt an Felsvorsprüngen oder quer auf stehengebliebenen Bäumen liegen. Weiter oberhalb ist der Pfad durch Schneeklüfte unterbrochen, durch die unentwegt

Felsbrocken zu Tal kollern; eine dieser Klüfte ist besonders gefährlich, da schon der geringste Laut wie zum Beispiel eine erhobene Stimme eine Lufterschütterung erzeugt, die ausreicht, das Verderben über den Redenden hereinbrechen zu lassen. Die Kiefern sind in höheren Regionen nicht hochgewachsen und üppig, sondern knorrig und tragen auf diese Weise zur Wildheit der Szenerie bei. Ich schaute ins Tal hinab; ausgedehnte Nebelschwaden stiegen von den Flüssen empor und umhüllten in mächtigen Wirbeln die Berge ringsum, deren Gipfel das eintönige Grau der Wolken verbarg, während der Regen vom dunklen Himmel rann und zu der schwermütigen Stimmung beitrug, in die mich die Umgebung versetzte. Ach, daß der Mensch sich eines Empfindungsvermögens rühmt, das dem der unvernünftigen Tiere überlegen ist; macht es ihn doch nur bedürftiger. Wären unsere Empfindungen auf Hunger, Durst und geschlechtliches Begehren begrenzt, würden wir uns nahezu als frei bezeichnen können; aber so, wie es ist, bewegt uns jeder Windhauch und jedes unbedachte Wort oder die Vorstellung, die ein solches Wort in uns auslösen kann.

Wir ruhen; ein Traum vergiftet uns'ren Schlummer;
Erwachen; ein Einfall verdirbt uns den Morgen;
Wir fühlen, reagieren mit Lachen oder Kummer,
Umarmen unser Leid, vergessen uns're Sorgen –
Beidem zu entkommen, Freude oder Gram,
Wie wir's auch empfinden, uns hindert keine Mauer,
Denn nichts naht sich uns morgen, so, wie es gestern kam,
Nur die Veränd'rung ist von Dauer.

Es war fast Mittag, als ich den höchsten Aufstiegspunkt erreicht hatte. Ich ruhte eine Weile auf einem Felssitz, von dem aus ich den See aus Eis überblicken konnte. Sowohl die Eisfläche als auch die Berge ringsum waren nebelverhangen, doch alsbald erhob sich ein Wind, der den Nebel auflöste, und ich stieg den Gletscher empor. Die Oberfläche war sehr uneben – wie die Wogen einer aufgewühlten See –, sie stieg allmählich empor und war von tiefen Spalten durchzogen. Das Eisfeld war nicht ganz eine Meile breit, aber ich benötigte fast zwei Stunden, um es zu überqueren. Der Berghang hinter mir war ein kahler, lotrechter Fels. Genau vor mir lag eine Meile entfernt der Montanvert; dahinter ragte der Montblanc in ehrfurchtgebietender Erhabenheit empor. Ich verharrte in eine Felsnische und betrachtete diese wundervolle und gewaltige Szenerie. Der See oder vielmehr der breite Fluß aus Eis schlängelte sich zwischen den Bergen hindurch, deren luftige Höhen sich nahezu lotrecht über ihm erhoben. Ihre eisigen und glitzernden Gipfel glänzten im Sonnenlicht über den Wolken. Mein Herz, das zuvor vom Kummer schwer gewesen war, weitete sich in einem Gefühl, das an Freude grenzte. Ich rief aus: »Umherschweifende Geister; wenn ihr in der Tat umherschweift und nicht in euren engen Grüften ruht, laßt dieses mein bescheidenes Glück zu oder nehmt mich als euren Gefährten fort von den Freuden des Lebens!«

Als ich diesen Ausspruch getan hatte, gewahrte ich plötzlich die Gestalt eines Mannes in einiger Entfernung, die mit übermenschlicher Geschwindigkeit auf mich zukam. Er sprang über die Spalten und Risse im Eis, die ich achtsam umgangen hatte; auch schien er, als er näher kam, größer als ein gewöhnlicher Mann zu sein. Ich war besorgt; ein Nebel legte sich über meine Augen, und ich fühlte, wie mich eine Ohnmacht anwandeln wollte; aber der kalte Bergwind stellte mich rasch wieder her. Als sich die Gestalt näherte (ein schrecklicher und abscheulicher Anblick!), sah ich, daß es der Elende war, den ich erschaffen hatte. Ich zitterte vor Wut und Entsetzen, war aber entschlossen, seiner Ankunft entgegenzusehen und mich ihm in einem Kampf um Leben oder Tod zu stellen. Er kam heran; seine Züge verrieten bittere Qual vermischt mit Verachtung und Boshaftigkeit, während ihre übernatürliche Häßlichkeit sie für menschliche Augen fast zu entsetzlich machten. Aber ich nahm diese Dinge kaum wahr; Zorn und Haß hatten mich anfangs sprachlos gemacht, und ich gewann meine Sprache nur wieder, um ihn mit Worten äußersten Abscheus und tiefster Verachtung zu vernichten.

»Dämon«, schrie ich, »du wagst es, dich mir zu nähern, und fürchtest nicht die grimmige Rache meines Rächerarmes? Hebe dich hinweg, abscheuliches Geschmeiß! Oder bleibe, auf daß ich dich in den Staub trete! Ach, vermöchte ich es doch, indem ich deine erbärmliche Existenz auslösche, jene Opfer wieder zum Leben zu erwecken, die du so teuflisch ermordet hast!«

»Ich habe diesen Empfang erwartet«, erwiderte der Dämon. »Alle Menschen hassen den Elenden; wie sehr muß demnach ich gehaßt werden, der ich elender denn alle lebenden Geschöpfe bin! Sogar du, mein Schöpfer, verabscheust und verschmähst mich, deine Kreatur, an die du mit Banden gebunden bist, die sich nur dadurch lösen lassen, daß einer von uns ausgelöscht wird. Du willst mich also töten. Wie kannst du es wagen, so mit dem Leben umzugehen? Tu deine Pflicht mir gegenüber, und ich will meine Pflicht dir und dem übrigen Menschengeschlecht gegenüber erfüllen. Wenn du mit meinen Bedingungen einverstanden bist, werde ich die Menschen und dich in Frieden lassen; lehnst du jedoch ab, werde ich den Schlund des Todes stopfen, bis er vom Blut deiner übrigen Freunde gesättigt ist.«

»Abscheuliches Ungeheuer! Teufel, der du bist! Die Qualen der Hölle sind eine zu milde Strafe für deine Untaten. Niederträchtiger Dämon! Du kommst mir mit deiner Erschaffung – wohlan; dann will ich dir den Funken wieder auslöschen, mit dem ich dich so unbedacht begabt!«

Meine Wut kannte keine Grenzen mehr; ich sprang ihn an, getrieben von allen Gefühlen, die einen Menschen zum Anschlag auf das Leben eines anderen veranlassen können.

Er wich mir mit Leichtigkeit aus und sprach: »Behalte die Ruhe! Ich flehe dich an, mir zuzuhören, bevor du deinen Haß über meinem verfluchten Haupt ausgießt. Habe ich denn nicht bereits genug gelitten, daß du noch suchst, mein Unglück zu vermehren? Das Leben mag für mich nur eine endlose Folge von Qualen sein; aber es ist mir dennoch teuer, und ich werde es verteidigen. Denke daran: Du hast mich kräftiger als dich selbst erschaffen; ich bin größer als du, und meine Glieder sind geschmeidiger. Aber ich werde mich nicht dazu hinreißen lassen, mich gegen dich zu wenden. Ich bin ja dein Geschöpf, und ich werde meinem natürlichen Herrn und Meister gegenüber sogar sanft und gefügig sein; und wenn es dein Wille ist, erfülle auch du deinen Teil, den du mir schuldest. O Frankenstein, sei nicht wie alle übrigen; trample nicht auch du noch auf mir herum; auf mir, dem du Gerechtigkeit, sogar Milde und Liebe am meisten schuldest. Bedenke, ich bin dein Geschöpf; ich sollte dein Adam sein; aber ich bin vielmehr dem gefallenen Engel gleich, den du von dir verstoßen hast, obwohl er keine Missetat beging. Wohin ich auch schaue, erblicke ich Freude – ich allein bin von ihr ausgeschlossen. Ich war gut; allein das Elend machte mich boshaft. Mach mich glücklich, und ich kehre auf den Pfad der Tugend zurück.«

»Hinweg! Ich will dich nicht anhören. Zwischen dir und mir kann es keine Gemeinschaft geben; wir sind Feinde. Hinweg, oder laß uns unsere Kräfte in einem Kampf erproben, bei dem einer fallen muß.«

»Wie kann ich dich nur bewegen? Vermag denn kein Flehen dich dazu zu bestimmen, daß du ein wohlwollendes Auge auf dein Geschöpf wirfst, das deine Gnade und dein Mitleid erbittet? Glaube mir, Frankenstein, ich war gut; meine Seele glühte vor Liebe und Menschlichkeit; aber bin ich nicht allein; bedauernswert allein? Du, mein Schöpfer, verabscheust mich; was kann ich von deinen Mitgeschöpfen erwarten, die mir nichts schulden? Sie verachten und hassen mich. Die einsamen Berge und öden Gletscher sind meine Zuflucht. Ich wandere seit vielen Tagen hier umher; die Eishöhlen, die allein ich nicht fürchte, sind meine Wohnstatt; die einzige, die der Mensch mir nicht mißgönnt. Ich preise diesen kalten Himmel, denn er ist freundlicher zu mir als deine Mitgeschöpfe es sind. Wenn die Menschen von meiner Existenz wüßten, würden sie wie du handeln und sich bewaffnen, um mich zu töten. Soll ich sie, die mich verabscheuen, nicht hassen? Ich will keine Freundschaft mit meinen Feinden pflegen. Ich bin elend, und sie werden mein Unglück mit mir teilen. Allein, es liegt in deiner Macht, mich umzustimmen und sie von einem Übel zu befreien und zu verhindern, daß es immer größer wird und nicht nur dich und deine Familie, sondern noch Tausende anderer Menschen im Wirbelsturm seiner Raserei dahinrafft. Laß dich von Mitleid anrühren und weise mich nicht von dir. Höre meine Geschichte; wenn du sie vernommen hast, magst du mich verstoßen oder bemitleiden; wie es dich richtig dünkt. Aber höre mich an. Den Schuldigen wird, so blutig ihre Taten auch sein mögen, nach menschlichem Gesetz zugestanden, zu ihrer Verteidigung zu sprechen, bevor sie verurteilt werden. Hör mir zu, Frankenstein. Du klagst mich des Mordes an; und doch würdest du mit ruhigem Gewissen dein eigenes Geschöpf vernichten. Oh, gepriesen sei die unbestechliche Gerechtigkeit des Menschen! Aber ich bitte dich nicht um Schonung; höre mich an; und dann kannst du – wenn du es vermagst und es willst – das Werk deiner Hände zerstören.«

»Weshalb rufst du mir Dinge in Erinnerung«, entgegnete ich, »an die zu denken mich schaudert? Weshalb erinnerst du mich daran, daß ich ein elender Urheber und Schöpfer war? Verflucht sei der Tag, abscheulicher Dämon, an dem du das Licht der Welt erblicktest! Verflucht seien (obwohl ich mich damit selbst verfluche) die Hände, die dich gebildet! Du hast mich unsäglich unglücklich gemacht. Du hast mich der Kraft beraubt, darüber nachzudenken, ob ich dir gegenüber gerecht bin oder nicht. Hinfort; befreie mich vom Anblick deiner abscheulichen Erscheinung!«

»So werde ich dich befreien, mein Schöpfer«, sagte er und hielt mir seine verhaßten Hände vor die Augen, bis ich sie heftig von mir stieß. »So werde ich dir die Sicht nehmen, die dir so entsetzlich ist. Aber du kannst mir immer noch zuhören und mir dein Mitleid schenken. Bei den Tugenden, die ich einst besessen, verlange ich dies von dir. Höre meine Geschichte; sie ist lang und befremdlich, und die Temperatur an diesem Ort ist für dein feines Empfinden unzuträglich; komm mit mir zu der Berghütte. Noch steht die Sonne hoch am Himmel; bevor sie sinkt und sich hinter jenen schneeigen Gipfeln verbirgt, um eine andere Welt zu bescheinen, wirst du meine Geschichte vernommen haben und kannst entscheiden. An dir liegt es, ob ich die Nähe der Menschen für immer meide und ein Leben führe, das niemandem Harm zufügt, oder ob ich die Geißel deiner Mitgeschöpfe und der Urheber deines raschen Untergangs werde.«

Nach diesen Worten schritt er übers Eis voran; und ich folgte ihm. Ich war zu sehr mit meinen Gedanken beschäftigt, als daß ich ihm hätte antworten können; während unserer Wanderung erwog ich seine Argumente und beschloß, wenigstens seiner Geschichte zu lauschen. Zum Teil war es Neugier, die mich dazu trieb, aber mein Entschluß wurde durch Mitleid bekräftigt. Ich hatte bisher angenommen, daß er meinen Bruder ermordet hatte und war naturgemäß sehr an einer Bestätigung oder Leugnung dieses Verdachts interessiert. Außerdem fühlte ich zum ersten Mal, worin die Pflichten eines Schöpfers gegenüber seinem Geschöpf bestanden, und daß ich dafür zu sorgen hatte, daß er glücklich war, bevor ich mich über seine Verderbtheit beklagte. Diese Überlegungen hatten mich dazu bestimmt, seiner Bitte nachzukommen.

Wir überquerten das Eis und stiegen den gegenüberliegenden

Fels empor. Die Luft war kalt, und es fiel erneut Regen, als wir die Hütte betraten – der Dämon mit nahezu frohlockender Miene und ich mit schwerem Herzen und bedrückter Stimmung. Aber ich willigte ein, seiner Erzählung zu lauschen. Ich setzte mich an das Feuer, das mein verhaßter Begleiter entzündet hatte, und er begann seine Erzählung.

KAPITEL ELF

Ich kann mich nur sehr schwer an die erste Zeit meines Daseins erinnern – alle Ereignisse in jener Zeit erscheinen mir verworren und unklar. Allerlei seltsame Empfindungen bewegten mich, und ich sah, fühlte, hörte und roch zur selben Zeit; und es dauerte in der Tat recht lange, bis ich lernte, zwischen diesen Wahrnehmungen meiner Sinne zu unterscheiden. Allmählich – so entsinne ich mich – drang ein helleres Licht auf mich ein und zwang mich, meine Augen zu schließen. Dann kam Dunkelheit über mich, die mich beunruhigte; aber kurz nach dieser Empfindung öffnete ich meine Augen wieder, wie ich jetzt vermute, und das Licht drang erneut auf mich ein. Ich ging, und ich glaube, abwärts; aber sofort vollzog sich ein großer Wandel in meinen Empfindungen. Zuvor hatten mich dunkle und undurchdringliche Körper umgeben, die sich meiner Berührung und meiner Sicht entzogen; aber nun stellte ich fest, daß ich nach Belieben umhergehen und alle Hindernisse entweder umrunden oder vermeiden konnte. Das Licht wurde mir immer unangenehmer; und da mir auch die Wärme zunehmend zu schaffen machte, während ich umherging, suchte ich nach einem Ort, der mir Schatten spenden konnte. Dies war der Wald in der Umgebung von Ingolstadt; und hier lag ich am Ufer eines Baches und ruhte mich aus, bis ich von Hunger und Durst geplagt wurde. Diese Empfindungen weckten mich aus einem schlafähnlichen Zustand, und ich aß ein paar

Beeren, die ich von den Bäumen pflückte oder vom Boden auflas. Ich löschte meinen Durst aus dem Bach, dann streckte ich mich aus und wurde vom Schlaf überwältigt.

Als ich wach wurde, war es dunkel; ich fror und ängstigte mich instinktiv, da ich so einsam war. Vor dem Verlassen deiner Wohnung hatte ich mich wegen des Kältegefühls mit Kleidungsstücken bedeckt, die jedoch nicht ausreichten, um mich vor dem Nachttau zu bewahren. Ich war eine arme, hilflose und elende Kreatur; ich wußte nichts und besaß kein Unterscheidungsvermögen; ich empfand einen großen, alles umfassenden Jammer; und so setzte ich mich zu Boden und weinte.

Bald darauf stahl sich ein sanftes Licht über den Himmel und verschaffte mir ein Gefühl der Freude. Ich erhob mich und gewahrte, wie zwischen den Bäumen eine strahlende Form emporstieg. Ich betrachtete sie voller Staunen. Sie bewegte sich nur langsam, aber sie beleuchtete meinen Pfad, und ich machte mich erneut auf die Suche nach Beeren. Es war immer noch kalt. Unter einem Baum fand ich einen weiten Mantel, in den ich mich hüllte; dann setzte ich mich auf den Boden. In meinem Denken gab es keine klaren Vorstellungen; alles war miteinander vermengt. Ich empfand Licht, und Hunger, und Durst, und Dunkelheit; unzählige Laute drangen an meine Ohren, und eine Vielfalt von Gerüchen grüßte mich von allen Seiten; das einzige Objekt, das ich unterscheiden konnte, war der helle Mond, und ich richtete meinen Blick voller Freude auf ihn.

Mehrere Wechsel von Tag und Nacht vergingen, und das Nachtgestirn hatte stark abgenommen, als ich meine Empfindungen voneinander zu unterscheiden begann. Nach und nach sah ich deutlich den klaren Bach, der mich mit Trinkbarem versah, und die Bäume, die mir mit ihrem Blätterwerk Schatten spendeten. Ich war entzückt, als ich zum ersten Mal jenen angenehmen Klang vernahm, der häufig meine Ohren grüßte und aus den Kehlen kleiner, geflügelter Tiere kam, die oft Unterbrechungen des Lichtscheins vor meinen Augen verursachten. Ich begann auch jene Formen genauer zu betrachten, die mich umgaben, und die Umgrenzungen des strahlenden Lichtdaches über mir wahrzunehmen. Manches Mal versuchte ich, die lieblichen Gesänge der Vögel nachzuahmen, aber es gelang mir nicht. Dann wiederum wünschte ich, meine Gefühle auf meine eigene Weise auszudrücken, aber die rauhen und unartikulierten Geräusche, die ich von mir gab, erschreckten mich so sehr, daß ich wieder schwieg.

Der Mond war vom nächtlichen Himmel verschwunden und zeigte sich wieder in verminderter Form, und ich befand mich immer noch in dem Wald. Meine Empfindungen waren inzwischen deutlich unterscheidbar geworden, und mein Denken nahm jeden Tag neue Vorstellungen auf. Meine Augen gewöhnten sich an das Licht und daran, Gegenstände in ihrer richtigen Form wahrzunehmen; ich unterschied das Insekt von der Pflanze, und – nach und nach – eine Pflanze von der anderen. Ich stellte fest, daß der Sperling nur kunstlose Töne von sich gab, während Amsel und Drossel lieblich und verführerisch sangen.

Als mir eines Tages die Kälte besonders arg zusetzte, stieß ich auf ein Feuer, das umherziehende Bettlerleute hinterlassen hatten; und die Wärme, die von ihm ausging, entzückte mich. In meiner Freude stieß ich meine Hände in die Glut, um sie gleich darauf mit einem schmerzlichen Aufschrei wieder hervorzuziehen. Wie seltsam, dachte ich, daß dieselbe Ursache derart entgegengesetzte Wirkungen haben kann! Ich untersuchte die Materialien, von denen das Feuer ausging, und stellte zu meiner Freude fest, daß es sich um Holz handelte. Rasch sammelte ich ein paar Zweige ein; aber sie waren naß und wollten nicht brennen. Betrübt setzte ich mich ans Feuer und beobachtete seine weitere Entwicklung. Das nasse Holz, das ich daneben abgelegt hatte, trocknete und entflammte. Ich dachte darüber nach; und indem ich die verschiedenen Zweige befühlte, entdeckte ich die

Ursache und beeilte mich, eine große Menge Holz zusammenzutragen, damit es trocknen konnte und ich einen reichlichen Vorrat an Feuerholz besaß. Als die Nacht hereinbrach und den Schlaf mit sich brachte, befiel mich große Furcht, daß mein Feuer erlöschen könnte. Ich legte sorgfältig trockenes Holz und Laub darüber und bedeckte das Ganze mit nassen Zweigen; dann breitete ich meinen Mantel auf dem Boden aus, legte mich darauf und versank in tiefen Schlaf.

Es war Morgen, als ich erwachte, und meine erste Sorge galt dem Feuer. Ich deckte es auf, und eine leichte Brise ließ rasch Flammen daraus hervorzüngeln. Ich beobachtete auch dies und verfertigte einen Fächer aus Zweigen, mit dem ich die Glut anfachte, wenn sie zu erlöschen drohte. Als es erneut Nacht wurde, stellte ich mit Vergnügen fest, daß mein Feuer außer Wärme auch Licht spendete und daß die Entdeckung des Feuers mir sogar bei der Nahrung nützte; denn ich fand, daß einige der Abfälle, die von den Bettlern zurückgelassen worden waren, nun geröstet waren und weit besser schmeckten als die Beeren, die ich von den Bäumen pflückte. Ich versuchte deshalb, meine Nahrung auf dieselbe Weise zuzubereiten, indem ich sie auf die Glut legte. Ich stellte fest, daß Beeren durch diese Behandlung verdorben wurden, Nüsse und Wurzeln jedoch warm erheblich besser schmeckten.

Aber die Nahrung wurde knapp; oft verbrachte ich den ganzen Tag mit der vergeblichen Suche nach Eicheln, um meinen nagenden Hunger zu stillen. Nach diesen Mißerfolgen beschloß ich, den Ort, an dem ich bisher mein Dasein gefristet hatte, zu verlassen und nach einem Platz zu suchen, an dem ich meine wenigen Bedürfnisse besser zu befriedigen vermochte. Am meisten bedauerte ich bei diesem Auszug den Verlust des Feuers, das mir durch Zufall in die Hände gefallen war, und von dem ich nicht wußte, wie man es zustande bringt. Ich dachte mehrere Stunden lang eingehend über dieses Problem nach; und schließlich war ich gezwungen, von allen Versuchen, mir das Feuer zu sichern, abzusehen. Ich wickelte mich in meinen Mantel und brach durch den Wald in Richtung der untergehenden Sonne auf. Drei Tage lang wanderte ich so dahin, und endlich entdeckte ich das offene Land. In der vorhergehenden Nacht hatte starker Schneefall eingesetzt, und die Felder waren von eintönigem Weiß; diese Erscheinung war alles andere als tröstlich, und ich stellte fest, daß die kalte, feuchte Substanz, die den Boden bedeckte, meine Füße frieren ließ.

Es war etwa sieben Uhr am Morgen, und ich sehnte mich nach Nahrung und einem Obdach. Endlich erblickte ich eine kleine Hütte auf einem Hang, die zweifellos als Unterkunft für einen Schäfer erbaut worden war. Das Bauwerk stellte einen neuartigen Anblick für mich dar, und ich untersuchte es mit großer Neugier. Da ich die Tür offen vorfand, trat ich ein. In der Hütte saß ein alter Mann an einem Feuer, über dem er sein Frühstück bereitete. Als er das Geräusch meines Eintretens hörte, wandte er sich um; und da er mich gewahrte, schrie er laut, verließ die Hütte und rannte mit einer Geschwindigkeit über die Felder, wie man sie seiner schwächlichen Erscheinung gar nicht zugetraut hätte. Sein Aussehen, das sich von allem unterschied, was ich bisher erblickt hatte, wie seine überstürzte Flucht, überraschten mich einigermaßen. Aber die Hütte selbst entzückte mich: Hier konnten weder Schnee noch Regen eindringen; der Boden war trocken; und sie dünkte mich ein ebenso ausgezeichnetes und überirdisches Obdach, wie das Pandämonium den Dämonen der Hölle nach ihren Qualen im Feuersee vorgekommen sein mag. Ich verzehrte gierig die Reste vom Frühstück des Schäfers, das aus Brot, Käse, Milch und Wein bestand – das letztere allerdings mundete mir nicht. Dann überkam mich Müdigkeit, und ich legte mich auf das Stroh, das auf dem Boden ausgebreitet lag, und schlief ein.

Als ich erwachte, war es Mittag, und von der Wärme der

Sonne, die so hell auf das weiße Land schien, verführt, beschloß ich, meine Wanderung wieder aufzunehmen. Ich verstaute die Überbleibsel vom Frühstück des Schäfers in einer Tasche, die ich in der Hütte fand, und schritt einige Stunden lang durch die Felder, bis ich bei Sonnenuntergang an ein Dorf gelangte. Wie wunderbar mir dieses Dorf vorkam! Ich konnte mich an den Hütten, den nähergelegenen Häuschen und den stattlichen Bauernhäusern nicht sattsehen. Die Gemüsepflanzen in den Gärten, die Milchtöpfe und Käselaiber, die ich auf den Fensterbrettern einiger Häuser erblickte, erregten meinen Appetit. Ich beschloß, in eines der besseren Häuser einzutreten; aber kaum hatte ich meinen Fuß in die Tür gesetzt, als die Kinder aufschrien und eine der Frauen ohnmächtig wurde. Das ganze Dorf geriet in helle Aufregung; einige der Einwohner flohen, andere griffen mich an; bis ich – von Steinen und allerlei anderen Wurfgeschossen mit blauen Flecken und Prellungen übersät – aufs offene Land entkam und voller Furcht Zuflucht in einem niedrigen Schuppen suchte, der kaum eine Einrichtung aufwies und nach den Palästen, die ich in dem Dorf bestaunt hatte, einen jämmerlichen Eindruck auf mich machte. Der Schuppen war an ein Bauernhaus von nettem und hübschem Aussehen angebaut; aber nach meiner jüngsten, teuer erkauften Erfahrung wagte ich nicht, es zu betreten. Mein Zufluchtsort war aus Holz erbaut, aber sein Dach war so niedrig, daß ich kaum aufrecht darin sitzen konnte. Der Boden bestand aus festgestampfter Erde, aber er war trocken; und wenn auch der Wind durch unzählige Ritzen drang, stellte der Schuppen eine brauchbare Zuflucht vor Schnee und Regen dar.

So legte ich mich denn zur Ruhe, froh darüber, Schutz vor den Unbilden der Jahreszeit und – was noch wichtiger war – vor der Roheit der Menschen gefunden zu haben.

Sobald der Morgen dämmerte, kroch ich aus meinem Verschlag hervor, um einen Blick auf das angrenzende Haus zu erhaschen und herauszufinden, ob ich in meinem neuen Unterschlupf bleiben konnte. Der Schuppen war an der Rückseite des Hauses errichtet worden und stand zwischen einem Schweinestall auf der einen und einem klaren Teich an der anderen Seite. In der Vorderseite des Schuppens war eine Öffnung, durch die ich hineingelangt war. Ich machte mich daran, jede Ritze, durch die man mich hätte erblicken können, mit Steinen und Holz auszufüllen, aber derart, daß ich die Füllungen leicht herausnehmen konnte, wenn ich hinausgelangen mußte. Das einzige Licht, dessen ich mich erfreute, fiel durch den Schweinestall herein, aber mir genügte es.

Kaum hatte ich meinen Unterschlupf derart hergerichtet und sauberes Stroh über den Boden verteilt, da mußte ich mich zurückziehen, denn ich erblickte in einiger Entfernung die Gestalt eines Mannes; und ich erinnerte mich zu gut an die Behandlung, die mir am vorangegangenen Abend zuteil geworden war, um mich in seine Gewalt zu begeben. Immerhin hatte ich bereits für meinen Unterhalt für diesen Tag gesorgt, indem ich einen Laib Brot hatte mitgehen heißen und einen Becher, mit dessen Hilfe ich das Wasser, das an meinem Verschlag vorbeifloß, bequemer als aus der Hand trinken konnte. Der Boden war ein wenig erhöht, so daß er völlig trocken blieb, und aufgrund der Nachbarschaft zu dem Kamin im Haus war es sogar leidlich warm.

Auf diese Weise gerüstet, beschloß ich, in diesem Schuppen zu hausen, bis etwas geschähe, das meinen Entschluß umzustoßen geeignet war. Verglichen mit meinem früheren Domizil, dem unfreundlichen Wald mit seinen vom Regen tropfnassen Zweigen und dem trostlosen Boden, stellte er in der Tat ein Paradies dar. Ich aß mein Frühstück mit Vergnügen und war soeben im Begriff, ein Brett zu entfernen, um mich mit ein wenig Wasser zu versorgen, als ich leise Schritte vernahm; und als ich durch eine Ritze spähte, erblickte ich ein junges Geschöpf, das einen Eimer auf dem Kopf trug und an meinem Schuppen vorbeiging.

Das Mädchen war jung und von sanftem Betragen; anders als bei den Dörflerinnen und Mägden, die ich bisher angetroffen hatte. Und doch war sie ärmlich gekleidet; ein grober, blauer Kittel und eine linnene Jacke waren ihre einzige Gewandung; ihr helles Haar war geflochten und ohne Schmuck; sie sah ergeben, aber traurig aus. Ich verlor sie aus den Augen; und etwa nach einer Viertelstunde kehrte sie zurück, den Eimer teilweise mit Milch gefüllt. Während sie ihres Weges ging, wobei ihr ihre Last schwer zu werden schien, kam ihr ein junger Mann entgegen, dessen Miene von noch tieferer Betrübnis sprach. Er gab ein paar Laute von sich, in denen Trauer mitschwang, nahm ihr den Eimer ab und trug ihn zum Haus. Sie folgte ihm, und beide verschwanden. Gleich darauf erblickte ich den jungen Burschen erneut, wie er – mit einigen Werkzeugen in den Händen – das Feld hinter dem Haus überquerte; und auch das Mädchen machte sich bald im Haus und auf dem Hof nützlich.

Bei einer eingehenden Inspektion des Schuppens entdeckte ich, daß ein Teil seiner Rückwand von einem ehemaligen Fenster des Hauses gebildet wurde, das jetzt mit Brettern verschalt war. Eines dieser Bretter wies einen schmalen, beinahe unsichtbaren Riß auf, durch den ich gerade noch etwas sehen konnte. Dieser Spalt gewährte mir Einblick in eine kleine Kammer, die weiß getüncht und sauber, aber fast völlig unmöbliert war. In einer Ecke an einem kleinen Feuer saß ein alter Mann, den Kopf in die Hände gestützt, in verzweifelter Haltung. Das junge Mädchen war mit Aufräumen beschäftigt, aber im Augenblick zog sie etwas aus einer Schublade, das ihre Hände beschäftigte; dann setzte sie sich zu dem alten Mann, der ein Instrument an sich nahm und zu spielen begann; und er entlockte ihm Töne, die süßer als der Gesang von Drossel und Nachtigall waren. Es war besonders für mich, den armen Teufel, der nie zuvor etwas Schönes erblickt hatte, ein lieblicher Anblick. Das silberne Haar und die gütigen Züge des alten Bauern machten ihn mir verehrungswürdig, während das sanfte Wesen des Mädchens meine Liebe entzündete. Der Alte spielte eine süße, klagende Weise, und ich sah Tränen in den Augen seiner liebenswerten Gesellschafterin, die der alte Mann nicht beachtete, bis sie vernehmlich schluchzte; dann brachte er ein paar Laute hervor, und das liebliche Geschöpf ließ die Arbeit ruhen und kniete zu seinen Füßen nieder. Er hob sie zu sich empor und lächelte mit soviel Freundlichkeit und Zuneigung, daß mich eigenartige und überwältigende Gefühle ergriffen; ein fast schmerzliches Entzücken, wie ich es niemals zuvor empfunden hatte; weder bei Hunger oder Kälte noch bei Wärme oder beim Essen; und ich zog mich von meinem Ausguck zurück, unfähig, diese Gefühle länger zu ertragen.

Bald darauf kehrte der junge Mann mit einer Ladung Holz auf der Schulter zurück. Das Mädchen öffnete ihm die Tür, half ihm, sich seiner Last zu entledigen, trug einen Teil des Brennholzes ins Haus und legte es am Feuer nieder; dann gingen sie und der junge Mann in einen Winkel des Hauses, wo er ihr einen großen Brotlaib und ein Stück Käse zeigte. Sie wirkte erfreut und ging in den Garten, holte einige Wurzeln und Kräuter und warf sie in einen Kessel mit Wasser, den sie übers Feuer hängte. Dann nahm sie ihre Handarbeit wieder auf, während der junge Mann in den Garten ging und damit beschäftigt schien, Möhren oder Rüben auszugraben. Nachdem er etwa eine Stunde lang gearbeitet hatte, kam ihn das junge Mädchen holen, und sie gingen gemeinsam ins Haus.

Der alte Mann hatte inzwischen seinen Gedanken nachgehangen; doch als die Mitbewohner des Hauses eintraten, hellte sich seine Miene auf, und sie setzten sich zum Essen nieder. Das Mahl war rasch verzehrt. Das junge Mädchen ging wieder seiner Hausarbeit nach; der alte Mann wandelte ein paar Minuten lang vor dem Haus in der Sonne auf und ab, auf den Arm des Burschen gestützt. Nichts hätte den Gegensatz zwischen diesen beiden vollkommenen Geschöpfen an Schönheit übertreffen können.

Der eine war alt, hatte silberne Haare und ein Gesicht, das vor Güte und Liebe strahlte; der jüngere war von schlanker und anmutiger Gestalt, und seine Züge waren von edelster Regelmäßigkeit; dennoch waren in seinen Augen äußerste Traurigkeit und Verzweiflung zu lesen. Der alte Mann kehrte ins Haus zurück, und der junge Bursche lenkte seine Schritte wieder über die Felder, diesmal mit anderen Gerätschaften als heute morgen ausgerüstet.

Die Nacht sank rasch hernieder; aber ich bemerkte zu meinem äußersten Erstaunen, daß die Hausbewohner über ein Mittel verfügten, den Tag zu verlängern, und zwar in Form von Wachskerzen, und ich war entzückt, zu gewahren, daß der Untergang der Sonne das Vergnügen, das mir die Beobachtung meiner menschlichen Nachbarn verschaffte, nicht beendete. Das junge Mädchen und ihr Gefährte beschäftigten sich im Verlauf des Abends mit verschiedenen Dingen, die ich nicht verstand; und der alte Mann nahm erneut das Instrument zur Hand, das jene herrlichen Töne hervorbrachte, die mich bereits am Morgen verzaubert hatten. Sobald er damit fertig war, äußerte der junge Bursche Laute, die eintönig waren und weder an das Instrument des alten Mannes noch an die Gesänge der Vögel erinnerten; später habe ich erfahren, daß er laut vorlas, aber damals wußte ich noch nichts von dem Gebrauch von Wörtern oder Buchstaben.

Nachdem sich die Familie eine Weile auf diese Weise beschäftigt hatte, wurden die Lichter gelöscht, und man zog sich – wie ich vermutete – zur Ruhe zurück.

KAPITEL ZWÖLF

Ich lag auf meinem Stroh und konnte nicht einschlafen. Ich dachte über die Geschehnisse des Tages nach. Was mich vor allem beeindruckte, war die sanfte Art dieser Menschen: Ich sehnte mich danach, bei ihnen zu leben; wagte aber nicht, die dazu nötigen Schritte zu unternehmen. Meine Erinnerung an die Behandlung, die mir am Vortag durch die rohen Dorfbewohner zuteil ward, war noch zu frisch, und ich beschloß, für den Augenblick still in meinem Verschlag zu verbleiben, zu beobachten und zu versuchen, die Motive ihrer Handlungsweise herauszufinden; vielleicht würden sich daraus später auch für mich andere Vorgehensweisen ergeben.

Am nächsten Morgen waren die Hausbewohner schon vor Sonnenaufgang auf den Beinen. Die junge Frau brachte das Haus in Ordnung und bereitete das Frühstück; der Bursche ging nach dem Essen fort.

Dieser Tag verlief nach demselben Muster wie der gestrige. Der junge Mann war ständig draußen beschäftigt, das Mädchen ging im Haus verschiedenen Tätigkeiten nach. Der alte Mann, den ich bald als blind erkannte, vertrieb sich seine Mußestunden entweder mit seinem Instrument oder mit Nachdenken. Nichts konnte der Liebe und Achtung gleichkommen, mit denen die beiden jüngeren ihren ehrwürdigen Hausgenossen behandelten. Sie erwiesen ihm jeden auch noch so geringen Dienst, den Liebe oder Pflicht geboten, mit Freundlichkeit; und er lohnte es ihnen jedesmal mit gütigem Lächeln.

Ihr Glück war jedoch nicht vollkommen. Der junge Mann und seine Gefährtin sonderten sich häufig von dem Alten ab und schienen zu weinen. Ich entdeckte keinen Grund für ihre Traurigkeit, aber sie machte mich sehr betroffen. Wenn schon derart liebenswerte Geschöpfe unglücklich waren, brauchte es nicht zu wundern, daß ich – ein unvollkommenes und einsames Geschöpf – elend war. Aber weshalb waren diese sanftmütigen Menschen unglücklich? Sie besaßen ein wunderschönes Haus (jedenfalls in meinen Augen) und lebten sogar im Überfluß; sie hatten ein Feuer, das sie wärmte, wenn sie froren, und genossen köstliche Speisen, wenn sie Hunger verspürten; sie besaßen ausgezeichnete Kleider und – was noch mehr zählte –, sie genossen ihre gegenseitige Gesellschaft und Unterhaltung und tauschten täglich Blicke voller Zuneigung und Freundlichkeit aus. Was hatten ihre Tränen zu bedeuten? Sprachen sie von Leid? Anfangs gelang es mir nicht, diese Fragen zu beantworten, aber meine ständige und langdauernde Aufmerksamkeit erklärte mir viele Dinge, die mir anfangs rätselhaft waren.

Es verging geraume Zeit, bis ich einen der Gründe für die Betrübnis dieser liebenswerten Familie herausfand: Es war Armut; und sie litten in sehr schmerzlichem Maße an diesem Übel. Ihre Ernährung bestand ausschließlich aus dem Gemüse ihres Gartens, der Milch einer einzigen Kuh, die den Winter über nur wenig davon gab, da ihre Besitzer kaum das Futter aufbringen konnten, um sie am Leben zu halten. Ich glaube, sie litten oft sehr großen Hunger, besonders die beiden jüngeren; denn nicht selten stellten sie dem alten Mann Essen hin, ohne etwas für sich selbst zu haben.

Diese Fürsorglichkeit bewegte mich sehr. Ich hatte mir angewöhnt, in der Nacht einen Teil ihrer Vorräte für mich selbst zu stehlen; aber als ich herausfand, daß ich meinen Nachbarn auf diese Weise schmerzliche Verluste zufügte, nahm ich davon Abstand und gab mich mit Beeren, Nüssen und Wurzeln zufrieden, die ich im nahen Wald sammelte.

Bald entdeckte ich eine weitere Möglichkeit, ihnen von Nutzen zu sein. Ich fand heraus, daß der Jüngling einen großen Teil des Tages damit verbrachte, das Brennholz für die ganze Familie zu beschaffen; also nahm ich in der Nacht oft seine Geräte, deren Verwendungsweise ich rasch begriff, und brachte genug Feuerholz für mehrere Tage zum Haus.

Ich erinnere mich noch an das Erstaunen des jungen Mädchens beim ersten Mal, als sie morgens die Tür öffnete und davor einen großen Haufen Holz gewahrte. Sie stieß mit lauter Stimme einige Töne aus, und der Jüngling gesellte sich daraufhin zu ihr, um ebenfalls Verwunderung zu zeigen. Ich stellte mit Vergnügen fest, daß er an diesem Tag nicht in den Wald ging, sondern ihn damit zubrachte, Reparaturen am Haus vorzunehmen und im Garten zu arbeiten.

Allmählich machte ich eine noch bedeutendere Entdeckung. Ich stellte fest, daß diese Menschen über eine Methode verfügten, einander durch artikulierte Laute ihre Erfahrungen und Gefühle mitzuteilen. Ich bemerkte, daß die Worte, die sie sprachen, im Gemüt und in den Gesichtszügen des Zuhörers zuweilen Vergnügen oder Schmerz, Lächeln oder Traurigkeit hervorriefen. Dies war in der Tat eine göttliche Fähigkeit, und ich wünschte mir sehnlichst, ihrer teilhaftig zu werden. Aber ich wurde bei jedem Versuch, den ich in dieser Hinsicht unternahm, enttäuscht. Sie sprachen viel zu rasch, und die Wörter, die sie äußerten, standen in keinem offenkundigen Zusammenhang mit sichtbaren Gegenständen; deshalb gelang es mir nicht, einen Schlüssel zu entdecken, mit dessen Hilfe ich das Geheimnis des Wortgebrauchs hätte lüften können. Aber dank großer Aufmerksamkeit und nachdem ich mehrere Mondzyklen lang in meinem Verschlag ausgeharrt hatte, machte ich die Bezeichnungen für die meisten Dinge ausfindig, mit denen die Familie täglich Umgang pflog; ich lernte die Anwendung der Wörter *Feuer, Milch, Brot* und *Holz*. Außerdem erlernte ich die Namen meiner Hausgenossen. Sowohl der Jüngling als auch seine Gefährtin hatten mehrere Namen, der alte Mann hingegen nur einen, der *Vater* lautete. Das Mädchen wurde *Schwester* oder *Agatha* genannt, der junge Mann *Felix, Bruder* oder *Sohn*. Wie soll ich das Entzücken beschreiben, das ich empfand, als ich die Begriffe herausfand, die mit jeder dieser Lautfolgen verknüpft waren, und merkte, daß ich fähig war, diese Wörter auszusprechen! Ich unterschied noch mehrere weitere Wörter, die ich allerdings noch nicht verstehen oder anwenden konnte; zum Beispiel *gut, Liebster* und *unglücklich*.

Auf diese Weise brachte ich den Winter zu. Die sanfte Art und die Schönheit meiner Hausgenossen machte sie mir sehr teuer; waren sie unglücklich, litt ich mit ihnen; freuten sie sich, empfand auch ich Freude. Ich sah nicht viele Menschen außer ihnen; und wenn ein Fremder in ihr Haus kam, bestätigte sein barsches Gehabe und Vorgehen mir nur die größere Herzensbildung meiner Freunde. Ich bemerkte, daß der alte Mann seinen Kindern oft Mut zuzusprechen versuchte, und zuweilen rief er sie zu sich, um ihre gedrückte Stimmung aufzuhellen. Dann sprach er betont munter mit einem gütigen Ausdruck, der selbst auf mich seinen Eindruck nicht verfehlte. Agatha lauschte bei solchen Gelegenheiten voller Respekt, ihre Augen füllten sich manches Mal mit Tränen, die sie verstohlen fortwischte; aber meistens bemerkte ich, daß ihr Gesichtsausdruck und ihr Gesprächston zuversichtlicher waren, wenn sie den Ermahnungen ihres Vaters gelauscht hatte. Bei Felix war es anders. Er war stets der Bedrückteste der Familie; und selbst meinem ungeübten Auge schien er tiefer zu leiden als seine Schwester und sein Vater. Aber wenn auch seine Züge bekümmerter waren, seine Stimme war stets munterer als die seiner Schwester; besonders, wenn er zu dem alten Mann sprach.

Ich könnte unzählige Beispiele für die Liebenswürdigkeit dieser Menschen anführen. Inmitten von Armut und Not brachte Felix seiner Schwester voller Freude die erste kleine, weiße Blume, die aus dem noch schneebedeckten Boden hervorbrach. Früh am Morgen, bevor sie aufgestanden war, befreite er ihren Pfad zum Milchstall vom Schnee, schöpfte Wasser aus dem Ziehbrunnen und holte das Holz aus dem Nebengebäude, wo er den Vorrat zu seiner ständigen Verwunderung stets von unsichtbarer Hand aufgefüllt vorfand. Tagsüber arbeitete er, wie ich glaube, manches Mal für einen benachbarten Bauern, denn häufig ging er fort und kehrte erst zum Mittagessen zurück, ohne jedoch Holz mitzubringen. Zu anderen Zeiten arbeitete er im Garten; aber da im Winter dort nicht viel zu tun war, las er dem alten Mann und Agatha vor.

Dieses Vorlesen war mir anfangs völlig rätselhaft gewesen; aber nach und nach entdeckte ich, daß er beim Lesen viele von denselben Lauten verwandte wie beim Sprechen. Ich schloß daraus, daß er auf dem Papier Sprachzeichen vorfand, die er erkannte, und ich wünschte mir brennend, diese Zeichen ebenfalls zu verstehen; allein, wie sollte ich dies anstellen, da ich nicht einmal die entsprechenden Laute zu den Zeichen verstand? Ich machte jedenfalls Fortschritte in dieser Fähigkeit, die jedoch nicht ausreichten, um mich einem wie auch immer gearteten Gespräch folgen zu lassen, obwohl ich meinen ganzen Verstand daran setzte – denn ich begriff leicht, daß ich erst dann den Versuch unternehmen konnte, mich meinen Nachbarn zu entdecken, wenn ich ihre Sprache beherrschte; und wenn ich auch noch so begierig darauf war. Meine Kenntnis ihrer Sprache würde sie vielleicht eher geneigt machen, über meine Mißgestalt – von der mich der Kontrast, der mir ständig vor Augen geführt wurde, überzeugt hatte – hinwegzusehen.

Ich hatte die vollkommene körperliche Beschaffenheit meiner Hausgenossen bewundert – ihre Anmut, ihre Schönheit und ihre feinen Gesichtszüge –, aber wie sehr erschrak ich, als ich mich selbst in einem Tümpel erblickte! Anfangs wich ich zurück; unfähig, zu glauben, daß dieses Spiegelbild wirklich mich gezeigt hatte; und als ich schließlich zweifelsfrei davon überzeugt war, daß ich tatsächlich das Ungeheuer war, das ich bin, erfüllten mich die bittersten Gefühle der Verzweiflung und Demütigung. Ach! Und dabei wußte ich noch nicht um die verhängnisvollen Folgen meiner erbärmlichen Mißgestalt.

Als die Sonne wärmer schien und das Tageslicht länger währte, schmolz der Schnee, und ich erblickte die kahlen Bäume und den dunklen Erdboden. Von nun an hatte Felix mehr Arbeit, und die herzbewegenden Anzeichen für eine drohende Hungersnot wurden seltener. Die Nahrung dieser Menschen war, wie ich hinterher herausfand, sehr einfach, aber dem Körper zuträglich, und sie trieben genügend davon auf. In dem Garten, den sie bearbeiteten, sprossen mehrere Pflanzenarten; und diese Anzeichen von Wohlergehen mehrten sich täglich, während die Jahreszeit fortschritt.

Der alte Mann unternahm – auf seinen Sohn gestützt – gegen Mittag und wenn es nicht regnete (so nannte man es, wie ich herausfand, wenn der Himmel sein Wasser ausschüttete) jeden Tag einen Spaziergang. Die Regengüsse fanden häufig statt, aber ein frischer Wind trocknete den Boden rasch wieder, und die Jahreszeit wurde angenehmer.

Meine Lebensweise in dem Schuppen war eintönig. Im Verlauf des Morgens verfolgte ich das Treiben meiner Hausgenossen; wenn sie alle mit verschiedenen Arbeiten beschäftigt waren, schlief ich; den Rest des Tages verbrachte ich mit der weiteren Beobachtung meiner Freunde. Hatten sie sich zur Ruhe zurückgezogen, streifte ich durch die Wälder, wenn der Mond schien oder die Nacht sternhell war, und sammelte meine persönliche Nahrung oder Brennholz für meine Nachbarn ein. Wenn ich zurückkam, befreite ich ihre Wege von Schnee, so oft dies nötig war, und verrichtete jene Arbeiten, die ich Felix hatte erledigen sehen. Erst später sollte mir klar werden, wie sehr diese von unsichtbarer Hand geleisteten Dienste sie in Erstaunen versetzt hatten; und ein- oder zweimal hörte ich sie bei solchen Gelegenheiten die Wörter *guter Geist* und *Wunder* aussprechen; aber damals verstand ich die Bedeutung dieser Begriffe noch nicht.

Mein Denken wurde allmählich aktiver, und ich sehnte mich danach, die Beweggründe und Empfindungen dieser reizenden Geschöpfe zu entdecken; ich fragte mich, weshalb Felix so unglücklich und Agatha so betrübt wirkte. Ich glaubte (törichter Unhold!), es läge möglicherweise in meiner Macht, das Glück dieser Bedürftigen wiederherzustellen. Wenn ich schlief oder geistesabwesend war, schwebten die Gestalten des ehrwürdigen, blinden Vaters, der sanften Agatha und des trefflichen Felix vor mir. Ich betrachtete sie als höhere Wesen; als Leitbilder meiner zukünftigen Bestimmung. Ich entwarf in meiner Vorstellung tausend Szenen der Art, wie ich mich ihnen zeigen und sie darauf reagieren würden. Ich stellte mir vor, daß sie abgestoßen sein würden, bis ich durch mein freundliches Verhalten und meine gewinnenden Worte schließlich zunächst ihre Gunst und später ihre Liebe gewänne.

Diese Gedanken befeuerten mich und regten mich dazu an, mich mit erneutem Eifer dem Erlernen der Sprachkunst zu widmen. Meine Sprachorgane waren freilich grob, aber anpassungsfähig, und obwohl meine Stimme sich stark von der lieblichen Musik der ihren unterschied, gelang es mir, Wörter hervorzubringen, die ich selbst verhältnismäßig leicht verstehen konnte. Es war wie in der Fabel vom Esel und vom Schoßhündchen; nur daß der freundliche Esel, dessen Absichten von Zuneigung diktiert wurden, wenn auch sein Benehmen rauh war, eine bessere Behandlung als Schläge und Verwünschungen verdiente.

Die angenehmen Regenschauer und die belebende Wärme des Frühlings veränderten das Aussehen der Erde. Die Menschen, die sich bisher in ihre Höhlen verkrochen zu haben schienen, tummelten sich nun im Freien und befaßten sich mit den verschiedenen Anpflanzungsmethoden. Der Gesang der Vögel wurde jubelnder, und die Zweige an den Bäumen trieben Knospen. Glückliche, glückliche Erde! Zum geziemenden Wohnsitz der Götter war geworden, was noch vor kurzem kahl, klamm und ungesund gewesen war. Meine Lebensgeister erhoben sich angesichts der bezaubernden Erscheinung der Natur; die Vergangenheit wurde aus meiner Erinnerung ausgelöscht, die Gegenwart war heiter, und die Zukunft wurde von den hellen Strahlen der Hoffnung und der Vorfreude vergoldet.

KAPITEL DREIZEHN

Ich komme nun zum ereignisreicheren Teil meiner Geschichte. Ich werde von Ereignissen berichten, die in mir jene Gefühle weckten, die mich veränderten und gleichsam zu einem anderen Wesen machten.

Der Frühling schritt rasch voran, das Wetter wurde mild und der Himmel wolkenlos. Es überraschte mich, daß alles, was zuvor öde und düster gewesen war, sich nun mit den schönsten Blumen und grünen Kräutern schmückte. Tausend entzückende Wohlgerüche und tausend erquickende Anblicke schmeichelten meinen Sinnen.

Es war an einem jener regelmäßig wiederkehrenden Tage, an denen meine Hausgenossen von der Arbeit ausruhten – der alte Mann spielte auf seiner Gitarre, und die Kinder lauschten ihm –, als ich bemerkte, daß die Miene von Felix von unsäglicher Traurigkeit sprach; er seufzte häufig; und einmal hielt der Vater in seinem Musizieren inne, und ich entnahm seiner Gestik, daß er sich nach der Ursache des Kummers erkundigte, der seinen Sohn befallen hatte. Felix antwortete in sorglosem Tonfall, und der alte Mann hatte sein Musikstück soeben wieder aufgenommen, als es an die Tür klopfte.

Es war eine Dame zu Pferde, begleitet von einem Landmann als Führer. Die Dame war in ein dunkles Gewand gekleidet, und ihr Gesicht bedeckte ein dichter, schwarzer Schleier. Agatha stellte eine Frage, und die Fremde antwortete nur, indem sie in sehnsuchtsvollem Ton den Namen Felix aussprach. Ihre Stimme war musikalisch, glich jedoch nicht derjenigen meiner Freunde. Als Felix seinen Namen vernahm, näherte er sich rasch der Dame, die – als sie seiner angesichtig wurde – ihren Schleier zurücknahm. Ich sah ein Antlitz von engelsgleicher Schönheit und Ruhe. Ihr schimmerndes, rabenschwarzes Haar war auf merkwürdige Art in Flechten gelegt; ihre Augen waren dunkel und von sanftem Glühen erfüllt; das Ebenmaß und die Reinheit ihrer Züge waren wundersam, und ihre Wangen zart gerötet.

Felix schien beim Anblick der Fremden hingerissen; aller Kummer war aus seinem Gesicht verschwunden, und es drückte statt dessen überschwengliche Freude aus, die ich ihm kaum zugetraut hätte; seine Augen leuchteten, und seine Wangen röteten sich vor Vergnügen; und in diesem Augenblick kam er mir ebenso schön wie die Besucherin vor. In ihrem Gesicht malten sich unterschiedliche Empfindungen ab; sie wischte sich ein paar Tränen aus den lieblichen Augen und hielt Felix ihre Hand hin, und Felix ergriff sie und küßte sie verzückt und nannte die Dame, soweit ich verstehen konnte, seine süße Araberin. Sie schien ihn nicht zu verstehen, lächelte aber. Er half ihr, vom Pferd abzusteigen, entließ ihren Führer und geleitete sie ins Haus. Zwischen ihm und seinem Vater fand eine kurze Unterredung statt, dann kniete die junge Besucherin zu Füßen des alten Mannes nieder und machte Anstalten, seine Hand zu küssen; er aber hob sie zu sich empor und umarmte sie herzlich.

Bald bemerkte ich, daß die Fremde, obwohl sie artikulierte Laute von sich gab und über eine Sprache zu verfügen schien, weder von meinen Hausgenossen verstanden wurde noch ihrerseits diese verstehen konnte. Alle Beteiligten vollführten Gesten, die ich nicht deuten konnte; aber ich sah, daß ihr Erscheinen Freude im Haus verbreitete und den Kummer meiner Nachbarn vertrieb; ähnlich, wie die Sonne den Morgennebel auflöst. Felix schien besonders glücklich zu sein, und er hieß seine Araberin unter breitem Lächeln willkommen. Agatha, die stets freundliche Agatha, küßte der lieblichen Fremden die Hände, deutete auf ihren Bruder und vollführte Gebärden, die mir zu bedeuten schienen, daß er betrübt gewesen sei, bevor die Besucherin eingetroffen war. Auf diese Weise verstrichen mehrere Stunden, während derer die Mienen aller von einer Freude sprachen, deren Ursache ich nicht verstand. Endlich begriff ich nach häufiger Wiederkehr derselben Lautfolgen, die meine Nachbarn äußerten und die Fremde wiederholte, daß sie sich bemühte, deren Sprache zu erlernen; und sogleich kam mir die Idee, daß ich diese Instruktionen zu demselben Zweck nutzen konnte. Die Besucherin erlernte in der ersten Unterrichtsstunde etwa zwanzig Wörter, von denen mir die meisten bereits vertraut waren, aber die übrigen stellten einen Gewinn für mich dar.

Als die Nacht anbrach, zogen sich Agatha und die Araberin frühzeitig zurück. Felix küßte der Besucherin die Hand und sagte: »Gute Nacht, süße Safie.« Er blieb noch lange auf und unterhielt sich mit seinem Vater, und aus der häufigen Wiederholung ihres Namens schloß ich, daß ihr liebreizender Gast der Gegenstand ihres Gesprächs war. Ich wünschte mir sehnlichst, sie zu verstehen, und bemühte mich nach Kräften, mußte aber einsehen, daß es gänzlich unmöglich war.

Am folgenden Morgen ging Felix hinaus zu seiner Arbeit, und sobald Agatha ihre übliche Hausarbeit verrichtet hatte, setzte sich die Araberin zu Füßen des alten Mannes nieder, nahm seine Gitarre und spielte einige Weisen von derart bezaubernder Schönheit, daß mir Tränen der Wehmut und der Freude in die Augen stiegen. Dann sang sie, und ihre Stimme entfaltete einen reichen Klang, schwoll an und erstarb wie die einer Nachtigall.

Als sie ihre Lieder beendet hatte, reichte sie die Gitarre Agatha, die zunächst ablehnte. Schließlich spielte Agatha eine schlichte Weise und sang dazu mit einer süßen Stimme, die aber nicht die erstaunliche Kraft der Besucherin aufwies. Der alte Mann schien bezaubert; er sprach einige Worte, die Agatha der hübschen Safie zu übersetzen versuchte, und die zu besagen schienen, daß die Besucherin ihm mit ihrer Musik höchstes Vergnügen bereitet habe.

Nun gingen die Tage wieder so friedlich wie zuvor dahin, mit der einzigen Veränderung, daß in den Gesichtern meiner Nachbarn Freude an die Stelle der Traurigkeit getreten war. Safie war stets guter Dinge; sie machte zugleich mit mir rasche Fortschritte in der Sprachkenntnis, und nach zwei Monaten konnte ich das meiste von dem verstehen, was meine ahnungslosen Gastgeber sagten.

Inzwischen hatte sich auch der dunkle Ackerboden mit Grün überzogen, und der grüne Rasen war von unzähligen Blumen durchwirkt, die der Nase und den Augen lieblich schmeichelten und in der Nacht wie schimmernde Sterne in den mondhellen Wäldern erstrahlten; die Sonne war wärmer geworden, die Nächte waren klar und mild; und meine nächtlichen Streifzüge wurden zu einem reinen Vergnügen – obwohl ich sie aufgrund des späten Untergangs und des frühen Aufgangs der Sonne beträchtlich verkürzen mußte, denn ich wagte mich bei Tageslicht niemals hinaus, aus Furcht, die gleiche Behandlung zu erfahren, die mir in dem ersten Dorf zuteil geworden war, das ich betreten hatte.

Ich verbrachte die Tage in der höchsten Aufmerksamkeit, um rascher die Sprache zu meistern; und ich darf mich rühmen, raschere Fortschritte gemacht zu haben als die Araberin, die nur sehr wenige Wörter beherrschte und sich deshalb nur stockend unterhalten konnte, während ich fast jedes Wort verstand und hätte nachsprechen können, das ich hörte.

Während meine Sprachfähigkeit wuchs, erwarb ich zugleich die Kenntnis der Buchstaben, wie sie der Fremden vermittelt wurde; und dieses Wissen eröffnete mir ein weites Feld der Wunder und des Entzückens.

Das Buch, nach dem Felix die Araberin unterrichtete, war Volneys *Untergegangene Reiche*. Ich würde den Inhalt dieses Buches nicht begriffen haben, hätte Felix nicht sein Vorlesen durch ausführliche Erklärungen ergänzt. Wie er sagte, hatte er dieses Werk ausgewählt, weil sein blumiger Stil demjenigen morgenländischer Autoren nachempfunden war. Ich verdanke diesem Werk eine oberflächliche Kenntnis der Geschichte und eine Vorstellung von den gegenwärtigen Staaten der Erde; es gewährte mir einen Einblick in die Sitten, Regierungsformen und Religionen der verschiedenen Länder. Ich hörte von den trägen Asiaten; vom überragenden Genius und der geistigen Regsamkeit der Griechen; von den Kriegen und der wundersamen Tugend der frühen Römer, von ihrer späteren Entartung und vom Untergang ihres mächtigen Reiches; vom Ritterwesen, vom Christentum und von Königen. Ich hörte von der Entdeckung der Neuen Welt und weinte mit Safie über das unglückliche Schicksal der Ureinwohner Amerikas.

Diese wundervollen Berichte gaben mir ungewohnte Gefühle ein. War der Mensch tatsächlich einerseits so mächtig, so tugendhaft und großartig, und andererseits so verderbt und gemein? Er erschien mir einmal wie eine Verkörperung des bösen Prinzips und ein andermal edelmütig und gottähnlich. Ein großer und tugendhafter Mann zu sein, erschien mir die höchste Ehre, die ein empfindendes Wesen erstreben kann; gemein und verderbt zu sein, wie es laut dem Buche viele gewesen zu sein scheinen, kam mir hingegen wie die größte Erniedrigung vor; ein Zustand, der eher dem blinden Maulwurf oder dem harmlosen Wurm anstünde. Lange Zeit hindurch blieb es mir unbegreiflich, wie ein Mensch hingehen und seinen Mitmenschen ermorden konnte, oder auch nur, weshalb es Gesetze und Regierungen geben mußte; aber nachdem ich ausführlich von Laster und Blutvergießen vernommen hatte, wurde meine Verwunderung geringer, und ich wandte mich voll Abscheu und Haß ab.

Nun eröffnete mir jede Unterhaltung meiner Hausgenossen neue Wunder. Während ich den Unterweisungen lauschte, die Felix der Araberin erteilte, wurde auch mir der seltsame Aufbau der menschlichen Gesellschaft erklärt. Ich hörte von der Aufteilung der Güter dieser Erde, von unermeßlichem Reichtum und äußerster Armut; von Rängen, Abstammungen und vornehmem Blut.

Diese Worte veranlaßten mich dazu, über mich selbst nachzudenken. Ich hatte gelernt, daß eine hohe, makellose Abstammung in Verbindung mit materiellem Reichtum für deine Mitgeschöpfe zu den höchsten Gütern zählte. Wer über nur eine dieser Voraussetzungen verfügte, wurde geachtet; ohne beides betrachtete man ihn von wenigen Ausnahmen abgesehen als Landstreicher oder Knecht, dazu verurteilt, seine Kräfte zum Wohle dieser wenigen Erwählten zu verausgaben! Und was war ich? Von meiner Erschaffung und meinem Schöpfer wußte ich so gut wie nichts; aber ich wußte, daß ich kein Geld, keine Freunde und keinerlei Habe besaß. Außerdem war ich mit einem Äußeren ausgestattet, das im höchsten Maße mißgestaltet und abscheulich war; ich war nicht einmal von derselben Art wie die Menschen. Ich war gelenkiger als sie und konnte mit gröberer Nahrung auskommen; ich konnte extreme Hitze und Kälte mit weniger Schaden für meinen Leib ertragen; und an Körpergröße übertraf ich sie bei weitem. Wenn ich mich umschaute, erblickte ich keinen, der mir glich. War ich demnach ein Ungeheuer, ein Makel der Erde, den alle Menschen flohen und verleugneten?

Ich vermag dir den Schmerz, den diese Grübeleien in mir auslösten, nicht zu beschreiben; ich versuchte, sie zu vertreiben, aber mit dem Wissen nahm auch mein Schmerz zu. Ach, wäre ich doch für immer in meinem heimatlichen Wald geblieben und hätte weiter keine Empfindungen als Hunger, Durst und Hitze kennengelernt!

Wie sonderbar ist es doch um das Wissen bestellt! Es haftet

dem Denken an, hat es erst Besitz von ihm ergriffen, wie eine Flechte den Fels. Zuweilen wünschte ich, alle Gedanken und Gefühle von mir abschütteln zu können; aber ich mußte die Erfahrung machen, daß es nur eine Möglichkeit gab, dem Schmerz zu entfliehen – und das war der Tod; ein Zustand, den ich fürchtete, aber nicht verstand. Ich bewunderte Tugend und edelmütige Regungen und liebte das sanfte Wesen und die Freundlichkeit meiner Hausgenossen; aber ich war von jedem Umgang mit ihnen ausgeschlossen; außer in aller Heimlichkeit, indem ich vermied, von ihnen gesehen und wahrgenommen zu werden; und diese Heimlichkeit steigerte nur mein Bedürfnis, einer von ihnen zu werden, statt es zu stillen. Die sanften Worte Agathas und das seelenvolle Lächeln der bezaubernden Araberin waren nicht für mich bestimmt. Die milden Mahnreden des alten Mannes und die lebhaften Gespräche des geliebten Felix – sie galten nicht mir. Elende, unglückliche Kreatur, die ich war!

Andere Lektionen prägten sich mir sogar noch tiefer ein. Ich hörte vom Unterschied zwischen den Geschlechtern; und von der Geburt und dem Aufwachsen der Kinder; davon, wie der Vater in das Lächeln der Kleinkinder und in die munteren Einfälle der älteren Kinder vernarrt war; wie das ganze Leben und die ganze Sorge der Mutter in ihrer gewissenhaften Fürsorge aufging; wie der Geist des Heranwachsenden sich weitete und Wissen erlangte; von Brüdern, Schwestern und den übrigen verschiedenartigen Verwandtschaftsbeziehungen, durch die Menschen untereinander gebunden sind.

Aber wo waren meine Freunde und Verwandten? Kein Vater hatte über meine Kindertage gewacht, keine Mutter mich mit ihrem Lächeln und ihren Liebkosungen gesegnet; und wenn es doch so gewesen, war meine ganze Vergangenheit jetzt ein blinder, leerer Fleck, in dem ich nichts erkennen konnte. Ich war bereits in meinen frühesten Erinnerungen so groß gewesen, wie ich jetzt war. Ich hatte bisher niemals ein Geschöpf zu Gesicht bekommen, das sich an mich erinnerte oder behauptet hätte, in einer Beziehung zu mir zu stehen. Was war ich? Diese Frage tauchte immer wieder auf, aber die einzige Antwort bestand in Seufzern.

Ich werde bald erklären, worauf diese Gefühle gerichtet waren, aber erlaube mir zunächst, zu meinen Hausgenossen zurückzukehren, deren Lebensgeschichte in mir eine solche Vielfalt an Empfindungen wie Entrüstung, Entzücken und Staunen hervorrief; Gefühle, die jedoch insgesamt in Zuneigung und Verehrung für meine Beschützer (denn so nannte ich sie in meiner Liebe und meiner unschuldigen und beinahe schmerzlichen Selbsttäuschung) einmündeten.

KAPITEL VIERZEHN

Es sollte einige Zeit vergehen, bevor ich die Geschichte meiner Freunde erfuhr. Sie war von einer solchen Art, daß sie nicht verfehlen konnte, sich mir tief einzuprägen, da sie eine Reihe von Umständen enthüllte, die für jedermann von meiner Unerfahrenheit interessant und wunderbar waren.

Der Name des alten Mannes war De Lacey. Er stammte von einer angesehenen Familie in Frankreich ab, wo er mehrere Jahre lang in Reichtum gelebt hatte, geachtet von den Höhergestellten und beliebt bei seinesgleichen. Sein Sohn war zum Dienst für das Vaterland aufgezogen worden, und Agatha hatte mit Damen von höchstem Rang verkehrt. Ein paar Monate vor meiner Ankunft hatten sie in einer großen und wohlhabenden Stadt namens Paris umgeben von Freunden gelebt, und alle Freuden, die Tugend, Verfeinerung des Geistes oder Geschmacks sowie eine bescheidene Wohlhabenheit zulassen, hatten ihnen offengestanden.

Der Vater Safies war der Urheber ihres Niedergangs gewesen. Er war ein osmanischer Kaufmann, der seit vielen Jahren in Paris lebte, als er aus einem Grunde, den ich nicht erfuhr, den Unwillen der Behörden erregte. Er wurde an eben dem Tag ergriffen und ins Gefängnis geworfen, als Safie aus Konstantinopel eintraf, um bei ihm zu leben. Er wurde verhört und zum Tode verurteilt. Die Ungerechtigkeit dieser Strafe war mehr als offenkundig; ganz Paris entrüstete sich darüber; man war der Meinung, daß weit eher seine Religion und sein Vermögen die Ursache seiner Verurteilung gewesen waren als das Verbrechen, das man ihm zur Last legte.

Felix war zufällig bei dem Verhör zugegen gewesen. Er hatte sein Entsetzen und seine Empörung, als er von der Entscheidung des Gerichtshofes hörte, nicht zügeln können und in diesem Augenblick den feierlichen Schwur geleistet, den Delinquenten zu befreien. Danach sann er auf Mittel und Wege, seinen Schwur zu erfüllen. Nach vielen vergeblichen Versuchen, Zutritt in das Gefängnis zu erlangen, entdeckte er ein stark vergittertes Fenster in einem unbewachten Teil des Gebäudes, das dem Kerker des unglücklichen Mohammedaners – der in Ketten auf die Ausführung der barbarischen Strafe harrte – Licht spendete. Felix trat im Schutz der Nacht an das Gitter und setzte den Gefangenen von seinem Vorhaben in Kenntnis. Der überglückliche Osmane versuchte, den Eifer seines Befreiers anzustacheln, indem er ihm reichen Lohn verhieß. Felix wies seine Angebote verächtlich zurück, aber als er die liebliche Safie erblickte – der man erlaubt hatte, ihren Vater zu besuchen, und die Felix durch Gesten ihre lebhafte Dankbarkeit zum Ausdruck brachte –, mußte der Jüngling sich eingestehen, daß der Gefangene einen Schatz besaß, der ihn für sein Wagnis vollauf entlohnen würde.

Dem Osmanen blieb der Eindruck, den seine Tochter in Felixens Herzen hinterlassen hatte, nicht lange verborgen, und er beeilte sich, ihn sich noch mehr zu verpflichten, indem er ihm die Hand Safies zum Ehebund versprach, sobald er selbst sich an einem sicheren Ort befände. Felix war zu feinfühlig, um dieses Angebot anzunehmen; dennoch kam ihm allein die Möglichkeit einer derartigen Verbindung wie die Aussicht auf Erfüllung all seiner Wünsche vor.

Während an den folgenden Tagen Vorbereitungen für die Befreiung des Kaufmannes getroffen wurden, stachelten mehrere Briefe des lieblichen Mädchens Felixens Eifer an. Sie hatte mit

Hilfe eines alten Mannes, eines Dieners ihres Vaters, der Französisch verstand, ihre Gedanken in der Sprache ihres Liebhabers ausgedrückt. Sie dankte ihm in den glühendsten Worten für seine Absicht, ihrem Vater zu helfen, und ließ zugleich Andeutungen über ihr eigenes Schicksal einfließen.

Ich besitze Abschriften dieser Briefe, da ich während meines Aufenthaltes in dem Schuppen Mittel und Wege fand, mir alles zum Schreiben Erforderliche zu beschaffen, und Felix und Agatha die Briefe häufig zur Hand nahmen. Ich will sie dir geben, bevor ich scheide; sie werden die Wahrheit meines Berichtes bestätigen; aber im Augenblick habe ich – da die Sonne bereits im Sinken begriffen ist – nur die Zeit, dir das Wesentlichste daraus mitzuteilen.

Safie berichtete, daß ihre Mutter eine christlich getaufte Araberin war, die von den Osmanen gefangen genommen und versklavt wurde; dank ihrer großen Schönheit eroberte sie das Herz von Safies Vater, und er heiratete sie. Das junge Mädchen sprach voller Bewunderung und Begeisterung über ihre Mutter, die in Freiheit geboren war und das Abhängigkeitsverhältnis, in dem sie sich jetzt befand, verachtete. Sie unterwies ihre Tochter in den Grundsätzen ihrer Religion und lehrte sie, stets auf die Weiterbildung und die Unabhängigkeit ihres Geistes bedacht zu sein, die den weiblichen Anhängern der Lehren Mohammeds untersagt ist. Dann starb diese Dame, aber ihre Lehren hatten im Denken Safies einen tiefen Eindruck hinterlassen, und die Vorstellung, in den Orient zurückzukehren und innerhalb der Mauern eines Harems eingekerkert zu werden – wo ihr nur kindliche Vergnügungen gestattet sein würden, die der Gestimmtheit ihres Herzens, das inzwischen mit den großen Ideen und edlem Tugendstreben Bekanntschaft gemacht hatte, nicht in Einklang zu bringen waren – gefielen ihr ganz und gar nicht. Die Aussicht, einen Christen zu heiraten und in einem Land zu bleiben, wo es den Frauen erlaubt war, eine gesellschaftliche Stellung einzunehmen, besaß große Verlockungen für sie.

Der Tag für die Hinrichtung des Osmanen war festgesetzt worden; aber in der Nacht davor verließ er das Gefängnis, und bevor der Morgen graute, war er viele Meilen von Paris entfernt. Felix hatte Passierscheine besorgt, die auf den Namen des Vaters, seiner Schwester und seiner selbst ausgestellt waren. Er hatte seinen Vater zuvor von den Fluchtplänen in Kenntnis gesetzt, und der alte Mann hatte bei der Ausführung seines Planes mitgeholfen, nachdem er sein Haus unter dem Vorwand einer Reise verlassen hatte und sich mit seiner Tochter in einem abgelegenen Winkel von Paris verborgen hielt.

Felix begleitete die Flüchtlinge quer durch Frankreich zunächst nach Lyon, dann über den Mount Cenis nach Livorno, wo der Kaufmann eine günstige Gelegenheit abzuwarten gedachte, in einen Teil des osmanischen Reiches zu gelangen.

Safie beschloß, bis zu dessen Abreise bei ihrem Vater zu bleiben; der Osmane erneuerte sein Versprechen, daß sie mit seinem Befreier vereint werden solle, und Felix blieb bis zu der Heirat bei den beiden; die Gesellschaft der Araberin, die ihm die natürlichste und zärtlichste Zuneigung bekundete, gestaltete ihm die Wartezeit angenehm. Sie unterhielten sich mit Hilfe eines Dolmetschers und manches Mal mit Hilfe von Blicken, und Safie sang ihm die herrlichen Weisen ihrer Heimat vor.

Der Osmane erhob keine Einwände gegen diese Vertraulichkeiten und ermutigte auf diese Weise die Hoffnung des jungen Liebhabers, während er in seinem Herzen längst andere Pläne hegte. Er verabscheute die Vorstellung, seine Tochter mit einem Christen vereint zu sehen; aber zugleich fürchtete er Felixens Groll, falls er sich unentschlossen zeigen würde, denn er befand sich noch in der Gewalt seines Befreiers, der ihn nur den italienischen Behörden hätte anzeigen müssen. Er wälzte tausend Pläne, wie er die Täuschung aufrechterhalten konnte, bis sie nicht länger erforderlich sein würde, da er gedachte, seine Tochter bei seiner Abreise heimlich mitzunehmen. Schlimme Nachrichten aus Paris kamen seinen Plänen entgegen.

Die französischen Behörden waren über das Entkommen ihres Opfers äußerst ungehalten und scheuten keinerlei Mühen, den Befreier zu entdecken und zu bestrafen. So wurde Felixens Wagestück rasch entdeckt, und De Lacey und Agatha wurden ins Gefängnis geworfen. Diese Nachricht rüttelte Felix aus seinen angenehmen Träumen auf. Sein blinder und betagter Vater und seine sanfte Schwester schmachteten in schändlicher Kerkerhaft, während er sich der Freiheit und der Gesellschaft jener erfreute, die er liebte. Diese Vorstellung peinigte ihn. Rasch vereinbarte er mit dem Osmanen, daß Safie als Zögling in einem Kloster in Livorno blieb, falls sich ihrem Vater eine günstige Gelegenheit böte zu entkommen, bevor Felix nach Italien zurückkehren konnte; dann riß er sich von der lieblichen Araberin los, eilte nach Paris und stellte sich der gerichtlichen Strafe, in der Hoffnung, durch diesen Schritt De Lacey und Agatha auszulösen.

Aber vergebens. Sein Vater und seine Schwester blieben fünf Monate lang eingekerkert, bis endlich die Verhandlung stattfand. Das Urteil lautete auf Einzug ihres Vermögens und Verbannung auf Lebenszeit aus ihrem Heimatland.

Sie fanden ein elendes Obdach in einem Dorf in Deutschland, wo ich sie vorgefunden hatte. Felix erfuhr bald, daß der betrügerische Osmane, der ihm und seiner Familie solche unerhörte Not verursacht hatte, bei der Nachricht, daß sein Befreier derart in den Ruin und größte Armut geraten war, nicht nur unter Mißachtung von Anstand und Ehre gemeinsam mit seiner Tochter abgereist war, sondern Felix darüber hinaus dadurch beleidigt hatte, daß er ihm eine jämmerliche Summe Geldes übersandte, zusammen mit dem Rat, es zu seinem künftigen Lebensunterhalt zu nutzen.

Dies waren die Ereignisse, die Felix am Herzen genagt und ihn zu dem Zeitpunkt, als ich ihn zum ersten Male erblickt, zum elendesten Mitglied der Familie gemacht hatten. Armut und Entbehrungen hätte er ertragen; da sie eine Folge seiner Tugendhaftigkeit waren, hieß er sie willkommen; die Undankbarkeit des Osmanen und der Verlust seiner geliebten Safie jedoch stellten bittere und nicht wiedergutzumachende Unglücksfälle dar. Aber nun hatte ihn die Rückkehr der Araberin mit neuem Lebensmut erfüllt.

Als die Neuigkeit in Livorno eintraf, daß Felix weder Reichtum noch eine gesellschaftliche Stellung zu erwarten hatte, befahl der Kaufmann seiner Tochter, nicht mehr an ihren Geliebten zu denken, sondern sich auf die Rückkehr in ihre Heimat vorzubereiten. Safie mit ihrem großherzigen Wesen entrüstete sich über dieses Ansinnen; sie versuchte, ihren Vater umzustimmen, aber er ließ sie voller Zorn stehen und wiederholte nur seinen tyrannischen Befehl.

Einige Tage später betrat der Osmane das Gemach seiner Tochter und teilte ihr in Eile mit, er habe Grund zu der Annahme, daß sein Aufenthalt in Livorno verraten worden war und er schleunigst den französischen Behörden ausgeliefert werden solle; folglich habe er ein Schiff gemietet, das ihn nach Konstantinopel bringen und in wenigen Stunden in See stechen solle. Er beabsichtige, seine Tochter unter der Obhut eines zuverlässigen Dieners zurückzulassen, damit sie ohne Hast mit dem größten Teil seines Vermögens, das noch nicht in Livorno angekommen war, folgen könne.

Sobald sie allein war, beschloß Safie, zu tun, was sie in dieser Lage für richtig hielt. Der Gedanke, in der Türkei zu leben, war ihr entsetzlich; ihre Religion und ihre Gefühle sträubten sich dagegen. Aus Schriftstücken ihres Vaters, die ihr in die Hände fielen, erfuhr sie von der Verbannung des Geliebten und den Namen des Ortes, an dem er damals wohnte. Nach anfänglichem Zögern stand ihr Entschluß fest. Sie nahm einige Schmuckstücke mit, die ihr gehörten, sowie eine Summe Geldes, und verließ Italien in Begleitung einer in Livorno gebürtigen Dienerin, die ein wenig Türkisch verstand, um nach Deutschland zu reisen.

Sie kam wohlbehalten in einer Stadt an, die etwa zwanzig Meilen von dem Dorf, in dem De Lacey lebte, entfernt war, als ihre Dienerin gefährlich erkrankte. Safie pflegte sie mit aufopfernder Zuneigung, aber das arme Mädchen starb, und die Araberin stand allein dort; ohne die geringste Kenntnis der Sprache und der Gepflogenheiten dieses Landes. Die Italienerin hatte den Namen des Ortes erwähnt, zu dem die Reise gehen sollte, und nach ihrem Tode sorgte die Frau des Hauses, in dem sie gewohnt hatten, dafür, daß Safie sicher in dem Dorf ankam, in dem ihr Geliebter lebte.

KAPITEL FÜNFZEHN

Dies war die Geschichte meiner geliebten Hausgenossen. Sie beeindruckte mich stark. Ich lernte aus den Einblicken in das gesellschaftliche Leben, die sie mir verschafften, die Tugendhaftigkeit dieser Menschen im selben Maße bewundern, wie ich die Verderbtheit der Menschheit insgesamt verabscheute.

Bis jetzt hatte ich das Verbrechen als ein entferntes Übel betrachtet, da mir Wohlwollen und Großherzigkeit stets vor Augen waren und mir den Wunsch eingegeben hatten, selbst eine Rolle in dem geschäftigen Treiben zu spielen, in dem so viele liebenswerte Eigenschaften gefragt waren und gezeigt wurden. Aber um eine Erklärung für die Entwicklung meines Verstandes zu geben, muß ich einen Vorfall erwähnen, der sich im selben Jahr zu Beginn des Monats August ereignete.

Eines Nachts fand ich bei meinem gewohnten Besuch des nahegelegenen Waldes, in dem ich meine eigene Nahrung sowie Feuerholz für meine Beschützer sammelte, auf dem Boden einen ledernen Mantelsack, der einige Kleidungsstücke sowie Bücher enthielt. Voller Begier ergriff ich die Beute und kehrte mit ihr in meinen Schuppen zurück. Zum Glück waren die Bücher in der Sprache geschrieben, deren Grundbegriffe ich bereits erlernt hatte; darunter waren das *Verlorene Paradies*, ein Band von Plutarchs *Vitae* sowie *Die Leiden des jungen Werther*. Der Besitz dieses Schatzes entzückte mich über die Maßen; von nun an studierte ich diese Texte und schärfte meinen Geist an ihnen, während meine Freunde ihren üblichen Beschäftigungen nachgingen.

Ich vermag dir die Wirkung, die diese Bücher auf mich hatten, kaum zu beschreiben. Sie erweckten in mir eine endlose Fülle neuer Vorstellungen und Gefühle, die mich zuweilen zur höchsten Verzückung erhoben, aber häufiger der tiefsten Niedergeschlagenheit auslieferten. In den *Leiden des jungen Werther* werden ja abgesehen von dem Interesse, das die einfache und liebenswerte Handlung hervorruft, vielerlei Meinungen erörtert und so viele Lichter auf all das geworfen, was mir bisher unverständlich gewesen war, daß ich eine unversiegbare Quelle der Spekulation und der Verwunderung darin fand. Die sanften und den Wert des Heimes betonenden Sitten, die darin beschrieben werden, in Verbindung mit den vornehmen Empfindungen und Gefühlen, denen etwas Selbstloses anhaftete, paßten gut zu meinen Erfahrungen bei meinen Beschützern und zu den Bedürfnissen in meiner eigenen Brust. Aber mir kam Werther selbst wie ein göttlicheres Geschöpf vor, als ich jemals eines wahrgenommen oder mir vorgestellt hätte; sein Charakter war schlicht, prägte sich aber dem Leser tief ein. Die Erklärungen über den Tod und den Selbstmord erregten mein Erstaunen. Ich bildete mir nicht ein, den Fall vollständig erfaßt zu haben; aber ich empfand große Sympathie für den Helden, über dessen Selbstentleibung ich weinte, ohne sie genau zu verstehen. Jedenfalls bezog ich vieles in diesem Buch auf meine eigenen Gefühle und meine persönlich Lage. Ich fand mich den Menschen, von denen ich las und deren Unterhaltungen ich lauschte, sehr ähnlich, und doch kamen sie mir zugleich sehr fremd vor. Ich fühlte mit ihnen und begriff sie teilweise, aber mein Geist war ungebildet; ich hing von niemandem ab und war mit niemandem verwandt. »Ich konnt' diesen Kerker verlassen, wann immer ich wollte«, und niemand würde meine Vernichtung beweint haben. Ich war häßlich, und meine Gestalt war riesenhaft. Was bedeutete dies? Wer war ich?

Was war ich? Woher war ich gekommen? Was war meine Bestimmung? Diese Fragen kehrten in meinem Denken ständig wieder, aber ich konnte sie nicht beantworten.

Der Band der *Vitae* des Plutarch, den ich neuerdings besaß, enthielt die Lebensbeschreibungen der frühen Herrscher des griechischen und des römischen Reiches. Dieses Buch hatte eine ganz andere Wirkung auf mich als die *Leiden des jungen Werther*. Die Ansichten Werthers waren von Verzagtheit und Schwermut geprägt gewesen; Plutarch hingegen gab mir hehre Gedanken ein; er erhob mich über die elende Sphäre meiner eigenen Gedanken und lehrte mich die Helden früherer Zeitalter bewundern und lieben. Vieles von dem, was ich las, überstieg mein Verständnis und meine Erfahrung. Ich besaß sehr ungenaue Kenntnisse über Königreiche, die Größe von Ländern, die Länge von Flüssen und die Weite der Meere. Und ich hatte überhaupt keine Vorstellung von Städten und größeren Ansiedlungen von Menschen. Das Dorf, in dem meine Beschützer lebten, stellte die einzige Schule dar, in der ich die Natur des Menschen studiert hatte; aber dieses Buch eröffnete mir neue und gewaltige Szenerien. Ich las von Männern in öffentlichen Ämtern, die ihre Artgenossen entweder befehligten oder metzelten. Ich fühlte das größte Verlangen nach Tugendhaftigkeit und den größten Abscheu vor dem Laster in mir entstehen, soweit ich die Bedeutung dieser Begriffe verstand, da ich sie einzig und allein mit Vergnügen und Schmerz in Verbindung brachte. Diese Gefühle verleiteten mich natürlich dazu, friedliebende Gesetzgeber wie Numa, Solon oder Lykurg im Gegensatz zu Gestalten wie Romulus oder Theseus zu bewundern. Das patriarchalische Leben, das mir meine Beschützer vor Augen führten, trug dazu bei, daß sich diese Eindrücke meinem Denken fest einprägten; wäre mein erster Lehrmeister der Menschlichkeit ein junger Feldherr gewesen, der nach Schlachtenruhm gedürstet hätte, wären mir vielleicht andere Gefühle eingepflanzt worden.

Das *Verlorene Paradies* hingegen rief ganz andersgeartete und weitaus tiefere Empfindungen in mir hervor. Ich las es, wie ich die übrigen Bücher gelesen hatte, die mir in die Hände gefallen waren – als eine wahre Geschichte. Es wühlte in mir alle Gefühle des Staunens und der Ehrfurcht auf, die der Entwurf eines allmächtigen Gottes, der im Widerstreit mit seinen Geschöpfen liegt, erregen kann. Oft bezog ich die Begebenheiten, die in diesem Buch beschrieben werden und deren Ähnlichkeit mit meiner eigenen Lage mich verblüffte, auf mich selbst. Wie Adam war ich anscheinend durch nichts mit anderen Lebewesen verbunden; aber dieser Zustand hatte in jeder anderen Hinsicht mit dem meinigen nichts gemeinsam. Er war als vollkommenes, glückliches Geschöpf aus den Händen Gottes hervorgegangen und erfreute sich der göttlichen Obhut seines Schöpfers; es war ihm gestattet, mit höheren Wesen zu verkehren und Wissen von ihnen zu erlangen; ich hingegen war unglücklich, ohnmächtig und allein. Oftmals wollte mir scheinen, als sei Satan das passende Sinnbild meines Lebens; denn auch ich hatte – ebenso wie er – angesichts der Freuden meiner Beschützer häufig die bittere Galle des Neides gekostet.

Ein weiterer Umstand bestärkte und bestätigte diese Gefühle. Bald nachdem ich in dem Schuppen Unterschlupf gefunden hatte, entdeckte ich einige Papiere in dem Kittel, den ich aus deinem Laboratorium mitgenommen hatte. Anfangs hatte ich sie nicht beachtet; aber nun konnte ich die Buchstaben, in denen sie geschrieben waren, entziffern, und ich begann, sie mit Fleiß zu studieren. Es handelte sich um dein Tagebuch über die vier Monate, die meiner Erschaffung vorausgingen. Du hast darin minutiös jeden Schritt im Verlauf deiner Arbeit beschrieben; dieser fortlaufende Bericht war mit den Aufzeichnungen häuslicher Begebenheiten vermischt. Du erinnerst dich gewiß an diese Papiere. Hier sind sie. In ihnen ist alles aufgezeichnet, was mit meiner verfluchten Herkunft zusammenhängt; bis ins kleinste sind die abscheulichen Umstände festgehalten, die zu meiner Entstehung führten; die ausführlichste Beschreibung meiner widerwärtigen und verhaßten Gestalt ist darin enthalten, in einer Sprache, die dein eigenes Entsetzen widerspiegelt und mein Entsetzen unauslöschlich macht. Ich wurde bei der Lektüre krank. »Hassenswerter Tag, an dem ich das Leben empfing!« rief ich in Verzweiflung aus. »Verfluchter Schöpfer! Weshalb hast du ein Ungeheuer erschaffen, das so abscheulich ist, daß selbst *du* dich voll Grausen abwandtest? Gott in seinem Erbarmen machte den Menschen schön und anmutig, nach seinem eigenen Bild; aber meine Gestalt ist ein unflätiges Zerrbild deiner Erscheinung, das die Ähnlichkeit noch entsetzlicher macht. Satan hatte seine Begleiter, Teufel wie er, die ihn bewunderten und ermutigten; aber ich bin allein und ein Greuel!«

Dies waren meine Gedanken in den Stunden, in denen ich mich der Trübsal und der Einsamkeit hingab; aber wenn ich Betrachtungen über die Tugenden der Hausgenossen anstellte – über ihr liebenswertes und gütiges Wesen –, war ich davon überzeugt, daß sie mich bemitleiden und über die mir eigene Mißgestalt hinwegsehen würden, wenn sie nur von meiner Bewunderung ihrer Tugendhaftigkeit erführen. Konnten sie ein Geschöpf von ihrer Türe weisen – und sei sein Anblick auch noch so ungeheuerlich –, das sie um Erbarmen und Freundschaft anflehte? Ich beschloß, nicht zu verzweifeln, sondern mich mit allen Kräften auf ein Gespräch mit ihnen vorzubereiten, dessen Ausgang über mein künftiges Geschick entscheiden sollte. Ich stellte diesen Versuch jedoch für einige Monate zurück, denn die Wichtigkeit seines Gelingens ließ mich einen Mißerfolg fürchten. Außerdem fand ich, daß sich mein Verständnis durch die Erfahrung eines jeden neuen Tages so sehr verbesserte, daß ich nicht eher zu dem Wagnis bereit war, als bis mein Einsichtsvermögen noch einige Monate Zeit hatte, sich zu vervollkommnen.

Mittlerweile fanden im Haus mehrere Veränderungen statt.

Die Anwesenheit Safies verbreitete Glückseligkeit unter seinen Bewohnern; und ich bemerkte auch, daß ein bescheidener Wohlstand Einzug gehalten hatte. Felix und Agatha verwandten mehr Zeit auf Lustbarkeiten und Gespräche, und Diener nahmen ihnen einen Teil ihrer Arbeit ab. Sie wirkten nicht reich, aber sie waren zufrieden und glücklich; Heiterkeit und Friede kehrten in ihre Gemüter ein, während meine Gefühle jeden Tag mehr aufgewühlt wurden. Die Zunahme meines Wissens ließ mich nur um so deutlicher erkennen, welch ein elender Ausgestoßener ich war. Gewiß hegte auch ich Hoffnungen; aber sie verflüchtigten sich, wann immer ich mein Spiegelbild in einem Wassertümpel oder meinen Schatten im Mondschein erblickte; so flüchtig die Spiegelungen und so unbeständig der Schatten auch sein mochte.

Ich bemühte mich, diese Befürchtungen zu zerstreuen und mich für die Prüfung zu wappnen, der ich mich in ein paar Monaten zu unterziehen gedachte; und manches Mal ließ ich es zu, daß meine Gedanken ohne die Aufsicht der Vernunft in paradiesischen Gefilden umherschweiften; ich wagte es, mir vorzustellen, daß liebenswerte und liebliche Geschöpfe meine Gefühle verstanden und mich in meiner Schwermut aufmunterten – ihr engelgleiches Antlitz verklärt in tröstlichem Lächeln. Aber es war nur ein Traum; keine Eva linderte meinen Kummer oder teilte meine Gedanken; ich war allein. Ich gedachte der flehentlichen Bitte Adams an seinen Schöpfer. Aber wo war mein Schöpfer? Er hatte mich verlassen, und so verfluchte ich ihn in der Bitterkeit meines Herzens.

Auf diese Weise verging der Herbst. Ich sah mit Staunen und Kummer die Blätter welken und fallen und die Natur wiederum das traurige und trostlose Aussehen annehmen, das sie gezeigt hatte, als ich zum ersten Male die Wälder und den guten Mond erblickt hatte. Aber ich kümmerte mich nicht um die Rauheit des Wetters; meine Konstitution ließ mich Kälte leichter ertragen als Wärme. Andererseits hatte der Anblick der Blumen, der Vögel und die ganze frohe Pracht des Sommers mein hauptsächliches Vergnügen dargestellt, und als diese Kurzweil verschwand, wandte ich mich wieder mit mehr Aufmerksamkeit meinen Hausgenossen zu. Ihr Glück wurde durch das Ende des Sommers nicht beeinträchtigt. Sie liebten und schätzten einander, und die Freuden, die ihr gemeinsames Leben mit sich brachte, wurden durch äußere Umstände nicht beeinflußt. Je mehr ich ihnen zuschaute, desto mehr wuchs mein Verlangen, ihres Schutzes und ihrer Freundlichkeit teilhaftig zu werden; mein Herz sehnte sich danach, sich diesen freundlichen Geschöpfen zu entdecken und von ihnen geliebt zu werden; ihre holden Blicke voller Zuneigung auf mir ruhen zu sehen, war das Ziel all meiner Sehnsüchte. Ich wagte nicht, daran zu denken, daß sie ihre Augen vielleicht voller Abscheu und Entsetzen von mir wenden würden. Die Armen, die an ihre Türe klopften, wurden niemals abgewiesen. Freilich stand mir der Sinn nach größeren Schätzen als ein wenig Nahrung oder Ruhe; ich wünschte mir Freundlichkeit und Mitgefühl; aber ich glaubte nicht, ihrer völlig unwürdig zu sein.

Der Winter zog ins Land, und nunmehr hatte ich den ganzen Reigen der Jahreszeiten erlebt, seit ich ins Leben getreten war. Diesmal galt meine Aufmerksamkeit ausschließlich meinem Vorhaben, mich im Haus meiner Beschützer vorzustellen. Ich erwog viele Vorgehensweisen und beschloß endlich, das Haus bei einer Gelegenheit zu betreten, wenn der blinde, alte Mann allein darin war. Ich war klug genug, um zu erkennen, daß die widernatürliche Häßlichkeit meiner Erscheinung der Hauptgrund für das Entsetzen derjenigen gewesen war, die mich bisher erblickt hatten. Meine Stimme, so rauh sie auch sein mochte, hatte nichts Furchterregendes an sich, deshalb dachte ich bei mir, wenn es mir gelang, in Abwesenheit der Kinder den guten Willen und die Vermittlung des alten De Laceys zu gewinnen, würden mich dadurch auch meine jüngeren Beschützer so akzeptieren, wie ich war.

Eines Tages, als die Sonne auf das rötliche Laub auf dem Waldboden schien und Heiterkeit, wenn auch kaum noch Wärme vermittelte, brachen Safie, Agatha und Felix zu einer Landpartie auf, während sie den alten Mann auf seinen eigenen Wunsch allein im Haus zurückließen. Sobald seine Kinder das Haus verlassen hatten, nahm er seine Gitarre zu Hand und spielte einige Weisen, die melodischer und trauriger waren als alles, was ich bisher von ihm vernommen hatte. Zu Beginn leuchtete sein Antlitz vor Freude, aber als er zu spielen fortfuhr, stellten sich Nachdenklichkeit und Traurigkeit ein; endlich legte er das Instrument zur Seite und gab sich seinem Nachsinnen hin.

Mein Herz schlug schnell; dies war die Stunde und der Augenblick der Prüfung, der meine Hoffnungen begründen oder meine Befürchtungen bestätigen würde. Die Diener waren zu einem Jahrmarkt in der Nähe gegangen. Im Haus und in seiner Umgebung war alles still; es war eine ausgezeichnete Gelegenheit; aber als ich den ersten Schritt zur Ausführung meines Planes tat, versagten mir die Beine ihren Dienst und ich sank zu Boden. Ich erhob mich, und, indem ich den ganzen Mut aufbot, der mir zu Gebote stand, entfernte ich die Bretter, die ich vor dem Schuppen angebracht hatte, um meinen Unterschlupf zu tarnen. Die frische Luft belebte mich, und mit gefestigter Entschlossenheit näherte ich mich der Tür des Hauses.

Ich klopfte. »Wer da?« rief der alte Mann. »Tretet ein.«

Ich folgte seinem Geheiß. »Verzeiht mir mein Eindringen«, sagte ich, »ich bin ein Reisender, der ein wenig ausruhen möchte; ich wäre Euch sehr verbunden, wenn Ihr mir erlauben würdet, eine Weile vor dem Feuer zu sitzen.«

»Tretet näher«, erwiderte De Lacey, »ich werde schauen, was ich zu Eurer Bequemlichkeit tun kann. Leider sind meine Kinder nicht zu Hause, und da ich blind bin, fürchte ich, wird es mir schwerfallen, Euch etwas zu essen vorzusetzen.«

»Bemüht Euch nicht, freundlicher Mann; ich habe zu essen bei mir; ich benötige nichts als ein wenig Wärme und Ruhe.«

Ich setzte mich vor das Feuer, und Schweigen breitete sich aus. Ich wußte, daß jede Minute kostbar für mich war, aber mir wollte immer noch kein geeigneter Gesprächsbeginn einfallen, als der alte Mann das Wort ergriff: »Eure Sprache, Fremder, läßt mich in Euch einen Landsmann von mir vermuten; seid Ihr Franzose?«

»Nein, aber ich wurde von einer französischen Familie erzogen und verstehe nur diese Sprache. Ich bin auf dem Wege, ein paar Freunde, die ich aufrichtig liebe und in die ich große Hoffnung setze, um ihren Schutz zu bitten.«

»Handelt es sich um Deutsche?«

»Nein, um Franzosen. Aber laßt uns von etwas anderem sprechen. Ich bin ein unglückliches und einsames Geschöpf; ich schaue mich um und muß feststellen, daß ich keine Verwandten oder Freunde auf Erden habe. Diese liebenswerten Leute, zu denen ich unterwegs bin, haben mich nie zuvor gesehen und wissen kaum von mir. Ich fürchte mich sehr, denn wenn mein Gang zu ihnen vergeblich ist, bin ich für immer ein Ausgestoßener.«

»Verzweifelt nicht. Keine Freunde zu haben ist in der Tat ein Unglück; aber die Herzen der Menschen sind – wenn sie nicht durch Vorurteil oder Selbstsucht befangen sind – voller brüderlicher Liebe und Fürsorge. Vertraut deshalb auf Eure Hoffnung; und wenn diese Freunde tatsächlich so gütig und liebenswert sind, wie Ihr sagt, braucht Ihr nicht zu verzweifeln.«

»Sie sind freundlich – sie sind die vortrefflichsten Geschöpfe der Welt; aber unglücklicherweise hegen sie Vorurteile gegen mich. Meine Absichten sind gut, ich habe bisher niemandem Leid zugefügt und bin sogar einigermaßen wohltätig, aber ein verhängnisvolles Vorurteil trübt ihre Augen, und wo sie einen fühlenden und gütigen Freund sehen sollten, erblicken sie ein abscheuliches Ungeheuer.«

»Dies ist in der Tat ein Unglück; aber wenn Ihr wirklich schuldlos seid, könnt Ihr Euch ihnen nicht offenbaren?«

»Ich bin bereits dabei, dies zu versuchen – das ist ja der Grund dafür, daß ich derart von Angstgefühlen heimgesucht werde. Ich bin diesen Freunden aufs zärtlichste zugetan; ich habe ihnen viele Monate lang ohne ihr Wissen täglich Wohltaten erwiesen; aber sie glauben, daß ich ihnen Leid zufügen will, und das ist das Vorurteil, das ich zu widerlegen wünsche.«

»Wo leben diese Freunde?«

»Ganz hier in der Nähe.«

Der alte Mann schwieg eine Weile, dann sagte er: »Falls Ihr mir alle Einzelheiten Eurer Geschichte anvertrauen wollt, ohne etwas zurückzuhalten, kann ich Euch vielleicht bei der Aufklärung Eurer Freunde behilflich sein. Ich bin blind und kann mir über Euer Aussehen kein Urteil erlauben; aber in Euren Worten ist etwas, das mich davon überzeugt, daß Ihr aufrichtig seid. Ich bin ein armer Mann und lebe in der Verbannung, aber es würde mich sehr freuen, wenn ich einem Mitmenschen auf die eine oder andere Weise helfen könnte.«

»Vortrefflicher Mann! Ich danke Euch und nehme Euer hochherziges Angebot an. Ihr erhebt mich durch Eure Freundlichkeit aus dem Staub; und ich baue darauf, daß ich mit Eurer Hilfe nicht aus der Gesellschaft und dem Mitgefühl Eurer Mitgeschöpfe verstoßen werde.«

»Da sei der Himmel vor! Selbst, wenn Ihr ein wirklicher Verbrecher wäret; denn die Ablehnung der Menschen würde Euch ja nur tiefer in die Verzweiflung treiben und nicht auf den Pfad der Tugend zurückführen. Auch ich bin nicht glücklich; meine Familie wurde unschuldig verurteilt; daher mögt Ihr selbst ermessen, ob ich Euch Euer Unglück nachfühlen kann.«

»Wie kann ich Euch danken, mein bester und einziger Wohltäter? Aus Eurem Munde höre ich zum ersten Mal eine freundliche Stimme, die an mich gerichtet ist; allein dafür werde ich Euch ewig danken; Eure bewiesene Menschlichkeit läßt mich sicher sein, daß ich bei jenen Freunden, die zu treffen ich im Begriff bin, Erfolg haben werde.«

»Dürfte ich die Namen und den Wohnort dieser Freunde erfahren?«

Ich schwieg. Dies war, so dachte ich, der entscheidende Augenblick, der mich allen künftigen Glücks berauben oder es mir für alle Zeiten sichern würde. Ich kämpfte vergebens um die Festigkeit meiner Stimme, um ihm antworten zu können, aber der Versuch erschöpfte meine Kraft; ich sank auf dem Stuhl zurück und schluchzte laut auf. In diesem Augenblick hörte ich die Stimmen meiner jüngeren Beschützer. Ich hatte keine Sekunde zu verschenken; ich ergriff die Hand des alten Mannes und rief: »Nun ist der entscheidende Augenblick da! Steht mir bei und gewährt mir Euren Schutz! Ihr und Eure Familie, Ihr seid die Freunde, die ich aufsuchen wollte. Verlaßt mich nicht in der Stunde der Prüfung!«

»Großer Gott!« rief der alte Mann aus. »Wer seid Ihr?«

Sogleich öffnete sich die Tür, und Felix, Safie und Agatha traten ein. Wer vermöchte das Entsetzen und die Verblüffung zu beschreiben, das sie ergriff, als sie mich erblickten? Agatha wurde ohnmächtig. Safie – außerstande, ihrer Freundin beizustehen – lief aus dem Haus. Felix warf sich auf mich und riß mich mit übermenschlicher Kraft von seinem Vater los, dessen Knie ich umklammert hatte; in rasender Erregung warf er mich zu Boden und schlug heftig mit einem Knüppel auf mich ein. Ich hätte ihn zerreißen können, Glied für Glied, wie ein Löwe eine Antilope. Aber die bittere Enttäuschung ließ mir das Herz verzagen, und ich wehrte mich nicht. Ich sah, daß Felix im Begriff war, mich erneut zu schlagen, und voller Schmerz und Qual floh ich aus dem Haus. In dem allgemeinen Tumult gelang es mir, unbemerkt in meinen Schuppen zu entkommen.

KAPITEL SECHZEHN

Verfluchter, verfluchter Schöpfer! Weshalb lebte ich? Weshalb löschte ich in diesem Moment nicht den Lebensfunken aus, mit dem du mich so unbarmherzig begabtest? Ich weiß es nicht; noch hatte die Verzweiflung nicht Besitz von mir ergriffen; meine Gefühle waren vielmehr die der Wut und der Rachsucht. Ich hätte mit Freuden das Haus mitsamt seinen Bewohnern vernichten und mich an ihren Schreien und Leiden ergötzen können.

Als die Nacht hereinbrach, verließ ich mein Versteck und ging in den Wald hinaus; erst jetzt, da mir die Furcht vor Entdeckung nicht länger Hemmungen auferlegte, verlieh ich meiner Qual in einem furchtbaren Klagegeheul Ausdruck. Ich war wie ein wildes Tier, das seine Fesseln zerbrochen hatte; ich zerstörte alles, was meinen Weg behinderte, und eilte mit der Geschwindigkeit eines Hirsches durch den Wald. Ach, welch jammervolle Nacht ich durchlebte! Die kalten Sterne schienen voller Hohn auf mich herab, die kahlen Bäume winkten mir mit ihren Ästen zu, und bisweilen durchbrach die süße Stimme eines Vogels die allumfassende Stille. Alles außer mir ruhte und freute sich des Lebens; ich allein trug wie der Erzfeind die Hölle in mir, und das Wissen, daß niemand Mitgefühl mit mir empfand, gab mir den Wunsch ein, die Bäume auszureißen, Verheerung und Vernichtung anzurichten und mich dann hinzuhocken und die Zerstörung zu genießen.

Aber ich konnte dieses Übermaß an Gefühl nicht lange aushalten; bald erschöpfte mich die körperliche Anstrengung, und ich sank in verzweifelter Ohnmacht ins taufeuchte Gras. Unter den zahllosen Menschen, die das Erdenrund bevölkerten, war nicht einer, der mich bedauern und mir helfen wollte – und ich sollte meine Feinde lieben? Niemals; ich erklärte dem Menschengeschlecht immerwährenden Krieg von diesem Moment an; und vor allem demjenigen, der mich erschaffen und diesem unerträglichen Elend ausgeliefert hatte.

Die Sonne stieg empor; ich hörte menschliche Stimmen und wußte, daß ich an diesem Tag nicht in meinen Unterschlupf zurückkehren konnte. Also versteckte ich mich in einem undurchdringlichen Dickicht; entschlossen, die folgenden Stunden mit Nachdenken über meine Lage zuzubringen.

Der wohlige Sonnenschein und die reine Luft beruhigten mich allmählich, und als ich über die Geschehnisse in dem Haus nachdachte, konnte ich nicht umhin, festzustellen, daß ich übereilte Schlüsse gezogen hatte. Gewiß hatte ich unklug reagiert. Es lag auf der Hand, daß mein Bericht den Vater für mich eingenommen hatte, und ich war ein Narr gewesen, die Kinder durch den Anblick meiner Gestalt zu erschrecken. Ich hätte den alten De Lacey zuvor zu meinem Verbündeten machen und mich den übrigen Familienmitgliedern nur in dem Maße offenbaren sollen, in dem sie auf meine Erscheinung vorbereitet waren. Ich glaubte jedoch nicht, daß meine Fehler nicht wiedergutzumachen waren und beschloß nach reiflicher Überlegung, zu dem Haus zurückzukehren, den alten Mann erneut aufzusuchen und ihn durch meine Darstellung für mich zu gewinnen.

Diese Gedanken beruhigten mich, und am Nachmittag sank ich in einen tiefen Schlaf; aber das Fieber kreiste noch in meinem Blut und ließ nicht zu, daß mich friedvolle Träume besuchten. Die schreckliche Szene des vorangegangenen Tages war mir ständig vor Augen – die Frauen flohen vor mir, in die Ohnmacht oder aus dem Zimmer, und der erzürnte Felix riß mich von seinem Vater fort. Ich erwachte erschöpft, und da ich feststellte, daß bereits die Nacht hereingebrochen war, kroch ich aus meinem Versteck hervor und machte mich auf die Suche nach Nahrung.

Als mein Hunger gestillt war, lenkte ich meine Schritte auf den vertrauten Pfad, der zu dem Haus führte. Dort lag alles in tiefer Ruhe. Ich kroch in meinen Unterschlupf und wartete still auf die Stunde, zu der – wie ich wußte – die Familie erwachen würde. Die erwartete Stunde verging, die Sonne stieg hoch am Himmel empor, aber meine Hausgenossen ließen sich nicht blicken. Ich zitterte heftig, da ich ein furchtbares Unglück ahnte. Im Hause war es dunkel, und ich vernahm keinen Laut – mir fehlen die Worte, um meine bange Qual zu beschreiben.

Dann kamen zwei Landleute des Wegs; in der Nähe des Hauses blieben sie stehen und unterhielten sich, wobei sie heftig gestikulierten; aber ich konnte nicht verstehen, was sie sagten, da sie die Landessprache benutzten, die sich von der meiner Beschützer unterschied. Bald darauf näherte sich Felix in Begleitung eines anderen Mannes; ich war verblüfft, da ich wußte, daß er das Haus heute morgen nicht verlassen hatte, und wartete angstvoll darauf, daß mir seine Worte Aufschluß über diese ungewöhnlichen Vorgänge geben würden.

»Habt Ihr auch bedacht«, sagte sein Begleiter zu ihm, »daß Ihr verpflichtet seid, mir die Pacht für drei weitere Monate zu entrichten, und auf die Erträge Eures Gartens verzichten müßt? Ich möchte mich nicht unbillig an Euch bereichern und bitte Euch deshalb, noch ein paar Tage lang über Euren Entschluß nachzudenken.«

»Das ist ganz und gar unnötig«, erwiderte Felix, »wir können keine Stunde länger in Eurem Haus bleiben. Das Leben meines Vaters ist aufgrund des entsetzlichen Ereignisses, von dem ich Euch berichtete, in höchster Gefahr. Meine Frau und meine Schwester werden sich niemals von dem Schrecken erholen. Ich bitte Euch, nicht länger mit mir zu rechten. Nehmt Euer Eigentum wieder in Besitz und laßt mich von diesem Ort fliehen!«

Felix zitterte bei diesen Worten heftig. Er trat gemeinsam mit seinem Begleiter ins Haus, und sie hielten sich wenige Minuten lang darin auf, dann gingen sie fort. Ich habe niemanden aus der Familie De Lacey jemals wiedergesehen.

Ich blieb für den Rest des Tages in einem Zustand der äußersten und dumpfen Verzweiflung in meinem Schuppen. Meine Beschützer waren fortgegangen und hatten meine einzige Verbindung zur Welt durchtrennt. Zum ersten Male erfüllten Rachedurst und Haß meine Seele, und ich tat nichts, um sie zu besänftigen; aber indem ich mich von meinen Gefühlen mitreißen ließ, richtete sich mein Denken auf Verbrechen und Mord. Sobald ich aber an meine Freunde dachte, an die milde Stimme De Laceys, die sanften Augen Agathas und die erlesene Schönheit der Araberin, schwanden diese Gedanken dahin, und ein Tränenausbruch beruhigte mich ein wenig. Dann führte ich mir wieder vor Augen, daß sie mich zurückgewiesen und verlassen hatten, und mein Zorn kehrte verstärkt zurück; und da ich keine Möglichkeit hatte, einen Menschen zu verletzen, wandte sich meine Wut unbelebten Gegenständen zu. Bei Anbruch der Nacht stapelte ich eine Fülle brennbarer Dinge und Materialien um das Haus herum auf; und wartete – nachdem ich jede Spur von Bearbeitung im Garten beseitigt hatte – voller Ungeduld darauf, daß der Mond untergehe, um mit meinem Werk fortfahren zu können.

Im weiteren Verlauf der Nacht erhob sich vom Wald her ein heftiger Wind, der den Himmel im Nu von allen Wolken leerfegte, die bisher träge dahingetrieben waren; der Sturm raste wie eine riesige Lawine heran und rief in meinem Geist eine Art Wahnsinn hervor, der alle Grenzen von Vernunft und Überlegung sprengte. Ich entzündete einen trockenen Baumast und tanzte wie ein Besessener um das dem Untergang geweihte Haus; den Blick stets auf den westlichen Horizont gerichtet, dessen Rand der Mond beinahe berührte. Endlich war ein Teil seines Runds dem Blick verborgen, und ich schwenkte meinen Feuerbrand; der Mond sank, und ich zündete mit einem lauten Schrei das vorbereitete Stroh, das trockene Heidekraut und das Buschwerk an. Der Wind entfachte das Feuer, und das Haus war rasch von Flammen eingehüllt, die sich an es schmiegten und mit ihren gespaltenen und vernichtenden Zungen an ihm leckten.

Sobald ich sicher sein konnte, daß niemand mehr einen Teil des Hauses zu retten imstande sein würde, verließ ich den Ort und suchte Zuflucht im Wald.

Und da nun die Welt vor mir lag – wohin sollte ich meine Schritte lenken? Ich beschloß, mich weit vom Schauplatz meiner Niederlage zu entfernen; aber für mich, der ich gehaßt und verabscheut wurde, mußte jedes Land gleichermaßen fürchterlich sein. Schließlich mußte ich an dich denken. Die Schriftstücke hatten mich darüber belehrt, daß du mein Vater, mein Schöpfer warst; und an wen hätte ich mich mit mehr Recht wenden können als an dich, der du mir das Leben gegeben hast? Bei den Lektionen, die Felix Safie erteilt hatte, war auch die Geographie nicht zu kurz gekommen. Dieser Unterricht hatte mir ein Bild von der Lage der Länder zueinander vermittelt. Du hattest Genf als den Namen deiner Geburtsstadt vermerkt, und ich beschloß, mich dorthin zu begeben.

Aber welche Richtung mußte ich einschlagen? Ich wußte, daß ich mich in südwestlicher Richtung bewegen mußte, um meinen Bestimmungsort zu erreichen, aber die Sonne war mein einziger Richtungsweiser. Ich kannte nicht die Namen der Städte, die ich passieren mußte, und ich konnte niemanden danach fragen, aber trotzdem verzweifelte ich nicht. Von dir hatte ich Hilfe zu erwarten, obwohl ich dir gegenüber kein Gefühl außer Haß aufbringen konnte. Fühllose, herzlose Kreatur! Du hattest mich mit Wahrnehmungsvermögen und Leidenschaften ausgestattet und mich dann als Gegenstand des

Abscheus und des Entsetzens für die Menschheit in die Welt gestoßen. Dennoch besaß ich einzig und allein dir gegenüber einen Anspruch auf Mitleid und Wiedergutmachung, und ich war entschlossen, bei dir die Gerechtigkeit zu suchen, die ich vergeblich mich bemüht hatte, von anderen zu erlangen, die von menschlichem Aussehen waren.

Mein Weg war lang, und ich mußte große Beschwernisse erdulden. Es war Spätherbst, als ich die Gegend hinter mir ließ, in der ich so lange gelebt hatte. Ich reiste nur bei Nacht, weil ich befürchtete, im anderen Fall einem Menschen zu begegnen. Rings um mich verdorrte die Natur, und die Sonne wärmte nicht länger; Regen und Schnee gingen auf mich hernieder; mächtige Flüsse überzogen sich mit einer Eisschicht; der Erdboden war gefroren, kalt und kahl, und ich fand keinen Schutz. Oh, Erde! Wie oft habe ich Flüche über den Urheber meines Daseins ausgestoßen! Die Milde der Natur war entflohen, und alles rings um mich hatte sich in Galle und Bitterkeit verwandelt. Je näher ich deiner Wohnstätte kam, desto tiefer fühlte ich in meinem Herzen das Verlangen nach Rache. Schnee fiel, und die Wasser waren hart gefroren; aber ich ruhte nicht. Ein paar Hinweise hier und dort leiteten mich, und ich besaß eine Karte des Landes; aber häufig kam ich weit von meinem Weg ab. Meine Seelenpein erlaubte keinen Aufschub; kein Zwischenfall ereignete sich, der nicht meiner Wut und meinem Elend neue Nahrung gegeben hätte; aber ein Vorfall, der sich ereignete, als ich bereits die Grenzen der Schweiz erreicht hatte – die Sonne erlangte ihre Wärme zurück und die Erde fing wieder an, sich mit Grün zu überziehen –, bestätigte mich in besonderer Weise in meiner Bitterkeit und dem Schrecken meiner Empfindungen.

In der Regel rastete ich tagsüber und reiste nur, wenn die Nacht mich davor schützte, daß ein menschliches Auge mich erblickte. Eines Morgens jedoch bemerkte ich, daß mein Weg mich durch einen tiefen Wald führte, und wagte es, meine Wanderschaft fortzusetzen, nachdem die Sonne aufgegangen war; der Tag – es war einer der ersten Tage des Frühlings – stimmte durch die Lieblichkeit seines Sonnenscheines und die Milde seiner Luft sogar mich froh. Ich verspürte Regungen von Sanftheit und Freude, die ich schon seit so langer Zeit erstorben wähnte, wieder in mir erwachen. Halb überrascht von diesen ungewohnten Empfindungen ließ ich mich von ihnen davontragen und wagte es, meine Einsamkeit und Mißgestalt zu vergessen und glücklich zu sein. Einmal wieder netzten linde Tränen meine Wangen, und ich hob meine feuchten Augen voller Dankbarkeit zu der gesegneten Sonne empor, die mir solche Freude gespendet hatte.

Ich setzte meinen Weg über die gewundenen Pfade des Waldes fort, bis ich an seinen Rand gelangte, der von einem tiefen und reißenden Fluß gesäumt war, in den viele der Bäume ihre jetzt im Frühling frisch knospenden Zweige senkten. Hier legte ich eine Rast ein, da ich im Ungewissen darüber war, welchem Pfad ich folgen sollte, als ich plötzlich den Klang von Stimmen vernahm, die mich dazu veranlaßten, mich im Schatten einer Zypresse zu verbergen. Ich hatte mich kaum versteckt, als ein junges Mädchen auf die Stelle zugelaufen kam, an der ich mich verbarg; sie lachte, als fliehe sie im Spaß vor jemandem. Während sie das Steilufer des Flusses entlanglief, glitt plötzlich ihr Fuß aus, und sie stürzte in die reißenden Fluten. Ich eilte aus meinem Versteck zu ihr, rettete sie unter beträchtlichen Mühen aus der Gewalt des Flusses und trug sie ans Ufer. Sie war bewußtlos, und ich bemühte mich mit allen mir zur Verfügung stehenden Mitteln, sie ins Leben zurückzurufen, als ich unversehens durch das Erscheinen eines Landmannes unterbrochen wurde, bei dem es sich wahrscheinlich um die Person handelte, vor der sie im Spaß geflohen war. Sobald er mich erblickte, kam er auf mich zugestürzt, riß mir das Mädchen aus den Armen und eilte in den tiefen Wald davon. Ich folgte ihm rasch, ohne recht zu wissen, weshalb; aber als der Mann bemerkte, daß ich im Begriff war, ihn einzuholen, riß er seine Flinte von der Schulter, zielte auf mich und schoß. Ich sank verletzt zu Boden, und der Schütze entkam in größerer Eile als zuvor in den Wald.

Dies also war die Belohnung für meine Hilfsbereitschaft! Ich hatte einen Menschen vor dem sicheren Tod errettet, und zum Dank litt ich jetzt unter den elenden Schmerzen einer Verwundung, die mir Fleisch und Knochen zerrissen hatte. Die wohlmeinende und sanftmütige Stimmung, die ich noch wenige Augenblicke zuvor empfunden hatte, verwandelte sich in eine höllische Wut und Zähneknirschen. Von Schmerzen gepeinigt schwor ich allen Menschen immerwährende Feindschaft und Rache. Aber schließlich überwältigte mich die Pein, die von meiner Wunde ausging; mein Puls setzte aus, und ich wurde ohnmächtig.

Mehre Wochen lang vegetierte ich auf elende Weise in den Wäldern und bemühte mich, die Wunde zu heilen. Die Kugel war in meine Schulter eingedrungen, und ich wußte nicht, ob sie darin steckengeblieben oder wieder ausgetreten war; jedenfalls verfügte ich über keine Möglichkeit, sie zu entfernen. Meine Qualen wurden durch das bedrückende Gefühl noch verstärkt, daß Ungerechtigkeit und Undankbarkeit an ihnen schuld waren. Ich schwor nun täglich Rache – eine so tiefe und tödliche Rache, daß sie das Verbrechen an mir und die Pein, die ich auszustehen hatte, aufwog.

Nach einigen Wochen heilte meine Verletzung, und ich setzte meine Wanderschaft fort. Die Mühen, die ich auf mich nehmen mußte, wurden nicht länger durch die strahlende Sonne oder laue Frühlingslüfte erleichtert; alle Freuden der Natur kamen mir wie ein Hohn vor, der meiner verzweifelten Lage galt und mir nur noch deutlicher zu Bewußtsein brachte, daß ich nicht dazu geschaffen war, Freuden zu genießen.

Aber meine Mühsal näherte sich ihrem Ende; zwei Monate später erreichte ich die Umgebung von Genf.

Es war Abend, als ich ankam, und ich zog mich an ein verborgenes Fleckchen an einem Feldrain zurück, um darüber nachzudenken, auf welche Weise ich mich dir nähern sollte. Erschöpfung und Hunger bedrückten mich, und ich war viel zu unglücklich, um die sanfte Abendbrise oder den Anblick der hinter den gewaltigen Bergen des Juragebirges untergehenden Sonne zu genießen.

Schließlich erlöste mich ein leichter Schlummer von meinen schmerzlichen Überlegungen, bis er durch das Herannahen eines hübschen Knaben gestört wurde, der in kindlicher Freude am Spiel genau in das Versteck gerannt kam, das ich mir ausgesucht hatte. Während ich ihm entgegenstarrte, kam mir plötzlich die Idee, daß dieses kleine Geschöpf noch frei von Vorurteilen sein mußte und noch nicht lange genug gelebt hatte, um das Entsetzen vor der Mißgestalt erlernt zu haben. Wenn ich den Knaben also ergreifen und zu meinem Begleiter und Freund erziehen konnte, wäre ich nicht mehr so allein auf dieser von Menschen bewohnten Erde.

Von dieser Idee begeistert, packte ich den Knaben, als er vorbeilief, und zog ihn an mich. Sobald er mich erblickte, legte er die Hände vor die Augen und stieß einen schrillen Schrei aus: Ich zog ihm die Hände gewaltsam vom Gesicht und sagte: »Kind, was hast du denn nur? Ich will dir nicht weh tun; hör mir zu.«

Er wehrte sich heftig. »Laß mich los«, schrie er, »Ungeheuer! Häßlicher Kerl! Du willst mich fressen und in Stücke reißen – du bist ein Oger – laß mich gehen, oder ich sag' es meinem Papa.«

»Knabe, du wirst deinen Vater niemals wiedersehen; du mußt mit mir kommen.«

»Gräßliches Ungeheuer! Laß mich los. Mein Papa ist ein Syndikus –, er ist Monsieur Frankenstein – er wird dich bestrafen. Du wagst es nicht, mich festzuhalten.«

»Frankenstein! Dann gehörst du also meinem Feind – ihm, dem ich ewige Rache geschworen haben –, du sollst mein erstes Opfer sein.«

Der Knabe wehrte sich immer noch und bedachte mich mit Bezeichnungen, die meine Verzweiflung vertieften; ich packte ihn an der Kehle, um ihn zum Schweigen zu bringen, und im nächsten Augenblick lag er tot zu meinen Füßen.

Ich starrte auf mein Opfer hinab, und mein Herz schwoll vor Frohlocken und teuflischem Triumph; ich klatschte in die Hände und rief: »Auch ich kann Elend bringen; mein Feind ist nicht unverwundbar; dieser Tod wird ihn verzweifeln lassen, und tausend weitere Schicksalsschläge sollen ihn peinigen und vernichten.«

Während ich das Kind betrachtete, erblickte ich einen glänzenden Gegenstand auf seiner Brust. Ich nahm ihn an mich; es war das Bildnis eines überaus schönen Weibes, das meine Haßgefühle besänftigte und mich anzog. Ich starrte ein paar Augenblicke lang in die von langen Wimpern gesäumten, dunklen Augen des Weibes und auf ihre wunderschönen Lippen; aber dann kehrte mein Zorn zurück; ich erinnerte mich daran, daß ich von den Wonnen, die diese schönen Geschöpfte bereiten konnten, für alle Zeiten ausgeschlossen war; daß eben das Weib, dessen Konterfei ich betrachtete, bei meinem Anblick jenen Ausdruck himmlischer Sanftheit sofort mit einer Miene des Abscheus und Erschreckens vertauscht haben würde.

Erstaunt es dich, daß dieser Gedanke mich zum Zorn reizte? Ich wundere mich nur, daß ich in diesem Augenblick meinen Gefühlen nur durch qualvolle Schreie Ausdruck verlieh, statt mich unter die Menschen zu stürzen und sie zu verderben, in dem Versuch, ihre ganze Rasse zu vernichten.

Während mich diese Gefühle überschwemmten, verließ ich

den Ort, an dem ich den Mord begangen hatte, und betrat auf der Suche nah einem besseren Versteck eine Scheune, die ich für leer gehalten hatte. Ein Weib schlief dort auf dem Stroh; sie war jung und zwar nicht annähernd so schön wie jene, deren Bildnis ich mit mir trug, aber von leidlich hübschem Aussehen und in der Blüte ihrer Jugend und Gesundheit. Hier, so dachte ich, ist eines jener Geschöpfe, deren Lust verheißendes Lächeln allen gilt außer mir. Und dann beugte ich mich über sie und flüsterte: »Wach auf, du Liebliche, dein Liebhaber ist hier – er, der sein Leben für einen Blick voller Zuneigung aus deinen Augen dahingeben würde; erwache, meine Geliebte!«

Die Schläferin regte sich; ein eisiger Schrecken durchzuckte mich. Wenn sie nun in der Tat erwachte, mich erblickte und verfluchte und den Mörder anzeigte? Gewiß würde sie so handeln, wenn sie ihre dunklen Augen öffnete und mich gewahrte. Dieser Gedanke schreckte mich auf; er erweckte das Böse in mir – nicht ich, *sie* sollte leiden; den Mord, den ich begangen hatte, weil ich für immer dessen beraubt war, was sie mir hätte schenken können – sie sollte ihn büßen. Sie war die Urheberin meines Verbrechens gewesen; und ihrer sollte die Strafe sein! Dank der Lektionen, die Felix mir erteilt hatte, und der blutdürstigen Gesetze der Menschen war ich nun in der Lage, Unheil zu bewirken. Ich beugte mich über sie und steckte ihr behutsam das Bildnis in eine Tasche ihres Gewandes. Sie bewegte sich erneut, und ich floh.

Ich trieb mich noch einige Tage lang in der Gegend umher, wo diese Dinge stattgefunden hatten; manches Mal wünschte ich, dich zu treffen, dann wiederum war ich entschlossen, die Welt und ihr Elend endgültig zu verlassen. Endlich wanderte ich zu den Bergen, und seitdem durchstreife ich ihre endlosen Täler, von einem brennenden Verlangen verzehrt, das nur du erfüllen kannst. Wir werden nicht eher voneinander scheiden, als bis du versprochen hast, meine Forderung zu erfüllen. Ich bin allein und unglücklich; niemals wird ein Weib meine Gesellschaft wünschen; aber eines, das ebenso mißgebildet und entsetzlich wie ich aussähe, würde sich mir nicht verweigern. Meine Gefährtin muß von derselben Art wie ich sein und dieselben Mängel aufweisen. Du mußt dieses Wesen erschaffen.

KAPITEL SIEBZEHN

Das Geschöpf verstummte und schaute mich in Erwartung einer Antwort an. Aber ich war verwirrt, bestürzt und unfähig, meine Gedanken genügend zu ordnen, um seinen Vorschlag in seiner vollen Tragweite zu überdenken.

Er fuhr fort: »Du mußt ein Weib für mich erschaffen, mit dem ich den Austausch jener Zärtlichkeiten genießen kann, die für mein Leben erforderlich sind. Nur du allein kannst dies tun, und ich verlange es von dir als ein Recht, das du mir nicht verweigern kannst.«

Der Schlußteil seines Berichtes hatte meinen Zorn, der durch die Schilderung des friedvollen Lebens bei seinen Hausgenossen besänftigt worden war, neu entfacht, und bei seinen letzten Worten konnte ich die Wut, die in mir kochte, nicht länger zügeln.

»Ich lehne dies ab«, erwiderte ich, »und keine Pein wird jemals geeignet sein, mich umzustimmen. Du kannst mich zum unglücklichsten aller Menschen machen, aber du wirst niemals erleben, daß ich mich in meinen eigenen Augen erniedrige. Ich soll ein weiteres Geschöpf wie dich zum Leben erwecken, auf daß eure gemeinsame Verruchtheit die Welt verheert? Fort mit dir! Ich habe dir geantwortet; du kannst mich quälen, aber ich werde niemals einwilligen.«

»Du bist im Unrecht«, erwiderte der Dämon, »und ich drohe dir auch nicht, sondern bin damit zufrieden, vernünftig mit dir zu reden. Ich bin bösartig, weil ich unglücklich bin. Meiden und hassen mich denn nicht alle Menschen? Du, mein Schöpfer, würdest mich in Stücke reißen und triumphieren; denke daran, und sag mir, weshalb ich mehr Mitgefühl mit den Menschen aufbringen sollte, als sie für mich empfinden? Gelänge es dir, mich in diese eisige Schlucht zu stürzen, würdest du es nicht als Mord betrachten; du würdest meinen Leib, das Werk deiner eigenen Hände, zerstören. Soll ich Achtung vor den Menschen haben, die mich verdammen? Wenn sie sich mir gegenüber als freundlich erwiesen, würde ich ihnen jede erdenkliche Wohltat erweisen und mit Tränen der Rührung ihre Dankbarkeit sehen. Aber so kann es nicht sein; das Empfinden der Menschen bildet eine unüberwindbare Barriere vor unserer Gemeinsamkeit. Aber ich werde mich nicht wie der gemeinste Sklave behandeln lassen. Ich will jede Verletzung meiner Gefühle und meines Leibes rächen – wenn ich keine Liebe einflößen kann, will ich Furcht säen; und vor allem dir als meinem Erzfeind, der mein Schöpfer ist, schwöre ich unauslöschlichen Haß. Hab acht; ich will deine Vernichtung bewirken und nicht eher ruhen, als bis dein Herz verzweifelt und du die Stunde deiner Geburt verfluchst.«

Höllische Wut beseelte ihn bei diesen Worten; sein Antlitz verzerrte sich zu einer Grimasse, die ein zu schrecklicher Anblick für menschliche Augen war; aber er beruhigte sich rasch wieder und fuhr fort: »Ich wollte vernünftig reden. Diese Leidenschaftlichkeit schadet mir nur, da du nicht einsehen willst, daß *du* die Ursache dieser Erregung bist. Wenn auch nur ein Mensch freundliche Gefühle mir gegenüber hegte, würde ich sie hundert- und tausendfach erwidern; um dieses einen Geschöpfes willen würde ich Frieden mit allen Menschen schließen! Aber ich schwelge in seligen Träumen, die sich nicht erfüllen können. Was ich von dir erbitte, ist vernünftig und nicht anmaßend; ich verlange ein weibliches Pendant zu mir, das ebenso abschreckend wie ich ist; dieses bescheidene Ansinnen ist alles, was ich erwarten kann, und seine Erfüllung soll mir genügen. Zwar werden wir Ungeheuer sein, die von aller Welt abgeschieden leben; doch wird dies uns nur stärker aneinander binden. Unser Leben wird nicht glücklich sein, aber wir werden niemandem Harm zufügen – und ich werde frei sein von dem Unglück, das ich jetzt empfinde. O mein Schöpfer, mach mich glücklich; laß mich Dankbarkeit für diese eine Wohltat von dir empfinden! Laß zu, daß ich das Mitgefühl *eines* Menschen errege; schlag mir meine Bitte nicht ab!«

Ich war bewegt. Ich erschauerte, wenn ich an die Folgen meines Eingeständnisses dachte; aber ich fühlte, daß seine Bitte berechtigt war. Seine Erzählung über die Gefühle, die er jetzt ausdrückte, bewiesen, daß er über ein großes Empfindungsvermögen verfügte; und schuldete ich als sein Schöpfer ihm nicht alles Glück, zu dem ich ihm verhelfen konnte?

Er bemerkte meinen Gesinnungswandel und fuhr fort: »Falls du einverstanden bist, werden weder du selbst noch irgendein anderes menschliches Wesen uns jemals wieder erblicken; ich werde mich in die unermeßlichen Wälder Südamerikas begeben. Meine Nahrung ist nicht die der Menschen; ich töte weder das Lamm noch das Zicklein, um meinen Hunger zu stillen; Eicheln und Beeren genügen mir. Meine Gefährtin wird von derselben Art wie ich und mit derselben Kost zufrieden sein. Wir werden uns ein Lager aus trockenem Laub bereiten; die Sonne wird auf uns wie auf die Menschen herniederscheinen und unsere Nahrung reifen lassen. Das Bild, das ich entwerfe, ist friedvoll und menschlich, und du wirst einsehen, daß du es nur aus der Willkür der Macht und Grausamkeit heraus von dir weisen könntest. Du warst mir gegenüber mitleidlos; aber nun sehe ich Mitleid in deinen Augen; so laß mich denn die Gunst des Augenblicks nutzen und dir das Versprechen abnehmen, daß du erfüllen wirst, was ich mir so sehnlich wünsche.«

»Du beabsichtigst also«, erwiderte ich, »die Wohnungen der

Menschen zu fliehen und in jener Wildnis zu hausen, darinnen die wilden Tiere deine einzige Gesellschaft sein werden. Wie könntest du, der du dich nach der Liebe und dem Mitgefühl der Menschen sehnst, in dieser Verbannung existieren? Du wirst zurückkehren und erneut um ihre Freundschaft anhalten, und du wirst auf ihre Ablehnung stoßen; deine dämonische Leidenschaft wird aufs neue in dir emporlodern, und dann wirst du eine Begleiterin haben, die dir bei deinem Werk der Zerstörung hilft. Dies darf nicht geschehen; ich will nicht mehr darüber sprechen, denn ich kann nicht zustimmen.«

»Wie unbeständig dein Gefühl doch ist! Noch vor einem Augenblick haben dich meine Vorhaltungen bewegt – weshalb bist du jetzt wieder taub für meine Klagen? Ich schwöre dir, bei der Erde, auf der ich wandele, und bei dir, der du mich erschaffen hast, daß ich – wenn du mir eine Gefährtin verschaffst – die Nachbarschaft der Menschen meiden und an dem wüstesten Ort meine Zuflucht suchen werde. Meine dämonische Leidenschaftlichkeit wird mich verlassen, denn ich werde Mitgefühl finden! Mein Leben wird friedvoll verlaufen, und ich werde in meiner Sterbestunde meinen Schöpfer nicht verfluchen.«

Seine Worte hatten eine seltsame Wirkung auf mich. Ich bemitleidete ihn und verspürte manches Mal den Wunsch, ihn zu trösten; aber sobald ich ihn anschaute und die abscheuliche Gestalt sich bewegen und reden sah, verwandelten sich meine Gefühle in Entsetzen und Haß. Ich bemühte mich, diese Empfindungen zu unterdrücken; ich dachte, wenn ich schon kein Mitgefühl für ihn aufbringen konnte, hätte ich nicht das Recht, ihm das bißchen Glück vorzuenthalten, das ihm zu verschaffen in meiner Macht stand.

»Du schwörst«, sagte ich, »keinen Harm zu tun; aber hast du nicht bereits einen Grad an Bosheit an den Tag gelegt, der vernünftigerweise mein Mißtrauen erregen muß? Könnte dein Vorschlag nicht sogar eine Finte sein, die deinen Triumph vergrößern soll, indem sie deine Möglichkeiten vergrößert, Rache zu nehmen?«

»Wie? Du solltest nicht mit mir spielen; und ich verlange eine Antwort. Wenn ich keine Bindungen habe und keine Zuneigung erfahre, können Haß und Untugend nicht ausbleiben; die Liebe eines anderen Geschöpfes wird die Ursache meiner Untaten beseitigen, und ich werde zu jemandem werden, der sein Leben unbemerkt von jedermann führt. Meine Untugenden sind die Kinder einer erzwungenen Einsamkeit, die ich verabscheue; meine Tugenden werden unweigerlich erwachen, wenn ich mit einem Geschöpf meiner eigenen Art zusammenlebe. Ich werde die Zuneigung eines empfindenden Wesens spüren und ein Glied der Kette von Werden und Vergehen sein, von der ich jetzt ausgeschlossen bin.«

Ich schwieg eine Weile, um über seinen Bericht und all seine Argumente nachzudenken. Ich dachte an das Versprechen der Tugendhaftigkeit, die er zu Beginn seiner Existenz bewiesen hatte, und an die Zerstörung aller freundlichen Gefühle durch den Abscheu und die Verachtung, die seine Beschützer ihm entgegengebracht hatten. Ich unterließ es auch nicht, seine Kraft und seine Drohungen in Betracht zu ziehen; ein Geschöpf, das in den Eisspalten der Gletscher existieren und sich in unzugänglichen Felsspalten jeglicher Verfolgung entziehen konnte, verfügte über Fähigkeiten, mit denen es ein Mensch niemals aufzunehmen vermochte. Nach langem Nachdenken kam ich zu der Schlußfolgerung, daß die Gerechtigkeit sowohl ihm als auch meinen Mitmenschen gegenüber die Erfüllung seiner Bitte verlangte.

Deshalb wandte ich mich ihm zu und sagte: »Ich bin mit deiner Forderung einverstanden, auf deinen feierlichen Schwur hin, daß du Europa sowie jeden anderen Ort in der Nachbarschaft menschlicher Wesen für immer verläßt, sobald ich dir ein Weib zugeführt habe, das dich in dein Exil begleiten wird.«

»Ich schwöre es«, rief er, »bei der Sonne und beim blauen

Himmel und bei dem Feuer der Liebe, das in meinem Herzen brennt, daß du mich niemals wiedersehen wirst, wenn du meine Bitte erhörst, so lange diese Dinge bestehen. Gehe nach Hause und tue deine Arbeit; ich werde ihren Fortgang mit unaussprechlicher Ungeduld erwarten; doch fürchte nicht, daß ich mich zeigen werde, bevor du fertig bist.«

Nach diesen Worten verließ er mich unvermittelt; vielleicht befürchtete er, ich würde anderen Sinnes. Ich sah ihn den Berg mit größerer Geschwindigkeit als der des Adlerfluges hinabklimmen und rasch zwischen den Wogen des Sees aus Eis verschwinden.

Sein Bericht hatte den ganzen Tag beansprucht, und die Sonne stand knapp über dem Horizont, als er ging. Ich wußte, daß ich hätte in größter Eile ins Tal hinabsteigen müssen, da mich bald Dunkelheit umfangen würde; aber mein Herz war schwer und mein Schritt langsam. Die Mühe, dem gewundenen Pfad zu folgen und jeden Schritt sorgsam zu setzen, war beinahe zu viel für mich, da mich die Gefühle beschäftigten, die von den Ereignissen des Tages ausgelöst worden waren. Die Nacht war bereits weit fortgeschritten, als ich den Rastplatz auf halbem Wege erreichte und mich dort neben der Quelle niederließ. Die Sterne blinkten zwischen den dahinziehenden Wolken hervor; vor mir ragten die dunklen Kiefern empor, und hier und dort lag ein gestürzter Baum auf dem Boden; es war eine Szenerie von großartiger Erhabenheit, die seltsame Gedanken in mir hervorrief. Ich brach in bitterliches Weinen aus; ich schlug die Hände zusammen und rief in größter Seelenpein aus: »O ihr Sterne und Wolken und Winde, ihr spottet über mich; wenn ihr wirklich Mitleid mit mir habt, löscht alle Empfindungen und Erinnerungen in mir aus; macht mich zu einem Nichts; und wenn nicht, geht; geht und laßt mich in Finsternis zurück!«

Es waren wilde und erbärmliche Gedanken; aber ich vermag es nicht, Euch zu schildern, wie das ewige Blinken der Sterne auf mir lastete und wie ich auf jeden Windstoß lauschte, als wäre der fühllose, widerwärtige Schirokko unterwegs, um mich zu verschlingen.

Der Morgen graute, noch ehe ich das Dörfchen Chamonix erreichte; ich gönnte mir keine Rast, sondern kehrte sofort nach Genf zurück. Selbst in meinem eigenen Herzen vermochte ich es nicht, meinen Gefühlen Ausdruck zu verleihen – sie lasteten auf mir mit dem Gewicht eines Berges, und ihr Übermaß begrub sogar meine Qual unter sich. In diesem Zustand kehrte ich nach Hause zurück und zeigte mich meiner Familie. Mein abgezehrtes und verstörtes Aussehen bestürzte sie, aber ich beantwortete keine Fragen und sprach kaum. Ich kam mir vor, als stünde ich unter einem Bann – als hätte ich kein Anrecht auf ihr Mitgefühl –; als sollte ich mich niemals mehr ihrer Gemeinschaft erfreuen. Aber selbst jetzt noch liebte ich sie beinahe abgöttisch, und um ihrer Sicherheit willen beschloß ich, mich meiner im höchsten Maße verabscheuten Arbeit zu widmen. Die Aussicht auf eine solche Tätigkeit ließ alle übrigen Lebensumstände wie einen Traum an mir vorüberziehen; und allein dieser Gedanke besaß vor meinen Augen lebendige Realität.

KAPITEL ACHTZEHN

Tag um Tag, Woche um Woche verging, seit ich nach Genf zurückgekehrt war, ohne daß ich den Mut aufgebracht hätte, meine Arbeit aufzunehmen. Ich fürchtete die Rache des enttäuschten Dämons, und doch gelang es mir nicht, meine Abscheu vor der Aufgabe zu überwinden, die mir aufgebürdet war. Ich erkannte, daß ich, um ein Weib zu formen, mehrere Monate mit grundlegenden Studien und aufwendigen Versuchen zubringen mußte. Ich hörte von einigen Entdeckungen eines englischen Gelehrten, deren Kenntnis mir für meine Arbeit unerläßlich dünkte, und bisweilen erwog ich, die Erlaubnis meines Vaters einzuholen, zu diesem Zweck nach England reisen zu dürfen; aber ich klammerte mich an jeden Grund für einen Aufschub und schrak davor zurück, den ersten Schritt in einem Unterfangen zu tun, das sofort zu beginnen mir weniger dringlich erschien. Tatsächlich hatte in mir ein Wandel stattgefunden; meine Gesundheit, mit der es bisher nicht zum besten bestellt gewesen war, hatte sich weitgehend gebessert, und auch meine Lebensgeister kehrten zurück, wenn die Erinnerung an mein unseliges Versprechen sie nicht wieder unterdrückte. Mein Vater sah diese Veränderungen mit Vergnügen, und er sann stets über die beste Methode nach, die letzten Überreste meiner Schwermut zu zerstreuen, die dann und wann zurückkehrte und den wiedererwachenden Sonnenschein mit verzehrender Schwärze auslöschte. In solchen

Augenblicken nahm ich in vollkommener Einsamkeit meine Zuflucht. Ich verbrachte ganze Tage allein in einem kleinen Boot auf dem See, schaute den Wolken zu und lauschte stumm und träge dem Plätschern der Wellen. Aber die frische Luft und die helle Sonne verfehlten es nur selten, meine Fassung bis zu einem gewissen Grad wiederherzustellen; und bei meiner Rückkehr erwiderte ich die Begrüßung meiner Lieben mit einem freieren Lächeln und zuversichtlicheren Herzens.

Es war nach meiner Rückkehr von einer dieser einsamen Fahrten, als mein Vater mich beiseite nahm und mit folgenden Worten ansprach: »Ich bin glücklich, zu bemerken, mein lieber Sohn, daß deine frühere Fröhlichkeit zurückgekehrt ist und du zu dir selbst zurückzukehren scheinst. Aber du bist immer noch unglücklich und meidest unsere Gesellschaft. Ich habe eine Weile Mutmaßungen über die Ursache deines Zustandes angestellt; aber gestern ist mir ein Einfall gekommen, und falls er dir begründet scheint, bitte ich dich, ihn zu bestätigen. Zurückhaltung in einer derart wichtigen Angelegenheit wäre nicht nur vergebens, sondern würde darüber hinaus dreifaches Unheil auf uns alle herabbschwören.«

Diese Einleitung ließ mich heftig erbeben. Mein Vater fuhr fort: »Ich gestehe, mein Sohn, daß ich stets deiner Heirat mit Elisabeth als dem Anker unserer häuslichen Zufriedenheit und dem Hafen meines Lebensabends entgegengesehen habe. Ihr wart von frühester Kindheit aneinander zugetan, ihr habt gemeinsam gelernt und schienet in Neigungen und Geschmack wie füreinander geschaffen. Aber das menschliche Schicksal ist so seltsam, daß dasjenige, was mir die größte Hilfe bei meinen Plänen erschien, sie möglicherweise gänzlich zunichte gemacht hat. Du siehst in Elisabeth möglicherweise deine Schwester, ohne dir zu wünschen, daß sie dein Eheweib werden möge. Es könnte ja sein, daß du eine andere getroffen hast, die du vielleicht liebst; und der Kampf zwischen dieser Liebe und deinem Gefühl der

Verpflichtung Elisabeth gegenüber ist möglicherweise der Anlaß für den heftigen Seelenschmerz, den du zu empfinden scheinst.«

»Mein lieber Vater, beruhige dich nur. Ich liebe meine Cousine zärtlich und aufrichtig. Ich habe kein anderes Weib getroffen, das meine innigste Bewunderung und Liebe in demselben Maße wie Elisabeth erregte. Meine Hoffnungen und Gedanken für die Zukunft gelten ausschließlich der Erwartung unserer Vereinigung.«

»Dieses Bekenntnis deiner Gefühle in dieser Sache, mein lieber Viktor, erfüllt mich mit mehr Freude, als ich seit langem empfunden habe. Wenn du so denkst, werden wir gewiß wieder glücklich, und wenn auch gegenwärtige Ereignisse noch so große Düsternis über uns breiten mögen. Eben diese Düsternis, die sich so hartnäckig in deinem Kopf eingenistet zu haben scheint, ist es, die ich erhellen möchte; also sag mir, ob du Einwände gegen eine sofortige Feier der Hochzeit hast. Wir waren unglücklich, und kürzliche Ereignisse haben uns aus der Alltagsruhe gerissen, die meinen Jahren und Gebrechlichkeiten so förderlich war. Du bist jünger; dennoch glaube ich angesichts des beträchtlichen Vermögens, das dir zusteht, nicht, daß eine frühe Heirat irgendwelche ehrenhafte und nutzbringende Zukunftspläne durchkreuzt, die du hegen magst. Glaube aber nicht, daß ich die Absicht habe, dich zu deinem Glück zu drängen, oder daß ein Aufschub, den du eventuell wünscht, mir ernsthafte Unruhe bereiten würde. Nimm meine Worte offen auf, und antworte mir, ich bitte dich, vertrauensvoll und aufrichtig.«

Ich hatte meinem Vater schweigend zugehört und fühlte mich für eine Weile außerstande, ihm zu antworten. Eine Menge Gedanken schossen mir durch den Kopf, und ich bemühte mich, zu einer Schlußfolgerung zu gelangen. Ach, die Vorstellung, mich sofort mit Elisabeth zu vereinen, erfüllte mich mit Angst und Schrecken. Ich war durch ein feierliches Gelöbnis gebunden, das ich noch nicht erfüllt hatte und nicht zu brechen wagte, denn dies würde vielfaches Unglück über mich und meine teure Familie bringen! Konnte ich denn mit diesem tödlichen Gewicht an meinem Hals ein Fest feiern? Ich mußte meiner Verpflichtung nachkommen und das Ungeheuer mit seiner Gefährtin fortgehen sehen, bevor ich mich den Freuden und Entzückungen einer Vereinigung hingab, von der ich mir Frieden erhoffte.

Ich erinnerte mich auch an die Notwendigkeit, entweder nach England zu reisen oder eine lange Korrespondenz mit den Gelehrten jenes Landes anzufangen, deren Kenntnisse und Entdeckungen bei meinem gegenwärtigen Vorhaben von unbedingtem Nutzen sein würden. Die letztere Methode, die gewünschten Einsichten zu erlangen, war langwierig und unbefriedigend; außerdem empfand ich eine unüberwindliche Abneigung gegen die Vorstellung, mich in meines Vaters Haus meiner abscheulichen Aufgabe zu widmen, während ich mit jenen Umgang pflog, die ich liebte. Ich wußte, daß sich tausend schreckliche Zufälle ereignen konnten, von denen der geringste mich zu Enthüllungen zwänge, die all jene, denen ich zugetan war, mit Entsetzen erfüllen würde. Ich war mir auch dessen bewußt, daß ich oft meine Selbstbeherrschung und meine Fähigkeit verlieren würde, die quälenden Empfindungen zu verbergen, die mich im Verlauf meiner höllischen Arbeit heimsuchen mußten. Nein, es war unerläßlich, daß ich während dieser Tätigkeit all jenen fernblieb, die ich liebte. Einmal begonnen, mußte das Werk rasch getan sein, und ich konnte zu dem Frieden und dem Glück im Schoße meiner Familie zurückkehren. Sobald ich mein Versprechen erfüllt hatte, würde sich das Ungeheuer für immer fortbegeben – oder (wie ich es mir gern ausmalte) es mochte sich etwas ereignen, das mein Geschöpf vernichtete und meine Sklaverei für alle Zeiten beendete.

Diese Erwägungen diktierten mir die Antwort an meinen Vater. Ich drückte den Wunsch aus, nach England zu reisen, verbarg jedoch die wahren Gründe für meine Bitte unter einem Vorwand, der keinen Verdacht erregen konnte, während ich mein Anliegen zugleich so dringlich machte, daß mein Vater ohne weiteres seine Zustimmung gab. Nach einer so langen Zeit, die ich unter einer unüberwindbaren Schwermut gelitten hatte, die in ihrer Heftigkeit und in ihren Auswirkungen an eine krankhafte Melancholie erinnerte, bemerkte er zu seiner Freude, daß mir die Vorstellung einer solchen Reise gefiel, und er hoffte, eine Landschaftsveränderung und vielfältige Lustbarkeiten würden mich noch vor meiner Rückreise völlig wiederhergestellt haben.

Die Dauer meiner Abwesenheit überließ er mir selbst; er rechnete mit ein paar Monaten, im äußersten Falle einem Jahr. In seiner liebenden, väterlichen Fürsorge hatte er sichergestellt, daß ich einen Reisebegleiter haben würde. Ohne vorher mit mir darüber zu sprechen, hatte er es – in geheimem Einverständnis mit Elisabeth – so einzurichten gewußt, daß Clerval in Straßburg zu mir stoßen würde. Dieses Treffen vertrug sich nicht mit der Einsamkeit, die ich zur Ausführung meiner Aufgabe benötigte; aber zu Beginn meiner Reise konnte der Freund mir in keiner Weise hinderlich sein, und offengestanden freute ich mich darüber, daß mir viele Stunden einsamer, verwirrender Grübeleien erspart bleiben würden. Mehr noch, Henry konnte sich zwischen mich und die Einmischung meines Widersachers stellen. Wäre ich allein gewesen, würde er mir nicht gelegentlich seine verhaßte Aufwartung gemacht haben, um mich an meine Pflicht zu gemahnen oder sich vom Fortgang der Arbeit zu überzeugen?

Also würde ich nach England fahren, und es galt als abgemacht, daß ich sogleich nach meiner Rückkehr Elisabeth heiraten würde. Das fortgeschrittene Alter meines Vaters machte ihm jeden Aufschub zutiefst verhaßt. Für mich selbst gab es eine Belohnung, die ich mir von meiner abscheulichen Plackerei versprach; einen Trost in meinen unvergleichlichen Leiden; nämlich die Aussicht auf den Tag, an dem ich – von meiner elenden Sklaverei befreit – Elisabeth heimführen und in meiner Vereinigung mit ihr die Vergangenheit vergessen würde.

Im Augenblick traf ich Vorbereitungen für meine Reise; aber ein Gedanke verfolgte mich, der mich mit Furcht und Erregung erfüllte. Während meiner Abwesenheit ließ ich meine Lieben in Unkenntnis der Existenz und ohne Schutz vor den Nachstellungen ihres Feindes zurück, der möglicherweise durch meine Abreise aufgebracht war. Aber er hatte ja versprochen, mir überall dorthin zu folgen, wohin ich auch gehen mochte; folglich würde er mich auch nach England begleiten. Diese Vorstellung war einerseits entsetzlich, andererseits aber beruhigend, da sie Sicherheit für meine Lieben bedeutete. Wenn ich daran dachte, daß ihnen etwas zustoßen könnte, litt ich große Qualen. Aber während der ganzen Zeit, in der ich der Sklave meines Geschöpfes war, ließ ich mich von den Eingebungen des Augenblicks leiten; und meine derzeitigen Empfindungen sagten mir, daß mein Widersacher mir folgen würde und meiner Familie deshalb keine Gefahr von seiner Seite drohte.

In den letzten Septembertagen verließ ich erneut mein Heimatland. Ich selbst hatte diese Reise gewünscht, deshalb schickte Elisabeth sich darin; aber die Vorstellung, daß ich fern von ihr den Angriffen von Unglück und Kummer ausgesetzt war, bereitete ihr Unruhe. Ihrer Sorge war es zu verdanken, daß Clerval mich begleiten würde; immerhin sind wir Männer blind für tausend kleine Zufälligkeiten des Lebens, die nach der unermüdlichen Aufmerksamkeit einer Frau rufen. Ich ahnte ihren geheimen Wunsch, mich um baldige Rückkehr bitten zu dürfen; die tausend widersprüchlichen Gefühle, die sie stumm bleiben ließen, während sie mir unter Tränen ihr Lebewohl entbot.

Ich stieg in den Reisewagen, der mich fortbringen würde; kaum wissend, wohin ich unterwegs war, und ohne Augen für alles, was um mich herum vor sich ging. Mir war nur noch bewußt, angeordnet zu haben, daß meine chemischen Geräte eingepackt werden sollten, um mich zu begleiten – eine Erinnerung, die mit bitterem Schmerz verbunden war. Von düsteren

Betrachtungen erfüllt, durchquerte ich manche wunderschöne und großartige Landschaft; doch mein Blick war nach innen gekehrt, und meine Augen sahen nichts. Ich konnte nur an das Ziel meiner Reise und die Arbeit denken, die mich erwartete.

Nach einigen Tagen, in denen ich in stumpfer Teilnahmslosigkeit viele Meilen zurücklegte, erreichte ich Straßburg, wo ich zwei Tage lang auf Clerval wartete. Als er schließlich ankam, sah ich, wie groß der Kontrast zwischen uns war! Er war für jede neue Szenerie aufgeschlossen; er freute sich über die Schönheiten eines Sonnenuntergangs und noch mehr über den Aufgang der Sonne und den Anbruch eines neuen Tages. Er machte mich auf die wechselnden Farben der Landschaft und der Vorgänge am Himmel aufmerksam. »Dies nenne ich leben«, rief er aus, »nun genieße ich mein Dasein! Aber du, mein lieber Frankenstein, weshalb bist du so verzagt und besorgt?« Tatsächlich war ich von düsteren Gedanken erfüllt und hatte weder Augen für den Untergang des Abendsterns noch für den goldenen Sonnenuntergang, der sich im Rhein widerspiegelte. – Und Ihr, mein Freund, hättet weitaus mehr Vergnügen an der Lektüre des Reisetagebuchs von Clerval, der die Landschaft mit gefühlsmäßiger Anteilnahme und Entzücken betrachtete, als an meinen Gedanken. Auf mir Unglücklichem lastete ein Fluch, der mir jeden Weg zum Glück verschloß.

Wir kamen überein, von Straßburg bis Rotterdam – wo wir uns nach London einschiffen konnten – auf einem Boot den Rhein hinabzufahren. Auf dieser Rheinfahrt glitten wir an vielen weidenbestandenen Inseln und vielen schönen Städten vorbei. In Mannheim legten wir einen Tag Aufenthalt ein, und am fünften Tag nach unserer Abfahrt von Straßburg legten wir in Mainz an. Hinter Mainz wird der Rhein viel malerischer. Die Strömung des Flusses wird rascher, während er sich zwischen Bergen dahinschlängelt, die zwar nicht hoch, aber recht steil und von anmutigem Aussehen sind. Wir erblickten viele Burgruinen, die auf den Berggipfeln thronten, von dunklen Wäldern umgeben, hoch gelegen und unzugänglich. Dieser Abschnitt des Rheins bietet in der Tat Ausblicke auf eine einzigartige vielgestaltige Landschaft. An einem Punkt sieht man zerklüftete Berge, zerfallene Burgen, die über gewaltige Tiefen wachen, in denen sich der Rhein windet; und schon hinter dem nächsten Vorgebirge bieten sich dem Blick üppige Weingärten, grüne Uferhänge, die Mäander des Flusses und volkreiche Städte dar.

Wir reisten zur Zeit der Weinernte und hörten den Gesang der Weinleser, während wir den Strom hinabglitten. Selbst ich – der ich niedergeschlagen und ständig durch düstere Gedanken aufgewühlt war – empfand Euphorie. Ich lag rücklings im Boot, trank den wolkenlosen, blauen Himmel in mich hinein, und es war mir, als ströme eine Gelassenheit in mich, wie ich sie bisher nicht gekannt. Wenn dies schon meine Empfindungen waren, wer vermöchte die Gefühle Clervals zu beschreiben? Er kam sich vor, als sei er ins Feenland entführt worden und genösse eine Glückseligkeit, wie sie den Menschen nur selten vergönnt ist. »Ich habe«, sagte er, »die schönsten Gegenden meines Heimatlandes gesehen; ich habe den Vierwaldstätter See gesehen, aus dem die schneebedeckten Berge beinahe lotrecht aufsteigen, deren undurchdringlich schwarze Schatten traurig und düster wirken würden, wären da nicht als Gegengewicht die grünen Inseln, die das Auge durch ihre schwellende Üppigkeit erfreuen; ich habe diesen See in einem Sturm aufgewühlt gesehen, der die Wasser in mächtigen Wirbeln aufpeitschte und mit einen Eindruck von den Zyklonen auf den Weltmeeren verschaffte; ich sah die Wellen wütend gegen die Fundamente der Berge branden, dort, wo jener unselige Priester und seine Geliebte – deren ersterbenden Stimmen man immer noch hören soll, wenn der Nachtwind eine Pause einlegt – von einer Lawine überrascht wurden; ich habe die Berge von Las Valais und dem Pays de Vaud gesehen; aber dieses Land, Viktor, gefällt mir mehr als all diese Wunder.

Die Berge der Schweiz sind mächtiger und fremdartiger; aber die Ufer dieses herrlichen Flusses besitzen einen Zauber, desgleichen ich nie zuvor erblickte. Schau dir nur jene Burg hoch oben auf dem Fels an; und dann die andere auf der Insel, beinahe verborgen unter dem Laub dieser lieblichen Bäume; und die Gruppe von Weinlesern, die von den Rebenhängen kommen; und schließlich das halb hinter jenem Berg versteckte Dorf. Oh, gewiß befindet sich der Geist, der diesen Ort beherrscht und bewacht, in größerem Frieden mit den Menschen als jener, der in unserer Heimat die Gletscher auftürmt oder sich auf unzugänglichen Bergeshöhen zurückzieht.«

Ach, Clerval! Geliebter Freund! Noch heute erfüllt es mich mit Entzücken, deine Worte wiederzugeben und mich in dem Lob zu ergehen, das dir in so besonderem Maße gebührt. Er war ein Mensch, den ›die Poesie der Natur selbst‹ geformt hatte. Sein empfindsames Herz läuterte seine ungezügelte und leidenschaftliche Phantasie. Seine Seele floß über vor glühender Liebe, und seine Freundschaft war von jener selbstlosen und wunderbaren Art, wie sie der Weltverstand ins Reich der Phantasie verbannt. Aber sogar menschliches Mitgefühl konnte seinem immerwachen Geist nicht genügen. Die Szenerie der äußeren Natur, die andere nur mit Bewunderung betrachten, liebte er glühend:

Der tosende Wasserfall,
brannte ihn wie eine Leidenschaft; der hohe Fels,
Die Berge, der tiefe und dunkle Wald,
Ihre Farben und Formen, sie waren ihm
Gegenstand der Lust, der Empfindung und einer Liebe,
Die keines weiteren Zaubers mehr bedurft,
Nach Denken nicht, oder Wünschen fragt',
Allein dem Aug' vertraut'.*

* Wordsworth, Tintern Abbey

Wo mag er jetzt sein? Ist dieses sanftmütige und liebevolle Geschöpf für immer verloren? Ist sein Geist, der so von Ideen, von phantasievollen und großartigen Bildern erfüllt war, die eine vom Leben ihres Schöpfers abhängige Welt bildeten – ist dieser Geist vergangen? Lebt er nun allein in meiner Erinnerung fort? Nein, gewiß nicht; dein früher so herrlich geformter, in Schönheit erstrahlender Leib ist zwar verfallen, aber dein Geist besucht und tröstet deinen unglücklichen Freund immer noch.

Vergebt mir diese Anwandlung von Trauer; diese armseligen Worte sind nur ein geringer Tribut an den unvergleichlichen Wert Henrys, aber sie besänftigen mein Herz, das in der Erinnerung an ihn vor Kummer überfließen will. Ich will mit meinem Bericht fortfahren.

Hinter Köln näherten wir uns dem holländischen Flachland, und wir beschlossen, den restlichen Weg übers Land mit der Postkutsche zurückzulegen, denn der Wind war widrig und der Strom floß zu gemächlich dahin, um uns von großem Nutzen zu sein.

Hier wurde unsere weitere Fahrt uninteressant, da sie keine landschaftlichen Schönheiten zu bieten hatte; aber wenige Tage darauf erreichten wir Rotterdam; dort schifften wir uns nach

England ein. Es war an einem klaren Morgen in den letzten Septembertagen, als wir zum ersten Male die weißen Klippen Britanniens erblickten. Die Ufer der Themse boten ein neues Landschaftsbild; sie waren flach, aber fruchtbar, und beinahe jede Stadt war von der Erinnerung an dieselbe Geschichte geprägt. Wir erblickten Tilbury Fort und dachten an die spanische Armada; Gravesend, Woolwich und Greenwich waren Orte, von denen ich sogar in meiner Heimat gehört hatte.

Endlich kamen die zahllosen Türme Londons in Sicht, beherrscht von der St.-Pauls-Kathedrale, und der Tower, der in der englischen Geschichte eine so große Rolle gespielt hatte.

KAPITEL NEUNZEHN

London stellte das vorläufige Ziel unserer Reise dar. Wir beschlossen, mehrere Monate lang in dieser wundervollen und gefeierten Stadt zu bleiben. Clerval sehnte sich nach dem Umgang mit genialen Männern, von denen es damals viele gab; aber dies war für mich von zweitrangigem Interesse; mir ging es vor allem um Möglichkeiten, mir die zur Erfüllung meines Versprechens nötigen Kenntnisse zu verschaffen, und ich machte alsbald von den mitgeführten Empfehlungsschreiben Gebrauch, die an die namhaftesten Naturphilosophen gerichtet waren.

Hätte ich diese Reise in meinen Tagen des Studiums und der Lebensfreude unternommen, würde sie mir unaussprechliches Vergnügen bereitet haben. Aber ein unheilvoller Schatten war über mein Leben gefallen; und ich besuchte diese Männer nur um der Kenntnisse willen, die sie mir über den Gegenstand verschaffen konnten, an dem ich ein lebenswichtiges Interesse hatte. Im übrigen war mir Gesellschaft lästig; wenn ich allein war, konnte ich meinen Geist mit der Betrachtung des Himmels und der Erde beschäftigen; Henrys Stimme besänftigte mich und erlaubte mir, daß ich mich vorübergehend in einem trügerischen Seelenfrieden wiegte; aber beflissen muntere, langweilige Mienen ließen die Verzweiflung in mein Herz zurückkehren. Ich sah eine unüberwindliche Barriere zwischen mir und meinen Mitmenschen; diese Barriere war mit dem Blute Wilhelms und Justines versiegelt; und über jene Ereignisse nachzudenken, die mit diesen Namen verbunden waren, erfüllte meine Seele mit Kummer.

Aber in Clerval erblickte ich ein Abbild meines früheren Ichs; er war neugierig und ängstlich auf Erfahrung und Anleitung bedacht. Die unterschiedlichen Sitten und Gebräuche, die er beobachtete, stellten eine unversiegbare Quelle der Belehrung und Belustigung für ihn dar. Außerdem verfolgte er ein Ziel, das er schon seit langem ins Auge gefaßt hatte. Er hatte die Absicht, nach Indien zu reisen; in der Meinung, seine Kenntnis der verschiedenen Sprachen und der gesellschaftlichen Gegebenheiten jenes Erdteiles befähige ihn dazu, kräftig zur Förderung der europäischen Kolonialisierung und Handelsbeziehungen beizutragen. Nur in Britannien konnte er seinen Plan wirksam vorantreiben. Er war stets geschäftig, und einzig und allein meine Sorge und Mutlosigkeit dämpfte seine Zuversicht. Ich bemühte mich nach Kräften, meinen Zustand vor ihm zu verbergen, um ihn nicht von den Vergnügungen abzuhalten, die für jemanden, der eine neue Schaubühne des Lebens betrat und nicht von Kummer oder bitteren Erinnerungen niedergedrückt wurde, nur zu natürlich waren. Ich lehnte es häufig ab, ihn zu begleiten und gab anderweitige Verpflichtungen vor, um allein zu sein. Mittlerweile begann auch ich, die Materialien zu sammeln, die ich für meine neue Schöpfung benötigte, und dieser Notwendigkeit zu obliegen war für mich eine ebensolche Qual wie die stetigen Tropfen der chinesischen Wasserfolter. Jeder Gedanke, der sich mit ihr befaßte, war mir überaus peinvoll, und jedes Wort, das ich im Bezug darauf äußerte, ließ meine Lippen beben und mein Herz rascher schlagen.

Nachdem wir einige Monate lang in London geweilt hatten, erhielten wir einen Brief von einem gewissen Schotten, der uns zuvor in Genf besucht hatte. Er erwähnte die Schönheiten seiner Heimat und fragte an, ob sie keinen ausreichenden Grund dafür darstellten, unsere Reise bis in den Norden nach Perth fortzuführen, wo er lebte. Clerval war ganz begierig darauf, dieser Einladung zu folgen, und auch ich wünschte mir – obwohl ich menschliche Gesellschaft verabscheute –, wieder einmal Berge und Flüsse sowie all die Wunder zu schauen, mit denen die Natur gewisse bevorzugte Plätze ausstattet.

Wir waren mit Beginn des Oktobers in England angekommen, und jetzt war es Februar. Folglich beschlossen wir, unsere Reise in den Norden gegen Ende des folgenden Monats zu unternehmen. Wir wollten auf dem Weg dorthin aber nicht der Hauptstraße nach Edinburgh folgen, sondern Windsor, Oxford, Matlock und die Seen von Cumberland besuchen, so daß unsere Reise gegen Ende Juli beendet sein würde. Ich packte meine chemischen Gerätschaften sowie die Materialien, die ich mir inzwischen beschafft hatte, zusammen; entschlossen, mein Werk in einem weltvergessenen Nest im nördlichen Hochland Schottlands zu vollenden.

Wir verließen London am 27. März und blieben noch ein paar Tage in Windsor, dessen herrlichen Wald wir durchstreiften. Dies war eine unerwartete Szenerie für uns Gebirgler; die majestätischen Eichen, die vielen Tiere und die Rudel kapitalen Rotwilds waren neu für uns.

Von hier aus fuhren wir weiter nach Oxford. Als wir in dieser Stadt ankamen, waren unsere Köpfe vom Gedenken an Ereignisse erfüllte, die sich dort vor mehr als anderthalb Jahrhunderten zugetragen hatten, zur Zeit des englischen Bürgerkriegs. Hier hatte Karl der Erste seine Streitmacht zusammengestellt. Seine Stadt war ihm treu geblieben, nachdem das ganze Land sich von ihm losgesagt hatte, um sich dem Parlament und der Freiheit zu verschreiben. Die Erinnerung an diesen unglücklichen König und seine Genossen, den liebenswerten Falkland und den hochmütigen Goring, an seine Königin und ihren Sohn, verlieh jedem Teil der Stadt, wo sie geweilt haben mochten, ein besonderes Gepräge. Hier war der Geist der früheren Tage noch spürbar, und wir folgten mit Entzücken ihren Spuren. Aber selbst wenn die Phantasie nicht die Nahrung vorgefunden hätte – das Erscheinungsbild dieser Stadt selbst war ansprechend genug, um unsere Bewunderung zu erregen. Die Lehranstalten sind altehrwürdig und malerisch; die Straßen sind prächtig; und die liebliche Isis, die vor der Stadt durch saftig grüne Wiesen fließt, verbreitert sich hier zu einem stillen Gewässer, das die erhabene Ansammlung von Türmen, Türmchen und Kuppeln der Stadt umgeben von uralten Bäumen widerspiegelt.

Ich genoß diese Szenerie; aber meine Freude war mir zum einen durch Erinnerungen an die Vergangenheit und zum anderen durch die Vorahnung des Zukünftigen vergällt. Dabei war ich für ein friedvolles Glück geschaffen. In meinen Jugendtagen war ich niemals unglücklich gewesen, und empfand ich doch einmal Langeweile, hatte der Anblick des Schönen in der Natur oder die Beschäftigung mit den ausgezeichneten und erhabenen Schöpfungen des Menschen es niemals verfehlt, mein Herz zu rühren und meine Lebensgeister zu wecken. Aber nun bin ich ein vom Blitz gezeichneter Baum; der Donnerkeil ist in meine Seele gefahren; und schon damals hatte ich gefühlt, was ich bald darstellen würde – ein unglückliches Beispiel für zerstörtes Menschentum; Gegenstand des Mitleids für andere, doch mir selbst unerträglich.

Wir blieben längere Zeit in Oxford; unternahmen Streifzüge in der Umgebung und bemühten uns, jede Örtlichkeit ausfindig zu machen, die einen Bezug zur ereignisreichsten Epoche in der englischen Geschichte besitzen mochte. Unsere kleinen Entdeckungsreisen wurden häufig durch eine Folge von Sehenswürdigkeiten verlängert. Wir besuchten die Gruft des erlauchten Hampden und das Schlachtfeld, auf dem dieser Patriot fiel. Für einen Augenblick erhob sich meine Seele aus ihren entwürdigenden und kleinmütigen Befürchtungen zu einer Betrachtung der herrlichen Ideen von Freiheit und Selbstaufopferung, von denen diese Gedenkstätten sprachen. Für einen Augenblick wagte ich es, meine Ketten abzustreifen und mich mit freiem und stolzem Geist umzuschauen; aber das Schließeisen hatte sich mir tief ins Fleisch gefressen, und ich sank wieder zu Boden; zitternd und zagend; eine elende Kreatur.

Wir schieden mit Bedauern von Oxford und reisten weiter nach Matlock, unserer nächsten Station. Die Umgebung dieses Dorfes erinnerte an die Landschaft der Schweiz, obwohl hier alles von kleinerem Maßstab ist und den grünen Bergen der Hintergrund der schneebedeckten Alpengipfel fehlt, der bei den bewaldeten Bergen meiner Heimat stets gegenwärtig war. Wir statteten der phantastischen Höhle und dem kleinen naturkundlichen Kabinett einen Besuch ab, wo die skurrilen Schöpfungen der Natur auf dieselbe Weise dargeboten werden wie die Sammlungen von Servox und Chamonix. Der letztere Name ließ mich erzittern, als Henry ihn aussprach, und ich hatte es eilig, Matlock – mit dem jene schreckliche Szene verbunden war – zu verlassen.

Hinter Derby reisten wir weiter nordwärts und verbrachten zwei Monate in Cumberland und Westmoreland. Ich konnte mir fast vorstellen, mich in den Schweizer Bergen zu befinden. Die kleinen Schneeflecken, die noch auf den Nordseiten der Berge lagen, die Seen und die in ihren felsigen Betten dahinschießenden Bäche, waren mir ein vertrauter und lieber Anblick. Hier machten wir auch einige Bekanntschaften, die mich beinahe zu einer trügerischen Glückseligkeit verführt hätten. Clervals Entzücken war naturgemäß größer als das meine; sein Geist weitete sich in der Gesellschaft fähiger Männer, und er fand in sich selbst größere Fähigkeiten und Talente, als ihm im Umgang mit ihm geistig Unterlegenen bewußt wurde. »Ich könnte mein Leben hier verbringen«, sagte er zu mir, »und inmitten dieser Berge wäre ich kaum jemals versucht, die Schweiz und den Rhein zu vermissen.«

Aber er mußte die Erfahrung machen, daß das Leben eines Reisenden neben seinen Freuden auch Schmerz zu bieten hat. Die Gefühle des Wanderers kommen niemals zur Ruhe; wenn er gerade beginnt, sich irgendwo wohl zu fühlen, stellt er fest, daß er diesen Ort neuen Eindrücken zuliebe verlassen muß, die sein Interesse erregen, und die er wiederum zugunsten anderer Sehenswürdigkeiten hinter sich lassen wird.

Wir hatte kaum alle Seen Cumberlands und Westmorelands zu besichtigen begonnen und angefangen, Zuneigung für einige Bewohner dieser Ortschaften zu entwickeln, als der Zeitpunkt unserer Verabredung mit unserem schottischen Freund näherrückte und wir weiterreisten. Ich persönlich bedauerte dies nicht. Ich hatte mein Versprechen nun für einige Zeit vernachlässigt und fürchtete die Auswirkungen, die eine Enttäuschung des Dämons haben würde. Er konnte ja in der Schweiz geblieben sein und sich an meinen Verwandten rächen. Diese Vorstellung verfolgte und peinigte mich in jedem der kostbaren Augenblicke, in denen ich andernfalls Ruhe und Frieden hätte finden können. Ich wartete in fieberhafter Ungeduld auf Briefe; verspäteten sie sich, fühlte ich mich elend und litt unter tausend Befürchtungen; wenn sie ankamen und ich die Adresse von der Hand Elisabeths oder meines Vaters erblickte, wagte ich kaum, den Brief zu öffnen und zu lesen, aus Angst, mein Schicksal besiegelt zu sehen. Manches Mal glaubte ich auch, mein Widersacher würde mir folgen und meiner Saumseligkeit auf die Sprünge helfen, indem er meinen Freund umbrachte. Wenn mir dieser Einfall kam, wollte ich Henry keinen Augenblick lang allein lassen und folgte ihm wie ein Schatten, um ihn vor der imaginären Raserei seines Mörders zu schützen. Ich kam mir so vor, als hätte ich selbst ein Verbrechen begangen und als plage mich mein Gewissen. Ich war unschuldig; aber ich hatte in der Tat einen furchtbaren Fluch auf mein Haupt herabbeschworen, der ebenso tödlich wie eine Bluttat war.

Ich besuchte Edinburgh mit matten Augen und erschöpftem Geist; und doch hätte diese Stadt auch dem unglücklichsten Menschen Interesse abgerungen. Clerval mochte es nicht so sehr wie Oxford, dessen Altertümlichkeit ihm mehr zugesagt hatte. Aber die Schönheit und Geometrie der Neustadt von Edinburgh, ihre romantische Burg und ihre leidenschaftliche Umgebung, die in der Welt ihresgleichen sucht, der Sitz des Königs Artus, der St.-Bernhards-Brunnen und die Berge von Pentland, entschädigten ihn für die Ortsveränderung und erfüllten ihn mit Freude und Bewunderung. Ich hingegen sah voller Ungeduld unserem Reiseziel entgegen.

Wir verließen Edinburgh nach einer Woche, reisten durch Coupar, St. Andrews und die Ufer des Tay entlang nach Perth, wo unser Freund uns erwartete. Aber ich war nicht in der Stimmung, in Gesellschaft Fremder zu lachen und zu erzählen oder mich mit der Bereitwilligkeit, die man von einem Gast erwartet, in ihre Gefühle und Vorhaben einweihen zu lassen; also sagte ich zu Clerval, daß ich die Reise nach Schottland allein anzutreten wünschte. »Vergnüge du dich nur allein«, sagte ich, »danach wollen wir uns wieder hier treffen. Ich bin vielleicht einen Monat oder zwei fort, aber laß mich ungestört meiner Wege gehen; ich bitte dich. Laß mich für eine kurze Weile in Frieden und Einsamkeit, und wenn ich wiederkomme, so hoffe ich, daß ich leichteren Herzens und in einer Stimmung sein werde, die eher zu der deinen paßt.«

Henry versuchte, mich von meinem Vorsatz abzubringen, aber als er sah, daß ich darauf bestand, sah er von weiteren Einwänden ab. Er drang in mich, ihm oft zu schreiben. »Ich wäre lieber bei dir«, sagte er, »um dich auf deinen einsamen Streifzügen zu begleiten, als bei diesen Schotten zu sein, die ich nicht kenne; beeile dich also, mein lieber Freund, mit deiner Rückkehr, damit ich mich wieder ein wenig zu Hause fühlen kann, was mir nicht möglich ist, wenn du fort bist.«

Nachdem ich mich von meinem Freund verabschiedet hatte, beschloß ich, irgendeinen abgelegenen Ort in Schottland aufzusuchen und mein Werk in der Einsamkeit zu vollenden. Ich zweifelte nicht daran, daß das Ungeheuer mir folgen und sich mir nach Abschluß meiner Arbeit zeigen würde, um seine Gefährtin in Empfang zu nehmen.

Mit diesem Vorsatz durchquerte ich das nördliche Hochland und entschied mich für eine der abgelegenen Orkneyinseln als Arbeitsort. Sie war wie für mein Werk geschaffen; kaum mehr als ein Fels im Meer, gegen dessen Steilufer stetig die Wogen anbrandeten. Der Boden war karg und gab kaum den Weidegrund für ein paar armselige Kühe und den Hafer her, den die fünf Inselbewohner – deren hagere und dürre Glieder von ihrer darbenden Lebensweise zeugten – zu ihrer Ernährung brauchten. Gemüse und Brot oder auch nur Frischwasser mußte vom etwa fünf Meilen entfernten Festland herbeigeschafft werden und waren daher Luxusartikel.

Auf der ganzen Insel standen nur drei erbärmliche Hütten, von denen eine leerstand, als ich ankam. Ich mietete sie. Sie enthielt nur zwei äußerst dürftig ausgestattete Räume. Das Strohdach war eingesunken, die Holzwände waren nicht verputzt, und die Türangeln zerbrochen. Ich ließ die ärgsten Schäden beheben, kaufte ein paar Möbelstücke und zog ein; ein Ereignis, das zweifellos für einige Überraschung gesorgt hätte, wären die Insulaner nicht voll und ganz von ihrer Bedürftigkeit und bitteren Armut in Beschlag genommen gewesen. So aber ließ es sich niemand einfallen, zu gaffen oder mich zu belästigen; man dankte mir kaum für die milden Gaben an Nahrung und Kleidung, die ich austeilte; so sehr vermag Entbehrung selbst die einfachsten Empfindungen des Menschen abzustumpfen.

In dieser Klause widmete ich den Vormittag der Arbeit; an den Nachmittagen aber wanderte ich, wenn das Wetter es zuließ, die steinige Meeresküste entlang und lauschte den zu meinen Füßen tosenden und gischtenden Wellen. Es war ein eintöniges und doch jedesmal andersartiges Geräusch. Ich dachte an die Schweiz; sie unterschied sich sehr von dieser wüsten und abstoßenden Landschaft. Die Hänge ihrer Berge sind mit Weinreben bedeckt, und ihre Täler sind dicht mit Häuschen bestanden. Ihre anmutigen Seen spiegeln einen blauen und milden Himmel wider, und wenn sie vom Wind aufgewühlt werden, ist ihr Aufruhr verglichen mit dem Brüllen des unermeßlichen Ozeans wie das Spiel eines lebhaften Kindes.

Auf diese Weise teilte ich meinen Tag zu Beginn meines Aufenthaltes auf der Insel ein; aber während meine Arbeit Fortschritte machte, wurde sie mir immer unerträglicher und verdrießlicher. Manches Mal konnte ich es mehrere Tage lang nicht über mich bringen, mein Laboratorium zu betreten; und zu anderen Zeiten arbeitete ich Tag und Nacht, um mein Werk voranzubringen. Es war in der Tat eine widerwärtige Arbeit, mit der ich befaßt war. Bei meinem ersten Versuch hatte mich die Besessenheit für die Entsetzlichkeit meiner Tätigkeit blind gemacht; mein Denken war auf meine Arbeit konzentriert gewesen, und ich hatte meine Augen vor den abscheulichen Einzelheiten verschlossen. Aber jetzt ging ich kalten Blutes an mein Werk, und oft empfand mein Herz Ekel vor meiner Hände Arbeit.

Während ich so mit der widerwärtigsten aller Tätigkeiten befaßt war; in einer Einsamkeit, in der es nichts gab, was mich auch nur einen Augenblick lang von dem gegenwärtigen Schauplatz meiner Arbeit abzulenken vermocht hätte, geriet ich aus dem seelischen Gleichgewicht; ich wurde ruhelos und nervös. Manches Mal saß ich mit auf den Boden geheftetem Blick dort und wagte nicht, aufzuschauen; aus Angst, mein verhaßtes Geschöpf zu erblicken. Ich vermied es, mich aus der Sichtweite der Inselbewohner zu begeben, aus Furcht, das Ungeheuer könne kommen und seine Gefährtin anfordern, wenn ich allein war.

Inzwischen arbeitete ich weiter, und mein Werk war bereits weit gediehen. Ich sah seiner Vollendung mit ängstlicher und gieriger Erwartung entgegen, doch wagte ich nicht, meine Hoffnung zu ergründen, da sie mit den düsteren Vorahnungen des Bösen vermischt war, die mir das Herz in der Brust erbeben ließen.

KAPITEL ZWANZIG

Eines Abends saß ich in meinem Laboratorium. Die Sonne war bereits untergegangen, und der Mond erhob sich soeben aus dem Meer. Ich hatte nicht genügend Licht für meine Tätigkeit, deshalb tat ich nichts und dachte darüber nach, ob ich meine Arbeit für die Nacht verlassen oder ihre Fertigstellung beschleunigen sollte, indem ich mich ihr ständig widmete. Während ich so dort saß, kamen mir eine Reihe von Gedanken über die Folgen meiner derzeitigen Tätigkeit. Drei Jahre zuvor war ich auf die gleiche Weise beschäftigt gewesen und hatte einen Dämon erschaffen, dessen unvergleichliche Grausamkeit mein Herz verwüstet und für immer mit der bittersten Reue erfüllt hatte. Nun war ich im Begriff, ein weiteres Wesen zu erschaffen, von dessen Neigungen ich ebensowenig ahnen konnte; sie mochte zehntausendmal boshafter als ihr Gefährte sein und Mord und Bosheit um ihrer selbst willen schätzen. Er hatte geschworen, die Nähe der Menschen zu meiden und sich in der Wildnis zu verbergen; aber sie, die aller Wahrscheinlichkeit nach ebenfalls ein denkendes und vernunftbegabtes Geschöpf werden würde, hatte dieses Gelöbnis nicht getan und lehnte es vielleicht ab, sich an eine Übereinkunft zu halten, die vor ihrer Erschaffung getroffen worden war. Die beiden mochten einander sogar hassen; das Geschöpf, das bereits lebte, verabscheute seine Mißgestalt – konnte dieser Abscheu nicht größer werden, wenn ihm diese Deformation in weiblicher

Form vor Augen kam? Sie hingegen mochte sich voller Ekel von ihm abwenden und die überlegende Schönheit des Menschen suchen; sie mochte ihn verlassen, und er wäre vielleicht durch die neuerliche Provokation, von einer Angehörigen seiner eigenen Art verraten worden zu sein, aufs höchste verärgert.

Selbst wenn sie beide Europa verließen und in die Wildnis der Neuen Welt gingen, müßte eine der ersten Folgen der Zuneigung, nach der sich jener Dämon sehnte, in Nachkommen bestehen; und eine Rasse von Dämonen würde sich über die Erde ausbreiten, die das Dasein des Menschengeschlechts gefährden und mit Schrecken erfüllen könnten. Hatte ich das Recht, eigenmächtig einen derartigen Fluch über kommende Generationen zu bringen? Ich war von den Argumenten eines Wesens bewegt worden, das ich erschaffen hatte; seine teuflischen Drohungen hatten mich der Vernunft beraubt; aber nun ging mir zum ersten Mal die Verwerflichkeit meines Versprechens auf; ich erschauerte bei dem Gedanken, daß zukünftige Generationen mir als ihrer Geißel fluchen mochten; als jenem Manne, der in seiner Selbstsüchtigkeit nicht gezögert hatte, seinen eigenen Frieden möglicherweise um den Preis der Existenz der gesamten menschlichen Rasse zu erkaufen.

Ich zitterte, und mein Herz drohte, mir zu versagen, als ich aufschaute und im mondlichterhellten Fenstergeviert den Dämon erblickte. Ein schauerliches Grinsen verzog seine Lippen, während er mich anstarrte; mich, der ich mit der Erfüllung der Aufgabe befaßt war, die er mir zugeteilt hatte. Ja, er war mir auf meiner Reiseroute gefolgt; er hatte sich in den Wäldern herumgetrieben, sich in Höhlen verborgen oder in der weiten, verlassenen Heide Zuflucht gefunden; und nun war er gekommen, um sich vom Fortschreiten meines Werkes zu vergewissern und auf Erfüllung meiner Zusage zu drängen.

Ich schaute ihn an und sah, daß sich in seinen Zügen äußerste Boshaftigkeit und Niedertracht abmalten. Mein Versprechen, ein weiteres Wesen seiner Art zu erschaffen, kam mir plötzlich wie Wahnsinn vor; und zitternd vor Wut packte ich das Ding, mit dessen Fertigstellung ich befaßt war, und riß es in Stücke. Der Elende sah mich das Geschöpf, von dem sein ganzes Lebensglück abhing, zerstören, und zog sich mit einem Geheul teuflischer Verzweiflung und Rachsucht zurück.

Ich verließ den Raum, verschloß die Tür, gelobte mir selbst stumm und feierlich, meine Arbeit niemals wieder aufzunehmen, und begab mich unsicheren Schrittes in meine Unterkunft. Ich war allein; niemand war in der Nähe, meine düstere Verzweiflung zu zerstreuen und das entsetzliche Gewicht der gräßlichsten Phantasievorstellungen von meiner Brust zu nehmen.

Ich verbrachte mehrere Stunden am Fenster und starrte aufs Meer hinaus; es war fast unbewegt, weil kein Wind wehte, und die gesamte Natur schlief unter dem Auge des stillen Mondes. Nur ein paar Fischerboote waren auf dem Wasser, und dann und wann trug eine sanfte Brise den Klang von Stimmen herüber, wenn die Fischer einander etwas zuriefen. Ich fühlte die Stille, wenn mir auch kaum ihre Tiefe bewußt war; bis plötzlich das Geräusch von Ruderschlägen nahe dem Ufer an mein Ohr drang und jemand vor meiner Hütte an Land ging.

Kurz darauf hörte ich meine Tür knarren, als bemühe sich jemand, sie leise zu öffnen. Ich bebte von Kopf bis zu den Füßen; ich ahnte, wer es sein mochte und verspürte den Wunsch, einen der Inselbewohner zu wecken, der in einer Hütte nicht weit von der meinen hauste; aber ein Gefühl der Hilflosigkeit lähmte mich, wie man es häufig in Alpträumen hat, wenn man sich bemüht, vor einer drohenden Gefahr zu fliehen, und dennoch nicht vom Fleck kommt.

Schon vernahm ich das Geräusch von Schritten auf dem Weg zu meiner Hütte; die Tür öffnete sich, und der gefürchtete Unhold trat ein.

Er schloß die Tür hinter sich, trat auf mich zu und sagte mit mühsam beherrschter Stimme: »Du hast das angefangene Werk zerstört; was beabsichtigst du? Wagst du es, dein Versprechen zu brechen? Ich habe Mühsal und Elend erlitten; ich verließ die Schweiz zugleich mit dir; ich bin dir die Ufer des Rheins entlang nachgeschlichen, habe mich auf seinen weidenbestandenen Inseln verborgen und seine Bergeshöhen überstiegen. Ich habe mich viele Monate lang in den Heiden Englands und in den Einöden Schottlands verborgen. Ich habe unsägliche Erschöpfung, Kälte und Hunger ausgestanden; wagst du es, meine Hoffnungen zu vernichten?«

»Hinfort! Ich breche mein Versprechen; niemals werde ich ein zweites Wesen gleich dir erschaffen; gleich dir in Mißgestalt und Verderbtheit.«

»Sklave, bisher habe ich vernünftig mit dir gesprochen, aber du hast dich meiner Nachsicht als unwert erwiesen. Vergiß nicht, daß ich Macht besitze; du hältst dich bereits für unglücklich; aber ich kann dich so elend machen, daß dir das Licht des Tages verhaßt sein wird. Du bist mein Schöpfer, aber ich bin dein Herr – gehorche!«

»Die Zeit meiner Unentschlossenheit ist vorbei, und die Zeit deiner Macht ist gekommen. Deine Drohungen können mich nicht zu einer niederträchtigen Handlungsweise bewegen; sie bestätigen mich vielmehr in meiner Entschlossenheit, dir keine Gefährtin in der Verderbtheit zuzugesellen. Soll ich kalten Blutes einen zweiten Dämon erschaffen, dessen Freude im Morden und in der Verruchtheit besteht? Hinfort! Mein Entschluß steht fest, und deine Worte werden meinen Zorn nur schüren.«

Das Ungeheuer las mir meine Unbeugsamkeit vom Gesicht ab und knirschte in ohnmächtiger Wut mit den Zähnen. »Soll denn jeder Mann« schrie er, »ein Weib an seine Brust drücken dürfen und jedes wilde Tier seine Gefährtin finden, während ich allein bleibe? Ich empfand einst zärtliche Gefühle, und sie wurden mit Abscheu und Verachtung zurückgewiesen. Mensch! Du magst mich hassen, aber sieh dich vor! Du wirst deine Stunden in Kummer und Elend verbringen, und bald wird der Pfeil dich treffen, der dich für immer deines Glücks beraubt. Sollst du glücklich sein, während ich in Elend schmachte? Du kannst mir meine übrigen Leidenschaften versagen, aber die Rache bleibt mir – Rache, die mir von nun an lieber als Licht oder Nahrung sein wird! Ich mag verderben, aber als erster wirst du, mein Tyrann und Foltermeister, die Sonne verfluchen, die über deinem Elend scheint. Hüte dich, denn ich bin furchtlos und deshalb mächtig. Ich werde mit der List einer Schlange auf eine Gelegenheit lauern, mit meinem Giftzahn zuzubeißen. Mensch, du sollst dein Unrecht bedauern.«

»Weiche, Teufel, und vergifte nicht die Luft mit diesen Worten deiner Bosheit. Ich habe dir meine Entschlossenheit erklärt, und ich bin kein Feigling, der sich Worten beugt. Verlaß mich; du kannst mich nicht umstimmen.«

»Sei's drum, ich gehe. Aber denk daran, in deiner Hochzeitsnacht werde ich bei dir sein.«

Ich sprang auf ihn zu und rief: »Schurke! Bevor du mein Todesurteil unterzeichnest, versichere dich deines eigenen Lebens!«

Ich hätte mich auf ihn gestürzt, aber er wich mir aus und verließ ohne Eile meine Hütte. Wenige Augenblicke später sah ich ihn in seinem Boot, das gleich darauf mit der Geschwindigkeit eines Pfeils übers Wasser schoß, und bald war er meinen Blicken entzogen.

Alles war wieder still, aber seine Worte klangen mir noch im Ohr. Ich brannte vor Begier, den Mörder meines Friedens zu verfolgen und ihn in den Ozean zu stürzen. Verstört und mit raschen Schritten schritt ich in meiner Kammer auf und ab, während tausend quälende und aufreizende Bilder aus meiner Phantasie emporstiegen. Weshalb hatte ich ihn nicht verfolgt und in einen Kampf auf Leben und Tod verwickelt? Ich hatte ihn einfach gehen lassen; nun war er zum Festland unterwegs, und ich überlegte mit Schaudern, wer das nächste Opfer seines unersättlichen Rachegelüstes sein würde. Und dann mußte ich wieder an seine Worte denken: »... in deiner Hochzeitsnacht werde ich bei dir sein.« Dies also war die Frist, die zur Erfüllung meines Schicksals festgesetzt war. In jener Stunde würde ich sterben müssen, und sein böser Sinn wäre ein für alle Male befriedigt und zum Schweigen gebracht. Diese Aussicht rief keine Furcht bei mir hervor, aber wenn ich an meine geliebte Elisabeth dachte – an ihre Tränen und ihren endlosen Kummer, wenn sie ihren Geliebten so grausam von ihrer Seite gerissen sehen würde –, strömten mir Tränen aus den Augen; die ersten Tränen, die ich seit vielen Monaten vergossen, und ich nahm mir fest vor, nicht ohne einen erbitternden Kampf vor meinem Feind zu fallen.

Die Nacht verging, und die Sonne erhob sich aus dem Ozean; meine Gefühle wurden ruhiger – falls man es als Ruhe bezeichnen kann, wenn rasender Zorn der tiefsten Verzweiflung weicht. Ich verließ die Hütte, den gräßlichen Schauplatz der nächtlichen Auseinandersetzung, und wandelte an der felsigen Küste des Meeres entlang, das ich beinahe als unüberwindliche Barriere zwischen mir selbst und meinen Mitmenschen betrachtete – da kam mich sogar der verstohlene Wunsch an, es tatsächlich wahrzumachen; ich wollte mein restliches Leben auf diesem kahlen Eiland verbringen; ein Leben, das zwar erbärmlich, aber ohne den Schrecken eines plötzlichen Unglückes verlaufen würde. Kehrte ich zurück, war ich verloren oder mußte mitansehen, wie jene, die ich am meisten liebte, unter dem Griff eines Dämons verdarben, den ich selbst erschaffen hatte.

Ich streifte über die Insel gleich einem Gespenst, das keine Ruhe im Grab finden konnte; getrennt von allen, die es liebte und unglücklich ob dieser Trennung. Als es Mittag wurde und die Sonne am Himmel höherstieg, streckte mich ein tiefer Schlaf zu Boden. Ich war die ganze Nacht über wach gewesen, meine Nerven waren überreizt und meine Augen von Schlaflosigkeit und

Trauer entzündet. Der Schlaf erfrischte mich, und als ich erwachte, fühlte ich mich wieder der menschlichen Rasse zugehörig, und ich fing an, mit größerer Gefaßtheit über das Geschehene nachzudenken. Doch klangen mir immer noch die Worte meines Widersachers wie Totengeläute in den Ohren; sie schienen mir wie ein Traum, und doch waren sie klare und bedrückende Wirklichkeit.

Die Sonne stand bereits tief am Horizont, ich saß immer noch an der Küste und stillte meinen Hunger mit einem Haferkuchen, als ich ganz in meiner Nähe ein Fischerboot anlegen sah; ein Mann stieg aus und brachte mir ein Päckchen, das Briefe aus Genf sowie eine Nachricht von Clerval enthielt, darinnen er mich bat, zu ihm zu kommen. Er schrieb, daß er dort, wo er sich zur Zeit aufhalte, nur seine Zeit vertrödele; seine neuen Londoner Freunde hätte ihn in Briefen gebeten, er möge zurückkehren, damit sie die aufgenommenen Verhandlungen über seine Indienfahrt zum Abschluß bringen könnten. Er konnte seine Abreise nicht länger hinauszögern; aber da seiner Fahrt nach London früher als veranschlagt die längere Reise folgen würde, bat er mich, ihn bis dahin mit meiner Gesellschaft zu erfreuen. Er ersuchte mich deshalb, meine einsame Insel zu verlassen und zu ihm nach Perth zu kommen, auf daß wir gemeinsam südwärts reisen könnten. Dieser Brief rief mich gleichsam ins Leben zurück, und ich beschloß, meine Insel in zwei Tagen zu verlassen.

Aber ich hatte vor meiner Abreise noch eine Aufgabe zu erledigen, an die ich nur mit Schaudern denken konnte; ich mußte meine chemischen Gerätschaften zusammenpacken; und zu diesem Zweck war es erforderlich, daß ich den Raum betrat, der Schauplatz meines abscheulichen Werkes gewesen war, und ich mußte die Instrumente, deren bloßer Anblick mir verhaßt war, anfassen. Am folgenden Morgen, bei Tagesanbruch, raffte ich den nötigen Mut zusammen und schloß die Tür zu meinem Laboratorium auf. Die Überreste des halb fertiggestellten Geschöpfes, das ich zerstört hatte, lagen verstreut auf dem Boden, und ich kam mir beinahe so vor, als hätte ich einen lebendigen Menschen zerfleischt. Ich mußte innehalten, um mich zu sammeln, dann trat ich in die Kammer. Mit bebender Hand sammelte ich die Instrumente ein und trug sie hinaus, und dann fiel mir ein, daß ich auch die Hinterlassenschaft meines Werkes nicht hier liegen lassen konnte, wenn ich nicht das Entsetzen und den Verdacht der Inselbewohner erwecken wollte; also sammelte ich sie in einen Korb und legte eine Menge Steine obenauf, in der Absicht, den Korb noch in dieser Nacht im Meer zu versenken. Danach setzte ich mich ans Ufer und beschäftigte mich mit der Säuberung und Ordnung meiner chemischen Geräte.

Nichts hätte vollständiger sein können als die Veränderung in meinen Gefühlen seit jener Nacht, in der mir den Dämon erschienen war. Zuvor hatte ich mit düsterer Verzweiflung an mein Gelöbnis als an etwas gedacht, das erfüllt werden mußte, welche Folgen es auch immer haben mochte; aber jetzt kam ich mir vor, als wäre ein Schleier von meinen Augen entfernt worden und ich sähe zum ersten Male klar. Die Idee, meine Arbeit wiederaufzunehmen, kam mir nicht ein einziges Mal; natürlich lastete die Drohung, die ich vernommen hatte, auf mir, aber es fiel mir nicht ein, sie durch meine freiwillige Unterwerfung abzuwenden. Ich hatte bei mir selbst entschieden, daß die Erschaffung eines weiteren Widersachers ein Akt der niedrigsten und abscheulichsten Selbstsucht wäre, und ich verbannte jeden Gedanken aus meinem Verstand, der zu einer anderen Schlußfolgerung führen mochte.

Zwischen zwei und drei Uhr am Morgen ging der Mond auf; ich trug den Korb an Bord eines kleinen Einmasters und segelte etwa vier Meilen weit vom Ufer fort. Der Meer lag völlig verlassen vor mir; einige wenige Boote kehrten an Land zurück, ich hingegen von ihm fort. Ich kam mir vor, als wäre ich mit der Ausführung eines furchtbaren Verbrechens befaßt und vermeide es mit großer Furchtsamkeit, einem meiner Mitmenschen zu begegnen. Einmal wurde der Mond, der bis dahin klar gewesen war, von einer mächtigen Wolke verdeckt, und ich nutzte diesen Augenblick der Finsternis, um meinen Korb ins Wasser zu werfen. Ich lauschte auf das Gurgeln, das sein Versinken verursachte, und beeilte mich dann, den Ort des Geschehens zu verlassen. Der Himmel bewölkte sich, aber die Luft war rein, wenn auch in der nordöstlichen Brise, die sich inzwischen erhoben hatte, ein wenig kühl. Aber die Kühle erfrischte mich und gab mir ein so angenehmes Gefühl, daß ich beschloß, meinen Aufenthalt auf dem Wasser zu verlängern; also zurrte ich das Steuer in Windrichtung fest und streckte mich auf den Planken des Bootes aus. Wolken verdeckten den Mond, alles war dunkel, und ich hörte kein Laut außer dem Geräusch, das der Kiel des Bootes verursachte, indem er das Wasser zerteilte; der eintönige Laut beruhigte mich, und bald war ich tief eingeschlafen.

Ich weiß nicht, wie lange ich so gelegen hatte, aber als ich wach wurde, bemerkte ich, daß die Sonne schon recht hoch am Himmel stand. Der Wind war stärker geworden, und die Wogen bedrohten ständig die Sicherheit meines kleinen Bootes. Ich stellte fest, daß der Wind noch immer aus nordöstlicher Richtung blies; ich mußte weit von der Küste entfernt sein. Ich versuchte, meinen Kurs zu ändern, mußte aber rasch feststellen, daß sich das Boot sofort mit Wasser füllen würde, wenn ich den Versuch wiederholte. In dieser Situation blieb mir nichts anderes übrig, als vor dem Wind zu treiben. Ich gestehe ein, daß mich Schrecken befiel. Ich hatte keinen Kompaß dabei und war mit den Ortsverhältnissen so wenig vertraut, daß mir der Stand der Sonne nur wenig Aufschluß geben konnte. Ich lief Gefahr, ins offene Meer hinauszutreiben und alle Pein des Verschmachtens durchleiden zu müssen oder von der unendlichen Wasserwüste, die rings um mich brauste und rollte, verschluckt zu werden. Ich war schon seit vielen Stunden draußen und spürte bereits die

Qualen eines brennenden Durstes als Vorspiel zu größeren Leiden. Ich blickte zum Himmel empor, der von Wolken bedeckt war, die vor dem Wind dahinflohen, um sogleich von anderen ersetzt zu werden; ich schaute auf die See, die mein Grab werden sollte. »Dämon«, rief ich, »deine Aufgabe ist bereits erfüllt!« Ich dachte an Elisabeth, an meinen Vater, und an Clerval; an alle diejenigen, die ich hinter mir ließ und an denen das Ungeheuer seinen blutdürstigen und grausamen Leidenschaften austoben konnte. Dieser Gedanke stürzte mich in eine derart verzweifelte Stimmung, daß mich noch jetzt, da sich der Vorhang vor der Bühne meines Lebens jeden Augenblick senken kann, ein Schauer überläuft.

So vergingen Stunden. Als die Sonne sich dem Horizont näherte, flaute der Wind allmählich ab, und die Brecher wurden seltener; aber dies führte zu einer heftigen Dünung, die mich seekrank machte, so daß ich kaum das Ruder halten konnte. Plötzlich erblickte ich die Konturen eines Hochlandes im Süden.

Obwohl ich todmüde und erschöpft war, und trotz der furchtbaren Ungewißheit, in der ich mich mehrere Stunden lang befunden hatte, durchrann mich die plötzliche Gewißheit, daß ich leben würde, wie ein warmer Strom der Freude, und Tränen stürzten mir in die Augen.

Wie wandelbar sind doch unsere Gefühle, und wie seltsam ist unsere anhängliche Liebe zum Leben selbst noch im größten Unglück! Aus meinen Kleidern verfertigte ich ein weiteres Segel und steuerte hastig auf das Land zu. Es wirkte wild und felsig, aber als ich ihm näherkam, erblickte ich mühelos die Spuren menschlicher Tätigkeit. Ich machte Boote in Ufernähe aus und sah mich unversehens in der Nähe zivilisierter Menschen zurückversetzt. Ich achtete sorgsam auf den Strandverlauf und begrüßte den Kirchturm, den ich endlich hinter einer schmalen Landzunge auftauchen sah, mit lauten Zuruf. Ich beschloß, direkt auf die Stadt zuzusegeln, weil ich mir dort am ehesten Nahrung erhoffte. Zum Glück trug ich Geld bei mir. Als ich um die Landzunge bog, erblickte ich ein kleines, malerisches Städtchen und einen gut befestigten Hafen, in den ich einlief. Mein Herz pochte ob meiner unerwarteten Rettung heftig.

Während ich damit beschäftigt war, das Boot zu vertäuen und die Segel festzuzurren, liefen mehrere Menschen an meinem Anlegeplatz zusammen. Mein Auftauchen schien sie sehr zu verwundern, aber statt mir Hilfe anzubieten, tuschelten sie untereinander und vollführten Gesten, die mich unter normalen Umständen gewarnt haben würden. So aber bemerkte ich nur, daß sie Englisch sprachen; deshalb redete ich sie in dieser Sprache an: »Gute Leute«, sagte ich, »wollt Ihr so freundlich sein, mir den Namen dieser Stadt zu nennen und mir zu sagen, wo ich bin?«

»Ihr werdet es bald genug erfahren«, erwiderte ein Mann mit rauher Stimme. »Vielleicht kamt Ihr an einen Ort, der Euch nicht sonderlich gefallen wird, aber man wird Euch nicht nach Euren Quartierwünschen fragen, das verspreche ich Euch.«

Diese grobe Erwiderung von einem Fremden überraschte mich ganz außerordentlich, und die finsteren und feindseligen Mienen seiner Genossen beunruhigten mich endlich. »Weshalb antwortet Ihr mir so unwillig?« erkundigte ich mich. »Gewiß entspricht es nicht der Gewohnheit eines Engländers, Fremde derart wenig gastfreundlich zu empfangen.«

»Ich weiß nicht«, entgegnete der Mann, »was die Gewohnheit eines Engländers ist, aber es ist die Gewohnheit eines Iren, Schurken zu verachten.«

Ich bemerkte, daß die Menschenmenge am Ufer während dieses seltsamen Zwiegesprächs rasch anwuchs. Die Gesichter der Umstehenden drückten eine Mischung aus Neugier und Unwillen aus, die mich aufbrachte und ein wenig furchtsam machte. Ich erkundigte mich nach dem Weg zu einem Gasthaus, aber niemand antwortete mir. Ich setzte mich in Bewegung, und in der Menschenmenge erhob sich ein Gemurmel, während sie mir folgte und mich umschloß; da nahte sich mir ein Mann mit häßlichem Antlitz, tippte mir auf die Schulter und sagte: »Kommt mit, Sir, Ihr müßt mir zu Mr. Kirwin folgen, um Euch auszuweisen.«

»Wer ist Mr. Kirwin? Weshalb sollte ich mich ausweisen? Ist dies nicht ein freies Land?«

»Das will ich meinen, Sir, frei genug für ehrliche Leute. Mr. Kirwin ist Amtsrichter, und Ihr werdet Euch wegen des Todes eines Herrn verantworten müssen, der hier gestern nacht ermordet aufgefunden wurde.«

Diese Antwort ließ mich zusammenfahren, aber ich erholte mich rasch wieder. Ich war unschuldig; dies würde sich leicht beweisen lassen; also folgte ich meinem Anführer schweigend und wurde zu einem der stattlichsten Gebäude am Ort geführt. Ich hätte vor Erschöpfung und Hunger umsinken können, aber da ich von einer Menschenmenge umgeben war, hielt ich es für klüger, meine ganze Selbstbeherrschung aufzubieten, damit man mir meine körperliche Hinfälligkeit nicht als Schuldbewußtsein auslegte. Zu diesem Zeitpunkt hatte ich ja noch keine Ahnung von der Bedrängnis, in der ich mich wenige Augenblicke später befinden würde; von dem Schrecken und der Verzweiflung, die alle Furcht vor Schande oder sogar Tod auslöschen würden.

Hier muß ich innehalten, denn es erfordert meine ganze Seelenstärke, mir in allen Einzelheiten die furchtbaren Ereignisse in Erinnerung zu rufen, über die zu berichten ich im Begriff bin.

KAPITEL EINUNDZWANZIG

Bald wurde ich dem Amtsrichter vorgeführt; einem alten, wohlwollend wirkenden Mann von ruhigem und sanftem Wesen. Immerhin musterte er mich mit einer gewissen Strenge, dann wandte er sich an meinen Begleiter und erkundigte sich, wer in diesem Falle eine Zeugenaussage machen könne.

Etwa ein halbes Dutzend Männer traten vor, der Richter wies auf einen von ihnen. Der Mann gab zu Protokoll, er sei in der vorangegangenen Nacht mit seinem Sohn und seinem Schwager Daniel Nugent zum Fischen ausgefahren. Gegen zehn Uhr sei ein heftiger Nordwind aufgekommen und habe sie gezwungen, den Hafen anzulaufen. Die Nacht sei sehr dunkel gewesen, da der Mond noch nicht aufgegangen war; sie seien nicht in den Hafen eingelaufen, sondern, wie es ihre Gewohnheit war, in eine etwa zwei Meilen entfernte Bucht. Der Zeuge sei vorausgegangen und habe einen Teil der Fischereiausrüstung getragen; seine Gefährten seien mit einigem Abstand gefolgt. Während er so über den Strand schritt, sei er mit dem Fuß gegen etwas gestoßen und der Länge zu Boden gestürzt. Seine Gefährten seien ihm zur Hilfe gekommen, und beim Licht ihrer Laterne hätten sie gesehen, daß er über den Körper eines Mannes gefallen war, der allem Anschein nach tot war. Ihr erster Eindruck sei gewesen, daß es sich um die Leiche eines Ertrunkenen gehandelt habe, die von den Wogen ans Ufer gespült worden war; aber bei näherer Überprüfung hätten sie festgestellt, daß die Kleidung des Mannes nicht naß und sein Körper sogar noch warm war. Sie hätten ihn sogleich in die nahe Hütte einer alten Frau getragen und sich ohne Erfolg bemüht, ihn wiederzubeleben. Es habe sich um einen hübschen jungen Mann von etwa fünfundzwanzig Jahren gehandelt. Er sei offenbar erdrosselt worden, denn sie hätten mit Ausnahme der schwärzlichen Würgemale an seinem Hals keine Anzeichen für Gewaltanwendung gefunden.

Der erste Teil dieser Aussage interessierte mich nicht im geringsten; aber als die Würgemale erwähnt wurden, erinnerte ich mich an den Mord an meinem Bruder und empfand sogleich die heftigste Erregung; ich zitterte an allen Gliedern, und ein Nebel legte sich mir über die Augen, so daß ich mich an einer Stuhllehne abstützen mußte. Der Amtsrichter, der mich scharf beobachtete, mußte aus meinem Benehmen die nachteiligsten Schlüsse ziehen.

Der Sohn bestätigte den Bericht seines Vaters; aber als Daniel Nugent aufgerufen wurde, schwor er entschieden, kurz vor dem Sturz seines Gefährten nahe am Ufer ein Boot mit einem einzelnen Manne darin gesehen zu haben; und soweit er es beim Licht der wenigen Sterne habe beurteilen können, sei es dasselbe Boot gewesen, mit dem ich gelandet war.

Eine Frau gab zu Protokoll, sie wohne in Ufernähe und habe etwa eine Stunde, bevor sie von der Entdeckung der Leiche gehört hatte, in der Türe ihrer Hütte gestanden, um auf die Rückkehr der Fischer zu warten, als sie ein Boot mit einem Mann darin gesehen habe, das soeben von jenem Teil des Ufers in See gestochen sei, auf dem später der Leichnam gefunden wurde.

Eine weitere Frau bestätigte die Aussage der Fischer, daß sie den Leichnam in ihre Hütte gebracht hätten; er sei noch nicht kalt gewesen. Sie hätten ihn auf ein Bett gelegt und abgerieben; und Daniel sei in die Stadt gegangen, um einen Apotheker zu holen; aber in dem Gefundenen sei kein Leben mehr gewesen.

Weitere Männer wurden über meine Landung befragt und sagten übereinstimmend aus, in Anbetracht des starken Nordwindes, der in der Nacht aufgekommen war, sei es sehr wahrscheinlich, daß ich mehrere Stunden lang vor der Küste laviert und schließlich gezwungen gewesen sei, nahe der Stelle, von der ich abgesegelt sei, wieder zu landen. Zudem sagten sie, vieles spreche dafür, daß ich den Leichnam von anderswo mitgebracht hätte, und daß ich in Unkenntnis des Uferverlaufs in diesen Hafen eingelaufen sei, ohne zu ahnen, wie nahe die Stadt ... der Stelle war, an der ich mich der Leiche entledigt hätte.

Als Mr. Kirwin diese Aussagen gehört hatte, ordnete er an, daß ich in den Raum geführt wurde, in dem die Leiche auf ihre Beerdigung wartete, damit man meine Reaktion auf ihren Anblick beobachten könne. Diese Idee war offenbar durch die außerordentliche Gemütsbewegung angeregt worden, die ich an den Tag gelegt hatte, als die Art der Ausführung des Mordes beschrieben worden war. Folglich wurde ich vom Richter sowie mehreren weiteren Personen zum Gasthofe geführt. Ich konnte zwar nicht umhin, mich über die seltsamen Zufälle in dieser ereignisreichen Nacht zu wundern, aber da ich wußte, daß ich etwa zu der Zeit, da der Leichnam gefunden worden war, mit mehreren Personen auf meiner Insel gesprochen hatte, war ich bezüglich der weiteren Entwicklung dieser Affäre gänzlich unbesorgt.

Ich betrat den Raum, in dem der Tote lag, und wurde an den Sarg geführt. Wie soll ich die Gefühle beschreiben, die mich überkamen, als ich die Leiche erblickte? Noch heute sitzt mir der Schrecken in den Gliedern, und ich kann nicht ohne Erschauern und Seelenqual an jenen furchtbaren Augenblick zurückdenken. Die Befragung, die Gegenwart des Richters und der Zeugen, dies alles verschwand wie ein Traum aus meinem Gedächtnis, als ich die leblose Gestalt Henry Clervals vor mir ausgestreckt liegen sah. Ich rang um Atem, warf mich über den Leichnam und schrie: »Haben meine mörderischen Machenschaften auch dich, mein liebster Henry, dem Tode überantwortet? Zwei Leben habe ich bereits zerstört; weitere Opfer erwartet ihr Geschick; aber du, Clerval, mein Freund, mein Wohltäter ....«

Mein schwacher Leib vermochte die Qualen, die meine Seele ausstand, nicht länger zu ertragen, und man mußte mich, von heftigen Krämpfen geschüttelt, aus dem Raum tragen.

Ein Fieber folgte. Zwei Monate lang rang ich mit dem Tode; wie ich hinterher vernahm, suchten mich furchtbare Anfälle von Fieberwahn heim; ich bezeichnete mich als den Mörder Williams, Justines und Clervals. Zuweilen beschwor ich meine Krankenpfleger, mir bei der Vernichtung des Widersachers beizustehen, der mich plagte; und in anderen Fieberträumen spürte ich die Finger des Ungeheuers bereits nach meinem Hals greifen und schrie vor Furcht und Schrecken laut auf. Da ich in meiner Heimatsprache redete, verstand mich glücklicherweise nur Mr. Kirwin; aber meine Gesten und furchtsamen Schreie reichten aus, um die übrigen Zeugen mit Entsetzen zu erfüllen.

Weshalb war es mir nicht vergönnt zu sterben? Weshalb konnte ich, der elendste aller Menschen, nicht Vergessen und Ruhe finden? Der Tod rafft viele blühende Kinder dahin und mit ihnen die einzige Hoffnung ihrer liebenden Eltern; wie viele Bräute und junge Liebhaber haben nicht schon an dem einen Tag auf dem Gipfel ihrer Gesundheit und ihrer Hoffnungen gestanden, um am Tag darauf den Würmern und dem Zerfall in der Gruft zum Opfer zu fallen! Aus welchem Stoff war ich gemacht, daß ich so vielen Schrecknissen widerstand, die – wie die Drehung eines Rades – ständig meine Qual erneuerten?

Aber ich war zum Leben verdammt; und zwei Monate darauf erwachte ich wie aus einem Traum, um mich in einem Kerker wiederzufinden, auf einem notdürftigen Lager hingestreckt, von Wärtern, Schließern, verriegelten Türen sowie dem ganzen jämmerlichen Zubehör eines Gefängnisses umgeben. Ich erinnere mich, daß es Morgen war, als ich wieder zur Vernunft erwachte;

die Einzelheiten der Geschehnisse hatte ich vergessen, und nur der Eindruck war in mir noch lebendig, daß mich plötzlich ein großes Unglück heimgesucht hatte; aber als ich mich umschaute und die vergitterten Fenster sowie die Erbärmlichkeit des Raumes erblickte, in dem ich mich befand, kehrte meine Erinnerung blitzartig zurück, und ich stöhnte verzweifelt auf.

Dieser Laut ließ eine alte Frau, die in einem Stuhl neben mir geschlummert hatte, aufschrecken. Sie war eine gedungene Pflegerin; das Weib eines der Gefängnisschließer; und ihre Miene spiegelte all jene schlechten Eigenschaften wider, die Menschen dieses Standes so häufig auszeichnen. Die Linien in ihrem Gesicht waren hart und grob wie die einer Person, die daran gewöhnt ist, das größte Elend ohne jedes Mitgefühl zu betrachten. Der Tonfall ihrer Stimme drückte ihre äußerste Gleichgültigkeit aus; sie sprach mich auf englisch an, und ich erkannte ihre Stimme als diejenige wieder, die ich während meiner Krankheit ständig gehört hatte.

»Geht es Ihnen jetzt besser, Sir?« erkundigte sie sich.

Ich antwortete in derselben Sprache mit schwacher Stimme: »Ich glaube schon; aber wenn dies alles wahr ist; wenn ich tatsächlich nicht träume, bedaure ich, daß ich noch am Leben bin und dieses ganze Elend und Entsetzen empfinde.«

»Was das betrifft«, erwiderte die alte Frau, »wenn Ihr von dem Gentleman sprecht, den Ihr ermordet habt, glaube ich ebenfalls, daß Ihr besser tot wäret, denn ich stelle mir vor, daß es hart für Euch wird! Aber das geht mich nichts an; ich habe den Auftrag, Euch zu pflegen und gesund zu machen. Ich tue meine Pflicht mit ruhigem Gewissen; es wäre gut, wenn das jeder von sich sagen könnte.«

Ich wandte mich von dieser Frau, die zu einem Menschen, der soeben den Klauen des Todes entronnen war, derart gefühllos sprechen konnte, voller Ekel ab; aber ich fühlte mich schwach und unfähig, über das Geschehene nachzudenken. Mein gesamtes Leben schien mir wie ein Traum; manches Mal zweifelte ich daran, daß alles, was um mich herum vorging, tatsächlich wahr sein sollte, denn es erschien mit immer ein wenig unwirklich.

Als die Bilder, die mir vorschwebten, allmählich klarer wurden, überkam mich aufs neue ein Fieber; Dunkelheit dräute um mich; niemand war bei mir, um mich mit sanfter, liebender Stimme zu trösten; keine liebe Hand pflegte mich. Der Arzt kam und verschrieb Arzneien, und die alte Frau bereitete sie mir zu; aber den ersteren zeichnete äußerste Nachlässigkeit aus, und im Gesicht der zweiten malte sich der Ausdruck der größten Roheit ab. Wer sonst könnte Interesse am Schicksal eines Mörders haben, als der Henker, dem es um seinen Lohn geht?

Dies waren meine ersten Überlegungen; aber bald erfuhr ich, daß Mr. Kirwin mir außerordentliches Entgegenkommen gezeigt hatte. Er hatte veranlaßt, daß die beste Zelle im Gefängnis für mich bereitgestellt wurde (und sie war schon elend genug!), und er hatte auch für die Pflegerin und den Arzt gesorgt. Es ist wahr, daß er nur selten kam, um nach mir zu schauen, denn wenn er auch ernsthaft darauf bedacht war, die Leiden eines jeden Menschen zu lindern, hegte er dennoch keinerlei Verlangen danach, bei der Pein und den qualvollen Fieberphantasien eines Mörders zugegen zu sein. Deshalb kam er mehrmals, um sich davon zu überzeugen, daß ich nicht vernachlässigt wurde; doch waren seine Besuche kurz und selten.

Eines Tages während meiner allmählichen Erholung saß ich auf einem Stuhl, die Augen halb geschlossen, die Wangen bleich wie die eines Toten. Mein Herz war von Schwermut und Trübsal erfüllt, und ich sann oft darüber nach, daß ich besser den Tod suchen als wünschen würde, in einer Welt zu verweilen, die mir nichts als Elend zu bieten hatte. Einmal dachte ich daran, mich schuldig zu bekennen und die Strafe des Gesetzes auf mich zu nehmen, da ich weniger unschuldig war, als die arme Justine es gewesen. Solcher Art waren meine Gedanken, als die Tür meiner Zelle geöffnet wurde und Mr. Kirwin eintrat.

Seine Miene drückte Mitleid und Teilnahme aus; er nahm sich einen Stuhl, setzte sich vor mich und redete mich auf französisch an: »Ich fürchte, daß Euch dieser Ort schrecklich vorkommt. Kann ich etwas tun, um ihn Euch angenehmer zu machen?«

»Ich danke Euch, aber dies alles bedeutet für mich nichts. Die ganze Welt vermöchte es nicht, mir Erleichterung zu verschaffen.«

»Ich weiß, daß das Mitgefühl eines Fremden einem Menschen, den ein so seltsames Geschick wie das Eure gebeugt hat, nur wenig Trost zu spenden vermag. Aber ich hoffe, Ihr werdet dieses traurige Obdach bald verlassen können, denn ohne Zweifel lassen sich leicht Beweise herbeischaffen, die Euch von der Anklage eines Verbrechens freisprechen.«

»Dies ist die geringste meiner Sorgen; ich bin aufgrund einer Kette seltsamer Ereignisse der Unglücklichste aller Sterblichen geworden. Welche Schrecken hat mir der Tod zu bieten; verfolgt und gemartert, wie ich bin?«

»In der Tat könnte nichts unglücklicher und quälender sein als die merkwürdigen Dinge, die sich kürzlich ereigneten. Ihr wurdet aufgrund eines erstaunlichen Zufalls an das Ufer dieses ansonsten für seine Gastfreundlichkeit bekannten Landes gespült, sofort aufgegriffen und des Mordes angeklagt. Und der erste Anblick, der sich Euren Augen bot, war der Leichnam Eures Freundes, der auf so eigenartige Weise ermordet und offenbar von einem Eurer Feinde Euch in den Weg gelegt wurde.«

Bei diesen Worten des Richters empfand ich – ungeachtet der Erregung, die mich anläßlich dieser Zusammenfassung meiner Leiden ergriff – beträchtliche Verwunderung über die Kenntnisse, die er über mich zu besitzen schien.

Ich vermute, daß meine Gesichtszüge ein gewisses Erstaunen ausdrückten, denn Mr. Kirwin beeilte sich, fortzufahren: »Gleich, nachdem Ihr krank wurdet, hat man mir sämtliche Papiere gebracht, die Ihr bei Euch führtet, und ich schaute sie durch, in der Hoffnung, eine Adresse zu finden, die mir ermöglichen würde, Eure Verwandten von Eurem Mißgeschick und Eurer Erkrankung zu berichten. Ich fand mehrere Briefe; darunter einen, dessen Anrede darauf schließen ließ, daß er von Eurem Vater stammte. Ich schrieb sofort nach Genf; seit ich den Brief absandte, sind nahezu zwei Monate vergangen. – Aber Ihr seid krank; Ihr zittert ja; nein, Ihr müßt vor jeder Art von Aufregung geschützt werden.«

»Diese Ungewißheit ist tausendmal schlimmer als die entsetzlichste Wahrheit; sagt mir, wen der Tod diesmal getroffen hat, und wen ich nun zu beklagen habe.«

»Eure Familie ist wohlauf«, sagte Mr. Kirwin begütigend, »und jemand, ein Freund von Euch, ist gekommen, um Euch zu besuchen.«

Ich wußte nicht, wie ich darauf kam, aber mir schoß augenblicklich der Einfall durch den Kopf, daß der Mörder gekommen sei, um sich an meinem Elend zu weiden und mich mit dem Tode Clervals – der ja einen neuen Ansporn für mich darstellte, mich seinem teuflischen Begehr gefügig zu machen – zu verhöhnen.

Ich schlug die Hände vor die Augen und schrie gequält: »O! Führt ihn fort! Ich kann ihn nicht sehen. Um des Himmels willen, laß ihn nicht hereinkommen!«

Mr. Kirwin warf mir einen besorgten Blick zu. Er mußte meinen Ausruf als Schuldgeständnis deuten.

Er erwiderte in strengem Ton: »Ich hätte geglaubt, junger Mann, daß das Erscheinen Eures Vaters Euch willkommen sei, statt eine derart heftige Abwehr bei Euch hervorzurufen.«

»Mein Vater!« rief ich, während mein Schmerz in Freude umschlug und sich jeder Muskel meines Gesichts und jede Faser meines Körpers entspannte. »Ist tatsächlich mein Vater gekommen? Wie freundlich von ihm, wie überaus zuvorkommend! Aber wo ist er; weshalb eilt er nicht zu mir?«

Mein Gefühlsumschwung verblüffte und erfreute den Richter; vielleicht führte er meinen früheren Ausruf auf eine vorübergehende Wiederkehr meines Fieberwahns zurück; jedenfalls war sein Wohlwollen sogleich wiederhergestellt. Er erhob sich und verließ die Zelle zugleich mit der Pflegerin, und einen Augenblick später trat mein Vater ein.

Nichts hätte mich in diesem Augenblick mehr freuen können als die Ankunft meines Vaters.

Ich streckte ihm die Hand entgegen und rief: »Es fehlt dir also nichts – und Elisabeth –, und Ernest?«

Mein Vater beruhigte mich, indem er mich ihres Wohlergehens versicherte, und er bemühte sich, meinen verzweifelten Sinn wiederaufzurichten, indem er bei diesem Gegenstand, der mir so am Herzen lag, verweilte; aber bald bemerkte er, daß ein Kerker nicht der rechte Platz für Heiterkeit war.

»An welchem Ort muß ich dich sehen, mein Sohn!« sagte er und warf einen bekümmerten Blick auf die vergitterten Fenster und das Elend der Zelle. »Du hast diese Reise unternommen, um das Glück zu suchen, aber das Verhängnis scheint dich zu verfolgen. Und der arme Clerval ...«

Der Name meines unglücklichen, ermordeten Freundes regte mich zu sehr auf, als daß ich ihn in meinem geschwächten Zustand hätte ertragen können; ich brach in Tränen aus.

»Ach, ja, mein Vater«, erwiderte ich, »ein Schicksal der schlimmsten Art wurde über mich verhängt, und ich muß leben, um es zu erfüllen; denn sonst wäre ich gewiß am Sarg Henrys gestorben.«

Es wurde uns nicht gestattet, unsere Unterhaltung länger fortzusetzen, denn mein heikler Gesundheitszustand verlange jede Rücksichtnahme, die erforderlich war, um meine Ruhe zu sichern. Mr. Kirwin betrat die Zelle und bestand darauf, daß meine

Kräfte nicht über Gebühr beansprucht würden. Aber der Besuch meines Vaters wirkte auf mich wie das Erscheinen eines gütigen Engels, und danach erholte ich mich allmählich.

Als meine Krankheit von mir wich, ergriff mich eine düstere Melancholie, die durch nichts vertrieben werden konnte. Das grausige Bildnis des ermordeten Clerval schwebte mir beständig vor den Augen. Mehr als einmal befürchteten meine Freunde, daß mich der Erregungszustand, in den mich diese Erinnerungen versetzten, einen gefährlichen Rückfall erleiden lassen würde. Ach, weshalb sorgten sie sich um ein derart elendes Leben, das ich verabscheute? Gewiß geschah es nur deshalb, damit sich meine Bestimmung, die sich nun ihrem Ende nähert, erfüllen konnte. Oh, bald, sehr bald wird der Tod diese Erregungen auslöschen und mich von dem gewaltigen Gewicht des Schmerzes befreien, das mich zu Boden drückt; und so wird auch mir der Lohn der Gerechtigkeit zuteil werden, und ich werde Ruhe finden. Denn der Tod blieb mir fern, obwohl der Wunsch nach ihm stets in meinem Denken war; und oft saß ich stundenlang reglos und stumm und wünschte mir, daß eine gewaltige Katastrophe mich und meinen Widersacher vernichten möge.

Es kam die Zeit der Gerichtsverhandlungen. Ich war bereits seit drei Monaten im Gefängnis, und obwohl ich immer noch geschwächt war und mich in ständiger Gefahr eines Rückfalls befand, war ich gezwungen, nahezu hundert Meilen weit in die Grafschaftstadt zu reisen, wo die Verhandlung stattfinden sollte. Mr. Kirwin gab sich jede erdenkliche Mühe, Zeugen aufzutreiben und meine Verteidigung ins Werk zu setzen. Die Schande, in der Öffentlichkeit als Verbrecher auftreten zu müssen, blieb mir erspart, da der Fall nicht vor ein Schwurgericht gebracht wurde, das über Leben und Tod entscheidet. Die Geschworenen verwarfen die diesbezügliche Anklageschrift, da bewiesen war, daß ich mich zu dem Zeitpunkt, da die Leiche meines Freundes gefunden wurde, auf der Orkney-Insel aufgehalten hatte; und vierzehn

Tage nach meiner Überführung verließ ich die Grafschaftstadt als freier Mann.

Mein Vater war entzückt zu hören, daß ich von der Schande einer Mordanklage befreit und es mir erlaubt war, wieder die Luft der Freiheit zu atmen und in mein Geburtsland zurückzukehren. Ich teilte seine Freude nicht; mir waren die Wände eines Kerkers und eines Palastes gleichermaßen verhaßt. Die Quelle meines Lebens war für alle Zeiten vergiftet; und obwohl die Sonne auf mich ebenso wie auf den Glücklichen und Fröhlichen herniederschien, erblickte ich rings um mich nichts als dichte und schreckliche Finsternis; von keinem Licht außer dem Schimmer eines Augenpaares durchdrungen, das mich anstarrte. Manches Mal war es der ausdrucksvolle Blick Henrys, der im Tode schmachtete, die dunklen Augen von den Lidern und den langen, schwarzen Wimpern nahezu verdeckt; und manches Mal waren es die wäßrigen, verhangenen Augen des Ungeheuers, wie ich sie zum ersten Male in meiner Kammer in Ingolstadt erblickt hatte.

Mein Vater bemühte sich, Gefühle der Zuneigung in mir zu erwecken. Er sprach von Genf, das ich bald wiedersehen würde – von Elisabeth und Ernest; aber diese Namen entlockten mir nur tiefes Stöhnen. Zuweilen verspürte ich in der Tat den Wunsch, glücklich zu sein, und ich dachte in melancholischem Entzücken an meine geliebte Cousine oder sehnte mich mit verzehrendem Heimweh danach, den blauen See und die rasch dahineilende Rhône wiederzusehen, die mir in meiner Kindheit so teuer gewesen waren; aber mein üblicher Gemütszustand war eine Betäubung, in der mir ein Gefängnis als Aufenthaltsort ebenso willkommen war wie die herrlichste Naturszenerie; und diese Trübsal wurde gelegentlich durch Paroxysmen der Qual und der Verzweiflung unterbrochen. In solchen Augenblicken war ich häufig versucht, meinem verhaßten Leben ein Ende zu bereiten; und unablässige Aufmerksamkeit und Wachsamkeit waren erforderlich, um mich von einem derart furchtbaren Akt der Selbstzerstörung abzuhalten.

Doch eine Pflicht mußte ich noch erfüllen; und der Gedanke an sie triumphierte schließlich über meine selbstsüchtige Verzweiflung. Es war notwendig, daß ich unverzüglich nach Genf zurückkehrte, um über das Leben derjenigen zu wachen, die ich so innig liebte, und den Mörder zu erwarten, damit ich – und dieser Entschluß stand unverrückbar fest –, falls ein günstiger Zufall mich zu seinem Versteck führen oder er es wagen sollte, mich durch sein Auftauchen zu verhöhnen, der Existenz des monströsen Ebenbildes, das ich mit der Nachäffung einer noch monströseren Seele begabt hatte, ein Ende bereiten konnte. Mein Vater wünschte immer noch, unsere Abreise aufzuschieben, da er befürchtete, daß ich den Strapazen der Reise nicht gewachsen sein würde, denn ich war nur noch ein Schatten meiner selbst. Meine Kraft hatte mich verlassen. Ich war beinahe zum Skelett abgemagert, und Tag und Nacht suchten mich Fieberanfälle heim.

Aber da ich mit solcher Unruhe und Ungeduld darauf drängte, daß wir Irland verließen, hielt mein Vater es für das beste, nachzugeben. Wir buchten eine Passage auf einem Schiff, das nach Havre-de-Grace unterwegs war, und segelten mit günstigem Wind von der Küste Irlands fort. Es war Mitternacht. Ich lag auf Deck, blickte zu den Sternen empor und lauschte dem Plätschern der Wogen. Ich pries die Dunkelheit, die Irland vor meinen Blicken verbarg, und mein Herz schlug in fiebriger Vorfreude, als ich daran dachte, daß ich bald Genf wiedersehen würde. Die Vergangenheit kam mir wie ein entsetzlicher Traum vor; und doch führten mir das Schiff, auf dem ich mich befand, der Wind, der mich von den verhaßten Gestaden Irlands fortführte, und das Meer, das mich umgab, nur allzudeutlich vor Augen, daß mich kein Traum umfing; und daß Clerval, mein Freund und mein liebster Gefährte, mir und dem Ungeheuer, das ich erschaffen, zum Opfer gefallen war. Ich ließ mein ganzes Leben vor meinem inneren Auge vorbeiströmen; mein stilles Glück, als ich mit meiner Familie in Genf lebte; der Tod meiner Mutter; und meine Reise nach Ingolstadt. Ich dachte erschauernd an die wahnwitzige Besessenheit, die mich zu der Erschaffung meines gräßlichen Widersachers angetrieben hatte, und ich gedachte jener Nacht, in der er zum Leben erwacht war. Ich war nicht fähig, die Erinnerung fortzuspinnen; tausend Gefühle stürmten auf mich ein, und ich weinte bitterlich.

Seit meiner Genesung von dem Fieber hatte ich mir angewöhnt, jeden Abend ein wenig Opium zu mir zu nehmen, denn nur mittels dieser Droge war ich überhaupt fähig, die Ruhe zu finden, derer ich zur Erhaltung meines Lebens bedurfte. Heute jedoch nahm ich – von der Erinnerung an mein vielfältiges Ungemach niedergedrückt – die doppelte der gewohnten Dosis und schlief bald tief. Aber der Schlaf gewährte mir keine Pause im Gedenken an mein Elend, und in meinen Träumen erblickte ich tausend erschreckende Dinge. Gegen Morgen hielt mich eine Art Nachtmahr gefangen; ich verspürte den Griff meines Widersachers an meinem Hals und konnte mich nicht aus ihm befreien; Stöhnen und Schreie klangen mir in den Ohren. Mein Vater, der über meinen Schlaf wachte, bemerkte meine Bedrängnis und weckte mich auf. Um uns waren die plätschernden Wogen, über uns der bewölkte Himmel – der Widersacher war nicht hier; ein Gefühl von Sicherheit und das Wissen, daß mir eine Atempause zwischen der gegenwärtigen Stunde und einer unausweichlichen unheilvollen Zukunft vergönnt war, verlieh mir eine Art ruhigen Vergessens, zu dem der Menschengeist von seiner Anlage her besonders leicht fähig ist.

KAPITEL ZWEIUNDZWANZIG

Unsere Reise näherte sich ihrem Ende. Wir gingen an Land und brachen nach Paris auf. Ich mußte bald feststellen, daß ich meine Kräfte überschätzt hatte und eine Ruhepause einlegen mußte, bevor ich die Reise fortsetzen konnte. Mein Vater pflegte und umhegte mich unermüdlich, aber da er die Ursache meiner Leiden nicht kannte, verfiel er auf ungeeignete Mittel, mein unheilbares Übel zu kurieren. Er wünschte, daß ich Zerstreuung in Gesellschaft suchte; aber mir war das Antlitz der Menschen verhaßt. O nein, nicht verhaßt! Sie waren meine Brüder, meine Mitmenschen, und ich fühlte mich selbst zu den Widerwärtigsten unter ihnen wie zu engelgleichen Geschöpfen mit himmlischen Eigenschaften hingezogen; aber zugleich fühlte ich, daß ich nicht das Recht hatte, mich des Umgangs mit ihnen zu erfreuen. Ich hatte einen Widersacher auf sie losgelassen, dessen Freude darin bestand, ihr Blut zu vergießen und sich an ihrem Stöhnen zu weiden. Wie würden sie alle mich verabscheuen und auf der ganzen Welt jagen, wüßten sie von meiner unheiligen Tat und von den Verbrechen, die in mir ihren Urheber hatten!

Mein Vater ergab sich endlich in meinen Wunsch, die Gesellschaft zu meiden, und versuchte, meine Verzweiflung durch gutes Zureden zu bannen. Manches Mal glaubte er, die tiefe Erniedrigung der Mordanklage mache mir zu schaffen, und bemühte sich, mit die Eitelkeit des Stolzes vor Augen zu führen.

»Ach, mein Vater«, sagte ich, »wie wenig Ihr mich doch kennt. Die Menschen mit ihren Gefühlen und Leidenschaften wären in der Tat entwürdigt, empfände ein Elender gleich mir Stolz. Justine, die arme, unglückliche Justine, war ebenso unschuldig wie ich und mußte doch die nämliche Anklage auf sich nehmen; sie starb ihretwegen; und ich bin der Urheber des Ganzen – ich habe sie ermordet. William, Justine und Henry – sie alle starben durch meine Hände.«

Mein Vater hatte während meiner Gefängnishaft die nämliche Versicherung von mir vernommen; manches Mal schien er eine Erklärung für meine Selbstanklage zu wünschen; bei anderen Gelegenheiten schien er sie als Ausgeburt des Fiebertraumes zu betrachten und zu glauben, ich sei von einer fixen Idee besessen, die sich hartnäckig auch noch während meiner Genesung gehalten habe. Ich hütete mich vor einer Erklärung und schwieg beharrlich über mein fürchterliches Geschöpf. Ich war davon überzeugt, daß man mich als einen Wahnsinnigen erklären würde, und dies allein hätte ausgereicht, meine Lippen für alle Zeiten zu versiegeln. Und darüber hinaus konnte ich es nicht über mich bringen, ein Geheimnis zu enthüllen, das meine Zuhörer mit Bestürzung erfüllen und seinem Herzen Furcht und übernatürlichen Schrecken einflößen würde. Also bezähmte ich mein ungeduldiges Verlangen nach Mitgefühl und hüllte mich in Schweigen, obwohl ich die Welt darum gegeben hätte, ihm das furchtbare Geheimnis offenbaren zu können. Dennoch entrangen sich mir Worte wie die obengenannten, ohne daß ich etwas dagegen hätte unternehmen können. Ich vermochte sie ihm nicht zu erklären; aber ihre Wahrheit erleichterte mir die Bürde meines verborgenen Kummers.

Bei dieser Gelegenheit sagte mein Vater mit einer Miene, in der sich maßloses Staunen abmalte: »Mein liebster Viktor, in was für einer Verblendung bist du befangen? Mein lieber Sohn, ich bitte dich inständig, niemals wieder etwas Derartiges zu behaupten.«

»Ich bin nicht wahnsinnig«, rief ich energisch aus. »Die Sonne und der Himmel selbst, die Zeugen meiner Taten waren, können die Wahrheit meiner Worte bestätigen. Ich bin der Meuchelmörder der unschuldigsten Opfer; sie starben dank meiner Machenschaften. Tausendmal würde ich mein eigenes Blut vergossen haben, Tropfen für Tropfen, hätte ich so ihr Leben retten können; aber dies war nicht möglich, mein Vater; ich konnte ja nicht die gesamte Menschheit der Vernichtung überantworten.«

Dieses Ende meiner Rede überzeugte meinen Vater vollends davon, daß ich in der Tat verwirrt war; sogleich wechselte er den Gesprächsgegenstand und versuchte, mich auf andere Gedanken zu bringen. Er bemühte sich nach Kräften, meine Erinnerung an jene Szenen auszulöschen, die sich in Irland abgespielt hatten, und erwähnte sie niemals wieder; auch ermutigte er mich niemals mehr, von meinen Mißgeschicken zu sprechen.

Im Laufe der Zeit wurde ich ruhiger; zwar hatte das Elend seinen ständigen Wohnsitz in meinem Herzen aufgeschlagen, aber ich sprach nicht mehr wie früher auf zusammenhanglose Weise über meine Verbrechen; es genügte mir, daß ich ihrer bewußt war. Ich bändigte die gebieterische Stimme meines Unglücks, die zuweilen verlangte, sich der ganzen Welt gegenüber Gehör zu verschaffen, mit härtester Selbstzucht, und mein Benehmen wurde ruhiger und gefaßter, als es seit meiner Wanderung zu dem Gletscher gewesen war.

Ein paar Tage, bevor wir Paris verließen, um in die Schweiz weiterzureisen, erhielt ich folgenden Brief von Elisabeth:

Mein lieber Freund,

mit größter Freude habe ich einen Brief von meinem Oheim erhalten, der in Paris aufgegeben wurde; uns trennt keine unüberwindliche Entfernung, und ich darf hoffen, Dich in weniger als vierzehn Tagen wiederzusehen. Mein armer Cousin, wie sehr Du gelitten haben mußt! Ich erwarte, Dich noch kränker wiederzusehen, als Du ausgesehen hast, als Du von Genf angereist bist. Dieser Winter ist auf höchst traurige Weise vergangen, da ich von ängstlichen Erwartungen gequält wurde; dennoch hoffe ich, in Deinen Zügen Frieden zu sehen und die Bestätigung, daß Dein Herz nicht völlig ohne Trost und Ruhe ist.

Allein, ich fürchte, daß jene Gefühle, die Dich vor einem Jahr heimsuchten, immer noch in Dir wohnen; sich vielleicht sogar inzwischen verstärkt haben. Ich würde Dich in dieser Zeit, in der so viele mißliche Begebenheiten Dich bedrücken, nicht quälen, aber ein Gespräch, das ich vor seiner Abreise mit meinem Oheim führte, macht einige Erklärungen von meiner Seite aus erforderlich, bevor wir uns treffen. »Erklärungen«, wirst du vielleicht nun sagen, »was könnte Elisabeth zu erklären haben?« Wenn Du tatsächlich so denkst, sind meine Fragen bereits beantwortet und meine Zweifel beseitigt. Aber Du weilst fern von mir, und vielleicht wird diese Erklärung Dich ängstigen und zugleich erfreuen; und da diese Möglichkeit besteht, daß es sich so verhält, wage ich es nicht, Dir in diesem Brief vorzuenthalten, was ich Dir während Deiner Abwesenheit schon so oft habe sagen wollen, ohne jedoch den dazu erforderlichen Mut aufzubringen.

Du weißt gut, Viktor, daß unsere Vereinigung schon seit unser beider Kindheit der Herzenswunsch unserer Eltern ist. Man hat uns von dieser geplanten Vereinigung in Kenntnis gesetzt, als wir noch jung waren, und uns gelehrt, ihr als einem Ereignis entgegenzusehen, das gewiß einmal eintreten würde. Wir waren als Kinder Spielgefährten, die einander herzlich zugetan waren, und wie ich glaube, Freunde, die einander liebten und schätzten, als wir älter wurden. Aber da Bruder und Schwester häufig eine lebhafte Zuneigung füreinander entwickeln, ohne sich eine intimere Vereinigung zu wünschen – könnte dies nicht auch bei uns der

Fall sein? Sag mir, liebster Viktor; antworte mir, ich flehe Dich bei unserer beider Lebensglück an – liebst Du eine andere?

Du bist gereist; Du hast mehrere Jahre deines Lebens in Ingolstadt verbracht; und ich muß Dir gestehen, mein Freund; als ich Dich im vergangenen Herbst so unglücklich erlebte, wie Du die Einsamkeit suchtest und die Gesellschaft aller flohest, konnte ich nicht umhin, zu argwöhnen, daß Du unsere Verbindung bereuen und Dich dennoch bei Deiner Ehre verpflichtet fühlen mochtest, die Wünsche unserer Eltern zu erfüllen, obwohl sie Deinen Neigungen zuwiderliefen. Aber das ist falsches Denken. Ich gestehe, mein Freund, daß ich Dich liebe, und daß Du in meinen unbeschwerten Zukunftsträumen immer mein Freund und Gefährte warst. Aber da mir Dein Glück ebensosehr wie das meine am Herzen liegt, erkläre ich, daß unsere Heirat mich für alle Zeiten unglücklich machen würde, wenn wir uns nicht beide freiwillig dafür entschieden. Selbst jetzt muß ich weinen, wenn ich daran denke, daß Du – der Du von den grausamsten Schicksalsschlägen niedergebeugt wurdest – bei dem Wort *Ehre* alle Hoffnungen auf Liebe und Glück, die allein Dich wieder aufzurichten vermöchten, aus Deinem Herzen verbannen könntest. Und ich, die ich eine so selbstlose Zuneigung für Dich empfinde, sollte Dein Unglück verzehnfachen, indem ich mich Deinen Wünschen in den Weg stellte? Ach, Viktor, sei versichert, daß Deine Cousine und frühere Spielgefährtin eine zu ernsthafte Liebe für Dich empfindet, um durch eine solche Annahme nicht unglücklich zu sein. Sei denn glücklich, mein Freund; und wenn Du mir in diesem Punkte gehorchst, magst Du sicher sein, daß nichts auf Erden die Macht haben wird, meine Ruhe zu stören.

Aber laß dich von diesem Brief nicht beunruhigen; antworte nicht morgen, nicht am Tage darauf und nicht einmal, bevor Du ankommst, wenn es Dich schmerzen würde. Mein Oheim wird mich über den Fortschritt Deiner Gesundung auf dem laufenden halten, und wenn ich bei unserem Treffen nur ein Lächeln auf Deinen Lippen erblicke, das durch diesen Brief oder eine andere Äußerung von mir verursacht wurde, will ich kein weiteres Glück begehren.

ELISABETH LAVENZA

Genf, *18. Mai 17 ...*

Dieser Brief rief mir in Erinnerung, was ich bereits wieder vergessen hatte; die Drohung des Widersachers: *»In deiner Hochzeitsnacht werde ich bei dir sein!«* Dies also sollte meine Strafe sein; in jener Nacht würde der Dämon all seine Künste aufwenden, um mich zu vernichten und mich der Ahnung des Glücks zu entreißen, das mir Trost in meinen Qualen verhieß. Er hatte beschlossen, in jener Nacht seine Verbrechen durch meinen Tod zu krönen. Nun, mir sollte es recht sein. Gewiß würde ein tödlicher Kampf entbrennen, in dem ich, sollte er gewinnen, meinen Frieden finden und seine Macht über mich beendet sein würde. Unterwarf ich ihn, würde ich ein freier Mann sein. Ach! zu welcher Freiheit? Der Freiheit, derer sich ein Landmann erfreut, wenn seine Familie vor seinen Augen dahingemordet, sein Haus niedergebrannt, sein Acker verwüstet und er vertrieben wurde –; heimatlos, mittellos und einsam, aber frei. Solcherart würde meine Freiheit sein; nur, daß ich in Elisabeth einen Schatz besaß; doch wurde ein solcher Schatz nicht aufgewogen durch die Schrecken der Reue und des Schuldbewußtseins, die mich bis zu meinem Tode verfolgen würden?

Süße und geliebte Elisabeth! Ich las ihren Brief immer wieder, und gewisse sanfte Empfindungen stahlen sich in mein Herz und wagten es, mir paradiesische Träume von Liebe und Freude einzugeben; aber der Apfel war bereits verzehrt und das Schwert des Engels entblößt, um mir alle Hoffnung zu verwehren. Und doch war ich bereit, zu sterben, um sie glücklich zu machen. Wenn das Ungeheuer seine Drohung wahr machte, war mein Tod unvermeidlich; dennoch zweifelte ich daran, daß meine Heirat mein Schicksal beschleunigen würde. Meine Vernichtung mochte tatsächlich ein paar Monate früher stattfinden; aber falls mein Peiniger argwöhnte, daß ich die Heirat unter dem Eindruck seiner Drohung hinauszögerte, würde er sicherlich andere und möglicherweise entsetzlichere Mittel und Wege finden, seine Rachegelüste zu befriedigen. Er hatte geschworen, *in meiner Hochzeitsnacht bei mir zu sein*, aber er betrachtete diese Drohung nicht als Verpflichtung, bis dahin Frieden zu halten, denn wie um mir zu demonstrieren, daß sein Blutdurst noch nicht gestillt war, hatte er Clerval sogleich nach Ausstoßung seiner Drohung ermordet. Ich beschloß daher, die Todesdrohungen des Widersachers nicht eine Stunde länger als Hindernis bei der Eheschließung anzusehen, wenn diese Verbindung mit meiner Cousine zu ihrem oder meines Vaters Glück beitragen sollte.

Mit diesem Entschluß im Herzen schrieb ich an Elisabeth. Mein Brief war in einem gefaßten und liebevollen Ton abgefaßt. »Ich fürchte, geliebtes Mädchen«, schrieb ich, »auf dieser Welt ist uns nur noch wenig Glück beschieden; aber alles Glück, das ich eines Tages genießen werde, kreist um Dich. Verscheuche Deine gegenstandslosen Befürchtungen; Dir allein weihe ich mein Leben und meine Hoffnungen auf Glück. Ich trage ein Geheimnis mit mir herum, Elisabeth; ein furchtbares Geheimnis; wenn ich es Dir enthülle, wird es Dich entsetzen, und dann wirst Du Dich nicht länger über mein Unglücklichsein wundern; Du wirst nur darüber staunen, daß ich meine Qualen überlebt habe. Ich will Dir von diesem Elend und Schrecken am Tage nach unserer Hochzeit berichten, denn es muß unbedingtes Vertrauen zwischen uns herrschen, meine geliebte Cousine. Aber ich bitte Dich, bis zu jenem Tage von allen Erwähnungen und Anspielungen abzusehen. Darum flehe ich Dich inständig an, und ich weiß, daß Du Dich daran halten wirst.«

Etwa eine Woche nach Erhalt des Briefes von Elisabeth kamen wir in Genf an. Das liebliche Mädchen hieß mich mit warmer Zuneigung willkommen; aber als sie meine abgezehrte Gestalt und meine fieberglühenden Wangen erblickte, traten Tränen in ihre Augen. Ich nahm auch an ihr eine Veränderung wahr. Sie war schmaler geworden und hatte vieles von der herrlichen Munterkeit, die mich zuvor so an ihr entzückt hatte, verloren; aber ihre Sanftheit und ihre mitleidsvollen Blicke machten sie zu einer geeigneten Gefährtin für einen so vernichteten und unglücklichen Menschen wie mich.

Die Gelassenheit, derer ich mich erfreute, sollte nicht anhalten. Die Erinnerung brachte Verstörtheit mit sich, und wenn ich dessen gedachte, was geschehen war, überkam mich wirklicher Wahnsinn; manches Mal war ich wütend und raste vor Zorn, dann wieder war ich niedergedrückt und verzagt. In solchen Zeiten sprach ich mit niemandem und blickte keinem Menschen ins Gesicht, sondern saß reglos auf einem Stuhl; irre gemacht von der Größe des Unglücks, das mich befallen hatte.

Allein Elisabeth hatte die Macht, mich aus diesen Anfällen herauszureißen; ihre sanfte Stimme besänftigte mich, wenn ich von Raserei ergriffen, und flößte mir menschliches Fühlen ein, wenn ich wie betäubt war. Sie weinte mit mir und an meiner Stelle. Kehrte meine Vernunft zurück, machte sie mir Vorhaltungen und bemühte sich, mich Ergebenheit in mein Schicksal zu lehren. Ach! Der Unglückliche mag Trost aus der Ergebenheit zu schöpfen; für den Schuldbeladenen jedoch gibt es keinen Seelenfrieden. Die Qualen der Reue vergiften den Genuß, der manches Mal mit dem Schwelgen in übermäßigem Kummer verbunden ist.

Bald nach meiner Rückkehr sprach mein Vater von meiner unmittelbar bevorstehenden Heirat mit Elisabeth. Ich blieb stumm.

»Bindet dich denn eine andere Liebe?«

»Keineswegs. Ich liebe Elisabeth und sehe unserer Verbindung mit Freuden entgegen. Laßt deshalb einen Tag festsetzen, und an ihm will ich mich im Leben wie im Tode dem Glück meiner Cousine weihen.«

»Mein lieber Viktor, sprich nicht so. Ein schweres Unglück hat uns heimgesucht, aber wir wollen uns desto fester an das halten, was uns verblieben ist, und unsere Liebe, die bisher denjenigen galt, die wir verloren, jenen zuwenden, die noch am Leben sind. Unser Kreis wird klein, aber durch die Bande der Zuneigung und der gemeinsamen Trauer fest verbunden sein. Und wenn die Zeit deine Verzweiflung erst gelindert hat, werden neue und geliebte Wesen das Licht der Welt erblickt haben, um jene zu ersetzen, die so grausam von uns genommen wurden.«

Dieser Art waren die Lektionen meines Vaters. Aber mir kam erneut die Drohung in den Sinn; und so mag es Euch nicht wundern, daß mein Widersacher, der seine Allgewalt bereits anläßlich seiner bisherigen Bluttaten nachgewiesen hatte, mir nahezu unbesiegbar erschien, und daß ich – als er die Worte gesprochen hatte, *»In deiner Hochzeitsnacht werde ich bei dir sein«* – das Schicksal, das er mir androhte, als unvermeidlich ansah. Aber der Tod barg keinen Schrecken für mich, wenn ich Elisabeths Leben mit ihm erkaufen könne; deshalb kam ich mit zufriedener und sogar zuversichtlicher Miene mit meinem Vater überein, daß die Feierlichkeiten in zehn Tagen stattfinden sollten, falls meine Cousine keine Einwände hatte, und somit, wie ich glaubte, mein Schicksal besiegelt sein würde.

Großer Gott! Hätte ich auch nur einen Augenblick lang geahnt, welche teuflischen Absichten mein dämonischer Widersacher hegte, würde ich lieber mich selbst aus meinem Vaterland verbannt haben und als Ausgestoßener ohne Freunde über die Erde gewandert sein, als mich mit dieser unseligen Heirat einverstanden zu erklären. Aber das Ungeheuer hatte mich für seine wahren Pläne blind gemacht, als hätte er über magische Kräfte verfügt; und als ich glaubte, meinen eigenen Tod vorbereitet zu haben, beschleunigte ich in Wahrheit den Untergang eines weitaus teureren Menschen.

Als der festgesetzte Termin unserer Hochzeit näherrückte, fühlte ich – aus Feigheit oder aus einer prophetischen Vorahnung heraus –, wie mein Herz verzagte. Aber ich verbarg meine Gefühle, indem ich mir den Anschein einer Heiterkeit gab, die ein Lächeln der Freude auf das Antlitz meines Vaters zauberte, aber die stets aufmerksamen und schärferen Augen Elisabeths kaum zu täuschen vermochte. Sie sah unserer Vereinigung mit einer stillen Zufriedenheit entgegen, jedoch nicht ohne eine gewisse, von früheren Unglücken herrührende Ängstlichkeit, daß das, was jetzt wie ein gesichertes und greifbares Glück erschien, sich bald als Luftschloß erweisen und keine weiteren Spuren als tiefe und unaufhörliche Trauer hinterlassen mochte.

Vorbereitungen für das Ereignis wurden getroffen; Gratulationsbesuche entgegengenommen; und alle trugen ein Lächeln zu Schau. Ich verbarg meine nagende Angst, so gut ich es vermochte, in meiner Brust und ging mit scheinbarem Interesse auf meines Vaters Pläne ein, obwohl sie vielleicht nur als Dekorationen zu meiner Tragödie dienen würden. Dank der Bemühungen meines Vaters hatte die österreichische Regierung Elisabeth einen Teil ihres Erbes zurückerstattet. Ein kleineres Grundstück am Ufer des Comer Sees gehörte ihr. Wir beschlossen, gleich nach unserer Vereinigung zur Villa Lavenza aufzubrechen und die ersten Tage unseres jungen Glücks am Seeufer zu verbringen.

Inzwischen ergriff ich jede erdenkliche Vorsichtsmaßnahme, die zu meiner Verteidigung beitragen würde, falls der Widersacher mich in der Öffentlichkeit anfallen sollte. Ich trug ständig Pistolen und einen Dolch mit mir herum und war stets vor einem hinterlistigen Angriff auf der Hut; dadurch erlangte ich eine größere innere Ruhe. Tatsächlich erschien mir die Drohung mit jedem Tag, den wir uns dem festgesetzten Hochzeitstag näherten, imaginärer und weniger wert, meinen Frieden zu stören, während das Glück, das ich mir durch die Eheschließung erhoffte, immer greifbarer erschien, da ich ja beständig von ihr reden hörte, als könne sich ihr so gut wie nichts mehr in den Weg stellen.

Elisabeth schien glücklich zu sein; meine Gelassenheit trug wesentlich zu ihrer Beruhigung bei. Aber an dem Tag, der meine Wünsche und mein Schicksal erfüllen sollte, war sie melancholisch und wurde von einer Vorahnung nahenden Unheils befallen; möglicherweise dachte sie auch an das entsetzliche Geheimnis, das ihr zu offenbaren ich ihr für den folgenden Tag versprochen hatte. Mein Vater war während der ganzen Zeit der hektischen Vorbereitungen überglücklich und sah in der Niedergeschlagenheit seiner Nichte nur den Ausdruck der Schüchternheit einer werdenden Braut.

Nachdem die Zeremonie vorüber war, fand sich im Hause meines Vaters eine große Hochzeitsgesellschaft ein; aber wir machten aus, daß Elisabeth und ich sogleich unsere Fahrt antreten, in Evian übernachten und unsere Reise am nächsten Morgen fortsetzen würden. Der Tag war schön, der Wind stand günstig, und als wir unsere Hochzeitsreise antraten, sahen wir nur lächelnde Gesichter.

Dies waren die letzten Augenblicke des Glücks in meinem Leben. Wir kamen rasch voran; die Sonne schien heiß vom Himmel herab, aber uns schützte ein Sonnensegel vor ihren Strahlen, während wir die Schönheiten der Landschaft genossen; manches Mal an einer Seite des Sees, wo wir den Mont Salêve, das reizvolle Ufer von Montalègre und in der Ferne den alles überragenden, herrlichen Montblanc sowie die ganze Versammlung schneebedeckter Berge sahen, die sich vergeblich bemühten, mit ihm zu wetteifern; ein anderes Mal segelten wir zum gegenüberliegenden Ufer und erfreuten uns am Anblick des mächtigen Jura, dessen dunkle Hänge den vermessenen Wanderer daran hindern zu wollen schienen, seine Heimat zu verlassen, und eine fast unübersteigbare Barriere für den Eindringling darstellten, der sie unterwerfen wollte.

Ich ergriff die Hand Elisabeths und sagte: »Du bist besorgt, meine Liebe. Ach, wenn du wüßtest, was ich gelitten habe und was mir noch bevorstehen mag, würdest du alles daransetzen, mich den Frieden und die Sorglosigkeit genießen zu lassen, die mir wenigstens dieser eine Tag beschert.«

»Genieße dein Glück nur, mein lieber Viktor«, erwiderte sie, »es gibt, wie ich hoffe, nichts, was dich beunruhigen könnte, und ich versichere dir, daß mein Herz zufrieden ist; auch, wenn sich auf meinen Zügen keine lebhafte Freude widerspiegelt. Eine innere Stimme will mir einreden, ich solle mich nicht zu sehr auf die rosigen Zukunftsaussichten verlassen, die sich vor uns zu eröffnen scheinen; aber ich will nicht auf diese düstere Vorahnung hören. Sieh nur, wie rasch unsere Fahrt ist, und wie jene Wolken, die den Gipfel des Montblanc zuweilen verhüllen und dann wieder freigeben, diesen wunderschönen Anblick noch interessanter gestalten. Schau dir die unzähligen Fische an, die im klaren Wasser schwimmen, das jeden Kiesel auf seinem Grund erkennen läßt. Was für ein herrlicher Tag! Wie glücklich und heiter die ganze Natur erscheint!«

Auf diese Weise versuchte Elisabeth, sich selbst und mich von allen traurigen Gedanken abzulenken. Aber ihre Stimmung war nicht gleichbleibend; die Freude schimmerte immer nur für wenige Augenblicke in ihren Augen, um gleich darauf wieder dem Ausdruck träumerischer Abwesenheit zu weichen.

Die Sonne sank tiefer am Himmel; wir segelten am Drance-Fluß vorbei und folgten mit den Blicken seinem Lauf durch die Schluchten der höheren Berge bis in die flacheren Täler der Vorgebirge. Hier reichten die Alpen bis ans Ufer heran, und wir näherten und dem Amphitheater der Berge, das sich auf der Ostseite des Sees eröffnet. Schon leuchtete der Kirchturm von Evian durch die Bäume und hob sich von den Bergketten ab, die den Hintergrund des Ortes bildeten.

Der Wind, der uns bisher mit erfreulicher Geschwindigkeit vorangetragen hatte, flaute bei Sonnenuntergang zu einer sanften Brise ab, die kaum die Wasseroberfläche kräuselte und lindes Rauschen in den Bäumen verursachte, als wir uns dem Ufer näherten, von dem her sie uns den herrlichsten Duft von Blumen und Heu entgegenwehte. Als wir landeten, sank die Sonne unter den Horizont; und als ich das Ufer betrat, fühlte ich mit erneuerter Macht in mir all die Sorgen und Befürchtungen, die nur zu bald nach mir greifen und mich für immer verfolgen sollten.

KAPITEL DREIUNDZWANZIG

Es war acht Uhr abends, als wir landeten. Wir ergingen uns eine kurze Weile am Ufer und genossen das scheidende Licht, dann zogen wir uns in den Gasthof zurück und betrachteten durchs Fenster die liebliche Landschaft aus Wasser, Wäldern und Bergen, alles in Dunkelheit gehüllt, aber immer noch in Umrissen erkennbar.

Der Wind, der im Süden abgeflaut war, erhob sich nun mit großer Heftigkeit im Westen. Der Mond hatte seinen Zenit am Himmel überschritten und begann seinen Abstieg; die Wolken rasten rascher als der Flug des Geiers vor ihm dahin und verdeckten sein Leuchten, während der See die bewegte Szenerie des Himmels widerspiegelte und zugleich selbst dank der rastlosen Wellen, die sich zu erheben begannen, noch unruhiger war. Unvermittelt ging ein schwerer Regenschauer hernieder.

Den ganzen Tag über war ich ruhig gewesen; aber sobald die Nacht die Formen der Dinge ins Dunkel hüllte, stiegen tausend Befürchtungen in mir empor. Ich war ängstlich und wachsam; meine rechte Hand tastete nach einer Pistole, die ich an der Brust barg: jeder Laut ließ mich zusammenfahren; aber ich war entschlossen, mein Leben so teuer wie möglich zu verkaufen und mich vor keinem Kampf zu scheuen, bis mein eigenes Leben oder das des Widersachers ausgelöscht sein würde.

Elisabeth beobachtete meine wachsende Erregung eine Weile

in zaghaftem und furchtsamem Schweigen; aber in meinen Blicken lag etwas, das ihr von meinem Entsetzen kündete, und so fragte sie mit bebender Stimme: »Was ist es, das dich so beunruhigt, mein lieber Viktor? Wovor fürchtest du dich?«

»Oh, Frieden, Frieden, meine Liebe«, erwiderte ich, »nur noch diese Nacht, und alles wird gut sein; aber diese Nacht ist fürchterlich; so fürchterlich.«

Ich verblieb eine Stunde lang in diesem Gemütszustand, als ich plötzlich daran denken mußte, wie schrecklich der Kampf, den ich jeden Augenblick erwartete, für meine Frau sein würde, und ich bat sie eindringlich, sich zurückzuziehen; entschlossen, selbst nicht eher zu ihr zu gehen, als bis ich über den Aufenthalt meines Feindes informiert war.

Sie ließ mich allein, und ich wandelte eine Weile über die Flure des Hauses und warf einen Blick in jede Ecke, die meinem Widersacher als Versteck dienen mochte. Aber ich konnte keine Spur von ihm entdecken und begann bereits zu erwägen, daß ein glücklicher Umstand eingetreten war, der ihn an der Ausführung seiner Drohungen hindern mochte, als ich plötzlich einen schrillen und entsetzlichen Aufschrei hörte. Er drang aus dem Raum, in den Elisabeth sich zurückgezogen hatte. Sobald ich diesen Schrei vernahm, wurde mir mit einem Male die ganze Wahrheit klar; meine Arme sanken kraftlos herab, ich war am ganzen Körper wie gelähmt; ich konnte das Blut in meinen Adern rauschen und in meinen Gliedern prickeln fühlen. Dieser Zustand währte nur einen Augenblick lang, dann wiederholte sich der Schrei, und ich stürzte in das Zimmer.

Großer Gott! Weshalb ist mein Leben damals nicht erloschen! Weshalb bin ich hier, um über die Vernichtung meiner schönsten Hoffnungen und des reinsten Geschöpfes auf Erden zu berichten? Dort lag sie, leblos und entseelt, aufs Bett geworfen, ihr Kopf hing herab, ihre totenbleichen und verzerrten Gesichtszüge waren halb von den Haaren verdeckt. Wohin ich mich auch wenden mag; immer habe ich dieses Bild vor Augen – ihre bleichen Arme und die ganze, erschlaffte Gestalt, von ihrem Mörder auf dem Brautbett aufgebahrt. Wie konnte ich nach diesem Anblick nur weiterleben? Ach! Das Leben ist zäh und klammert sich am hartnäckigsten an uns, wenn wir es am meisten verabscheuen. Für den Augenblick verlor ich einfach nur die Besinnung und stürzte ohnmächtig zu Boden.

Als ich wieder zu mir kam, sah ich mich von den Wirtsleuten und dem Gesinde umringt; ihre Mienen drückten atemberaubendes Entsetzen aus, aber der Schrecken der anderen erschien mir wie Hohn; eine bloße Parodie auf die Gefühle, die auf mich eindrangen. Ich entzog mich ihnen und eilte in den Raum, in dem der Leichnam Elisabeths lag, meiner Liebe, meines Eheweibes; noch vor kurzem so lebendig mir so teuer und wert. Man hatte die Lage, in der ich sie zuerst erblickt, verändert; nunmehr machte sie – den Kopf auf den Arm gelegt und ein Taschentuch über Hals und Gesicht gebreitet – den Eindruck einer Schlafenden. Ich stürzte zu ihr hin und umarmte sie mit Leidenschaft; aber die tödliche Mattheit und Kälte ihrer Gliedmaßen sagte mir, daß der Leib, den ich umfangen hielt, nicht länger die Elisabeth war, die ich geliebt und geschätzt hatte. Sie trug die mörderischen Würgemale vom Griff des Widersachers am Hals, und der Atem hatte aufgehört, aus ihrem Mund zu strömen.

Während ich noch in Qual und Verzweiflung über ihr lag, hob ich unwillkürlich den Blick. Zuvor waren die Läden vor den Fenstern des Zimmers gewesen, aber nun sah ich mit eisigem Schrecken das fahle Mondlicht in den Raum scheinen. Jemand hatte die Fensterläden aufgestoßen, und ich erblickte mit unbeschreiblichem Entsetzen die grauenhafteste und abscheulichste Gestalt. Auf dem Antlitz des Ungeheuers lag ein Grinsen, während er mit höhnischer Geste auf die Leiche meines Weibes deutete. Ich eilte ans Fenster, riß im Laufen die Pistole aus meine Weste und schoß; aber er duckte sich, sprang von seinem erhöhten Beobachtungsposten und rannte mit der Geschwindigkeit eines Blitzes in den See.

Auf den Pistolenknall hin füllte sich das Zimmer mit Menschen. Ich deutete auf die Stelle, wo der Dämon in den See getaucht war, und wir folgten seinen Spuren in Booten; Netze wurden ausgeworfen, aber vergeblich. Nach einigen Stunden kehrten wir entmutigt um; die meisten meiner Helfer glaubten, die Gestalt, die ich erblickt hatte, sei meiner Phantasie entsprungen. Nach der Landung setzten sie ihre Suche an Land fort und durchstreiften truppweise in verschiedenen Richtungen die Wälder und Weinberge. Ich gab mir Mühe, sie zu begleiten, und folgte ihnen ein Stück vom Haus fort; aber in meinem Kopf drehte sich alles, meine Schritte waren wie die eines Trunkenen, und endlich verfiel ich in einen Zustand äußerster Erschöpfung; mein Blick umflorte sich, und meine Haut trocknete in der Hitze des Fiebers aus. In diesem Zustand wurde ich ins Haus zurückgetragen und auf ein Bett gelegt; kaum, daß mir bewußt geworden wäre, was um mich herum vorging; mein Blick wanderte im Zimmer umher, als sei ich auf der Suche nach etwas, das ich verloren hatte.

Nach einer Weile erhob ich mich von meinem Lager und schleppte mich, wie durch den Instinkt geleitet, in den Raum, in dem der Leichnam meiner Geliebten lag. Im Zimmer standen weinende Frauen; ich warf mich über die Tote und weinte ebenfalls, ohne in dieser ganzen Zeit einen klaren Gedanken fassen zu können; mein Denken schweifte ziellos umher und befaßte sich verwirrt mit den Unglücksfällen und ihrem Urheber. Verwunderung und Entsetzen hüllten mich wie eine Wolke ein. Der Tod Willams, die Hinrichtung Justines, die Ermordung Clervals, und nun mein Weib – und selbst jetzt wußte ich nicht, ob meine verbliebenen Freunde vor dem Wüten des Widersachers sicher waren; mein Vater mochte sich in diesem Augenblick unter seinem Zugriff winden, und Ernest konnte tot zu seinen Füßen liegen. Diese Vorstellung ließ mich erschauern und mahnte mich zu Taten. Ich sprang auf, entschlossen, so rasch wie möglich nach Genf zurückzueilen.

Es waren keine Pferde aufzutreiben, und so blieb mir nur das Boot; aber der Wind stand ungünstig, und der Regen fiel in wahren Sturzbächen hernieder. Immerhin war es noch nicht Morgen, und ich konnte hoffen, am Abend in Genf anzukommen. Ich mietete einige Ruderer und griff auch selbst zum Ruder; körperliche Betätigung hatte schon immer meine Seelenqualen gelindert. Aber das Übermaß an Trauer, das ich nun empfand, und die heftige Gemütsbewegung machten mir jede körperliche Anstrengung unmöglich. Ich ließ das Ruder fahren, stützte den Kopf in die Hände und gab mich ganz meinen düsteren Gedanken hin. Wenn ich aufschaute, sah ich Landschaften, die mir aus glücklicheren Zeiten vertraut waren und die ich noch gestern gemeinsam mit Elisabeth betrachtet hatte; mit ihr, die nun nur noch ein Schatten und eine Erinnerung war. Tränen strömten mir aus den Augen. Der Regen hatte vorübergehend nachgelassen, und ich sah die Fische sich im Wasser tummeln, wie sie es auch wenige Stunden zuvor getan hatten, als Elisabeth ihnen zuschaute. Nichts wirkt so schmerzlich auf das menschliche Gemüt wie eine große und plötzliche Veränderung. Ob die Sonne schien oder die Wolken sich noch tiefer senkten; nichts konnte für mich mehr so sein, wie es am Tag zuvor gewesen war. Mein Widersacher hatte mir jede Hoffnung auf zukünftiges Glück geraubt; kein Geschöpf konnte unglücklicher als ich, kein Ereignis in der gesamten Menschheitsgeschichte entsetzlicher sein.

Weshalb sollte ich noch lange bei dem Geschehen verweilen, das auf dieses letzte, vernichtende Ereignis folgte? Ich habe von den Schrecknissen meines Lebens berichtet; ich habe die Akme erreicht, und was nun folgte, kann Euch nur noch langweilen. Wisset, daß mir meine Freunde einer nach dem anderen fortgenommen wurden; ich blieb in äußerster Einsamkeit zurück.

Meine Kraft ist erschöpft, und ich muß meinen gräßlichen Bericht mit wenigen Worten zu Ende führen.

Ich langte in Genf an. Noch lebten mein Vater und Ernest, aber mein Vater brach unter dem, was ich ihm berichtete, zusammen. Ich sehe diesen ausgezeichneten und ehrwürdigen alten Mann gerade jetzt vor mir! Sein leerer Blick irrte umher; seiner letzten Freude, seines letzten Entzückens beraubt – seiner Elisabeth, die ihm mehr als eine Tochter gewesen war; an der er mit der ganzen Zuneigung gehangen hatte, die ein Mann nur empfinden kann, dessen Leben sich dem Ende zuneigt und der so viele Freunde und Verwandte hat sterben sehen und sich mit desto größerer Inbrunst an die wenigen Menschen klammert, die ihm noch geblieben sind; verflucht, verflucht sei der Widersacher, der Unglück über sein graues Haar brachte und ihn dazu verdammte, sein Leben in verzweifelter Trauer zu beschließen! Er konnte mit dem ganzen Elend, das über ihn hereinbrach, nicht leben; seine Kraft versagte; er konnte sich nicht mehr von seinem Lager erheben, und wenige Tage später starb er in meinen Armen.

Und was geschah mit mir? Ich weiß es nicht; ich verlor jegliches Empfindungsvermögen, und Ketten und Dunkelheit waren die einzigen Dinge, die mir bewußt wurden. Manches Mal träumte ich freilich, daß ich in Gesellschaft der Freunde aus meiner Jugend über blumige Auen in anmutigen Tälern wandelte; aber als ich erwachte, fand ich mich in einem Kerker wieder. Dann ergriff mich Melancholie, aber mit der Zeit erlangte ich ein klares Bild vom Elend meiner Lage und wurde aus dem Gefängnis entlassen. Denn man hatte mich für wahnsinnig erklärt, und – wie ich im nachhinein begriff – für viele Monate in eine Tobzelle geworfen.

Aber die Freiheit hätte ein nutzloses Geschenk für mich dargestellt, wäre nicht zugleich mit meiner Vernunft auch mein Rachedurst aufs neue erwacht. Da die Erinnerung an mein vergangenes Ungemach mich bedrückte, begann ich, über seinen Urheber nachzudenken – das Ungeheuer, das ich erschaffen hatte; den erbärmlichen Dämon, den ich zu meinem eigenen Verderben in die Welt entlassen hatte. Der Gedanke an ihn erfüllte mich mit einer wahnwitzigen Wut, und ich hoffte und betete verzweifelt darum, daß er in meine Hände gegeben würde, damit ich eine einzigartige Rache an dem Verfluchten verüben konnte.

Mein Haß gab sich nicht länger mit nutzlosen Wunschträumen zufrieden; ich begann über die besten Methoden nachzusinnen, des Ungeheuers habhaft zu werden; zu diesem Zweck begab ich mich etwa einen Monat nach meiner Entlassung zu einem Strafrichter der Stadt und teilte ihm mit, daß ich eine Anklage zu erheben hätte; ich würde den Mörder meiner Familie kennen und verlangte von ihm, daß er seine ganze Autorität aufbot, um den Mörder zu ergreifen.

Der Richter hörte mir aufmerksam und wohlwollend zu und sagte schließlich: »Seid versichert, mein Herr, daß ich keine Mühe und Anstrengungen scheuen werde, um den Schurken ausfindig zu machen.«

»Ich danke Euch«, erwiderte ich, »aber hört Euch nun die Aussage an, die ich zu machen habe. Sie ist in der Tat so seltsam, daß ich befürchten müßte, auf Unglauben zu stoßen, wäre mein Bericht nicht wahrheitsgemäß, so verwunderlich er sich auch anhören mag. Er ist zu folgerichtig, um als Wahnvorstellung abgetan werden zu können, und ich habe keinen Anlaß, Euch irrezuführen.«

Während ich derart zu ihm sprach, war mein Verhalten eindrucksvoll, aber bedächtig; ich hatte in meinem Herzen den Entschluß gefaßt, meinen Widersacher zu verfolgen, bis er tot war, und dieser Vorsatz besänftigte meine Qual und versöhnte mich vorübergehend sogar mit dem Leben. So habe ich ihm denn in kurzer Form, aber mit Festigkeit und den Tatsachen entsprechend meine Geschichte erzählt, sämtliche Daten genau genannt und mir keinerlei Ausfälligkeiten oder Gefühlsausbrüche gestattet.

Der Richter wirkte zunächst völlig ungläubig, aber im weiteren

Verlaufe meines Berichts wurde er aufmerksamer und interessierter; gelegentlich sah ich, wie er vor Entsetzen erschauerte, bei anderen Gelegenheiten malte sich auf seinem Antlitz lebhafte Überraschung ab, die jedoch nicht mit Ungläubigkeit einherging.

Als ich mit meinem Bericht zu Ende war, sagte ich: »Dies ist das Geschöpf, das ich anklage und zu dessen Ergreifung und Bestrafung Ihr Eure ganze Macht aufbieten sollt. Es ist Eure Pflicht als Richter, und ich glaube und hoffe, daß Eure Empfindungen als Mann Euch in diesem Falle nicht vor der Ausübung Eures Amts abhalten werden.«

Dieser Appell rief eine beträchtliche Veränderung in der Miene meines Zuhörers hervor. Er hatte meinem Bericht mit jenem halben Glauben gelauscht, mit dem man eine Geister- oder Spukgeschichte anhört; aber als er aufgerufen wurde, offiziell einzuschreiten, kehrte sein Unglauben mit Macht zurück. Trotzdem fiel seine Antwort milde aus: »Ich würde Euch gern bei Euren Anliegen helfen; jedoch scheint mir das Geschöpf, von dem Ihr sprecht, über Kräfte zu verfügen, die alle meine Bemühungen vereiteln würden. Wer vermöchte ein Wesen zu verfolgen, das einen Gletscher überqueren und in Höhlen und Gletscherspalten hausen kann, die zu betreten kein Mensch wagen würde? Außerdem sind seit der Verübung seines Verbrechens mehrere Monate verstrichen, und wir verfügen über keinerlei Anhaltspunkte dafür, an welchen Ort er sich begeben hat oder in welcher Weltgegend er sich nun aufhalten mag.«

»Ich zweifle nicht daran, daß er in der Nähe meiner Wohnung aufzufinden wäre; und falls er tatsächlich Zuflucht in den Alpen gesucht hat, könnte man ihn jagen wie die Gemse und wie ein wildes Tier erlegen. Ich ahne, was Ihr denkt; Ihr glaubt meinem Bericht nicht und habt nicht die Absicht, meinen Feind seiner wohlverdienten Strafe zuzuführen.«

Während dieser Worte sprühten meine Augen vor Wut; der Richter war eingeschüchtert.

»Ihr irrt Euch«, erwiderte er, »ich werde mich bemühen, und wenn es in meiner Macht steht, das Ungeheuer zu ergreifen, seid versichert, daß es eine Strafe erleiden wird, die seinen Untaten angemessen ist. Aber ich fürchte, in Anbetracht seiner Fähigkeiten, die Ihr selbst beschrieben habt, wird sich dieses Unterfangen als undurchführbar erweisen; und deshalb solltet Ihr Euch auf eine Enttäuschung gefaßt machen, obwohl wir alle vernünftigen Maßnahmen ergreifen.«

»Nimmermehr; aber alles, was ich sagen könnte, wäre von geringem Nutzen. Meine Rache ist für Euch ohne Bedeutung, aber wenn sie auch lasterhaft sein mag, so bekenne ich doch, daß sie die verzehrende und einzige Leidenschaft meiner Seele darstellt. Wenn ich daran denke, daß dieser Mörder, den ich auf die menschliche Gesellschaft losgelassen habe, immer noch lebt, bemächtigt sich meiner unsäglicher Zorn. Ihr lehnt mein gerechtes Ansinnen ab; also bleibt mir nur noch eine Möglichkeit – ich widme mich selbst seiner Vernichtung; auf Leben oder Tod.«

Ich zitterte bei diesen Worten vor unerträglicher Erregung; in meinem Verhalten war eine Besessenheit und außerdem etwas – daran zweifle ich nicht – von jener stolzen Wildheit, die man den alten Märtyrern nachsagt. Aber für einen Genfer Richter, dessen Denken mit ganz anderen Idee als der Aufopferung und Heroismus befaßt war, mußte ein solcher hochgemuter Sinn verdächtig nach Wahnsinn aussehen. Er bemühte sich, mich zu beschwichtigen, wie es eine Amme bei einem Säugling tun mag, und wies meinen Bericht als Ausgeburt eines Fieberwahns zurück.

»Mann«, schrie ich, »wie unwissend seid Ihr in Eurem Stolz, alles zu wissen! Schweigt; Ihr wißt ja nicht, wovon Ihr redet.«

Ich verließ den Richter zornig und aufgewühlt und kehrte nach Hause zurück, um über eine andere Vorgehensweise nachzudenken.

KAPITEL VIERUNDZWANZIG

In meiner gegenwärtigen Verfassung ging jeder bewußte Gedanke sogleich wieder unter. Der Zorn riß mich mit sich; nur der Gedanke an Rache verlieh mir noch Kraft und Gefaßtheit; er bestimmte meine Gefühle und ermöglichte mir, in Zeiten berechnend und kühl zu sein, wenn ich im anderen Falle eine Beute des Fieberwahns oder des Todes geworden wäre.

Mein erster Entschluß war, Genf für immer zu verlassen; mein Heimatland, das mir teuer gewesen, als ich noch glücklich war und geliebt wurde, mir aber nun in meinem Unglück verhaßt geworden war. Ich versah mich mit einer Summe Geldes sowie mit einigen Schmuckstücken, die meiner Mutter gehört hatten, und reiste ab.

Nun begannen meine Wanderungen, die erst mit meinem Tode ein Ende finden werden. Ich habe einen großen Teil des Erdenrunds durchquert und all die Entbehrungen erduldet, denen Reisende in wüsten Einöden und barbarischen Ländern ausgesetzt zu sein pflegen. Ich weiß kaum, wie ich überlebt habe; so manches Mal streckte ich meine versagenden Glieder im Sande aus und betete darum, sterben zu dürfen. Aber das Verlangen nach Rache hielt mich am Leben; ich wagte nicht, zu sterben, während mein Widersacher noch lebte.

Nachdem ich Genf verlassen hatte, war es meine erste Sorge gewesen, einen Hinweis zu finden, der mir ermöglichen würde, die Spur meines Widersachers aufzunehmen. Aber ich hatte keinen festen Plan, und ich wanderte viele Stunden lang in der Umgebung der Stadt umher; unentschlossen, welchen Weg ich einschlagen sollte. Bei Anbruch der Nacht fand ich mich am Eingang des Friedhofs wieder, auf dem William, Elisabeth und mein Vater ruhten. Ich betrat ihn und näherte mich dem Grabmal, das ihre Gräber kennzeichnete. Alles war still, nur die Blätter der Bäume raschelten leise im Wind; die Nacht war fast völlig dunkel; und die Szenerie würde auch einen unbeteiligten Beobachter feierlich und bewegt gestimmt haben. Die Geister der Verstorbenen schienen umherzuschweben und einen Schatten über das Haupt des Trauernden zu werfen, der zwar nicht sichtbar, aber fühlbar war.

Der tiefe Kummer, den die Szenerie in mir ausgelöst hatte, wurde rasch durch Wut und Verzweiflung ersetzt. Sie waren tot, und ich lebte; und ihr Mörder lebte ebenfalls noch; um ihn auszulöschen, mußte ich mein elendes Leben fortsetzen. Ich kniete im Gras nieder, küßte den Erdboden und rief mit bebenden Lippen aus. »Bei dem geweihten Boden, auf dem ich knie; bei den Schatten der Verstorbenen, die in meiner Nähe wandeln; bei dem tiefen und untröstlichen Kummer, den ich fühle; schwöre ich – und bei dir, o Nacht, und bei den Geistern, die über dich wachen –, den Dämon zu verfolgen, der dieses Ungemach verschuldet hat, bis einer von uns beiden im tödlichen Kampf auf der Strecke bleibt. Diesem Ziel will ich mein Leben weihen; um diese so teure Rache auszuführen, will ich wieder die Sonne sehen und über den grünen Teppich der Erde wandeln, der im anderen Fall für immer aus meinen Augen schwinden würde. Und ich rufe euch an, ihr Totengeister, und euch, ihr ruhelosen Racheengel, mich in meinem Werk zu unterstützen und anzuleiten. Laßt das verfluchte Ungeheuer tief vom Trank der Qual trinken; laßt ihn die Verzweiflung fühlen, die jetzt mich peinigt.«

Ich hatte meinen Schwur mit einer Feierlichkeit und einer

Ehrfurcht begonnen, die mir beinahe sicher scheinen ließen, daß die Schatten meiner ermordeten Freunde mein Gelöbnis hören und gutheißen würden; aber im weiteren Verlauf wurde ich von Furien besessen, und die Wut erstickte jede meiner Äußerungen.

Durch die Stille der Nacht antwortete mir ein lautes, widerwärtiges Lachen, das mir lange und dröhnend in den Ohren klang und von den Bergen widerhallte, und ich kam mir vor, als umgebe mich die Hölle mit Spott und Gelächter. Gewiß hätte mich in diesem Augenblick der Wahnsinn befallen und ich meinem elenden Leben ein Ende bereiten sollen, wäre nicht mein Schwur vernommen und ich für die Aufgabe erhalten geblieben. Das Lachen erstarb, und eine wohl vertraute und verhaßte Stimme raunte mir, wie es schien, aus nächster Nähe zu: »Ich bin es zufrieden, elender Schurke! Du hast also beschlossen, zu leben, und ich bin es zufrieden!«

Ich eilte auf die Stelle zu, von der aus ich die Stimme vernommen hatte; aber der Dämon entkam meinen Händen. Mit einemmal stieg die mächtige Mondscheibe empor und beschien seine abscheuliche Mißgestalt, die mit unmenschlicher Geschwindigkeit entfloh.

Ich begann mit ihrer Verfolgung; und diese Aufgabe sollte viele Monate in Anspruch nehmen. Von geringfügigen Zeichen geleitet, folgte ich ihm den gewundenen Lauf der Rhône entlang. Aber vergebens! Ich erreichte das blaue Mittelmeer, und dank eines seltsamen Zufalls sah ich den Widersacher bei Nacht an Bord eines Schiffes gehen, das zum Schwarzen Meer fahren sollte. Ich buchte eine Überfahrt auf demselben Schiff; aber das Wesen entkam; ich weiß nicht, wie.

Ich blieb ihm in den Weiten der Tatarei und Rußlands auf den Fersen, wenn er mir auch stets entkam. Zuweilen wiesen mir von seiner fürchterlichen Erscheinung entsetzte Bauern den Weg, den er genommen hatte; dann wiederum hinterließ er selbst mir ein Zeichen, da er wohl befürchtete, ich könne ihn aus den Augen verlieren, mich der Verzweiflung hingeben und sterben.

Schnee fiel mir auf den Kopf, und ich machte seine riesenhaften Fußabdrücke in der weißen Ebene aus. Da Ihr erst an der Schwelle des Lebens steht und Euch die Sorge neu und Qual unbekannt ist, könnte Ihr nicht nachvollziehen, was ich empfand und noch empfinde. Kälte, Durst, Hunger und Erschöpfung waren die geringsten Qualen, die ich erdulden mußte; ich war mit einem satanischen Fluch beladen und trug meine eigene, unentrinnbare Hölle mit mir herum; aber dennoch folgte mir ein guter Geist und lenkte meine Schritte, und wenn ich gegen mein Schicksal aufbegehrte, half er mir unversehens über scheinbar unüberwindliche Schwierigkeiten hinweg. Manches Mal, wenn mein Körper vom Hunger erschöpft war und aufgeben wollte, fand ich in der Wildnis eine Mahlzeit vor, die mich kräftigte und wieder guten Mutes sein ließ. Freilich war die Kost grob, wie die Bauern dieses Landes sie aßen; aber ich zweifle nicht daran, daß die Geister, die ich um Beistand angefleht hatte, sie mir verschafften. Oft, wenn alles ringsum am Verdorren und der Himmel unbewölkt war und mich der Durst plagte, zog eine zarte Wolke auf und labte mich mit einigen Wassertropfen, um gleich darauf wieder zu verschwinden.

Wann immer dies möglich war, folgte ich dem Verlauf von Flüssen, aber der Dämon vermied sie im allgemeinen, da sich dort größtenteils die Bevölkerung des jeweiligen Landes angesiedelt hatte. Ansonsten bekamen wir nur selten Menschen zu sehen; und ich fristete mein Leben meistens mit Tieren, die meinen Weg kreuzten. Ich trug Geld bei mir und erwarb die Freundschaft der Dörfler, indem ich es verteilte, oder ich brachte ein Stück erlegtes Wild mit, das ich – nachdem ich ein kleines Stück davon entnommen hatte – stets denjenigen anbot, die mir ein Feuer und Kochgerät zur Verfügung stellten.

Ich verabscheute es wirklich, ein solches Leben zu führen,

und nur der Schlaf brachte mir Freude. O gesegneter Schlaf! Oft ruhte ich, wenn ich mich am elendsten fühlte, und meine Träume waren mein Entzücken. Die Geister, die mich schützten, spendeten mir diese Augenblicke, oder vielmehr Stunden, des Glücks, damit mir die Kraft erhalten bliebe, meine Pilgerfahrt zu vollenden. Ohne diese Gnadenfristen wäre ich meiner Mühsal erlegen. Am Tage hielt mich die Hoffnung auf die Nacht aufrecht und ermunterte mich, denn im Schlaf sah ich meine Lieben, mein Weib und mein geschätztes Heimatland wieder; ich sah die gütigen Züge meines Vaters wieder, hörte den silberhellen Klang der Stimme Elisabeths und freute mich über die Gesundheit und Jugend Clervals. Oft, wenn ich durch einen beschwerlichen Marsch ermattet war, redete ich mir ein, daß dies alles nur ein Traum sei, und daß ich mich in der Nacht einer Wirklichkeit in den Armen meiner liebsten Freunde erfreuen werde. Welch quälende Liebe ich für sie empfand! Wie ich mich an ihren teuren Gestalten ergötzte, die mich manches Mal sogar in den wachen Stunden verfolgten und mir einzureden versuchten, daß sie noch lebten! In solchen Augenblicken erstarb die Rachsucht, die in mir brannte, in meinem Herzen, und ich folgte meinem Ziel der Vernichtung des Dämons mehr als einer Aufgabe, mit der mich der Himmel betraut hatte, als dem unwillkürlichen Antrieb durch eine unbewußte Macht oder als dem glühenden Verlangen meiner Seele.

Die Gefühle desjenigen, den ich verfolgte, blieben mir verborgen. Zuweilen schnitt er tatsächlich Zeichen in die Rinde der Bäume oder in Steine, die mir Hinweise auf die eingeschlagene Richtung gaben und meine Wut neu anfachten. »Meine Herrschaft ist noch nicht vorüber«, lautete eine dieser Botschaften, »du lebst, und meine Macht ist unumschränkt. Folge mir; ich bin auf dem Weg in den ewigen Frost des Nordens, wo du die Kälte erdulden wirst, die mir nichts anzuhaben vermag. Du wirst, wenn du mir nicht zu zögern folgst, nahe dieser Stelle einen toten

Hasen finden; verzehre ihn, auf daß er dir neue Kraft spende. Nur weiter, mein Feind; wir müssen noch um Leben oder Tod ringen; aber du mußt dich noch viele beschwerliche und entbehrungsreiche Stunden lang gedulden, bis dieser Zeitpunkt naht.«

Spöttischer Teufel! Ich erneuere meinen Racheschwur; aufs neue verspreche ich dir, elender Dämon, Qual und Tod. Niemals will ich aufgeben, bis einer von uns beiden verdirbt; und mit welcher Verzückung werde ich mich dann meiner Elisabeth und meinen dahingegangenen Freunden zugesellen, die schon jetzt meinen Lohn für all meine Mühen und Plagen auf dieser entsetzlichen Pilgerschaft vorbereiten!

Während ich meine Verfolgung in den Norden fortsetzte, wurde der Schnee dichter und nahm die Kälte in einem Ausmaß zu, das beinahe unerträglich war. Die Bauern hatten sich in ihre Hütten verkrochen, und nur wenige Hartgesottene waren unterwegs, um der Tiere habhaft zu werden, die der Hunger aus ihren Schlupfwinkeln auf die Nahrungssuche getrieben hatte. Die Flüsse waren mit Eis bedeckt, und ich konnte mir keinen Fisch beschaffen; somit war ich meiner wichtigsten Nahrungsquelle beraubt.

Der Triumph meines Feindes wuchs mit der Zunahme meiner Entbehrungen. Eine der Nachrichten, die er mir hinterließ, hatte folgenden Wortlaut: »Sei bereit! Deine Mühsal fängt gerade er an; hülle dich in Pelze und versorge dich mit Nahrungsvorräten, denn wir treten bald in einen Abschnitt der Reise, in dem deine Qualen meinen unvergänglichen Haß befriedigen werden.«

Diese höhnischen Worte stachelten meinen Mut und meine Hartnäckigkeit nur an; ich beschloß, nicht von meinem Ziel abzulassen; und indem ich den Himmel um Unterstützung anflehte, setzte ich meine Verfolgungsjagd mit unermüdlichem Eifer durch ungeheure Einöden fort, bis an der äußersten Grenze des Horizonts der unendliche Ozean sichtbar wurde. Oh, wie wenig Ähnlichkeit er mit den blauen Meeren des Südens aufwies!

Mit Eis bedeckt, unterschied er sich nur durch seine größere Wildheit und Zerklüftetheit vom Festland. Die Griechen hatten vor Freude geweint, als sie von den Bergen Asiens aus das Mittelmeer erblickten, und mit Jubel das Ende ihrer Mühsal gefeiert. Ich weinte nicht, aber ich kniete nieder und dankte aus übervollem Herzen meinem Schutzgeist dafür, daß er mich sicher zu einem Ort geleitet hatte, an dem ich hoffte, meinen Widersacher all seinem Hohn zum Trotz einholen und mit ihm kämpfen zu können.

Einige Wochen zuvor hatte ich mir einen Schlitten sowie ein Hundegespann besorgt und auf diese Art die Schneefelder mit unbegreiflicher Geschwindigkeit überquert. Ich weiß nicht, ob der Dämon über die gleichen Annehmlichkeiten verfügte, aber ich bemerkte, daß ich nicht länger an Boden verlor, und ich holte beträchtlich auf, so daß er mir nur noch um eine Tagesreise voraus war, als ich zum ersten Male den Ozean erblickte und ich hoffen konnte, ihn noch vor der Küste abzufangen. Ich stürmte deshalb mit neuem Mut voran und erreichte schon zwei Tage später ein erbärmliches Dörfchen am Meeresufer. Ich befragte die Menschen dort nach dem Dämon und erhielt genauestens Bescheid. Sie sagten, am Abend zuvor sei ein mit einer Flinte und vielen Pistolen bewaffneter, riesenhafter Unhold angekommen, habe die Bewohner einer abgelegenen Hütte allein durch seine entsetzliche Erscheinung in die Flucht geschlagen und sich ihrer Nahrungsmittelvorräte für den Winter bemächtigt, die er in einem Schlitten verstaute; dann habe er eine zahlreiche Meute geschulter Hunde eingefangen, die Tiere vor seinen Schlitten gespannt, und war zur großen Freude der vor Furcht zur Gegenwehr unfähigen Dorfbewohner noch am selben Abend übers Meer aufgebrochen; in eine Richtung, die zu keinem Land führte; und sie vermuteten, daß er alsbald im Eise einbrechen oder im ewigen Frost erfrieren müsse.

Als ich diese Nachricht vernahm, erlitt ich einen vorübergehenden Anfall von Verzweiflung. Er war mir entkommen, und ich mußte mich den Gefahren einer nahezu endlosen Reise über die Eisgebirge des Ozeans unterziehen – umgeben von einer Kälte, die selbst unter den Eingeborenen dieser Weltgegend nur wenige für längere Zeit auszuhalten vermochten, und die ich als in einem warmen und sonnigen Klima Geborener nicht zu überleben hoffen durfte. Aber die Vorstellung, daß der Widersacher leben und triumphieren sollte, ließ meine Wut und Rachegelüste mit erneuerter Macht zurückkehren, bis sie alle übrigen Gefühle überschwemmten. Nach einer kurzen Ruhepause, während derer die Geister der Toten um mich waren und mich anstachelten, zum Zweck der Rache neuerliche Mühen auf mich zu nehmen, bereitete ich mich auf die Fortsetzung der Reise vor.

Ich tauschte meinen Landschlitten gegen ein Gefährt aus, das besser für die Unebenheiten des Eismeeres gerüstet war, und brach, nachdem ich einen reichlichen Vorrat an Proviant erworben hatte, auf das eisbedeckte Meer auf.

Ich vermag nicht abzuschätzen, wieviel Tage seitdem vergangen sind; aber ich habe Entbehrungen erduldet, die auszuhalten mir nur die unzerstörbare Gewißheit einer gerechten Vergeltung ermöglichte, die in meinem Herzen brannte. Ungeheure und zerklüftete Eisberge machten mir die Weiterfahrt oft unmöglich, und häufig vernahm ich das Donnern der Grundsee, die mich zu verschlingen drohte. Aber dann erneuerte sich der Frost und machte die Pfade der See wieder sicher.

Anhand der Menge an Nahrungsmitteln, die ich verzehrte, läßt sich abschätzen, daß dieser Teil der Reise drei Wochen lang währte; und die ständige Hinauszögerung des Zieles der Hoffnung, die immer wieder in meinem Herzen aufkeimte, trieb mir oftmals bittere Tränen der Mutlosigkeit und Verzagtheit in die Augen. Die Verzweiflung hatte mich in der Tat beinahe schon in ihrem sicheren Griff, und fast wäre ich meinem Elend erlegen. Einmal hatten die armen Geschöpfe, die mich zogen, unter unglaublichen Mühen den Gipfel eines Eisbergs bezwungen – einer der Hunde war an Erschöpfung gestorben –, und ich betrachtete voller Bekümmernis die Weite, die sich vor mir erstreckte, als ich plötzlich einen dunklen Fleck in der trostlosen Ebene gewahrte. Ich strengte meine Augen an, um herauszufinden, um was es sich handeln könnte, und stieß ein wildes Triumphgeheul aus, als ich einen Schlitten und auf ihm die wohlvertraute, ungeschlachte Gestalt entdeckte. O! Mit welch glühendem Schwalle ergoß sich neue Hoffnung in mein Herz! Warme Tränen füllten meine Augen, und ich wischte sie hastig fort, damit sie mir nicht den Blick auf den Dämon verschleierten; aber meine Sicht trübte sich immer wieder durch das brennende Naß, bis ich meinen Gefühlen freien Lauf ließ und in lautes Weinen ausbrach.

Aber es war dies nicht die Zeit für Verzögerungen; ich befreite die Hunde des Gespanns von ihrem toten Gefährten, legte ihnen eine reichliche Portion Fressen vor, und nach einer Pause von einer Stunde, die ganz und gar unerläßlich, mir aber höchst unwillkommen war, setzte ich meine Fahrt fort. Das andere Schlittengespann war immer noch sichtbar, und ich verlor es auch nicht aus den Augen, außer in den kurzen Augenblicken, in denen ein zerklüfteter Eisberg es meiner Sicht entzog. Tatsächlich holte ich merklich auf, und als ich nach einer fast zweitägigen Fahrt meinen Feind nicht mehr weiter als eine Meile entfernt gewahrte, schlug mir das Herz bis zum Hals.

Aber dann, als ich meinem Widersacher schon fast zum Greifen nahe gekommen war, wurden meine Hoffnungen plötzlich zerschlagen, und ich verlor seine Spuren gründlicher, als es jemals zuvor der Fall gewesen war. Die Grundsee machte sich bemerkbar; das Donnern der rollenden und schwellenden Wasser unter mir wurde mit jedem Moment drohender und furchtbarer. Ich trieb die Hunde an, aber vergebens. Ein Sturm kam auf; die See brüllte; ich spürte unter den Füßen eine gewaltige

Erschütterung wie bei einem Erdbeben, dann krachte und barst das Eis mit entsetzlichem und ohrenbetäubendem Getöse. Bald war alles vorüber; wenige Minuten später rollte die aufgewühlte See zwischen mir und meinem Feind; ich trieb auf einer losgebrochenen Eisscholle, die ständig kleiner wurde, und bereitete mich auf einen gräßlichen Tod vor.

Ich verbrachte viele, furchtbare Stunden in dieser Lage; mehrere meiner Hunde starben, und auch ich selbst stand kurz davor, mich der äußersten Mutlosigkeit zu ergeben, als ich Euer vor Anker liegendes Schiff erblickte, das mir Hoffnung auf Hilfe und Leben eingab. Ich hatte nicht geahnt, daß sich jemals Schiffe so weit in den Norden vorwagten, und war über den Anblick einigermaßen erstaunt. Ich nahm meinen Schlitten rasch teilweise auseinander, um Ruder anzufertigen, und war mit ihrer Hilfe in der Lage, mein Eisfloß unter unsäglichen Mühen in Richtung auf Euer Schiff zu lenken. Ich war jedoch entschlossen, falls Ihr Euch auf Südkurs befinden solltet, mich lieber auf Gedeih oder Verderb dem Meer zu überlassen, als von meinem Vorhaben abzusehen. Ich hoffte, Euch zu überreden, daß Ihr mir ein Boot überlassen würdet, in dem ich meinem Feind nachsetzen konnte. Aber Euer Kurs war nordwärts gerichtet. Ihr nahmt mich in dem Augenblick an Bord, als meine Kräfte erschöpft waren, und ich kurz davor stand, aufgrund meiner vielfältigen Strapazen dem Tode – den ich immer noch fürchtete, da meine Aufgabe noch nicht erfüllt ist – in die Arme zu sinken.

O! Wann wird mein Schutzgeist mich endlich zu dem Dämon führen und mir die Ruhe gestatten, die ich so sehnlich mir wünsche – oder muß ich sterben, während er am Leben bleibt? Falls ich sterben sollte, so schwört mir, Walton, daß er nicht entkommen wird: daß Ihr ihn suchen und meine Rache an ihm erfüllen werdet, indem Ihr ihn tötet. Ist es anmaßend von mir, Euch zu bitten, daß Ihr meine Pilgerschaft übernehmt; daß auch Ihr jene Entbehrungen auf Euch nehmt, die ich erdulden mußte? Nein;

nicht Eigennutz spricht aus mir. Dennoch; wenn ich tot bin und er erscheinen sollte; wenn die Racheengel ihn Euch zutreiben sollten; so schwört, daß er nicht leben wird – schwört, daß er nicht über das Übermaß meiner Trauer triumphieren und überleben wird, um die Liste seiner finsteren Untaten zu verlängern. Er ist beredt und versteht es, zu überzeugen; einmal hatten seine Worte sogar Gewalt über mein Herz; aber traut ihm nicht. Seine Seele ist ebenso dämonisch wie seine Erscheinung; voller Ränke und satanischer Bosheit. Hört nicht auf ihn; ruft Euch die Namen William, Justine, Clerval, Elisabeth; meinen Vater und den unglücklichen Viktor ins Gedächtnis, und stoßt ihm Euer Schwert ins Herz. Mein Geist wir in Eurer Nähe sein und den Stahl führen.

WALTON, *in Fortsetzung seines Briefes*
26. August 17 ...

Nun hast Du diese seltsame und entsetzliche Geschichte gelesen, Margaret; fühlst Du nicht ebenfalls Dein Blut vor dem Entsetzen erstarren, das auch das meine selbst jetzt noch gerinnen läßt. Manches Mal konnte er, von plötzlicher Qual ergriffen, in seinem Bericht nicht fortfahren; zu anderen Malen konnte er seine Worte nur mühsam mit vor Wut erstickter und dennoch herzanrührender Stimme hervorstoßen. Seine klaren, wunderschönen Augen waren zuweilen in Empörung entflammt, dann wiederum vor Kummer niedergeschlagen oder in unendlicher Trauer erloschen. Manches Mal war er Herr seiner Miene und seiner Stimme und berichtete in ruhigem Ton über die entsetzlichsten Ereignisse, ohne auch nur die geringste Erregung zu zeigen, dann wieder brach die Wut wie die Lava aus einem Vulkan hervor; sein Gesicht nahm unversehens einen erschreckenden Ausdruck an, und er stieß die wildesten Flüche gegen seinen Peiniger aus.

Sein Bericht ist ohne Unstimmigkeiten und mit dem Anschein einer grundlegenden Wahrheit erzählt; dennoch bin ich Dir die Versicherung schuldig, daß die Briefe von Felix und Safie, die er mir gezeigt hat, und das Auftauchen des Ungeheuers bei unserem Schiff mich mehr von der Wahrheit seiner Erzählung überzeugt haben als seine Beteuerungen, so ernst und stimmig sie auch sein mochten. Demnach existiert dieses Ungeheuer wirklich! Ich kann nicht daran zweifeln; und dennoch überwältigen mich Staunen und Verwunderung. Manches Mal habe ich mich bemüht, von Frankenstein die Einzelheiten seiner Erschaffung dieses Wesens zu erfahren, aber über diesen Punkt schwieg er beharrlich.

»Seid Ihr von Sinnen, mein Freund?« sagte er. »Seht Ihr denn nicht, wohin Eure unbedachte Neugier Euch führen würde? Würdet auch Ihr Euch selbst und der Welt einen dämonischen Widersacher erschaffen? Frieden, Frieden; lernt aus meinem Unglück und sucht nicht, Euer Leid zu vermehren!«

Frankenstein entdeckte, daß ich mir Notizen machte, während ich seinem Bericht lauschte; er bat mich, sie sehen zu dürfen, und berichtigte und erweiterte sie eigenhändig an mehreren Stellen, vor allem aber, um seinen Gespräche mit seinem Feind größere Lebendigkeit zu verleihen. »Da Ihr meine Erzählung schon festhaltet«, sagte er, »möchte ich nicht, daß sie der Nachwelt verstümmelt überliefert wird.«

Während ich dieser seltsamsten Geschichte gelauscht hatte, die je ersonnen wurde, war eine Woche verstrichen. All meine Gedanken und Regungen meiner Seele hatten der Anteilnahme an meinem Gast gegolten, die durch seinen Bericht sowie durch sein sanftes und edles Wesen erweckt worden war. Ich möchte ihn besänftigen; aber kann ich einen Menschen, der so maßlos unglücklich ist – so bar jeglicher Hoffnung und Tröstung –, zum Leben raten? O nein! Die einzige Freude, die seinem zerrütteten Geist jetzt noch zuteil werden kann, ist der Friede des Todes.

Und doch genießt er einen Trost, den er aus seiner Einsamkeit und seinem Fieberwahn schöpft: Er glaubt, daß die Freunde, mit denen er in seinen Träumen Zwiesprache hält, die ihn in seinem Elend ermutigen oder zur Rache anspornen, keine Schöpfungen seiner Phantasie sind, sondern wirkliche Wesen, die ihn aus den Regionen einer jenseitigen Welt besuchen. Diese Überzeugung verleiht seinen Traumgebilden eine Eindringlichkeit, die sie mir fast ebenso eindrucksvoll und fesselnd macht, als seien sie Wirklichkeit.

Unsere Unterhaltungen beschränken sich durchaus nicht immer auf seine eigenen Erlebnisse und Unglücksfälle. Er weist umfassende Kenntnisse in der allgemeinen Literatur sowie eine rasche und durchdringende Auffassungsgabe auf. Seine Beredsamkeit ist bezwingend und beeindruckend, und ich kann ihm nicht ohne Tränen lauschen, wenn er über ein ergreifendes Erlebnis berichtet oder in mir Gefühle des Mitleids oder der Zuneigung zu erwecken versucht. Welch wunderbarer Mensch muß er in den Tagen seines Wohlergehens gewesen sein, da er noch in seinem Elend so übermenschlich nobel ist! Er scheint seinen eigenen Wert und die Tiefe seines Falles zu ahnen.

»Als ich jünger war«, sagte er einmal, »glaubte ich, für Großes ausersehen zu sein. Meine Gefühle sind tief; ich verfügte über ein sachliches Urteilsvermögen, das mich für hervorragende Leistungen prädestiniert scheinen ließ. Diese Ahnung meines eigenen Wertes stärkte mich dort, wo andere unterlegen wären; denn ich empfand es als verbrecherisch, in nutzlosem Kummer jene Talente zu verschleudern, die meinen Mitmenschen nützlich werden mochten. Wenn ich über das Werk nachdachte, das ich vollbracht hatte – es handelte sich ja um nichts Geringeres als die Erschaffung eines empfindsamen und vernünftigen Wesens –, konnte ich mich nicht auf eine Stufe mit jener Schar gewöhnlicher Erfinder setzen. Aber eben diese Einstellung, die mir zu Beginn meiner Laufbahn so hilfreich war, trägt jetzt dazu bei, mich noch tiefer in den Staub zu stoßen. All meine Spekulationen und Hoffnungen sind zunichte geworden; und ebenso wie jener Erzengel, der nach der Allmacht strebte, bin ich in eine ewige Hölle verbannt. Ich verfügte über eine lebhafte Vorstellungskraft sowie über einen analytischen und praktischen Verstand; die Verbindung von beidem gab mir die Idee zur Schaffung eines Menschen ein und ermöglichte mir ihre Ausführung. Die Erinnerung an die Träume, denen ich nachgehangen habe, als mein Werk noch im Entstehen begriffen war, erfüllt mich selbst jetzt noch mit Leidenschaft. Mein Geist schwebte in höheren Regionen; bald frohlockte ich über meine Macht, bald glühte ich bei der Vorstellung ihrer Auswirkungen. Ich war von Kindheit an mit hochfliegenden Hoffnungen und himmelstürmendem Ehrgeiz begabt; und wie tief bin ich gestürzt! Oh! Mein Freund, wenn Ihr mich gekannt hättet, wie ich einmal war; Ihr würde mich in diesem Zustand der Erniedrigung nicht wiedererkennen. Damals ließ ich mich kaum entmutigen; eine große Bestimmung schien mich voranzutragen, bis ich fiel, um mich niemals, niemals mehr zu erheben.«

Muß ich diesen bewundernswerten Menschen tatsächlich wieder verlieren? Ich habe mich nach einem Freund gesehnt; ich habe nach einem Menschen gesucht, der mir Mitgefühl und Zuneigung entgegenbrächte; und siehe; auf diesem wüsten Meer habe ich ihn gefunden; aber ich fürchte, ich habe ihn nur getroffen, um seinen Wert kennenzulernen und ihn wieder zu verlieren. Ich möchte ihn dem Leben zurückgewinnen, aber er verabscheut diese Vorstellung.

»Ich danke Euch, Walton«, sagte er, »für Eure freundlichen Absichten einem so Elenden gegenüber; aber denkt Ihr denn, wenn Ihr von neuen Bindungen und Zuneigungen sprecht, die alten ersetzen zu können, die verlorengegangen sind? Kann denn jemals wieder ein Mann für mich sein, was Clerval mir gewesen ist; oder eine Frau, was Elisabeth mir war? Selbst wenn unsere

Zuneigungen nicht weitgehend von besonderen Vorzügen bestimmt werden, besitzen die Gefährten unserer Kindheit stets eine gewisse Macht über unser Gemüt, die Freunde im späteren Alter kaum jemals erlangen. Unsere Kindheitsgefährten wissen um unsere kindlichen Neigungen, die niemals völlig ausgelöscht werden, so sehr sie sich auch später verändern mögen; und sie können die Lauterkeit unserer Motive mit größerer Sicherheit als spätere Freunde an unseren Taten erkennen. Geschwister können einander niemals des Betruges oder der Falschheit verdächtigen, wenn sich nicht schon früh Anzeichen für solche Neigungen gezeigt haben; wohingegen ein Freund in späteren Lebensjahren sich nicht gegen Verdächtigungen zu wehren vermag, so nahe er uns auch stehen mag. Ich hingegen hatte Freunde, die mir nicht nur aufgrund langjähriger Gewohnheit und Kameradschaft teuer waren, sondern auch wegen ihrer Verdienste; und wo immer ich mich auch aufhalten mag, flüstert mir die begütigende Stimme meiner Elisabeth ins Ohr und lausche ich meinen Gesprächen mit Clerval hinterher. Sie sind tot; und es gäbe nur eines, was mich dazu veranlassen könnte, mein Leben zu erhalten: Wenn ich mit einer hohen Aufgabe oder Ausführung befaßt wäre, die von großer Nützlichkeit für meine Mitmenschen wäre –; dann könnte ich am Leben bleiben, um sie zu erfüllen. Aber dies ist mir nicht bestimmt; ich muß das Wesen verfolgen und vernichten, das ich erschaffen habe; dann wird mein Los auf Erden erfüllt sein, und ich kann sterben.«

2. September

Meine geliebte Schwester,

ich schreibe Dir umgeben von Gefahr und ohne zu wissen, ob es mir jemals vergönnt sein wird, mein teures England und meine lieben Freunde wiederzusehen. Ich bin von Eisbergen umringt, die kein Entkommen gestatten und jeden Augenblick drohen, mein Schiff zu zerschmettern. Die braven Burschen, die ich überredet habe, mich zu begleiten, erwarten Hilfe von mir; aber ich habe keine anzubieten. Unsere Situation ist furchtbar; dennoch verlassen Mut und Hoffnung mich nicht. Aber es ist entsetzlich, darüber nachzudenken, daß das Leben all dieser Männer durch mich in Gefahr gebracht wurde. Sollten wir verloren sein, sind meine aberwitzigen Pläne schuld daran.

Und wie, Margaret, wird es dann erst in Dir aussehen? Du wirst ja nichts von meinem Untergang hören und ängstlich auf meine Rückkehr warten. Jahre werden vergehen, und Du wirst von Verzweiflung und zugleich von Hoffnung gequält werden. Oh! Geliebte Schwester; das trostlose Ausbleiben Deiner sehnlichsten Erwartungen will mir schrecklicher als mein eigener Tod erscheinen. Aber Du hast immerhin einen Gemahl und allerliebste Kinder, und so magst Du Dich glücklich schätzen; der Himmel segne Dich und schenke Dir Glück!

Mein unglücklicher Gast empfindet das innigste Mitleid mit mir. Er bemüht sich, mir Hoffnung zu machen, und redet, als sei das Leben ihm ein wertvolles Gut. Er erinnert mich daran, wie häufig sich andere Seefahrer, die dieses Meer befuhren, in ähnlicher Lage befunden haben, und erfüllt mich mit neuem Lebensmut, indem er sich selbst verleugnet. Selbst die Seeleute spüren die Kraft seiner Beredsamkeit; wenn er mit ihnen spricht, verzweifeln sie nicht länger; er erweckt ihre Energie, und wenn sie seine Stimme vernehmen, glauben sie, daß diese ungeheuren Eisberge nichts weiter als Maulwurfshügel sind, die vor der Entschlossenheit des Menschen weichen werden. Aber diese Gefühle sind vorübergehender Natur; jeder Tag, an dem unsere Erwartungen enttäuscht werden, erfüllt sie mit Furcht – und ich fürchte fast, daß diese Verzweiflung zur Meuterei führen könnte.

5. September

Soeben hat sich eine Szene abgespielt, die so bedeutsam ist, daß ich nicht umhin kann, Dir von ihr zu berichten, obwohl es höchst unwahrscheinlich ist, daß diese Blätter Dich jemals erreichen.

Wir sind immer noch von Eisbergen umgeben; immer noch in äußerster Gefahr, zwischen ihnen zermalmt zu werden. Die Kälte übersteigt jedes Maß, und viele meiner unglücklichen Kameraden haben bereits inmitten dieser Einöden ihr Grab gefunden. Frankensteins Gesundheit verschlechtert sich mit jedem Tag; in seinen Augen brennt ein fiebriges Feuer, aber er ist erschöpft und sinkt bei der geringsten Anstrengung sogleich in einen todesähnlichen Zustand.

In meinem letzten Brief habe ich meine Befürchtung im Hinblick auf eine Meuterei erwähnt. Als ich heute morgen am Lager meines Freundes saß und seine bleichen Züge betrachtete – seine Augen waren halb geschlossen, seine Glieder kraftlos –, wurde ich von einem halben Dutzend Seeleute aufgestört, die Einlaß in die Kabine begehrten. Sie traten ein, und ihr Anführer redete mich an. Er sagte, er und seine Begleiter seien von der übrigen Mannschaft als Delegation an mich ausgewählt worden, um eine Forderung vorzutragen, die ich billigerweise nicht abschlagen könne. Wir seien vom Eise umschlossen, dem wir vermutlich niemals wieder entkommen könnten; aber sie fürchteten, ich könne – falls das Eis sich doch noch teilen und eine Fahrrinne freigeben sollte, was ja durchaus möglich sei – unbesonnen genug sein, auf einer Fortsetzung der Reise zu bestehen und die Mannschaft neuerlichen Gefahren auszusetzen, nachdem sie dieser Bedrohung glücklich entronnen seien. Sie bestünden deshalb auf meinem feierlichen Versprechen, daß ich – falls das Schiff jemals freikäme – sofort einen Südkurs anzuordnen gewillt sei. Diese Ansprache kam überraschend. Ich war nicht über unsere Lage verzweifelt und hatte deshalb noch nicht daran gedacht, umzukehren, falls wir freikämen. Aber hatte ich das Recht oder auch nur die Möglichkeit, dieses Begehren abzuschlagen? Ich zögerte noch mit der Erwiderung, als Frankenstein, der bis jetzt geschwiegen hatte und in der Tat kaum die Kraft zu besitzen schien, sich aufrichtete. Seine Augen blitzten, und seine Wangen röteten sich in einem flüchtigen Wiedererwachen seiner Lebenskraft.

Er wandte sich an die Männer und sagte: »Was muß ich hören? Was verlangt Ihr von Eurem Kapitän? Seid Ihr so leicht von Eurer Pflicht abzulenken? Habt Ihr nicht von einer ruhmreichen Entdeckerfahrt gesprochen? Und aus welchem Grunde ist sie ruhmreich? Nicht, weil die Fahrt so glatt und bequem wie in der Südsee vonstatten gegangen wäre, sondern weil sie voller Gefahren und Schrecknissen war; weil jeder neuerliche Vorfall Euren Mut und Eure Tapferkeit erforderte; weil sie mit Gefahr und Tod verbunden war, die Ihr standhaft überwunden habt. Deshalb war sie ruhmreich; deshalb war sie ein ehrenwertes Unterfangen. Ihr alle solltet nach dieser Expedition als Förderer Eurer Rasse gefeiert werden; Eure Namen sollten als die Namen braver Männer verehrt werden, die zum Wohle der Menschheit dem Tode trotzten. Und nun – was muß ich sehen? Bei der ersten sich zeigenden Gefahr oder, wenn Ihr das lieber hört, bei der ersten großen und schrecklichen Mutprobe, schreckt Ihr zurück und wollt Euch damit zufriedengeben, als Männer zu gelten, die nicht die Stärke hatten, der Kälte und den Gefahren standzuhalten, und so – arme Seelen –, froren und zu ihren warmen Feuerstellen zurückkehrten. Nun, dazu braucht man keine Vorbereitungen zu treffen; Ihr hättet nicht so weit kommen und Euren Kapitän einer beschämenden Niederlage aussetzen müssen, nur, um Euch als Feiglinge auszuweisen. Oh! Seid Männer, oder nein, seid mehr als Männer. Bleibt Eurem Vorsatz treu und seid unerschütterlich wie ein Fels. Dieses Eis ist nicht so fest, wie Eure Herzen es sein können; es ist unbeständig und kann Euch nicht widerstehen, wenn

Ihr entschlossen seid. Kehrt nicht mit dem Brandmal der Schande auf der Stirn zu Euren Familien zurück. Kehrt als Helden zurück, die gekämpft und gesiegt haben, und die nicht wissen, was es heißt, dem Feind den Rücken zuzukehren.«

Während er sprach, spiegelte seine wandlungsfähige Stimme die Empfindungen wider, die er jeweils ausdrücken wollte, und in seinem Blick erstrahlte das Erhabene und Heldenhafte seiner Vision; wundert es Dich da, daß diese Männer bewegt waren? Sie warfen einander Blicke zu und waren unfähig, ihm zu antworten. Ich ergriff das Wort; ich wies sie an, sich zurückzuziehen und das Gehörte zu überdenken; ich sagte, ich werde sie nicht weiter in den Norden führen, falls sie unbedingt das Gegenteil wünschten; ich hoffe aber, daß ihr Mut wiederkehren würde, wenn sie erst einmal nachgedacht hätten.

Sie gingen in ihre Kabinen, und ich wandte mich meinem Freund zu; aber er war zu Tode ermattet zurückgesunken.

Ich weiß nicht, wie die ganze Sache ausgehen wird, aber ich würde lieber sterben, als mit Schande bedeckt umzukehren, ohne mein Vorhaben ausgeführt zu haben. Und dennoch fürchte ich, daß dies mein Schicksal sein wird; die Männer, denen Begriffe wie Ruhm und Ehre fremd sind, werden die Mühsal, der sie jetzt ausgesetzt sind, niemals aus freien Stücken weiterhin auf sich nehmen.

7. September

Die Würfel sind gefallen; ich habe eingewilligt, umzukehren, wenn wir nicht vorher vernichtet werden. Somit sind meine Hoffnungen an Feigheit und Wankelmut zerschellt; ich kehre unwissend und enttäuscht zurück. Es bedürfte größerer Weisheit, als ich sie besitze, um diese Ungerechtigkeit mit Gleichmut zu ertragen.

12. September

Es ist vorbei; ich komme nach England zurück. Ich habe meine Hoffnung auf Verdienst und Ruhm verloren; ich habe meinen Freund verloren. Aber ich will versuchen, Dir, meine liebe Schwester, all die bitteren Einzelheiten mitzuteilen, und solange ich auf meiner Rückreise nach England und zu Dir bin, will ich nicht verzagen.

Am 9. September begann das Eis, sich zu bewegen; in der Ferne war ein donnerndes Getöse zu hören, als die Eisdecke brach und in allen Richtungen zersplitterte. Wir schwebten in höchst akuter Gefahr, aber da wir nur untätig zuschauen konnten, galt meine hauptsächliche Aufmerksamkeit meinem unglücklichen Gast, dessen Zustand sich derart verschlimmert hatte, daß er ständig ans Bett gefesselt war. Hinter uns krachte das Eis und wurde nach Norden abgetrieben; vom Westen her kam ein frischer Wind auf, und am 11. des Monats war die Durchfahrt in Richtung Süden gänzlich frei. Sobald die Seeleute sahen, daß ihrer Rückfahrt in ihre Heimat anscheinend nichts mehr im Wege stand, brachen sie in ein lautes, lang anhaltendes Freudengeheul aus. Frankenstein, der in leichtem Schlummer gelegen hatte, erwachte und erkundigte sich nach der Ursache des Lärms.

»Sie schreien, weil sie bald nach England zurückkehren werden«, erwiderte ich.

»Demnach habt Ihr nachgegeben?«

»Nun ja; ich muß umkehren. Ich kann mich ihren Forderungen nicht widersetzen und sie nicht gegen ihren Willen in Gefahr bringen.«

»So tut, was Ihr wollte; ich werde es nicht tun. Ihr mögt Euer Vorhaben aufgeben, aber mein Ziel ist mir vom Himmel vorgezeichnet und ich wage nicht, mich ihm zu widersetzen. Ich bin schwach; aber die Geister, die mir in meiner Rache beistehen, werden mir die nötige Kraft verleihen.« Mit diesen Worten versuchte er, aufzustehen, aber die Anstrengung war zu groß für ihn; er fiel auf sein Lager zurück und verlor das Bewußtsein.

Es dauerte lange, bis er wiederhergestellt war, und oft glaubte ich, sein Leben sei bereits erloschen. Endlich öffnete er die Augen; sein Atem ging mühsam, und er konnte nicht sprechen. Der Schiffsarzt verabreichte ihm einen Stärkungstrank und ordnete an, daß wir ihn nicht stören sollten. Er nahm mich beiseite und teilte mir mit, daß mein Freund gewiß nur noch wenige Stunden zu leben habe.

Somit war Frankensteins Todesurteil ausgesprochen, und ich konnte nur trauern und mich in Geduld fassen. Ich saß an seinem Lager und beobachtete ihn; seine Augen waren geschlossen, und ich dachte, er schliefe; aber unvermittelt rief er mit schwacher Stimme meinen Namen, bat mich, näherzukommen, und sagte: »Nun denn; die Kraft, auf die ich mich verlassen habe, ist geschwunden; ich fühle, daß ich bald sterben werde und er, mein Feind und Verfolger, vielleicht immer noch am Leben ist. Denkt nicht, Walton, daß ich in den letzten Augenblicken meines Daseins den brennenden Haß und den glühenden Rachedurst verspüre, von dem ich Euch einst sprach; aber ich fühle mich im Recht, wenn ich den Tod meines Widersachers ersehne. Ich habe in den letzten Tagen innere Rückschau gehalten und finde an dem, was ich getan habe, nichts Tadelnswertes. In einem Anfall verblendeter Begeisterung habe ich ein vernunftbegabtes Wesen erschaffen und wäre wohl verpflichtet gewesen, alles in meiner Macht Stehende zu tun, um sein Glück und Wohlbefinden zu sichern. Dies war meine Pflicht; aber es bestand außerdem noch eine übergeordnete Verpflichtung, nämlich diejenige gegenüber meinen Mitmenschen. Sie hatten größeren Anspruch auf meine Aufmerksamkeit, weil es in diesem Fall um größere Beträge an Glück und Wohlbefinden ging. Unter dem Zwang dieses Aspekts weigerte ich mich, und zwar zu Recht, meinem ersten Geschöpf eine Gefährtin beizugesellen. Er legte eine unvergleichliche Boshaftigkeit und Selbstsucht an den Tag; er mordete meine Freunde; er wagte die Vernichtung von Menschen, die mit den feinsten Empfindungen, mit Glück und Weisheit ausgestattet waren; und ich weiß nicht, wann sein Rachedurst befriedigt sein wird. So unglücklich er auch sein mag; er muß sterben, auf daß er nicht andere unglücklich macht. Es wäre meine Pflicht gewesen, ihn zu vernichten, aber ich habe versagt. Ich habe Euch in selbstsüchtigem und irregeleitetem Eifer gebeten, mein unvollendetes Werk zu Ende zu führen; und nun, da nur noch Vernunft und Tugend meine Ratgeber sind, erneuere ich meine Bitte.

Jedoch kann ich nicht von Euch verlangen, daß Ihr Euer Vaterland und Eure Freunde im Stich laßt, um diese Aufgabe zu erfüllen; zudem werdet Ihr jetzt, da Ihr nach England zurückkehrt, nur wenig Gelegenheit haben, auf den Dämon zu stoßen. Aber ich muß es Euch überlassen, diese Dinge zu bedenken und sorgsam abzuwägen, was Euch als Eure Pflicht erscheint; meine Urteilskraft und mein Denkvermögen sind durch die Nähe des Todes getrübt. Ich wage nicht, Euch um das zu bitten, was ich für das richtige halte; denn möglicherweise ist immer noch die Besessenheit mein Ratgeber.

Daß er als ein Werkzeug des Unheils weiterleben soll, beunruhigt mich; andererseits ist diese Stunde, in der ich jeden Augenblick erwarten kann, erlöst zu werden, die glücklichste Zeit, die ich seit vielen Jahren erlebe. Die Gestalten der geliebten Toten schweben vor mir, und ich eile in ihre Arme. Lebt wohl, Walton! Sucht Euer Glück in der Seelenruhe und entsagt dem Ehrgeiz, und sei es auch nur der scheinbar unschuldige Wunsch, sich in wissenschaftlichen Entdeckungen hervorzutun. Aber weshalb sage ich dies? Bin ich auch selbst in diesen Hoffnungen gescheitert, mag ein anderer Erfolg haben.«

Seine Stimme wurde schwächer, und nach den letzten Worten verstummte er, von der Anstrengung des Sprechens erschöpft.

Etwa eine halbe Stunde später unternahm er einen neuerlichen Versuch, etwas zu sagen, brachte aber kein Wort mehr hervor; er drückte schwach meine Hand, dann schlossen sich seine Augen für immer, und das leichte Lächeln, das zuvor seine Lippen umspielt hatte, verschwand.

Margaret, was könnte ich über die vorzeitige Auslöschung dieses herrlichen Geistes sagen? Was könnte ich sagen, um Dir die Tiefe meines Kummers vor Augen zu führen? Jede Bemerkung wäre unzulänglich. Meine Tränen fließen; mein Denken ist von einer Wolke der Enttäuschung überschattet. Aber ich reise auf England zu, und dort finde ich vielleicht Tröstung.

Ich werde unterbrochen. Was hat das Geräusch zu bedeuten? Es ist Mitternacht; eine sanfte Brise weht, die Deckwache regt sich kaum. Wieder der Laut einer menschlichen Stimme, aber rauher; er kommt aus der Kabine, in der die sterblichen Überreste Frankensteins immer noch liegen. Ich muß aufstehen und nachschauen. Gute Nacht, meine Schwester.

Großer Gott! Welche Szene hat sich soeben abgespielt! Ich bin noch benommen von der Erinnerung daran. Ich weiß nicht, ob ich die Kraft habe, Dir die Einzelheiten mitzuteilen, aber mein Bericht wäre unvollständig ohne die Schilderung dieses einzigartigen Ausgangs.

Ich betrat die Kabine, in der die Leiche meines unseligen und bewundernswerten Freundes lag. Über ihn beugte sich eine Gestalt, die zu beschreiben mir die Worte fehlen; riesig von Wuchs, aber ungeschlacht und von unrichtigen Proportionen. Als er sich über den Sarg neigte, war sein Gesicht von langen Locken zottigen Haares verborgen; eine seiner mächtigen Hände war ausgestreckt; sie glich in Farbe und Beschaffenheit der einer Mumie. Als er mich hereinkommen hörte, ließ er von seinen Aufschreien des Kummers und der Trauer ab und sprang aufs Fenster zu. Niemals habe ich etwas so Entsetzliches wie dieses Antlitz erblickt; etwas derart Abscheuliches und zugleich Furchteinflößendes. Ich schloß unwillkürlich die Augen und bemühte mich, mir über meine Pflichten angesichts dieses Zerstörers klarzuwerden. Ich rief ihm zu, er solle bleiben.

Er hielt inne und schaute mich erstaunt an, dann wandte er sich erneut der leblosen Gestalt seines Schöpfers zu. Meine Gegenwart schien er vergessen zu haben; ich bemerkte, daß sich in all seinen Zügen und Gesten die wildeste Wut einer unkontrollierten Leidenschaft ausdrückte.

»Dieser ist ebenfalls mein Opfer!« rief er aus, »mit seiner Ermordung sind meine Verbrechen vollendet; das Elend meines Seins ist beendet. O Frankenstein, du großherziger und selbstaufopfernder Mensch! Was hilft es, daß ich dich jetzt um Verzeihung bitte? Ich, der ich dich unwiderruflich vernichtet habe, indem ich all diejenigen vernichtete, die du liebtest. Ach, nun ist er erkaltet und kann mir nicht länger antworten.«

Die Stimme schien ihm zu versagen, und mein erster Impuls, meine Pflicht zu tun und den letzten Wunsch meines sterbenden Freundes zu erfüllen, indem ich seinen Feind vernichte, wurde durch eine Mischung aus Neugier und Mitleid unterdrückt. Ich näherte mich diesem ungeheuerlichen Geschöpf, wagte es jedoch nicht, meinen Blick noch einmal zu seinem Antlitz zu erheben, so beängstigend und schauerlich war es in seiner Häßlichkeit. Ich versuchte zu sprechen, aber die Wörter erstarben mir auf den Lippen. Das Ungeheuer fuhr fort, die wildesten und unglaublichsten Selbstvorwürfe auszustoßen. Endlich brachte ich die Fassung auf, ihn in einer Atempause seines Sturms der Leidenschaft anzusprechen: »Eure Reue ist jetzt nutzlos. Hättet Ihr der Stimme Eures Gewissens gehorcht und auf die Einflüsterungen der Reue gehört, bevor Ihr Eure satanische Rache zum äußersten getrieben habt, würde Frankenstein noch leben.«

»Ihr träumt wohl?« erwiderte der Dämon, »glaubt Ihr denn, damals wäre ich taub für Qual und Reue gewesen? Der dort«, so fuhr er fort, indem er auf den Leichnam deutete, »hat, als er seine

Taten ausführte, nicht den zehntausendsten Teil des Schmerzes verspürt, den ich bei den quälenden Schritten meines Vorgehens empfand. Mich trieb eine entsetzliche Selbstsucht an, während mein Herz von Gewissensbissen zernagt wurde. Glaubt Ihr, das Stöhnen Clervals sei Musik in meinen Ohren gewesen? Mein Herz ist derart beschaffen, daß es zu Liebe und Mitgefühl fähig ist; und als es durch mein Elend zu Boshaftigkeit und Haß verderbt wurde, bereitete ihm die Gewaltsamkeit eines solchen Wandels Qualen, die Ihr Euch nicht einmal vorzustellen vermögt.

Nach dem Mord an Clerval kehrte ich mit gebrochenem Herzen und vom Mitgefühl überwältigt in die Schweiz zurück. Ich bemitleidete Frankenstein; mein Mitleid schlug in Entsetzen vor mir selbst um; ich verabscheute mich. Aber als ich entdeckte, daß er – der Urheber meines Daseins und damit meiner unaussprechlichen Qualen – es wagte, auf sein Glück zu hoffen; daß er Vorbereitungen traf, in Gefühlen und Leidenschaften zu schwelgen, die zu genießen mir für immer verwehrt war, während er Unglück und Verzweiflung auf mich häufte; da erfüllten mich ohnmächtiger Neid und unstillbarer Rachedurst. Ich entsann mich meiner Drohung und beschloß, sie wahrzumachen. Ich wußte, daß ich mir selbst tödliche Qualen zufügen würde; aber ich war der Sklave, nicht der Meister eines inneren Dranges, den ich verabscheute und doch nicht unterdrücken konnte. Aber als sie starb! – Nein, ich war nicht unglücklich. Ich hatte mich von allen Gefühlen losgesagt, allen Schmerz bezwungen, um mich meiner aus Verzweiflung geborenen Wut hinzugeben. Seit jener Zeit wurde das Böse zu meinem Lebensinhalt. Da ich so weit hatte gehen müssen, blieb mir keine andere Wahl als mein Wesen auf ein Element einzustellen, das ich bewußt erwählt hatte. Die Erfüllung meiner dämonischen Bestimmung wurde zu meiner unstillbaren Leidenschaft. Und nun ist es vollbracht; dort liegt mein letztes Opfer!«

Zuerst war ich von der Schilderung seiner Leiden gerührt; aber als ich mir in Erinnerung rief, was Frankenstein über die Macht seiner Beredsamkeit und Überzeugungskraft gesagt hatte, und nachdem ich noch einen Blick auf die leblose Gestalt meines Freundes geworfen hatte, flammte in mir die Entrüstung auf. »Elender!« sagte ich, »wie freundlich von Euch, herzukommen und über die Verheerung zu jammern, die Ihr selbst angerichtet habt. Ihr werft eine Brandfackel in die Behausung der Menschen, und wenn sie vom Feuer vernichtet sind, sitzt Ihr in den Ruinen und klagt über die Zerstörung. Heuchlerischer Satan! Wäre derjenige, den Ihr betrauert, noch am Leben, würde er immer noch Gegenstand Eurer verfluchten Rachsucht sein; fiele er ihr erneut zur Beute. Es ist kein Mitleid, das Ihr fühlt; Ihr jammert nur, weil das Opfer Eurer Boshaftigkeit nun Eurer Macht entzogen ist.«

»O nein, so ist es nicht –; so nicht«, unterbrach mich das Geschöpf, »natürlich müßt Ihr diesen Eindruck von der Ursache meines Verhaltens gewinnen. Aber ich suche keine Anteilnahme an meinem Leiden. Ich werde wohl niemals Anteilnahme finden. Als ich es zum ersten Mal suchte, wollte ich meine Liebe zur Tugend, meine Gefühle der Glückseligkeit und der Zuneigung, die mein ganzes Wesen überfluteten, mit anderen teilen. Aber jetzt ist die Tugend mir ein Schemen geworden, und jene Glückseligkeit und Zuneigung haben sich in bittere und abscheuliche Verzweiflung verwandelt; wie sollte ich da noch Anteilnahme suchen? Ich gebe mich damit zufrieden, weiterhin in Einsamkeit zu dulden und zu wissen, daß, wenn ich sterbe, mein Andenken mit Abscheu und Schande verbunden sein wird. Einst habe ich mich selbst mit Träumen von Tugend, von Ruhm und Lustbarkeiten eingelullt. Einst habe ich zu Unrecht gehofft, auf ein Wesen zu treffen, das über meine äußere Erscheinung hinwegsehen und mich wegen der ausgezeichneten Eigenschaften lieben könnte, die ich aufzuweisen hatte. Ich mästete mich mit stolzen Gedanken an Ehre und Hingabe. Aber nun hat das Verbrechen mich unter das niedrigste Tier sinken lassen. Keine Schuld, kein

Unglück, keine Boshaftigkeit, kein Elend käme dem meinen gleich. Wenn ich den furchtbaren Katalog meiner Untaten betrachte, vermag ich nicht zu glauben, daß ich dasselbe Geschöpf bin, wie jenes, dessen Denken einst mit erhabenen und wunderbaren Visionen von der Schönheit und Majestät der Güte erfüllt war. Aber es ist stets so; der gefallene Engel wird zum boshaften Teufel. Aber selbst jener Feind Gottes und der Menschen hat Gefährten in seiner Trostlosigkeit; ich hingegen bin allein.

Ihr, der Ihr Frankenstein Euren Freund nanntet, scheint von meinen Verbrechen und seinem Unglück zu wissen. Aber aus seinem Bericht konntet Ihr nichts über die Stunden und Monate des Elends entnehmen, die ich auf mich nehmen und in ohnmächtigen, leidenschaftlichen Gefühlen verbringen mußte. Denn während ich seine Hoffnungen zunichte machte, konnte ich mir meine eigenen Wünsche nicht erfüllen. Sie waren stets brennend und sehnsüchtig; ich dürstete immer noch nach Liebe und Freundschaft; und ich wurde stets zurückgewiesen. Lag darin keine Ungerechtigkeit? Soll ich denn der einzige Verbrecher sein, da sich die gesamte menschliche Rasse gegen mich versündigte? Weshalb haßt Ihr Felix nicht, der seinen Freund mit Schande von seiner Tür vertrieben hat? Weshalb flucht Ihr nicht dem Landmann, der den Erretter seines Kindes zu vernichten versuchte? Nein; *sie* sind tugendhafte und untadelige Menschen! Ich, der Elende und Verlassene, bin eine Mißgeburt, die man verstößt, mit Tritten davonjagt und auf der man herumtrampelt. Selbst jetzt bringt der Gedanke an diese Ungerechtigkeit mein Blut zum Kochen.

Aber ich bin in der Tat ein Scheusal. Ich habe den Geliebten und die Hilflose gemordet; ich habe die Unschuldige im Schlafe erwürgt und ihm, der weder mir noch irgend jemandem sonst etwas angetan, Hand an die Kehle gelegt. Ich habe meinem Schöpfer, den unter allen Menschen ich am meisten zu lieben und zu bewundern Grund gehabt hätte, zum Unglück verdammt; ja, ich habe ihn in den endgültigen Untergang getrieben. Hier liegt er, bleich und kalt im Tode. Ihr haßt mich; aber Euer Abscheu ist nicht mit demjenigen zu vergleichen, den ich selbst vor mir empfinde. Ich schaue auf die Hände, die jene Taten ausführten; ich denke an das Herz, das sie erdachte, und sehne mich nach dem Augenblick, in dem diese Hände mein Lebenslicht auslöschen; in dem diese Erinnerungen mich nicht länger plagen.

Fürchtet nicht, daß ich weiteres Unheil anrichten werde. Mein Werk ist nahezu vollbracht. Weder Euer Tod noch der eines anderen Menschen ist erforderlich, um die Serie meiner Verbrechen zu vervollständigen und um zu vollenden, was getan werden muß – aber mein eigener Tod ist dazu nötig. Und glaubt nicht, daß ich zögern werde, dieses Opfer zu bringen. Ich werde Euer Schiff auf der Eisscholle verlassen, die mich hergebracht hat, und die nördlichste Region der Erde aufsuchen; dort will ich einen Scheiterhaufen errichten und diesen elenden Leib zu Asche verbrennen, auf daß keine Überreste bleiben, die einem neugierigen und gottlosen Narren, der gern einen anderen wie mich erschaffen möchte, Hinweise geben könnten. Ich werde sterben. Ich werde nicht länger die Qualen fühlen, die mich jetzt verzehren, oder das Opfer von Gefühlen sein, die niemals erwidert werden und dennoch nicht nachlassen. Der mich ins Leben rief, ist tot; und wenn ich erst nicht mehr bin, wird das Gedenken an uns beide rasch schwinden. Ich werde nicht länger die Sonne und die Sterne schauen oder den Wind auf meinen Wangen fühlen. Licht, Empfinden und Denken werden nicht mehr sein; und dann erst kann ich glücklich sein. Vor einigen Jahren, als sich die Bilder, die diese Welt zu bieten hat, mir zum ersten Male zeigten; als ich die wohltuende Wärme des Sommers spürte und das Rauschen des Waldes und den Vogelsang hörte und mir diese Dinge alles bedeuteten; da hätte mich der Tod weinen machen – aber nun ist er mein einziger Trost. Von Untaten befleckt und von bitterster Reue zerrissen, wie ich bin, wo sonst sollte ich Ruhe finden als im Tode?

Lebt wohl! Ich verlasse Euch und mit Euch den letzten Menschen, den diese Augen jemals erblicken werden. Lebt wohl, Frankenstein! Wenn Ihr noch am Leben und immer noch von dem Verlangen nach Rache an mir erfüllt wärt, nun würde Euch mein Leben eher als mein Tod befriedigen. Aber Euch ging es nicht um Rache; ihr suchtet, mich zu vernichten, auf daß ich keine weitere Untat ausführen konnte; doch solltet Ihr – auf eine mir unbekannte Art und Weise – weiterhin denken und empfinden können, werdet Ihr keinen größeren Rachedurst mir gegenüber verspüren, als ich selbst. So übel ich Euch auch mitspielte; stets war meine Qual größer als die Eure; denn der bittere Stachel der Reue wird in meiner schwärenden Wunde stecken, bis der Tod sie für immer verschließt.

Aber bald« – rief er mit schwermütigem und feierlichem Ernst aus – »werde ich sterben und nicht länger empfinden, was ich nun fühle. Bald wird dieses brennende Leid ausgelöscht sein. Triumphierend will ich meinen Scheiterhaufen besteigen und jubeln inmitten der Agonie der flammenden Qual. Endlich wird das Licht dieser lodernden Fackel verlöschen; der Wind wird meine Asche ins Meer tragen. Mein Geist wird in Frieden schlummern; doch sollte er weiterhin bestehen, wird er gewiß mit anderen Dingen befaßt sein. Lebt wohl.«

Nach diesen Worten schwang er sich aus dem Kabinenfenster auf die Eisscholle, die dicht neben dem Schiff trieb. Bald schon hatten die Wogen ihn entführt, und Dunkelheit und Ferne verschluckten ihn.

VERNEY

oder

Der letzte Mensch

Aus dem Englischen von
Ralph Tegtmeier

BASTEI
LÜBBE

Vorbemerkung des Übersetzers

Die Sprache des 1826 erschienenen englischen Originals war stellenweise schon nach damaligen Maßstäben etwas antiquiert. Es wäre nun aber der Autorin gegenüber ungerecht gewesen, wenn man bei dieser ersten deutschen Übersetzung versucht hätte, den Text willkürlich zu modernisieren oder gar künstlich »aufzupeppen«. Andererseits sollte dem deutschsprachigen Leser von heute eine gut lesbare Fassung vorgelegt werden, die ihm den Zugang zu diesem Klassiker der Weltuntergangsliteratur erleichtert.

Deshalb wurde der Sprachduktus dort, wo er für unsere Zeit etwas schwerfällig oder gar pompös und überzeichnet wirkt, behutsam geglättet. Wiederholungen und Passagen, die überwiegend aus rein zeitbezogenen Literaturanspielungen und Reflektionen bestehen, die sich heute nur noch mit großer Mühe oder überhaupt nicht mehr nachvollziehen lassen, wurden gekürzt, ohne damit dem Stil des Werks Gewalt anzutun. Dort, wo längere Handlungsabläufe zusammengefaßt wurden, ist dies mit *Kursivschrift* kenntlich gemacht worden.

Da es nicht das Ziel war, eine philologisch orientierte historisch-kritische Textausgabe zu erstellen, die allenfalls für wenige akademische Spezialisten von Interesse gewesen wäre, schienen solche geringfügigen Eingriffe gerechtfertigt.

In einer Zeit, in der Romane mindestens drei und noch mehr

Bände haben mußten (das Lesepublikum hatte damals sehr viel mehr Muße als heute ...), war natürlich auch die Prosa entsprechend weitausholend. Es war also das Bestreben des Übersetzers, diese zeittypische Romanatmosphäre einerseits wiederzugeben, dem Leser aber andererseits auch den Reiz dieses Werks zu vermitteln und zu erhalten, ohne diesen durch Langatmigkeit oder allzu peinlich genau Wort-für-Wort-Wiedergabe zu schmälern.

Ralph Tegtmeier

Vorwort der Autorin

Ich besuchte Neapel im Jahre 1818. Am 8. Dezember dieses Jahres überquerten meine Begleiter und ich die Bucht, um die Altertümer zu besichtigen, die am ganzen Strand von Baiae entlang liegen. Das durchsichtige, schimmernde Wasser des ruhigen Meeres bedeckte die Trümmer altrömischer Villen, die von Seetang überwuchert waren und im gebrochenen Sonnenlicht in allen Farben schillerten. Obwohl es Winter war, wirkte die Luft frühlingshaft, und die angenehme Wärme erfüllte den Reisenden wohlig, so daß er sich nur ungern vom Anblick der stillen Buchten und der leuchtenden Vorgebirgsketten trennen mochte.

Wir besuchten die sogenannten Elysischen Felder und den Avernus und schlenderten durch die zahlreichen Tempelruinen und die Badeanlagen. Schließlich drangen wir in die düstere Höhle der kumäischen Sibylle ein. Unsere Lazzeroni trugen lodernde Fackeln, die in den unterirdischen Gängen in beinahe dumpfem Rot leuchteten. Wir gelangten durch einen natürlichen Felsbogen an einen weiteren Gang und fragten die Führer, ob wir dort weitergehen könnten. Sie deuteten auf den Widerschein ihrer Fackeln, die sich auf dem Wasser spiegelten, das den Boden bedeckte, und ließen uns unsere eigenen Schlußfolgerungen aus diesem Anblick ziehen. Immerhin fügten sie hinzu, daß es schade sei, dort nicht entlanggehen zu können, weil dieser Gang nämlich in die eigentliche Höhle der Sibylle führe. Dadurch wurde unsere Neugier natürlich noch mehr geweckt, und wir bestanden darauf, es zu versuchen.

Wie so häufig bei solchen Unternehmen, stellte sich bei näherem Hinsehen dann heraus, daß die Schwierigkeiten keineswegs so groß waren, wie wir vermutet hatten. Wir entdeckten zu beiden Seiten des feuchten Gangs einen trockenen Streifen. Schließlich gelangten wir in eine große dunkle Höhle, und die Lazzeroni versicherten uns, daß wir am Ziel wären. Wir waren entsprechend enttäuscht, und doch suchten wir die Höhle gründlich ab, als müßten ihre kahlen Felswände immer noch irgendwelche Spuren himmlischer Besucher aufweisen. An einer Seite entdeckten wir eine kleine Öffnung. »Wohin führt die?« fragten wir. »Können wir dort hinein?«

»Questo pio, no!« sagte der recht verwildert wirkende Fackelträger. »Ihr könnt nur ein kleines Stück weiter, und für gewöhnlich wagt sich niemand dort hinein.«

»Ich will es trotzdem versuchen«, sagte mein Begleiter. »Vielleicht führt sie in die richtige Höhle. Soll ich allein gehen, oder wollt Ihr mir dabei Gesellschaft leisten?«

Ich bekundete meine Bereitschaft, weiterzugehen, doch unsere Führer protestierten heftig. Sie erzählten uns in ihrem uns nur schwer verständlichen neapolitanischen Dialekt, daß sich hinter der Öffnung Geister verbergen würden, daß die Decke einstürzen könne, daß der Durchlaß viel zu eng für uns sei und daß es im Inneren ein Wasserloch gäbe, in dem wir ertrinken könnten. Mein Freund schnitt ihnen das Wort ab, indem er dem Mann die Fackel abnahm, und dann machten wir uns allein auf den Weg.

Der Gang, der am Anfang wirklich äußerst schmal war, wurde immer enger und niedriger, je weiter wir kamen, so daß wir gebeugt hindurchkriechen mußten, doch das konnte uns nicht aufhalten. Schließlich wurde er wieder breiter und höher. Wir freuten uns gerade darüber, als ein Windstoß unsere Fackel auslöschte und wir im Dunkeln standen. Wir hatten nichts, womit wir sie wieder hätten anzünden können. Es blieb uns nur noch umzukehren. Also ertasteten wir uns, wie wir glaubten, unseren Weg zurück. Doch es stellte sich bald heraus, daß wir uns nun in einem ganz anderen Gang befanden, der offenbar nach oben führte. Wie schon der erste, endete auch dieser in einer unterirdischen weiten Halle. Immerhin war eine Art Lichtstrahl zu sehen, obwohl wir nicht entdecken konnten, woher er kommen mochte. Nach und nach gewöhnten unsere Augen sich an das Halbdunkel, und wir stellten fest, daß es hier keinen weiterführenden Gang gab, daß man aber an einer Seite auf einen niedrigen Bogen klettern konnte, von wo aus es leichter sein würde, voranzukommen. Auch das Licht, das sahen wir nun, drang von dort oben ein. So kletterten wir dann unter großen Schwierigkeiten hoch.

Endlich gelangten wir in eine breite Höhle mit einer kuppelartigen Decke, in deren Mitte sich eine Öffnung befand, durch die das Tageslicht einfallen konnte. Doch war sie von Gestrüpp derart überwuchert, daß das Licht nur wie durch einen Schleier zu erkennen war, was der Höhle einen eigenartigen, feierlichen Schimmer verlieh. Die Höhle selbst war sehr geräumig und fast kreisrund; an einer Felswand befand sich ein Steinsitz von der Größe eines griechischen Ruhelagers. Das einzige Anzeichen von Lebewesen war ein schneeweißes Ziegenskelett; offenbar hatte das Tier beim Grasen die Öffnung im Boden nicht bemerkt und war in die Tiefe gestürzt. Es lag wahrscheinlich schon mehrere hundert Sommer zurück.

Ansonsten befanden sich in der Höhle lediglich Blätterhaufen, Borkenstücke und eine schlierige weiße Masse, die dem Inneren der grünen Schale von unreifem Pferdemais ähnelte.

Die Anstrengung hatte uns ermüdet, und wir setzten uns auf die Felsliege, während von oben das Klingeln der Schafsglocken und das Rufen eines Hirtenknaben zu uns hinabdrangen.

Schließlich sagte mein Freund, der ein paar der herumliegenden Blätter aufgehoben hatte: »Das ist wirklich die Höhle der Sibylle. Das sind Sibyllinische Blätter.«

Wir stellen fest, daß alle Blätter und Borkenstücke beschriftet waren. Das Erstaunlichste dabei war die Tatsache, daß diese Aufzeichnungen in verschiedenen Sprachen abgefaßt waren. Einige davon waren meinem Begleiter unbekannt: Altchaldäisch und ägyptische Hieroglyphen etwa, die so alt sein mochten wie die Pyramiden. Noch merkwürdiger aber war es, daß sich auch moderne Sprachen darunter befanden, nämlich Englisch und Italienisch. Im Dämmerlicht konnten wir nicht viel erkennen, doch es war offensichtlich, daß die Aufzeichnungen Prophezeiungen zu enthalten schienen, ausführliche Berichte über Ereignisse, die erst vor kurzem stattgefunden hatten. Dies war also mit Sicherheit die Sibyllinische Höhle; zwar sah sie nicht ganz so aus, wie Virgil sie beschrieben hat, doch schließlich war dieses Land so häufig von Erdbeben und Vulkanausbrüchen erschüttert worden, daß die Veränderungen kaum verwunderlich waren, auch wenn die Spuren dieser Katastrophen von der Zeit ausgelöscht worden waren. Wahrscheinlich verdankten wir das Überdauern dieser Blätter sogar der zufälligen Verschüttung des Höhleneingangs und der Vegetation, die die Öffnung vor den Unbillen der Witterung geschützt hatte. Wir sammelten eilig jene Blätter ein, deren Sprache wenigstens einer von uns verstehen konnte, und machten uns dann mit unserem Schatz auf den Rückweg. Nach großen Schwierigkeiten stießen wir schließlich wieder auf unsere Führer.

Während unseres Aufenthaltes in Neapel kehrten wir noch häufig zu dieser Höhle zurück und stockten unsere Sammlung auf. Seitdem habe ich jede freie Minute damit verbracht, diese heiligen Überreste zu studieren. Ich wurde für meine Mühe mehr als nur angemessen entschädigt. Denn das, was ich in ihnen las, beflügelte meine Fantasie zu ungeahnten Höhenflügen und tröstete mich in Stunden der Trauer.

Ich stelle der Öffentlichkeit hiermit also meine neuesten Entdeckungen aus den unscheinbaren Sibyllinischen Blättern vor. Da sie zu einem großen Teil ungeordnet und zusammenhanglos sind, war ich dazu gezwungen, ihrem Inhalt eine etwas zusammenhängendere Gestalt zu verleihen. Zweifellos haben die Blätter der kumäischen Sybille in meiner Bearbeitung auch Entstellungen erleiden müssen und dadurch an Vollkommenheit verloren. Meine einzige Entschuldigung für diese Überarbeitung besteht darin, daß die Blätter in ihrem ursprünglichen Zustand unlesbar sind.

Erstes Buch

I

Ich bin in einem meeresumbrausten, wolkenüberschatteten Land zur Welt gekommen, das, wenn man es mit der Oberfläche der Erdkugel mit ihren uferlosen Ozeanen und endlosen Kontinenten vergleicht, nur der unscheinbare Flecken in einem überragenden Ganzen zu sein scheint; und doch wog dieses Land, wenn man es mit der Waage geistiger Kraft mißt, weitaus mehr, als größere, bevölkertere Länder es taten. Es ist wirklich wahr, daß es der Geist des Menschen allein ist, der alles geschaffen hat, was dem Menschen gut und groß erschien, und die Natur ist nur sein erster Diener. Jetzt sehe ich England, das fern im Norden im aufgewühlten Meer ruht, als ein großes, gut bemanntes Schiff, das den Winden trotzte und stolz die Wellen bemeisterte. Als ich noch ein Junge war, da war England mein Weltall.

Mein Schicksal war von Anfang an ein Beweis für die Wandelbarkeit, die das Leben des Menschen beherrschen kann, und das gewissermaßen schon von Geburt an, als Erbgut sozusagen. Mein Vater war ein Mann, den die Natur reich mit den Gaben des Witzes und der Imagination gesegnet hatte, um danach die Barke seines Lebens den Winden des Schicksals zu überlassen, ohne ihr die Vernunft als Steuerruder oder das Urteilsvermögen als Lotsen beizugeben. Er war von niederem Stand, doch erregte er schon bald Aufmerksamkeit in der Öffentlichkeit. Sein bescheidenes väterliches Erbe war in der schillernden Welt der Mode und des Luxus schnell aufgebraucht, in der er sich bewegte. Während der kurzen Jahre seiner sorglosen Jugend wurde er von den hochgeborenen Gecken bewundert; nicht zuletzt aber auch von dem jungen König, der oft vor den Gesellschaftsintrigen und den Anstrengungen der königlichen Geschäfte flüchtete, um bei meinem Vater nie enden wollende Erheiterung und Belustigung zu finden. Durch seine unbeherrschte Impulsivität brachte sich mein Vater immer wieder in Schwierigkeiten, aus denen er sich nur durch seinen Witz befreien konnte, und er trug die Bürde ständig größer werdender Ehren- und Geschäftsschulden mit leichtem und ungezähmtem Frohsinn, wo jeder andere unter ihrer Last zusammengebrochen wäre. Seine Gegenwart bei Tisch und bei den Empfängen der Reichen war hingegen so unverzichtbar, daß man gern über seine Mängel hinwegsah und ihn mit geradezu betörender Schmeichelei empfing.

Doch wie jede Art gesellschaftlicher Beliebtheit war auch diese nur von vergänglicher Art, und die Schwierigkeiten, in die er sich selbst brachte, wuchsen ihm immer mehr über den Kopf. Es war der König, der ihm aus Zuneigung bei solchen Gelegenheiten stets unter die Arme griff und ihn freundlich ermahnte.

Mein Vater versprach aufrichtig sich zu bessern, doch seine gesellschaftliche Stellung, sein Hunger nach Bewunderung und, vor allem, die Verlockungen des Glücksspiels machten alle seine Vorsätze immer wieder zunichte. Schon bald spürte er mit dem ihm eigenen Feingefühl, daß sein Stern dabei war zu sinken.

Der König heiratete, und die hochmütige Prinzessin von Österreich, die als Königin von England zur tonangebenden Person im Lande wurde, blickte ohne Sympathie auf die Verfehlungen meines Vaters und auf die Bewunderung, die ihr königlicher Gatte ihm zollte. Mein Vater merkte, daß sein Fall kurz bevorstand, doch anstatt aus dieser Ruhe vor dem Sturm Gewinn zu ziehen, um sich zu retten, versuchte er, das Übel dadurch vergessen zu machen, daß er der Gottheit der Lustbarkeit, diesem heimtückischen und grausamen Richter über sein Schicksal, noch größere Opfer darbot.

Der König, der ein großmütiger, aber leicht zu beeinflussender Mann war, wurde nun zu einem willfährigen Anbeter seiner herrischen Gattin. Sie brachte ihn dazu, die Sorglosigkeit und die Kapriolen meines Vaters zunächst mit großer Ablehnung und schließlich voller Abscheu zu betrachten. Befand man sich in seiner Gegenwart, so war der Charme meines Vaters unwiderstehlich; nur in seiner Abwesenheit konnte solche Ablehnung gedeihen, und der Königin gelang es geschickt, diese Trennungen der beiden voneinander immer mehr zu auszudehnen. Schließlich sah der König in ihm nur noch eine Quelle ständiger Beunruhigung. Also nahm er sich vor, einen letzten Versuch der Besserung zu wagen und ihn im Falle des Scheiterns auf immer zu verstoßen.

Einen Augenblick lang träumte mein Vater voller Ehrgeiz davon, wie er sich von nun an edleren Dingen widmen würde, und er gab seinem königlichen Gönner voller Aufrichtigkeit und Inbrunst das geforderte Versprechen. Dieser schenkte ihm im Gegenzug als Pfand seiner Zuneigung eine Geldsumme, mit der er seine erdrückenden Schulden begleichen und ein neues, auspizienreichen Leben beginnen konnte. Doch schon in der gleichen Nacht, als er immer noch voller Dankbarkeit und guter Vorsätze war, verlor mein Vater das Doppelte dieser Summe beim Glücksspiel. Beim Versuch, seinen Verlust wieder wettzumachen, verdoppelte er seinen Einsatz und häufte dadurch eine Ehrenschuld an, die er unmöglich begleichen konnte. Schamerfüllt war es ihm unmöglich, sich noch einmal an den König zu wenden. So kehrte er London mit seinen trügerischen Freuden und seinen um so beständigeren Lastern den Rücken. Die Armut war nun seine einzige Begleiterin, und er zog sich in die Einsamkeit der Hügel und Seen von Cumberland zurück. Noch lange danach erinnerte man sich an seinen Witz, seine Bonmots, seine Anziehungskraft, sein faszinierendes Auftreten. Doch wenn man danach fragte, wo denn dieser Liebling der Gesellschaft, dieser Freund der Adligen sich aufhielte, so erhielt man zur Antwort, daß er wohl verschwunden sei; niemand hielt es für nötig, das Vergnügen, das ihm mein Vater bereitet hatte, durch mehr als nur durch Lippenbekenntnisse zu belohnen; niemand dachte daran, daß man ihm für sein glänzendes Auftreten vielleicht eine Rente hätte gewähren können nachdem er sich nun zurückgezogen hatte. Der König beklagte seine Abwesenheit; er liebte es, die Worte meines Vaters zu wiederholen und von den Abenteuern zu erzählen, die sie gemeinsam erlebt hatten – doch das war auch schon alles.

Mein Vater jedoch, der Vergessene, konnte selbst nicht vergessen. Er sehnte sich nach dem Verlorenen, das für ihn wichtiger gewesen war als Atemluft oder Nahrung – nach dem Reiz der Vergnügungen, der Bewunderung durch den Adel, dem luxuriösen, glanzvollen Leben der Großen. Vor Gram erkrankte er an einem Nervenfieber und wurde von der Tochter eines Kätners, unter dessen Dach er Zuflucht gefunden hatte, gepflegt. Sie war sehr schön, sanft und vor allem freundlich zu ihm, und es kann auch kaum verwundern, daß das ehemalige Idol hochgeborener Schönheiten selbst nach seinem Sturz noch ein einfaches Landarbeitermädchen betören konnte. Ihre gegenseitige Anziehung führte zu der unglückseligen Ehe, aus der ich schließlich entsprang.

So sanft und gütig meine Mutter auch war, mein Vater verabscheute dennoch seinen gefallenen Zustand. Da er kein Handwerk beherrschte, konnte er nichts zum Unterhalt seiner wachsenden Familie beitragen. Gelegentlich dachte er daran, den König um Unterstützung zu bitten, doch Stolz und Scham hielten ihn davon ab, und bevor seine Not so groß geworden war, daß sie ihn zu irgendwelchen diesbezüglichen Anstrengungen gezwungen hätte, starb er. Einen kurzen Augenblick lang blickte er vor dieser Katastrophe noch in die Zukunft und erkannte, in welch einem erbarmenswürdigen Zustand er seine Frau und Kinder zurücklassen würde. Seine letzte Anstrengung bestand darin, einen Brief an den König zu schreiben, in dem er seine Witwe und seine Waisen der Freundschaft seines königlichen Herrschers anvertraute; dies verlieh ihm die Gewißheit, daß ihr Wohlergehen nach seinem Tod besser gewährleistet sei als zu seinen Lebzeiten. Er vertraute den Brief einem Adligen an, der ihm, daran zweifelte er nicht, gewiß den letzten, geringfügigen Dienst erweisen würde, ihn dem König zu überreichen.

Er starb hochverschuldet, und nach seinem Tod wurde sein kleiner Besitz sofort von seinen Gläubigern beschlagnahmt.

Wochen und Monate lang wartete meine mittellose Mutter mit ihren beiden Kindern auf Antwort, doch es traf nie eine ein. Sie kannte nur ihre eigene kleine Welt, die des Hochadels war ihr völlig unvertraut, und selbst wenn sie den Mut dazu aufgebracht hätte, die edlen Herrschaften, die ihr Gatte zu Lebzeiten so häufig erwähnt hatte, selbst anzusprechen, so hätte sie der Mißerfolg seines eigenen Bittgesuchs doch wieder davon abgehalten. So aber sah sie keine Möglichkeit, aus dieser völligen Mittellosigkeit zu entkommen. Und ständige Sorgen, die Trauer um den Verlust dieses Wunderwesens, das ihr Mann gewesen war, harte Arbeit und eine schwächliche Gesundheit befreiten sie schließlich für immer aus dem traurigen, nie enden wollenden Zustand der Not und des Leidens.

Ihre Kinder waren nun in einer noch mißlicheren Lage als zuvor. Ihr eigener Vater war aus einem anderen Landesteil hierher gezogen und schon vor langer Zeit gestorben. So besaßen sie keine Verwandten, die sich ihrer hätten annehmen können. Sie waren Ausgestoßene, Arme, Wesen ohne Freunde, denen schon der geringste Beweis des Mitleids viel bedeutete.

Ich war der ältere von uns beiden. Als meine Mutter starb, war ich fünf Jahre alt. Die Erinnerung an die Gespräche meiner Eltern und die Erzählungen über die früheren Freunde meines Vaters, über die mir meine Mutter in der schwachen Hoffnung berichtete, daß ich aus diesem Wissen eines Tages vielleicht einmal Nutzen zu ziehen vermochte – all dies erschien mir wie ein undeutlicher Traum. Ich wußte zwar, daß ich anders war als meine Gefährten und Fürsorger, daß ich ihnen irgendwie überlegen sein mußte, aber ich wußte nicht auf welche Weise oder wodurch. Der Name des Königs verband sich für mich mit dem Gefühl der Kränkung, aber solche Empfindungen boten mir keine Möglichkeiten einer Schlußfolgerung über mich selbst, und sie waren mir auch keine Hilfe dabei, einen Leitfaden für mein Handeln und Verhalten zu finden. Meine erste bewußte Erinnerung an mich selbst bezog sich auf mein Dasein als unbeschützter Waisenknabe in den Bergen und Tälern Cumberlands. Ich arbeitete für einen Bauern und hütete, mit einem Krummstab in der Hand und einem Hund an meiner Seite, eine große Schafherde im nahen Hochland. Ich kann nicht viel Preisenswertes an einem solchen Leben finden. Es bot mir stets mehr Mühsal als Freude. Es war ein Leben voller Freiheit, voller Verbundenheit mit der Natur und kühner Einsamkeit; doch so romantisch all dies auch gewesen sein mochte, es vertrug sich dennoch schlecht mit dem Bedürfnis nach Taten und menschlicher Zuneigung, wie es für die Jugend so typisch ist. Weder die Sorge um meine Herde noch die Unbill der Jahreszeiten vermochten mein ungestümes Temperament zu besänftigen, und schon früh verlockten mich mein Leben im Freien und meine reichliche Freizeit dazu, ein Leben der Gesetzlosigkeit zu führen. Ich verband mich mit anderen, die ebenso wenige Freunde besaßen wie ich. Ich stellte aus ihnen eine Bande zusammen, deren Kopf und Anführer ich war. Zusammen heckten wir zahllose Streiche aus, die uns den Zorn und die Rachsucht der Landbevölkerung einbrachten. Ich war der Anführer und Beschützer meiner Kameraden, und so richteten sich die Strafaktionen in der Regel gegen mich. Doch während ich Bestrafung und Schmerzen in heldischem Geist stolz für sie hinnahm, forderte ich dafür auch als Gegenleistung ihre Bewunderung und ihren Gehorsam.

Das Verlangen nach Ansehen und der Mangel an Selbstbeherrschung, die ich von meinem Vater geerbt hatte, wurden von meiner Aggressivität noch angestachelt und ließen mich tollkühn und achtlos werden. Ich war so rauh und so ungehobelt wie die Naturelemente selbst und so unwissend wie die Tiere, die ich hütete. Ich verglich mich oft mit diesen, und da ich feststellte, daß meine einzige Überlegenheit ihnen gegenüber darin bestand, daß ich mehr Macht besaß, kam ich zu dem Schluß, daß ich mich nur durch mangelnde Macht von den Herrschern dieser Welt unterschied. Ungebildet und von einem Gefühl der Erniedrigung getrieben, streunte ich wie ein Wilder durch die Hügel des zivilisierten Englands. Ich kannte nur ein Gesetz, und das war das Recht des Stärkeren, und meine größte Tugend bestand darin, niemals nachzugeben, mich niemals zu unterwerfen.

Doch muß ich dieses Selbsturteil ein wenig abmildern. Meine Mutter hatte mir auf dem Sterbebett die Aufsicht über meine Schwester anvertraut, und diese Aufgabe erfüllte ich, so gut ich konnte, mit allem Eifer und aller Zuneigung, deren ich nur fähig war. Meine Schwester war drei Jahre jünger als ich; ich hatte sie schon als Säugling gepflegt, und als unser Abstand voneinander durch zunehmendes Alter und das Hervortreten unserer geschlechtlichen Unterschiede größer wurde, blieb sie immer noch der Gegenstand meiner sorgenden Liebe.

Sie war ein einzigartiges Wesen und hatte, wie ich auch, viele Eigenschaften meines Vaters geerbt. Ihr Gesicht war sehr ausdrucksstark, und in ihren Augen konnte man ertrinken. Ihr grobes Bäuerinnenkostüm stand im Gegensatz zu ihren feingeschnittenen Gesichtszügen, um die sich ihr goldenes Haar rankte. Und doch war Perdita eher kalt und abwehrend in ihrem Gebaren. Wäre sie in einer Umgebung voller Zuneigung aufgewachsen, so wäre sie sicherlich anders geworden; so aber erwiderte sie Mangel an Liebe und Mißtrauen und Schweigen. Ihre Stirn war stets bewölkt, und sie verbrachte so viel Zeit in der Einsamkeit, wie sie nur konnte. Sie suchte die entlegensten Orte auf und erklomm gefährliche Höhen, damit sie dort allein sein konnte, um vor sich hin zu träumen.

Die Armut warf einen dunklen Schatten über ihre zahlreichen Talente und Vorzüge, und sie besaß nicht einmal das eine Geschenk, das ich mein eigen nennen konnte, nämlich die Erinnerung an ihre Eltern. Ich, ihr Bruder, war ihr einziger Freund, doch diese Zuneigung zu mir setzte sie bei ihren Beschützern in ein schlechtes Licht, so daß sie ihr beständig ihre wenigen Fehler vorhielten und ihre gelegentlichen Verfehlungen aufbauschten.

Trotz vieler Gemeinsamkeiten waren wir aber auch sehr verschieden voneinander. Während ich den Stimulus der Gesellschaft und des Applauses brauchte, genügte Perdita sich selbst. Obwohl ich in Gesetzlosigkeit lebte, war ich doch auf die Gesellschaft angewiesen, sie hingegen war eher eine Einsiedlernatur. Ich verbrachte mein Leben mit greifbaren Tatsachen, sie lebte in einer Traumwelt. Auf gewisse Weise liebte ich sogar meine Feinde, denn sie schenkten mir das glückliche Gefühl, mich empören zu können; Perdita waren jedoch selbst ihre Freunde beinahe zuwider; weil sie sie an ihren Visionen hinderten. Ich mußte alle meine Gefühle des Entzückens und des Triumphs mit anderen teilen; Perdita flüchtete dagegen sogar dann in die Einsamkeit, wenn sie sich freute. Ja, sie konnte sogar einen Freund voller Liebe und Zärtlichkeit betrachten, ohne daß ihr Gesichtsausdruck etwas anderes als kälteste Distanz gezeigt hätte.

Sie lebte in einer Kate, deren umgebende Wiese sich zu dem See Ulswater hinabsenkte. Dahinter erstreckte sich ein Buchenwald den Hügel hinauf, und ein gluckernder Bach lief zwischen den mit Pappeln besetzten Ufern in den See hinab. Ich wohnte bei einem Bauern, dessen Haus sich weiter oben in den Hügeln befand; dahinter erhob sich ein großer Felsen, der zur Nordseite hin ungeschützt war und sogar noch im Sommer Schnee in seinen Spalten trug. Vor Sonnenaufgang trieb ich meine Herde auf die Weide und bewachte sie den ganzen Tag. Es war eine harte Arbeit, denn es regnete häufiger, als es Sonnenschein gab, doch ich setzte meinen Stolz darein, den Elementen zu trotzen. Mein treuer Hund bewachte die Herde, während ich mich davonstahl, um mich mit meinen Kameraden zu treffen. Wir besprachen unsere Pläne und trafen uns zur Mittagszeit ein weiteres Mal, warfen mit abfälliger Gebärde unsere mitgebrachte Bauernmahlzeit fort, machten ein Feuer und brieten das Wildbret, das wir in den benachbarten Wäldern gewildert hatten. Dann erzählten wir einander von knappen Fluchten, von Kämpfen mit Hunden, von Überfällen und Rückzügen. Die Suche nach verirrten Lämmern oder die Versuche, unsere Untaten zu vertuschen, nahmen den Rest des Nachmittages in Anspruch. Am Abend wurde die Herde dann wieder nach Hause getrieben, und ich suchte meine Schwester auf.

Wir entkamen nur selten ungestraft und bezahlten unseren edlen Schmaus häufig mit Hieben und Gefängnisstrafen. Als ich dreizehn Jahre alt war, sperrte man mich einmal einen ganzen Monat lang im grafschaftlichen Gefängnis ein. Als ich entlassen wurde, hatte sich mein Haß auf meine Unterdrücker nur verdoppelt. Brot und Wasser kühlten mein Blut nicht ab, und die Einzelhaft erzeugte bei mir keine edlere Gesinnung. Ich war wütend, ungeduldig, unglücklich. Glücklich war ich nur, wenn ich Rachepläne schmieden konnte. In meiner erzwungenen Einsamkeit reiften diese bis zur Vollkommenheit an, so daß ich nach meiner Entlassung Anfang September meinen Kameraden und mir vorzügliche und reichliche Nahrung verschaffte. Es war ein ausgezeichneter Winter: Der eisige Frost und der große Schneefall machten die Tiere zahm und ließen die Herren lieber an ihren

Kaminfeuern sitzen, als auf die Jagd gehen. Wir erlegten mehr, als wir essen konnten, und mein treuer Hund fraß sich an unseren Abfällen fett.

So vergingen die Jahre, während ich die Freiheit immer mehr lieben lernte und alles verachtete, was nicht ebenso wild und ungehobelt war wie ich selbst. Ich wuchs zum Mann heran, war groß und athletisch gebaut, meine Haut war sonnengebräunt, und ich schritt voller Selbstbewußtsein einher. Ich fürchtete mich vor keinem Menschen und liebte niemanden.

Bisher hatten meine wilden Sitten mich nie ernsthaft in Schwierigkeiten gebracht; doch nun verleitete mich meine selbstherrliche Unabhängigkeit täglich zu Akten der Tyrannei, und was einst Freiheit war, wurde nun zur Ausschweifung. Ich mied meine alten Kameraden und verlor sie bald aus den Augen. Sie erreichten langsam ein Alter, in dem sie die ihnen bestimmten Plätze in Leben und Gesellschaft einnehmen wollten, während ich, ein Ausgestoßener ohne Ziel, in meiner Entwicklung stehenblieb. Die Alten fingen an, auf mich als abschreckendes Beispiel zu deuten, während sich die Jungen wunderten, wie anders ich doch war als sie; ich haßte sie und fing an, mich selbst zu hassen. Ich klammerte mich an mein zügelloses Leben und verabscheute es doch zum Teil; ich führte meinen Krieg gegen die Zivilisation weiter und wollte doch zu ihr gehören.

Mein Vater hatte mit dem Adel verkehrt, doch so weit ich wußte, hatte er nur Haß und Mißgunst dabei geerntet. Der Name des Königs, an den mein Vater sein letztes Gebet gerichtet und der es auf erbärmliche Weise mißachtet hatte, war für mich nur mit Herzlosigkeit, Ungerechtigkeit und daraus folgender Abneigung verbunden. Ich war zu etwas Höherem geboren – und etwas Höheres wollte ich auch werden; doch Größe hatte meiner Ansicht nach nichts mit Güte zu tun. Und so stand ich denn auf einer Klippe, während unter mir das Meer des Bösen brandete. Ich wollte mich gerade hineinstürzen und über alle Hindernisse hinweg auf mein Ziel zuschwimmen, als sich ein seltsamer Einfluß meines Lebens bemächtigte und den reißenden Wasserfall meines Schicksals zähmte.

II

Ich lebte fern ab von dem geschäftigen Treiben der Menschen, und die Gerüchte über Kriege und politische Veränderungen erreichten uns in unseren Bergsiedlungen nur spät. Während meiner frühen Kindheit war England der Schauplatz gewaltiger Auseinandersetzungen gewesen. Im Jahre 2073 dankte der letzte englische König, der frühere Freund meines Vaters, als Antwort auf den sanften Druck seiner Untertanen ab, und es wurde eine Republik ausgerufen. Man wies dem entthronten Monarchen und, seiner Familie große Besitztümer zu; er erhielt den Titel eines Earl of Windsor, und das Schloß Windsor gehörte mitsamt seinen weiten Ländereien zu seinem Besitz. Kurz darauf starb er und hinterließ zwei Kinder, einen Sohn und eine Tochter.

Die Ex-Königin, eine Prinzessin des Hauses Österreich, hatte ihrem Gatten lange zugeredet, sich gegen den Strom der Zeit zu stemmen. Sie war hochmütig und kannte keine Furcht; sie liebte die Macht und verachtete voller Bitterkeit diesen Mann, der ein Königreich aufgegeben hatte. Nur um ihrer Kinder willen stimmte sie darin ein, eine Bürgerin der englischen Republik zu werden. Als sie zur Witwe geworden war, richtete sie all ihre Tatkraft darauf, ihren Sohn Adrian, den zweiten Earl of Windsor, so zu erziehen, daß er ihre ehrgeizigen Pläne einmal in die Wirklichkeit umsetzen würde. So wurde ihm schon früh das Verlangen eingeprägt, seinen verlorenen Thron wiederzugewinnen. Adrian war jetzt fünfzehn Jahre alt. Das Studium war seine Leidenschaft, und er war für sein Alter bereits äußerst gelehrt und talentiert. Gerüchten zufolge hatte er sich jedoch gegen die Pläne seiner Mutter gestellt und vertrat republikanische Ansichten. Wie dem auch sein mochte, jedenfalls vertraute die stolze Gräfin die Erziehung ihrer Familie keinem Fremden an, und Adrian wuchs einsam auf, abgeschirmt von seinen Alters- und Standesgenossen. Aus irgendeinem Grund wollte seine Mutter ihn nun aus ihrer Obhut geben und nach Cumberland schicken, und obwohl wir nicht erfuhren, was sich hinter dieser Entscheidung wirklich verbergen mochte, wurde es von Tag zu Tag jedoch immer gewisser, daß der edle junge Gelehrte des letzten englischen Königshauses schon bald unter uns weilen würde.

In Ulswater gab es ein großes Anwesen mit einem Herrenhaus, das der Familie gehörte. Es war von einem großen, geschmackvoll angelegten Park umgeben, der von Wild nur so schwärmte. Ich hatte dieses Gehege schon oft heimgesucht, und der ungepflegte, vernachlässigte Zustand des Geländes hatte mir das Eindringen erleichtert. Als es feststand, daß der junge Earl of Windsor Cumberland besuchen würde, kamen Arbeiter, um das Haus und die Anlagen zu seinem Empfang vorzubereiten. Die Wohnungen wurden wieder in ihren alten, glanzvollen Zustand versetzt, und die Umzäunung des Parks wurde repariert, worauf er mit ungewohnter Strenge bewacht wurde.

Diese Nachricht beunruhigte mich aufs äußerste. All meine ruhenden Erinnerungen, all meine Gefühle der Erniedrigung wurden dadurch wieder zum Leben erweckt und erweckten ihrerseits Rachegelüste. Der Krieg, so dachte ich, fing jetzt also an. Adrian würde im Triumph in das Gebiet einkehren, in das mein Vater mit gebrochenem Herzen geflohen war; er würde dessen unglückseligen Nachkommen, deren Wohlergehen voller Zuversicht seinem königlichen Vater anvertraut worden war, verarmt vorfinden. Man würde ihn mit Dienstboten umringen; Adlige und die Söhne von Adligen waren seine Gefährten; sein Name hallte durch ganz England, und sein Kommen kündigte sich schon von fern an wie ein Gewitter, während ich hingegen in den

Augen seiner Höflinge der lebende Beweis für die Rechtmäßigkeit der Undankbarkeit sein würde, die mich zu dem gemacht hatte, was ich war.

Ich war wie besessen davon, die zukünftige Bleibe des jungen Earl heimzusuchen. Ich sah zu, wie die Ausbesserungen Fortschritte machten, und stand neben den Wagen, die allerlei Luxusgüter aus London herbeigeschafft hatten und nun ausgeladen wurden. Die Ex-Königin hatte vor, ihren Sohn mit prinzlicher Pracht zu umgeben. Ich sah auf die üppigen Teppiche und Seidenvorhänge, die Goldverzierungen und reichgeschnitzten Möbel und blickte auf meine eigene schäbige Kleidung. Wie kam es nur zu diesem Unterschied? War er nicht das Ergebnis von Undankbarkeit, Falschheit, von Verfehlung seitens des Vaters des Prinzen? Zweifellos war auch er, in dessen Adern das stolze Blut seiner Mutter floß und auf den sich nun das Interesse des ganzen Königreichs richtete, dazu erzogen worden, den Namen meines Vaters zu verachten und meine rechtmäßige Forderung nach Protektion zu verlachen. All dieser Glanz war, so zwang ich mich zu denken, nichts als eine zum Himmel schreiende Infamie. Und doch beneidete ich ihn. Sein Stall voller edler Pferde, seine reichverzierten, kostbaren Waffen, der Ruhm, der ihn umgab, die Bewunderung – ich empfand es so, als habe man sie mir gewaltsam entrissen, und beneidete ihn voller peinigender Bitterkeit.

Die Krönung erfuhr meine Verärgerung jedoch ausgerechnet durch Perdita, durch die Visionärin Perdita, die mit einem Mal zum wirklichen Leben zu erwachen schien, als sie mir mitteilte, daß der Earl of Windsor bald ankommen würde.

»Und das freut dich?« fragte ich mißmutig.

»Ja, das tut es, Lionel«, erwiderte sie. »Ich möchte ihn wirklich gern einmal sehen. Er ist der Abkömmling unserer Könige, der erste Edelmann im Lande. Alle lieben und verehren ihn, und man sagt, daß sein Rang noch sein geringster Vorzug sein soll. Er, ist großzügig, tapfer und liebenswürdig.«

»Du hast deine Lektion ja hübsch gelernt, Perdita«, sagte ich. »Nur, daß du beim Aufsagen vergessen hast, welche Beweise wir für die Tugenden des Earls in der Hand haben. Seine Großzügigkeit zeigt sich in unserem Reichtum, seine Tapferkeit in dem Schutz, den er uns gewährt, seine Liebenswürdigkeit in der Aufmerksamkeit, die er uns widmet. Sein Rang ist sein geringster Vorzug, sagst du? Ach was, seine Tugenden sind doch alle nur von seinem Rang abgeleitet: Weil er reich ist, nennt man ihn großzügig; weil er mächtig ist, gilt er auch als tapfer; weil er viele Vasallen hat, heißt man ihn liebenswürdig. Soll ganz England es doch glauben und ihn so benennen, wir wissen es besser. Er ist unser Feind, unser knauseriger, feiger, arroganter Feind. Besäße er auch nur einen Bruchteil all seiner vermeintlichen Tugenden, dann würde er uns gerecht behandeln, und wenn es nur sein sollte, um zu zeigen, daß er, wenn er schon zuschlagen muß, sich wenigstens nicht an einem gestürzten Gegner vergreift. Sein Vater hat meinem Vater Unrecht getan. Sein Vater, der unanfechtbar auf seinem Thron saß, wagte es, den Mann mit Mißachtung zu strafen, der sich doch nur selbst erniedrigte, als er sich dazu herabließ, sich mit diesem königlichen Schmeichler abzugeben. Wir, die Abkömmlinge beider, müssen ebenfalls Feinde sein. Er wird schon merken, daß ich meine Wunden fühle; er wird meine Rache fürchten lernen!«

Wenige Tage darauf traf er ein. Alle, auch die Bewohner der kleinsten Hütten, schlossen sich der Menschenmenge an, die ihn empfing. Selbst Perdita stellte sich trotz meiner Tirade an den Straßenrand, um dieses Idol aller Herzen zu sehen. Haßerfüllt und halb verrückt flüchtete ich mich in die Berge, wo ich mit meiner Wut kämpfte.

Mit jedem Tag verlängerte sich in meinen Augen das Register seiner Sünden. Hörte ich, wie man ihn pries, so war mir dies wie ein Stich ins Herz. Erblickt ich ihn von weitem zu Pferde, dann kochte mein Blut vor Zorn; seine Anwesenheit schien die Luft zu vergiften, und ich sehnte mich danach, meiner Wut Ausdruck zu geben, um ihn meinen Haß spüren zu lassen. Für mich war es der Gipfel seiner Untaten, daß er solches in mir auslösen konnte, ohne sich auch nur im mindesten dazu herabzulassen, mir zu zeigen, daß er von meiner Existenz wußte.

Es wurde bald bekannt, daß Adrian sich sehr an seinem Park und Wildgehege erfreute. Er ging nie auf die Jagd, doch er verbrachte viele Stunden damit, die hübschen, fast zahmen Tiere zu beobachten, und er gab Anweisungen, daß man sich mehr denn je um sie kümmern solle. Das verschaffte mir eine Angriffsfläche, und ich nutzte sie sofort aus. Ich schlug meinen wenigen verbliebenen Kameraden vor, in seinem Gebiet zu wildern, doch obwohl sie die gesetzlosesten und wildesten der ganzen Gruppe gewesen waren, schreckten sie alle davor zurück. So mußte ich meine Rachepläne also allein durchführen. Zunächst blieb mein Vorgehen unbemerkt. Ich ging immer waghalsiger vor, und schließlich verrieten mich Fußstapfen auf dem tauigen Gras, abgerissene Äste und die Spuren des Schlachtens den Wildhütern. Sie verstärkten ihre Wachen, ergriffen mich und warfen mich ins Gefängnis. Voller Triumph betrat ich das dumpfe Gemäuer. »Jetzt spürt er mich!« rief ich, »und das wird er nun immer häufiger tun!«

Ich blieb nur einen Tag in Haft; am Abend ließ man mich frei, und zwar auf persönlichen Befehl des Earls. Diese Nachricht warf mich von meinem selbstgeschaffenen hohen Podest. Er verachtet mich, verachtet selbst meine Rache noch, dachte ich. Aber er soll schon noch merken, daß ich ihn ebenso verachte – und seine Strafe genauso wie seine Großmut.

In der zweiten Nacht nach meiner Entlassung wurde ich erneut ergriffen, ins Gefängnis gesteckt und wieder freigelassen. Stur wie ich war, erwischte man mich in der vierten Nacht danach schon wieder. Die Wildhüter waren viel erboster als ihr Herr über so viel Hartnäckigkeit. Sie hatten Befehl erhalten, mich im Falle meiner Ergreifung dem Earl vorzuführen, und seine Langmut ließ sie befürchten, daß ich für mein Verbrechen nur ungenügend bestraft werden würde. Bevor sie mich übergaben, ließ ihr Anführer erst noch seine ganze Wut an mir aus, als plötzlich der Ruf »Der Earl!« erscholl.

Da kam er auch schon auf mich zu. »Verney!« rief er, »Lionel Verney, müssen wir uns beim erstenmal wirklich auf diese Weise begegnen? Wir hätten von Geburt an Freunde sein müssen, und wenn uns ein ungütiges Schicksal auch voneinander getrennt haben mag, wirst du doch wohl die erblichen Bande anerkennen, die uns ab nun verbinden sollen, nicht wahr?«

Als er mich so musterte, schien es mir, als würde er mit seinem Blick bis in die tiefsten Tiefen meiner Seele eindringen, und mein verwildertes, rachsüchtiges Herz wurde weich. Adrian blickte mich voller Mitleid an. »Komm mit mir«, sagte er. »Ich habe dir viel zu sagen. Komm mit nach Hause. Du weißt doch, wer ich bin?«

»Ja«, rief ich, »ich glaube, daß ich jetzt weiß, wer Ihr seid; und ich hoffte, daß Ihr mir meine Verfehlungen, mein Verbrechen, verzeihen werdet.«

Adrian lächelte sanft, gab den Wildhütern ein paar Befehle und legte den Arm um meine Schulter. Zusammen schritten wir auf das Haus zu.

Nach allem, was ich bisher gesagt habe, wird man mir wohl glauben, daß es nicht Adrians Stellung war, die mein Herzensinnerstes beruhigte und mich dazu bewegte, ihm meine Seele zu Füßen zu legen. Seine Lebhaftigkeit, seine Klugheit und sein stets zum Handeln bereiter Großmut rundeten seinen Sieg ab. Selbst in diesem jungendlichen Alter war er schon sehr belesen und vom Geist edler Philosophie durchdrungen. So wirkte er auf andere wie ein inspirierter Musiker, der mit makellosem Können die »Leier der Seele« anzuschlagen verstand und göttliche Harmonie zu erschaffen wußte. Sein ganzes Äußeres war von seinem Innern geprägt, und er wirkte, als sei er überhaupt nicht von dieser Welt; und doch hätte er mit der Kraft seines Lächelns einen hungrigen Löwen bändigen oder eine ganze Legion bewaffneter Männer dazu zwingen können, ihm ihre Waffen zu Füßen zu legen.

Ich verbrachte den Tag mit ihm. Zuerst ging er weder auf die Vergangenheit noch auf sonstige persönliche Dinge ein. Wahrscheinlich wollte er mir ein Gefühl des Vertrauens ermitteln und mir Zeit lassen, meiner Verwirrung wieder Herr zu werden. Er sprach über allgemeine Themen und äußerte Vorstellungen, die mir noch nie zuvor begegnet waren. Wir saßen in der Bibliothek, und er erzählte von den alten Weisen Griechenlands und der Macht, die sie über den Geist der Menschen einzig durch die Kraft der Liebe und der Weisheit allein erlangt hatten. Der Raum war mit zahlreichen Büsten dieser Männer geschmückt, und er schilderte mir ihre Eigenschaften. Schon während er sprach, fühlte ich, wie ich ihm unterlag, und all mein Dummstolz und meine Stärke wurden von der sanften Sprache dieses blauäugigen Jungen besiegt. Das wohlgepflegte und abgezäunte Areal der Zivilisation, das ich von meinem Urwald aus immer für unzugänglich gehalten hatte, öffnete mir durch sein Zutun mit einem Mal seine Tore; ich trat ein und hatte sofort das Gefühl, auf heimischem Boden zu schreiten.

Gegen Abend kam er auf die Vergangenheit zu sprechen. »Ich muß eine Geschichte erzählen«, sagte er, »und einiges über die Vergangenheit erklären. Vielleicht kannst du mir dabei behilflich sein. Erinnerst du dich an deinen Vater? Ich hatte nie das Glück, ihm zu begegnen, aber sein Name gehört zu meinen frühesten Erinnerungen. Für mich steht er für alles, was galant, liebenswürdig und faszinierend an einem Menschen sein kann. Sein Witz war groß, aber ebenso großartig war die überschäumende Güte seines Herzens, mit der er seine Freunde so sehr beglückte, daß für ihn selbst leicht kaum etwas übrigblieb.«

Durch diese Lobpreisung ermutigt, begann ich, ihm seine Fragen zu beantworten, und er erzählte mir seinerseits davon, wie es dazu gekommen war, daß der letzte Brief meines Vaters mißachtet wurde. Seit der Zeit, da mein Vater London verlassen hatte, hatte der König keine Nachricht mehr von ihm erhalten; und als er sich mehrere Jahre später darum bemühte, ihn ausfindig zu machen, hatte sich jede Spur bereits verloren. Und so behielt ihn der König reumütig in gutem Andenken und trug seinem Sohn auf, seinem geschätzten Freund, falls er ihm jemals begegnen sollte, jede nur erdenkliche Hilfe zukommen zu lassen und ihm zu versichern, daß er ihn trotz der Trennung und des langen Schweigens immer noch verehrt habe.

Kurz bevor Adrian nach Cumberland reisen sollte, überreichte ihm der Erbe des Edelmannes, dem mein Vater seinen letzten Brief anvertraut hatte, das immer noch versiegelte Schreiben. Man hatte es unter einem Stapel uralter Schriftstücke zufällig wiederentdeckt. Adrian las es voller Interesse und erkannte den Geist des Genies wieder, dessen Witz man ihm so oft zuvor geschildert hatte. Er stellte fest, wohin mein Vater sich zurückgezogen hatte und wo er gestorben war; er erfuhr von der Existenz seiner beiden Waisenkinder, und während der kurzen Zeitspanne zwischen seiner Ankunft in Ulswater und unserer Begegnung im Park hatte er Nachforschungen über uns anstellen lassen und verschiedene Pläne zu unseren Gunsten geschmiedet, bevor er sich uns bemerkbar machte.

Die Art, wie er von meinem Vater sprach, befriedigte meine Eitelkeit; der Schleier, den er diplomatisch über seine eigene Großmut deckte, indem er beteuerte, aus Pflichtgefühl den letzten Wunsch des Königs zu erfüllen, besänftigte meinen Stolz. Er beschwor mit seinem versöhnlichen Verhalten und seiner großzügigen menschlichen Wärme noch andere Gefühle in mir herauf: eine Achtung, wie ich sie selten empfunden hatte, Bewunderung und Liebe. Mit seiner Zauberkraft hatte er mein versteinertes

Herz erweicht, und ein Strom unvergänglicher und reiner Zuneigung brach in mir hervor.

Gegen Abend verabschiedeten wir uns von einander, und er drückte meine Hand. »Wir werden uns wiedersehen. Suche mich morgen auf!« Ich ergriff seine Hand, versuchte zu antworten, doch ein tiefempfundenes »Gott segne dich!« war alles, was ich in meiner ungebildeten Unwissenheit von mir geben konnte, bevor ich, von meinen neuen, ungewohnten Gefühlen überwältigt, davonstürzte.

Schlafen konnte ich jetzt nicht. Ich suchte die Hügel auf. Der Westwind wehte, und am Himmel funkelten die Sterne. Ich lief immer weiter, ohne auf meine Außenwelt zu achten, und versuchte, meiner inneren Aufgewühltheit Herr zu werden. »Das ist Macht!« dachte ich. »Nicht die körperliche Kraft, die Herzenskälte, die Wildheit und die Kühnheit, sondern sanft zu sein, mitfühlend und weich.« Ich blieb stehen, faltete die Hände zusammen und rief mit der Inbrunst eines Konvertiten: »Adrian, zweifle nicht an mir! Auch ich werde weise und gut werden!« Dann weinte ich vor Überwältigung.

Das war der Beginn meiner Freundschaft mit Adrian, und noch heute gedenke ich dieses Tages als des glücklichsten meines ganzen Lebens. Nun begann ich, Mensch zu werden. Ich wurde in das geheiligte Gebiet eingelassen, das die geistige und moralische Natur des Menschen von der des Tieres trennt. Mein neugewonnener Freund erweckte in mir meine teuersten Gefühle. Mit der edlen Güte seines Charakters machte er sich ein Vergnügen daraus, mir die Schätze seines Geistes und seines Besitzes im Übermaß zukommen zu lassen.

Als er mich als herumstreunenden Schäfer und Wilderer wiedergefunden hatte, als ungebildeten Wilden, ließ ihn seine Güte immer noch nicht im Stich. Abgesehen von seiner Meinung, daß sein Vater an unserem Elend mitschuldig war und daß es nun seine Pflicht sei, dies wiedergutzumachen, war er auch davon erfreut, unter all meiner Rauheit einen edlen Geist zu entdecken, der aus mehr bestand als nur aus tierischem Mut; und er nahm auch wahr, daß ich auch äußerlich meinem Vater glich, was ihm ein Beweis dafür war, daß seine Tugenden und Fähigkeiten nicht mit ihm untergegangen waren. Mein edler Freund setzte es sich zum Ziel, all diese Eigenschaften nicht einer Vernachlässigung an Kultur und Bildung zum Opfer fallen zu lassen.

Infolgedessen bewegte er mich dazu, mir selbst zu wünschen, an jener Kultivierung des Geistes teilzuhaben, die seinen Geist so sehr zierte. Zunächst war es mein Ehrgeiz, meinem Vater nachzueifern und mich Adrians Freundschaft als würdig zu erweisen. Doch bald war auch meine Neugier geweckt, und ein brennender Wissensdurst bewirkte, daß ich Tag und Nacht im Studium verbrachte. Mit der Natur, ihrem Jahreszeitwechsel und mit den Erscheinungen des Himmels und des Bodens war ich bereits wohlvertraut. Doch als der Schleier, der für mich vor der Welt des Geistes gehangen hatte, mit einem Mal zerrissen wurde, da erschreckte und faszinierte mich diese plötzliche Horizonterweiterung zugleich. Auf einmal sah ich das Universum nicht nur so, wie es sich meinen Sinnen zeigte, sondern ich nahm es so wahr, wie es die weisesten aller Menschen getan hatten. Die Dichtung und ihre Werke, die Philosophie und ihre Erkenntnisse erweckten beide die schlafenden Ideen meines Geistes und bescherten mir weitere, neue.

Sowohl Perdita als auch ich liebten Adrian, obwohl sie der Kindheit noch nicht völlig entronnen war und deshalb das wahre Ausmaß seiner Vorzüge nicht so voll zu würdigen wußte, wie ich es vermochte. Ich leistete ihm ununterbrochen Gesellschaft. Es gelang ihm, Perditas Ernst und Strenge zu vertreiben und meinem Charakter seinen selbstpeinigenden Stachel zu nehmen. Ich blickte wie im Traum auf meine rastlosen Wünsche und meine schmerzvollen Auseinandersetzungen mit meiner Umwelt zurück und hatte das Gefühl, daß ich mich verwandelt hatte, daß ich eine neue Gestalt angenommen hatte, deren neue Sinnesorgane und Nervenstränge meinem Geist ein völlig neues Bild des Universums bescherten. Doch das stimmte nicht: Ich war immer noch genauso kräftig wie früher, sehnte mich genauso nach Sympathie und hungerte nach Taten. Meine männlichen Tugenden verließen mich nicht, aber sie wurden besänftigt, vermenschlicht. Davon abgesehen unterwies Adrian mich keineswegs ausschließlich in den kalten Wahrheiten der Geschichte und der Philosophie; zur gleichen Zeit lehrte er mich, wie ich meines tollkühnen, unkultivierten Geistes Herr werden konnte, öffnete er mir sein Herz und ließ mich seinen wunderbaren Kern erkennen.

Die ehemalige Königin von England hatte sogar, als Adrian noch ein Säugling war, versucht, ihrem Sohn kühne und ehrgeizige Pläne einzuimpfen. Sie wollte ihn im Geist der Vergeltung erziehen, damit er sich an denen rächen würde, die seinen Vater zur Abdankung gezwungen hatten. Doch darin war ihr kein Erfolg beschieden. Im Gegenteil: Die Schilderungen der Idee einer großen, weisen Nation, die ihr Recht wahrnahm, sich selbst zu regieren, begeisterten ihn, so verfälscht man sie ihm auch vorgetragen hatte, und er wurde schon in sehr jungen Jahren zum Republikaner aus Prinzip. Doch seine Mutter gab nicht auf. Sie widmete sich dem Studium der Anlagen ihres eigenen Sohnes und versuchte, mit Hilfe von Lob, Tadel und Zwang die richtigen Saiten zu finden und anzuschlagen; und wenn ihr die so erzeugte Melodie auch nicht angenehm im Ohr erklang, so setzte sie ihre Hoffnungen immer noch in seine Begabungen und war davon überzeugt, daß sie ihn eines Tages für ihre Ziele gewinnen würde. Sein gegenwärtiger Zustand, der eine Art Verbannung darstellte, hatte andere Gründe.

Die Ex-Königin besaß auch noch eine Tochter. Adrian nannte sie seine »Feenschwester«. Es war ein hübsches, lebhaftes kleines

Ding voller Empfindsamkeit und Aufrichtigkeit. Die edle Witwe hielt mit ihren beiden Kindern Hof in Windsor und ließ keine Besucher außer ihren eigenen Anhängern, Reisende aus Deutschland und ein paar ausländische Botschafter vor. Unter diesen befand sich der von ihr hochgeschätzter Prinz Zaimi, der Botschafter der freien Staaten von Griechenland in England, und seine Tochter, die junge Prinzessin Evadne, verbrachte einen großen Teil ihrer Zeit im Schloß Windsor. In Gegenwart dieses lebhaften und klugen griechischen Mädchens entspannte sich die Gräfin. Evadne war ein Spielzeug, das sie nicht zu fürchten brauchte, so daß sie sich ihr gegenüber freier und offener verhalten konnte als gegen ihre eigenen Kinder.

Evadne war achtzehn Jahre alt. Obwohl sie in Windsor viel Zeit zusammen verbrachten, verbot Adrians junges Alter jeden Verdacht, was ihre Beziehung zueinander anging. Doch er war schon über sein Alter hinaus entwickelt und hatte bereits zu lieben gelernt, während die schöne Griechin diesen Jungen wohlwollend belächelte. Er kannte weder Eifersucht noch Mißtrauen; sein Gefühl war völlig von Hingabe und Vertrauen bestimmt. Er verzehrte sich selbst für seine Liebe, und sein Herz schlug nur für sie. Das war das geheime Gesetz seines Lebens: Er liebte und wurde geliebt. Das Weltall war für ihn ein Ort, den er mit seiner Erwählten bewohnen wollte, und weder Gesellschaftsintrigen noch die Einengung der Umstände konnten sein Glück oder Unglück bestimmen.

Ach, warum muß ich nur diese unglückselige Selbsttäuschung dieses wunderbaren Menschen schildern! Was ist es nur, das uns stets in den Schmerz und ins Leiden treibt? Wir sind nicht für die Freude geschaffen, und so sehr wir uns auch für angenehme Empfindungen öffnen und bereithalten mögen, das Schiff unseres Schicksals wird dennoch von der unvermeidlichen Enttäuschung gesteuert, die uns gnadenlos auf die Klippen und Sandbänke lenkt. Hätte sein Herz nur wenige Jahre länger geschwiegen, er hätte gerettet werden können; doch es erwachte noch während seiner Kindheit zum Leben; es besaß Macht, aber keine Weisheit, und wurde viel zu früh vernichtet.

Ich will Evadne nicht der Heuchelei oder Täuschung bezichtigen. Doch der erste Brief von ihr, den ich lesen durfte, überzeugte mich davon, daß sie ihn nicht liebte. Er war elegant formuliert und mit einer für eine Ausländerin bemerkenswerten Beherrschung der Sprache geschrieben. Es war viel Freundlichkeit, Dankbarkeit und Herzlichkeit darin – aber keine Liebe. Evadne war zwei Jahre älter als Adrian; und wer hätte jemals mit achtzehn jemanden geliebt, der so viel jünger gewesen wäre?

Adrian war jedes Versteckspiel und jedes Täuschungsmanöver fremd. Evadne bat ihn flehentlich darum, zu verhindern, daß seine Mutter von ihrer gegenseitigen Liebe erführe, und wenn er damit auch eine Weile nicht einverstanden war, gab er ihr schließlich doch nach. Doch das war ein zum Scheitern verurteiltes Unterfangen, denn die scharfen Augen der Ex-Königin hatten es bald aus seinem Antlitz herausgelesen. Sie gab ihre Entdeckung nicht preis, sorgte jedoch um so schneller dafür, daß er vom Einfluß der anziehenden Griechin ferngehalten wurde. Er wurde nach Cumberland geschickt, doch das zwischen den beiden Liebenden ausgeklügelte System der Briefkorrespondenz wurde ihr erfolgreich verheimlicht. So kam es, daß die Trennung, anstatt die Liebe aufzulösen, sie nur noch verstärkte. Ununterbrochen erzählte er mir von seiner geliebten Ionierin. Ihr Heimatland, seine alten Schriften, sein gedenkenswürdiger Freiheitskampf, alles mußte dazu herhalten, ihren Glanz und Ruhm noch zu erhöhen. Er willigte in die Trennung ein, weil sie ihm dies befahl, und wenn sie nicht gewesen wäre, um ihn zu bremsen, er hätte seine Zuneigung zu ihr vor ganz England öffentlich erklärt und ungerührt dem Widerstand seiner Mutier die Stirn geboten. Evadne erkannte jedoch mit weiblicher Klugheit, wie sinnlos ein solches Verhältnis wäre, bevor ihm Adrians fortgeschritteneres Alter mehr Gewicht verleihen konnte. Vielleicht mochte sie sich auch insgeheim nicht an jemanden binden, den sie nicht wirklich liebte, jedenfalls nicht so, wie sie einen anderen zu lieben fähig gewesen wäre. Er gehorchte ihr und verbrachte ein Jahr des Exils in Cumberland.

III

Wie unbeschreiblich glücklich waren doch die Monate, Wochen und Stunden dieses Jahres! Unsere Freundschaft vermehrte und verstärkte sich immer mehr, und sowohl mein unstillbarer Wissensdurst als auch meine grenzenlose Zuneigung zu Adrian banden mich immer mehr an ihn. Ich las Bücher oder hörte ihm zu, und das, war er sagte, faszinierte mich stets. Manchmal kehrten meine gesetzlosen Launen wieder, doch immer nur in seiner Abwesenheit; wenn er mich ansah, war ich so still und fügsam wie ein fünfjähriger Knabe.

Nachdem er ungefähr ein Jahr in Ulswater verbracht hatte, reiste Adrian nach London und kam voller Pläne zurück, die zu unserem Nutzen gereichen sollten. Du mußt anfangen zu leben, sagte er, du bist siebzehn, und jede weitere Verzögerung würde die dafür notwendige Lehrzeit unangenehmer machen. Er sah voraus, daß sein eigenes Leben ein beständiger Kampf sein würde und daß ich ihn dabei unterstützen mußte. Um mich besser darauf vorzubereiten, mußten wir uns nun trennen. Er hatte festgestellt, daß mein Name, wenn es um Protektion ging, einen guten Ruf hatte, und er hatte mir eine Anstellung als Privatsekretär des Botschafters in Wien beschafft, wo ich meine Karriere unter den allerbesten Vorzeichen beginnen könnte. Ich sollte nach zwei Jahren in meine Heimat zurückkehren, dann würde mein Name wohlbekannt und gut beleumundet sein.

Und Perdita? Perdita sollte die Schülerin, die Freundin und

jüngere Schwester Evadnes werden. Vorsorglich, wie er war, hatte er schon an ihre Unabhängigkeit gedacht. Wie hätte ich das Angebot dieses großzügigen Freundes ablehnen können? Ich wollte es nicht ausschlagen, doch im Innersten meines Herzens legte ich einen Schwur ab, mein ganzes Leben mit all dem Wissen und der Macht, die ich ihm zu verdanken hatte, mit all meinen Fähigkeiten und Hoffnungen allein in seinen Dienst zu stellen.

Ich gelangte zu der Überzeugung, daß es an der Zeit wäre, meine kindlichen Beschäftigungen beiseite zu legen und ins Leben zu treten. Hoffnung, Ruhm, Liebe und unschuldiger Ehrgeiz sollten meine Führer sein, und meine Seele kannte keine Furcht. Was gewesen war, das war, so angenehm es auch gewesen sein mochte, vorbei. Die Gegenwart war gut, weil sie dabei war, sich zu ändern, und alles, was da kommen mochte, sollte mein sein.

Und so fand ich mich in einem neuen Amt wieder: Als Diplomat, als Mitglied der vergnügungssüchtigen Gesellschaft einer fröhlichen Stadt; als vielversprechender Jüngling; als Favorit des Botschafters. Für den Hirten aus Cumberland war all dies seltsam und bewunderungswürdig. Bald, viel zu bald, stürzte ich mich in den Trubel der Vergnügungen; ich vergaß meine Stunden der Gelehrsamkeit und die Gesellschaft Adrians. Der Anblick der Schönheit bezauberte mich, und ein angenehmes Auftreten, ob bei Mann oder Frau, genügte, um mein volles Vertrauen zu gewinnen. Wenn ein Lächeln mein Herz höher schlagen ließ, dann nannte ich dies Verzückung, und ich spürte, wie mein Lebenspuls bebte, wenn ich mich dem Idol näherte, das ich gerade verehrte. Schon das bloße Strömen animalischer Empfindungen war für mich das Paradies und wenn die Nacht zur Neige ging, dann sehnte ich mich nur nach einer Erneuerung dieser berauschenden Illusionen. Das blendende Licht reichverzierter Räume; wohlgeformte Gestalten in wunderhübschen Kleidern; die Bewegungen des Tanzes, die wollüstigen Klänge exquisiter Musik, all das umhüllte meine Sinne in einem einzigen Traum.

Und ist das etwa nicht auf seine Weise das Glück? Ich frage die Moralisten und die Weisen, ob sie in den tiefen Meditationen, die die Stunden gemessener Gedankenflüge erfüllen, die gleiche Ekstase zu empfinden vermögen, wie es ein jugendlicher Anfänger in der Schule der Vergnügungen tut?

Doch letztlich können weder die einsamen Meditationen des Einsiedlers noch die turbulente Entzücktheit des Genießers das Herz eines Menschen wirklich befriedigen. Goethe hat einmal gesagt, daß wir in der Jugend nicht glücklich sein können, solange wir nicht lieben. Ich liebte nicht, aber ich wurde von dem Wunsch verzehrt, anderen etwas zu bedeuten. Ich wurde das Opfer von Undankbarkeit und kalter Koketterie – dann wandte ich mich ab und bildete mir ein, daß meine Unzufriedenheit mir das Recht geben würde, die Welt zu hassen. Ich zog mich in die Einsamkeit zurück, widmete mich meinen Büchern, und mein Verlangen, wieder die Gesellschaft Adrians genießen zu dürfen, wurde immer brennender.

Diese Gefühle wurden außerdem noch von einer Eifersucht angestachelt, die schon an giftigen Neid grenzte. In jener Zeit waren der Name und die Abenteuer eines meiner Landsmänner in aller Munde. Zu jeder Stunde waren Erzählungen über seine Taten und Mutmaßungen über seine zukünftigen Pläne ein stets Interesse findendes Gesprächsthema. Ich war nicht aus persönlicher Eifersucht wütend darüber, sondern weil ich der Meinung war, daß die Lorbeerblätter, die man diesem Idol der Stunde überreichte, von dem Kranz gestohlen waren, der eigentlich Adrian zukommen mußte. Doch muß ich diesen Liebling des Ruhms, diesen Favoriten einer sensationsliebenden Welt, wohl etwas ausführlicher beschreiben.

Lord Raymond war der letzte Überlebende einer edlen aber verarmten Familie. Seine eigene Herkunft nahm er voller Behagen zur Kenntnis, doch seinen Mangel an Reichtum beklagte er voller Verbitterung. Sein größter Wunsch war es, verherrlicht zu werden, und die Mittel, die dazu führen mochten, waren ihm dabei nicht so wichtig. Er war hochmütig und zitterte doch jedesmal, wenn man ihm Respekt entgegenbrachte; ehrgeizig und doch zu stolz, um seinen Ehrgeiz offen zu zeigen; willens, Ehre anzuhäufen, und doch dem Vergnügen zugetan. So trat er ins Leben ein. An seiner Schwelle wurde er mit einer Kränkung begrüßt, ob echt oder eingebildet, das sei dahingestellt; er wurde abgelehnt, wo er es am wenigsten erwartet hatte, erlebte eine Enttäuschung, die sein Stolz nicht verwinden konnte. Er litt unter einer Kränkung, die er nicht rächen konnte, und so verließ er England mit dem Schwur, nicht zurückzukehren, bevor die Zeit gekommen sei, da sein Land, das ihn im Augenblick noch verachtete, seinen Wert zu würdigen wisse.

Er wurde zum Abenteurer in den griechischen Kriegen. Seine Tollkühnheit und sein geniales Können ließen ihn schon bald Aufmerksamkeit erregen. Er wurde zum Lieblingshelden dieses aufstrebenden Volkes. Nur die Tatsache, daß er Ausländer war (und er weigerte sich, seiner Treue gegenüber seinem Heimatland abzuschwören), hinderte ihn daran, die ersten Ämter im Staat einzunehmen. Doch auch wenn andere höher gestellt sein mochten, so überragte Lord Raymond auch sie. Er führte die griechischen Armeen in den Sieg, ihre Triumphe verdankten sie ihm. Wenn er erschien, dann liefen ganze Städte zusammen, um ihn zu begrüßen; man schrieb ihm zu Ehren neue Lieder, die seinen Ruhm, seine Tapferkeit und seine Großmut priesen.

Zwischen Griechenland und der Türkei wurde ein Waffenstillstand geschlossen. Durch einen unerwarteten Zufall erbte Lord Raymond in England ein riesiges Vermögen und kehrte ruhmbedeckt in seine Heimat zurück, wo man ihm nun endlich die Ehre zollte, die man ihm einst verweigert hatte. Doch sein stolzes Herz lehnte sich dagegen auf. Wieso war denn der verachtete

Raymond nicht derselbe wie der geehrte gewesen? Wenn das Erlangen von Reichtum Machtzuwachs bedeuten sollte, dann sollten sie diese Macht als eisernes Joch kennenlernen. Folglich strebte er nur noch nach Macht und zielte in allem, was er tat, auf seine Verherrlichung ab. Ob er nun seinen Ehrgeiz offen zeigte oder heimlich intrigierte – alles was er wollte, war, in seinem Lande den höchsten Rang zu erlangen.

Dieser Bericht erweckte meine Neugier. Die Ereignisse, die auf seine Rückkehr nach England folgten, machten mich besorgt. Abgesehen von seinen anderen Vorzügen sah Lord Raymond außerordentlich gut aus; jeder bewunderte ihn, und er war ein Idol der Frauen. Er war höflich und redegewandt, ein Adept betörender Künste. Was mochte dieser Mann in der geschäftlichen Welt Englands nicht alles erreichen? Es folgte Wandel um Wandel. Ich erfuhr nicht alles, denn Adrian hatte aufgehört zu schreiben, und Perditas Briefe waren sehr lakonisch. Es ging das Gerücht um, daß Adrian – welch ein schreckliches Wort! – verrückt geworden sei und daß Lord Raymond der Favorit der Ex-Königin und ihr designierter Schwiegersohn war. Mehr noch, daß dieser ehrgeizige Edelmann nämlich den Anspruch des Hauses Windsor auf die englische Krone wieder aufs neue belebt hatte und daß er, falls Adrians Leiden sich als unheilbar herausstellen und er dessen Schwester ehelichen sollte, seine Stirn eines Tages vielleicht sogar mit dem magischen Ring des Königtums zieren würde.

Eine solche Nachricht machte es mir unmöglich, noch länger in Wien zu bleiben. Nun mußte ich meinen Schwur erfüllen, mich an die Seite meines Freundes stellen und ihn bis zum Tod als Freund und Verbündeter unterstützen. Ade, höfische Freuden, politische Intrigen, ade du Irrgarten der Leidenschaften und des Wahns! Heil dir, o mein England! Du bist der Ort meiner Hoffnung, die gewaltige Bühne, auf der sich das einzige Drama abspielt, das mich wirklich mit Leid und Seele mitreißen kann. Nach zweijähriger Abwesenheit betrat ich schließlich wieder englischen Boden. Ich wagte nicht, Erkundigungen einzuholen, da ich mich vor den Antworten fürchtete. Zunächst wollte ich meine Schwester aufsuchen, die eine kleine Hütte – ein Geschenk von Adrian – am Rande des Waldes von Windsor bewohnte. Von ihr wollte ich die Wahrheit über unseren Beschützer erfahren. Sie sollte mir mitteilen, warum sie sich dem Schutz der Prinzessin Evadne entzogen hatte und welchen Einfluß dieser alle überragende Raymond auf das Geschick meines Freundes ausübte.

Ich war noch nie in der Umgebung von Windsor gewesen. Als ich mich dem alten Wald näherte, bezauberte mich die Fruchtbarkeit und die Schönheit der Landschaft. Perditas bescheidene Unterkunft befand sich am Rande des ältesten Teils des Waldes. Vor ihr erstreckte sich Bishopgate Heath endlos nach Osten, und im Westen befand sich Chapel Wood und das Tal von Virginia Water. Hinter der Hütte ragten die uralten Bäume des Waldes empor, unter denen Rehe zum Äsen hervorkamen. Die Bäume waren zum größten Teil – anders als die jüngeren Gewächse im neueren Teil des Waldes – ausgehöhlt und verfault, so daß sie bizarre Gruppen darstellten, die sich deutlich von denen der jungen Bäume abhoben. Diese im neunzehnten Jahrhundert erst gepflanzten Gewächse standen aufrecht da und schienen bereit zu sein, furchtlos den kommenden Zeiten zu trotzen, während die ausgemergelten Alten sich aufeinander stützten und mit ihren matten Ästen seufzten, während der Wind sie zauste – es war eine wettergeplagte Mannschaft.

Mit klopfendem Herzen betrat ich die Umzäunung der Hütte und während ich noch am Eingang stand, hörte ich schon Perditas klangvolle Stimme.

Einen Augenblick darauf trat Perdita heraus. Da stand sie nun vor mir, in der frischen Blüte ihrer jungen Weiblichkeit und doch immer noch das Bergmädchen, das ich einst verlassen hatte. Ihr Augenausdruck war immer noch so tiefgründig wie früher, und ihre Miene war noch genauso ausdrucksvoll. Doch hatte sie sich zu ihren Gunsten verändert und während ihre Stirn von großer Intelligenz zeugte, war ihr Antlitz von sanfter Empfindsamkeit geprägt; ihre leise, wohltönende Stimme schwang voller Liebe. Jetzt besaß sie äußerst weibliche Rundungen und wenn sie auch nicht sehr groß war, so hatte ihr Leben in den Bergen sie doch gelehrt, sich frei und natürlich zu bewegen, so daß ihr Schreiten kaum zu hören war, als sie auf mich zukam. Als wir voneinander Abschied genommen hatten, da hatte ich sie voller Wärme an meine Brust gedrückt; nun trafen wir uns wieder, und es erwachten neue Gefühle in uns. Jetzt sahen wir aneinander, daß die Kindheit vorüber war und daß wir nun erwachsene Akteure auf dieser sich ständig wandelnden Bühne waren. Wir zögerten nur einen Augenblick, dann umarmten wir uns stürmisch und herzlich.

Als sich die erste Gefühlsaufwallung gelegt hatte, saßen wir beieinander und sprachen über die Vergangenheit und die Zukunft. Ich erwähnte die kühle Distanziertheit ihrer Briefe, doch schon wenige gemeinsam verbrachte Minuten genügten, um sie zu erklären. Es waren neue, unbekannte Gefühle in ihr erwacht, die sie nicht schriftlich jemandem gegenüber erwähnen konnte, den sie nur in ihrer Kindheit gekannt hatte. Doch nun erwuchs unsere alte Vertrautheit wieder ungehindert zu neuem Leben. Ich erzählte ihr von meinem Leben im Ausland und fragte sie nach den Ereignissen in der Heimat, nach den Gründen für Adrians Abwesenheit und ihr abgeschiedenes Leben.

Als ich unseren Freund erwähnte, schienen ihre Tränen und ihre Gesichtsröte die Gerüchte zu bestätigen, die mir zu Ohren gekommen waren; doch war diese Nachricht für mich zu schrecklich, um ihr ohne weiteres Glauben schenken zu können. War Adrians Geist denn wirklich verwirrt, war er nicht länger der Herr seines eigenen Verstandes? Entsetzlich!

Perdita beantwortete meine Fragen, indem sie die betrüblichen Umstände schilderte, die zu diesem Ereignis geführt hatten.

Adrian war mit all seiner ehrlichen Offenheit seiner Liebe zu

Evadne wie ein Opferlamm verschrieben. Er vertraute ihr die Obhut über seine innersten Seelengeheimnisse an, über sein Streben nach Auszeichnung und seine Pläne für die Verbesserung der Menschheit. Mit wachsendem Alter gewannen seine Vorhaben und Theorien immer mehr an Macht und Gewalt, da er spürte, wie sich in ihm seine Fähigkeiten ständig weiterentfalteten; und je mehr er tagtäglich erkennen mußte, daß sein selbstgewählter Weg voller Hindernisse war, um so mehr wuchs seine Liebe zu Evadne.

In der Einsamkeit und beim Wandern durch die Natur, fernab vom Trubel der Menschen, feilte er an seinen Plänen für eine Reform des englischen Regierungswesens und für die Verbesserung der Lebensumstände des Volkes. Hätte er seine Meinungen verborgen gehalten, bis ihm eine Stellung der Macht ihre Verwirklichung ermöglicht hätte, so wäre alles gut gewesen. Doch er war voller Unschuld, wenn er an die Jahre dachte, die er bis dahin noch warten müßte, er war offenen Herzens und furchtlos. Nicht nur, daß er den Plänen seiner Mutter eine Absage erteilte, er erklärte auch in aller Öffentlichkeit, daß er seinen Einfluß dazu verwenden wolle, um die Macht der Aristokratie zu beschränken, um eine gerechtere Verteilung von Wohlstand und Privilegien zu erlangen und um ein vollkommen republikanisches Regierungssystem in England einzuführen. Seine Mutter hielt diese Theorien zunächst für das wilde Gerede der Unerfahrenheit. Doch waren sie derart systematisch aufgereiht und von Argumenten untermauert, daß sie, obwohl sie so tat, als glaube sie nicht daran, begann, ihn zu fürchten. Sie versuchte, mit ihm zu reden, und als sie feststellen mußte, daß er nicht bereit war nachzugeben, da lernte sie ihn hassen.

Merkwürdigerweise erwies sich dieses Gefühl als ansteckend. Seine Begeisterung für Gutes, das es nicht gab, seine Verachtung für geheiligte Autoritäten, sein Eifer und seine Unvorsichtigkeit, all dies stand im Gegensatz zur gewöhnlichen Routine des Alltags. Die weltlich veranlagten Menschen fürchteten ihn, die Jungen und Unerfahrenen verstanden die hehre Strenge seiner moralischen Ansichten nicht und lehnten ihn ab, weil er anders war als sie selbst. Evadne begegnete seinen Denkgebäuden nur mit kühler Distanz. Sie war zwar der Meinung, daß er gut daran tat, seinen eigenen Willen zu behaupten, aber sie hätte es vorgezogen, wenn er der Mehrheit seiner Zeitgenossen verständlicher gewesen wäre. Es war nichts von einer Märtyrerin an ihr, und sie hatte nicht vor, mit einem gestürzten Patrioten die Schande und die Niederlage zu teilen. Sie erkannte wohl die Reinheit seiner Absichten, sein großzügiges Wesen und auch seine echte, glühende Zuneigung zu ihr, und sie mochte ihn sehr gut leiden. Er erwiderte diese Freundlichkeit mit größter Dankbarkeit und machte Evadne zur Schatzmeisterin all seines Hoffens.

Da kehrte Lord Raymond aus Griechenland zurück. Adrian und er hätten nicht verschiedener sein können: Während Raymond bei all seinen Widersprüchen ein Mann von Welt war, der häufig von seinen Leidenschaften überwältigt wurde und die Gesellschaft nur als einen Stützpfeiler seines eigenen Lebens begriff, fühlte Adrian sich als Teil eines großen Ganzen. Er wußte sich nicht nur mit der Menschheit, sondern mit der ganzen Natur zutiefst verbunden; die Berge und der Himmel waren seine Freunde, die Winde und Pflanzen seine Spielgefährten. Seine Seele war darauf ausgerichtet, Schönheiten und Erhabenheit zu verehren. Als sie aufeinander trafen, entwickelte sich bald eine gegenseitige Ablehnung. Adrian verachtete die Kurzsichtigkeit des Politikers, während Raymond von den wohlwollenden Visionen des Philanthropen angewidert war.

Mit Raymonds Ankunft brach Adrians selbstgeschaffener Schutz der Ablehnung und Verachtung zusammen. Raymond, der Befreier von Griechenland, der stattliche Soldat, dessen Gesichtszüge die Spuren ihres Heimatlandes trugen, Raymond wurde von Evadne geliebt. Ohne ihre überwältigenden Leidenschaften zu überprüfen, verfiel sie sofort seinem Einfluß, so daß Adrians Aufmerksamkeiten ihr immer mehr zuwider wurden. Sie zeigte sich launisch; ihr sanfter Umgang mit Adrian verwandelte sich in böszungige Kälte. Eine Weile mochte sie. seinem Drängen und seiner Sehnsucht nachgeben, doch durch dieses Hin und Her quälte sie die Seele des empfindsamen Jünglings nur noch mehr. Er spürte, daß die Stürme des Geistes an seinen Festen zu rütteln begannen, und fürchtete sich vor ihren Folgen.

Perdita, die zu dieser Zeit noch mit Evadne zusammenlebte, sah, welche Qualen Adrian erleiden mußte. Sie liebte ihn wie einen älteren Bruder, wie einen Verwandten, der sie lenkte, schützte und bildete, ohne daß daran etwas von der nur allzu häufigen Tyrannei elterlicher Autorität gewesen wäre. Sie bewunderte ihn um seiner Tugenden willen und als sie merken mußte, wie Evadne ihm Kummer bereitete, da empfand sie eine Mischung aus Verachtung und Zorn. In seiner einsamen Verzweiflung suchte Adrian häufig meine Schwester auf und schilderte ihr in vorsichtigen Worten sein Leid. Während Mut und Verzweiflung seine Seele zerrissen, war er doch nicht zornig. Auf wen hätte er auch zornig sein sollen? Doch wohl nicht auf Raymond, der sich des Elends, das er auslöste, nicht bewußt war; und auch nicht auf Evadne, denn um ihretwillen vergoß seine Seele blutige Tränen – sie war ein armes, fehlendes Mädchen, eine Sklavin und keine Tyrannin, und noch in seiner eigenen Pein sorgte er sich um ihre Zukunft.

Der Kummer zehrte an seiner Gesundheit, dann gab auch sein Verstand ihm nach. Sein Verhalten wurde wild, manchmal war er wütend und tobte, manchmal wortkarg und in sich gekehrt. Plötzlich reiste Evadne von London nach Paris ab. Er folgte ihr und holte sie ein, als ihr Schiff gerade ablegen wollte. Keiner wußte, was zwischen ihnen vorgefallen war, doch danach hatte

Perdita ihn nie wieder gesehen. Er lebte, niemand wußte wo, einsam und zurückgezogen, von Personal behütet, das seine Mutter zu diesem Zweck ausgesucht hatte.

IV

Am nächsten Tag kam Lord Raymond auf seinem Weg zu Schloß Windsor an Perditas Kate vorbei. Das plötzliche Erröten und die glänzenden Augen meiner Schwester verrieten mir ihr Geheimnis. Er wirkte völlig selbstbeherrscht und verhielt sich uns beiden gegenüber höflich und zuvorkommend. Offenbar wollte er einen angenehmen Eindruck machen. Er sprach voller Witz und Komik, gleichzeitig aber gab er auch tiefschürfende Beobachtungen von sich. Schon bald hatte er meine geheime Abneigung besiegt. Ich hatte mir vorgenommen, ihn und Perdita zu beobachten und mir alles, was gegen ihn sprechen konnte, zu merken. Doch alles war so faszinierend und so außergewöhnlich, daß ich nur noch das Vergnügen wahrnahm, das mir seine Anwesenheit bereitete. Um mich in die englische Politik und Gesellschaft einzuweihen, in der ich mich bald bewegen würde, erzählte er mir zahlreiche Anekdoten und schilderte mir verschiedene Persönlichkeiten des öffentlichen Lebens. Seine charmanten, vielseitigen Bemerkungen betörten mich. Wäre da nicht eine einzige Sache gewesen, er hätte bei mir einen vollkommenen Sieg davontragen können. Er sprach nämlich über Adrian und äußerte sich in einer abfälligen Art über ihn, wie es die Weisen der Weltlichkeit stets tun, wenn es um die Begeisterungsfähigkeit anderer geht. Er merkte schon bald, wie sich die Wolken zusammenzogen, und versuchte, sie wieder zu vertreiben, doch meine Gefühle in dieser Angelegenheit waren derart stark und dezidiert, daß ich es nicht zulassen konnte, daß man über sie so leichtfertig hinwegging. Also sagte ich sehr betont: »Gestattet mir, Euch mitzuteilen, daß ich dem

Earl von Windsor aufs äußerste ergeben bin. Er ist mein bester Freund und mein Wohltäter und Gönner. Ich verehre seine Güte, ich stimme mit seinen Ansichten überein, und ich beklage voller Bitterkeit seine gegenwärtige Erkrankung, die, wie ich hoffen will, nur von begrenzter Dauer sein dürfte. Gerade diese Erkrankung macht es, daß es mich schmerzlich berührt, wenn man über ihn anders als voller Respekt und Zuneigung redet.«

Raymond antwortete darauf, aber es war nichts Versöhnliches darin. Ich merkte, daß er all jene aus tiefstem Herzen verachtete, die anderen als rein weltlichen Idolen nachhingen.

»Jeder«, sagte er, »träumt von irgend etwas, von Liebe, von Ehre und Vergnügen. Ihr träumt von Freundschaft und schenkt Eure Zuneigung einem Verrückten. Nun, wenn das Eure Berufung sein sollte, so habt Ihr bestimmt damit recht, ihr Folge zu leisten.«

Ein schmerzlicher Ausdruck überzog sein Gesicht, als er über irgend etwas nachdachte. »Selig sind die Träumenden«, fuhr er fort, »so sie nicht geweckt werden! Ich wollte, ich könnte träumen! Aber meine Welt ist die des rauhen Alltags. Der gleißende Schein der Wirklichkeit nimmt mir die Illusionen, Mich hat selbst der leiseste Hauch von Freundschaft verlassen, und was erst die Liebe anbelangt ...« Er brach ab, und ich konnte nicht ausmachen, ob er seinen Mund so abfällig verzog, weil er diese Leidenschaft verachtete, oder ob sich dieser Ausdruck gegen ihn selbst richtete, weil er ihr Sklave war.

Im Laufe der Zeit lernte ich Lord Raymond immer besser kennen. Immer häufiger fand ich Gelegenheit, seine zahlreichen Fähigkeiten zu bewundern, die sich mit seiner witzigen und charmanten Beredsamkeit verbanden; zusammen mit seinem nunmehr gewaltigen Reichtum bewirkten sie, daß er, mehr als jeder andere Mann in England, gefürchtet, beliebt und verhaßt war.

Durch meine Herkunft, die, wenn schon keinen Respekt, so doch immerhin Interesse erzeugte, durch meine frühere Verbindung mit Adrian und durch die Gunst des Botschafters, dessen Sekretär ich gewesen war, fand ich ohne Mühe Zutritt zu den höchsten Kreisen in Gesellschaft und Politik. Meine Unerfahrenheit ließ mich zunächst glauben, daß wir uns am Rande eines Bürgerkriegs befänden; jede Partei und Interessengruppe wirkte gleich heftig, bissig und unnachgiebig. Das Parlament war in drei Fraktionen gespalten: Die Aristokraten, die Demokraten und die Royalisten. Nachdem Adrian sich lautstark für die Republik ausgesprochen hatte, war die letztere der genannten Gruppen fast ausgestorben, da sie dadurch ohne Kopf und Anführer war. Doch als Lord Raymond sich an ihre Spitze setzte, kam es zu einer ungeahnten Neubelebung. Einige ihrer Mitglieder waren Royalisten aus alter Anhänglichkeit und alten Vorurteilen, und es gab zahlreiche Gemäßigte, die sich sowohl vor der willkürlichen Tyrannei der Volkspartei als auch vor dem unnachgiebigen Despotismus der Aristokraten fürchteten. Über ein Drittel der Mitglieder scharte sich um Lord Raymond, und ihre Zahl wuchs von Tag zu Tag weiter an. Die Aristokraten setzten auf ihren üppigen Reichtum und auf ihren großen Einfluß; die Reformer wiederum stützten sich auf die Kraft der Nation selbst, und die Debatten verliefen äußerst hitzig. Noch hitziger aber waren die Gespräche der Politiker untereinander, wenn sie zusammentrafen, um ihr Vorgehen zu beraten. Besorgt beobachtete ich dieses Treiben aufs genaueste.

Es war nicht zu übersehen, daß Perdita Raymond liebte, und ich glaubte festzustellen, daß er die schöne Tochter Verneys ebenfalls voller Zärtlichkeit bewunderte. Und doch wußte ich, daß er die Heirat mit der mutmaßlichen Erbin der Grafschaft von Windsor vorantrieb, weil er sich davon die größten Vorteile versprach. Alle Freunde der Ex-Königin waren auch seine Freunde, und es verging keine Woche in der er sich nicht mit ihr in Windsor beratschlagt hätte.

Ich war Adrians Schwester noch nie zuvor begegnet. Ich hatte gehört, daß sie schön, liebenswürdig und bezaubernd sei. Weshalb sollte ich sie aufsuchen? Ich meinte, daß Idris nun, da Adrian sich vom Tatenleben zurückgezogen hatte, wahrscheinlich das Opfer der ehrgeizigen Pläne ihrer Mutter sein würde und daß ich ihr zu Hilfe eilen sollte, um sie vor diesem Einfluß zu schützen und ihr Recht auf freie Wahl zu gewährleisten, das schließlich jedem Menschen zustand. Doch wie hätte ich dies bewerkstelligen können? Sie selbst würde meine Einmischung schon ablehnen. Wenn ich ohnehin nur eine Zielscheibe ihrer Gleichgültigkeit oder ihrer Verachtung sein konnte, dann war es doch wohl besser, wenn ich ihr aus dem Weg ging, anstatt den wohlmeinenden, närrischen Ikarus zu spielen.

Einige Monate nach meiner Rückkehr nach England verließ ich London, um meine Schwester zu besuchen. Ihre Gesellschaft war mein größter Trost und meine größte Freude im Leben. Immer, wenn ich daran dachte, sie bald wiederzusehen, erheiterte sich mein Gemüt. Ihre Gespräche waren stets voller pointierter Bemerkungen, und in ihrem freundlichen, blumengeschmückten Heim, in dem sich großartige Plastiken, antike Vasen und Kopien der besten Gemälde von Raphael, Corregio und Claude fanden, fühlte ich mich wie in einem Feenreich, weitab vom lärmenden Trubel der Politiker und der leichtlebigen Modegecken. Diesmal war Perdita jedoch nicht allein; Idris war bei ihr, das bisher nie erblickte Ziel all meiner verrückten Götzenverehrung.

Mir fehlen die Worte, um diese Schönste, diese Klügste, diese Beste von allen in meinen Bericht einzuführen. Wie sollte ich den Ruhmesschein schildern, der sie umgab, die tausend Zeichen der Anmut, die sie zierten? Was einem an ihr als allererstes auffiel, das war ihre vollkommene Güte und Offenheit. Ihre große, schlanke Gestalt, wie eine Pappel im Westwind, ihr göttinnenähnlicher Gang, wie der eines Engels, ihre perlweiße Haut, ihre leise, melodische Stimme – wie soll man das beschreiben?

Als meine Schwester, die sich gerade mit Idris unterhielt, mich eintreten sah, erhob sie sich, nahm mich bei der Hand und sagte: »Hier ist er, wie wir es uns gerade gewünscht hatten. Dies ist Lionel, mein Bruder.«

Auch Idris erhob sich, wandte mir ihren himmelblauen Blick zu und sagte voller Anmut: »Ihr bedürft keiner Vorstellung; wir besitzen ein von unserem Vater hochgeschätztes Bild an dem man Euch sofort erkennen kann. Verney, Ihr werdet dieses Band anerkennen und da Ihr ein Freund meines Bruders seid, glaube ich, daß ich Euch vertrauen kann.«

Dann fuhr sie mit bebender Stimme und einer Träne im Auge fort: »Liebe Freunde, haltet es nicht für befremdend, daß ich euch heute, da ich euch zum erstenmal aufsuche, gleich um Hilfe bitte und euch meine Wünsche und Befürchtungen mitteile. Ihr seid die einzigen, mit denen ich reden kann. Ihr seid die Freunde meines Bruders, folglich müßt ihr auch die meinen sein. Was soll ich sagen? Wenn ihr euch weigern solltet, mir zu helfen, dann bin ich wirklich verloren.« Sie blickte hoch und sah uns beide an. Dann rief sie bewegt: »Mein armer Bruder! Ihr habt zweifellos die Gerüchte gehört und glaubt ihnen sogar, doch er ist nicht wahnsinnig geworden! Man hat ihm Unrecht getan, ihn verraten und gefangengenommen. Rettet ihn! Verney, Ihr müßt das tun! Ihr müßt ihn ausfindig machen, wo immer man ihn auch auf dieser Insel versteckt hält! Findet ihn, befreit ihn von seinen Häschern, gebt ihn sich selbst wieder und mir! Ach, ich kann keinen anderen lieben als ihn!«

Ihr flehentliches Bitten rührte mich zutiefst, und als sie mit bebender Stimme hinzufügte: »Wollt Ihr es wagen?«, da schwor ich feierlich, mein Leben bis zu meinem Tode Adrians Wohlergehen zu widmen. Danach beratschlagten wir uns darüber, welchen Plan ich dabei verfolgen sollte, und überlegten, auf welche Weise wir herausfinden konnten, wo er sich befand. Während wir noch in diese Überlegungen vertieft waren, trat Lord Raymond unangemeldet ein. Ich sah, wie Perdita bleich wurde und anfing zu zittern, und wie Idris errötete. Unsere Zusammenkunft mußte ihn erstaunen, ich hätte sogar erwartet, daß sie ihn beunruhigt hätte. Doch er ließ sich nichts anmerken und grüßte uns freundlich. Idris zögerte einen Augenblick, dann sagte sie äußerst freundlich: »Lord Raymond, ich vertraue auf Eure Güte und auf Euer Ehrgefühl.«

Hochmütig lächelnd verneigte er sich und fragte spöttisch: »Vertraut Ihr tatsächlich, Lady Idris?«

Sie versuchte seine Gedanken zu lesen, dann antwortete sie stolz: »Wie es Euch gefällt. Es ist auf jeden Fall das beste, wenn man sich nicht durch Geheimnistuerei kompromittiert.«

»Verzeiht mir, wenn ich Euch verletzt haben sollte«, erwiderte er. »Ob Ihr mir vertraut oder nicht, Ihr könnt Euch darauf verlassen, daß ich alles tun werde, um Eure Wünsche zu erfüllen, welcher Art sie auch sein mögen.«

Idris dankte ihm mit einem Lächeln und erhob sich, um uns zu verlassen. Lord Raymond bat sie darum, sie nach Windsor Castle begleiten zu dürfen, was sie ihm auch gewährte. Zusammen verließen sie die Kate. Wie zwei Narren, die einmal geglaubt hatten, einen Schatz gefunden zu haben, bis es sich bei Tageslicht herausstellte, daß er nur aus Blei bestand, blieben Perdita und ich zurück: zwei dumme, glücklose Fliegen, die im Sonnenschein gespielt hatten und der Spinne ins Netz geflogen waren. Ich lehnte mich ans Fenster und sah den beiden nach, bis sie in der Waldlichtung verschwunden waren. Dann drehte ich mich wieder um. Perdita hatte sich nicht von der Stelle bewegt, sie blickte mit bleichem Gesicht auf den Boden steif und bewegungslos saß sie voller Schmerz auf ihrem Stuhl. Erschreckt wollte ich ihre Hand ergreifen, doch sie wehrte zitternd ab und versuchte, sich zu sammeln. »Jetzt nicht«, antwortete sie. »Und sag auch nichts mehr, mein lieber Lionel. Du kannst ja auch gar nichts sagen, weil du überhaupt nichts weißt. Wir treffen uns morgen; bis dahin: adieu!« Sie stand auf und verließ den Raum, doch im Türrahmen blieb sie noch einmal stehen und lehnte sich an. »Lord Raymond wird wahrscheinlich zurückkehren. Würdest du ihn wohl darum bitten, mich für heute zu entschuldigen, denn ich fühle mich nicht wohl? Wenn er es wünscht, dann werde ich ihn morgen sehen und dich auch. Es wäre besser, wenn du mit ihm zusammen nach London zurückkehren würdest. Dort kannst du dann deine Nachforschungen über den Earl of Windsor anstellen und mich morgen noch einmal aufsuchen, bevor du deine Reise antrittst. Bis dahin – lebwohl!«

Sie sprach mit einem Zittern in der Stimme und seufzte schwer. Ich stimmte zu, und sie ging. Ich fühlte mich, als sei ich aus einer geordneten Welt plötzlich in ein dunkles, widersprüchliches, unverständliches Chaos gestürzt worden. Jetzt war es unzumutbarer denn je geworden, daß Raymond Idris heiraten sollte; und doch war meine schon seit ihrer Entstehung so gewaltige Leidenschaft viel zu seltsam und undurchführbar für mich, um sofort das Leid mitzuempfinden, das ich für Perdita wahrnahm. Wie sollte ich mich nur verhalten? Sie hatte sich mir nicht anvertraut, und ich konnte Raymond keine Erklärung abverlangen, ohne damit vielleicht ihr tiefstes Geheimnis preiszugeben. Am nächsten Tag würde ich von ihr die Wahrheit erfahren; bis dahin – doch während ich noch hin und her gerissen meinen Gedanken nachhing, kehrte Lord Raymond zurück. Er fragte nach meiner Schwester, und ich richtete ihm ihre Nachricht aus. Er dachte einen Augenblick darüber nach, dann fragte er mich, ob ich auch nach London zurückkehren und ihm vielleicht dabei Gesellschaft leisten wolle. Ich willigte ein. Während der Fahrt war er sehr still und wirkte gedankenverloren. Schließlich sagte er: »Ich muß Euch wegen meiner Zerstreutheit um Verzeihung bitten. Es liegt daran, daß Rylands Antrag heute abend in die Lesung geht und ich mir meine Erwiderung überlegen muß.«

Ryland war der Führer der Volkspartei, ein starrköpfiger

Mann, der auf seine Weise durchaus redegewandt war. Er wollte einen Gesetzesantrag einreichen, der jeden Versuch, das gegenwärtige Regierungssystem und die Gesetze die Republik betreffend zu verändern, als Hochverrat ahnden sollte. Dieser Angriff richtete sich gegen Raymond und sein Betreiben, die Monarchie wieder herzustellen.

Raymond fragte mich, ob ich ihn an diesem Abend ins Parlament begleiten wollte. Ich dachte an meine Nachforschungen über Adrians Verbleib und wußte, daß diese meine Zeit vollständig ausfüllen würden. Deshalb bat ich ihn, mich zu entschuldigen. »Nein«, sagte mein Begleiter, »ich kann Euch Eure Sorge abnehmen. Ihr wollt Erkundigungen über den Earl of Windsor anstellen. Ich kann Euch sofort Antwort darauf geben. Er befindet sich in Dunkeld auf dem Sitz des Herzogs von Athol. Als die ersten Anzeichen seiner Erkrankung auftraten, da ist er von einem Ort zum anderen gereist, bis er dort ankam und sich weigerte, dieses romantische Fleckchen wieder zu verlassen. Wir haben uns dann mit dem Herzog verständigt – damit er dort bleiben kann.«

Der achtlose Ton, in dem er mir diese Information gab, verletzte mich, und ich erwiderte kühl: »Ich bin Euch für diese Mitteilung sehr verbunden und werde mich ihrer bedienen.«

»Das werdet Ihr, Verney«, Sagte er, »und ich will Euch dabei auch behilflich sein. Doch zuerst müßt Ihr, darum bitte ich Euch, Zeuge meines Sieges und Triumphes sein, den ich heute erlangen werde. Was soll ich tun? Meine innigsten Wünsche scheinen sich nun zu erfüllen. Die Ex-Königin gibt mir Idris zur Frau; Adrian ist völlig unfähig, die Grafschaft zu übernehmen, und in meinen Händen wird diese Grafschaft zu einem Königreich. Bei Gott im Himmel, es stimmt: die armselige Grafschaft Windsor wird mir nicht genügen. Die Gräfin wird nie vergessen können, daß sie einmal Königin gewesen ist, und sie will ihren Kindern kein geringeres Erbe vermachen als dieses. Ihre Macht und mein Verstand werden den Thron wieder errichten, und meine Stirn wird mit dem königlichen Diadem geschmückt werden. Ich kann es … ich kann Idris heiraten.«

Er brach abrupt ab, sein Gesicht verdunkelte sich, und auf seinen Zügen zeichnete sich die aufwühlende Leidenschaft ab. Ich fragte: »Liebt Lady Idris Euch?«

»Was für eine Frage!« erwiderte er lachend. »Das wird sie natürlich schon noch tun, wenn wir erst geheiratet haben, genau wie ich auch.«

»Ihr fangt spät an damit«, sagte ich ironisch. »Meistens sieht man die Ehe als das Grab und nicht als die Wiege der Liebe an. Ihr werdet sie also lieben, tut es aber noch nicht?«

»Lionel, versucht nicht, mich zu bekehren. Ich werde ihr gegenüber meine Pflicht erfüllen, dessen könnt Ihr gewiß sein. Liebe! Dagegen muß ich mein Herz stählen; ich muß sie aus ihrer Befestigung verbannen, sie heraushalten. Der Quell der Liebe muß aufhören zu sprudeln, er muß ausgetrocknet werden, die Liebe, meine ich, die mich beherrschen kann, nicht die, die ich beherrsche. Idris ist ein sanftes, hübsches, nettes kleines Mädchen; es ist unmöglich, sie nicht zu mögen, und ich mag sie wirklich sehr. Aber sprecht mir nicht von Liebe – Liebe, diese Tyrannin, die sogar Tyrannen unterdrückt; Liebe, die mich bisher stets besiegt hat und die ich nun meinerseits beherrsche; das hungrige Feuer, die unbezähmbare Bestie, die Schlange mit ihren Fangzähnen – nein, nein, ich will nichts mit Liebe zu tun haben. Sagt mir, Lionel, seid Ihr damit einverstanden, daß ich diese junge Dame heirate?«

Er richtete seinen scharfen Blick auf mich, und ich spürte, wie mein Herz zu schwellen begann. Mit ruhiger Stimme, doch innerlich aufgewühlt, erwiderte ich: »Niemals! Ich kann nicht zustimmen, wenn Lady Idris mit jemandem vereint werden soll, der sie nicht liebt.«

»Weil Ihr sie selbst liebt!«

»Euer Lordschaft hätten mir diese Spitze durchaus ersparen können. Ich liebe sie nicht ... ich wage nicht, sie zu lieben.«

»Jedenfalls«, fuhr er in arrogantem Ton fort, »liebt sie Euch nicht. Ich würde nicht einmal eine Königin heiraten, wenn ich nicht sicher wäre, daß ihr Herz noch frei ist. Aber ach, Lionel! Ein Königreich, das ist ein Wort der Macht, und doch ist die königliche Sprache weich und sanft. Waren die mächtigsten Menschen der Vergangenheit nicht auch Könige? Alexander war ein König; Salomon, der weiseste Mensch von allen, war ein König; Napoleon war König, Cäsar starb bei dem Versuch, einer zu werden, und Cromwell, der Puritaner und Königsmörder, strebte selbst nach der königlichen Würde. Adrians Vater gab das schon zerbrochene Zepter Englands aus der Hand. Doch ich will die gestürzte Pflanze hegen, sie wieder zusammenfügen und sie über alle Blumen des Feldes erheben.

Ihr braucht Euch nicht zu wundern, daß ich Adrians Aufenthaltsort freiwillig preisgebe. Glaubt nur nicht, daß ich so hinterlistig oder närrisch bin, meine Königswürde auf einen Betrug aufbauen zu wollen, schon gar nicht auf einen Betrug, der sich so leicht widerlegen ließe wie Lügen über den Irrsinn des Earls. Ich war vor kurzem bei ihm. Bevor ich mich dazu entschloß, mich mit Idris zu vermählen, wollte ich mich erst selbst von seinem Zustand überzeugen, um festzustellen, wie groß die Wahrscheinlichkeit ist, daß er sich von seiner Erkrankung wieder erholt. Er ist unwiderruflich verrückt.«

Ich rang nach Luft –

»Ich will Euch nicht die traurigen Einzelheiten berichten«, fuhr Raymond fort. »Ihr werdet ihn ja selbst sehen und könnt Euch Euer eigenes Urteil bilden. Allerdings fürchte ich, daß dieser Besuch, der für ihn von keinerlei Nutzen sein wird, für Euch eine sehr schmerzvolle Erfahrung sein dürfte. Auch mich bedrückt es immer noch. Ich verehre ihn trotz seiner auch im Fall noch bewunderungswürdigen Größe; zwar nicht so sehr, wie Ihr es tut, aber ich würde all meine Hoffnungen auf die Krone und meine rechte Hand dazu aufopfern, wenn er dadurch wiederhergestellt werden könnte.«

In seiner Stimme schwang tiefes Mitgefühl. »Oh, was seid Ihr nur für ein unerklärliches Wesen!« rief ich. »Wohin werden Eure Taten Euch in diesem Labyrinth der Wünsche, in dem Ihr verirrt herumlauft, noch führen?«

»Ja, wohin nur? Wahrscheinlich zu einer Krone, zu einer goldenen, mit Edelsteinen verzierten Krone, hoffe ich. Und doch mag ich mich nicht darauf verlassen, und wenn ich auch von einer Krone träume und nach ihr auch im Wachen strebe, so flüstert mir dann und wann ein geschäftiger Teufel doch ins Ohr, daß es nur eine Narrenkappe ist, der ich nacheifere, und daß ich, wäre ich weise, sie Mit Füßen treten würde, um statt dessen das entgegenzunehmen, was alle Kronen und Präsidentenämter des Abendlandes zusammen aufwiegt.«

»Und das wäre?«

»Wenn ich mich entschieden habe, dann werde ich es Euch wissen lassen. Im Augenblick wage ich weder darüber zu reden noch daran zu denken.«

Wieder verfiel er in Schweigen, doch kurz darauf drehte er sich lachend zu mir um. »Verney«, sagte er, »wenn ich König von England werden sollte, dann würde ich mich als erstes mit den Griechen verbünden, Konstantinopel einnehmen und ganz Asien unterwerfen. Ich will ein Krieger sein, ein Eroberer. Napoleon will ich in den Schatten stellen, so daß die Eifrigen nicht sein Felsengrab aufsuchen, um den Ruhm des Gefallenen zu preisen, sondern meine Majestät verehren und meine glänzenden Errungenschaften besingen werden.«

Ich hörte Raymond gespannt zu, denn von seinem Wort hing mein ganzes Glück ab – ja, das Schicksal all jener, die mir teuer waren. Ich versuchte, den verborgenen Sinn seiner Worte zu ergründen. Perditas Name war nicht gefallen, und doch zweifelte ich nicht daran, daß es seine Liebe zu ihr war, die ihn in seinem Streben so verunsicherte. Und wer hätte die Liebe auch mehr verdient als meine edle Schwester?

Am Abend gingen wir gemeinsam ins Parlament. Raymond war trotz aller Aufregung dort fröhlich und sorglos. Als wir in den Kaffeesaal traten, schlug uns ein Summen wie von zehntausend Bienenschwärmen entgegen. Überall standen kleine Gruppen von Politikern, die mit gefurchten Stirnen laut und leise diskutierten. Die Partei der Aristokraten, die reichsten und einflußreichsten Männer Englands, schien am wenigsten erregt zu sein, denn das Problem sollte ohnehin ohne ihr Zutun behandelt werden. Neben dem Kamin stand Ryland mit seinen Anhängern. Ryland war ein Mann von niedriger Herkunft und großem Reichtum, den er von seinem Vater, einem Fabrikanten, geerbt hatte. Als er noch ein junger Mann war, hatte er die Abdankung des Königs und die Zusammenlegung der beiden Parlamentskammern, des House of Commons und des House of Lords miterlebt. Er sympathisierte mit diesen Errungenschaften des Volkes und hatte es sich zur Lebensaufgabe gemacht, sie zu erhalten und zu mehren. Seitdem war der Einfluß der adligen Grundbesitzer gewachsen, und anfangs war Ryland keineswegs traurig darüber gewesen, daß Lord Raymonds Ränke und Intrigen Erfolg hatten, weil dies seinen Gegnern die Anhänger fortlockte. Doch nun ging die Sache für seinen Geschmack zu weit. Der ärmere Adel begrüßte die Rückkehr des Königtums, weil er sich davon eine Wiederherstellung seiner Macht und Privilegien erhoffte. Der immer noch nicht gänzlich ausgerottete Geist der Monarchie erhob sich aufs neue, und die Menschen waren bereit, sich wieder freiwillig ans Joch schirren zu lassen. Es gab zwar immer noch einige tapfere Geister, wahre Säulen des Staatsgefüges; doch die republikanische Idee wurde im Volk inzwischen als abgeschmackt und farblos empfunden, und viele (heute würde es sich zeigen, ob es die Mehrheit war) sehnten sich wieder nach dem Glanz und dem

Pomp der Monarchie. Dies weckte Rylands Widerstandsgeist. Er war der Auffassung, daß es seine eigene Untätigkeit gewesen sei, die das Anwachsen dieser Fraktion begünstigt hatte; doch nun war die Zeit der Geduld vorbei, und er würde mit einer einzigen ausholenden Geste die Spinnweben davonfegen, die die Augen seiner Landsleute verblendeten.

Als Raymond in den Kaffeesaal trat, wurde er von seinen Anhängern mit lauten Rufen begrüßt. Sie scharten sich um ihn, zählten ihre Reihen und stellten Mutmaßungen darüber an, weshalb sie nun auch noch von diesen und jenen Parlamentsmitgliedern unterstützt werden würden, die sich bislang noch nicht erklärt hatten. Schließlich nahmen die Fraktionsvorsitzenden ihre Plätze ein, und das Stimmengewirr ebbte erst ab, als Ryland sich erhob, um seine Rede zu halten. Nun hätte man sogar das leiseste Flüstern noch verstehen können. Alle Blicke waren auf ihn gerichtet, wie er dort mit leicht bebenden Lippen stand, sich mit den Händen an seiner Bank festhielt und die Muskeln anspannte.

Ryland begann damit, daß er die gegenwärtige Lage des britischen Empire pries. Er erinnerte an vergangene Zeiten, an die erbärmlichen Streitigkeiten zur Zeit unserer Väter, die beinahe zu einem Bürgerkrieg geführt hatten, an die Abdankung des mittlerweile verstorbenen Königs und an die Gründung der Republik. Er beschrieb diese Republik: Er wies darauf hin, daß sie jedem ihrer Bürger gestattete, emporzusteigen und sogar für begrenzte Zeit das höchste Amt im Staat zu erringen. Er verglich den Geist der Monarchie mit dem der Republik, zeigte auf, daß der eine die Menschen versklavte, während der andere sogar den geringsten der Bürger zur Größe und Güte emportrug. Er beschrieb, wie England mächtig geworden war und wie seine Einwohner durch die Freiheit, die sie genossen, tapfer und weise geworden seien. Sein Eifer wuchs, seine Augen begannen zu glänzen, und seine Stimme klang immer leidenschaftlicher. Es gab einen Mann, fuhr er fort, der all dies zu ändern trachtete und uns in die Zeiten der Ohnmacht und der Selbstbescheidung zurückführen wollte; ein Mann, der die Ehre all jener, die England ihre Heimat nennen durften, für sich beanspruchen wollte, indem er sich anmaßte, seinen eigenen Namen über den seines Landes zu stellen. Ich merkte, wie sich Raymonds Gesichtsfarbe veränderte, als er diese Schmähung hörte; er senkte die Augen, und die Zuhörer wechselten ebenfalls Blicke miteinander. Doch mittlerweile war der Redeschwall immer lauter geworden und hallte mit seinen Anklagen durch den Saal. Schon die blanke Frechheit seiner Worte verlieh seinen Schilderungen Gewicht; jeder wußte, daß er die Wahrheit sagte, eine Wahrheit, die zwar allgemein bekannt aber offiziell bisher nicht zur Kenntnis genommen worden war. Er riß der Wirklichkeit ihre Maske vom Gesicht, und nun stand Raymond, der heimliche Fallensteller, selbst als gejagtes Wild da, wie man mühelos an seinem Gesichtsausdruck erkennen konnte. Ryland forderte ein Gesetz, das jeden Versuch, die Monarchie wiederzuerrichten, zum Hochverrat machte, und jeden, der danach strebte, das gegenwärtige Regierungssystem abzuändern, zum Verräter abstempelte. Seine Rede endete unter Beifallrufen und lautem Applaus.

Nachdem dieser Antrag von Rylands Fraktion unterstützt worden war, erhob Lord Raymond sich und begann mit sanfter, kultivierter Stimme zu sprechen. Er habe sich erhoben, sagte er, um sich für den Antrag auszusprechen, vorausgesetzt, man würde ihn durch einen kleinen Zusatz ergänzen. Er sei bereit, in die alten Zeiten zurückzukehren und sich der Auseinandersetzung unserer Väter und der Abdankung des Königs zu erinnern. Edel und großmütig, sagte er, habe der glänzende, illustre letzte Herrscher von England sich der scheinbar guten Sache geopfert und auf eine Macht verzichtete, die nur mit dem Blut seiner Untertanen hätte aufrechterhalten werden können. Diese Untertanen, die nunmehr nicht mehr so genannt wurden, diese seine Freunde und Gleichen hatten ihm und seiner Familie aus Dankbarkeit gewisse Privilegien und Auszeichnungen auf ewige Zeiten gewährt. Man hatte ihnen umfangreichen Besitz zugeteilt, und sie nahmen den obersten Rang im englischen Adel ein. Und doch könne man wohl davon ausgehen, daß sie ihr uraltes Erbe noch nicht vergessen hätten. Es sei deswegen einfach zu hart, wenn sein Erbe genau wie jeder andere dafür bestraft werden sollte, wenn er versuchte, das wiederzuerlangen, was ihm nach altem Recht als Erbe zustand. Er wolle nicht behaupten, daß er solch ein Vorgehen gutheißen würde, doch sei es seiner Meinung nach verzeihlich. Und wenn der Aspirant auf den Thron nicht so weit ginge, einen Krieg zu erklären und eine eigene Münzhoheit im Königreich auszurufen, dann solle man wohlwollend darüber hinwegsehen. Sein Zusatzantrag fordere, daß man eine Ausnahme für jeden machen solle, der den Thron als Earl of Windsor für sich fordere.

Raymond verzichtete auch nicht darauf, in glühenden Farben den Glanz der Monarchie im Gegensatz zum schäbigen Wirtschaftsdenken der Republik zu loben. Er behauptete, daß zur Zeit der Monarchie jeder einzelne damals wie heute ebenso dazu in der Lage gewesen sei, emporzusteigen und die allerhöchsten Ämter zu bekleiden, mit der einzigen Ausnahme des Thrones selbst. Man konnte damals höhere und edlere Ämter und Würden erlangen als in einem feilschenden, feigen Wirtschaftsstaat. Und was machte diese eine Ausnahme denn auch schon aus?

Es fällt mir schwer, Raymonds geteilte Sprache wiederzugeben, mit der er seiner Rede Gewicht und Überzeugungskraft verlieh. War er zuerst fast schüchtern, so steigerte er sich schließlich immer mehr in seine Ausführungen hinein und betörte damit seine Zuhörer.

Es hat wenig Zweck, die Debatte wiederzugeben, die auf Raymonds Rede folgte. Ein Sprecher nach dem anderen meldete sich zu Wort, und schließlich wurde Rylands Antrag abgelehnt. Ryland zog sich wütend und verbittert zurück, und Raymond widmete sich aufs neue seinem Traum vom zukünftigen Königreich.

V

Gibt es so etwas wie Liebe auf den ersten Blick? Und wenn es sie geben sollte, wodurch unterscheidet sie sich dann von einer Liebe, die durch lange Beobachtung und langsames Anwachsen entstanden ist? Vielleicht mag sie nicht ganz so lange anhalten, doch ist sie während dieser Zeit bestimmt genauso heftig und intensiv. Wir irren freudlos durch das ausweglose Labyrinth der Gesellschaft, bis wir schließlich diesen Pfad entdeckt haben, der uns ins Paradies führt. Was macht es da, ob das Feuer erst mühselig mit Stahl und Feuerstein erzeugt und vorsichtig gespeist wurde, bis eine Flamme hochflackerte, um sie dann an die dunkle Lunte zu legen, oder ob das strahlende Licht mit einem Mal den Leuchtturm entfacht? Ich war im tiefsten Inneren meines Herzens aufgewühlt, alles war auf einmal neu. In allem, was ich wahrnahm und fühlte, sah und empfand ich nur Idris. SIE LEBT! ES GIBT SIE! hallte es durch mein Hirn.

Doch der Würfel war gefallen – Raymond würde sich mit Idris vermählen. Schon hörte ich die fröhlichen Hochzeitsglocken und den Jubel der ganzen Nation. Doch nein! Sie liebte ihn nicht; sie hatte mich ihren Freund genannt; sie hatte mich angelächelt und mir die innerste Sorge ihres Herzens anvertraut, das Wohlergehen Adrians. Dieser Gedanke besänftigte meine Verzweiflung.

Die Debatte endete um drei Uhr morgens. Meine Seele war in Aufruhr. Schnell eilte ich durch die Straßen. Ich war wirklich wie verrückt in dieser Nacht: Meine Liebe rang mit meiner Verzweiflung, mein Herz blutete. Schließlich begann der mir verhaßte Tag zu dämmern. Ich kehrte in meine Unterkunft zurück, warf mich auf ein Sofa, schlief ein – war das wirklich Schlaf? Denn die Gedanken liefen weiter –, noch immer rangen Liebe und Verzweiflung miteinander, und ich wand mich in maßlosem Schmerz.

Ich erwachte und war wie betäubt, ich spürte eine gewaltige Niedergerücktheit und wußte nicht, woher sie kam. Ich befragte mein Gehirn, und bald kehrte die Erinnerung zurück, viel zu bald. Viel zu bald begann ich wieder, am ganzen Leib zu zittern, und bald, viel zu bald wußte ich schon, daß ich zum Sklaven geworden war!

Plötzlich betrat Lord Raymond unangemeldet meine Räume. Er trat fröhlich ein und sang dabei das Freiheitslied der Tiroler. Er nickte mir anmutig zu und ließ sich auf das Sofa fallen, das gegenüber dem Apollo Belvedere stand. Nach ein paar belanglosen Bemerkungen, auf die ich nur mürrisch Antwort gab, blickte er plötzlich auf die Büste und rief: »Ich habe den gleichen Namen wie dieser Sieger! Keine schlechte Idee. Dieser Kopf soll auf meinen neuen Münzen geprägt werden und meinen pflichtbewußten Untertanen als Omen meines künftigen Erfolges dienen.«

Er sagte das sehr fröhlich und lächelte selbstironisch. Dann verfinsterte sich seine Miene plötzlich, und er rief: »Gestern abend habe ich mich gut geschlagen, gewaltiger habe ich selbst in Griechenland nie gesiegt. Jetzt bin ich der erste Mann im Staat, das Thema jeder Volksballade, und werde nun in die gemurmelten Gebete der alten Frauen miteingeschlossen werden. Was denkt Ihr? Ihr, die Ihr doch meint, die menschliche Seele lesen zu können – sagt mir, was Ihr von mir denkt, von mir, dem zukünftigen König – bin ich nun ein Engel oder ein Teufel?«

Sein ironischer Ton ärgerte mich in meinem Kummer, und ich antwortete verbittert: »Es gibt Geister, die weder Engel sind noch Teufel, sondern lediglich zum Aufenthalt im Limbus verdammt sind.« Ich sah, wie er vor Zorn blaß wurde, doch das stachelte mich nur noch mehr dazu an, seinem wütenden Blick nicht auszuweichen; doch plötzlich senkte er die Augen, und ich glaubte, eine Träne darin zu erkennen. Das besänftigte mich, und ich fügte leise hinzu: »Nicht, daß Ihr ein solcher wäret, mein werter Lord.«

»Doch!« sagte er schließlich und nagte an seiner Lippe. »Ein solcher bin ich! Verney, Ihr kennt mich nicht. Weder Ihr noch unsere Zuhörer gestern abend noch England – niemand weiß etwas über mich. Ich stehe hier, so mag es scheinen, als gewählter König. Diese Hand ist im Begriff, ein Zepter zu umfassen, diese Stirn spürt schon die nahende Krone. Ich scheine Stärke zu besitzen, Macht, Siegeskraft, scheine eine wahre Säule zu sein, die einen ganzen Kuppelbau trägt. Und doch bin ich nur ein Schilfrohr! Ich besitze Ehrgeiz, und der erreicht, was er will. Meine nächtlichen Träume werden Wirklichkeit, meine täglichen Hoffnungen werden erfüllt. Auf mich wartet ein Königreich, und meine Gegner sind besiegt. Doch hier«, und er schlug sich aufs Herz, »hier drin steckt ein Rebell, ein Stolperstein. In diesem herrischen Herz, dem ich vielleicht das Lebensblut entziehen kann, das aber, solange es auch nur einen Funken Leben in sich hat, mich zum Sklaven macht.«

Er sprach mit gebrochener Stimme und senkte den Kopf. Er vergrub sein Gesicht in den Händen und weinte. Schließlich erhob er sich wieder und sagte in einem Tonfall, als sei nichts geschehen: »Verney, ich muß fort, die Zeit eilt. Ich will nicht vergessen, weshalb ich eigentlich gekommen bin. Werdet Ihr mich morgen nach Windsor begleiten? Da es der letzte Dienst oder auch Un-Dienst ist, den Ihr mir werdet erweisen können, bitte ich Euch, mir meine Bitte zu erfüllen.«

Wie verlegen streckte er mir die Hand entgegen. Ja, dachte ich, ich werde der letzten Szene dieses Dramas beiwohnen. Außerdem schlug mich sein Gesichtsausdruck wieder in seinen Bann, und ich bat ihn, frei über mich zu verfügen.

»Ja, das werde ich«, sagte er fröhlich, »das wird jetzt mein

Stichwort sein. Sucht mich morgen früh um sieben auf. Seid diskret und treu, es wir Euer Schaden nicht sein.«

Dann eilte er fort, sprang auf sein Pferd und winkte mir lachend ein letztes Mal zu. Alleingelassen, grübelte ich darüber nach, was er wohl mit seiner Bitte bezwecken mochte und was der nächste Tag bringen würde.

Am nächsten Tag traf ich pünktlich bei ihm ein, und wir stiegen in sein Gefährt, das uns nach Windsor bringen sollte. Ich hatte mir vorgenommen, meine innere Bewegung durch nichts zu verraten.

»Was hat Ryland doch für einen Fehler gemacht!« sagte Raymond, »als er an diesem Abend glaubte, mich besiegen zu können. Er hat gut gesprochen, sogar sehr gut. Eine solche Rede wäre viel wirkungsvoller gewesen, wenn er sie mir allein gehalten hätte als diesen ganzen Narren und Schurken, die dort versammelt waren. Wäre ich allein gewesen, ich hätte versucht, die Richtigkeit seiner Ausführungen zu begreifen. Doch als er mich auf meinem eigenen Terrain vernichten wollte, mit meinen eigenen Waffen noch dazu, da hat er mich zum Äußersten gereizt, und das Ergebnis davon hätte man vorhersehen können.«

Ich lächelte ungläubig und antwortete: »Ich teile Rylands Anschauungen und wenn Ihr nichts dagegen habt, bin ich gern dazu bereit, seine Argumente zu wiederholen. Dann werden wir ja sehen, wie sehr es Euch dazu bewegt, anstatt monarchistisch dann republikanisch zu denken.«

»Diese Wiederholung wäre nutzlos«, sagte Raymond. »Denn ich erinnere mich gut an alle Einwände und habe auch für jeden ein Gegenargument parat.«

Wir verbrachten einen Teil der Fahrt mit Belanglosigkeiten. Schließlich merkte ich, daß wir nicht die gewöhnliche Strecke nach Windsor fuhren, sondern uns durch Englefield Green auf Bishopgate Heath zubewegten. Ich begann zu ahnen, daß nicht Idris das Ziel unserer Reise war, sondern daß ich der Zeuge der

Szene sein sollte, die das Schicksal Raymonds und Perditas bestimmen sollte. Raymonds Entschlossenheit war während dieser Fahrt offensichtlich ins Schwanken geraten, und diese Unsicherheit zeigte sich in jeder seiner Gesten, als wir Perditas Hütte betraten. Ich beobachtete ihn sehr genau und entschloß mich, Perdita dabei Hilfe zu leisten, sich selbst zu überwinden und die Liebe dieses Mannes abzulehnen, der zwischen dem Besitz einer Krone und ihr hin und her schwankte, die sie doch jedes Königreich um ein Vielfaches mit ihrer Güte und ihrer Hingabe aufwiegen konnte.

Als wir sie erblickten, las sie soeben in einer Zeitung einen Bericht über die Parlamentsdebatte, deren Ausgang sie offenbar zur Hoffnungslosigkeit verdammte. Ihre Niedergeschlagenheit spiegelte sich in ihrem matten Blick und ihrer Haltung wieder. Als Raymond dies wahrnahm, begannen seine Augen sofort voller Zärtlichkeit zu leuchten. Er setzte sich reuig neben sie, nahm ihr die Zeitung aus der Hand und sagte: »Meine liebe Perdita soll nicht ein einziges weiteres Wort über diese Versammlung von Wahnsinnigen und Narren lesen. Ich darf es nicht zulassen, daß Ihr das volle Ausmaß meiner Verirrung erkennt, sonst könntet Ihr mich noch verachten. Obwohl ich, das müßt Ihr mir glauben, bei meinem Wortgefecht davon geleitet wurde, vor Euch als Eroberer und nicht als Besiegter erscheinen zu können.«

Perdita blickte ihn erstaunt an, und einen Augenblick lang wirkte sie von Zärtlichkeit durchdrungen. Doch dann verdunkelte ein bitterer Gedanke ihr Antlitz, und sie senkte den Blick, um ihre Tränen zu verbergen. Raymond fuhr fort: »Ich will Euch nichts vorspielen, mein liebes Mädchen, oder so tun, als sei ich nicht das, was ich bin, nämlich schwach und wertlos, geeigneter, Eure Verachtung als Eure Liebe zu verdienen. Und doch liebt Ihr mich. Ich fühle es, und ich weiß es auch, und es macht mir Hoffnung. Wenn Euch Stolz oder sogar die Vernunft leiteten, dann wäret Ihr im Recht, mich abzulehnen. Wenn Euer Herz es nicht vermag, sich zu mir hinunter zu beugen, dann weist mich zurück. Wendet Euch von mir ab, wenn Ihr es so wollt – wenn Ihr es könnt. Wenn Euch nicht Eure ganze Seele dazu drängt, mir zu verzeihen, wenn Euer Herz sich nicht so weit zu öffnen vermag, um mich in sein Innerstes einzulassen, dann verlaßt mich und wechselt kein einziges Wort mehr mit mir. Denn obwohl ich mich maßlos gegen Euch versündigt habe, so bin ich doch auch stolz. Euer Verzeihen muß ohne Vorbehalt erfolgen, es darf in Eurer Zuneigung zu mir kein Zögern geben.«

Perdita wirkte verwirrt und doch erfreut. Meine Anwesenheit machte sie verlegen, so daß sie es nicht wagte, den Blick ihres Geliebten zu erwidern. Doch ihre Wangen waren gerötet, und ihre Trauer verwandelte sich in tiefempfundene Freude. Raymond legte den Arm um ihre Hüfte und fuhr fort: »Ich leugne nicht, daß ich zwischen Euch und dem höchsten weltlichen Ziel geschwankt habe, das ein Sterblicher erreichen kann, doch das ist nun vorbei. Nehmt mich, formt mich nach Eurem Willen, besitzt meine Seele und mein Herz bis in alle Ewigkeit. Wenn Ihr mir mein Glück abschlagen sollte, dann verlasse ich England noch heute nacht und werde nie wieder einen Fuß auf seinen Boden setzen.

Lionel, seid mein Zeuge! Bewegt Eure Schwester, mir die Verletzung zu verzeihen, die ich ihr angetan habe. Bewegt sie dazu, mein zu werden.«

»Dazu bedarf es keiner Zusprache«, erwiderte Perdita errötend. »Nur Eures ehrliches Versprechens und meines bereitwilligen Herzens, das mir eingibt, daß Ihr es ernst meint.«

Am gleichen Abend gingen wir zu dritt im Wald spazieren. Es war erfreulich, mitansehen zu können, wie der kühle Raymond und die distanzierte Perdita durch die Liebe in fröhlich plappernde Kinder verwandelt wurden, die in glücklicher Eintracht miteinander scherzten.

Ich blickte auf die königlichen Türme von Windsor. Die Mauer und die Barrikaden, die mich von meinem Stern trennten, waren hoch und stark, doch nicht unbezwingbar. Sie würde nicht sein werden. Mochte diese liebliche Blume noch einige wenige Jahre in ihrem heimischen Garten blühen, bis ich das Recht erlangt hatte, sie zu pflücken! Doch zuerst mußte ich Adrian aufsuchen und ihn ihr wiedergeben. Wenn es stimmte, was Raymond sagte, daß er nämlich geistig umnachtet war, dann würden Geduld, Sanftheit und unermüdliche Zuneigung ihn zurückgewinnen. Sollte er ungerechterweise eingesperrt sein, dann würden ihn Tatkraft und Mut retten.

Wir aßen zusammen bei Perdita zu Abend. Es war ein wirklich verzaubertes Abendessen, denn obwohl der Wein und die Früchte die Luft mit ihrem Duft schwängerten, rührten wir weder Speise noch Trank an. Nicht einmal die Schönheit der Nacht nahmen wir wahr. Raymonds und Perditas Ekstase konnte durch äußere Dinge nicht mehr verstärkt werden, und ich war in meine Gedanken versunken. Gegen Mitternacht verabschiedeten Raymond und ich uns von meiner Schwester, um in die Stadt zurückzukehren. Er war äußerst fröhlich, sang vor sich hin, sprach alles aus, was ihm gerade in den Sinn kam, und warf mir vor, melancholisch, schlechtgelaunt und neidisch zu sein.

»Nein«, erwiderte ich, »obwohl ich gestehen muß, daß sich meine Gedanken nicht nur um solch angenehme Dinge bewegen, wie es die Euren tun. Ihr habt mir versprochen, mir den Zutritt zu Adrian zu erleichtern. Ich beschwöre Euch, dieses Versprechen einzulösen. Ich kann nicht länger hier warten. Ich will nur meinen besten Freund trösten oder, wenn möglich, sogar kurieren. Ich werde sofort nach Dunkeld aufbrechen.«

»Ihr hofft, ihn heilen zu können? Nein, weder Ihr noch ein anderer Theseus vermag es, durch das Labyrinth seines Wahnsinns zu finden, zu dem vielleicht irgendeine übelwollende Ariadne den Faden in der Hand hält.«

»Ihr spielt auf Evadne Zaimi an, doch die hält sich nicht in England auf.«

»Und selbst wenn sie es täte«, entgegnete Raymond, »dann würde ich Euch dennoch nicht raten, sie ihn sehen zu lassen. Es ist besser, in einem völligen Delirium zu verbleiben, als das Opfer der methodischen Unvernunft einer glücklosen Liebe zu werden. Wahrscheinlich hat die lange Dauer seiner Erkrankung bereits alle Erinnerungen an sie in ihm ausgelöscht und es wäre wohl auch besser, wenn man es dabei beließe. Ihr werdet ihn in Dunkeld erleben, wie er sanft und gefügig über die Hügel und durch die Wälder wandert oder, auf einem Felsen sitzend, einem Wasserfall lauscht. Ihr werdet ihn vielleicht sehen, wie er mit wilden Blumen im Haar Kränze aus Blumen und Unkraut bindet oder gelbe Blätter und Rindenstücke auf dem Wasser treiben läßt und sich freut, wenn sie es überstehen, und bitterlich weint, wenn sie untergehen. Seine Augen, voller unbestimmbarer Botschaften, seine gebrochene Stimme, sein ausgemergelter Körper – schon die bloße Erinnerung daran nimmt mich mit! Mein Gott, als ich ihn sah, habe ich zum erstenmal seit meiner Kindheit wieder Tränen vergossen!«

Ich bedurfte nicht dieser Schilderung, um dazu angespornt zu werden, Adrian so bald wie möglich aufzusuchen. Ich war mir nur nicht sicher, ob ich versuchen sollte, Idris vorher zu sehen, doch diese Entscheidung wurde mir am folgenden Morgen abgenommen, als Raymond in der Frühe mit der Nachricht zu mir kam, daß Adrian schwer erkrankt sei und daß es unwahrscheinlich wäre, daß er, geschwächt wie er war, diese Krise überleben würde. »Morgen«, sagte Raymond, »reisen seine Mutter und seine Schwester nach Schottland, um ihn noch einmal wiederzusehen.«

»Und ich reise noch heute ab!« rief ich. »Ich werde mir noch in dieser Stunde einen Segelballon mieten. Ich werde in spätestens achtundvierzig Stunden dort sein, vielleicht sogar schon früher, wenn wir günstigen Wind haben sollten. Lebt wohl, Raymond! Seid glücklich darüber, daß Ihr den besseren Teil des Lebens gewählt habt. Dieser Wandel des Schicksals ermutigt und belebt mich wieder. Ich habe den Wahnsinn gefürchtet, nicht die Krankheit. Ich habe eine Vorahnung, daß Adrian nicht sterben wird, vielleicht ist diese Krankheit ja auch eine Reinigung, und er wird durch sie genesen.«

Meine Reise stand unter einem guten Stern. Der Ballon stieg etwa, eine halbe Meile empor und eilte, von günstigem Wind getrieben, durch die Lüfte. Seine gefiederten Schwingen zogen durch die widerstandslose Atmosphäre, und trotz des betrüblichen Anlasses für meine Reise sorgten die wiederaufkeimende Hoffnung, die hohe Geschwindigkeit und die beruhigende, sonnige Luft schon bald dafür, daß sich mein Gemüt erheiterte. Der Pilot bewegte das gefiederte Steuerruder kaum, und der schlanke Mechanismus der weit ausgebreiteten Flügel gab ein murmelndes Geräusch von sich, das die Nerven angenehm besänftigte. Unten konnte man Ebenen und Hügel erblicken, Bäche und Getreidefelder, und die Maschine gehorchte der leisesten Ruderbewegung. Solch eine Gewalt hatte der Mensch über die Elemente erlangt, lange hatte er danach gestrebt, und es war noch nicht lange her, daß er sie erlangt hatte.

Ich stieg in Perth aus und obwohl ich vom ständigen Aufenthalt im Freien ziemlich ermüdet war, gönnte ich mir keine Rast, sondern reiste sofort über Land nach Dunkeld weiter. Als ich die Hügel erreichte, ging die Sonne gerade auf, ein gutes Omen für Adrian, wie ich meinte.

Der Arme! Da lag er nun, auf dem Krankenlager ausgestreckt, mit halbgeschlossenen Augen, und atmete unregelmäßig und gequält. Und doch war es mir lieber, ihn so zu erblicken als gesund an Körper und krank an Geist. Ich setzte mich neben sein Bett und wich Tag und Nacht nicht mehr von der Stelle. Es war ein erschütternder Anblick, wie er so im Grenzland zwischen Leben und Tod hin und her schwankte: Seine heißen Wangen, die davon zeugten, daß er vom Fieber verzehrt wurde; sein Stöhnen, sein abruptes Zucken der Gliedmaßen. Drei Tage und drei Nächte hielt ich Krankenwache und wurde selbst dabei ausgemergelt und hager vor Kummer. Schließlich öffnete er leise die Augen, und das Leben kehrte, schwach noch aber unverkennbar, in sein Antlitz zurück. Er erkannte mich, und es war eine schmerzerfüllte Freude, mitanzusehen, wie sein Gesicht dabei erstrahlte. Er drückte meine Hand, die nun schon fiebriger war als die seine, und sprach meinen Namen aus. Von seinem Wahnsinn war keine Spur mehr zu erkennen, was mich unbeschreiblich beglückte.

Am selben Abend trafen seine Mutter und seine Schwester ein. Die Gräfin von Windsor war von Natur aus sehr energisch, doch selten hatte sie es sich selbst gestattet, ihre Gefühle nach außen zu zeigen. Ihre einstudierte Ausdruckslosigkeit, ihr gemessenes, ruhiges Verhalten und ihre sanfte aber unmelodische Stimme – all dies war eine Maske, hinter der sich ihre verzehrende Leidenschaft und ihre Ungeduld verbargen. Sie glich ihren Kindern in keiner Weise: Ihre dunklen, glitzernden, vom Stolz beherrschten Augen wirkten gänzlich anders als der blaue Schimmer und offene, wohlwollende Blick sowohl Adrians als auch Idris'. Sie wirkte zwar majestätisch in ihren Bewegungen, dabei aber weder anspornend noch liebenswürdig.

Die Gräfin würdigte mich keines wohlwollenden Blickes, obwohl sie mir später immerhin kühl für meine Bemühungen dankte. Idris verhielt sich ganz anders. Ihr erster Blick galt ihrem Bruder, sie nahm seine Hand, küßte ihn auf die Augenlider und sah ihn voller Mitleid und Liebe an. Als sie mir dankte, glitzerten Tränen in ihren Augen. Ihre Mutter nahm all dies mit argwöhnischem Blick sofort wahr und unterbrach uns schon bald. Ich merkte, daß sie mich still entlassen wollte wie jemanden, dessen Dienste ihrem Sohn nun, da dessen Verwandte angekommen waren, nicht mehr von Nutzen sein konnten. Ich fühlte mich erschöpft und krank und wollte meine Stellung nicht aufgeben, obwohl ich auch nicht wußte, wie ich dies hätte durchsetzen können. Da rief Adrian meinen Namen, ergriff meine Hand und bat mich, ihn nicht zu verlassen. Seine Mutter, die so tat, als habe sie nichts gehört, verstand sofort, was gespielt wurde, und gab auf.

Die darauffolgenden Tage waren für mich äußerst schmerzvoll, so daß ich es manchmal bedauerte, der hochmütigen Lady nicht nachgegeben zu haben, die nun jede meiner Bewegungen mißtrauisch beobachtete und es mir zur Qual machte, meinen pflegerischen Pflichten nachzukommen. Noch nie hatte ich eine Frau kennengelernt, die so vollständig vom Verstand beherrscht schien wie die Gräfin von Windsor. Ihre Leidenschaften hatten all ihre anderen Wünsche und Bedürfnisse unterdrückt; sie schlief nur wenig und aß kaum etwas. Offenbar betrachtete sie ihren Körper als eine reine Maschine, deren Funktionieren notwendig war, damit sie ihre Pläne verwirklichen konnte, aus der sie jedoch keinerlei sonstige Freuden zu ziehen vermochte. Wenn ein solcher Sieg über die animalischen Instinkte nicht durch reine Tugend erreicht wird, dann hat er etwas Beängstigendes an sich, und ich empfand es um so stärker, wenn ich die Gräfin wachen sah, während andere schliefen, und wenn sie fastete, während ich, der ich doch eigentlich von Natur aus nur wenig aß, durch das Fieber, das mich befallen hatte, dazu gezwungen war, mich mit Nahrung zu stärken. Sie versuchte mit harter, stiller und beharrlicher Entschlossenheit, meinen Einfluß auf ihre Kinder zurückzudrängen. Schließlich erklärten wir einander schweigend den Krieg. Wir führten zahllose erbitterte Gefechte, ohne dabei auch nur ein einziges Wort zu wechseln. Die Gräfin hatte einen Platzvorteil, so daß ich schließlich besiegt wurde, ohne jedoch nachzugeben.

Ich wurde gemütskrank, und mein Geist war von Krankheit und Verbitterung gezeichnet. Adrian und Idris nahmen es wahr und hielten es für die Auswirkungen der langen Wachen und meiner ständigen Besorgtheit. Sie drängten mich, mich auszuruhen und auf mich selbst achtzugeben, während ich ihnen versicherte, daß ihre Genesungswünsche meine beste Medizin seien. Adrians Gesicht nahm wieder Farbe an, was mich sehr beglückte.

Nachdem zwei Wochen vergangen waren, verließen wir Dunkeld. Idris kehrte mit ihrer Mutter sofort nach Windsor zurück, während Adrian und ich mit zahlreichen Rasten und Unterbrechungen folgten, da er immer noch etwas geschwächt war.

»Ich habe lange mit dem Leiden gelebt und bin durch das düstere Labyrinth des Wahnsinns umhergeirrt, um schließlich halbtot daraus wieder hervorzukommen«, sagte er eines Abends, als wir unseren Gasthof verlassen hatten, um in der herrlichen Landschaft einen Spaziergang zu unternehmen. »Aber ich danke Gott dennoch dafür, daß ich gelebt habe! Ich bin froh, daß ich die Sonne erblicken durfte, den sanften Pilger Mond, die feurigen Blumen des Himmels und die blühenden Sterne der Erde. Ich bin froh, daß ich geliebt habe und mit meinen Mitlebewesen Freude und Leiden habe teilen dürfen.

Aber ach, daß man doch den Tod und die Krankheit für immer von unserer irdischen Heimat verbannen könnte! Wenn doch Haß, Tyrannei und Furcht keinen Unterschlupf mehr in den Herzen der Menschen fänden! Wenn doch jeder Mensch im anderen den Bruder sehen könnte, so daß keine Tränen mehr zu fließen brauchten! Die Wahl liegt ganz bei uns: Wenn wir nur wollen, dann wird unsere Welt zu einem Paradies. Denn der Wille des Menschen ist allmächtig, er nimmt den Pfeilen des Todes ihre Spitze, er lindert die Krankheit und wischt die Tränen der Qual fort. Und was ist denn ein Mensch wert, wenn er seine Kraft nicht dareinsetzt, seinen Mitmenschen zu helfen? Meine Seele ist ein ermatteter Funke, und mein Leib ist schwach, und doch werde ich alles, was mir noch an Verstand und Kraft verbleiben mag, diesem einen Ziel widmen, meinen Mitmenschen zu dienen!«

VI

Als wir in Windsor ankamen, erfuhr ich, daß Raymond und Perdita zum Kontinent abgereist waren. Ich richtete mich in der Hütte meiner Schwester ein, froh, in Sichtweite von Windsor Castle leben zu dürfen. Dort widmete ich mich dem Studium der Literatur, der Philosophie und der Geschichte, während ich das Tun meiner Herzensdame verfolgte. Nachts konnte ich ihre Silhouette an der Wand ihrer Räume erkennen, tagsüber sah ich sie von weitem in ihrem Blumengarten oder beim Reiten im Park. Während ich meinen Geist mit Gedankenstoff fütterte, ernährte ich mich ärmlicher als jeder Bauer. Ich war zu stolz, meinen Schwager Raymond um Mittel anzugehen, und wenn ich auch wußte, daß Adrians Schatzkammer mir stets offen gestanden hätte, wollte ich diesem edlen Menschen nicht sagen: »Bezahle du mir meine Untätigkeit. Du, der du dich dem Wohlergehen der Menschheit verschrieben hast, warum verschwendest du deine Anstrengungen nicht auch auf die Starken, die Gesunden und die Arbeitsfähigen?« Nein, das wäre mir unmöglich gewesen. Also ließ ich ihn über meine Lage im Dunkeln.

Eines Abends suchten Adrian und Idris mich gemeinsam. Sie brachten mir reiche Geschenke mit, die ich nicht ablehnen konnte, und gemeinsam saßen wir wie eine Familie um meine Feuerstelle. Wir sprachen über alles mögliche, nur nicht über Dinge, die mit unseren Gefühlen zu tun hatten, und doch erriet jeder die Gedanken des anderen, und wir tauschten mit stummen Gesten tausend Mitteilungen aus, die keine Zunge hätte formulieren können.

Nach einer Stunde gingen sie wieder fort. Wie glücklich ich doch plötzlich geworden war! Idris hatte mich besucht, und ich würde sie wiedersehen! Ich lief umher wie auf Wolken.

Eines Tages waren Idris und ich allein, während Adrian im reißenden Strom in seinem Lieblingsboot damit beschäftigt war, die

Zweige von einem versunkenen Baum zu pflücken. Schließlich lenkte er das Boot weit flußabwärts wieder ans Ufer und ging an Land. Es würde noch eine Weile dauern, bis er wieder zu uns stieß.

Die Sonne war untergegangen, die Nachtigallen begannen mit ihren Liedern, und meine engelgleiche Geliebte richtete ihren Blick auf den Abendstern.

»Wie das Lebenslicht dieses Sterns doch pocht!« sagte sie. »Sein Schwanken scheint ein Zeugnis dafür zu sein, daß sein Gemütszustand, wie unserer auf der Erde, ständig wechselt. Ich glaube, er empfindet Furcht und auch Liebe.«

»Edle Freundin, seht nicht auf diesen Stern«, erwiderte ich, »lest die Liebe nicht an seinen Strahlen ab! Blickt nicht auf ferne Welten und redet nicht von reinen Gefühlsvorstellungen. Ich habe lange geschwiegen; schon lange will ich mich Euch offenbaren, Euch mein ganzes Leben zu Füßen legen. Liebste, blickt nicht auf diesen Stern, nein, oder wenn Ihr es doch tut, so laßt ihn an meiner Statt für mich reden; laßt ihn mein Zeuge und mein Fürsprecher sein, so stumm er auch scheint. Für mich ist die Liebe das, was für diesen Stern das Licht ist, und solange er nicht erlischt, so lange werde ich Euch lieben.,«

Ein Schleier muß sich nun senken, um diesen Augenblick, diesen ersten Kuß, vor den profanierenden Blicken der Welt zu verbergen. Schließlich gingen wir Adrian entgegen, der sich uns langsam näherte.

Am gleichen Abend, nachdem wir Idris zurück ins Schloß gebracht hatten, ging ich mit Adrian im mondbeschienenen Wald spazieren und offenbarte ihm meinen Herzenswunsch. Einen Augenblick sah er beunruhigt aus. »Das hätte ich voraussehen können«, sagte er schließlich. »Was wird jetzt erst für ein Kampf beginnen! Verzeih mir, Lionel, wundere dich bitte nicht, daß ich wegen der Auseinandersetzung mit meiner Mutter beunruhigt bin, obwohl ich doch eigentlich wirklich froh bin, daß sich meine kühnsten Hoffnungen dadurch erfüllen, daß meine Schwester nun unter deine Obhut gerät. Aber wenn du es noch nicht wissen solltest, dann wirst du es zumindest bald erfahren, wie sehr meine Mutter den Namen Verney haßt. Ich werde mit Idris reden und alles tun, was ich als Freund tun kann. Sie wird den Part einer Geliebten ausspielen müssen, sofern sie dazu in der Lage ist.«

Während Bruder und Schwester immer noch überlegten, wie sie ihre Mutter am besten für ihr Vorhaben gewinnen könnten, sagte sie ihnen, argwöhnisch wie sie nun einmal war, alles auf den Kopf zu, beschuldigte ihre Tochter des Verrats und der Täuschung und warf ihr vor, sich mit jemandem einzulassen, dessen einziger Vorzug darin bestand, der Sohn des wankelmütigen, unbeständigen Freundes ihres Vaters zu sein. Zweifellos, so behauptete sie, sei ich ebenso nichtsnutzig wie mein Vater. Als sie diese Anschuldigung aussprach, blitzen Idris' Augen wütend auf, und sie entgegnete: »Ich leugne nicht, daß ich Verney liebe. Wenn Ihr mir tatsächlich beweist, daß er nichtswürdig ist, dann werde ich ihn niemals wiedersehen.«

»Madame«, sagte Adrian, »laßt mich Euch bitten, die Freundschaft mit ihm zu pflegen. Dann werdet Ihr Euch ebenso über das Ausmaß seiner Vorzüge wundern, wie ich es einmal tat.«

»Du verrückter, närrischer Junge!« rief die zornige Lady. »Du hast es vorgezogen, meine Pläne für deine eigene gesellschaftliche Erhebung durch Träume und Theorien zunichte zu machen, aber das wird dir bei deiner Schwester nicht auch noch gelingen! Ich kenne diese Anziehungskraft sehr gut, denn ich mußte schon bei eurem Vater dagegen kämpfen, als er im Bann des Vaters dieses Jünglings stand. Wäre deine Schwester die unbedeutende Person, die sie eigentlich von Rechts wegen sein sollte, dann würde ich sie ihrem schlimmen, erbärmlichen Schicksal einfach überlassen, damit sie die Frau eines unwürdigen Mannes wird, dessen bloßer Name euch eigentlich schon an Wahnsinn und Laster erinnern müßte. Doch, Lady Idris, vergeßt nicht, daß nicht nur das einst königliche Blut Englands in Euren Adern fließt, sondern daß Ihr auch eine Prinzessin von Österreich seid, verwandt mit Kaisern und Königen! Seid Ihr denn wohl eine passende Gattin für einen ungebildeten Hirtenjungen, dessen einziges Erbe im befleckten Namen seines Vaters besteht?«

»Ich kann nur eines einwenden«, erwiderte Idris, »dasselbe, was mein Bruder gesagt hat: Sprecht mit meinem Hirtenjungen ...«

»Deinem Hirtenjungen!« unterbrach die Gräfin sie ärgerlich. Dann versuchte sie, ein abfälliges Lächeln aufzusetzen. »Wir werden ein andermal darüber reden. Alles, worum ich Idris als Mutter bitte, ist, diesen Emporkömmling einen Monat lang nicht wiederzusehen.«

»Ich wage nicht, dem zuzustimmen«, antwortete Idris, »es würde ihn zu sehr schmerzen. Ich habe kein Recht dazu, mit seinen Gefühlen zu spielen, seine Liebe anzunehmen und ihn dann mit Gleichgültigkeit zu strafen.«

»Das geht zu weit!« sagte ihre Mutter mit bebenden Lippen.

»Nein, Madame«, sagte Adrian, »wenn meine Schwester nicht zustimmen sollte, ihn niemals wiederzusehen, dann ist es doch gewiß eine unnütze Qual, sie einen Monat lang voneinander fernzuhalten.«

»Gewiß«, erwiderte die Ex-Königin verbittert, »seine Liebe und die ihre, dieses kindische Geflatter läßt sich natürlich ohne weiteres mit all den Jahren meiner Hoffnung und Sorge vergleichen, mit den Pflichten von Könignachkömmlingen, mit dem edlen, würdevollen Verhalten, das für jemanden von ihrer Herkunft erwartet wird! Aber es ist unter meiner Würde, mich zu beklagen und darüber zu debattieren. Vielleicht hättet Ihr wohl die Güte, mir zu versprechen, während dieser Zeit wenigstens nicht zu heiraten?«

Diese Frage stellte sie nur halbironisch, und Idris wunderte sich, warum ihre Mutter ihr wohl ein feierliches Versprechen abverlangte, etwas nicht zu tun, woran sie nicht einmal im Traum gedacht hatte, doch sie gab es ihr.

Von nun an verlief alles voller Fröhlichkeit. Wir trafen uns wie gewöhnlich und schmiedeten sorglos Zukunftspläne. Die Gräfin war plötzlich außerordentlich liebenswürdig zu ihren Kindern, so daß sie hofften, sie würde doch ein Einsehen mit uns haben. Einmal schlug Adrian ihr sogar vor, mich doch zu empfangen, doch sie wehrte mit dem Hinweis ab, daß Idris versprochen habe, Geduld zu üben.

Eines Tages, der Monat war noch nicht ganz vorbei, erhielt Adrian einen Brief von einem Freund in London, in dem er in dringender Angelegenheit gebeten wurde, sofort in die Stadt zu kommen. Arglos wie er war, witterte er keinen Verrat und reiste frohgemut ab. Ich hingegen hatte eine böse Vorahnung und machte mir die größten Sorgen. Was konnte bis zur Rückkehr wohl alles geschehen? Wäre es nicht möglich, daß seine Mutter seine Abwesenheit dazu ausnutzte, um Idris vielleicht in eine Falle zu locken? Ich beschloß, sie am folgenden Tag aufzusuchen, um zu verhindern, was sich verhindern ließ.

Ich legte mich schlafen. Kurz nach Mitternacht wurde ich von einem heftigen Klopfen geweckt. Ich zog mich hastig an (es war schon tiefster Winter, und draußen hatte es den ganzen Tag geschneit) und eilte zur Tür. Idris stand draußen, so bleich wie der immer noch niederrieselnde Schnee, und rief: »Rette mich!« Hätte ich sie nicht noch rechtzeitig aufgefangen, sie wäre zu Boden gestürzt. Sie erholte sich jedoch schon bald und flehte mich an, die Pferde zu satteln, um mit ihr nach London zu ihrem Bruder zu reiten, um sie irgendwie zu retten ... Ich besaß keine Pferde, und sie rang verzweifelt die Hände. »Was soll ich tun?« rief sie. »Ich bin verloren – wir sind beide auf alle Zeiten verloren! Doch komm, Lionel ... komm mit mir, hier darf ich nicht bleiben ... wir können an der nächsten Poststation eine Kutsche nehmen, vielleicht haben wir doch noch genügend Zeit! Komm, ach komm mit mir und rette mich doch!«

Als ich sie so händeringend und mit ungerichteter Kleidung sah, schoß ein Gedanke durch meinen Kopf: »Hat sie jetzt etwa auch den Verstand verloren?« Ich legte den Arm um sie und drückte sie an mein Herz. »Liebste«, sagte ich, »es ist besser, du ruhst dich jetzt aus, als dich noch weiter anzustrengen. Ruh dich aus, meine Geliebte, ich mache dir das Feuer an ... du frierst.«

»Ausruhen!« rief sie. »Lionel, du phantasierst! Wenn du zögerst, dann sind wir verloren. Komm, ich bitte dich, wenn du mich nicht für immer verstoßen willst!«

Sie blickte sich scheu um, als fürchte sie, belauscht zu werden, dann flüsterte sie: »Ich habe erfahren, daß morgen ... also heute schon ... vor Sonnenaufgang ... ausländische ... österreichische Mietlinge meiner Mutter mich nach Deutschland entführen sollen ... ins Gefängnis ... mich zwingen, zu heiraten ... irgend etwas, ich soll nur nicht mit dir und meinem Bruder zusammenbleiben ... Bring mich von hier fort, oder sie sind schon bald hier!«

Ich befürchtete, daß sie vielleicht irgend etwas in ihrer Aufregung falsch verstanden haben könnte, doch ich zögerte nicht länger. Zusammen traten wir in den Schnee hinaus.

Trotz des erschöpften Zustands seiner Geliebten gelingt es Verney, sie bis zur Poststation zu bringen, wo er eine Kutsche mietet, mit der sie schließlich früh morgens gemeinsam in London bei Adrian eintreffen.

Adrian schrieb einen kurzen Brief an seine Mutter, um ihr mitzuteilen, daß sich Idris unter seiner Obhut befände. Einige Tage später erhielt er eine Antwort. Sie kam aus Köln. »Es war zwecklos«, schrieb die hochmütige, enttäuschte Dame, »daß der Earl of Windsor und seine Schwester sich noch einmal an ihre gekränkte Mutter wendeten, die fortan ihren einzigen Trost nur daraus zu ziehen vermag, sie beide zu vergessen. Ihre Pläne sind zunichte gemacht, ihre Wünsche hintertrieben worden. Sie beklagt sich nicht. Am Hofe ihres Bruders wird sie zwar keine Entschädigung für ihren Ungehorsam finden, denn sie läßt eine solche Kränkung durch die eigenen Kinder niemals zu, doch wird sie sich in dieser Umgebung wohl angemessener mit ihrem Schicksal abzufinden vermögen. Unter solchen Umständen weigert sie sich, auch nur die geringste Verbindung aufrechtzuerhalten.«

Das waren also die seltsamen und unglaublichen Ereignisse, die dazu führten, daß ich schließlich mit Adrians Schwester vereint wurde.

VII

Adrian, Idris und ich lebten in Windsor Castle. Lord Raymond und meine Schwester bewohnten ein Haus, welches er am Rande des Großes Parks, ganz in der Nähe von Perditas Hütte hatte erbauen lassen. Wir vergnügten uns allein und auch gemeinsam.

Es vergehen Jahre der Harmonie, in denen die Freunde einander immer mehr schätzen lernen. Trotz aller Pläne, etwas außerhalb von Windsor zu unternehmen, bleiben sie doch alle dort, wo sie sind, glücklich und zufrieden. Schließlich stellen sich auch Kinder ein.

Endlich wurde unsere fünfjährige ungetrübte Ruhe von Ereignissen erschüttert, die uns aus unserem angenehmen Traum rütteln sollten.

Ein neuer Lordprotektor von England sollte gewählt werden,

und Raymond bat uns, uns nach London zu begeben, um an der Wahl teilzunehmen. Hätte Raymond sich mit Idris verbunden, so wäre dieses Amt sein Sprungbrett zu noch höheren Würden geworden, doch er hatte ein Königreich aufgegeben, um Perdita zu erobern. Am Abend kamen wir in London an und begaben uns in unsere jeweiligen Wohnungen am Hyde Park.

Früh morgens am nächsten Tag suchte Lord Raymond mich auf. »Ich komme in der Hoffnung zu Euch«, sagte er, »daß Ihr mich in meinem Projekt unterstützen werdet, auch wenn Ihr mit mir nicht derselben Meinung sein solltet. Auf jeden Fall bitte ich Euch, mir Eure Verschwiegenheit zuzusichern. Denn wenn Ihr mir doch nicht dabei behilflich sein wollt, so dürft Ihr mich auch nicht behindern.«

»Also gut, ich verspreche es. Aber was –«

»Warum sind wir wohl in London, lieber Freund? Etwa um der Wahl eines Reichsverwesers beizuwohnen, um unser Nein oder Ja für ihre schlurfende Gnaden von – abzugeben? Oder gar für diesen lärmenden Ryland? Verney, glaubt Ihr etwa, daß ich Euch dafür in die Stadt mitgenommen habe? Nein, wir werden unseren eigenen Protektor bekommen. Wir werden einen Kandidaten aufstellen und dafür sorgen, daß er Erfolg hat. Wir werden Adrian nominieren und unser Bestes tun, um ihm die Macht wiederzugeben, auf die er kraft Geburt ein Anrecht hat und die er schon wegen seiner Vorzüge und Tugenden verdient.

Antwortet mir nicht, ich kenne all Eure Einwände und werde sie der Reihe nach entkräften. Zunächst einmal: Ob er wohl zustimmen wird, ein großer Mann zu werden oder nicht? Überlaßt es mir, ihn dazu zu bewegen, ich bitte Euch gar nicht, mir in diesem Punkt zu helfen. Zweitens: Ob er seine gegenwärtigen Tätigkeiten des Brombeerpflückens und des Pflegens verletzter Fasane im Wald aufgeben sollte, um eine ganze Nation zu regieren? Mein lieber Lionel, *wir* sind Ehemänner und können uns ausreichend damit vergnügen, unsere Frauen und Kinder zu unterhalten. Aber Adrian ist alleinstehend, ohne Frau, ohne Kind, ohne Betätigung. Ich habe ihn lange beobachtet. Er sehnt sich danach, eine Lebensaufgabe zu haben. Seine Klugheit, sein Großmut, seine Tugenden – sie alle brauchen ein Betätigungsfeld; und das wollen wir ihm verschaffen. Ist es denn nicht auch eine wahre Schande, daß Adrians Genius diese Welt einstmals verlassen sollte, ohne Spuren hinterlassen zu haben? Glaubt mir, er ist dazu bestimmt, seinem heimischen England Gutes zu bescheren. Kommt, ich sehe schon, daß Ihr überzeugt seid und mich unterstützen werdet, wenn ich ihn heute abend im Parlament vorschlage.«

»Eure Argumente sind wohlgeordnet«, erwiderte ich, »und wenn Adrian einverstanden sein sollte, dann sind sie unwiderlegbar. Ich verlange nur eines – daß Ihr nichts unternehmt, ohne daß er einverstanden ist.«

»Ihr habt wohl recht, glaube ich«, sagte Raymond. »Obwohl ich eigentlich vorhatte, etwas anders vorzugehen. Doch so sei es. Ich werde Adrian sofort aufsuchen, und wenn er nicht abgeneigt sein sollte, dann werdet Ihr mein Vorhaben doch wohl nicht dadurch hintertreiben, daß Ihr ihn dazu überredet, wieder im Wald von Windsor als Eichhörnchen herumzuhüpfen? Idris, Ihr werdet mich auch nicht verraten?«

»Verlaßt Euch auf mich«, erwiderte sie. »Ich bleibe ganz neutral.«

»Was mich angeht«, sagte ich, »so bin ich viel zu sehr von der Eignung unseres Freundes überzeugt, um meinen Landsleuten einen solchen Segen vorzuenthalten, wie Adrian als Lordprotektor einer wäre, sofern er damit einverstanden ist.«

Am Abend besuchte Adrian uns. »Also verschwört ihr euch auch schon hinter meinen Rücken«, sagte er lachend. »Und wollt mit Raymond gemeinsame Sache dabei machen, einen armen Träumen aus seinen Wolken herabzuzerren, um ihn mit dem Feuerwerk und dem Getöse irdischen Glanzes zu umgeben anstatt mit himmlischen Strahlen und Lüftchen? Ich dachte, daß ihr mich besser kenntet.«

»Ich kenne dich viel zu gut, um zu glauben, daß du dich in einer solchen Situation sonderlich glücklich fühlen würdest«, antwortete ich. »Doch das Gute, das du anderen dabei tun könntest, wäre möglicherweise ein Ansporn für dich, da die Zeit nun wohl reif dafür ist, daß du deine Theorien in die Praxis umsetzen kannst. Jetzt kannst du endlich die Reformen durchführen, die du immer im Auge hattest, um ein vollkommenes Regierungssystem zu schaffen.«

»Du sprichst von halbvergessenen Träumen«, sagte Adrian. »Die Visionen meiner Jugend sind schon längst im Licht der Realität verblaßt. Ich weiß jetzt, daß ich nicht der Mann bin, der über Nationen herrschen kann. Mir soll es genügen, wenn ich mein eigenes Leben in Ordnung halte.

Aber Lionel, siehst du denn gar nicht, wo unser edler Freund hinsteuert? Vielleicht ist er sich dessen nicht einmal bewußt, aber ich sehe sehr wohl, wohin er treibt. Lord Raymond ist nicht dazu geboren, eine Biene im Schwarm zu bleiben und sich mit unserem ländlichen Leben abzufinden. Er meint, daß er zufrieden sein sollte, und glaubt, daß er gegenwärtig keine Möglichkeit hat, selbst emporzusteigen. Deshalb will er, nicht einmal im tiefsten Herzensinneren – auch nichts für sich selbst verändern. Aber merkst du denn nicht, daß er bei seinem Plan, mich emporzutragen, sich seinen eigenen Weg freischlägt, den Weg des Handelns, den er schon solange beschritten hat?

Wir wollen ihm dabei behilflich sein. Er ist voll geeignet, selbst Protektor von England zu werden. Wenn *ich*, das heißt, wenn *wir* ihn vorschlagen, dann wird er auch gewählt und findet endlich eine Möglichkeit, etwas aus seinen Fähigkeiten zu machen. Selbst Perdita wird froh sein. Bis sie Raymond geheiratet hat, war der Ehrgeiz in ihr nur ein verdecktes Feuer. Perdita wird entzückt sein über den Ruhm und den Aufstieg ihres Mannes. In der Zwischenzeit werden wir, die wir die Weisen im Lande sind, uns nach Windsor Castle zurückziehen, bis unser Freund hier unserer Unterstützung bedürfen sollte.«

Je mehr Adrian seinen Plan erläuterte, um so überzeugender klang er. Es blieb uns nun nur noch die Aufgabe, Raymond dazu zu bringen, seine geheimen Träume von Ruhm und Macht einzugestehen. Er trat ins Zimmer, während wir noch darüber redeten. Einige wenige Worte unsererseits genügten, seine Zweifel über unsere Erfolgsaussichten aus dem Weg zu räumen. Schon bald machten wir uns ans Werk.

Trotz unvermuteter Anfangsschwierigkeiten gelingt es den Freunden, ihren Plan erfolgreich durchzusetzen: Raymond wird zum Lordprotektor von England gewählt, nicht zuletzt auch zur Freude Perditas. Verney, Adrian und Idris kehren nach Windsor Castle zurück, wo Verney sich wieder seinen Studien und seiner Familie widmet, zu der nun auch zeitweilig Clara, Raymonds und Perditas Tochter, zählt. Raymond verkündet ein ehrgeiziges Programm: Aquädukte, Brücken, Staatsgebäude und zahlreiche Bauwerke für öffentliche Einrichtungen sollen errichtet werden. Am meisten liegt ihm der Bau einer neuen Nationalgalerie am Herzen, für die er sich pausenlos neue Entwürfe kommen läßt, ohne daß ihm auch nur einer davon voll zugesagt hätte.

VIII

Schließlich wurde Raymond ein Entwurf gezeigt, der auf seiner Rückseite nur eine Adresse trug, nicht jedoch den Namen des Künstlers. Der Entwurf war neuartig und elegant, doch wies er solche Fehler auf, daß er zwar wohl von jemandem erstellt worden sein mochte, der über großen Geschmack verfügte, der aber unmöglich Architekt sein konnte. Raymond blickte den Entwurf immer erfreuter an, obwohl sich bei genauerem Hinsehen immer mehr Fehler zeigten. Er ließ an die angegebene Adresse schreiben, um den Zeichner empfangen zu können, damit er mit ihm über Änderungen des Projekts reden konnte.

Schließlich kam ein Grieche zu ihm, ein Mann mittleren Alters, der zwar über gute Manieren verfügte, der aber von seiner Physiognomie her so gewöhnlich aussah, daß Raymond Schwierigkeiten hatte zu glauben, daß dies der Zeichner sein sollte.

Er gab zu, kein Architekt zu sein, doch sei ihm der Entwurf für das Gebäude einfach eingefallen, und er habe ihn ohne die geringste Hoffnung auf Erfolg abgeschickt. Er war sehr wortkarg. Raymond versuchte, ihn auszufragen, doch die knappen Antworten des Mannes bewegten ihn schon bald dazu, davon abzulassen und sich ausschließlich der Zeichnung zuzuwenden. Er wies ihn auf die Fehler hin und sagte ihm, was er geändert haben wollte. Er bot dem Griechen einen Bleistift an, damit er die Skizze sofort verbessern konnte, doch dieser lehnte ab und sagte, daß er nun genau wisse, was gefordert sei, und die Korrekturen zu Hause durchführen werde.

Am nächsten Tag kehrte er zurück. Der Entwurf war neu gezeichnet worden, doch noch immer wies er zahlreiche Fehler auf, und einige von Raymonds Instruktionen waren mißverstanden worden. »Nun«, sagte Raymond, »gestern habe ich Euch nachgegeben, jetzt müßt Ihr meine Bitte erfüllen – nehmt den Bleistift.«

Der Grieche nahm ihn zwar, doch hielt er ihn beim Zeichnen auf äußerst unbeholfene Weise. Schließlich sagte er: »Mylord, ich muß Euch gestehen, daß ich diese Zeichnung nicht gemalt habe. Es ist unmöglich, daß Ihr mit dem Künstler zusammentrefft, alle Instruktionen müssen über mich weitergegeben werden. Seid deshalb so gütig, Geduld mit meiner Unwissenheit zu haben, und erklärt mir, was Ihr wünscht. Ich bin sicher, daß Ihr schließlich doch zufriedengestellt sein werdet.«

Trotz Raymonds Drängen wollte der Grieche ihm nicht mitteilen, wer der Künstler sei. Dadurch wurde seine Neugier angestachelt, und beim nächsten Mal ließ er den Mann von einem seiner Getreuen verfolgen. Dieser kehrte mit der Nachricht zurück, daß der Grieche in einer der ärmlichsten Gegenden der Metropole lebe. Nun wunderte es Raymond nicht mehr, daß sich der Künstler lieber versteckt hielt, doch das hielt ihn nicht von seinem Vorhaben ab.

Noch am selben Abend suchte er die ermittelte Adresse auf. Dort fand er zu seinem großen Erstaunen in einer äußerst ärmlichen Wohnung eine sehr gewöhnlich gekleidete aber immer noch vornehm wirkende Frau vor – es war Evadne Zaimi. Voller Mitleid und Sympathie nahm er ihre Hand und verlieh seiner Freude über dieses Wiedersehen Ausdruck. Sie antwortete nicht. Sie hatte den Blick gesenkt, und schließlich zeigte sich eine Träne in ihren Augen. »So kann die Freundlichkeit das erreichen«, schluchzte sie, »was Anmut und Elend nie vermochten: Ich weine!«, Raymond tröstete sie und bot ihr seine Hilfe an. Sie war immer noch zu verwirrt, abzulehnen oder anzunehmen. Offenbar war es nicht ihre Armut, die ihr zu Herzen ging, sondern die Schande und die Entwürdigung, die damit einhergingen. Endlich versprach er, am nächsten Abend wiederzukehren, und verabschiedete sich von ihr.

Am nächsten Tag suchte er Evadne wieder auf und brachte ihr einen Korb mit kostbarem Obst aus ihrer Heimat mit.

Nun erzählte Evadne ihm ihre traurige Geschichte. Ihr Vater hatte trotz seiner hohen Stellung schließlich sein gesamtes Vermögen verloren, und auch sein Ruf war völlig ruiniert worden. Er erkrankte schwer und wollte seine Tochter noch vor seinem Tode vor der Armut bewahren, indem er sie mit einem wohlhabenden griechischen Kaufmann in Konstantinopel vermählte.

Der Krieg zwischen Griechenland und der Türkei, der vor nunmehr einem Jahr ausgebrochen war, hatte ihren Ehemann ebenfalls in den Bankrott getrieben, und während der Wirren des Krieges mußten sie bei Nacht vor dem drohenden Massaker durch die Türken fliehen. Sie kamen nach England und hielten sich mit den wenigen Edelsteinen, die sie hatten retten können, eine Weile über Wasser. Fünf Monate nach ihrer Ankunft in England beging ihr Mann völlig verzweifelt Selbstmord. Sie war zu stolz, um bei der griechischen Gemeinde Londons um Unterstützung zu betteln, und wartet nun auf das Ende.

Raymond schwärmte ihr daraufhin vor, wie er sie wieder in der hohen Gesellschaft rehabilitieren wolle, doch Evadne dämpfte seinen Eifer. Sie verlangte ihm das Versprechen ab, ihre Anwesenheit in England vor all ihren ehemaligen Freunden zu verbergen. »Die Verwandten des Earl of Windsor«, sagte sie verächtlich, »denken zweifellos, daß ich ihn gekränkt habe. Vermutlich würde mich der Earl als erster davon freisprechen, aber wahrscheinlich verdiene ich diesen Freispruch gar nicht. Ich habe damals impulsiv gehandelt und werde es immer tun müssen. Ich wünsche nicht, sie um Hilfe anzugehen, sowenig wie Euer Lordschaft; wenn Ihr mich nicht selbst ausfindig gemacht hättet, Ihr hättet nie von mir erfahren. Versprecht mir, daß Ihr mein Geheimnis nicht preisgebt.«

Raymond versprach es, doch kurz darauf verlangte sie außerdem noch, daß er ohne ihr Einverständnis nichts unternehmen würde, was sie betraf. Er gab ihr vorläufig nach. Er war überzeugt davon, daß die Vernunft und die Freundschaft mit der Zeit schon ihr Recht fordern und bekommen würden.

Doch verstand er nicht die eigentlichen Beweggründe für ihr Tun. Sie liebte ihn. Tagtäglich hatte sie alle Zeitungsmeldungen verschlungen, in denen er erwähnt wurde, und sie hatte sich geschworen, daß er sie niemals in diesem entwürdigenden Zustand erblicken solle. In einer Zeitung hatte sie auch von den Plänen für eine Nationalgalerie erfahren und daraufhin ihren Entwurf an den Protektor geschickt. Sie genoß den Gedanken, bald von ihrem Geliebten zu hören, ohne daß dieser von ihrer Existenz wußte – da war er plötzlich und unverhofft bei ihr eingetreten und hatte sie entdeckt.

Stolz und Liebe lagen nun in ihrer Seele miteinander im Streit und gingen schließlich einen Kompromiß ein. Sie würde Raymond weiterhin sehen, da ihn das Schicksal nunmehr zu ihr geführt hatte, doch sie wollte ihre Gefühle ihm gegenüber ebensowenig gefährden wie ihre geliebte Unabhängigkeit, indem sie sich von ihm finanziell abhängig machte.

Sie trafen sich weiterhin. Nach und nach erzählte sie ihm alle Einzelheiten ihrer Geschichte, wie sehr ihr Name in Griechenland nun befleckt war und wie sehr sie unter der Sündenlast zu leiden hatte, die der Selbstmord ihres Mannes ihr auferlegt hatte. Als Raymond ihr erneut anbot, sie zu rehabilitieren, erklärte sie ihm, daß sie nur durch ihr Elend darauf hoffen könne, ihr Gewissen zu entlasten. Seine Verbindung zu Adrian und Perdita wurde nie erwähnt. Er war ihr ein Meteor, ein gefährtenloser Stern, der ihr Glück brachte und ihr Elend täglich mit ihr teilte.

So hatte Raymond, während er nach Macht und Ruhm in der Öffentlichkeit gestrebt hatte, sein eigenes Herz dabei vergessen. Das aber sollte ihm und allen Beteiligten schon bald zum Verhängnis werden.

IX

Raymonds Besuche bei Evadne waren das erste Geheimnis, das es in seiner Beziehung zu Perdita gab. Evadne tat ihm leid, und eine Weile dachte er nur an sie allein. Perdita merkte bald, daß er Gedanken nachhing, in denen sie selbst keinen Platz hatte. Angst und Eifersucht lagen ihr fern, und sie glaubte nicht, daß er sich innerlich von ihr entfremdet hatte. Statt dessen nahm sie an, daß dieses Geheimnis etwas mit seinem hohen Amt zu tun haben müsse. Sie war erschreckt und gekränkt. Sie begann, die langen Tage, Monate und Jahre zu zählen, die noch vergehen würden, bis er sein Amt aufgeben konnte, um wieder Privatmann zu werden und zu ihr zurückzukehren. Sie wollte es nicht zulassen, daß er auch nur eine kurze Weile lang ein Geheimnis vor ihr haben sollte, doch vertraute sie nach wie vor auf seine Zuneigung.

So verging die Zeit. Raymond unterbrach seine Gedanken an seinen Aufstieg, und zog plötzlich Bilanz: Die Zukunft barg nun zwei Möglichkeiten: Entweder würde sein Umgang mit Evadne geheim bleiben, oder Perdita würde davon erfahren. Die erbärmliche Lage und die Gefühle seiner Freundin verboten es ihm, sie im Stich zu lassen, denn schon der bloße Gedanke daran wäre ihm unerträglich gewesen.

Doch was, wenn Perdita Verdacht schöpfen sollte? Ein kalter Schauer lief ihm bei diesem Gedanken über den Rücken. Perditas Glück lag ihm viel zu sehr am Herzen, um über diese Möglichkeit, wie andere es vielleicht getan hätten, leichtfertig hinwegzugehen. Seine Entscheidung war schnell gefällt: Wenn das Schlimmste eintreten sollte, wenn sie die Wahrheit erfahren sollte, dann würde er sich weder ihren Vorwürfen noch ihrem gequälten Gesichtsausdruck stellen, sondern alles aufgeben und England auf der Stelle verlassen, um ein neues Leben zu beginnen. Dieser Beschluß beruhigte ihn etwas.

Zwischen Raymond und Perdita gab es ansonsten nur uneingeschränktes Vertrauen. Einer öffnete die Briefe des anderen, und so las Perdita einen unvorsichtigerweise an Raymonds Adresse geschriebenen Brief. Wäre sein Inhalt eindeutig gewesen, so hätte es sie auf der Stelle vernichtet. Doch so suchte sie zitternd und bleich Raymond auf, der gerade einige Petitionen bearbeitete. Sie setzte sich schweigend ihm gegenüber auf das Sofa und blickte ihn voller Verzweiflung an.

Zunächst beachtete er sie nicht weiter; als er schließlich den

Blick hob, traf ihn ihr Gesichtsausdruck so hart, daß er darüber seine eigenen Sorgen und Befürchtungen vergaß und bekümmert fragte: »Mein liebstes Mädchen, was ist geschehen? Was ist los?«

»Nichts«, antwortete sie zunächst. »Und doch«, fuhr sie hastig fort, »hast du Geheimnisse vor mir, Raymond. Wo bist du in letzter Zeit gewesen, was verbirgst du vor mir? Warum verweigerst du mir dein Vertrauen? Aber das ist es ja gar nicht ... ich will dich nicht mit Fragen in die Ecke drängen ... beantworte mir nur eines: Bin ich solch eine unglückselige Person?«

Mit zitternder Hand reichte sie ihm das Papier und sah bleich und bewegungslos zu, wie er den Brief las. Er erkannte Evadnes Schrift und errötete. In Blitzesschnelle erfaßte er die Lage. Alles hing nun von einer einzigen Karte ab. Täuschung und Lüge waren nichts im Vergleich zu der Katastrophe, die sich nun anbahnen konnte. Entweder würde er Perditas Mißtrauen restlos aus der Welt schaffen, oder er würde sie für immer verlassen. »Mein liebes Mädchen«, sagte er, »es ist meine Schuld, aber du mußt mir verzeihen. Ich war im Unrecht, alles zu verheimlichen, aber ich tat es, um dich zu schonen, und von Tag zu Tag konnte ich weniger zurück. Außerdem war ich der unglücklichen Schreiberin dieser Zeilen gegenüber dazu verpflichtet.«

Perdita rang nach Luft. »So!« rief sie. »Nun, dann fahr nur fort!«

»Das ist alles – dieser Brief sagt alles. Ich bin in einer äußerst prekären Situation. Ich habe mein Bestes getan, auch wenn ich vielleicht dabei gefehlt haben sollte. Meine Liebe zu dir ist unverändert, sie wird davon in keiner Weise berührt.«

Perdita schüttelte zweifelnd den Kopf. »Das kann sie nicht sein«, rief sie. »Ich weiß, daß sie es nicht ist. Du willst mich täuschen, aber ich lasse mich nicht täuschen. Ich habe dich verloren, habe mich selbst verloren, habe mein Leben verloren.«

»Du glaubst mir also nicht?« fragte Raymond kühl. »Dir glauben!« rief sie aus. »Ich würde alles aufgeben und vor Freude sterben, damit ich im Tode noch fühlen könnte, daß du mir treu bist – aber das kann nicht sein!«

»Perdita«, fuhr Raymond fort, »du siehst nicht, an welch einem Abgrund du jetzt stehst. Du kannst mir glauben, daß ich nicht ohne zu zögern und ohne dabei Schmerz zu empfinden so gehandelt habe. Ich wußte, daß du hättest mißtrauisch werden können; aber ich habe darauf vertraut, daß mein Wort deinen Argwohn aus dem Weg räumen würde. Ich habe meine Hoffnungen auf dein Vertrauen gesetzt. Glaubst du denn, daß ich mich nun fragen lasse, nur um zuzusehen, wie meine Antworten verächtlich beiseite geschoben werden? Glaubst du denn, daß ich es zulassen werde, daß man mir mißtraut, mich vielleicht beobachtet, ins Kreuzverhör nimmt und mir schließlich doch keinen Glauben schenkt? So tief bin ich noch nicht gesunken, so befleckt ist meine Ehre noch nicht. Du hast mich geliebt, ich habe dich verehrt, doch alle menschlichen Gefühle finden einmal ein Ende. Auch wenn wir unsere Zuneigung zueinander verlieren, brauchen wir uns deswegen nicht in Mißtrauen und Vorwürfen zu ergehen. Bisher waren wir Freunde, Liebende – laß uns nun nicht zu Feinden werden, die sich gegenseitig bespitzeln. Ich kann nicht als eine Zielscheibe des Mißtrauens leben, du aber kannst mir nicht glauben – so wollen wir uns also trennen!«

»Genau!« rief Perdita. »Ich wußte, daß es so enden würde! Sind wir denn nicht schon längst Getrennte? Gähnt nicht bereits ein Strom, so grenzenlos wie ein Ozean, zwischen uns?«

Raymond erhob sich, seine Stimme klang gebrochen, sein Gesicht war verzerrt, sein Gebaren zeigte die Ruhe vor dem Sturm an, als er erwiderte: »Ich bin froh, daß du meine Entscheidung so gleichmütig annimmst. Du wirst zweifellos die Rolle der gekränkten Ehefrau bis zur Vollkommenheit zu spielen wissen. Es mag sein, daß dich ab und an das Gefühl quälen wird, mir Unrecht angetan zu haben, doch das Mitleid deiner Verwandten und der Welt, die Ruhe, die du aus dem Bewußtsein deiner eigenen unbefleckten Unschuld ziehen wirst, wird sich schon als ausgezeichneter Balsam erweisen; mich jedenfalls siehst du niemals wieder!«

Raymond schritt zur Tür. Er vergaß, daß jedes seiner Worte falsch war. Er spielte seine Unschuld bis zur Selbsttäuschung. Er sprach voller Stolz, er fühlte sich gekränkt. Perdita blickte auf, sie sah seinen zornigen Blick. Seine Hand ruhte auf dem Türgriff. Sie sprang auf, fiel ihm um den Hals, keuchte und schluchzte; er nahm sie bei der Hand, führte sie zum Sofa und setzte sich neben sie. Sie legte zitternd den Kopf auf seine Schulter, und er sprach in sanfterem Ton weiter:

»Der Hieb ist gefallen. Ich will dich nicht im Zorn verlassen, dafür verdanke ich dir zu viel. Ich verdanke dir sechs Jahre reinen Glücks. Doch das ist jetzt vorbei. Ich werde nicht in einer Umgebung leben, die von Mißtrauen und Eifersucht geprägt ist. Dazu liebe ich dich viel zu sehr. Wir können uns nur noch auf immer trennen, um Würde und Anstand zu wahren. Du hast unser Kind, deinen Bruder, Idris, Adrian ...«

»Und du«, rief Perdita, »hast die Schreiberin dieser Zeilen!«

Unbeherrschte Wut durchzuckte Raymonds Gesicht. Er wußte, daß wenigstens dieser Vorwurf ungerecht und falsch war. »Glaub es nur!« rief er. »Drück diesen Glauben an dein Herz, mach ihn dir zum Kopfkissen, zum Opium für deinen Blick – ich will es zufrieden sein. Doch bei dem Gott, der mich erschaffen hat, nichts könnte unwahrer sein als das, was du da behauptest!«

Perdita war von seiner Ernsthaftigkeit beeindruckt. Sie erwiderte: »Raymond, ich weigere mich ja gar nicht, dir zu glauben. Im Gegenteil, ich verspreche dir, deinem bloßen Wort Glauben zu schenken. Versichere mir nur, daß deine Liebe zu mir und deine Treue niemals entehrt wurden! Dann werden Mißtrauen, Zweifel und Eifersucht auf der Stelle verfliegen. Wir werden so weitermachen wie bisher und ein Herz und eine Seele sein, mit einem gemeinsamen Ziel.«

»Ich habe dich bereits meiner Treue versichert«, sagte Raymond mit abfälliger Kälte, »dreifache Versicherungen haben dort keinen Zweck, wo einfache nicht auch genügen. Ich werde nicht mehr sagen, denn ich kann dem, was ich schon gesagt habe, nichts mehr hinzufügen, da du es verächtlich beiseite geschoben hast. Eine solche Auseinandersetzung liegt unter unserer beider Würde, und ich bin es leid, auf Vorwürfe antworten zu müssen, die sowohl unbegründet als auch gefühllos sind.«

Perdita versuchte, seinen Gesichtsausdruck zu deuten, doch er wandte empört den Kopf von ihr ab. Seine Entrüstung wirkte so ehrlich, daß ihre Zweifel verflogen waren. Doch es war schwierig, ihn jetzt zu besänftigen. Zuerst weigerte er sich, ihr auch nur Gehör zu schenken, doch sie ließ sich nicht abweisen, und schließlich hörte er ihr voller Verbitterung zu. Sie versicherte ihn ihres grenzenlosen Vertrauens und zählte die Jahre ihres gemeinsamen Glücks auf. Sie beschwor die Bilder ihrer Vergangenheit und schilderte unter Tränenausbrüchen, wie ihre gemeinsame Zukunft, zusammen mit ihrem Kind, aussehen könnte. Raymond war ein wenig beschämt, weil er den Part des Gekränkten gespielt hatte, wo er es doch gewesen war, der Perdita, seine über alles geliebte Perdita, verletzt hatte. Er hatte sich gegen sein eigenes Ehrgefühl versündigt, indem er einen Meineid abgelegt hatte, und nun hatten Wahrheit und Lüge, Liebe und Haß ihre Bedeutung verloren, er war bis zur Weißglut gereizt. Seine Leidenschaften, die ihn schon immer beherrscht hatten, gewannen die Überhand, und die Reue begann, ihn unerbittlich zu peinigen.

So wurde er von Tag zu Tag unleidlicher und mürrischer, seine Amtspflichten fingen an, ihn anzuwidern; er suchte die Einsamkeit und erschöpfte sich körperlich durch ausgedehnte Ausritte.

Langsam erholte er sich, und er fand Zeit zum Nachdenken. Er überlegte, was er am besten tun sollte. Ein ganzer Monat war verstrichen, ohne daß er Evadne aufgesucht hatte. Die Gewalt, die sie über sein Herz gehabt hatte, war verblaßt: Er war nicht mehr ihr Sklave, ihr Liebhaber. Er wollte sie nie wieder sehen und das Vertrauen Perditas durch seine völlige Abwendung von Evadne zurückgewinnen.

Doch gleichzeitig mußte er an ihre armselige Unterkunft und an ihren desolaten Zustand denken. Er dachte an den Glanz, der sie einst umgeben hatte, als er sie kennenlernte, er stellte Mutmaßungen über das Leben voller orientalischen Pomps an, das sie in Konstantinopel wohl geführt haben mußte, und verglich es mit ihrer jetzigen Armut und ihrem Elend voller Qual und Hunger. Das Mitleid keimte in ihm auf, und er beschloß, sie ein letztes Mal aufzusuchen und Vorkehrungen zu treffen, damit sie in der Gesellschaft wieder ihre gewohnte Stellung einnehmen konnte. Danach würden sie sich wie selbstverständlich voneinander trennen.

Er wollte all die Monate wiedergutmachen, in denen er Perdita vernachlässigt hatte, um sich in Zukunft darum zu bemühen, die Erinnerung an diese einzige Trübung ihres gemeinsamen Glücks auszulöschen. Dieser Gedanke beruhigte sein Gemüt. Er erinnerte sich daran, daß er Perdita versprochen hatte, an diesem Abend (es war der 19. Oktober, der Jahrestag seiner Wahl zum Protektor) an der Feier teilzunehmen, die ihm zu Ehren abgehalten werden sollte. Dieses Jubiläum. sollte ein guten Omen für einen Neubeginn sein. Zunächst würde er Evadne aufsuchen. Wenn er auch nicht bei ihr bleiben wollte, so schuldete er ihr doch eine Erklärung für sein langes, unvermitteltes Fernbleiben. Danach wollte er auf immer zu Perdita heimkehren, zurückkehren in die vergessene Welt der gesellschaftlichen Pflichten, des Glanzes von Rang und Ehre und der Freuden der Macht.

Nach der Szene, die, wie oben beschrieben, zwischen beiden vorgefallen war, hatte Perdita erwartet, daß Raymond sein Verhalten ändern würde und daß sie beide wieder zur alten Vertrautheit zurückfänden. Doch Raymond enttäuschte ihre Hoffnungen: Er ging seinen Tagesgeschäften nach, ohne sie in sein Vertrauen zu ziehen, er ging aus dem Haus und sagte ihr nicht, wohin. Das schmerzte sie außerordentlich. Sie hielt alles für einen verwirrenden Traum und versuchte, nicht darüber nachzudenken, doch die Gedanken hefteten sich wie ein Nesselhemd an sie und peinigten sie bis aufs Blut. Sie kämpfte ohne Unterwerfung, Geduld und Selbstaufgabe mit ihrer Trauer, und immer wieder mußte sie daran denken, daß sie einander einst geliebt hatten. Sie wollte gerecht mit ihm sein und glaubte, daß er sie immer noch schätzte, doch was soll ein armseliger Trostpreis jemandem nutzen, der in der Lotterie des Lebens darauf gezählt hat, Zehntausende zu gewinnen? Raymonds Sympathie und Freundschaft mochten unschätzbar sein, und doch gab es da noch den unteilbaren Schatz der Liebe. Ihre Seelen hatten sich einst miteinander vereint, waren miteinander verschmolzen, und nun spürte Perdita, wie das, was ihr einmal ein Leben bedeutet hatte, nachließ. Da sie sich mit ihren langsam schwindenden Hoffnungen nicht abfinden konnte, beschloß sie, diese Zeit des Elends auf einen Schlag zu beenden, um alles doch noch zu einem guten Ende zu führen.

So trieben die unterschiedlichsten Gefühle Perdita dazu, die Jubiläumsfeier doppelt so glanzvoll zu gestalten, wie es bei solchen Anlässen ohnehin schon, üblich war. Doch voller Zweifel traf sie die Vorbereitungen für diese Gala-Feier. »Wehe, wenn ich an den Tag denke, da Raymond eine andere Hoffnung fand als die der Liebe!« dachte sie. »Als er etwas anderes wollte als meine Hingabe! Gott weiß, wie sehr ich seinen Schwüren vertraut und an seine selbstbekundete Treue geglaubt habe – sonst würde ich nicht nach dem streben, was ich jetzt versuchen will. Heute abend sollen sich diese glanzvolle Gesellschaft und diese schmuckvollen Vorbereitungen deines traurigen Mädchens miteinander verbinden, um deine Abdankung zu feiern. Einmal hast du um meinetwillen die Hoffnung auf eine Krone aufgegeben. Das war in den Tagen junger Liebe, als ich auf das Glück nur hoffen und mir seiner nicht sicher sein konnte. Jetzt aber weißt du aus eigener Erfahrung, was ich dir zu geben vermag, kennst die Hingabe meines Herzens, meine makellose Liebe und Unterwerfung. Zwischen all diesem und deinem Amt mußt du nun wählen. Stolzer Edelmann, dies ist deine letzte Nacht! All den Glanz und all die Pracht, die du so sehr liebst, habe ich hier zusammengetragen – doch mit dem Aufgang der morgigen Sonne muß du diesen prunkvollen Räumen ade sagen, um in unser ländliches Heim zurückzukehren; denn eine weitere Woche wie die vergangene würde ich nicht einmal dann mehr ertragen, wenn ich mir dadurch ein Anrecht auf immerwährende Glückseligkeit erkaufen könnte.«

Als sie so nachdachte und auf den zu erwartenden Kampf hoffte, funkelten ihre Augen siegesbewußt. Sie hatte alles auf eine Karte gesetzt und war sicher, daß sie gewinnen würde. Sie hatte uns, die arkadischen Schäfer in dieser Erzählung, gebeten, dem Fest nicht beizuwohnen, da sie ja vorhatte (was sie uns allerdings nicht verriet), am nächsten Tag mit Raymond nach Windsor zurückzukehren, um ein neues, glücklicheres Leben mit ihm zu beginnen. Spät am Abend betrat sie die Räumlichkeiten, die man für das Fest vorbereitet hatte. Raymond hatte am Abend zuvor den Palast verlassen, aber er hatte versprochen, an der Feier teilzunehmen. Er war noch nicht wieder da, doch sie war sicher, daß er noch kommen würde.

Raymond wollte erst Evadne aufsuchen, um danach zum Palast zurückzukehren. Er suchte sich seinen Weg durch die dunklen Gassen, stieg die Treppe empor und fand Evadne vor, die beinahe regungslos auf ihrem armseligen Lager ausgestreckt lag. Er rief die anderen Hausbewohner zusammen, doch sie wußten von nichts. Ihm war klar, was geschehen war: Als sie glaubte, daß er sie verlassen hatte, da war ihr Mut gesunken. Es wäre unter ihrer Würde gewesen, sich an ihn um Hilfe zu wenden, und so hieß sie den Hunger als Türsteher zur Pforte des Todes willkommen, in die sie nun eintreten wollte, ohne sich dabei zu versündigen.

Wenn sie sterben sollte, welcher Mörder wäre dann schlimmer als er, dessen grausames Verhalten keinen Vergleich zuließ? Konnte es jemanden auf Erden geben, der erbärmlicher und verabscheuenswürdiger gehandelt hatte als er? Doch für diese Pein der Selbstvorwürfe war er noch nicht vorbereitet. Er ließ einen Arzt kommen, und Stunde um Stunde verging, bis der Tag zu dämmern begann und ihr Leben wieder in Sicherheit war. Dann ließ er sie in eine bequemere Behausung schaffen und blieb immer länger bei ihr, um sicherzugehen, daß sie außer Gefahr war.

Mitten in dieser Aufregung fiel ihm das Fest ein, das Perdita zu seinen Ehren geben wollte. Sie würde ihn erwarten. Er schrieb ein paar unzusammenhängende Worte auf einen Zettel, in denen er ihr mitteilte, daß es ihm gut ginge, und bat eine Frau aus dem Haus, ihn im Palast der Gattin des Lordprotektors zu übergeben. Die Frau, die ihn nicht erkannte, fragte ihn abfällig, wie sie wohl Zugang zum Palast bekommen sollte, erst recht zu einer solchen Nacht, da dort gefeiert wurde. Raymond gab ihr seinen Siegelring, um ihr den Zutritt für ihren Botengang zu ermöglichen. So wurde Perdita sein Ring gebracht, während sie ihre Gäste unterhielt, und man teilte ihr mit, daß eine arme Frau ihr eine Botschaft von Raymond überbringen wolle.

Die alte Klatschbase, die ihre Aufgabe nicht begriff, da sie immer noch nicht erraten hatte, wer Evadnes Besucher in Wirklichkeit war, wurde durch sie zur Stichelei angeregt. Perdita hatte einen Reitunfall oder etwas Ähnliches befürchtet, bis die Antworten der Alten ganz andere Ängste in ihr erweckten. Die Frau erwähnte Evadnes Krankheit wohl aus Boshaftigkeit mit keinem Wort, sondern erging sich in Schilderungen der häufigen Besuche Raymonds und schmückte sie derart aus, daß sie Perditas schlimmste Vermutungen zu bestätigen schienen. So wirkte seine völlig unerklärliche Mitteilung zusammen mit seinem Nichterscheinen bei dem Fest wie die allerübelste Beleidigung. Sie sah den Ring noch einmal an und vergewisserte sich, daß der Brief wirklich seine Handschrift trug, während die Alte fortfuhr, Wahrheit und Lüge zu vermengen. Schließlich schickte sie sie wieder fort.

Dann kehrte die arme Perdita zu ihren Gästen zurück und versuchte verzweifelt, sich nichts anmerken zu lassen. Mit Gewalt zwang sie sich dazu, fröhlich zu erscheinen, und sie erntete mit ihrem Auftreten stürmischen Applaus bei ihren Gästen. Pausenlos machte sie so weiter, weil sie befürchten mußte, daß die geringste Unterbrechung zu ihrem Zusammenbruch führen würde.

Endlich lichteten sich die Reihen, die Gäste verabschiedeten sich nach und nach. »Wie kalt und klamm Eure Hand doch ist«, sagte der letzte Gast; »Ihr seid übermüdet, bitte ruht Euch jetzt aus!« Perdita lächelte schwach und als die letzte Kutsche verschwunden war, hastete sie in ihre Gemächer, schickte die Dienstboten fort, verschloß die Türen und warf sich zuckend und weinend auf den Boden. Sie biß sich auf die Lippen, bis das Blut hervortrat, nur um nicht zu schreien, und eine Zeitlang war sie dem Wahnsinn nahe.

Endlich erhob sie sich, ruhiger zwar, doch nicht weniger unglücklich. Sie öffnete das Fenster, durch das man auf den Palastgarten hinunterblicken konnte. Das Licht und die Dunkelheit rangen draußen miteinander, und im Osten zeigten sich die ersten roten und goldenen Strahlen der Sonne. Nur ein einziger Stern war noch am Himmel zu erkennen, und die kühle Morgenbrise wehte in das stickige Zimmer. »Wie vergänglich alles ist!« dachte Perdita. »Alles wird geboren, verfällt und stirbt. Alles wandelt sich. Was Wunder, daß auch die Liebe wie die Sonne ihre

Bahn gezogen hat und nun untergeht? Selbst die Natur altert und zittert in ihrem verfallenen Körper. Wen darf es da wundern, daß die Dunkelheit und der Tod auch dein Leben vernichtet haben, Perdita!«

X

In unserer Abgeschiedenheit ahnten wir lange Zeit nichts von Perditas Unglück. Kurz nach dem Fest hatte sie ihre Tochter Clara abholen lassen, und dann schien sie uns vergessen zu haben. Als Adrian die beiden danach einmal aufsuchte, merkte er zwar, daß sich etwas verändert hatte, aber er konnte nicht genau ausmachen, was es war. Raymond war immer noch so höflich und zuvorkommend wie früher, doch manchmal war er ohne jede Vorankündigung abweisend und schroff, was seinen sanften Freund erschreckte. Zwar verfinsterte sein Antlitz sich nicht, doch waren seine Worte hart und abfällig. Perdita behandelte Raymond genauso aufmerksam und freundlich wie immer, aber sie war sehr still und über alle Maßen traurig. Sie war hager und blaß geworden, und in ihren Augen standen oft Tränen. Doch Adrian erriet nicht, worum es ging. Er bat sie, uns zu besuchen, und sie versprachen, im Monat darauf nach Windsor zu kommen.

Als sie schließlich eintrafen, war es schon Mai. Die Bäume des Waldes trugen wieder ihr Laub, und überall blühten Blumen auf den Pfaden. Perdita kam mit ihrer Tochter, Raymond wollte nachkommen, er war in dringenden Angelegenheiten verhindert. Aufgrund von Adrians Schilderung hatte ich erwartet, daß sie traurig sein würde, aber das genaue Gegenteil war der Fall, sie schien äußerst fröhlich zu sein. Es stimmte, sie war sehr dünn geworden, und sie wirkte etwas hohlwangig, aber ihr Gesicht hatte durchaus Farbe angenommen. Sie freute sich, uns wiederzusehen, streichelte unsere Kinder und äußerte sich lobend darüber, wie sehr sie schon gewachsen waren. Und während wir uns auf der Schloßterrasse so amüsierten, schien es, als sei alles zum besten. »Das ist schöner als im traurigen London, Mama«, sagte Clara, »wo du so oft weinst und niemals lachst wie jetzt.« »Sei still, du Dummchen«, erwiderte ihre Mutter, »und vergiß nicht: jeder, der hier London erwähnt, muß eine Stunde lang ins Gefängnis von Coventry!«

Kurz darauf traf Raymond ein. Er schloß sich unserer fröhlichen Gesellschaft nicht wie gewohnt an. Statt dessen vertieften er, Adrian und ich uns ins Gespräch, und wir sonderten uns von Perdita und Idris ab, die bei den Kindern blieben. Raymond erzählte von seinen neuen Bauten und von seinem Plan, den Armen eine bessere Schulbildung zukommen zu lassen, und wie immer fingen er und Adrian ein Streitgespräch an; so verflog die Zeit, ohne daß wir es bemerkt hätten.

Gegen Abend trafen wir alle wieder zusammen, und Perdita bestand darauf, daß wir Musik hören sollten. Sie wollte uns, sagte sie, ihre neuesten Fähigkeiten vorführen. Denn in London hatte sie damit begonnen, sich der Musik zu widmen, und nun sang sie, zwar nicht sehr stimmgewaltig, doch äußerst lieblich. Wir durften nur die leichtesten Melodien aussuchen, und wir wählten die fröhlichsten Weisen aus Mozarts Opern aus, während Idris sie an der Harfe begleitete. Idris spielte dann noch jene leidenschaftliche, traurige Weise aus dem Figaro, *»Porgi, amor, qualche ristoro«*, in der die verlassene Gräfin den Gemütswandel des treulosen Almaviva beklagt. Während des Vortrags merkten wir, wie Perdita ein Schluchzen unterdrückte und als die Musik geendet hatte, eilte sie aus dem Zimmer. Ich folgte ihr sofort. Zuerst wollte sie mich abwehren, doch dann gab sie meinen Fragen nach, warf sich mir an den Hals und weinte laut. »Mein geliebter Bruder!« rief sie, »endlich kann Perdita, die Verlorene, sich einmal wieder an deiner Brust ausweinen! Monatelang habe ich mich selbst zum Schweigen gezwungen. Es ist nicht richtig, daß ich nun weine, und noch unrechter ist es, daß ich meinem Leid Worte verleihe. Ich werde nicht reden! Es muß dir genügen, daß ich unglücklich bin, daß der bunte Schleier des Lebens zerrissen ist und daß ich nun für immer von Dunkelheit und Trauer eingehüllt sein werde.«

Ich stellte ihr keine Fragen, sondern versuchte, sie zu trösten und ihr zu versichern, daß mir ihr Wohl und Wehe sehr am Herzen liege. »Ach«, rief sie, »wie unvertraut sind mir solche freundlichen Worte geworden. Ich weiß es, sie sind machtlos, denn jeder Versuch, mich zu trösten, ist eitel. Liebster Lionel, du machst dir keine Vorstellungen, wie sehr ich in den letzten Monaten gelitten habe. Und doch muß ich mein Unglück verbergen, muß es hinter einem Schleier vor den Blicken der Gemeinen verstecken, muß meine Lippen mit einem falschen Lächeln schmücken – selbst wenn ich allein bin, wage ich nicht daran zu denken, wie sehr ich verloren bin – vor Furcht, dem Wahnsinn und der Raserei zu verfallen.«

Da sie wegen ihrer Tränen nicht mehr dazu in der Lage war, in unseren Kreis zurückzukehren, überredete ich sie, sich von mir durch den Park fahren zu lassen. Es gelang mir auch, sie dazu zu bewegen, mir von ihrem Leid zu erzählen, da ich auch hoffte, daß das Reden sie erleichtern würde und daß sich vielleicht eine Möglichkeit finden ließe, ihre Qual zu lindern.

Seit der Jubiläumsfeier waren einige Wochen vergangen, und sie hatte ihr Gemüt nicht wieder beruhigen können. Manchmal machte sie sich Selbstvorwürfe, weil sie sich etwas zu Herzen nahm, das vielleicht nur in ihrer Einbildung existierte, doch mit Vernunft war diesem Problem nicht beizukommen, und da Raymonds Beweggründe und sein Verhalten sie im unklaren darüber ließen, was wirklich geschehen war, steigerte sie sich nur noch mehr in ihr Leid hinein. Er war nur noch selten im Palast, und dann auch nur, wenn er sicher sein konnte, daß seine Amtspflichten ein Alleinsein mit Perdita verhinderten. Mit einem Mal jedoch veränderte sich sein Verhalten. Er schien danach zu streben, wieder freundlicher und vertrauter mit meiner Schwester umgehen zu können. Seine Liebe zu ihr entbrannte aufs neue; er konnte nicht vergessen, wie sehr er sie einst verehrt und geliebt hatte, und wenn ihn die Scham auch verhalten machte, so wollte er doch offensichtlich zum alten Vertrauen und zur alten Liebe zurückkehren. Perdita hatte sich mittlerweile ausreichend erholt, um einen neuen Plan zu durchdenken, den sie nun in die Tat umsetzen wollte. Sie erwiderte seine Liebesbezeugungen mit Sanftheit; sie mied seine Gesellschaft nicht, aber sie versuchte, ein Hindernis zwischen ihnen aufzubauen, das allzu große Vertrautheit und das Erwähnen schmerzlicher Dinge nicht zulassen sollte; Stolz und Scham machten es Raymond unmöglich, diese Hürde zu erklimmen, und schließlich zeigte er Anzeichen ärgerlicher Ungeduld. Perdita merkte, daß es so nicht weitergehen konnte und daß sie sich ihm erklären mußte, Da sie nicht den Mut aufbrachte, mit ihm zu reden, schrieb sie ihm folgenden Brief:

> Ich bitte Dich, sei geduldig, während du diesen Brief liest. Er enthält keinerlei Vorwürfe. Schon das Wort »Vorwurf« ergibt keinen Sinn; denn was sollte ich dir schon vorwerfen?
>
> Gestatte mir, dir meine Gefühle zu erläutern, denn wenn ich es nicht tue, so werden wir weiterhin im Dunkel umherirren, ohne daß einer den anderen verstünde. Wir würden von dem Pfad abkommen, der wenigstens einen von uns zu einem lebenswerteren Leben führen könnte, als wir es in den letzten Wochen geführt haben. Ich habe dich geliebt – ich liebe dich noch immer – und diese Zeilen werden weder vom Zorn noch vom Stolz diktiert, sondern von einem Gefühl, das viel tiefer liegt und viel beständiger ist als beide. Meine Gefühle sind verletzt; es ist unmöglich, sie wieder zu

heilen. Gib also deine hoffnungslosen Versuche auf, falls es das sein sollte, was du bezweckst. Verzeihen! Wiederkehr! Das sind nur leere Worte! Ich verzeihe den Schmerz, den ich erleide, aber auf dem einmal beschrittenen Pfad kann es keine Rückkehr geben. Ich glaubte, daß du mein Herz hättest deuten können, daß du seine Hingabe und seine unverbrüchliche Treue dir gegenüber erkannt hättest. Ich habe nie einen anderen geliebt als dich. Dein Aufstieg wird vom Applaus der Menschen begleitet, von Macht und Streben nach hohen Zielen geprägt. Meine Liebe zu dir hat meine Welt verzaubert; ich schritt nicht mehr auf der Erde umher – auf der uns allen gemeinsamen Mutter Erde, die stets nur schale Wiederholungen von Gegenständen und alten, abgenutzten Situationen hervorbringt. Ich lebte vielmehr in einem Tempel, der von Hingabe und Entzücken erstrahlte. Wie ein geweihtes Geschöpf schritt ich einher und bewunderte nur deine Macht, nur deine Güte;

> Denn ach, wie meine Jugend standest du neben mir, verwandeltest das Wahre in einen Traum, bedecktest das Greifbare und das Vertraute mit dem goldenen Schimmer der Dämmerung.

Die Blüte ist aus meinem Leben verschwunden – dieser allesumfassenden Nacht ist kein Morgen mehr beschieden, die Liebe erlebt keinen Sonnenaufgang mehr. In jenen Tage bedeutete mir der Rest der Welt nichts mehr. Alle anderen Männer – nie habe ich über sie nachgedacht oder zu spüren versucht, wer sie wohl seien: und du zähltest für mich nicht zu ihrer Schar. Du warst von ihnen getrennt, in meinem Herzen warst du erhöht, der einzige Herr über meine Liebe, das einzige Ziel all meiner Hoffnungen, des besten Teiles meiner selbst. Ach, Raymond, waren wir denn nicht glücklich? Hat es unter der Sonne jemals Menschen gegeben, die ihr Licht ungetrübter und vollkommener voller Glückseligkeit empfingen? Es war keine – es ist keine gewöhnliche Untreue, die mich erregt. Es ist die Nicht-Vereinigung eines Ganzen, das keine Teile hat; es ist die Achtlosigkeit, mit der du die Hülle der Erhabenheit abgelegt hast, die du in meinen Augen trugest, um nur noch einer von vielen zu werden. Versuche nicht einmal im Traume, dies zu ändern. Ist die Liebe nicht deswegen göttlich, weil sie unsterblich ist? Schien ich nicht selbst sogar geheiligt, weil der Tempel dieser Liebe mein Herz war? Ich habe dich angesehen, während du schliefest, und war in Tränen aufgelöst, als ich erkannte, daß alles, was ich besaß, in diesen vergöttlichten und doch sterblichen Gesichtszügen vor mir lag. Und doch habe ich selbst dann noch die drohenden Ängste in ihre Schranken verwiesen; ich mochte den Tod nicht fürchten, denn die Gefühle, die uns miteinander verbanden, mußten unsterblich sein. Und auch jetzt fürchte ich den Tod nicht. Ich wäre frohgemut dazu bereit, die Augen zu schließen, um sie niemals mehr wieder zu öffnen. Und dennoch fürchte ich ihn, so wie ich alle Dinge fürchte, denn es gibt keinen Zustand, in dem mich die Erinnerung nicht ketten würde, so daß das Glück nie wiederkehren kann. Selbst im Paradies müßte ich noch das Gefühl haben, daß deine Liebe weniger beständig war als das sterbliche Pochen meines gebrechlichen Herzens, dessen jeder Puls schlägt wie

der Grabesklang
der Liebe, tief begraben, bar der Auferstehung.

Nein – nein – ich Unglückselige, denn für Liebe, die erloschen ist, gibt es keine Auferstehung.
Und doch liebe ich dich. Und doch würde ich – auf ewige

Zeiten – alles, was ich besitze, deinem Wohlergehen opfern. Einer oberflächlichen Welt zuliebe, für mein – für unser Kind, würde ich bei dir bleiben, Raymond, dein Schicksal mit dir teilen, deinen Rat einholen. Soll es so sein? Wir sind keine Liebenden mehr, und ich kann mich niemandes Freundin mehr nennen; denn, verloren wie ich bin, kann ich keinen einzigen Gedanken von meinem eigenen armseligen, allesverschlingenden Selbst abwenden. Doch es wird mich erfreuen, dich Tag für Tag zu erblicken! Der öffentlichen Stimme zu lauschen, wie sie dich preist; deine väterliche Liebe zu unserem Mädchen zu unterstützen; deine Stimme zu hören; zu wissen, daß ich nahe bei dir bin, auch wenn du nicht länger mein bist.

Wenn du die Ketten, die uns aneinander binden, zu lösen wünschst, dann sag nur ein Wort, und es soll geschehen – ich will gern vor aller Welt den Vorwurf der Härte und der Lieblosigkeit auf mich nehmen. Doch würde es mich, wie ich schon erwähnte, wenigstens zur Zeit noch am meisten erfreuen, mit dir unter dem selben Dach zu leben. Wenn das Fieber meines jungen Lebens abgekühlt ist, wenn das stille Alter den Raubvogel bezähmt, der mich verzehrt, dann mag es sein, daß Freundschaft aufkeimt, da Liebe und Hoffnung doch gestorben sind. Sollte das Wahrheit werden? Kann meine Seele, die unlösbar mit diesem meinem sterblichen Körper verbunden ist, lethargisch werden und kalt, so wie dieser sensible Organismus einmal seine jugendliche Dehnbarkeit verliert? Dann mag es sein, daß ich mit matten Augen, grauen Haaren und faltiger Stirn – obwohl diese Worte jetzt bedeutungslos erscheinen –, am äußersten Rande des Grabes taumelnd, eines sein kann – deine liebevolle und wahre Freundin

Perdita

Raymonds Antwort war knapp gefaßt. Was hätte er auf ihre Klagen auch antworten sollen, auf ihr Leiden, das sie eifersüchtig bewachte, um jeden Gedanken an Linderung herauszuhalten? »Unabhängig von deinem verbitterten Brief«, schrieb er, »denn verbittert muß ich ihn wohl nennen, bist du immer noch der Mensch, den ich am meisten schätze, und dein Glück ist es, was mir am meisten am Herzen liegt. Tu, was du für das beste hältst. Und wenn dir die eine Lösung mehr zusagen sollte als die andere, so will ich dir nicht im Wege stehen. Ich meine, vorauszusehen, daß der Plan, den du mir in deinem Brief schilderst, nur kurzlebig sein kann; doch du bist Herrin deiner selbst, und es ist mir ernst damit, dir so weit zu deinem Glück zu verhelfen, wie du es gestattest.«

»Raymonds Prophezeiung war gut«, sagte Perdita. »Ach, wenn es doch nur anders wäre! So, wie es jetzt ist, kann es nicht mehr lange weitergehen, und doch werde ich nicht die erste sein, die auf Änderung drängt. Er hat mich zu Tode gekränkt, und seine Güte wird mir niemals ein Trost sein können; nicht einmal seine allerbesten Vorsätze werden einen Wandel bewirken.«

Ich muß jetzt, im nachhinein, gestehen, daß ich Perditas Unglück nicht mir ihren Augen gesehen habe. Jedenfalls glaubte ich, daß die Wunde heilen könnte und daß dies auch geschehen würde, wenn sie nur zusammenblieben. Ich versuchte, sie zu trösten und ihre Verbitterung zu vertreiben, und erst nach zahlreichen Versuchen gab ich es endlich auf. Perdita hörte mir geduldig zu und fragte mich dann nicht ohne Schärfe: »Glaubst du denn, daß deine Einwände mir neu wären? Oder daß mein brennendes Verlangen und meine schlimme Qual sie mir nicht auch schon tausendmal eingegeben hätten, und zwar mit noch viel mehr Überzeugungskraft und Feinsinn, als du sie ihnen verleihen kannst? Lionel, du kannst einfach nicht verstehen, wie eine Frau liebt. Als ich noch glücklich war, da habe ich mir immer wieder selbst aufgezählt, was Raymond alles für mich aufgegeben hat. Ich war ein armes, ungebildetes Bergmädchen ohne Freunde, das er aus dem Nichts herausgeholt hat. Alles, was ich an Luxus erleben durfte, kam von ihm. Er verlieh mir einen geachteten Namen und eine hohe Stellung. Der Respekt, den die Welt ihm zollte, fiel auch mir zu. All dies verband sich mit seiner unsterblichen Liebe und erfüllte mich mit Empfindungen, die wir sonst nur gegenüber unserem Schöpfen haben. Ich hingegen gab ihm nichts als Liebe. Ich gab mich ihm hin. Unvollkommen wie ich war, nahm ich mich zusammen, nahm ich mich selbst in die Pflicht, damit ich seiner würdig wurde. Ich dämpfte mein eigenes Ungestüm, zügelte meine Ungeduld, riß mich selbst aus meiner Selbstversunkenheit. All dies tat ich, um ihn glücklich zu machen. Ich habe mir das selbst keineswegs zugute gehalten, denn es war nur recht und billig, er hatte es verdient. Ich wäre bereit gewesen, euch alle, die ihr meine liebsten Freunde seid, aufzugeben, um bei ihm leben zu können. Ich hätte gar nicht anders handeln können. Nur eines schuldete er mir als Gegenleistung: Treue. Sollte es denn wirklich für mich, das Bergmädchen, sonst eine echte Gegenleistung sein, wenn er mir einen wohlklingenden Namen und einen hohen Titel schenkte? Soll er sie doch zurücknehmen, ohne seine Liebe bedeuten sie mir nichts.«

Als ich sie befragte, wie es um ihre Trennung voneinander bestellt sei, antwortete sie: »Soll sie doch eintreten! Eines Tages wird es soweit sein, das weiß ich, ich fühle es. Aber in diesem Punkt bin ich feige. Selbst dieses unbefriedigende Zusammensein, diese Maskerade der Vereinigung, ist mir noch seltsam teuer. Ich weiß, daß es schmerzvoll ist, zerstörerisch, undurchführbar. Es vergiftet meine Seele, läßt meine Wunde nicht heilen, und doch muß ich daran festhalten.«

In der Zwischenzeit fand Raymond Gelegenheit, Adrian und Idris in aller Offenheit zu schildern, wie er Evadne vorgefunden hatte. Sie hatte sich unter seiner Pflege schon bald erholt und war wieder aufgeblüht. Doch dann horchte sie Raymond aus, zog ihre eigenen Schlußfolgerungen und erkannte, daß die Kluft, die sich zwischen Raymond und Perdita aufgetan hatte und die jetzt schon, was sie allerdings nicht wußte, unüberbrückbar geworden war, sich mit jedem Tag vergrößern würde, wenn sie Raymond nicht verließ. Nur der Tod schien ihr der Ausweg, um sein Glück nicht endgültig zu zerstören, doch wußte sie andererseits auch, daß Raymond sich dann den Rest seines Lebens mit Gewissensbissen plagen würde. Und so schrieb sie ihm einen Brief, in dem sie ihm versicherte, nicht länger in Schwierigkeiten zu sein, und entbot ihm ein letztes, endgültiges Lebewohl.

Dann schilderte er Adrian und Idris die schlimme Lage mit Perdita. Er erklärte, daß er sie trotz ihrer Abweisungen und ihrer Härte immer noch liebte. Demütig hatte er versucht, Buße zu tun, und sie hatte ihn abgewehrt. Und doch wünschte er nichts sehnlicher, als daß sie ihren Seelenfrieden wiederfände. Was alles für ihn noch mißlicher machte, das war die Tatsache, daß er sich erfolglos anstrengte. Wenn sie weiterhin so unnachgiebig blieb, dann mußten sie sich trennen, und doch wollte er nicht den ersten Schritt machen.

Nach einer langen Diskussion verabschiedete er sich von seinen Freunden und kehrte allein in die Stadt zurück, da er nichts willens war, Perdita nun noch einmal vor unser aller Augen wiederzusehen. Perdita bereitete alles vor, damit sie ihm mit dem Kind folgen konnte. Idris versuchte, sie zum Bleiben zu überreden. Verängstigt blickte Perdita sie an. Sie wußte, daß Raymond mit Idris gesprochen hatte. Sollte dies nun der erste Schritt zur endgültigen Trennung sein? Mißtrauen und Furcht trübten ihren Blick. Sie umarmte mich, nannte mich ihren einzigen Freund und ihre letzte Hoffnung, flehte mich an, sie stets zu lieben, und reiste, immer besorgter geworden, nach London ab.

Der Konflikt zwischen Raymond und Perdita verschärft sich zusehends. Es gelingt keinem von beiden, Verzweiflung, Stolz und Kränkung zu überwinden, so daß keine klärende Aussprache möglich ist. Raymond wird immer mürrischer und vernachlässigt sogar seine Amtspflichten auf sträfliche Weise. Er gibt sich dem Trinken und dem Glücksspiel hin, bis ihn Adrian und Verney zur Rede stellen. Da beschließt er, sein Amt aufzugeben und nach Griechenland zu gehen, wo er sich wieder am Krieg beteiligen will. Adrian begleitet ihn.

Zurückgelassen, bedarf Perdita, deren unversöhnliche Haltung keinen geringen Anteil an dieser unerfreulichen Entwicklung hat, des ständigen Trostes ihres Bruders. Auch Idris ist von der Abwesenheit ihres Bruders Adrian und von seinem ungewissen Schicksal betrübt.

Lionel Verney hat mittlerweile sein Schreibtalent entdeckt und schult es weiterhin.

XI

Nachdem über ein Jahr vergangen war, kehrte Adrian aus Griechenland zurück. Bei ihrer Ankunft dort hatten Griechen und Türken soeben einen trügerischen Waffenstillstand geschlossen, der eher eine Kampfpause darstellte. Die Griechen hatten Thrakien und Mazedonien zurückerobert und waren bis vor die Tore von Konstantinopel vorgedrungen. Wegen ihrer wirtschaftlichen Macht standen die meisten Staaten Europas ihrem Sieg wohlgesinnt gegenüber. Griechenland bereitete sich auf eine heftige Gegenwehr vor, und Raymond, der ja einst in Athen geboren worden war, war ein willkommener Gast, dessen Name die Liste der griechischen Nationalhelden zierte.

Adrian ist vom Krieg desillusioniert. Obwohl er immer noch auf griechischer Seite steht, muß er erkennen, daß auch seine Partei Massaker und grausames Gemetzel auf dem Gewissen hat. Der Krieg verschlingt den einzelnen und läßt nur die Masse gelten. Er hat sich eine Bajonettwunde in der Brust zugezogen, die ihn sehr schwächt; er kehrt nach England zurück.

»Diese Wunde wird mein Leben wahrscheinlich verkürzen«, sagte Adrian. »Aber ich bin es zufrieden, sterben zu müssen. In Griechenland habe ich gelernt, daß ein Menschenleben nicht viel gilt, solange es noch genügend menschliche Körper gibt, um die gelichteten Reihen der Kämpfer wieder aufzufüllen. So übersieht man den einzelnen und zählt nur die Kampfstärke der Truppen. Auf Raymond wirkt sich dies alles ganz anders aus. Er kann sich stets noch das Ideal des Krieges vor Augen halten, während ich nur seine Wirklichkeit sehe. Er ist ein Soldat, ein General. Er kann die blutrünstigen Kriegshunde im Zaum halten, während ich mich vor ihrem Einfluß vergeblich zu schützen suchte. Der Grund dafür ist ganz einfach. Burke hat einmal gesagt: ›jeder, der führen will, muß auch in einem beträchtlichen Umfang folgen können.‹ Ich kann nicht folgen, denn ich habe nichts für ihre Träume vom Massaker und vom Ruhm übrig. Für Raymond ist es hingegen die natürlichste Sache von der Welt, bei einer solchen Sache zu folgen und zu führen. Er hat stets Erfolg dabei, und gleichzeitig sorgt er dafür, daß er selbst Ruhm und Rang erlangt und den Griechen ihre Freiheit und wahrscheinlich auch ein noch größeres Reich erkämpft.«

Diese Schilderung besänftigte Perditas Gemüt keineswegs. »Er verfolgt eine Karriere!« dachte sie. »Wenn ich doch eine solche hätte, etwas, in das ich all meine Hoffnungen, meine Tatkraft und meine Wünsche setzen könnte!« So wurde sie immer melancholischer. Und doch bewirkte Adrians Anwesenheit auch etwas

Gutes, nämlich, den Bann von Raymonds Namen zu nehmen, so daß wieder über ihn gesprochen werden durfte. Zuerst zuckte sie noch zusammen, wenn er erwähnt wurde, doch mit der Zeit lauschte sie den Berichten über seine Taten immer begieriger, und Adrian mußte auch Clara immer wieder Einzelheiten über Raymonds mutige Eroberungen erzählen, während sie gemeinsam spazierengingen oder Ausritte machten.

Aus Griechenland treffen mittlerweile immer erfreulichere Nachrichten ein. Die Griechen hoffen, schon bald Konstantinopel erobern zu können, und Raymonds Ruhm mehrt sich von Tag zu Tag. Die Türken erleiden eine Niederlage nach der anderen, es kommt zu hohen Verlusten.

Bei der Schlacht von Makri führt Raymond den Angriff der Kavallerie an und kehrt nicht mehr zurück. Wahrscheinlich haben die Türken ihn gefangengenommen, und die englischen Zeitungen berichten ausführlich über das Schicksal des ehemaligen Lordprotektors. Der englische Gesandte in Konstantinopel wird aufgefordert, an der Hohen Pforte Nachforschungen anzustellen und Raymonds Freilassung zu fordern, doch es gibt auch Gerüchte, die besagen, daß er tot sei.

Meine Schwester glaubte nicht einen Augenblick an Raymonds Tod. Sie beschloß, auf der Stelle nach Griechenland aufzubrechen. So sehr wir auch auf sie einredeten, sie duldete weder Einwände noch den Aufschub ihres Vorhabens. So überlegten wir also, wie wir Perditas Plan am besten in die Tat umsetzen konnten. Sie konnte unmöglich allein in ein Land reisen, in dem sie keinerlei Freunde besaß und wo sie die schreckliche Bestätigung von Raymonds Tod womöglich hilflos treffen könnte. Adrian, der immer noch unter seiner Verwundung litt, war nicht mehr reisefähig, und Idris wollte ihn in diesem Zustand nicht allein lassen. Es wäre auch verantwortungslos gewesen, eine junge Familie auf eine solche Reise mitzunehmen. Also beschloß ich, Perdita allein zu begleiten, so schmerzlich es auch war, mich von meiner geliebten Idris trennen zu müssen. Doch die Notwendigkeit und die Hoffnung, Raymond retten und ihn Perdita wiedergeben zu können, linderte unseren Schmerz ein wenig. Wir durften keine Zeit mehr verlieren. Schon zwei Tage nach unserer Entscheidung schifften wir uns in Portsmouth ein. Es war Mai, und die See war sturmfrei, so daß wir mit einer guten Überfahrt rechnen konnten. Die kleine Clara begleitete uns.

Zweites Buch

I

Die Reise verlief tatsächlich ruhig, auch wenn wir uns große Sorgen um Raymond machten. Als wir in Athen an Land gegangen waren, fingen die Schwierigkeiten an.

Niemals zuvor hatte ein Mann so sehr die Öffentlichkeit erregt wie Raymond. Die Athener hatten erwartet, daß er im Triumph in ihre Stadt zurückkehren würde; die Mütter hatten schon ihren kleinsten Kindern beigebracht, seinen Namen zu lispeln, und überall sprach man mit Tränen in den Augen von der Möglichkeit seines Todes und der Gewißheit seiner Gefangennahme – Athen war eine Stadt in Trauer.

All dies erschreckte Perdita zutiefst. Insgeheim hatte sie gehofft, doch nun war sein Schicksal ungewisser denn je. überall wurde für ihn gebetet, doch das half nicht dabei, sie zu beruhigen.

Meine Nachforschungen verliefen erfolglos, so daß ich Athen schließlich verließ und mich der Armee in Kishan in Thrakien anschloß. Mit Hilfe von Bestechung, Drohungen und Intrigen gelang es mir schließlich herauszufinden, daß Raymond lebte und daß er in der Gefangenschaft die größten Grausamkeiten zu erleiden hatte. Wir setzten alles in Bewegung, um ihn wieder freizubekommen.

Die Ungeduld meiner Schwester wurde immer größer, und sie verbrachte manch schlaflose Nacht voller Sorge.

So vergingen zwei Monate, bis wir endlich die hoffnungsvolle Nachricht erhielten, daß Raymond freigelassen würde. Die Haftbedingungen und die Strapazen hatten seiner Gesundheit arg zugesetzt, und die Türken fürchteten, daß sie mit der Vergeltung Englands zu rechnen hätten, wenn er unter ihren Händen sterben sollte. Sie glaubten, daß er sich nicht mehr erholen würde, und so händigten sie ihn bereitwillig aus, damit wir uns seiner Beerdigung annehmen konnten.

Er wurde per Schiff von Konstantinopel nach Athen gebracht. Der für seine Reise günstige Wind wehte so stark landeinwärts, daß wir ihn nicht schon auf See empfangen konnten, wie wir es eigentlich geplant hatten. Der Leuchtturm von Athen war umringt von erwartungsvollen Neugierigen, die aufgeregt auf jedes neue Segel deuteten, das sich am Horizont zeigte. Schließlich tauchte die Fregatte mit ihrer innig geliebten Fracht auf. Man hatte berechnet, daß sie wohl in fünf Meilen Entfernung vom Land ankern würde.

Wie ein Lauffeuer verbreitete sich die Nachricht in Athen, und die ganze Bevölkerung strömte am Tor nach Piräus in die Straßen, Weinberge, Olivenhaine und Feigenplantagen hinaus auf den Hafen zu. Der frohe Jubel der Menge vermischte sich mit dem Marschschritt der Soldaten, und die wehenden Banner und die Militärmusik erhöhten die allgemeine Aufregung, während sich um uns herum die ehrfurchtgebietenden Ruinen vergangener Zeiten erhoben. Rechts von uns lag hoch oben die Akropolis, diese Zeugin uralten Ruhms, türkischer Besetzung und neuerkämpfter Freiheit. Überall waren vom Pflanzenwuchs verzierte Grabmale und Gedenkstätten zu sehen. Die mächtigen Toten schwebten über ihren Monumenten und erblickten in unserer Begeisterung die Wiederholung alter Szenen, an denen sie selbst einst teilgenommen hatten. Perdita und Clara fuhren in einer verdeckten Kutsche, während ich sie zu Pferd begleitete. Endlich kamen wir am Hafen an. So weit das Auge reichte, ergossen sich die Menschenströme über seine Anlagen und über die Strände. Durch mein Fernrohr sah ich zu, wie die Fregatte ankerte und wie Raymond in einem Stuhl in das Beiboot hinabgelassen wurde. Er war also unfähig, selbst hinabzusteigen!

Dem äußerst erschöpften Raymond wird nun von der athenischen Bevölkerung ein stürmischer Empfang bereitet, und man bringt ihn nach Eleusis, wo er sich unter Perditas und Adrians Pflege schon bald erholt.

In der Zwischenzeit belagert die türkische Armee Rodosto, und die Griechen bereiten sich auf die Entscheidungsschlacht vor. Raymond will sein Truppenkommando erneut übernehmen, und Perdita will sich ihm auch nicht in den Weg stellen. Sie bittet lediglich darum, dabei in seiner Nähe bleiben zu dürfen.

Es gab ein Wort, daß Perdita mehr in Aufruhr und Besorgnis versetzt hatte als alle Schlachten oder Belagerungen, bei denen Raymonds hoher militärischer Rang ihn, wie sie hoffte, vor dem Schlimmsten schützen würde. Dieses Wort lautete: PEST. Anfang Juni hatte dieser uralte Feind der Menschheit an den Ufern des Nil sein Haupt erhoben, und schon waren einige Landstriche Asiens, in denen diese Seuche für gewöhnlich nicht aufzutreten pflegte, davon befallen worden. Sie wütete auch in Konstantinopel, aber da diese Stadt jedes Jahr unter ihr zu leiden hatte, schenkte man den Berichten von der vermehrten, diesmal selbst für die heißen Monate ungewöhnlich hohen Zahl der Toten keine besondere Beachtung. Doch konnten weder Pestilenz noch Krieg Perdita davon abhalten, Raymond zu folgen, und sie vermochten sie auch nicht dazu bewegen, auch nur einen Einwand gegen sein Vorhaben vorzubringen. Alles, was sie wollte, war, in seiner Nähe zu sein, ihn lieben zu dürfen und von ihm wiedergeliebt zu werden. Er wiederum wurde von seiner Liebe zum griechischen Volk, von seinem Ruhmeshunger und von seinem Haß gegen die barbarische Regierung angetrieben, unter der er beinahe tödliche Qualen hatte erleiden müssen. Er wollte den Athenern einerseits die Güte und Sorge vergelten, die sie für ihn empfunden hatten, und trachtete andererseits auch danach, Europas Zivilisation von diesem Bollwerk mittelalterlicher Barbarei zu befreien. Nachdem ich Raymond und Perdita wieder zusammengeführt hatte, wollte ich sofort nach England zurückkehren. Doch sein dringendes Bitten, meine neu erwachte Neugier und ein unbestimmbares Gefühl, der sich anbahnenden Katastrophe in der Geschichte der griechischen und türkischen Völker beiwohnen zu müssen, bewegten mich dazu, meinen Aufenthalt in Griechenland bis zum Herbst zu verlängern.

Als Raymond sich gesundheitlich ausreichend erholt hatte, wollte er zum griechischen Heereslager in der Nähe der strategisch wichtigen Stadt Kishan östlich des Hebrus aufbrechen. Perdita und Clara sollten bis zur erwarteten Schlacht in dieser Stadt bleiben. Am zweiten Juni verließen wir Athen, von einer lärmenden, jubelnden Menschenmenge bis weit vor die Tore der Metropole begleitet.

Raymonds größte Hoffnung war es, Konstantinopel, das jahrhundertelang die Trutzburg der Muselmanen gewesen war, von Sklaverei und Willkürherrschaft befreien zu können. Dies sollte der Höhepunkt seiner Karriere als General der Athener werden und die entscheidende Wende in der Geschichte der Menschheit herbeiführen.

Am 7. Juli trafen wir in Kishan ein und erfuhren dort, daß sich die türkische Armee zunächst aus Rodosto zurückgezogen hatte, als ihr gemeldet wurde, daß Lord Raymond sich mit seinen Entsatztruppen näherte. Doch hatten die Türken mittlerweile Verstärkung erhalten und marschierten erneut auf Rodosto zu. Argyropylo, der griechische Oberbefehlshaber, war jedoch mit seinen Truppen vorgerückt, um dem Gegner den Weg nach Rodosto abzuschneiden, so daß eine Schlacht unvermeidlich schien. Raymond fragte mich, ob ich ihn begleiten wolle, und ich stimmte zu.

Die ganze Ebene von Kishan bis Rodosto, eine Strecke von immerhin sechzehn Meilen, schwärmte nur so von Truppen und ihrem Troß, die sich alle auf den vermuteten Ort der Begegnungsschlacht zubewegten. Aus den Garnisonsstädten und Festungen hatte man die verfügbaren Truppenkontingente zur Verstärkung zusammengezogen. Es kamen uns ganze Kolonnen weiblicher Flüchtlinge aller Stände entgegen, die in Fairy oder Kishan den Ausgang der Schlacht abwarten wollten. Als wir in Rodosto ankamen, hatten die Truppen bereits Stellung bezogen, und auch ein Schlachtplan war bereits entworfen worden. Am frühen Morgen des nächsten Tages hörten wir den Lärm von Feuerwechsel; die vorgeschobenen Truppen waren also bereits im Gefecht gebunden. Ein Regiment nach dem anderen rückte mit wehenden Bannern unter Begleitung der Musikkapellen vor. Die Kanonen wurden auf Grabhügeln aufgestellt, da diese die einzigen Geländeerhebungen in diesem flachen Land waren. Die Soldaten stellten sich in Kolonnen und hohlen Karrees auf während die Pioniere flache Erdwälle als Deckung aushoben.

Schon bald verlor ich die Übersicht über die zahllosen Militärformationen und gab es auf, den Verlauf der Schlacht durchschauen zu wollen. Statt dessen beobachtete ich Raymonds Tun. Er wirkte gesammelt, mutig und selbstsicher; mit knappen Worten gab er seine Kommandos, und sein Überblick über die für mich so verworrene Situation schien mir geradezu ans Wunderbare zu grenzen. Auf unserem Feldherrenhügel waren wir von den Ereignissen zu weit entfernt, um die grausamen, tödlichen Einzelheiten der Schlacht beobachten zu können, doch sahen wir, wie ganze Regimenter bald im Rauch verschwanden, bald ihre Banner über den Pulverwolken schwenkten, während Kanonendonner und Schlachtgebrüll unsere Ohren betäubten. Noch früh am Tage wurde Argyropylo lebensgefährlich verwundet, und Raymond übernahm das Oberkommando. Durch sein Fernglas beobachtete er den Erfolg seiner Taktik. Schon bald verflüchtigte sich sein zweifelnder Gesichtsausdruck, und froh rief er aus: »Wir haben es geschafft! Der Türke flieht vor unseren Bajonetten!« Dann gab er seinen Adjutanten den Befehl, mit der Kavallerie nachzustoßen. Jetzt war die Niederlage des Gegners vollkommen: Die Kanonen begannen zu schweigen, die Infanterie sammelte sich wieder, und die Kavallerie verfolgte die fliehenden Türken über die kahle Ebene. Raymond schwenkte seinen Stab in verschiedene Richtungen und gab seine Befehle. Auch mich schickte er mit einem Auftrag an ein entlegenes Ende des Schlachtfeldes.

Ich sollte von einem nördlich gelegenem Grabhügel herab die Fluchtrichtung einer bestimmten feindlichen Abteilung ermitteln. Die Türken waren, von den Griechen verfolgt, gen Osten verschwunden, und unter mir war die Ebene nur noch von Leichnamen und fallengelassenen Waffen übersät. Aus Osten kam bereits eine Schar von Raben herangeflogen, die für gewöhnlich die türkischen Friedhöfe bevölkerten, während im Westen langsam die Sonne unterging. Den ganzen Tag über war ich von Haß und Kampfeslust beherrscht worden. Nun aber, inmitten von Gefallenen und Sterbenden, schämte ich mich für die menschliche Rasse. Auch der Himmel verfinsterte sich zusehends, während dichte Wolkenmassen aus Südosten heranschwebten.

Erstaunt findet Verney auf dem Schlachtfeld die sterbende Evadne, die an der Schlacht teilgenommen hat und verzweifelt wünscht, daß Raymond ihr in den Tod folgen solle. Kurz darauf stirbt sie, und Verney bedeckt ihren Leichnam notdürftig mit Fahnen und Uniformteilen.

Nach dieser gewonnen Schlacht rückt die griechische Armee unter Raymonds Oberbefehl bis Konstantinopel vor, um die Stadt zu belagern. Raymond bittet Verney, bis zur Eroberung bei ihm zu bleiben. Konstantinopel ist völlig eingeschlossen, und die Belagerer hoffen, die Stadt aushungern zu können. Der außerordentliche heiße Sommer, der den Türken sehr zusetzt, scheint den Sieg zur baldigen Gewißheit zu machen.

II

Plötzlich änderte sich die Lage. Die Belagerten versuchten keine Ausfälle mehr, und wir konnten ungehindert unsere Vorbereitungen für die Erstürmung der Stadt treffen. Noch seltsamer war es, daß unsere Soldaten, wenn sie sich den Befestigungsmauern näherten, nicht mehr unter Beschuß genommen wurden. Raymond schickte Spähtrupps aus, die mit der Meldung zurückkehrten, daß die Mauern unbewacht zu sein schienen und daß in der Stadt selbst keinerlei Aktivitäten zu verzeichnen waren. Außer vereinzeltem Hundegeheul drang kein Lärm mehr zu uns herüber, so daß selbst unsere Soldaten sich ängstlich fragten, was dieser plötzliche Frieden wohl zu bedeuten habe.

Schließlich hörten wir Hufgeklapper. Der Admiral Karazza hatte einen Trupp von Soldaten zu uns geschickt, der Depeschen an den General überbringen sollte. Diese Meldungen waren von äußerster Wichtigkeit. Sie besagten, daß man am Abend zuvor zwölf kleine Boote mit je drei Janitscharen als Besatzung nach einem kurzen Scharmützel bei dem Versuch, die griechische Seeblockade zu durchbrechen, versenkt hatte. Die zwei oder drei Überlebenden wollten keinerlei Informationen preisgeben. Als man sie jedoch wegen ihrer Flucht verhöhnte, wiesen sie den Vorwurf der Feigheit heftig zurück, und einer von ihnen rief: »Nehmt doch die Stadt, ihr Christenhunde! Holt euch die Paläste, die

Gärten, die Moscheen, die Wohnstätten unserer Väter – und holt euch die Pest dazu! Die Pest ist der Feind, vor dem wir fliehen; wenn sie eure Freundin sein sollte, dann drückt sie an euren Busen! Auf Stambul liegt der Fluch Allahs, so geht doch mit ihm zugrunde!«

Aus dem Bericht ging auch hervor, daß sich bereits zahlreiche hochstehende türkische Persönlichkeiten nach Asien abgesetzt hatten. All dies breitete sich wie ein Lauffeuer unter unseren Soldaten aus und wurde entsprechend aufgebauscht. Die Stadt, so hieß es nun, sei ein Opfer der Pestilenz geworden und werde nun vom Tod regiert.

Ich habe einmal von einem Bild gehört, auf dem alle Bewohner der Erde gezeigt wurden, wie sie sich dem drohenden Tod zu stellen hatten. Die Schwachen und die Furchtsamen flohen sofort, und selbst die Krieger zogen sich zurück, wenn sie dabei auch noch drohende Gebärden machten. Die Wölfe, die Löwen und andere Raubtiere fauchten ihn an, während der grimmige Mäher sein Werkzeug schwenkte – ein einsamer, doch unüberwindbarer Angreifer. Genauso verhielt es sich mit der griechischen Armee. Ich bin sicher: Hätten sich die Horden Asiens vor den Toren Konstantinopels zu seiner Verteidigung zusammengezogen, so wäre jeder einzelne griechische Soldat voll patriotischen Eifers gegen diese Übermacht anmarschiert. Doch hier gab es keine Bajonette mehr zu bekämpfen, konnte man keiner todbringenden Artillerie mehr trotzen, stellte sich kein tapferer Gegner mehr zu Kampfreihen auf. Die Mauern der Stadt waren nun leicht zu bezwingen, ohne Mühe hätte man die prunkvollen Gebäude einnehmen können – doch über der Kuppel von St. Sophia erblickten die abergläubischen Griechen das Gespenst der Pestilenz und schreckten vor ihm zurück.

Raymond hingegen wurde von ganz anderen Gefühlen beherrscht. Mit siegesbewußter Miene ritt er den Hügel hinab, wies mit seinem Säbel auf die Tore der Stadt und kommandierte seine Truppen an das letzte Hindernis, das ihnen zum vollkommenen Sieg noch im Wege stand. Die Soldaten beantworteten seine fröhlichen Worte mit entsetzten Mienen und wichen unwillkürlich zurück, als Raymond sich an ihre Spitze stellte. »Ich schwöre bei meinem Säbel«, rief er, »daß ihr von keinem Hinterhalt oder Überfall noch etwas zu befürchten habt! Der Feind ist bereits besiegt, die Stadt gehört mit all ihren Reichtümern euch. Brecht die Tore auf! Nehmt die Stadt eurer Ahnen wieder in Besitz!«

Ein furchtsamer Schauer ging durch die Reihen, und keiner der Soldaten bewegte sich von der Stelle. »Feiglinge!« rief ihr General zornig. »Gebt mir ein Beil! Ich werde alleine eindringen! Ich will eure Flagge hissen, und wenn ihr sie vom höchsten Minarett flattern seht, dann findet ihr vielleicht den Mut, euch um sie zu scharen!«

Da trat einer der Offiziere vor. »General«, sagte er, »wir fürchten weder den Mut noch die Waffen, weder den offenen Angriff noch den heimlichen Überfall der Moslems. Wir sind bereit, wie wir es schon zehntausend Male zuvor gewesen sind, uns den Kugeln und den Krummsäbeln der Ungläubigen zu stellen und ruhmbedeckt für Griechenland zu fallen. Doch wir wollen nicht an der verseuchten Luft dieser Stadt krepieren wie Hunde, die man im Sommer vergiftet. Wir wagen es nicht, uns gegen die Pest zu stellen!«

Lärmender Applaus begleitete seine Worte. Raymond wollte keine Meuterei riskieren und gab deshalb den Befehl zum Rückzug. In geordneter Formation kehrten die Regimenter in ihr Lager zurück.

Ich beeilte mich, Perdita von diesen seltsamen Ereignissen zu berichten. Schon bald darauf traf auch Raymond wieder bei uns ein. »Wie seltsam sind doch die Wege des Himmels!« rief Perdita aus.

Raymond war wütend. »Was ist daran wohl Seltsames? Wird

Stambul denn nicht jedes Jahr von der Pest heimgesucht? Wie sollte es da verwundern, daß sie dieses Jahr noch stärker wütete als sonst, da die Stadt doch unter der Belagerung, dem Nahrungsmangel, der großen Hitze und der Dürre ohnehin schon schwer zu leiden hatte? Nein, nicht die Pest versetzt uns in Furcht und Schrecken, der reine Aberglaube ist es, der uns hier zum Narren hält! Doch soll Stambul uns gehören. Ich schwöre bei allem, was mir heilig ist, daß ich eigenhändig das Kreuz auf jene Moschee dort drüben setzen werde!«

Raymond ist von seinem ehrgeizigen Plan nicht abzuhalten. Er schickt Verney zu Admiral Karazza in der Hoffnung, daß dieser ihm tapferere Verstärkungstruppen schicken wird, mit denen er Konstantinopel endgültig einnehmen will. Karazza verspricht, sein möglichstes zu tun. Verney kehrt sofort zurück und sieht noch, wie Raymond zunächst allein, dann aber auch von einer Anzahl Soldaten unterstützt, das Tor der Stadt zertrümmert. Voller Furcht weichen die Soldaten nun zurück, Raymond aber springt auf sein Pferd, ergreift die Standarte und prescht durch das Tor in die tote Stadt. Verney hat all dies durch sein Fernrohr beobachtet und gibt seinem Pferd die Sporen, um Raymond zu folgen.

Ich war immer noch etwa eine Meile vom Ort des Geschehens entfernt, als ein gewaltiges Donnern Luft und Boden erschütterte. Flammen schossen empor, und weitere Explosionen brachten Mauern und Gebäude zum Einstürzen. In panischer Furcht flohen die Soldaten vor den durch die Luft wirbelnden Trümmerstücken und versperrten mir den Weg. Mit Tränen in den Augen beschwor ich sie, umzukehren und ihren General, den Eroberer von Stambul, den Befreier von Griechenland zu retten – denn ich wollte nicht daran glauben, daß er in dem Desaster den

Tod gefunden haben könnte. Doch ich fand kein Gehör und mußte mich allein bis an die Mauertrümmer herankämpfen. Die Bresche, durch die Raymond eingedrungen war, war in Rauch und Flammen gehüllt. Nach einer Weile hörten die Explosionen auf, doch überall loderten die Flammen. Die Kuppel von St. Sophia war verschwunden. Im Süden ballten sich zum erstenmal weiße Gewitterwolken zusammen, und bald darauf folgten Donner, Blitz und Regen.

Kaum waren die Flammen etwas gedämpft worden, als ich mich auch schon aufmachte, in die Stadt einzudringen. Ich mußte zu Fuß gehen, da die Trümmerhaufen den Gebrauch eines Pferdes unmöglich machten. Die Straßen waren verschüttet, und die Ruinen rauchten noch immer. Schließlich ließ der Regen nach, die Wolken verflüchtigten sich, und langsam ging die Sonne unter.

Stundenlang irrte ich in dem Geröll umher und suchte nach Raymond, doch ohne Erfolg. Niedergeschlagen, erschöpft und vom Hunger beinahe überwältigt, ließ ich mich endlich auf den Stufen eines einstmals prunkvollen Gebäudes nieder und kämpfte mit dem Schwindel. Schließlich verlor ich das Bewußtsein.

III

Als ich erwachte, funkelten die Sterne immer noch am Himmel, und das Sternzeichen des Stieres hoch oben im Süden zeigte mir, daß es Mitternacht war. Mit großer Anstrengung schüttelte ich meine Alpträume ab; mein erster Gedanke galt Perdita. Ich mußte zu ihr zurückkehren, um ihr in dieser schweren Stunde beizustehen. Die Position der Sterne war mein einziger Wegweiser. Nach vielen Mühen gelang es mir, aus den Ruinen der Goldenen Stadt hinauszufinden und ins Freie zu gelangen. Draußen traf ich auf eine Abteilung von Soldaten und lieh mir von ihnen ein Pferd aus.

Als ich im Palast ankam, wagte ich es kaum, Perdita unter die Augen zu treten. Zusammengesunken und bleich wie Marmor saß sie da und blickte mich fragend an, als ich eintrat. Ich spürte, wie ein grausiges Lächeln mein Gesicht verzerrte. Sie erriet sofort, was geschehen war, und senkte den Blick. Ihre Hände verkrampften sich nervös. Schließlich fand ich meine Stimme wieder, doch Perdita zuckte nur zusammen und flüsterte: »Pst! Clara schläft, sie hat lange geweint, und wir dürfen sie nicht wecken.« Sie setzte sich auf die Ottomane und fragte schließlich abrupt: »Wo ist er? Oh, du brauchst nicht zu befürchten, daß ich mir noch falsche Hoffnungen mache! Sag mir, hast du ihn gefunden? Ich will ihn noch einmal in meinen Armen halten, das ist alles. Und wenn ganz Konstantinopel auf ihm ruhen sollte wie ein Grabstein, so muß ich ihn doch wiederfinden. Dann mag die ganze Stadt sich wie ein Berg auf unsere Leiber türmen!« Weinend klammerte sie sich an mir fest. »Führe mich zu ihm!« rief sie.

Zunächst war ich von unaussprechlichem Mitleid überwältigt. Doch dann versuchte ich, sie zur Geduld zu bewegen. Ich berichtete ihr von meinen nächtlichen Erlebnissen und von meinen vergeblichen Bemühungen. So bewahrte ich sie davor, sich bis zum Wahnsinn in ihre Trauer hineinzusteigern. Ruhig und gefaßt überlegte sie mit mir zusammen, wo wir Raymond am wahrscheinlichsten wiederfinden konnten. Als sie von meinen Entbehrungen erfuhr, brachte sie mir Nahrung.

Es gelingt Verney, Perdita zunächst zu trösten. Zusammen begeben sie sich nach Konstantinopel, wo Verney schließlich mit Hilfe von einigen Soldaten Raymonds verstümmelten Leichnam aus den Trümmern birgt. Ohne jeglichen Pomp bestatten sie ihn in einem Felsengrab. Verney macht Anstalten, mit Perdita und Clara nach England zurück-

zukehren. Perdita ist jedoch fest entschlossen, in Griechenland zu bleiben, um über das Grab ihres Mannes zu wachen. Clara soll jedoch unter Verneys Obhut bleiben. Verney widersetzt sich diesem Plan, weil er hofft, daß Perdita nach ihrer Rückkehr in England wieder zu sich selber finden wird, anstatt sich in ihrer Trauer zu verlieren. Mit Hilfe eines Schlafmittels gelingt es ihm, Perdita an Bord des Schiffes zu schaffen, das sie alle gemeinsam nach England bringen soll. Die vor Leid fast wahnsinnige Perdita verwindet diesen Schlag jedoch nicht und stürzt sich ins Meer. Als man ihren Körper schließlich birgt, kommt jede Rettung zu spät. Gepeinigt von Selbstvorwürfen, muß Verney den Leichnam seiner Schwester in Raymonds Grab beisetzen. Zusammen mit Clara reist er nach England zurück und geht in Portsmouth an Land.

In Portsmouth erwartete uns eine sehr merkwürdige Nachricht. Wenige Tage zuvor war ein vom Sturm völlig beschädigtes Schiff mit zerrissenen Segeln und Rissen im Rumpf vor der Küste gesichtet worden. Das Schiff trieb im Hafen und strandete auf den Sandbänken der Hafeneinfahrt. Am Morgen wurde es von Zollbeamten und einer Schar von Neugierigen untersucht. Nur ein einziges Besatzungsmitglied schien überlebt zu haben. Dieser Mann war von Bord gegangen und war einige Schritte auf die Stadt zugegangen, bis er buchstäblich zu Tode erschöpft zusammenbrach. Man fand ihn mit vor der Brust verkrampften Händen steif am Boden liegen. Seine Haut war beinahe schwarz, und sein stumpfes Haar und der brüchige Bart wiesen auf eine lange Erkrankung hin. Das Gerücht ging um, daß er an der Pest gestorben sei. Niemand wagte sich nun noch an Bord, und man munkelte, daß man nachts seltsame, gespenstische Gestalten erblickt habe, die an Deck zwischen den zerbrochenen Masten und der völlig verwirrten Vertäuung umherirrten. Kurz darauf verfiel das Boot, und man zeigte mir, wo man es gefunden hatte. Auf dem

Wasser trieben noch Teile des Wracks. Den Matrosen hatte man tief im Sand begraben. Man wußte nicht viel mehr, außer daß es ein Schiff amerikanischer Bauart gewesen war und daß einige Monate zuvor die *Fortunatus* in Philadelphia ihre Segel gesetzt hatte und nie wieder gesehen worden war.

IV

Im Herbst des Jahres 2092 kehrte ich zu meiner Familie zurück, nach der ich mich lange gesehnt hatte. Hier schien mir alles wie ein Hort des Glücks, der Liebe und des Friedens zu sein. Nach den stürmischen Ereignissen in Griechenland war ich froh, in Windsor wieder Ruhe zu finden, und ich beschloß, fortan das sogenannte »Leben« der Gesellschaft, der Aktivitäten und der Feste zu meiden, um wirklich zu leben.

Idris war mit dieser Entscheidung völlig einverstanden. Sie war von Natur aus lebhaft genug, um keiner zusätzlichen Reize von außen zu bedürfen, und es genügte ihr, sich dem Wohlergehen ihrer Familie zu widmen. Ihr lauteres, unschuldiges Streben war es, bei allen, die sie umgaben, ein Lächeln zu erzeugen. Doch trotz ihrer liebevollen Pflege verschlimmerte sich Adrians Gesundheitszustand zusehends. Er empfand zwar keine Schmerzen, doch schien er beständig am Rande des Todes zu taumeln. Doch da dieser Zustand nun schon Monate anhielt, gewöhnten wir uns langsam daran und machten uns keine unmittelbaren Sorgen, obwohl er stets vom Tod zu reden pflegte wie von einem guten Vertrauten; doch mühte er sich, seine Umgebung zu beglücken und fröhlich zu erscheinen.

So verging der Winter, und der Frühling brachte die Natur wieder zum Erblühen. Alle waren froh und jubelten innerlich, denn auf der Welt herrschte Frieden, und in diesem Jahr fiel kein Mensch durch die Hand eines anderen.

»Laß dies nur zwölf Monate andauern«, sagte Adrian, »und die Erde wird zu einem Paradies. Früher hat der Mensch seine Tatkraft darauf verwandt, seine eigene Rasse zu vernichten, doch jetzt strebt er nach Befreiung und Wahrung des Guten. Der Mensch ist unfähig zu ruhen, und so wird sein ruheloses Streben nun das Gute hervorbringen anstatt das Böse. Die von der Natur so begünstigten Länder des Südens werden nun das Joch der Tyrannei abwerfen, die Armut wird schwinden und mit ihr die Krankheit. Was kann der Mensch nicht alles erreichen, wenn sich die bisher noch nie zuvor vereinten Kräfte zusammentun – die Freiheit und der Friede!«

»Träume, immer nur Träume, Windsor!« sagte Ryland, Raymonds alter Gegner, der in der bevorstehenden Wahl zum Lordprotektor kandidierte. »Seid versichert, daß die Erde weder der Himmel ist, noch jemals sein kann, solange die Samen der Hölle aus ihrem Boden entspringen. Wenn die Jahreszeiten eins geworden sind, wenn es weder Stürme noch Dürren mehr gibt, dann wird es auch keine Krankheiten mehr geben; wenn der Mensch keine Leidenschaften mehr kennt, dann wird die Armut auch verschwinden. Wenn Liebe nicht länger mit Haß gepaart wird, dann gibt es endlich Brüderlichkeit. Doch davon sind wir noch sehr weit entfernt.«

»Nicht so weit, wie Ihr vielleicht meint«, bemerkte ein kleiner alter Astronom namens Merrival, »die Pole wandern langsam aber sicher, sie verschieben sich. In hunderttausend Jahren ...«

»Liegen wir alle unter Erde«, sagte Ryland.

»... wird der Erdpol auf der gleichen Achse liegen wie der der Ekliptik«, fuhr der Astronom fort, »dann wird es überall Frühling sein, und die Erde wird zum Paradies werden.«

»Was wir natürlich noch sehr genießen werden«, meinte Ryland verächtlich.

»Hier stehen seltsame Nachrichten«, bemerkte ich und deutete auf die Zeitung. »Es sieht so aus, als habe die völlige Zerstörung von Konstantinopel und die Annahme, daß der Winter die Luft der Stadt gereinigt habe, die Griechen dazu ermuntert, sie wieder aufzusuchen und mit dem Wiederaufbau zu beginnen. Aber es heißt, daß der Fluch Gottes auf ihr ruhe, denn jeder, der sich in ihre Mauern gewagt hat, ist bisher von der Pest befallen worden. Die Seuche hat sich bereits in Thrakien und Mazedonien ausgebreitet, und nun hat man vor Furcht, sie könnte noch weiter ausschwärmen, Thessalien abgeriegelt und eine rigorose Quarantäne verhängt.«

Diese Meldung brachte uns vom Thema des Paradieses in hunderttausend Jahren zum Leid und zur Qual der Gegenwart zurück. Wir sprachen über das Ausmaß der Pest im letzten Jahr und über die schrecklichen Konsequenzen einer möglichen neuerlichen Heimsuchung. Wir diskutierten am Beispiel Londons darüber, wie man die Ansteckungsgefahr in einer großen Stadt wohl am besten verhindern könne. Merrival setzte sich derweil neben Idris und schilderte ihr das Paradies, wie es in hunderttausend Jahren auf der Erde herrschen würde; seine Vision wurde allerdings dadurch etwas getrübt, daß sich dieser Zustand nicht auf ewige Zeiten halten würde, da die Präzession der Erdachse, wie er glaubte, einmal dazu führen würde, daß sich Äquator und Ekliptik eines Tages in rechtem Winkel zueinander befänden, so daß es auf der Erde zu einem hohen Temperaturanstieg kommen würde, der wirklich den Namen Hölle oder Fegefeuer verdiente.*) Schließlich löste sich unsere Diskussionsrunde auf.

Obwohl es absurd schien, daran zu denken, daß die Pest bis London vordringen könnte, grübelte ich doch voller Schmerz darüber nach, welches Leid die Seuche in Griechenland anrich-

* Die Autorin stützt sich bei dieser Theorie, die in jüngster Zeit durch die Debatte über einen möglichen Polsprung neuen Zündstoff erhalten hat, auf den Aufsatz des Norwicher Schuhmachers Mackey, der den Titel trägt: »The Mythological Astronomy of the Ancients Demonstrated« und im Jahre 1822 erschien. (Anm. d. Übs.)

ten mußte. Die Engländer sprachen über Thrakien und Mazedonien, als befänden diese sich irgendwo auf dem Mond; ich jedoch war dort gewesen, kannte die Menschen, die Städte, die Ebenen und die Hügel dieser Landschaften. Wütete die Pest, dieses unbesiegbare Ungeheuer, das einst sogar Konstantinopel verschlungen hatte, nun auch dort? Dieser Gedanke ließ mir keine Ruhe mehr.

In England wurde die politische Situation mit der nahenden Wahl eines neuen Protektors immer ruhiger. Denn man ging davon aus, daß eine Wahl des Volkskandidaten Ryland dazu führen müßte, daß im Parlament darüber entschieden würde, ob der erbliche Adel und andere Überbleibsel der einst feudalen Ordnung abgeschafft werden sollten. Bisher war das Thema nie öffentlich angerührt worden, und alles würde nun von der Wahl des Protektors abhängen. Nur die Zeitungen konnten, so schien es, gar nicht genug darüber spekulieren, und wenn es im Parlament diesbezüglich immer noch still blieb, so war es doch ein beliebtes Gesprächsthema bei vielen privaten Zusammenkünften. Der Adel scheute sich nicht, seinen Befürchtungen Ausdruck zu verleihen, während die andere Partei die Angelegenheit herunterzuspielen suchte.

»Es ist eine Schande für dieses Land«, sagte Ryland, »daß es dem Pomp und den großen Worten so viel Bedeutung zukommen läßt. Das ist doch alles unwichtig! Es geht doch um nichts weiter als um Wappenschilde auf Kutschen und um die Livreen der Dienstboten!«

Aber konnte England wirklich seine feudalen Relikte abschaffen, um sich mit dem demokratischen Stil Amerikas zu begnügen? Konnte man den Stolz auf seine Herkunft, den patriarchalischen Geist, die höfisch-kultivierte Weltanschauung und den Prunk gesellschaftlicher Stellung wirklich einfach ausradieren?

Es wurde behauptet, daß dies niemals der Fall sein würde, daß wir dazu viel zu viel Wert auf wohlklingende Worte und auf Pomp und Pracht legten, doch andererseits wandte sich diese Partei, die bislang noch alles andere als eine Minderheit darstellte, auch an zahllose Vorurteile und spekulierte auf die Hoffnungen all jener, die ebenfalls einmal geadelt werden wollten, indem sie ein Schreckensbild von den gleichmacherischen und vulgären Handelsrepubliken beschwor.

Dann wurde auch Athen von der Pest heimgesucht. Hunderte von Engländern, die dort lebten, kehrten in ihre Heimat zurück. Wie reifes Korn fielen die Opfer vor der Sichel des Todes. Die schönen Plätze der Stadt waren leer, die Tempel und Paläste wurden zu Grabeshallen.

Normalerweise hätte dieses Ereignis unser Mitleid beschworen, doch nun überging man es wegen der bevorstehenden internen Kontroverse. Ich bildete da eine Ausnahme: ständig mußte ich an die Einwohner der griechischen Metropole denken, an ihre Leiden und ihre Qualen. Zuvor war der Osten von der Seuche befallen worden, und selbst in Amerika war sie schon aufgetreten. Noch nie hatte sie so erbarmungslos gewütet; sie erstreckte sich nicht nur auf die Städte, sondern verbreitete sich auch durch das ganze Land.

Aus dem Osten wurde uns eine merkwürdige Begebenheit berichtet, der wir keinen Glauben geschenkt hätten, wenn sie nicht in den verschiedensten Teilen der Welt von zahlreichen Zeugen bestätigt worden wäre. Man erzählte, daß am 21. Juni, etwa eine Stunde vor Mittag, eine schwarze Sonne aufgegangen sei, eine Kugel, genauso groß wie die eigentliche Sonne, die jedoch völlig schwarz war und Schattenstrahlen aussandte. Sie war im Westen aufgestiegen, hatte schon eine Stunde später den Scheitelpunkt erreicht und den strahlenden Wärme- und Tageslichtspender verdunkelt. Mit einem Mal brach überall tiefdunkle Nacht ein. Die Sterne traten hervor und beleuchteten mit ihrem matten Schimmer die verfinsterte Erde. Doch schon bald wanderte die dunkle Kugel weiter, gab die Sonne wieder frei und ging im Osten unter. Während sie verschwand, dämpften und verzerrten ihre dunklen Strahlen die der Sonne, so daß alles fremdartige, gespenstische Schatten annahm. Das Wild in den Wäldern flüchtete vor den merkwürdigen Umrissen am Boden, und die Städter ängstigten sich noch viel mehr, als sie sahen, wie plötzlich Raubtiere durch die Straßen hetzten. Geblendete Vögel stürzten auf die Marktplätze herab, während Nachttiere wie Eulen und Fledermäuse die vorzeitige Dunkelheit freudig begrüßten. Schließlich verschwand die dunkle Kugel und mit ihr der letzte dunkle Strahl. Das alles sollte in Asien, im äußersten Osteuropa und sogar an der westlichen Goldküste Afrikas beobachtet worden sein.

Ob dieser Bericht nun stimmen mochte oder nicht, seine Auswirkungen jedenfalls waren nicht zu übersehen. Ganz Asien und die Gebiete zwischen dem Nil und dem Kaspischen Meer wurden von plötzlicher Panik überfallen, von den Dardanellen bis zum Golf von Oman verbreitete sie Angst und Schrecken. Die Moscheen waren überfüllt, und verschleierte Frauen hasteten zu den Gräbern, um den Toten Opfergaben zu bringen, damit die Lebenden verschont bleiben mochten. Die Furcht vor dieser schwarzen Sonne verdrängte die Angst vor der Pest, und wenn auch immer mehr Städte ausstarben und die Straßen von Isfahan, Peking und Delhi von Pestleichen übersät waren, so liefen die Menschen doch an ihnen vorüber und blickten zum unheilverkündenden Himmel hoch, ohne dem Tod zu ihren Füßen Beachtung zu schenken. Mit langen Prozessionen zogen die Christen zu ihren Kirchen und an ihre Wallfahrtsstätten und während alle paar Augenblicke ein Trauernder in der Menge einen Klageschrei ausstieß, blickten die anderen nur empor und meinten, die Schwingen von Engeln wahrzunehmen, die über die Erde hinwegschwebten und das Unheil beklagten, das der Menschheit nun drohe.

Überall gab es solche Szenen: Im sonnigen Persien, in den dichtbevölkerten Städten Chinas, in den duftenden Tälern Kaschmirs und an der Südküste des Mittelmeeres. Selbst in Griechenland verstärkte die Nachricht von der dunklen Sonne die Furcht und die Verzweiflung der sterbenden Massen. Auf unserer nebelverschleierten Insel lebten wir fernab von jeglicher Gefahr, und alles, was wir unmittelbar von diesen Katastrophen mitbekamen, waren die täglich eintreffenden Schiffe aus dem Osten, die überwiegend mit englischen Flüchtlingen überfüllt waren. Denn die Moslems hielten trotz ihrer Todesfurcht eng zusammen und wollten sichergehen, daß sie, wenn sie schon sterben mußten (was im fernen England genauso der Fall sein konnte wie in Persien), wenigstens in einer von Rechtgläubigen geweihten Erde beigesetzt werden konnten. Noch nie hatte Mekka solche gewaltigen Pilgerscharen erlebt, und doch verzichteten die arabischen Wüstenräuber darauf, die Karawanen auszuplündern; vielmehr schlossen sie sich demütig und unbewaffnet den Prozessionen an, um zu Mohammed zu beten, daß er die Pest von ihren Zelten abhalten möge.

Ich finde kaum die Worte, um zu beschreiben, mit welcher Freude ich mich von dem politischen Gezänk zu Hause und den Katastrophen im Ausland abwandte, um mich meinem eigenen Heim zuzuwenden, wo ich Liebe, Ruhe und Sympathie fand. Hätte ich Windsor niemals verlassen, so wären meine Gefühle wohl weniger stark gewesen, doch in Griechenland hatte ich Schreckliches erleben müssen, hatte zwei der mir liebsten Menschen verloren – so war mir mein Heim ein sakrosankter Ort der Ruhe, an dem wir, von Wäldern umgeben, voller Frieden und Harmonie leben konnten.

Im Winter schulten wir unseren Sohn Alfred, der mittlerweile neun Jahre alt geworden war, in Eton ein. Für ihn war dies der erste Schritt ins Erwachsenwerden, und so war er auch sehr stolz und froh darüber. In Eton wuchsen die zukünftigen Herrscher Englands heran; die Männer, die dann, wenn unsere Tatkraft schon längst erloschen und all unsere Vorhaben entweder erfüllt oder zunichte gemacht worden waren, wenn unser Theaterstück sein Ende gefunden und wir die Uniform des Alters oder des alles gleichmachenden Todes angezogen hatten, die gewaltige Maschine der Gesellschaft weiter in Gang halten sollten. Hier waren die Liebhaber von morgen, die Ehemänner und Väter, die Landbesitzer, die Politiker, die Soldaten. Es war noch nicht sehr lange her, daß ich selbst diesen noch bartlosen Aspiranten geglichen hatte. Wenn mein Junge einst meinen jetzigen Platz einnehmen sollte, dann würde ich bereits ein zittriger, grauhaariger, verrunzelter alter Mann sein. Welch ein seltsames System, welch ein Rätsel der Sphinx, daß der Mensch solcherart bestehen blieb, während das Individuum verging!

Vorwärts, Alfred, gerne mache ich dir Platz! Schreite als Soldat voran auf dem Weg, den ich als Pionier beschnitt! Ich werde dir Platz machen. Möge dein Fortschritt unaufhaltsam sein, mögest du, im Frühling der Hoffnung geboren, in einen Sommer schreiten, auf den niemals ein Winter folgt!

V

Die Elemente waren aufgewühlt: Der Wind tobte über das Meer hinweg, versetzte es in Aufruhr und machte sich zum Herrn über die Erde. So erschütterten die Naturgewalten die Länder des Südens, und selbst wir hatten in unserer nördlichen Abgeschiedenheit unter ihren Auswirkungen zu leiden.

Was sind wir doch für Wesen, die wir auf diesem Globus leben und die Geringsten unter allen sind, die das unendliche All bevölkern? Unser Verstand umfaßt die Ewigkeit, und doch sind wir dem kleinsten Zufall ausgeliefert. So verlieren wir unseren Individualismus, das, was uns am meisten bewußt ist, und erfreuen uns an der Erhaltung der Art, so daß wir dem Tod ohne Schrecken gegenüber zu treten vermögen. Doch wenn ein ganzes Volk den verderblichen Kräften des Außen zum Opfer fällt, dann schrumpft die Bedeutung des einzelnen tatsächlich bis ins Nichts zusammen, spürt er, wie die Festen seines Lebens wanken und wie ihm die Erbschaft der Erde entzogen wird.

So lernten wir angesichts des allenthalben wütenden Todes, das Kommen des nächsten Sommers zu fürchten. Nationen, die mit bereits verseuchten Ländern gemeinsame Grenzen hatten, begannen, Vorkehrungen gegen die Ansteckungsgefahr zu treffen. Als Handelsnation blieben auch uns solche Überlegungen nicht erspart.

Es war erwiesen, daß die Pest nicht auf die gleiche Weise ansteckend war wie das Scharlachfieber oder die schon vor langer Zeit ausgerotteten Pocken. Man nannte sie zwar eine Epidemie, doch noch war unklar, auf welche Weise sie entstand und verbreitet wurde. Wenn die Infektion von der Luft abhängig sein sollte, dann konnte die Luft auch von dieser vergiftet werden, so wie Schiffe zwar den Typhus in Hafenstädte einschleppen konnten, ohne daß er jedoch in günstiger gelegenen Städten etwas ausrichten konnte. Doch wie sollten wir die Luft beurteilen und klar voraussehen, daß die Pest in dieser oder jener Stadt keine Ausbreitungsmöglichkeit hatte, während ihr andere Orte reiche Opfernahrung bescheren würden? Ebenso war es möglich, daß ein einzelner ihr neunundneunzigmal entkam, um beim hundertsten Mal von ihr niedergestreckt zu werden, denn manchmal ist der Organismus dazu in der Lage, die Krankheit abzuwehren, während er sie zu anderen Zeiten begierig annimmt. All dies ließ unsere Gesetzgeber zögern, bevor sie sich zu endgültigen und einschneidenden Maßnahmen entschließen mochten. Das Unheil war so weit verbreitet, so heftig und unheilbar, daß man keine Möglichkeit außer acht lassen durfte, die es uns eventuell erlaubte, ihr zu entgehen.

All dies war eine Frage der reinen Vorsicht, den unmittelbaren Anlaß dazu gab es im immer noch sicheren England nicht. Frankreich, Deutschland, Italien und Spanien bildeten Schutzwälle gegen die Seuche, in die bisher noch nicht die geringste Bresche gehauen worden war. Wir hatten keinen Grund zur Furcht, deshalb ängstigten wir uns auch nicht. Und doch blickten wir atemlos auf das Geschick der Menschheit und sahen, wie die Natur uns plötzlich finster und drohend anblickte.

Mit Sommeranbruch mußten wir feststellen, daß das Ausmaß der Katastrophen in den uns fernen Ländern noch viel schlimmer war, als wir vermutet hatten. Quito wurde von einem Erdbeben zerstört, Mexiko von Stürmen, Pestilenz und Hunger brachgelegt. Westeuropa wurde von Emigrantenströmen überflutet, und unsere Insel diente Tausenden als Zufluchtsort. In der Zwischenzeit war Ryland zum Protektor gewählt worden. Voller Eifer hatte er dieses Amt in der Hoffnung angestrebt, endlich die von ihm gewünschte Abschaffung der ständischen Privilegien angehen zu können. Doch seine Pläne wurden durch die neue Lage zunichte gemacht. Viele der ausländischen Flüchtlinge waren völlig mittellos, und ihre Not machte es unmöglich, zu den herkömmlichen Methoden der Linderung zu greifen. Der Handel zwischen England und Amerika, Indien, Ägypten und Griechenland kam zum Erliegen. Unsere Alltagsroutine erlitt eine abrupte Unterbrechung. Vergeblich versuchten der Protektor und seine Anhänger, dies zu verschleiern; vergeblich setzte er täglich neue Termine für die Debatte über die neuen Gesetzesentwürfe die erblichen Adelstitel und die damit verbundenen Privilegien betreffend an; vergeblich versuchte er, das Übel als unbedeutend und zeitlich begrenzt darzustellen. Der Einfluß der Seuche auf alle Bereiche des öffentlichen Lebens wurde derart groß, daß sie schon von alleine, ohne unser Zutun, zum Hauptgesprächsthema wurde, dem wir all unsere Aufmerksamkeit widmen mußten.

Ist es denn wirklich möglich, fragte sich jeder, daß ganze Länder und ganze Völker von diesen Naturkatastrophen vernichtet werden können? Die gewaltigen Städte Amerikas, die fruchtbaren Ebenen Hindustans, die schwärmenden Orte Chinas – all ihnen drohte die Zerstörung. Wo sich einst geschäftige Menschenmengen versammelten, um ihren Vergnügen oder ihrem Gewinn nachzustreben, dort waren nun nur noch Jammergeschrei und Klagen zu hören. Die Luft war vergiftet, jeder Mensch atmete sie ein, selbst wenn er noch jung war und gesund. Wir erinnerten uns an die Pest von 1348, als Schätzungen zufolge ein Drittel der Menschheit vernichtet worden war. Im Augenblick war Westeuropa von der Seuche noch nicht betroffen, doch würde dies immer so bleiben?

Auch wenn unser eigenes Betroffensein sich bisher nur auf das Wirtschaftsleben beschränkte, so ging es uns dennoch nahe. Bankiers, Händler und Fabrikanten, die auf den Export angewiesen waren, gingen bankrott. Der Reichtum der Nation schwand dahin, und Familien, die einstmals in Überfluß und üppigem Luxus gelebt hatten, wurden über Nacht zu Bettlern. Unser Landesfriede selbst war nun gefährdet, denn es gab keine Möglichkeit, die Arbeitslosen zu beschäftigen oder unsere überschüssige Bevölkerung aus dem Land zu schicken. Selbst die Wohlstandsquellen der Kolonien versiegten, denn in Neu Holland, in Van Diemens Land und am Kap der Guten Hoffnung wütete, die Pest ebenfalls.

Ryland war ein Mann, der für gewöhnlich schnelle und intelligente Entscheidungen zu treffen vermochte, doch gegen dieses sich auftürmende Übel war er machtlos. Sollte er die Grundbesitzer besteuern, um der Wirtschaft zu helfen? Um dies zu können, brauchte er die Unterstützung der größten Landeigentümer, des Adels, und der war sein erklärter Feind. Also mußte er ihn dadurch versöhnen, daß er seine gleichmacherischen Pläne beiseiteschob und an sie verkaufte, um der Krise Herr zu werden. Tag um Tag wuchsen seine Schwierigkeiten. Schließlich fiel die Entscheidung: Die Aristokratie bekam alles, was sie wollte, und stimmte dafür einer zwanzigprozentigen Landertragssteuer zu.

Es war August, und wir konnten kaum darauf hoffen, daß sich die Seuche noch während der heißen Jahreszeit legen würde. Sie wurde vielmehr immer schlimmer, und der Hunger tat den Rest, Tausende starben unbetrauert, weil die Hinterbliebenen schon bald ebenfalls tot neben den noch warmen Leichnamen zusammensanken.

Am achtzehnten erfuhren wir in London, daß die Pest Frankreich und Italien erreicht hatte. Zunächst wurde diese Nachricht nur flüsternd weiterverbreitet, und keiner wagte es, sie laut und offen auszusprechen. Traf ein Freund den anderen auf der Straße, so rief er ihm im Vorbeieilen zu: »Weißt du es schon?« worauf der andere voller Entsetzen und Furcht zurückfragte: »Was wird aus uns werden?« Schließlich meldeten auch die Zeitungen das Ereignis. Man plazierte die Meldungen an einer besonders unauffälligen Stelle: »Wir müssen leider melden, daß es keinerlei Zweifel mehr daran gibt, daß die Pest sich bereits bis Livorno, Genua und Marseille ausgebreitet hat.« Es gab keinen Kommentar dazu, und jeder Leser reimte sich das Seine zusammen. Vorher war es noch ein Gerücht gewesen, doch jetzt besaß man es schwarz auf weiß. Gerade durch die unauffällige Plazierung fiel die Meldung auf. Die winzigen Buchstaben wuchsen im Auge der Furcht zu gigantischer Größe heran, wie rotglühende eiserne Lettern prägten sie sich ein.

Immer mehr Engländer fliehen aus den verseuchten Gebieten in ihre Heimat zurück. Auch viele Spanier und Italiener suchen in England Zuflucht. Um den Flüchtlingsstrom bewältigen zu können und um die Ernährung der angeschwollenen Bevölkerung zu gewährleisten, bringt Adrian Anträge im Parlament durch, die dafür sorgen, daß die Reichen einen Teil ihrer Parks und Waldflächen für die Landwirtschaft zur Verfügung stellen. Daraus entsteht wiederum eine Art »Mode-Barmherzigkeit«: Begüterte Damen verzichten auf ihre Kutschen und gehen fortan zu Fuß, Gärten und Parkanlagen werden umgepflügt, jeder beherbergt Flüchtlinge bei sich und schließlich muß sogar eingegriffen werden, um Übertreibungen zu verhindern, damit z. B. wenigstens der englische Pferdebestand nicht gefährdet wird.

Endlich kommt der Winter, die Seuche wird durch die kühleren Temperaturen eingedämmt, und ein großer Teil der Flüchtlinge kehrt in die Heimat zurück.

VI

Hier stehe ich nun am Ufer des Zeitstroms und blicke zurück in das Jahr 2094.

Am 20. Juni hielt ich mich in London auf und erfuhr dort, daß es in den Hospitälern der Hauptstadt Fälle von Pesterkrankungen gegeben haben sollte. Ich kehrte besorgt nach Windsor zurück. Dort wurde gerade gefeiert, es war Alfreds Geburtstag, und die fröhliche Kinderschar hielt einen Bazar ab. Noch von weitem blickte ich sie alle wehmütig an und dachte: »Alle werdet ihr sterben, auch eure Grabmäler sind bereits errichtet. Eine Weile lang glaubt ihr, weil ihr noch jung und gesund seid, daß ihr lebt, doch das ist ein eitler Glaube! Schon meine ich, die Schutzengel zu sehen, wie sie die Menschen fliehen, da ihre Aufgabe erfüllt ist.«

Ich spürte, wie mich der Wahnsinn zu packen drohte, und

schüttelte ihn gewaltsam ab. Ich umarmte Idris, und Claras Glückwünsche und Adrians sanfter Händedruck übermannten mich, die Tränen stiegen mir in die Augen. Ich spürte, wie sie alle nahe bei mir waren, wie sie in Sicherheit waren, und doch wußte ich gleichzeitig, daß all dies Täuschung war – da drehte sich die Erde um mich, mir schwindelte, und ich sank zu Boden.

Meine geliebten Freunde waren sehr besorgt – nein, sie verliehen ihrer Besorgtheit derart heftigen Ausdruck, daß ich es nicht wagte, das Wort »Pest« auszusprechen, vor Furcht, sie könnten meinen kurzen Schwächeanfall und meinen bekümmerten Blick als Symptome der Seuche mißdeuten. Ich hatte mich kaum davon erholt und mit gequälter Fröhlichkeit wieder ein paar Lächeln in unsere Runde gebracht, als Ryland sich uns näherte.

Ryland hatte etwas von einem Bauern an sich: Er wirkte, als hätten schwere körperliche Arbeit und die Witterung seine Muskeln gestählt, und das war auch tatsächlich der Fall; denn obwohl er Großgrundbesitzer war, hatte er, fleißig und arbeitswütig, wie es nun einmal seiner Natur entsprach, auf seinem Gut auch Feldarbeit geleistet. Doch der Ryland, der da nun auf uns zukam, glich kaum noch dem mächtigen, ironischen, scheinbar furchtlosen Inhaber des höchsten Staatsamtes in England. Unsere heimischer Eiche, wie ihn seine Anhänger zu nennen pflegten, schien schwer mitgenommen zu sein. Er wirkte kaum noch halb so groß und stattlich wie früher, und aus jeder zitternden Geste sprachen die Entmutigung und die Furcht.

Als wir ihn stürmisch mit Fragen überschütteten, gab er nur ein einziges Wort von sich: *Die Pest.* – »Wo?« – »Überall ... wir müssen fliehen ... aber wohin? Niemand weiß es ... es gibt auf der ganzen Welt keinen sicheren Ort mehr, wie ein Rudel von tausend Wölfen überfällt sie uns ... wir müssen alle fliehen ... wohin werdet Ihr gehen? ... Wohin kann man überhaupt noch fliehen?«

Zitternd sprach dieser eiserne Mann solche Worte. Adrian

erwiderte: »In der Tat, wohin wollt Ihr schon fliehen? Wir müssen alle bleiben und unser Bestes tun, um unseren leidenden Mitmenschen zu helfen.«

»Helfen!« sagte Ryland. »Es gibt keine Hilfe! Großer Gott, wer redet denn vom Helfen! Die ganze Welt hat die Pest!«

»Wenn wir ihr entgehen wollen, dann müssen wir eben die Welt verlassen«, sagte Adrian mit sanftem Lächeln.

Ryland stöhnte. Auf seiner Stirn stand der kalte Schweiß. Es hatte keinen Zweck, seiner hysterischen Furcht Widerstand bieten zu wollen, doch wir trösteten und ermutigten ihn solange, bis er schließlich dazu in der Lage war, uns den Grund für seine Aufregung zu nennen. Die Pest hatte, ihn bereits in seinem eigenen Haus aufgesucht. Einer seiner Diener war während des Aufwartens plötzlich tot umgefallen. Der Arzt hatte erklärt, daß er an der Pest gestorben sei. Wir versuchten, ihn zu beruhigen, doch in unseren eigenen Herzen sah es ebenfalls alles andere als ruhig aus. Ich sah, wie Idris' Blick ängstlich von einem unserer Kinder zum nächsten fuhr und mich dann besorgt anflehte, meine Meinung kundzutun. Adrian war in Gedanken verloren. Ich muß gestehen, daß Rylands Worte alle Alarmglocken in mir auslösten. Die ganze Welt hatte die Pest! An welchen unverseuchten, sicheren Ort konnte ich meine geliebte Familie retten, bis der Schatten des Todes von der Erde wieder verschwunden war? So verfielen wir in Schweigen.

Wir waren ins Schloß getreten und blickten auf die Menge im Park hinunter. Ryland stand am Fenster, Adrian schritt im Raum auf und ab und rang offensichtlich mit einem neuen, überwältigenden Gedanken. Plötzlich blieb er stehen und sagte: »Ich habe das schon lange erwartet. Konnten wir denn im Ernst glauben, daß diese Insel als einzige nicht von der Seuche befallen würde? jetzt hat uns das Übel heimgesucht, und wir müssen uns unserem Schicksal stellen. My Lord Protektor, was habt Ihr für Pläne, um das Wohl unseres Landes zu gewährleisten?«

»Um Himmels willen, Windsor!« stieß Ryland aus. »Verhöhnt mich doch jetzt nicht mit diesem Titel! Der Tod und die Krankheit machen alle Menschen gleich. Ich werde doch nicht so tun, als könnte ich ein Krankenhaus schützen oder regieren! Und das wird England bald sein.«

»Habt Ihr also vor, Euch jetzt, in einer Zeit der Gefahr, Euren Pflichten zu entziehen?«

»Pflichten? Nehmt doch Vernunft an, My Lord! Was sind denn meine Pflichten, wenn ich ein pestbeulenübersäter Leichnam bin? Jeder ist sich selbst der Nächste! Soll der Teufel doch das Amt des Protektors holen, wenn ich mich dadurch der Gefahr aussetzen muß!«

»Ihr seid ein Feigling!« rief Adrian zornig. »Eure Landsleute vertrauen Euch, Ihr aber wollt sie verraten!«

»Ich will sie verraten? Die Pest verrät mich! Feige! Hier in Eurem Schloß eingegraben, fernab von jeder Gefahr, ist es leicht, Euch selbst die Furcht durch Prahlerei zu vertreiben. Soll doch das Protektoramt nehmen, wer es noch haben will! Beim großen Gott, ich lege es hiermit ab!«

»Und ich nehme es beim großen Gott hiermit an!« erwiderte Adrian empört. »Niemand wird es mir nun streitig machen, niemand wird mich darum beneiden. Legt Eure Vollmachten in meine Hand. Ich kämpfe schon lange mit dem Tod und habe schon viel dabei erleiden müssen. Wir können den Gegner nicht dadurch besiegen, daß wir vor ihm fliehen, wir müssen uns ihm stellen. Und wenn dies mein letzter Kampf sein sollte, wenn ich auch dabei untergehen mag – so soll es sein!

Aber Ryland, nehmt Ihr derweil Vernunft an! Die Menschen haben Euch bisher für großherzig und weise gehalten, wollt Ihr diese Titel nun auch abwerfen? Denkt an die Panik, die Eure Abreise auslösen würde! Kehrt nach London zurück, ich werde Euch begleiten. Ermutigt die Menschen durch Eure Anwesenheit. Ich werde mich jeder Gefahr stellen. Welch eine Schande, wenn der oberste Staatsmann Englands als erster seine Pflicht vernachlässigen würde!«

Inzwischen waren die meisten Gäste gegangen. Adrian setzte sich durch, der Lordprotektor willigte ein, für einige Wochen nach London zurückzukehren. Dort sollte dann alles so eingerichtet werden, daß sein Verschwinden keinen allzu großen Wirbel erzeugen würde. Adrian wirkte nun heiter und enthusiastisch, voller neugewonnener Kraft. Er versuchte, seine besorgte Schwester zu beschwichtigen.

»Mach dir keine Sorgen um mich«, sagte er. »Ich werde mich nicht übernehmen und mich auch nicht unnötig der Gefahr aussetzen. Ich glaube zu wissen, was getan werden muß, und da es dafür nötig ist, daß ich überlebe, werde ich besondere Obacht geben.

Ich werde eine Aufgabe übernehmen, die mir sehr liegt. Ich bin unfähig dazu, mich mit Intrigen durch das Labyrinth menschlicher Gemeinheiten und Leidenschaften zu finden. Aber ich kann den Kranken Linderung, Trost und Hilfe bringen. Ich kann dem armen Waisen und dem Trauernden neuen Mut geben. Ich kann die Pest in Grenzen halten und das Leiden einschränken. Mit Mut, Geduld und Sorgfalt will ich diese große Aufgabe angehen.

Gratuliert mir also dazu, daß ich endlich etwas gefunden habe, was meinen Anlagen und Fähigkeiten entspricht. Schon oft habe ich daran gedacht, den pestverseuchten Städten Frankreichs und Italiens meine Hilfe angedeihen zu lassen. Doch die Furcht, euch damit Sorgen zu bereiten, und meine Vermutung, daß auch uns hier diese Katastrophe erwartet, haben mich davon abgehalten. Ich will mich nun England und seinen Bewohnern widmen. Wenn ich auch nur einen von ihnen retten, die Pest auch nur von einem ihrer Landhäuser abhalten kann, so habe ich nicht umsonst gelebt.«

Welch ein seltsames Streben! Doch so war er eben. Als er ging, da gingen Begeisterung und Mut mit ihm fort. Uns blieben nur die Trauer, die Sorge und das Warten auf das Unheil. Der Mann, sagt Lord Bacon, der Frau und Kinder hat, hat dem Schicksal Geiseln in die Hand gegeben. Was sollten mir alle Logik, aller Mut und alle Resignation – all das wurde durch die Sorge um Idris und unsere Kinder beiseite gefegt.

In London ging die Pest umher! Was waren wir für Narren gewesen, daß wir dies nicht schon lange vorhergesehen hatten! Getrauert hatten wir über die Vernichtung der grenzenlosen Kontinente im Osten und über die Verluste des Westens; und dabei dachten wir, daß der winzige Kanal, der unsere Insel vom Rest der Welt abtrennte, eine Garantie dafür bieten würde, daß wir überleben könnten. Doch von Calais nach Dover war es nur ein kleiner Sprung, mit bloßem Augen kann man das andere Ufer erkennen. Früher waren beide Nachbarländer einmal miteinander verbunden, und wenn man den schmalen Weg, der sie nun voneinander trennte, einmal auf einer Karte betrachtete, so sah er nicht viel größer aus als ein Trampelpferd im hohen Gras. Und doch glaubten wir, daß er uns retten würde: Die See sollte sich wohl als eine unbezwingbare Mauer erweisen, die alles Leid und jede Krankheit abhielt, während hinter ihr der Garten Eden war, in den nichts Böses eindringen konnte – wirklich, wie weise waren wir doch gewesen, uns all dies einzubilden!

Doch jetzt waren wir aufgewacht. Die Pest ging in London um, die Luft Englands war verunreinigt, und seine Menschen gingen zu Boden. Und nun war die Schutzmauer der See plötzlich zu einem Gefängniswall geworden. Wie die ausgehungerte Bevölkerung einer belagerten Stadt, würden wir nun sterben, ohne Nachbarn, in einem einzigen, riesigen Grab.

Dieses Gefühl allgemeiner Verzweiflung überfiel mich immer dann, wenn ich meine Frau und meine Kinder ansah. Wie konnte ich sie retten? Ich schmiedete einen Plan nach dem anderen. Sie durften nicht sterben, eher würde ich mich selbst opfern, wenn sie nur nicht erkrankten.

Nach dem ersten Schock sammelte Idris sich bald wieder und faßte neuen Mut. Sie schloß systematisch jeglichen Gedanken an die Zukunft aus und sah nur noch das Gute, das ihr der Augenblick zuteil werden ließ. Die Kinder ließ sie nicht mehr aus den Augen. Und während diese gesund und kraftstrotzend um sie herumtobten, war sie froh und voller Hoffnung. Ich hingegen wurde von einer merkwürdigen Rastlosigkeit befallen, die um so schlimmer war, als ich sie nicht zeigen durfte. Ich machte mir pausenlos Sorgen um Adrian. Inzwischen war es August, und in London mehrten sich die Anzeichen der Plage. Jeder, der dazu die Mittel besaß, hatte die Stadt bereits verlassen, während er, der doch mein Seelenbruder war, den Gefahren ausgesetzt blieb, vor denen alle, die nicht die Sklaven ihrer eigenen Umstände waren, flohen. Ungeschützt blieb er dort, um dem Feind die Stirn zu bieten, und es war möglich, daß er einsam und unbewacht starb. Tag und Nacht verfolgten mich diese Gedanken. Ich beschloß, nach London zu reisen, um ihn aufzusuchen und meine eigene Pein durch Hoffnung oder Verzweiflung zu betäuben.

Erst als ich in Brentford angekommen war, begann ich, Veränderungen wahrzunehmen. Die besseren Häuser waren alle verschlossen, die emsige Geschäftigkeit der Stadt wirkte stark gedämpft. Die wenigen Passanten, denen ich begegnete, blickten verwundert mein Gefährt an, das erste, das sie seit dem Aufkommen der Pest in London gesehen hatten. Ich sah zahlreiche Trauerzüge, an denen immer nur wenige Menschen teilnahmen; von den Zuschauern wurden sie stets als allerschlimmste Omen gedeutet. So starrten manche die Prozessionen geradezu begierig an, während andere vor ihnen flohen; wiederum andere weinten laut.

Nachdem er erste Maßnahmen zur Unterstützung der Kranken getroffen hatte, war es Adrians oberstes Betreben, den Einwohnern von Lohdon das Ausmaß und das Vordringen der Pest zu verschleiern. Er wußte, daß Furcht und Vorahnungen der Krankheit nur in die Hände spielten und daß dumpfes Brüten und Melancholie den Menschen anfälliger machten. Also blieben die Geschäfte weitgehend geöffnet. Doch obwohl man den Eindruck einer verseuchten Stadt vermeiden wollte, merkte ich doch die Veränderungen, vor allem deshalb, weil ich die Stadt zum letztenmal vor dem Ausbruch der Epidemie gesehen hatte. Es waren keine Kutschen mehr zu sehen, und in den Straßen wucherten Gras und Unkraut. Die Häuser wirkten verlassen, die meisten Fensterläden waren geschlossen, und alle Menschen, denen ich begegnete, hatten einen gräßlichen, verängstigten Gesichtsausdruck, ganz anders als die ernsten, geschäftigen Londoner, die ich von früher kannte.

Adrians Vorzimmer war überfüllt, denn es war Audienzzeit. Ich wollte ihn nicht während der Arbeit stören und beobachtete also wartend die Bittsteller. Es waren hauptsächlich Menschen aus den mittleren und unteren Schichten, die nach dem Zusammenbruch des Außenhandels keine Arbeitsmöglichkeiten mehr hatten. Es herrschte eine Atmosphäre der ängstlichen Gespanntheit unter den Neuankömmlingen, während die länger Wartenden gelassener und zum Teil sogar geradezu zufrieden schienen. Der beruhigende Einfluß Adrians zeigte sich in ihren Mienen. Nachdem die Uhr zwei geschlagen hatte, wurden keine Besucher mehr vorgelassen, und diejenigen, die keinen Erfolg gehabt hatten, gingen mißmutig und traurig fort, während ich in den Audienzsaal trat.

Erstaunt mußte ich feststellen, daß sich Adrians Gesundheitszustand offensichtlich sehr gebessert hatte. Er wirkte nicht mehr gebeugt, sondern stand aufrecht da, seine Augen glänzten, sein Gesichtsausdruck wirkte gelassen und er schien voller gebündelter Tatkraft zu sein. Es waren noch zwei oder drei Bittsteller im Raum.

Als sie schließlich gegangen waren, sagte er zu mir: »Ich bin froh, daß du gekommen bist. Ich habe nur ein paar Minuten Zeit und muß dir doch viel sagen. Die Pest wütet immer stärker, es ist zwecklos, davor die Augen verschließen zu wollen, jede Woche wächst die Zahl der Todesopfer. Ich weiß nicht, was noch alles kommen wird. Doch Gott sei Dank bin ich immer noch dazu in der Lage, die Stadt unter Kontrolle zu halten, und ich kann mich jetzt nur um die Gegenwart kümmern. Ryland, den ich so lange hier aufgehalten habe, hat verlangt, daß ich ihn vor Ende des Monats abreisen lasse. Sein vom Parlament gewählter Stellvertreter ist gestorben, folglich muß ein neuer ernannt werden. Ich habe meinen Anspruch angemeldet und glaube nicht, daß ich einen Rivalen haben werde. Diese Angelegenheit muß noch heute entschieden werden, da das Parlament zu diesem Zweck für heute abend einberufen worden ist. Ryland mag sich aus Scham dort nicht zeigen, Lionel, du mußt mich nominieren. Wirst du das für mich tun, mein Freund?«

Da ich merkte, daß seine Vorsätze nicht mehr zu erschüttern waren, stimmte ich schweren Herzens zu. Er ergriff dankbar meine Hand. »Danke, du hast mir ein sehr peinliches Dilemma erspart. Wie immer, bist du auch jetzt mein bester Freund. Lebwohl, ich muß dich nun für einige Stunden verlassen. Geh zu Ryland und rede mit ihm. Auch wenn er seinen Posten hier in London aufgibt, kann er im Norden Englands immer noch unschätzbare Dienste leisten, indem er sich um die Reisenden kümmert und dafür sorgt, daß die Hauptstadt weiterhin mit Lebensmitteln versorgt wird. Ich bitte dich, sein Pflichtgefühl wiederzuerwecken.«

Adrian verließ mich, um, wie ich später erfuhr, seine tägliche Runde durch die Krankenhäuser der Stadt zu machen und die dichtbevölkerten Stadtteile zu inspizieren.

Ryland hatte sich seit unserer letzten Begegnung in Windsor noch mehr verändert. Die andauernde Furcht hatte sein Gesicht gelbfahl gemacht, und es war von Falten übersät. Ich berichtete ihm von der Sitzung am Abend, und ein entspanntes Lächeln lockerte seine Miene. Er wollte fort, und jeder Tag, den er länger bleiben mußte, erhöhte seiner Meinung nach die Wahrscheinlichkeit, daß er angesteckt wurde; doch es war ihm unmöglich, sich gegen Adrians sanften Druck zu stellen und ohne seine Einwilligung abzureisen. Sobald Adrian zu seinem Stellvertreter ernannt worden war, hatte er freie Hand und konnte sich selbst in Sicherheit bringen. So war er besänftigt und hörte meinen Ausführungen aufmerksam zu. Er erging sich in Überlegungen, was er für Pläne in seiner heimatlichen Grafschaft verwirklichen wollte, und schien einen Augenblick lang sein Vorhaben vergessen zu haben, sich einzuschließen und jeden Kontakt mit der Außenwelt zu vermeiden.

Am Abend begaben Adrian und ich uns ins Westminster. Unterwegs sagte er mir, was ich tun und sagen sollte, und seltsamerweise betrat ich das Parlament zum erstenmal, ohne mir meine Worte vorher genau überlegt zu haben. Während der Sitzung hielt Adrian sich im Kaffeesaal auf. Die Bänke waren recht kahl und leer, die Sitze, die für gewöhnlich von den erblichen Mitgliedern eingenommen wurden, blieben unbesetzt; es waren ausschließlich Mitglieder aus London und den großen Städten anwesend, einige Großgrundbesitzer und nur wenige Parlamentarier, die ihr Amt als Hauptberuf ausübten. Als erster Punkt stand auf der Tagesordnung ein Antrag des Lordprotektors, einen Stellvertreter zu bestimmen, da er in dringender Angelegenheit verreisen müsse.

Nachdem der Antrag vorgelesen worden war, setzte Stille ein, bis eines der Mitglieder zu mir herüber kam, um mir mitzuteilen, daß der Earl of Windsor mich bitte, ihn vorzuschlagen, da die Person, die dafür ursprünglich vorgesehen war, nicht anwesend sei. Nun wurde mir zum erstenmal das Ausmaß meiner Aufgabe klar, und ich war wie überwältigt. Ryland hatte seinen Posten aus Furcht vor der Pest aufgegeben, und aus dem sehen Grund gab es keinen Rivalen für Adrian. Und ich, der engste Freund des Earl of Windsor, sollte nun seine Wahl befürworten! Ich sollte meinen teuren Freund dieser Gefahr aussetzen – nein, das war unmöglich! Der Würfel war gefallen: Ich würde mich selbst als Kandidat für das Amt anbieten.

Die wenigen Anwesenden waren ursprünglich nur gekommen, um dem Ganzen einen gesetzlichen Rahmen zu verleihen, nicht aber, um eine Debatte zu führen. Wie automatisch stand ich mit zitternden Knien auf. Meine Stimme bebte, als ich in knappen Worten die Notwendigkeit schilderte, dieses Amt zu besetzen. Doch als mir der Gedanke kam, mich selbst anstelle meines Freundes vorzuschlagen, da fielen Zweifel und Schmerz von mir ab. In flüssiger, wortreicher Rede schilderte ich Adrians bisherige Leistungen. Ich versprach, mit der gleichen Umsicht an diese Aufgabe heranzugehen. Mit bewegenden Worten beschrieb ich seine angegriffene Gesundheit und prahlte mit meiner eigenen Kraft. Ich bat das Hohe Haus, den letzten Erben dieser edelsten Familie Englands zu verschonen. Meine Verbundenheit mit ihm war ein Beweis für meine Ernsthaftigkeit, meine Ehe mit seiner Schwester, meine Kinder, seine zukünftigen Erben, waren ein Pfand für meine Wahrhaftigkeit.

Diese unerwartete Wende in der Debatte wurde Adrian sofort hinterbracht. Er eilte in den Sitzungssaal und hörte sich noch den Schluß meiner Rede mit an. Ich sah ihn nicht, denn ich war unfähig, die Gegenwart zu sehen; alles, was ich vor meinem geistigen Auge wahrnahm, das war Adrian, wie er, von der Pest entstellt, dahinsiechte.

Schließlich ergriff er meine Hand. »Verrat!« rief er. »Du hast mich verraten!« Dann sprang er vor und meldete in befehlerischem Ton seinen Anspruch auf das Amt an. Er habe, sagte er, diesen Posten unter Gefahren errungen und mit seinen Mühen dafür bezahlt. Das sei es, wonach er strebe. Und nachdem er sich dem Wohl des Landes gewidmet habe, wolle ich wohl jetzt einspringen, um die Früchte seiner Anstrengungen zu ernten. Er bat die Anwesenden, sich daran zu erinnern, in welchem Zustand London sich vor seinem Eintreffen dort befunden habe, an die Panik, die überall herrschte, und die zu einer Hungersnot geführt habe, während Gesetz und Anstand mit Füßen getreten wurden. Er hatte die Ordnung wiederhergestellt, er hatte eine Aufgabe bewältigt, die Ausdauer, Geduld und Tatkraft erfordert habe. Tag und Nacht habe er sich nur dem Wohl des Landes verschrieben, Wollten sie ihm das nun dadurch vergelten, daß sie ihn derart kränkten? Wollten sie ihm seinen hartverdienten Lohn versagen, um ihn jemandem zukommen zu lassen, der bisher noch nie zuvor im öffentlichen Leben eine Rolle gespielt habe, der von diesem Amt nichts verstünde, das er, Adrian, doch bis zur Perfektion beherrsche? Er verlangte, daß man sein Anrecht auf das Amt des Stellvertretenden Lordprotektors bestätige. Ryland hatte bereits bewiesen, daß er ihn bevorzuge. Niemals zuvor habe er, der einmal die Krone Englands hätte erben sollen, von ihnen, die nun seine Gleichen seien, aber einmal seine Untertanen hätten sein können, einen Gefallen verlangt oder einen Ehrenerweis. Wollten sie nun etwa das hohe Streben des Erbes ihres einstigen Königs zunichte machen und dem ohnehin schon gestürzten Haus eine weitere Schmach zufügen?

Noch nie hatte man gehört, daß sich Adrian auf die Rechte seiner Vorfahren berief. Nie hatte jemand vermutet, daß es ihn danach gelüsten könnte, Macht und Autorität zu erlangen. Als er seine Rede in immer sanfter werdendem Ton beendet hatte, war zustimmendes Gemurmel im Saal zu hören.

»Hört nicht auf ihn!« rief ich. »Er lügt – er belügt sich selbst!«

doch man unterbrach mich, und wir wurden, wie es den Gepflogenheiten des Hauses entsprach, gebeten, uns zurückzuziehen, um die Entscheidung abzuwarten. Noch glaubte ich, daß sie zögerten, daß ich noch eine Chance hatte, da wurde Adrian auch schon wieder gerufen und sofort zum Stellvertretenden Lordprotektor ernannt.

Gemeinsam kehrten wir zum Palast zurück.

»Lionel, was hast du damit nur bezweckt?« fragte Adrian. »Du hattest doch keinerlei Aussicht auf Erfolg, und doch hast du mich dazu gezwungen, dich besiegen zu müssen.«

»Das ist doch alles eine Farce«, sagte ich. »Du willst dich opfern, du, der von mir verehrte Bruder meiner Gattin Idris, du willst dich einem frühen Tod ausliefern! Das wollte ich verhindern. Mein Tod wäre nur das geringere Übel gewesen. Genauer gesagt, ich wäre ihm wohl entgangen, während du ihm nicht entkommen kannst.«

»Was das Entkommen angeht«, erwiderte Adrian, »so werden in zehn Jahren die kalten Sterne wohl schon auf all unsere Gräber niederblicken. Was nun die Gefahr des Angestecktwerdens betrifft, so könnte ich dir mühelos sowohl logisch als auch physiologisch beweisen, daß ich eine wesentlich größere Überlebenswahrscheinlichkeit habe als du.

Dies hier ist das mir gemäße Amt, dafür bin ich geboren worden. Ich bin kein Kriegsführer. Ich bin unfähig, mit Intrigen und Verrat den Thron wiederzuerrichten, um die Freiheit zu knechten. Aber ich bin fähig, als Erster mein Land zu beschützen, nun, da es unter solchen schrecklichen Katastrophen zu leiden hat.

Dieses Land und meine geliebte Schwester, das ist doch alles, was ich besitze. Das Land will ich schützen, meine Schwester gebe ich in deine Obhut. Sie fürchtet schon um uns. Sie fürchtet um die Kinder, die sie liebt, um dich, den Vater dieser Kinder, um dich, der du ihr Geliebter, ihr Gatte und ihr Beschützer bist, und du mußt bei ihr sein, um ihr Mut einzuflößen und ihr zu helfen, dies alles durchzustehen.«

VII

Ich kehrte zwar nach Windsor zurück, doch hatte ich nicht vor, dort zu bleiben. Ich wollte nur von Idris die Erlaubnis einholen, meinem Freund bei seiner schweren Aufgabe beizustehen zu dürfen und ihn, notfalls unter Aufopferung meines eigenen Lebens, zu retten. Und doch fürchtete ich mich schon vor der Qual, die ich Idris mit dieser Entscheidung bereiten würde. Ich hatte geschworen, ihr niemals Grund zur Trauer zu geben, ihr niemals Schmerz zuzufügen, und nun sollte ich sie in der Stunde verlassen, da sie mich am allernötigsten brauchte? War ich zuerst in Eile losgereist, so hätte ich meine Ankunft nun am liebsten so lange wie möglich hinausgezögert.

Schließlich entschloß ich mich, meine gewöhnliche Route zu ändern und über Egham und Bishopgate zu fahren. Ich stieg an Perditas früherem Heim aus, schickte das Gefährt weiter und wollte durch den Park zu Fuß zum Schloß weitergehen.

In Erinnerungen versunken, blieb ich an dieser Stelle stehen. Ich dachte an Perdita und an Raymond, und zum erstenmal in meinem Leben beneidete ich die Toten um ihren Schlaf, der keine Trauer und keine Furcht kannte. Schließlich lief ich in den Wald hinein, von Tränen beinahe erstickt.

O Tod und Wandel, ihr Herrscher über unser Leben, wo seid ihr, daß ich euch bekämpfe! Was ist es an unserem stillen Glück, das ihr uns neidet, so daß ihr danach strebt, es zu zerstören? Wir waren glücklich, wir liebten und wurden geliebt; es gab keine Gunst, mit der uns das Füllhorn der Amalthea nicht überhäuft hätte, doch weh!

la fortuna
deidad barbara importuna,
oy cadaver y ayer flor,
no permanece jamas!*)

Während ich dergestalt grübelnd weiterging, begegnete ich einigen Landleuten, die sich in gedämpftem Ton unterhielten. Was ich von ihrem Gesprächen auffing, bewegte mich dazu nachzufragen. Ich erfuhr, daß eine Gruppe von Flüchtlingen mit einem Boot aus London die Themse heraufgefahren war, was in diesen Tagen keine Seltenheit war. In Windsor wollte ihnen niemand Unterkunft gewähren, so daß sie weiter flußaufwärts gefahren waren, um über Nacht in einer verlassenen Hütte in der Nähe von Bolter's Lock zu bleiben. Am nächsten Morgen fuhren sie weiter und ließen einen ihrer an der Pest erkrankten Begleiter zurück. Nachdem sich diese Nachricht verbreitet hatte, wagte sich niemand mehr weiter als eine halbe Meile an diesen infizierten Ort heran, so daß der arme Zurückgebliebene dort einsam und allein mit der Krankheit und dem Tod ringen mußte, so gut er konnte. Voller Mitleid eilte ich zu der Hütte, um mich um ihn zu kümmern.

Während ich dorthin ging, hörte ich unterwegs, wie sich zahlreiche mir entgegenkommende Ländler über den Vorgang unterhielten. Wenn sie auch noch weit ab vom Geschehen waren, so war die Angst auf ihren Gesichtern dennoch unverkennbar. Als ich an einer Gruppe dieser Furchtsamen vorbeikam, wollte einer von ihnen mich aufhalten, da er wohl glaubte, daß ich nicht wußte, was

*) »Das Glück/eine barbarische, aufdringliche Gottheit,/heute Kadaver, gestern noch Blume,/hat niemals Bestand.«(Calderón de la Barca)

geschehen war. Er riet mir, nicht weiterzugehen, da nur ein kleines Stück weiter ein Pestkranker zu finden sei.

»Ich weiß«, erwiderte ich, »und ich will sehen, wie es dem armen Kerl geht.«

Ein entsetztes Murmeln war die Antwort. »Wißt ihr denn nicht, liebe Freunde«, fuhr ich fort, »daß der Earl persönlich, der nun amtierender Lordprotektor ist, tagtäglich nicht nur jene aufsucht, die wahrscheinlich von der Pest befallen sind, sondern auch die Hospitäler und Pesthäuser besucht und die Kranken sogar berührt? Ihr leidet unter einem grundlegenden Irrtum, was die Art dieser Krankheit angeht, Aber fürchtet euch nicht, ich werde keinen von euch bitten, mich zu begleiten oder mir auch nur zu glauben, bis ich heil und gesund von meinem Patienten zurückgekehrt bin.«

So ließ ich sie stehen und eilte weiter. Schon bald kam ich bei der Hütte an. Ich trat ein, und ein Blick überzeugte mich davon, daß der Gesuchte nicht mehr lebte. Kalt und steif lag er auf einem Strohlager, während der Pestgestank den Raum erfüllte und die Flecken und Wunden des Toten beredtes Zeugnis von seiner Erkrankung ablegten.

Noch nie zuvor hatte ich einen Pesttoten erblickt. Während wir uns aufgeregt mit den Auswirkungen der Seuche befaßt hatten, hatten wir Defoes Bericht gelesen.*) Doch so lebhaft die Ereignisse in diesem Bericht auch geschildert gewesen sein mochten, verglichen mit dem, was ich nun angesichts dieser Leiche empfand, war alles, was dort beschrieben wurde, all das Entsetzen über das Sterben von Tausenden mit all seiner Qual und seinem Leid ein Nichts:

*) Die Autorin bezieht sich hier auf Daniel Defoes noch heute lesenswertes Werk *A Journal of the Plaque Year* (1722), einen fiktiven Augenzeugenbericht über das Wüten der Pest in London im Jahre 1665, dem auch ihr eigener Roman manche Anregung zu verdanken scheint (Anm. d. Übers.).

Das hier war die wirkliche Pest. Ich hob die steifen Glieder des unglückseligen Fremden hoch und bemerkte seinen verzerrten Gesichtsausdruck und seine glasig gewordenen Augen. Das kalte Entsetzen packte mich, ich erschauerte, und meine Haare begannen sich zu sträuben. Halbwahnsinnig fing ich an, mit dem Toten zu reden. »Die Pest hat dich also fortgerissen«, murmelte ich. »Wie ist das geschehen? War es schmerzhaft? Du siehst so aus, als habe dein Feind dich noch gemartert, bevor er dich tötete.« Dann sprang ich auf und eilte aus der Hütte vor Furcht, daß die Gesetze der Natur umgekehrt werden könnten und der Tote mir auf gespenstische Weise Antwort geben würde.

Als ich den Weg zurückging, sah ich in einiger Entfernung dieselbe Gruppe von Leuten stehen, mit denen ich zuvor geredet hatte. Sobald sie mich erblickten, flohen sie davon; mein gequälter Gesichtsausdruck bestärkte sie noch in ihrer Furcht, sich jemandem zu nähern, der vielleicht die Gefahr der Ansteckung in sich trug. Wenn man abseits von den Ereignissen steht, dann gelangt man häufig zu Schlußfolgerungen, die ganz unfehlbar scheinen, die sich jedoch sofort in nichts auflösen, sobald man sie der Wirklichkeit aussetzt. Ich hatte die Ängste meiner Landsleute verhöhnt, wenn sie miteinander sprachen; doch nun, da ich selbst ein Betroffener war, war ich dazu gezwungen nachzudenken. Ich hatte den Rubikon überquert, das wußte ich, und es stand mir wohl an, Überlegungen darüber anzustellen, was ich nun tun sollte. Dem gewöhnlichen Aberglauben zufolge trug ich in mir selbst, in meinen Kleidern, ja selbst in der Luft, die ich ausatmete, eine tödliche Gefahr mit mir herum, für mich wie auch für andere.*) Durfte ich etwa ins Schloß zu meiner Frau und mei-

*) Zum besseren Verständnis: Vergessen wir nicht, daß dieser Roman im Jahre 1826 veröffentlicht wurde. Was damals gemeinhin als »gewöhnlicher Aberglaube« abgetan wurde, deckt sich für uns heute natürlich mit den Erkenntnissen der

nen Kindern zurückkehren, wenn dieser Makel auf mir haften sollte? Bestimmt nicht dann, wenn ich mich angesteckt haben sollte, doch ich war mir sicher, daß dies nicht der Fall war. Schon wenige Stunden würden mir Gewißheit bringen; ich wollte sie im Wald verbringen und über das nachdenken, was zu tun war. Der Anblick des Pestopfers hatte mich die Ereignisse in London vergessen lassen, denn nun überfielen mich die Gedanken an noch viel schlimmere Möglichkeiten. Es war jetzt nicht länger die Frage, ob ich Adrian bei seinen Bemühungen in der Gefahr, in der er schwebte, beistehen sollte oder nicht. Wichtig war nun, wie ich in Windsor und seiner Umgebung seinem Beispiel folgen konnte, um durch Umsicht und Tatkraft dafür Sorge zu tragen, daß auch hier Ordnung herrschte und es an nichts mangelte, und daß meine Familie in Sicherheit war, vor allem nun, da sich die Pest weiter ausgebreitet hatte.

Wie eine Landkarte breitete ich vor meinem geistigen Auge die Erde aus. Nirgends konnte ich den Finger hinlegen und sagen: »Hier ist Sicherheit zu finden.« Im Süden hatte die unheilbare Seuche die Menschheit fast völlig ausgerottet; Stürme und Fluten hatten das übrige geleistet, zusammen mit ungesunden Winden und Unwettern, Im Norden war es noch schlimmer, langsam starb die Bevölkerung dort aus, und die Überlebenden wurden von Hungersnot und Seuche in Schach gehalten, denen sie, geschwächt wie sie waren, leicht zum Opfer fielen.

Dann blickte ich auf England. Die wuchernde Metropole, das einstmals pochende Herz des mächtigen Britanniens, besaß keinen Pulsschlag mehr. Handel und Wirtschaft waren zum Erliegen gekommen. Die Straßen waren von Unkraut überwuchert, die Häuser standen leer, und die wenigen, die notgedrungen in der Stadt bleiben mußten, schienen bereits von der Pestilenz gezeich-

Bakteriologie. Hier war die von höheren Ständen (und von solchen Größen wie Paracelsus und Agrippa von Nettesheim vertretene) so sehr verachtete Volksmedizin der Schulmedizin ihrer Zeit weit voraus (Anm. d. Übers.).

net zu sein. In den größeren Industriestädten spielte sich die gleiche Tragödie zwar in kleinerem Maßstab, dafür aber um so schrecklicher ab, denn dort gab es nirgendwo einen Adrian, der die Dinge in die Hand nahm, während die Armen massenweise dahinstarben.

Und doch würden wir ja wohl alle nicht dem Tod anheimfallen. Nein, selbst wenn die Menschheit dezimiert werden mochte, so würde sie dennoch weiterbestehen, und in späteren Jahren würde die Pest nur noch eine wunderliche Episode der Geschichte sein. Es bestand kein Zweifel, eine solche Heimsuchung hatte es noch nie zuvor gegeben. Um so wichtiger war es, daß wir uns gegen sie stellten. Früher war der Mensch ausgezogen, um des Vergnügens willen Tausende und Abertausende anderer Menschen umzubringen. Nun aber war jedes Menschenleben kostbar geworden, kostbarer als alle sogenannten Schätze aller Könige zusammen.

Ich mußte mich ganz besonders jenen widmen, die unter meinem unmittelbaren Schutz und unter meiner Sorgepflicht standen. Wenigstens einige Mitglieder der Menschheit mußten überleben, und dazu sollte auch meine Familie zählen – dafür wollte ich gerne mein Leben geben, wenn dies nötig sein sollte. Dort im Schloß, in Windsor Castle, dem Geburtsort von Idris und meinen Kindern, sollte der Hafen für das Wrack der Menschheitsbarkasse sein. Sein Wald sollte für immer unsere Welt sein, sein Garten sollte uns ernähren, und hinter seinen Mauern wollte ich den gestürzten Thron der Gesundheit wieder aufrichten.

Mehrer Stunden hing ich diesen Gedanken nach, bis mich Hunger und Erschöpfung wieder in die Gegenwart zurückholten. Im Dämmerlicht der untergehenden Sonne wanderte ich auf Bracknel zu, das weit westlich von Windsor lag. Ich fühlte mich völlig gesund und war deswegen auch davon überzeugt, daß ich mich nicht angesteckt hatte. Mir fiel ein, daß Idris nichts von meinem Vorgehen wußte. Sicherlich hatte sie sich schon große Sorgen gemacht, seit sie von meiner Rückkehr aus London und von meinem Besuch in Bolter's Lock erfahren hatte. Also kehrte ich so schnell wie möglich nach Windsor zurück, wo alles, wie ich gleich feststellen mußte, in heller Aufregung war.

Die Katastrophe hatte auch dazu geführt, daß viele Fanatiker und Endzeitpropheten sich zu Wort meldeten. Das Scheitern all unserer Hoffnungen hatte dem Aberglauben Zündstoff gegeben, während unsere Zukunftsaussichten, wenn man diesen Propheten Glauben schenken wollte, immer mehr zusammengeschmolzen waren. Sie verbreiteten Angst und Schrecken: Seefisch angegriffene Frauen fielen auf der Stelle tot um, als sie ihre Unheilsverkündigungen hörten, scheinbar kräftige, gesunde Männer verfielen in stammelnden Wahnsinn angesichts der Furcht vor der nahenden Ewigkeit. Einer der Fanatiker trieb nun in Windsor sein Unwesen und verunsicherte mit seinen wortreichen Visionen die Einwohner, unter denen sich die Nachricht von meinem Besuch bei dem Toten inzwischen zum allgemeinen Entsetzen herumgesprochen hatte, so daß sie zu willfährigen Opfern dieses Wahnsinnigen wurden.

Der arme Kerl hatte seine junge Frau und seinen Säugling durch die Pest verloren. Er war Mechaniker von Beruf, und da er keine Arbeit mehr finden konnte, verschärfte der Hunger noch sein Leiden. Halb wahnsinnig vor Hunger, hatte er die Leichen seiner beiden Lieben verlassen, war aus seinem Heim hinausgestürzt und glaubte nun, vom Himmel herabgesandt worden zu sein, um das Ende der Welt zu verkünden. Er lief in die Kirchen und prophezeite den dort Versammelten ihren baldigen Tod. Wie ein vergessener Geist aus der Zeit der Theater erschien er auf der Bühne und bat die Zuschauer, nach Hause zurückzukehren, um dort zu sterben. Man hatte ihn festgenommen, doch er war wieder entkommen, war durch London und seine Vororte bis in die Nachbarstädte geirrt und hatte allen, die ihm zuhören mochten, mit wirren, abrupten Gesten ihre eigenen verborgenen Ängste offenbart und alle die stillen Befürchtungen ausgesprochen, die sie nicht zu äußern gewagt hatten. Er stand unter dem Torbolzen der Stadthalle von Windsor und redete auf eine verschüchterte Menge herab.

»Höret, ihr Bewohner der Erde!« rief er. »Höre, alles sehender, doch mitleidloser Himmel! Und auch du höre, sturmdurchtostes Herz, das du diese Worte aussprichst und doch schwach wirst, wenn du ihren Sinn begreifst! Die Erde ist schön, sie ist bedeckt von Blumen, doch sie ist unsere Grabstätte! Die Wolken des Himmels weinen um uns, das Schauspiel der Sterne ist nur die Beleuchtung für unseren Leichenzug. Grauhaarige, ihr hofftet, in euren wohlbekannten Heimen noch einige Jahre erleben zu dürfen – doch die Pacht ist abgelaufen, ihr müßt gehen! O ihr Kinder, nie werdet ihr größer werden, schon jetzt ist euer Grab ausgehoben. Mütter, umarmt sie nur, auf daß ihr gemeinsam sterbet!«

Mit zitternden Händen streckte er seine Arme aus, warf den Kopf zurück und schien unsichtbare Gestalten in der Luft mit seinem Blick zu verfolgen. »Dort seid ihr ja«, brüllte er, »die Toten! Sie stehen auf in ihren Gewändern und marschieren in stummer Prozession auf das ferne Land ihres Verderbens zu. Ihre blutleeren Lippen bewegen sich nicht, auch nicht ihre Glieder, während sie emporschweben. Wir kommen!« rief er aus und sprang vor, »warum sollten wir noch warten? Schnell, meine Freunde, hüllt euch in die Kleidung des Todes! Die Pest wird euch ihm vorführen. Warum noch länger zögern? Die Guten, die Weisen, die Geliebten, sie alle sind schon voran gegangen. Mütter, küßt eure Familien ein letztes Mal! Ehemänner, ihr seid keine Beschützer eurer Lieben mehr, führt sie weiter, die sie mit euch sterben werden! Kommt doch, solange wir die uns Lieben noch erblicken können, denn schon bald werden sie verschwunden sein, und wir werden sie niemals wiedersehen.«

Nachdem er solcherart getobt hatte, wurde er plötzlich wieder still und gesammelt und malte mit übertriebenen aber entsetzeneinflößenden Worten die Schrecken der Gegenwart aus. Bis in die allerkleinsten Einzelheiten beschrieb er, wie die Pest die Menschen entstellte, und er erzählte herzzerbrechende Geschichten vom Zerreißen von Liebesbändern – bis die Menge schließlich zu jammern und zu stöhnen begann und sogar Schreie ausstieß. Besonders ein Mann, der in der vordersten Reihe stand, starrte den Propheten mit starr geöffneten Augen an, sein Körper war steif, und die Angst ließ ihn andauernd seine Gesichtsfarbe wechseln. Der Verrückte fing seinen Blick auf, wandte sich ihm zu, und wie eine Klapperschlange, die ihr zitterndes Opfer betört, bis es in ihre Fänge stürzt, so wurde auch der Verrückte plötzlich sehr ruhig, sah den Bauern mit wissender Miene an – die Knie des Mannes begannen zu zittern, und er klapperte mit den Zähnen, bis er schließlich zuckend und verkrampft zu Boden stürzte. »Dieser Mann hat die Pest«, sagte der Verrückte ruhig. Der arme Kerl stieß einen schrillen Schrei aus, dann bewegte er sich nicht mehr, und alle wußten, daß er gestorben war.

Überall erschollen Schreie des Entsetzens, jeder versuchte zu fliehen, und nur wenige Minuten später war der Marktplatz wie ausgestorben; nur der Verrückte saß noch still neben der Leiche, den Kopf in die Hände gestützt. Schließlich kamen einige Männer, um den Pesttoten fortzutragen. Der Prophet dachte jedoch, daß sie ihn wieder ins Gefängnis werfen wollten, und rannte davon.

Ich ging zum Schloß weiter. Der grausame, mitleidlose Tod war inzwischen auch in diese Hallen eingekehrt. Eine alte Dienstmagd, die Idris schon als Kind auf den Armen getragen hatte und die uns eher eine Verwandte als eine Dienerin gewesen war, hatte wenige Tage zuvor ihre in London verheiratete Tochter besucht. Am Abend ihrer Rückkehr erkrankte sie an der Pest. Idris, die ihr stärker zugetan war als ihrer eigenen hochmütigen und stolzen Mutter, war in Tränen aufgelöst. Verzweifelt saß sie am Bett der Kranken, und ihre Pein wurde durch die Sorge um ihre eigenen Kinder noch erhöht. Mein Eintreffen war für sie wie ein Lichtblick, und es gelang mir, sie ein wenig zu trösten und zu beruhigen. Bald darauf starb das arme Opfer, und die Trauer löste die bange Ungewißheit ab.

Endlich fand Idris die wohlverdiente Ruhe und schlief ein. Ich aber blieb wach und hing meinen Gedanken nach. Alles schlief – ganz England schlief; und aus meinem Fenster erblickte ich das von Sternen beschienene stille weite Land. Ich war wach, ich lebte, während der Schlaf, dieser Bruder des Todes, über alles herrschte. Was, wenn der Tod den Sieg erringen sollte? So paradox dies auch erscheinen mag, so dröhnte mir das Schweigen dennoch in den Ohren. Die Stille wurde mir unerträglich – ich legte Idris die Hand aufs Herz und lauschte ihrem Atem, um mich davon zu überzeugen, daß sie noch lebte. Einen Augenblick lang war mir, als müsse ich sie wecken, so sehr übermannte mich das Entsetzen. Großer Gott! Sollte es einmal wirklich so weit kommen? Daß alle außer mir gestorben waren, daß ich allein über die Erde irren mußte? Waren dies orakelnde Stimmen, die mir das Unheil zur Gewißheit machten?

Doch Warnungsstimmen möcht' ich
sie nicht nennen,
Die nur das *Unvermeidliche* verkünden.
Wie sich der Sonne Scheinbild

in dem Dunstkreis
Malt, eh' sie kommt,
so schreiten auch den großen Geschicken
ihre Geister schon voran,
Und in dem Heute
wandelt schon das Morgen.*)

VIII

Verney bleibt nun doch in Windsor, um auf dem Land in den umliegenden Gebieten dafür zu sorgen, daß wenigstens das Allerschlimmste verhindert wird. Wie Adrian in London, so sorgt auch er mit der Unterstützung zahlreicher Dorfvorsteher dafür, daß sich die allgemeine Panik in Grenzen hält und Recht und Ordnung einigermaßen aufrechterhalten werden.

Der erhoffte Winter kommt mit großer Verspätung und ist nur sehr kurz, so daß die Regenerationsmöglichkeiten sehr eingeschränkt sind. Während der kalten Monate kehren viele Einwohner zurück, um sich dort zu vergnügen. Es herrscht eine beispiellose Untergangsstimmung vor, und mit Anbruch des Sommers erhöht sich durch die wieder ausbrechende Seuche die Zahl der Todesopfer immer mehr. Zahlreiche Bekannte der Familie werden hingerafft.

Auch eines von Verneys Kindern erkrankt schwer an Fieber, doch schließlich gesundet es wieder.

Die Gräfin von Windsor, die Ex-Königin, kehrt aus ihrem deutschen Exil nach England zurück, meidet jedoch beharrlich den Kontakt mit ihren Kindern.

Alle Welt hofft darauf, daß der nächste Winter endlich Linderung und vielleicht sogar die Wende bringen wird.

*) Fr. Schiller, *Wallensteins Tod*.

IX

Als der Oktober anbrach und die Herbstwinde über das Land wehten und so der ungesunden Jahreszeit ihre Schärfe nahmen, war halb England bereits ausgerottet. Der Sommer, der ungewöhnlich heiß gewesen war, hatte bis weit in diesen Monat hinein gedauert, bis schließlich am achtzehnten die Wende gekommen war und der Pest in ihrem grausigen Handwerk Einhalt gebot. Wie Schiffbrüchige standen wir nun am Ufer unserer Insel, wagten kaum, unsere Hoffnungen auszusprechen, und warteten darauf, endlich ein Segel am Horizont zu erblicken, das uns die Rettung verkündete. Die Verheißung einer neuen Atempause ließ die rauhesten Naturen weich und still werden, während von Natur aus sanftmütige Menschen sich plötzlich grob und ungeschlacht benahmen. Als es so ausgesehen hatte, als ob wir alle sterben müßten, da war uns das Wann und das Wie gleichgültig geworden. Doch nun da die Seuche nachließ und alles den Anschein besaß, als wollte sie einige von uns verschonen, da war jeder begierig darauf, zu den wenigen Auserwählten zu gehören, und klammerte sich mit aller Macht an das Leben. Es kam zu Fällen von Desertion und sogar zu Brudermorden aus Furcht vor der Seuche. Während sich die Gefahr der Ansteckung verringerte, kündigte sich jedoch bereits das nächste schwere Unheil an.

Einige Bewohner Nordamerikas, die Überreste dieses einst so völkerreichen Kontinents, waren wie wild von dem Gedanken besessen, ihre Heimat zu verlassen. Sie segelten gen Osten, auf Länder zu, die von der Pest nicht minder heimgesucht worden waren als ihr eigenes. Um den ersten November herum landeten einige hundert von ihnen an der irischen Küste und nahmen die dort leerstehenden Behausungen in Besitz. Die überreich vorhandenen Lebensmittel und das herumstreunende Vieh ermöglichten es ihnen leicht, sich zu ernähren. Hatten sie ihre Vorräte verbraucht, so zogen sie zum nächsten Ort. Schließlich gerieten sie in Streit mit den Einwohnern, doch da ihre Zahl sehr groß war, konnten sie sie aus ihren Behausungen vertreiben und sich ihre Wintervorräte aneignen. Dies erzürnte bald die jähzornigen Iren, die sich zusammenrotteten und sie angriffen. Einige der Eindringlinge wurden vernichtet, doch der Mehrheit gelang es, sich durch geschickte Manöver in Sicherheit zu bringen. Die Gefahr machte sie nun vorsichtig. Sie traten sehr diszipliniert auf und kaschierten ihre Verluste. Dies erweckte den Neid der Iren. Die Amerikaner gestatteten einigen von ihnen, sich ihrer scheinbar fröhlichen Schar anzuschließen, und schon bald darauf überwog die Zahl der Neurekrutierten die der ursprünglichen Mitglieder um einiges. Wenn die Iren den Amerikanern auch folgten, so machten sie sich doch nicht ihre Disziplin zu eigen, die diesen Sicherheit und Stärke verlieh. In ungeordneten Haufen, die noch dazu von Tag zu Tag größer wurden, zogen sie hinter ihnen her, und die Gesetzlosigkeit wuchs immer mehr an. Die Amerikaner wollten die Geister, die sie gerufen hatten, schon bald wieder loswerden und setzten nach England über. Ihre geringe Zahl wäre dort nicht weiter beachtet worden, wären die Iren, die sich nun der Gefahr einer Hungersnot ausgesetzt sahen, nicht in gewaltigen Massen ihrem Beispiel gefolgt. Die Reise übers Meer konnte sie nicht davon abschrecken. Die Häfen der verlassenen Küstenstädte Westirlands lagen voller herrenloser Schiffe aller Größen, vom Kriegsschiff bis zum kleinsten Fischerboot. Die Emigranten bestiegen diese Schiffe zu Hunderten, hißten eigenhändig die Segel und brachten, ungeübt wie sie waren, Tauwerk und Takelage in ein heilloses Durcheinander. Die kleineren Schiffe überstanden zum größten Teil die Überfahrt. Tollkühn hatten sich einige Wagemutige an Bord eines Schiffes mit einhundertzwanzig Kanonen gewagt; das Schiff wurde von der Ebbe ins offene Meer hinausgetrieben, und nach stundenlangen Versuchen gelang es den unerfahrenen Landleuten endlich, einen Teil der riesigen

Segel zu hissen. Der Wind tat sein übriges und während der Steuermann zahllose Fehler machte, wurde das Schiff von einer Richtung in die andere gestoßen. Da die Luken und Schotten nicht dichtgemacht worden waren, spülte die See tonnenweise Wasser in den Rumpf des Schiffes. Schließlich kam auch noch eine kräftige Brise auf und ließ die Segel mal hierhin mal dorthin flattern. Der wahre Höllenlärm der knatternden Segel wurde nur noch vom Tosen des Meeres überboten; die Masten ächzten und knarrten, und im Laderaum schäumte das Wasser gurgelnd empor. Das Schlingern des in den Wellen hin und her geworfenen Schiffes ließ die zum größten Teil seeungewohnte Besatzung glauben, daß ihre letzte Stunde geschlagen habe. Das Getöse übertönte ihre Schreie, und schließlich mußten sie feststellen, daß ihr Schiff zu wassern begonnen hatte. Nun erst eilten sie zu den Pumpen, doch genausogut hätten sie versuchen können, mit Eimern einen Ozean auszuschöpfen. Während die Sonne unterging, wurde der Wind noch schärfer, das Schiff bekam endgültig Schlagseite und begann zu sinken. Die Besatzungen der zahllosen anderen Schiffe in der Bucht sahen zu, wie es versank. In Augenschnelle war es verschwunden, und nichts deutete mehr auf den Ort dieser Katastrophe hin. Einige wenige Besatzungsmitglieder konnten gerettet werden, doch die meisten klammerten sich verzweifelt an Masten und Tauwerk und gingen mit unter, bis der Tod schließlich ihren Griff löste und sie wieder an die Wasseroberfläche geschwemmt wurden.

Dieses Ereignis bewirkte, daß viele sich eines anderen besannen und lieber wieder an Land gingen, als sich dem gähnenden Schlund der unbarmherzigen See zu überlassen. Doch verglichen mit jenen, die tatsächlich übersetzten, war ihre Zahl nur klein. Einige wanderten bis nach Belfast hoch, um die Überfahrt zu verkürzen, und stießen dann in südlicher Richtung durch Schottland. Dort schlossen sich ihnen die ärmeren Einwohner an, und zusammen strömten sie nach England hinein.

Dieser Einfall versetzte die englische Bevölkerung überall dort in Angst und Schrecken, wo die Städte noch bewohnt genug waren, um einen Unterschied zu merken. Tatsächlich war unser glückloses Land groß genug, um selbst die doppelte Zahl von Eindringlingen aufnehmen zu können; doch ihre gesetzlose Gesinnung machte sie gewalttätig, und sie machten sich ein Vergnügen daraus, die rechtmäßigen Eigentümer aus ihren Häusern zu vertreiben, sich in Prunkvillen einzunisten und ihre Besitzer dazu zu zwingen, ihnen als Dienstboten willfährig zu sein. Hatten sie einen Ort vollkommen ruiniert, so zogen sie wie eine Heuschreckenplage zum nächsten weiter. Bot man ihnen keinen Widerstand, so schwärmten sie weit aus; sahen sie sich jedoch einer Gefahr gegenüber, so rotteten sie sich zusammen und überwältigten ihre schwachen, verzweifelten Gegner durch ihre schiere Überzahl. Sie kamen aus Osten und Norden, und wenn ihre Route auch keinen vorgefaßten Plan zu verraten schien, so näherten sie sich doch in voller Eintracht immer mehr unserer unglückseligen Hauptstadt.

Die Verbindungen waren auf Grund der lähmenden Auswirkungen der Pest weitgehend unterbrochen worden, so daß wir von dieser Invasion erst hörten, als sie bereits bis Manchester und Derby gekommen war. Wie eine Eroberungsarmee wüteten die Eindringlinge plündernd, mordend und brennend im Lande. Einige wenige der im Amt verbliebenen Befehlshaber versuchten, die Miliz zusammenzurufen, doch ohne großen Erfolg: Die Pest hatte ihre Reihen gelichtet, überall breitete sich Panik aus, und der geringe Widerstand, der tatsächlich geleistet wurde, steigerte nur noch die Frechheit und die Grausamkeit des Feindes. Sie sprachen davon, London einzunehmen und ganz England zu erobern, und beschworen damit jahrelang vergessene Kränkungen und Demütigungen wieder herauf. Solche Hirngespinste offenbarten eher ihre Schwäche als ihre Stärke, aber dennoch konnten sie noch sehr viel Unheil anrichten, wenn es auch schließlich mit ihrer eigenen Vernichtung enden mußte.

Lange Zeit war ihr Eindringen unbemerkt geblieben, doch nun, da sie knapp einhundert Meilen vor London standen, floh die Landbevölkerung in immer größeren Scharen vor ihnen, und jede neu eintreffende Gruppe überbot sich selbst in ihren Schilderungen über Anzahl, Raserei und Grausamkeit der Angreifer. Lärm und Tumult erfüllten nun die bis dahin leeren Straßen, Frauen und Kinder flüchteten aus ihren Behausungen, ohne zu wissen wohin, Väter, Ehemänner und Söhne bebten angesichts der Gefahr, die ihren schutzlosen Familien drohten. Während die Landbevölkerung nach London strömte, flohen die Bürger der Stadt in Richtung Süden. Sie stiegen auf die höchsten Gebäude und wähnten, bereits den Rauch und die Flammen zu erkennen, mit denen der Feind sie umzingelte. Da sich Windsor auf der westlichen Anmarschroute der Gegners befand, brachte ich meine Familie nach London, wo ich ihr den Tower als Quartier zuwies. Dann schloß ich mich Adrian an, um ihm bei seinem bevorstehenden Kampf beizustehen.

Wir verwandten nur zwei Tage für unsere Vorbereitungen, doch diese nutzten wir voll aus. Artillerie und Handfeuerwaffen wurden gesammelt, und die Überreste der verbliebenen Regimenter wurden, so gut es ging, damit ausgerüstet, um genügend militärische Disziplin zur Schau zu stellen, damit unsere eigenen Reihen ermutigt und unserer Gegner davon abgeschreckt wurde. Nicht einmal an Musik fehlte es: Die Banner flatterten im Wind, und die schrillen Flöten vereinten sich mit dem Klang der Trompeten, um unseren Soldaten Kampfesmut und Siegesgewißheit einzuflößen. Wohl hätte ein geübtes Ohr im Marschtritt unserer Truppen eine gewisse Verzagtheit wahrnehmen können; doch diese wurde weniger durch die Furcht vor dem Gegner hervorgerufen als durch Krankheit, Kummer und böse Prophezeiungen, die selbst dem Mutigsten das Herz schwer werden ließen. Adrian führte die Truppen an. Er ging dabei sehr behutsam vor. Es war ihm nur ein schwacher Trost, daß unsere Disziplin uns in diesem Geplänkel einen Erfolg bescheren würde. Solange die Pest noch über uns schwebte und Sieger wie Besiegte zu Gleichen machte, strebte er nicht nach einem Sieg, sondern nach einem Frieden ohne Blutvergießen. Während wir vorrückten, begegneten uns zahlreiche Gruppen von Landleuten, deren Verzweiflung, Entsetzen und beinahe nackter Zustand beredtes Zeugnis vom Wüten des herannahenden Feindes ablegte. Der sinnlose Eroberungsrausch und die Beutegier blendeten unseren Gegner, während er das Land verwüstete. Der Anblick des Militärs flößte den Flüchtlingen neuen Mut ein, und der Rachedurst trat nun an die Stelle der Furcht. Auch die Soldaten wurden davon erfüllt: Mit doppeltem Eifer marschierten wir immer schneller, und das Murmeln der Massen vermengte sich mit der Musik und dem Waffengeklirr, um uns anzuspornen. Adrian bemerkte diesen Wandel und hegte Befürchtungen, daß es schwierig werden könnte, unsere Soldaten daran zu hindern, mit blinder Wut auf die Iren einzuschlagen. Er ritt durch die Reihen, hielt die Offiziere dazu an, ihre Soldaten im Zaume zu halten, ermahnte die Mannschaftsdienstgrade, stellte die Disziplin wieder her und beschwichtigte bis zu einem gewissen Grad den aufschäumenden Zorn, der sich eines jeden von uns bemächtigt hatte.

Bei St. Albans stießen wir zum erstenmal auf ein paar versprengte Iren. Sie zogen sich zurück, schlossen sich mit einigen ihrer Gefährten zusammen und stießen, immer weiter zurückweichend, schließlich auf ihren Hauptpulk. Die Nachricht von einer bewaffneten regulären Armee, die sich ihnen nun in den Weg stellte, zwang sie zu einer rudimentären Disziplin.

In Buckingham errichteten sie ihr Hauptquartier und schickten Späher aus, um unsere Lage zu erkunden. Wir nahmen über Nacht Quartier in Luton. Am Morgen marschierten beide Parteien aufeinander zu. Wie um uns zu verhöhnen, spielte die leichte Morgenbrise mit unseren Fahnen und trug den vereinten Lärm unserer Musik, des Pferdegewiehers und des Marschtrittes unserer Infanterie zu unserem Gegner hinüber. Das nahende kriegerische Geräusch erfüllte unseren Gegner mit Staunen, dem eine gute Portion Furcht beigemengt war. Es erinnerte an frühere Tage, als noch Eintracht und Ordnung geherrscht hatten; es zeugte von einer Zeit, da die Pest noch nicht wütete und das Schicksal der Menschheit noch keine besiegelte Sache zu sein schien. Doch diese Pause dauerte nicht lang. Schon bald hörten wir ihren chaotischen Lärm, das barbarische Gebrüll und das regellose Stampfen Tausender, die sich uns in wirrer Unordnung näherten. Die Truppen des Gegners fluteten über das offene Land auf uns zu. Zwischen beiden Armeen befand sich ein riesiges Feld, auf dessen Mitte wir zu marschierten, um auf halber Höhe haltzumachen. Da wir auf etwas erhabenem Boden standen, konnten wir den Gegner in seiner Gesamtheit gut überblicken. Die Anführer des Feindes ließen ihre Soldaten ebenfalls halten und versuchten, eine annähernd militärische Ordnung unter ihnen herzustellen. Die ersten Reihen besaßen Musketen, und einige Soldaten waren beritten; doch bestand ihre Bewaffnung ausschließlich aus bunt zusammengewürfelten Beutestücken, und die Tiere waren ausnahmslos Ackerpferde, die sie den heimischen Bauern abgenommen hatten. Es gab keine Einheitlichkeit und auch nur wenig Gehorsam, doch ihre Schreie und ihre wilden Gesten zeugten von ihrem ungebrochenen Kampfgeist. Adrian gab einen Befehl, und unsere Soldaten stürmten im Laufschritt in geordneter Formation voran. Ihre einheitlichen Uniformen, das Glitzern ihrer polierten Waffen, ihr absolutes Schweigen und ihre haßerfüllte Blicke wirkten wesentlich furchteinflößender als das wilde Geschrei unserer zahllosen Gegner. So näherten sich beide Parteien, und das Geheul der Iren wurde immer lauter. Die Engländer stürmten voran und gehorchten ihren Offizieren solange, bis sie nahe genug herangekommen waren, um die Gesichter ihrer Gegner wahrzunehmen. Wuterfüllt stießen sie wie ein einziger Mann einen himmelerschütternden Schrei aus und stürmten weiter. Ohne ihre Gewehre abzufeuern, griffen sie mit ihren Bajonetten an, während die Kanoniere mit ihrer Artillerie Rauch und Feuer spieen und mit ihrem Getöse das Entsetzen noch vermehrten.

Ich befand mich neben Adrian. Noch einen Augenblick zuvor hatte er den Befehl zum Halten gegeben und war in einiger Entfernung abseits geblieben, um schnell einen Plan zu fassen, durch den sich ein Blutvergießen vermeiden ließ. Vom plötzlichen, unerwarteten Schlachtenlärm aufgeschreckt, rief er mit blitzenden Augen: »Nicht einer von diesen darf sterben!« Dann gab er seinem Pferd die Sporen und jagte zwischen die kämpfenden Parteien. Ich folgte ihm mit den Stabsoffizieren, um ihn zu schützen, doch er gab uns ein Signal, zurückzubleiben. Ungeachtet der pfeifenden Kugeln stürmte er voran und als die Soldaten ihn kommen sahen, hielten sie ein.

»Wer hat das Kommando zum Angriff gegeben?« fragte er mit lauter Stimme. »Zurück! Solange ich euer General bin, werden diese irregeleiteten Menschen nicht getötet werden! Nehmt die Waffen herunter, es sind eure Brüder, macht euch nicht das Brudermordes schuldig! Die Pest wird schon bald niemanden mehr übriglassen, an dem ihr eure Rache üben könnt. Wollt ihr etwa noch unbannherziger sein als die Seuche? Vergießt keinen Blutstropfen mehr, so wahr ihr Gott ehren solltet!«

Auf dem Boden lagen etwa fünfzig verletzte, tote und sterbende Soldaten. Adrian drehte sich zu den Angreifern und rief mit gebieterischer Stimme: »Glaubt ihr etwa, daß ihr uns überwältigen könntet, nur weil die Pest unsere Zahl verringert hat? Auch unter euch hat sie gewütet! Legt die Waffen nieder, ihr barbarischen und grausamen Männer! Ihr Männer, deren Hände vom Blut der Unschuldigen befleckt sind! Wir werden siegen, denn das Recht steht auf unserer Seite. Schon jetzt sind eure

Wangen fahl, und die Waffen gleiten aus euren matten Händen. Legt sie nieder, Mitmenschen, Brüder! Wenn ihr bereut, so sollen Vergebung, Trost und brüderliche Liebe eurer harren. Ihr seid uns lieb und teuer, weil ihr menschliche Hüllen tragt, jeder von euch wird bei dieser Truppe hier einen Freund finden. Soll der Mensch denn weiterhin der Feind des Menschen bleiben, während die Pest immer mehr Opfer dahinrafft?«

Auf beiden Seiten herrschte Schweigen. Während unsere Soldaten grimmig ihre Waffen umklammerten, blickten unsere Gegner einander an. Sie hatten ihre Waffen noch nicht niedergelegt, weniger aus Kampfgeist als aus Furcht. Alle wären nur zu bereit gewesen, dem Beispiel irgendeines Anführers zu folgen, doch sie besaßen keinen.

Adrian sprang vom Pferd und schritt auf einen der Gefallenen zu. »Er war ein Mensch«, rief er, »und jetzt ist er tot. Schnell, verbindet die Verwundeten, laßt keinen von ihnen sterben. Werft eure Werkzeuge des Hasses und der Grausamkeit fort, werdet wieder einer des anderen Hüter und Bruder und haltet zusammen. Fort mit diesen blutbefleckten Waffen! Beeilt euch, kümmert euch um die Verwundeten!«

Adrian kniete nieder und legte den Arm um einen blutenden Verwundeten. Der arme Kerl keuchte auf, und alles war so still geworden, daß man es deutlich hören konnte. Adrian zog sein Halstuch ab und verband den Mann damit, doch es war schon zu spät. Der Verwundete bäumte sich ein letztesmal auf, dann sackte er zusammen. »Er ist tot!« sagte Adrian und verneigte den Kopf voller Trauer. Der Tod dieses einzelnen Mannes schien ein Symbol für das Geschehen auf der ganzen Welt zu sein. Nun warfen beide Parteien ihre Waffen fort und reichten einander die Hände. Sogar den Veteranen standen die Tränen in den Augen, und voller Liebe und Freundschaft versöhnten wir uns miteinander. So verbrüderten sich beide Seiten und gehorchten schließlich Adrians Befehl, nach London zurückzumarschieren.

Adrian stand nun vor der schwierigen Aufgabe, keine neuen Unstimmigkeiten aufkommen zu lassen und für das Heer der Eindringlinge zu sorgen. Sie wurden in den südlichen Grafschaften in verlassenen Dörfern einquartiert, einen Teil von ihnen schickte man nach Irland zurück, und der Winter stärkte uns soweit, daß wir die Grenzen unseres Landes sichern und dadurch gewährleisten konnten, daß sich die Zahl der Eindringlinge nun nicht mehr erhöhte.

Bei dieser Gelegenheit sahen Adrian und Idris einander zum erstenmal seit einem Jahr wieder. Adrian hatte eine mühselige und schmerzvolle Aufgabe zu bewältigen. Alle Arten menschlichen Leids waren ihm nun vertraut, und seine Macht, es zu mildern, war immer zu schwach. Doch seine Tatkraft und seine Entschlossenheit verboten es ihm, deswegen zu verzweifeln. Im Gegenteil: Er wirkte wie neugeboren und strahlte vor Gesundheit und Kraft. Idris erkannte das gebrechliche Wesen, das einst von jeder leichten Sommerbrise hätte niedergestreckt werden können, nicht wieder.

Bei Idris verhielten sich die Dinge anders. Sie klagte nie, doch in ihrer Seele hatte sich die Furcht eingenistet. Sie war abgemagert und bleich, in ihren Augen standen Tränen, und ihre Stimme war brüchig geworden. Sie versuchte zwar, diese Veränderungen zu überspielen, damit ihr Bruder nichts merkte, doch ohne Erfolg. Als sie mit ihm allein war, da schüttete sie ihm ihr Herz aus. Sie schilderte ihm die beständige Sorge, in der sie schwebte und die ihr das Gemüt schwer machte; sie fühlte sich, sagte sie, als ob alle Organismen plötzlich mit doppelter Geschwindigkeit und Anstrengung arbeiteten, so daß wir uns rasend schnell selbst verzehrten. Nicht einmal im Schlaf fand sie Ruhe, denn die Sorge um ihre Kinder bescherte ihr Alpträume, in denen ihre schlimmsten Ängste Wirklichkeit wurden. Nur das Grab schien noch ein wahrer Zufluchtsort zu sein, und sie wollte lieber sterben, bevor sie den Tod und den Verlust ihrer Lieben mitansehen mußte. Da sie mich nicht beunruhigen wollte, verbarg sie all dies vor mir, so gut sie nur konnte, doch die Begegnung mit ihrem Bruder ließ die Dämme brechen, und sie redete sich alles von der Seele.

In London zu sein, war ihr kein Trost, im Gegenteil: Hier sah sie das wahre Ausmaß der wütenden Pest. Es sah kaum noch aus wie eine bewohnte Stadt. In den Straßen und auf den Plätzen wucherte das Unkraut, die Häuser waren verriegelt, und selbst die für gewöhnlich belebtesten Stadtteile boten Bilder der Stille und des Todes. Und doch war es Adrian inmitten all dieser Katastrophen gelungen, die öffentliche Ordnung wiederherzustellen, so daß Recht, Sitte und Eigentum respektiert wurden. Doch das war ein düsterer Trost, der angesichts der eigentlichen Lage wie Hohn wirkte.

»Der nächste Sommer«, sagte Adrian zu mir, als wir nach Windsor aufbrachen, »wird das Geschick der Menschheit entscheiden. Ich werde nicht rasten bis dahin, doch wenn die Pest dann wieder auftreten sollte, so werden wir keinen Widerstand mehr leisten können, und uns wird nur noch das Grab bleiben.«

Auf Irdis' Wunsch hin kehrte ich nach Windsor zurück, weil sie glaubte, daß ihre Kinder dort in größerer Sicherheit sein würden. Außerdem hatte ich die Betreuung dieses Gebiets übernommen und konnte es nicht vernachlässigen, solange dort noch Menschen überlebten. Ich wollte Adrians Pläne in die Tat umsetzen, nämlich die verbleibende Bevölkerung zu sammeln, damit sie sich gegenseitig Hilfe und Beistand entbieten konnte.

Es war eine traurige Angelegenheit, an diesen uns so teueren Ort zurückzukehren, an dem wir einst so glücklich gewesen waren, um dort festzustellen, in welchem Ausmaß unsere Art bereits ausgerottet worden war. Überall hatte die Seuche ihre tödlichen Spuren hinterlassen. Das Land war derart verwildert, daß es unmöglich gewesen war zu säen; die Zeit dafür war nun vorbei, und der Winter setzte plötzlich und mit ungewöhnlicher Härte ein. Frosteinbrüche und Flutkatastrophen machten das Gelände unbegehbar. Schwere Schneefälle verliehen dem Land und den Hausdächern arktischen Glanz; Hagelstürme hatten die Fensterscheiben der leerstehenden Landhäuser und Katen eingedrückt, und der scharfe Nordost ließ jeden Aufenthalt im Freien zur Qual werden. Verbunden mit dem Fortfall aller gesellschaftlicher Annehmlichkeiten wurden diese Naturerscheinungen zu einer echten Qual. Es gab weder Luxus noch Dienstboten mehr, und wenn wir auch mehr als genug Lebensmittel hatten, um die karge Bevölkerung reichlich zu versorgen, so war es dennoch schwierig, mit all diesem Rohmaterial zurechtzukommen. Von der Krankheit schwermütig und mutlos gemacht und voller Furcht in die Zukunft blickend, hatten wir nicht mehr genug Tatkraft, um frohen Mutes Pläne zu schmieden.

Was mich angeht, so mangelte es mir nicht an Willenskraft. Das intensive Lebensgefühl, das in meinen Adern pochte, hatte mich noch nie in das Labyrinth des gesellschaftlichen Lebens gelockt, sondern mich dazu bewegt, das Große in kleinen, unscheinbaren Dingen zu suchen und zu erkennen. Ich hätte ebensogut als Bauer leben können, und schon meine geringsten Handlungen erschienen mir groß und wichtig. Ich war ein Mensch von großen, gewaltigen Leidenschaften, und für mich war die Natur vom Göttlichen durchdrungen. Der Geist der griechischen Mythologie erfüllte mein Herz; ich nahm die Gottheiten in den Hügeln, Tälern und Bächen wahr, ich

Sah Proteus, wie er dem Meer entstieg;

Und hörte den alten Triton sein umkränztes Horn blasen.*)

Es war merkwürdig, daß ich mich, stets aufs neue staunend, mit den Gesetzen der Antike abgab, während die Erde monoton ihre Bahn zog; und nun, da sie aus ihr ausgebrochen war, spürte ich, wie dieser Geist schwand. Ich kämpfte gegen die Verzweiflung und die Mattigkeit, doch sie umgaben mich wie dichte Nebel und erstickten mich. Vielleicht wirkte die Ruhe des Winters zusammen mit der körperlichen Arbeit, die er mit sich brachte, durch ihren Gegensatz zu der Geschäftigkeit und den Erregungen des Sommers besonders unangenehm. Nicht die klammernden Leidenschaften des vorangegangenen Jahres waren es, die nun jeden Augenblick lebendig und einzigartig machten, nicht die schmerzlichen Qualen, unter denen diese Zeit zu leiden hatte. Die bloße Sinnlosigkeit all meiner Bemühungen und Anstrengungen war es, die mir die Begeisterungsfähigkeit raubten und durch Niedergeschlagenheit jede Möglichkeit zunichte machten, mich selbst dafür zu loben und daran aufzurichten. Ich sehnte mich danach, mich wieder meinen alten Beschäftigungen zu widmen, doch was hatten diese noch für einen Sinn? Lesen? Das war fruchtlos. Schreiben? Wirklich eitel! Die Erde, diese einstige Arena hohen Strebens, dieses gewaltige Theater, auf dem ein wunderbares Stück gegeben wurde, zeigte uns nun eine leere Bühne, und weder dem Schauspieler noch dem Zuschauer blieb irgend etwas zu sagen übrig.

Unsere kleine Stadt Windsor, in der sich die Überlebenden aus den benachbarten Grafschaften zum größten Teil versammelt hatten, bot einen betrüblichen Anblick. Die Straßen waren vom Schnee blockiert, und die wenigen Passanten wirkten wie vom

*) Wordsworth.

unfreundlichen Winter betäubt. All unser Streben zielte darauf ab, diesen Übeln zu entkommen. Familien, die sich einst erhebenden und großen Dingen gewidmet hatten, waren nun, dezimiert und traurigen Herzens, dazu gezwungen, sich um ein Feuer zu kauern, von der Not selbstsüchtig gemacht. Da es keine Dienstboten mehr gab, mußten alle Hausarbeiten selbst erledigt werden. Hände, die keine körperliche Arbeit gewohnt waren, mußten nun Brotteig kneten; fehlte es an Mehl, so mußte der Politiker oder der parfümierte Höfling nun selbst das Amt des Schlachters übernehmen. Arm und reich waren nun gleich; nein, eigentlich waren die Armen in der besseren Lage, da sie solche Aufgaben mit Geschicklichkeit und Erfahrenheit zu meistern wußten, während die Luxusgewohnten sie durch ihre Unwissenheit und ihre Ungeschicktheit ermüdend fanden, die Stolzen sie als entwürdigend ansahen und die, deren Geister sich dem reinen Denken gewidmet hatten, sie abstoßend fanden.

Und doch bietet jeder Wandel auch der Güte und der Liebe Raum zur Entfaltung. Bei manchen führten all diese Veränderungen dazu, daß sie auf geradezu heroische Weise Hingabe und Opfermut an den Tag legten. Wer die Menschheit liebte, dem erwärmte es das Herz, wenn er mit ansah, wie die alten patriarchischen Verhältnisse mit all ihren gegenseitigen Verpflichtungen und ihrer Hilfsbereitschaft wieder belebt wurden. Mit liebenswürdigem Frohsinn erledigten junge Edelmänner ihre körperlichen Aufgaben für ihre Mütter oder Schwestern. Sie gingen zum Fluß, um ein Loch ins Eis zu hauen und Wasser zu schöpfen; sie streiften auf Nahrungssuche umher oder fällten eigenhändig Bäume, um Feuerholz zu bekommen. Die Frauen empfingen sie nach ihrer Rückkehr mit jener schlichten Herzlichkeit, die man vorher nur in den Hütten von Menschen niederen Standes gekannt hatte: Die Feuerstelle war gereinigt, und die Flammen flackerten fröhlich, das Abendessen war liebevoll zubereitet, und die hochgeborenen Engländer empfanden plötzlich Dankbarkeit dafür, daß die Mahlzeit des nächsten Tages gesichert war.

Es gehörte zu meinen Aufgaben, täglich verschiedene Familien aufzusuchen, die sich in unserer Stadt versammelt hatten. Wenn das Wetter es zuließ, dehnte ich meine Ausritte gerne ein wenig aus, um in der Einsamkeit über unser so wandelhaftes Schicksal nachzudenken und um aus diesen Betrachtungen der Vergangenheit Lehren für die Zukunft zu ziehen. Diese Einsamkeit war es, die meine Pein angesichts der Leiden meiner Mitmenschen auf merkwürdige Weise dadurch linderte, daß ich das Leiden des einzelnen im Zusammenhang mit der gesamten großen Katastrophe sah. So bahnte ich mir häufig unter großen Schwierigkeiten meinen Weg durch die verschneiten engen Straßen und ritt durch Eton. Ein trauriges Schweigen herrschte nun in den einst so geschäftigen Schulräumen und auf dem früher so lärmerfüllten Spielplatz. Ich dehnte meinen Ritt bis nach Salt Hill aus und blickte über die schneebedeckte Landschaft, an die mich wehmütige Erinnerungen an frühere, bessere Zeiten banden. Ich begegnete Pferde- und Rinderherden und auch Schafen, die frei in der Gegend herumstreunten, hier und dort einen Heustapel niederrissen, um in ihm Wärme und Nahrung zu finden, und sich bisweilen auch in einem verlassenen Landhaus zusammenscharten.

Eines frostigen Tages suchte ich einen Lieblingsort auf, einen kleinen Hain unweit von Salt Hill. Dort gluckerte im Sommer ein kleiner Bach über die Steine, und an einer Seite stand eine Gruppe von Ulmen und Buchen, kaum groß genug, um den Namen Hain wirklich zu verdienen. Dieser Flecken hatte für mich einen ganz besonderen Reiz. Es war einer von Adrians Lieblingsorten gewesen. Er war sehr abgelegen, und Adrian hatte mir oft erzählt, wie er dort die schönsten Stunden seiner Kindheit verbracht hatte. Dem steifen Umgang mit seiner Mutter entronnen, hatte er dort auf den Steinen gesessen, mal ein Buch lesend, mal, seinen Jahren weit voraus, über die Geheimnisse der Moralethik oder der Metaphysik nachdenkend.

Eine traurige Vorahnung, daß ich diesen Ort niemals wiedersehen würde, überfiel mich; also merkte ich mir mit besonderer Sorgfalt jeden Baum, jede Biegung des Bächleins und jede Erhebung des Bodens, um sie mir später wieder besser ins Gedächtnis zurückrufen zu können.

Plötzlich stürzte ein Rotkehlchen von den vereisten Ästen eines der Bäume herab auf die Eisdecke des Baches. Seine flatternde Brust und seine halbgeschlossenen Augen zeigten mir, daß es im Sterben lag. Hoch oben am Himmel zeigte sich ein Falke, und plötzliche Furcht überfiel das zitternde Tier; mit letzter Kraft legte es sich auf den Rücken und spreizte seine winzigen Krallen in dem hoffnungslosen Versuch, sich gegen seinen übermächtigen Feind zur Wehr zu setzen. Ich hob es auf und legte es an meine Brust, um es mit Biskuitkrumen zu füttern. Nach und nach erholte es sich, und sein warmes zitterndes Herz schlug gegen meinen Körper. Ich weiß nicht, warum ich dieses unscheinbare Ereignis erzähle, doch noch heute sehe ich diese Szene vor mir: Die schneebedeckten Felder, wie sie zwischen den silbrigen Stämmen der Buchen hindurchschimmerten; der Bach, der in glücklicheren Zeiten glitzerndes Wasser mit sich trug, doch nun vom Eis erstickt war; die kahlen Bäume, denen Frost und Eiszapfen bizarre Formen verliehen; während dicht an meiner Brust mein gefiederter Schützling in Sicherheit und Wärme lag und seiner Zufriedenheit schirpend Ausdruck gab – schmerzvolle Gedanken wühlten meinen Geist auf. Die ganze Erde war so kalt und tot wie diese verschneiten Felder, das Leben ihrer Bewohner war eine einzige Qual, warum sollte ich mich also gegen diesen Katarakt stellen, der uns Vernichtung brachte? Warum mich noch länger anstrengen? Ja, wozu? Damit mein Mut und meine hoffnungsfrohen Anstrengungen meiner geliebten Frau Schutz gewährten, die ich im Frühling meines Lebens auserwählt hatte! Und wenn mich jedes Pochen meines Herzens auch schmerzen sollte, wenn mir die Zukunft auch jede Hoffnung nahm, so sollte doch nicht alles umsonst gewesen sein, solange meine Geliebte noch Frieden finden konnte, wenn sie ihr Haupt auf meinem Herzen ausruhte und Trost und Hoffnung aus seiner Besorgtheit schöpfte.

Eines schönen Februartages, als die Sonne schon wieder etwas wärmer schien, ging ich mit meiner Familie im Wald spazieren. Froh, die Fesseln des Winters abgeworfen zu haben, liefen unsere Kinder vor uns her, verfolgten die Rehe und scheuchten die Fasanen und Rebhühner auf. Idris hatte sich bei mir eingehakt, und einen Augenblick lang war ihre Trauer verflogen. Wir begegneten auch anderen Familien, die ebenfalls das milde Wetter ausnutzen. Plötzlich hatte ich das Gefühl, mit einem Schlag aufzuwachen. Ich schüttelte die Trägheit der vergangenen Monate von mir ab, und mit einem Mal nahm das Gesicht der Erde einen anderen Ausdruck an, war mir der Blick in die Zukunft nicht länger verstellt. Ich rief: »Jetzt habe ich das Geheimnis!«

»Welches Geheimnis?«

Als Antwort auf diese Frage schilderte ich ihr unser düsteres Winterleben, unsere erbärmlichen Nöte, unsere harte, körperliche Arbeit.

»Dieses nördliche Land«, sagte ich, »ist nicht der rechte Ort für unsere schwindende Rasse. Als die Menschheit noch klein war, da war es nicht hier, wo sie gegen die mächtige Natur ankämpfte und die Erde mit ihren Nachkommen bevölkerte. Wir müssen uns irgendein Naturparadies suchen, irgendeinen Erdgarten, in dem sich unsere einfachen Bedürfnisse mühelos befriedigen lassen und wo uns das angenehme Klima für die gesellschaftlichen Annehmlichkeiten entschädigt, auf die wir haben verzichten müssen. Wenn wir den kommenden Sommer überleben sollten, so soll keiner von uns den nächsten Winter in England verbringen.«

Ich sagte dies, ohne darüber nachzudenken, was meine Worte bewirken konnten. Würden wir, würde auch nur einer von uns den nächsten Sommer überleben? Ich sah, wie sich Idris' Stirn umwölkte, und wiederum mußte ich mir klar darüber werden, wie sehr wir nun vom Schicksal abhängig waren, ohne Einfluß auf seinen Kurs nehmen zu können. Wir konnten nicht mehr sagen, daß wir dieses oder jenes tun oder unterlassen würden. Eine mächtigere Kraft, als der Mensch es war, hatte das Ruder in die Hand genommen und bestimmte nun über Wohl und Wehe unserer Vorhaben. Es war Wahnsinn, auf den nächsten Winter zu zählen, denn dieser hier war unser letzter. Der kommende Sommer stellte die Grenze unseres Blickfelds dar und wenn wir erst bis dorthin gekommen wären, so würde der Weg uns nicht weiter führen; vielmehr harrte dort ein gähnender Abgrund auf uns, in den wir ohne jeden Zweifel hinabstürzen würden. Man hatte uns den letzten Segen der Menschheit entrissen, nämlich die Hoffnung. Kann der Irre, während er an seinen Ketten zerrt, noch hoffen? Kann der Unglückselige auf dem Schafott, nachdem er schon den Kopf auf den Block gelegt hat und seinen eigenen Schatten und den des Henkers erblickt, dessen emporgereckter Arm das Beil trägt, noch hoffen? Kann der schiffsbrüchige Seemann, der, vom Schwimmen erschöpft, bereits den nahenden Hai hinter sich hört, noch hoffen? Wenn wir noch Hoffnung hatten, dann nur eine solche.

In alten Legenden wird erzählt, daß der frohe Geist des Hoffens der Büchse der Pandora entsprang, in der sich sonst nur allerlei Übel befunden hatten; doch diese beachtete man nicht, während alle die begeisternde Schönheit der jungen Hoffnung bewunderten. Sie ließ sich in den Herzen der Menschheit nieder und wurde auf fortan die unangefochtene Herrscherin unseres Lebens. Doch wie alle anderen Geschenke, die der Schöpfer dem Menschen gab, ist auch sie nur sterblich; nun hatte ihr Leben ein Ende gefunden. Wir hatten über sie gewacht und ihre flackernde Flamme genährt, doch nun hatte sie plötzlich ihre Jugend verloren, war mit einemmal gealtert, war unheilbar erkrankt. Und während wir uns noch bemühten, sie zu pflegen, war sie gestorben. Um die ganze Welt ging der Ruf: »Die Hoffnung ist tot!« Wir sind nur Klagende in einem Leichenzug, und welches unsterbliche Wesen, welches sterbliche Geschöpf konnte sich von diesem Trauerzug ausschließen, der die letzte Trösterin der Menschheit an ihre Grabstätte begleitete?

Drittes Buch

I

Hört ihr nicht den Klang der nahenden Trompeten? Hört ihr nicht, wie sich die Wolken öffnen und die Erde mit gespenstischer und schrecklicher Vernichtung überschütten? Seht ihr nicht, wie der Donnerkeil geworfen wird und der Himmel sich aufbäumt, nachdem er sein Ziel getroffen hat? Fühlt ihr nicht, wie die Erde bebt und sich mit gequältem Ächzen öffnet und die Luft von den Schreien und den Klagerufen erhallt? Wie all dieses die letzten Tage der Menschheit ankündigt?

Nein nichts davon begleitete unseren Niedergang. Die milde Luft des Frühlings strich wie ein Balsam über die Erde, die wie eine stolze Mutter ihre Sprößlinge dem Gatten vorführte, der so lange fortgewesen war. Knospen bedeckten die Bäume, Blumen schmückten das Land, an den saftstrotzenden Ästen trat das frohe Laubwerk des Frühlings hervor und wiegte sich im sanften Wind. Murmelnd flossen die Bäche dahin, die See war still, und die Klippen spiegelten sich in ihrem Wasser. In den Wäldern wurden die Vögel wach, und die dunkle Erde ließ reichlich Nahrung für Mensch und Tier emporwachsen.

Wo waren Schmerz und Übel geblieben? Nicht in der sanften Luft oder im ruhigen Meer, nicht in den Hainen oder fruchtbaren Feldern, auch nicht in den Vögeln, deren Gesang die Wälder erfüllte, oder in den Tieren, die sich inmitten des Überflusses im Sonnenschein ausstreckten. Unsere Feindin suchte vielmehr unsere Herzen heim, und ihre Schritte besaßen keinen Widerhall.

Von Übel ist das Land voll,
von Übel auch die See.
Das Siechtum sucht die schwache Menschheit
heim
Durch Tag, durch Nacht schwebt sanft auf Flügeln,
es dahin,
Schweigend – denn die Stimme ward ihm von der
Allweisheit Macht verwehrt.*)

Einst war der Mensch der Liebling seines Schöpfers, wie auch der königliche Psalmist singt:

Du hast ihn wenig niedriger gemacht als die Engel,**)
mit Ehre und Herrlichkeit hast du ihn gekrönt.
Alles hast du unter seine Füße getan.

So war es einst; doch ist der Mensch jetzt noch der Herr der Schöpfung? Wenn ich ihn betrachte – ha, so sehe ich nur die Pest! Sie hat seine Gestalt umhüllt, ist in ihm Fleisch geworden, hat sich mit seinem Wesen vermengt und blendet seinen gen Himmel gerichteten Blick. O Mensch, so leg dich nieder auf der blumenbedeckten Erde, gib deine Erbansprüche preis, denn alles, was du jemals besitzen wirst, ist der kleine Platz, den die Toten beanspruchen. Die Pest ist die Gefährtin des Frühlings, des Sonnenscheins und des Überflusses. Wir hatten vergessen, wie wir

*) Nach Eltons Hesiod-Übersetzung.

**) Psalm 8, 6–7. Die Autorin zitiert hier offenbar die sogenannte »King James Authorized Version«. Luther hat an dieser Stelle »als Gott«; beide Bibelübersetzungen haben im übrigen die Version: »über deiner Hände Werk«. Hier liegt offenbar ein Zitierfehler Mary Shelleys vor (Anm. d. Übers.).

gelebt hatten, als es sie noch nicht gab. Früher bezwangen die Flotten die riesigen Wellen zwischen Indus und Pol, nur um eitlen Tand zu befördern.

Die Menschen machten gefährliche Reisen, um sich die lächerlichen, glitzernden Schätze der Erde anzueignen: Edelsteine und Gold. Die menschliche Arbeitskraft wurde verschwendet, und ein Menschenleben galt nicht viel. Nun begehrten wir nichts mehr als das Leben selbst. Wir wollten nur noch, daß dieser Automat aus Fleisch mit intakten Gelenken und Sehnen seine Aufgaben erfüllte, daß diese Hülle der Seele fähig blieb, ihre Bewohnerin zu behausen und zu halten. Unser Geist, der einstmal zahllose Sphären durchschnitten und endlosen Gedankenkombinationen nachgehangen hatte, verbarrikadierte sich nun hinter dieser Mauer aus Fleisch und strebte nur noch danach, sich seines eigenen Wohlergehens zu vergewissern. Wir waren wirklich tief gesunken!

Zuerst bescherte uns die neuerliche Ausbreitung der Krankheit im Frühling neue Arbeit, sofern wir uns, Überlebende, die wir waren, in Gedanken und mit Taten mit unseren Mitmenschen befassen mochten. Wir zwangen uns selbst dazu, »inmitten der Verzweiflung Taten der Hoffnung zu begehen«. Wir zogen voller Entschiedenheit gegen unseren Gegner ins Feld. Wir halfen den Kranken und spendeten den Trauernden Trost; wir wandten uns ab von der zahllosen Schar der Gestorbenen und richteten uns an die wenigen Überlebenden, die wir mit einer Wunscheskraft, die selbst schon reine Macht darstellte, baten – einfach nur am Leben zu bleiben! Doch über allem thronte die Pest und verhöhnte uns dabei.

Habt ihr, meine Leser, einmal die Trümmer eines Ameisenhaufens kurz nach seiner Zerstörung beobachtet? Zunächst hat es den Anschein, als hätten all seine früheren Bewohner ihn ausnahmslos verlassen; nach einer Weile sieht man dann eine Ameise, die über den umgestürzten Haufen klettert; sie kehrt in Begleitung von zwei, drei anderen zurück und läuft mit ihnen mal hierhin, mal dorthin, um weitere Überlebende zu suchen. So erging es uns, die wir staunend und erschreckt die Auswirkungen der Pest auf der Erde wahrnahmen. Unsere leeren Behausungen blieben übrig, doch ihre Bewohner waren heimgeholt worden ins Schattenreich der Gräber.

Als die Regeln von Gesetz und Ordnung an Gewalt zu verlieren begannen, da begannen viele zögernd und verwundert, die früheren gesellschaftlichen Gepflogenheiten zu mißachten. Die Paläste waren verlassen, und schließlich wagten sich die Armen ungehindert in die prunkvollen Räume, deren Mobiliar und Dekorationen allein schon eine ihnen völlig fremde Welt boten. Wir stellten fest, daß zwar anfänglich durch den Zusammenbruch der Wohlstand der Reichen bis zur völligen Verarmung gesunken war, daß es aber nun, da die Zahl der Lebenden so stark dezimiert war, so viele Zeugnisse menschlicher Arbeit gab, daß sie niemals von allen aufgebraucht werden konnten. Einigen unter den Armen war dies ein Anlaß für Begeisterung. Nun waren wir alle gleich, jedem standen prachtvolle Behausungen, prunkvolle Teppiche und Daunenbetten zur Verfügung. Nun gab es Kutschen, Gespanne, Gärten, Gemälde, Statuen und gewaltige Bibliotheken im Überfluß, und niemand konnte daran gehindert werden, sich seinen Anteil daran zu sichern. Wir waren nun alle gleich; doch nahe bei uns war etwas, das uns noch gleicher machte, vor dem selbst Schönheit, Kraft und Weisheit nur fader Schein waren. Unter uns allen gähnte das Grab, und seine drohende Gewißheit machte es uns unmöglich, all den Luxus und den Überfluß wirklich zu genießen, der uns auf so grausige Weise dargeboten wurde.

Und doch blühten meine Kinder auf wie noch nie, und auch Clara wuchs ohne jede Krankheit heran. Wir hatten keinerlei Grund dazu, Windsor Castle für besonders gesund zu halten, denn unter seinem Dach war manch andere Familie schon an der Seuche gestorben, deshalb lebten wir auch, ohne besondere Vorsichtsmaßnahme zu treffen, und doch wohnten wir, so schien es, in vergleichsweiser Sicherheit. Wenn Idris hager und blaß wurde, so lag dies an der Sorge, etwas, was ich niemals zu lindern vermochte. Sie beschwerte sich nie, doch litt sie zusehends unter Schlafstörungen und Appetitlosigkeit. Ein langsames Fieber hatte ihr Blut ergriffen, manchmal hatte sie ein ungesund wirkendes gerötetes Gesicht und weinte in aller Stille und Heimlichkeit vor sich hin. Schlimme Prophezeiungen, die ständige Besorgtheit und die Furcht nagten an ihren Lebenskräften. Mir entging dieser Wandel nicht. Oft wünschte ich mir, daß ich es zugelassen hätte, daß sie sich ebenfalls mit wohltätigen Dingen befaßte, um sich solcherart von ihrem Kummer abzulenken, doch dafür war es nun zu spät. Und nun, da sich bei einer fast ausgestorbenen menschlichen Bevölkerung unsere Aufgaben dem Ende näherten, war sie auch schon zu schwach dafür. Die Schwindsucht, wenn man es wirklich so nennen will, oder vielmehr das übereifrige Leben in ihr, das seinen Brennstoff, wie bei Adrian auch, bereits in den ersten Tagesstunden verfeuerte, nahm ihr die Kraft. Nachts, wenn ich schon schlief, irrte sie durch das Haus oder beugte sich über ihre schlafenden Kinder; tagsüber versank sie dann in einen unruhigen Schlaf, und ihr Stöhnen verriet, unter welchen Alpträumen sie zu leiden hatte. Als ich schließlich merkte, wie sich ihr Zustand ständig verschlimmerte, unternahm ich alles, um Mut und Hoffnung in ihr wiederzuerwecken, doch es war vergebens. Ihre übergroße Besorgtheit wunderte mich nicht, denn das entsprach voll und ganz ihrer Natur. Manchmal tröstete sie der Gedanke, daß sie mich nicht lange überleben würde, sollte ich ein Opfer der Seuche werden. Viele Jahre hatten wir gemeinsam Hand in Hand den Pfad des Lebens beschnitten, und so war es nur recht und billig, wenn wir auch zusammen ins Schattenreich des Todes eintraten. Es wäre ein Trost gewesen zu wissen, daß unsere geliebten, lebhaften Kinder, unser eigen Fleisch und Blut, danach den vorgezeichneten Weg aller Menschen gehen würden. Doch dem sollte nicht so sein; jung und blühend wie sie waren, mußten sie doch sterben und würden nie darauf hoffen können, einmal das stolze Mannesalter zu erreichen. Oft hatte sie sich in mütterlicher Hoffnung ausgemalt, wie sie ihre Vorzüge und Fähigkeiten auf der weiten Bühne des Lebens auslebten. Doch wehe, denn dieses war die Endzeit! Die Welt war alt geworden, und all ihre Bewohner hatten unter ihrem Verfall zu leiden. Was sollten wir von Kindheit reden, von Mannestum und Alter? Uns blieb nur gleicher Anteil an den Leiden der zeitverwitterten Natur. Am gleichen Punkt des Erdenalters angekommen, gab es unter uns keine Unterschiede mehr; die Worte »Eltern« und »Kinder« hatten keine Bedeutung mehr, junge Knaben und Mädchen standen nun auf gleicher Stufe mit Erwachsenen. Und es war auch kein Trost, diese Wahrheit zu erkennen.

Wo hätten wir uns denn auch hinwenden können, ohne Beispiele dafür zu sehen? Die Felder waren unbestellt, buntes Unkraut wucherte auf ihnen. Selbst dort, wo ein paar Weizenfelder noch von der Hoffnung lebender Ackersleute zeugten, war die Arbeit nur halb erledigt worden, war der Pflüger neben seinem Pflug gestorben. Die Pferde hatten die Furchen verlassen, und kein Sämann hatte sich mehr dem Toten genähert. Unbewacht irrte das Vieh über Felder und Pfade, verwilderte das Geflügel bei seiner Suche nach täglicher Nahrung, wurden Kälber in Blumengärten geboren, machten Kühe das Wohnzimmer zum Stall. Krank wie sie waren, machten sich die wenigen Landleute nicht länger auf, um zu säen oder zu ernten, sondern lungerten auf den Weiden herum oder streckten sich unter den

Hecken aus, wenn sie das unbarmherzige Wetter nicht unter den Schutz des nächstbesten Daches trieb. Viele der Verbliebenen suchten die Einsamkeit; manche von ihnen hatten Vorräte angelegt, die es ihnen ermöglichten, ihre Heime nicht verlassen zu müssen; einige verließen Weib und Kind und meinten, in völliger Einsamkeit Sicherheit zu finden. Auch Ryland hatte dies versucht, und man entdeckte ihn, tot und von Insekten halb zerfressen, in einem weit abgelegenen Haus, in dem sich die Vorräte in nutzlosem Überfluß türmten. Wiederum andere unternahmen lange Reisen, um sich mit ihren Lieben zu vereinen und fanden sie bei ihrer Ankunft tot vor.

London zählte kaum mehr als tausend Einwohner, und selbst diese Zahl wurde ständig kleiner. Die meisten von ihnen waren Landleute, die dort ihr Heil suchten; die Londoner hingegen waren aufs Land geflohen. Der geschäftige Ostteil der Stadt war nun still, und halb aus Habsucht, halb aus Neugier hatte man die Kaufhäuser eher beraubt als geplündert: Säcke und Ballen mit indischen Kostbarkeiten wie teuren Umhängen, Edelsteinen und Spezereien lagen unausgepackt verstreut auf dem Boden. Bisweilen hatte ein Kaufmann seine Habe bis zum Schluß verteidigt und war vor den Gittertoren gestorben. Schwere Kirchenportale knarrten ächzend im Wind, und auf den Gehsteigen lagen Leichen. Eine armselige Frau, das Opfer vulgärer Brutalität, war in die Schminkkammer einer hochwohlgeborenen Schönheit eingedrungen, hatte sich in prunkvolle Kleider gehüllt und war noch vor dem Spiegel tot zusammengebrochen. Frauen, deren, zarte, verwöhnte Füße selten den Boden berührt hatten, waren voller Furcht und Entsetzen aus ihren Villen geflohen, waren durch die schmutzigen Straßen der Metropole geirrt und, umgeben von Armut, dahingerafft worden.

Das Herz bäumte sich auf angesichts dieser zahllosen Qualen, und als ich einige dieser schlimmen Beispiele gesehen hatte, fragte ich mich entsetzt, was wohl aus meiner geliebten Idris und meinen Kindern werden sollte. Würden sie, wenn sie Adrian und mich überlebten, dieser Welt schutzlos ausgeliefert sein? Bisher hatten wir nur seelisch gelitten, doch ließ sich die Zeit, da meine zarte Gefährten von Hunger, Erschöpfung und Krankheit heimgesucht würde, wirklich auf ewig hinausschieben? Es wäre besser, sofort zu sterben, mit einem Dolch erst ihrem und dann meinem Leben ein Ende zu machen. Doch nein! Gerade in Zeiten der Not müssen wir gegen unser Schicksal ankämpfen und dürfen uns nicht von ihm überwältigen lassen. Ich würde nicht nachgeben, sondern meine Lieben bis zum letzten Atemzug gegen Schmerz und Leid verteidigen. Sollte ich dabei doch besiegt werden, so wäre es wenigstens nicht auf unehrenhafte Weise geschehen. Ich stand in der Bresche und leistete dem gewaltigen unsichtbaren Feind, der uns nun schon solange belagerte, erbitterten Widerstand. Bisher war ihm noch kein Durchbruch gelungen, und es sollte meine Aufgabe sein zu verhindern, daß er unsere Kampfkraft von innen heraus aushöhlte.

Die sich ständig verringernde Zahl der möglichen Opfer machte den Tod nur noch gieriger; oder lag dies etwa daran, daß man, als die Überlebenden noch zahlreicher waren, die Toten weniger eifrig zählte? Jetzt war jedes Menschenleben kostbar, galt es mehr als alle hehren Werke der Kunst, und unsere stündlich wachsenden Verluste erfüllten unsere Heizen mit immer größer werdender Niedergeschlagenheit. Dieser Sommer löschte all unsere Hoffnungen aus, die menschliche Gesellschaft war am Ende, und ihre wenigen Überlebenden waren zum Opfer der Schicksalsstürme geworden. Die Menschheit, die nur in der Gemeinschaft stark genug gewesen war, um der Natur zu trotzen und sie zu beherrschen, existierte nicht mehr.

Ein Ade an den Patriotismus, an die Freiheitsliebe, an Senat und Versammlung der Weisen, ein Ade an königlichen Prunk, an Kriegslust, Streben nach Macht und Siegeshoffnung! Die Kronen liegen im Staub, ihre Träger bewohnen die Gräber, ade also dem hohen Streben, die Nationen sind nicht mehr! Kein Senat kommt mehr zusammen, um über die Toten zu beschließen, kein Erbe einer uralten Dynastie lechzt mehr danach, über die Bewohner eines Gebeinhauses zu herrschen; die Hand des Generals ist erkältet, der Soldat ruht, jung und ruhmlos dahingerafft, in heimatlicher Erde. Der Marktplatz ist leer, und kein Kandidat findet noch Wähler. Ade, ihr hohen Staatsempfänge, ihr mitternächtlichen Lustbarkeiten, ade den kostbaren Gewändern, den Geburtstagsfeiern, Titeln und vergoldeten Kronen.

Ade der Riesenmacht des Menschen: dem Wissen, das die schwere Barkasse einst sicher durch endlose Meere steuerte; der Wissenschaft, die den seidigen Ballon durch die freien Lüfte lenkte; der Macht, die die gewaltigen Wassermassen dämmte, Räder und Balken in Bewegung setzte und die riesige Maschine schuf, die Blöcke aus Granit und Marmor sprengte und ganze Berge einebnete!

Ade auch allen Künsten: der Beredsamkeit, die den menschlichen Geist in Wallung setzt wie der Wind das Meer, ihn aufwühlt und beruhigt; ade der Dichtung und der hohen Philosophie, denn die Vorstellungskraft des Menschen ist erkältet und sein suchender Geist vermag nicht länger über die Wunder des Lebens zu räsonieren, denn »im Grab, in das, du gehst, gibt es Arbeit nicht, noch Plan, noch Wissen oder Weisheit«; ade der Architektur, die mit ihren vollkommenen Proportionen die grobe Natur bei weitem übertrifft, ade der Gotik und dem Stil der Mauren, den griechischen Säulen, deren Harmonie das Auge so beglückt wie die Musik das Ohr! Ade der Bildhauerkunst, deren reiner Marmor das menschliche Fleisch verhöhnt und durch die Darstellung der menschlichen Form den ihr innewohnenden

Gott enthüllt! Ade der Malerei, dem erhabenen Gefühl und tiefem Wissen des Künstlers, das dieser auf die Leinwand bannt, den paradiesischen Szenen von immergrünen Bäumen und milde leuchtender Luft, dem im Bilde festgehaltenen Sturm, dem vom Rahmen begrenzten Aufbäumen der Natur; ade, ade auch der Musik und dem Klang des Gesangs, der harmonischen Vermählung der Instrumente, die den atemlosen Zuhörer zum Himmel emporträgt und ihm die verborgenen Freuden der Unsterblichen offenbart! Ade der vielbespielten Bühne, die Welt erlebt nun eine wahre Tragödie, die die gespielte Trauer lächerlich erscheinen läßt, ade der hohen Komödie und der vulgären Posse! Der Mensch darf nicht mehr lachen.

Ach, all diese Zierden der Menschheit aufzuzählen, zeigt nur, was wir verloren haben, wie groß der Mensch einst war! jetzt ist alles vorüber. Der Mensch ist allein: Wie unsere Ureltern aus dem Paradies vertrieben, blickt er zurück auf das, was er verlassen hat. Dazwischen liegen die hohen Mauern des Grabes und das flammende Schwert der Pest. Wie vor unseren ersten Eltern liegt auch vor ihm die Erde – eine weite Wüste. Schwach und ohne Schutz, wandert er nun durch Felder, wo in nutzlosem Überfluß das reife Getreide hoch emporragt, durch Haine, die seine Väter einst anlegten, durch Städte, die für ihn erbaut wurden. Es gibt keine Nachwelt mehr; Ruhm, Ehrgeiz und Liebe sind Worte ohne Bedeutung. So wie das Vieh im Felde grast, so legst auch du dich, Verlassener, gegen Abend nieder, ohne um die Vergangenheit zu wissen oder dich um die Zukunft zu sorgen, denn nur durch selige Unwissenheit kannst du hoffen, Linderung zu erfahren!

Die Freude färbt jede Tat und jeden Gedanken mit ihren eigenen Farben. Der Glückliche spürt die Armut nicht, denn das Entzücken ist ein golddurchwirktes Gewand und krönt ihn mit unschätzbaren Pretiosen. Die Wonne ist eine Köchin, die auch das schlichteste Mahl verschönt und den einfachsten Trank berauschend macht. Die Freude bestreut das härteste Lager mit Rosen, läßt jede Arbeit leicht erscheinen.

Die Trauer hingegen macht die Last nur doppelt schwer, bekränzt das harte Kissen mit Dornen, mengt Galle in das Wasser, macht das bittere Brot noch salzig, kleidet den Leidenden in Lumpen und streut Asche auf sein kahles Haupt.

Zu unserem unaussprechlichen Leid traf uns nun selbst die kleinste Unannehmlichkeit mit gewaltiger Wucht. Wir hatten unsere Muskeln angespannt, um das Gewicht des Schicksals ertragen zu können, und doch brachen wir zusammen, als es eine federleichte Last hinzufügte. Viele der Überlebenden waren im Luxus aufgewachsen. Nun waren ihre Dienstboten fort, und ihre frühere Befehlsgewalt war nur noch eine Farce. Auch die Armen litten schlimme Not, und der Gedanke an einen nochmaligen Winter wie den letzten ließ uns erschauern. Genügte es denn nicht, daß wir schon sterben mußten? Mußte unser Los denn noch durch Mühsal verschlimmert werden? Warum mußten wir uns unseren Leichenschmaus auch noch hart erarbeiten und mit elender Plackerei den Brennstoff für unsere verlassenen Herdstellen zusammentragen? Mußten wir gar noch mit eigenen Händen die Kleidung schneidern, die schon bald unser Leichengewand sein würde?

Nein! Wenn wir schon bald sterben mußten, so wollten wir wenigstens den Rest unseres Lebens genießen. Fort mit den erbärmlichen Sorgen! Für körperliche Arbeit waren wir nun viel zu sehr geschwächt, sie sollte keinen Platz mehr in unserer kurzen Existenz finden. In den Anfängen der Zeit, als der Mensch, wie heute auch, in Familien lebte und nicht in Stämmen oder Völkern, da hielt er sich in einem angenehmen Klima auf, wo die Erde ihn auch unbebaut ernährte und die milde Luft seine ruhenden Glieder angenehmer wärmte als jedes Daunenbett. Im Süden lag der Ursprung des Menschen, das fruchtbare Land, das ihn dankbarer bescherte als der Mühsal verlangende Norden, wo

Bäume Dächer boten wie Paläste, das Lager aus Rosen bestand und Trauben den Durst löschten. Dort brauchten wir weder Kälte noch Hunger zu fürchten.

Man brauchte sich England nur anzuschauen: Auf den Weiden schoß das Gras empor, doch boten sie uns nur ein feuchtes, kaltes Lager. Natürliches Getreide besaßen wir nicht, und die wenigen Früchte ernährten uns nicht. Brennstoff mußten wir aus der Tiefe der Erde holen, weil das ungnädige Klima uns sonst mit Rheumatismus strafte. Nur die Arbeit Hunderttausender machte diese unwirtliche Insel für uns bewohnbar. Also auf in den Süden, der Sonne entgegen! Dorthin, wo die Natur freundlich war, wo Jupiter das Füllhorn der Amalthea ausgeschüttet hat und die Erde ein einziger Garten ist.

England, du Geburtsstätte der Edlen und der Weisen, deine Kinder sind vergangen, dein Ruhm ist verblichen! Du, England, warst einst der Triumph des Menschen! Dein Schöpfer hat dir nur geringe Gunst erwiesen, du Insel des Nordens! Von Natur aus warst du nur eine rauhe Leinwand, die der Mensch mit fremden Farben bemalte; doch diese sind verblaßt und können nie erneuert werden. So müssen wir dich also verlassen, du Weltwunder. Wir müssen deinen Wolken, deiner Kälte und deiner Kargheit auf immer Lebewohl entbieten! Dein tapferes Herz steht still, die Geschichte deiner Macht und Freiheit hat ein Ende gefunden. Von Menschen verlassen, wird der Ozean, o kleine Insel, gegen deine Felsen branden; der Rabe wird mit seinen Schwingen über dich hinwegfliegen, aus deiner Erde wird das Unkraut emporschießen und dein Himmel wird die Unfruchtbarkeit überdachen. Du warst nicht berühmt für deine Rosen wie einst Persien, nicht, wie der Osten, für deine Bananen; nicht die Gewürze Indiens kündeten von deinem Ruhm, und nicht die Zuckerrohrfelder Amerikas; nicht deine Rebstöcke und zweifachen Ernten waren es, die deinen Glanz ausmachten, und auch nicht deine warmen Winde und deine heiße Sonne – nein, deine Kinder waren es, ihr unermüdliches Streben und ihr stolzer Fleiß. Doch sie sind vergangen, und du gehst mit ihnen den Pfad in die Vergessenheit.

Im August dieses Jahres, es war 2096, machte sich unter den wenigen Überlebenden, die mittlerweile aus allen Landesteilen nach London zusammengeströmt waren, der Gedanke an Emigration breit. Zunächst war es noch ein Hauch, ein unbestimmter Wunsch, eine abwegige Vorstellung, was Adrian da überbracht wurde. Voller Begeisterung nahm er die Idee auf und machte sich sofort daran, Pläne für ihre Verwirklichung zu schmieden. Nachdem der heiße September vorüber war, schwand auch die Furcht vor dem unmittelbaren Sterben. Der nächste Winter stand uns bevor, und wir konnten es uns aussuchen, wie wir ihn am angenehmsten verbringen wollten. Wahrscheinlich war dieser Gedanke an Auswanderung wirklich das vernünftigste, da sie uns von den Orten unserer jüngsten Leiden fort – und in angenehme, hübsche Länder führen würde, um auf diese Weise unsere Verzweiflung zu mildern. Nachdem diese Idee erst einmal ausgesprochen worden war, waren alle begierig, sie so bald wie möglich in die Tat umzusetzen.

Wir lebten noch immer in Windsor. Unsere neugewonnene Hoffnung entschädigte uns für die kürzlich erlittene Pein. Der Tod vieler unserer Bewohner hatte uns die geliebte Illusion genommen, daß Windsor Castle ein Ort sei, zu dem die Pest keinen Zutritt hatte. Doch unsere Lebensspanne war immerhin um einige Monate verlängert worden, und so trug sogar Idris den Kopf höher, wie eine Lilie nach dem Sturm, wenn ein letzter Sonnenstrahl in ihren silbernen Kelch findet.

Just zu diesem Zeitpunkt besuchte Adrian uns. Es war ihm anzusehen, daß er vieles im Kopf bewegte. Er beeilte sich, mich beiseite zu nehmen, um mir schnell seinen Plan für eine Emigration aus England zu verraten.

England für immer zu verlassen! Sich abwenden von seinen verseuchten Feldern und Wäldern, die See zu überqueren und es zu verlassen wie ein Gestrandeter, der den Felsen hinter sich läßt, auf den sein Schiff aufgelaufen ist, sobald ein rettendes Schiff in Sicht ist! Das war sein Plan.

Das Land unserer Väter zu verlassen, in dem diese begraben lagen! Wir konnten uns nicht einmal wie ein Emigrant von früher fühlen, der aus freien Stücken, aus Abenteuerlust oder Bequemlichkeit, seine Heimaterde hinter sich ließ; auch wenn ihn tausend Meilen davon trennen mochten, so blieb er dennoch stets mit England verbunden, war es Teil von ihm und umgekehrt. Er konnte über die Ereignisse des Tages hören, er wußte, daß ihm im Falle seiner Rückkehr alle Türen offenstehen würden und daß es lediglich eine Frage des Willens wäre, sich wieder mit altvertrauten Gefährten und Dingen zu umgeben. Bei uns, den Überbliebenden war dies jedoch anders. Wir hinterließen niemanden, der uns vertreten hätte, der das öde Land bevölkern würde, und wenn wir England erst verlassen hatten, so würde sein Name untergehen.

Doch auf! Laßt uns aufbrechen! England trägt bereits sein Leichentuch, und wir dürfen uns nicht an einen Leichnam binden. Wir wollen aufbrechen – jetzt ist die Welt unsere Heimat, und wir werden uns als Wohnort ihre fruchtbarste Gegend aussuchen. Sollen wir in diesen verlassenen Hallen unter winterlichem Himmel mit geschlossenen Augen und in den Schoß gelegten Händen sitzend auf den Tod warten? Nein, wir wollen lieber ausziehen und uns ihm tapfer stellen. Vielleicht aber finden wir sogar an einem abgelegenen Ort, an dem ewiger Frühling herrscht, unter schwankenden Bäumen und gluckernden Bächen das Leben selbst. Die Welt ist weit, und wenn auch England mit seinen Feldern und riesigen Waldflächen grenzenlos erscheinen mag, so ist es doch nur ein kleiner Teil davon. Mag sein, daß wir am Ende eines Tagesmarsches über hohe Berge und durch schneebedeckte Täler die Heilung finden, unsere Lieben in ihre Obhut geben, den entwurzelten Baum der Menschheit aufs neue einpflanzen und der späten Nachwelt die Legende von der Rasse übermitteln, deren Helden und Weisen die Pest überlebten.

Die Hoffnung winkt uns und die Trauer treibt uns an, erwartungsfroh schlägt unser Herz höher, und dieses eifrige Verlangen nach Veränderung muß doch an sich schon ein gutes Omen sein! So kommt doch! Sagt den Toten ade, ade den Gräbern unserer Lieben, ade dem gewaltigen London und der ruhigen Themse, den Flüssen, den Bergen, der schönen Landschaft, dem Geburtsort der Weisen und der Guten, dem Wald von Windsor und seinem alten Schloß! Ade! Es sind dies nur noch Topoi für Geschichten, wir aber müssen anderswo leben.

Dies waren zum Teil die Argumente Adrians, die er voller Eifer und mit rasender Geschwindigkeit von sich gab, so daß keine Zeit zur Entgegnung blieb. Es lag ihm noch etwas auf dem Herzen, das er nicht auszusprechen wagte. Er spürte, daß das Ende der Zeiten gekommen war und daß wir einer nach dem anderen ins Nichts eintreten mußten. Es schien nicht ratsam, dieses traurige Ende in unserem Heimatland abzuwarten; das Reisen würde uns wenigstens täglich ein neues Ziel bescheren und unsere Gedanken vom schnell nahenden Ende aller Dinge ablenken. In Italien würde es uns leichter fallen, umringt von den Zeugnissen der großen Vergangenheit Roms, uns in unser Los zu fügen. Adrian dachte dabei auch an meine Kinder und beschwor mit bunten Farben ein Bild der Gesundheit und der Lebenskraft – zwar wußten wir nicht, wo oder wann wir es finden mochten, doch sollte es stets unser Ziel sein und bleiben. So gewann er mich mit Herz und Seele für seine Sache.

Nun war es meine Aufgabe, Idris von unserem Plan zu unterrichten. Die Bilder der Genesung und der Hoffnung, die ich vor ihren Augen beschwor, entlockten ihr ein zustimmendes Lächeln. Mit einem Lächeln willigte sie ein, ihr Heimatland, das sie noch nie zuvor verlassen hatte, aufzugeben; den Wald mit seinen mächtigen Bäumen, die Pfade und grünen Auen, in denen sie als Kind gespielt und eine solch glückliche Jugend verbracht hatte – all dies wollte sie ohne Bedauern aufgeben, weil sie hoffte, damit das Leben ihrer Kinder zu retten.

Sie waren ihr Leben, das Teuerste, was sie besaß. Mit kindlicher Freude nahmen die Jungen die Nachricht von unserem Umzug auf. Clara fragte, ob wir auch Athen sehen würden. »Das ist schon möglich«, erwiderte ich, und ein frohes Strahlen überzog ihr Gesicht. Dort würde sie das Grab ihrer Eltern besuchen können und das ganze Land, das mit Erinnerungen an den Ruhm ihres Vaters erfüllt war. Schweigend, doch ohne Traurigkeit dachte sie darüber nach. Die Erinnerung an ihre Eltern war es, die schon früh ihren kindlichen Frohsinn in Ernst verwandelt hatte und sie ständig rastlosen Gedanken nachhängen ließ.

Es gab viele teure Freunde, die wir nicht zurücklassen durften, so schlicht und einfach sie auch sein mochten. Da war der feurige aber gehorsame Hengst, den Lord Raymond seiner Tochter geschenkt hatte; da waren Alfreds Hund und ein zahmer Adler, dessen Augen vom Alter kurzsichtig geworden waren. Doch diese Liste unserer Lieblinge tröstete uns nicht über unsere großen Verluste hinweg, und seufzend gedachten wir vieler liebgewonnener Dinge, die wir leider nicht mitnehmen konnten. Idris traten die Tränen in die Augen, wenn Alfred und Evelyn*) mal mit einem heißgeliebten Rosenstock, mal mit einer hübsch geschnitzten

Marmorvase ankamen und darauf bestanden, diese Dinge mitnehmen zu dürfen, und voller Trauer bedauerten, daß wir das Schloß und den Wald, die Rehe und die Vögel und all die anderen gewohnten und liebgewonnenen Dinge zurücklassen mußten.

»Ihr kleinen Narren«, sagte ich lachend, »wir haben noch viel größere Schätze verloren und lassen sie hinter uns, um Kostbarkeiten zu bewahren, mit denen verglichen sie nichtig sind! Wir wollen nicht einen Augenblick lang unser Ziel und unsere Hoffnung aus dem Auge verlieren, denn diese werden ein unüberwindbarer Damm sein, der verhindert, daß uns unsere Trauer um Kleinigkeiten überflutet.«

Die Kinder waren leicht abzulenken und widmeten sich wieder der frohen Erwartung künftiger Vergnügungen. Idris war verschwunden. Sie war fortgegangen, um ihre Schwäche zu verbergen, war aus dem Schloß geflohen, um in der Einsamkeit des kleinen Parks weinen zu können. Als ich sie fand, hielt sie eine Eiche umschlungen und küßte weinend die rauhe Rinde. Ich zog sie an mich, und als sie meine Küsse auf ihren Lidern und den Druck meiner Arme spürte, da wurde sie gewahr, was noch verblieb.

»Es ist sehr freundlich von dir, mir keine Vorwürfe zu machen«, sagte sie, »ich weine, und ein unerbittlicher Schmerz zerreißt mir das Herz. Und doch bin ich glücklich. Heute trauern Mütter um ihre Kinder, verlieren Frauen ihre Ehemänner, während du und die Kinder mir noch erhalten geblieben seid. Ja, ich bin glücklich, sehr glücklich sogar, daß ich so wegen eingebildeter Leiden weinen kann und daß der geringfügige Verlust meines geliebten Heimatlandes nicht von einem noch mächtigeren, schlimmeren überschattet wird. Nimm mich mit, wohin du

*) *Evelyn*: ein englischer Männer- *und* Frauenname, hier für Verneys zweiten Sohn verwendet. Anm. d. Übs.

willst, wo du und die Kinder sind, da ist auch Windsor, und jedes Land soll mir ein England sein. Diese Tränen sollen nicht um meinetwillen fließen, die ich zugleich glücklich und undankbar bin, sondern für die tote Welt, für unser verlorenes Land, für all die Liebe, das Leben und die Freude, die nun in der staubigen Kammer des Todes erstickt ruhen.« Sie sprach sehr schnell, wie um sich selbst von ihren Worten zu überzeugen. Sie wandte ihren Blick von den Bäumen und Waldwegen ab, die sie so liebte, verbarg ihr Gesicht an meiner Brust, und nun ließ auch mich meine männliche Festigkeit im Stich, und gemeinsam vergossen wir trostreiche Tränen, bis wir schließlich ruhig, nein, fast fröhlich ins Schloß zurückkehrten.

Das erste kalte Wetter eines typisch englischen Oktobers ließ uns unsere Vorbereitungen beschleunigen. Ich bewegte Idris dazu, sich nach London zu begeben, wo sie von größerem Nutzen sein konnte. Um ihr den Schmerz eines Abschieds von unbelebten Dingen zu ersparen (und nur noch solche blieben in Windsor zurück), hatte ich beschlossen, daß keiner von uns jemals wieder nach Windsor zurückkommen sollte. Dies verriet ich ihr jedoch noch nicht. Zum letztenmal blickten wir von der Terrasse auf das weite Land hinab und sahen zu, wie die letzten Strahlen der untergehenden Sonne das bunte Laub der herbstlichen Bäume erhellten. Weiter unten lagen die unbestellten Felder und die verlassenen rauchlosen Katen im Schatten; die Themse schlängelte sich in weitgezogenen Schleifen durch die Ebene, und der altehrwürdige Gebäudekomplex von Eton zeichnete sich in dunklen Umrissen vor dem Horizont ab. Nur das Zwitschern der Vögel unterbrach die abendliche Stille. Die Natur war die gleiche wie damals, als sie sich als gütige Mutter der frühen menschlichen Rasse gezeigt hatte. Nun aber, da sie kinderlos und verlassen war, wirkte ihre Fruchtbarkeit wie Hohn, war ihre

Schönheit nur eine Maske der Verkrüppelung. Warum sollte die Brise sanft durch die Bäume streichen, wenn sie den Menschen doch nicht mehr erfrischen konnte? Was sollte sich die dunkle Nacht mit Sternen schmücken, wenn doch niemand sie sah? Was sollten Früchte, Blumen und Bäche, wenn es keinen Menschen mehr gab, um sie zu genießen?

Idris stand neben mir, und ihre Hand ruhte in meiner. Sie lächelte froh. »Die Sonne ist einsam«, sagte sie, »doch wir sind es nicht. Ein seltsamer Stern hat über unsere Geburt geherrscht, Lionel. Voller Trauer und Niedergeschlagenheit mögen wir auf den Untergang der Menschheit blicken, doch wir sind einander erhalten geblieben. Habe ich jemals in dieser weiten Welt nach etwas anderem gesucht als nach dir? Und da du immer noch in dieser weiten Welt bist, was sollte ich mich beklagen? Du und die Natur, ihr beide seid mir treu geblieben. In den Schatten der Nacht und im grellen Tageslicht, das unsere Einsamkeit offenbart, wirst du immer noch an meiner Seite bleiben. Ich will nicht einmal um Windsor trauern.«

Für unsere Reise nach London hatte ich die Nacht gewählt, damit wir weniger von den Veränderungen und der Verlassenheit der Landschaft mitbekämen. Unser einziger uns verbliebener Diener war unser Kutscher. Wir fuhren den steilen Hügel hinab und kamen in die dunkle Allee des Long Walk. In Krisenzeiten nehmen die winzigsten Geschehnisse gewaltige Konturen an. Schon das bloße Öffnen des weißes Tores, durch das wir in den Wald kamen, bannte meine Aufmerksamkeit; es war ein Alltagsereignis, das niemals wieder stattfinden sollte! Die glitzernde Sichel des untergehenden Mondes schimmerte durch die Baummassen zu unserer Rechten, und als wir in den Park gelangten, scheuchten wir ein Rudel Rehe auf, das hastig in den sicheren Schatten des Waldes floh. Unsere beiden Jungen schliefen ruhig. Einmal, bevor unser Weg eine letzte Biegung machte, blickte ich zum Schloß zurück. Seine Fenster schimmerten im Mondenschein, und die massigen Umrisse des Schlosses zeichneten sich dunkel vor dem Hintergrund des Himmels ab; der Wind sang in den nahen Bäumen sein mitternächtliches Totenlied. Idris lehnte sich zurück und drückte meine Hand. Ihr Gesicht wirkte ruhig. Sie schien bereits vergessen zu haben, was sie hinter sich ließ.

Die Gedanken, denen ich nachhing, waren zwar traurig und ernst, doch keineswegs trostlos. Schon das große Ausmaß unseres Leids brachte Linderung mit sich, da es der Trauer Erhabenheit verlieh. Ich war in der glücklichen Lage, die Menschen, die ich am meisten liebte, mitnehmen zu können; ich war froh, mich nach langer Trennung wieder Adrian anzuschließen, um ihn niemals mehr zu verlassen. Ich hatte das Gefühl, das zurückzulassen, was *ich* liebte, nicht das, was *mich* liebte. Den Schloßmauern und den wohlvertrauten Bäumen war das Abschiedsgeräusch unseres davonfahrenden Gefährts gleichgültig. Und da ich Idris nahe bei mir fühlte und das regelmäßige Atmen meiner Kinder hörte, konnte ich nicht unglücklich sein. Clara war tief bewegt; weinend lehnte sie sich aus dem Fenster, um einen letzten Blick auf ihr geliebtes Windsor zu erheischen.

Bei unserer Ankunft wurden wir von Adrian begrüßt. Er war sehr aufgeregt, und von seiner Krankheit war ihm nichts mehr anzumerken. Aus seinem Lächeln und seiner Fröhlichkeit hätte man niemals darauf schließen können, daß er dabei war, die wenigen Überlebenden der englischen Nation in die unbewohnten Südländer zu führen, wo sie einer nach dem anderen den Tod finden würden, bis schließlich nur noch der LETZTE MENSCH in einer stummen, leeren Welt übrigblieb.

Adrian drängte darauf, daß wir sobald wir möglich aufbrechen sollten. Er war mit seinen Vorbereitungen bereits weit gediehen und strebte mit ganzer Seele danach, die unglückselige Menge anzuführen, die sich voll und ganz auf ihn verließ. Es war sinnlos, allzuviele Dinge mitzuführen, da wir in jeder Stadt reichlich Nahrung und Kleidung finden würden. Es war Adrians Wunsch, jede Anstrengung zu vermeiden; dieser Leichenzug sollte fröhlich aussehen.

Wir zählten nicht ganz zweitausend Menschen. Sie befanden sich noch nicht alle in London, doch jeden Tag trafen neue Gruppen ein. Die Menschen in den Nachbarstädten hatten Anweisung erhalten, sich am zwanzigsten November an einem Punkt zu sammeln. Es gab genügend Pferde und Kutschen für alle. Hauptleute und Unteroffiziere wurden ausgewählt, und alles wurde gründlich durchorganisiert. Jedermann gehorchte dem Lordprotektor des sterbenden Englands und blickte zu ihm hoch. Es wurde eine Ratsversammlung von fünfzig Personen gewählt. Dabei spielten weder Auszeichnung noch gesellschaftliche Stellung eine Rolle; es gab keinerlei Unterschiede mehr außer denen, die sich aus der Verteilung der Pflichten ergaben, ansonsten gab es nur den Unterschied zwischen lebendig und tot. Obwohl wir begierig waren, England noch vor dem Einbruch des tiefsten Winters zu verlassen, wurden wir doch aufgehalten. Man hatte kleine Suchtrupps in alle Teile Englands geschickt, um eventuelle Nachzügler ausfindig zu machen; denn wir wollten nicht aufbrechen ohne uns, soweit es menschenmöglich war, Gewißheit verschafft zu haben, daß wir nicht einen einzigen Menschen zurücklassen würden.

Als wir in London ankamen, stellten wir fest, daß die alternde Gräfin von Windsor bei ihrem Sohn im Protektoratspalast wohnte. Wir zogen in unsere vertraute Wohnung in der Nähe des Hyde Park. Zum erstenmal seit vielen Jahren sah Idris ihre Mutter wieder; sie wollte sich vergewissern, daß Alterskindlichkeit sich nicht mit unvergessenem Stolz gepaart hatte, um diese hochwohlgeborene Dame mir gegenüber immer noch ungnädig zu stimmen. Das Alter und die Sorge hatten ihre Wangen gefurcht und ihre früher so aufrechte Haltung gekrümmt; doch ihr Blick war immer noch wach und ihr Verhalten unverändert herrisch. Äußerst kühl begrüßte sie ihre Tochter, nur als sie ihre Enkelkinder in die Arme nahm, erweichte sich ihr Herz ein wenig. Es liegt in unserer Natur, daß wir uns wünschen, unsere Systeme und Anschauungen der Nachwelt durch unsere eigenen Nachkommen zu erhalten. Was ihre eigenen Kinder betraf, so war die Gräfin darin gescheitert; vielleicht hoffte sie darauf, daß sie durch die nächste Generation der Erfüllung ihrer Pläne näher kommen mochte. Bei einer Gelegenheit ließ Idris leichtfertig meinen Namen fallen. Sofort verfinsterte sich die Miene ihrer Mutter, und mit vor Zorn bebender Stimme sagte sie:

»Ich bin in dieser Welt von nur noch geringem Nutzen. Die Jungen brennen nur darauf, die Alten zu verdrängen. Doch Idris, wenn du nicht willst, daß deine Mutter zu deinen Füßen ihr Leben aushaucht, so erwähne diese Person mir gegenüber mit keinem einzigen Wort mehr! Alles andere kann ich wohl ertragen, und ich habe mich auch damit abgefunden, daß meine liebsten Hoffnungen vereitelt wurden. Doch ist es zuviel verlangt, daß ich auch noch das Werkzeug liebe, daß die Vorsehung mit der mörderischen Kraft versehen hat, mich zu vernichten.«

Dies war eine merkwürdige Rede, da doch nun die Bühne leer war und jeder von uns ungestört seine eigene Rolle hätte spielen können. Doch wie Octavius Caesar und Marcus Antonius, so dachte auch die hochmütige Ex-Königin:

Wir können nicht zusammenkommen
Auf der ganzen weiten Welt.

Der fünfundzwanzigste November sollte der Tag unserer Abreise sein. Das Wetter spielte einigermaßen mit, nachts fiel leichter Regen, und tagsüber schien die winterliche Sonne. Es war vorgesehen, daß wir in getrennten Gruppen auf verschiedenen Wegen aufbrachen, um schließlich in Paris wieder zusammenzustoßen. Adrian sollte mit seiner Abteilung von etwa fünfhundert Personen die Strecke von Dover nach Calais nehmen.

Am zwanzigsten November ritten Adrian und ich zum letztenmal durch die Straßen von London. Alles war verlassen und vom Unkraut überwuchert. Die offenstehenden Türen der leerstehenden Herrenhäuser knarrten in ihren Aufhängungen, Schlinggewächse und Schmutz hatten sich auf den Treppen angesammelt; schweigend ragten die Kirchtürme in die von keiner Herdstelle mehr mit Rauch geschwängerte Luft empor; die Kirchen standen offen, doch an keinem Altar wurden noch Gebete gesprochen; Moder und Feuchtigkeit hatten bereits die Ornamente verunziert, und herrenlose Vögel und Haustiere hatten ihre Nester und Ruhelager an geheiligten Orten errichtet. Wir kamen an St. Paul's vorbei. Sein massiger Bau und seine geschwärzten Steine ließen es, zusammen mit seiner hohen Kuppel, nicht mehr wie eine Kultstätte, sondern wie ein Grabmal aussehen. In ernstes, dem Anlaß geziemend feierliches Gespräch vertieft, ritten wir nach Osten weiter. Weit und breit war keine menschliche Stimme zu hören, keine menschliche Gestalt zu sehen. Überall liefen herrenlose Tiere umher, und wenn auch alles verlassen war, so war doch alles auch unversehrt. Dieser bunte Haufen völlig intakter Gebäude und Luxuswohnungen bildete einen scharfen Kontrast zu den leeren Straßen.

Die Nacht brach herein, und es begann zu regnen. Wir wollten gerade umkehren, als eine Stimme, eine menschliche Stimme – wie seltsam sie anzuhören war! – unsere Aufmerksamkeit erregte. Es war ein Kind, das eine leichte, fröhliche Melodie sang; sonst war nichts zu hören. Wir hatten London vom Hyde Park aus bis hierher in die Minories durchquert und waren niemandem begegnet, hatten keine menschliche Stimme oder auch nur Fußschritte gehört. Das Singen wurde von Lachen und Reden unterbrochen; noch nie zuvor schien ein fröhlicher Schlager unangebrachter zu sein, war das Lachen dem Weinen verwandter gewesen.

Die Tür, aus der diese Geräusche kamen, stand offen, die obere Etage war erleuchtet, als würde dort ein Fest stattfinden. Es war ein großes, prunkvolles Haus, in dem zweifellos einmal ein wohlhabender Kaufmann gelebt haben mußte. Als wir leise die Treppe hochstiegen, ertönte der Gesang von neuem und hallte durch die hohen Räume. Nun schienen Lichter uns zu unserem Ziel zu führen, und eine lange Flucht hell erleuchteter prunkvoller Räume versetzte uns noch mehr in Erstaunen. Ihr einziger Bewohner stellte sich als ein kleines Mädchen heraus, das singend im Kreise tanzte und sich durch das Haus bewegte, von einem großen Neufundländer verfolgt, der lärmend um sie herumsprang, so daß sie ihn mal tadelte, mal neckte, mal lachte und sich mal auf den Teppich fallen ließ, um mit ihm zu spielen. Grotesk war sie in glitzernde Kleider und Umhänge gehüllt, die sonst nur eine erwachsene Frau getragen hätte. Das Mädchen war etwa zehn Jahre alt.

Wir standen in der Tür und schauten solange zu, bis uns der Hund bemerkte und verbellte. Das Kind drehte sich um und erblickte uns. Sofort verschwand die Fröhlichkeit aus seinem Gesicht, es schreckte zurück und schien an Flucht zu denken. Ich ging auf das Kind zu und nahm es bei der Hand. Sie leistete keinen Widerstand, doch stand sie mit tief gefurchter Stirn da und blickte zu Boden.

»Was tust du hier?« fragte ich sanft. »Wer bist du?«

Sie gab keine Antwort, zitterte aber heftig.

»Mein armes Kind«, sagte Adrian »bist du allein?«

Es war eine gewinnende Sanftheit in seiner Stimme, die das

Herz des kleinen Mädchens ansprach. Sie blickte ihn an, dann riß sie sich von mir los, warf sich ihm in die Arme, klammerte sich an ihm fest und rief: »Rette mich! Rette mich«, während ihr unnatürlicher, unkindlicher Mißmut sich in Tränen auflöste.

»Ich werde dich retten«, erwiderte er. »Wovor fürchtest du dich? Vor meinem Freund brauchst du keine Angst zu haben, er tut dir nichts. Bist du allein?«

»Nein, Lion ist bei mir.«

»Und dein Vater und deine Mutter?«

»Die habe ich nie gehabt. Ich bin ein Waisenkind. Alle sind fort, schon seit vielen, vielen Tagen fort. Doch wenn sie zurückkommen und mich erwischen, dann werden sie mich ganz schlimm schlagen!«

Mit diesen Worten war ihre traurige Geschichte bereits erzählt: Ein Waisenkind, das aus vergeblicher Barmherzigkeit aufgenommen worden war; man hatte es mißhandelt und verachtet; schließlich waren seine Unterdrücker gestorben; unwissend, was um sie herum geschehen war, hatte sie sich plötzlich allein wiedergefunden; sie hatte nicht gewagt, vor die Tür zu gehen, doch mit zunehmender Dauer ihres Alleinseins war ihr Mut wiedergekehrt; zusammen mit ihrem Hundegefährten hatte sie in kindlichem Übermut tausend Tollereien getrieben und fürchtete nun nichts mehr als die Rückkehr ihrer hartherzigen und grausamen Beschützer. Sie erklärte sich sofort bereit, mit Adrian zu gehen.

Wir waren Anfang Oktober von Windsor nach London gekommen und hatten uns dort nun schon etwa sechs Wochen aufgehalten. In dieser Zeit verschlimmerte sich Idris' Gesundheitszustand von Tag zu Tag mehr: Ihr Herz war gebrochen, und sie konnte weder auf die Hilfe des Schlafes noch des Appetits zählen, um zu gesunden. Sie verbrachte die Zeit damit, ununterbrochen über ihre Kinder zu wachen und sich, neben mir sitzend, daran zu erfreuen, daß ich ihr noch erhalten geblieben war. Nichts von ihrer Fröhlichkeit und Lebhaftigkeit war noch zu spüren, und beide merkten wir, wie die stete Sorge zusehends an ihrem Lebensnerv zehrte. Und doch mochte ein Wechsel der Umgebung ihre Lebensgeister vielleicht neu wecken. Ich fürchtete allein die Pest, und von dieser blieb sie unberührt.

Ich hatte sie an diesem Abend verlassen, nachdem sie sich hingelegt hatte, um sich von den Anstrengungen der Vorbereitung zu erholen. Clara saß neben ihr und erzählte den beiden jungen eine Geschichte. Idris hatte die Augen geschlossen. Doch plötzlich bemerkte Clara, wie sich unser ältester Sohn veränderte: Schwer hingen seine Lider auf den Augen, seine Wangen glühten unnatürlich rot, und sein Atem wurde immer heftiger. Clara blickte die Mutter an. Sie schlief noch immer, wurde jedoch unruhig, weil sie unbewußt die Pause spürte, die Clara beim Erzählen gemacht hatte. Da sie sie nicht aufwecken und beunruhigen wollte, und Evelyn, der nichts bemerkte, eifrig darauf drängte, daß sie fortfuhr, tat sie es auch. Besorgt blickte sie dabei von Alfred zu Idris, bis sie sah, daß das Kind zu stürzen drohte. Sie sprang vor, um es aufzufangen und weckte Idris mit ihrem Schrei. Idris blickte ihren Sohn an. Sie sah, wie der Tod mit seinen Fingern über sein Antlitz strich, sie 1egte ihn auf ein Bett, sie hielt einen Tank an seine trockenen Lippen.

Und doch war noch Rettung möglich! Wenn ich nur dort wäre, konnte er vielleicht gerettet werden, vielleicht war es ja gar nicht die Pest. Was sollte sie tun, ohne jemanden, den sie um Rat fragen konnte? Abwarten und ihn sterben sehen? Warum war ich ausgerechnet jetzt fort?

»Sieh nach ihm!« rief sie, »ich komme sofort zurück.«

Sie fragte bei unseren zukünftigen Reisegefährten im Haus nach mir, doch die wußten nur, daß ich mit Adrian ausgegangen war. Sie flehte sie an, mich zu suchen, sie kehrte zu ihrem Kind zurück, das wie gelähmt dalag, sie lief wieder die Treppen hinab. Alles war dunkel, verlassen, still. Sie verlor jegliche Selbstbeherrschung, sie lief auf die Straße hinaus und rief meinen Namen; nur der prasselnde Regen und das Heulen des Windes gaben ihr Antwort. Die Furcht beflügelte sie: blindlings lief sie davon, um mich zu suchen, ohne zu wissen wo; nur noch Geschwindigkeit zählte, und ohne innezuhalten, rannte sie weiter, bis ihre Kräfte plötzlich erschöpft waren und sie auf das Pflaster stürzte. Eine Weile war sie wie betäubt, doch schließlich erhob sie sich wieder und ging trotz ihrer Verletzungen weiter, weinte bitterlich, stolperte manches Mal, ohne zu wissen, wohin ihr Weg sie führte, um dann und wann mit schwacher Stimme meinen Namen zu rufen und mit herzzerreißender Heftigkeit zu schreien, daß ich grausam und herzlos sei.

Es war kein Mensch da, um ihr zu antworten, und die ungnädige Nacht hatte selbst die herumstreunenden Tiere in ihre Behausungen getrieben. Schon bald war ihr dünnes Kleid vom Regen völlig durchnäßt, ihr nasses Haar klebte an ihrem Kopf, und so taumelte sie durch die leeren Straßen, bis sie schließlich erneut stolperte und erschöpft liegenblieb. Sie wünschte sich sehnlichst, auf der Stelle sterben zu dürfen, denn nur der Tod konnte sie noch trösten.

Während sie so dort lag und heiße Tränen vergoß, spürte sie plötzlich, wie sich eine warme Hand auf ihre Stirn legte. Eine Frauenstimme fragte sie voller Mitleid, ob sie sich nicht erheben könne. Das riß sie aus ihrer Verzweiflung. Sie erhob sich halb, umklammerte die Hände der Frau und flehte sie an, mich zu suchen, mir auszurichten, daß ich mich so schnell wie möglich zu meinem sterbenden Kind begeben solle, um es zu retten.

Die Frau half ihr, aufzustehen. Sie führte sie unter ein Dach und redete auf sie ein, daß sie doch nach Hause zurückgehen solle, da ich vielleicht inzwischen dorthin zurückgekehrt sei.

Idris gab ihr willig nach und stützte sich beim Gehen auf den Arm ihrer neugewonnenen Freundin. Weil sie so erschöpft war, mußten sie zahlreiche Pausen machen.

Vom Sturm angetrieben, beeilten wir uns, zurückzureiten. Adrian hatte unseren kleinen Schützling vor sich auf den Sattel gesetzt. In der Säulenhalle unseres Hauses war eine Ansammlung aufgeregter Menschen zu sehen, aus der ich sofort schloß, daß etwas Unheilvolles vorgefallen war. Ich sprang vom Pferd und eilte hinein. Die Leute machten mir ehrfürchtig schweigend den Weg frei, ich packte eine Lampe und lief die Treppe hoch. Ich hörte ein Stöhnen und riß blindlings die erste Tür auf. Im Raum war es völlig dunkel, doch als ich eintrat, umhüllte mich ein ekelhafter, kranker Gestank. Plötzlich packte jemand mein Bein und stöhnte dabei entsetzlich. Ich senkte die Lampe und erkannte einen halbnackten Neger, der sich unter den Krämpfen der Krankheit wand. Voller Entsetzen und Ungeduld versuchte ich freizukommen und stürzte dabei auf den Leidenden. Er legte seine vereiterten Arme um meinen Hals und hauchte mich mit seinem tödlichen Atem an, so daß mir vor Ekel beinahe die Sinne schwanden. Schließlich nahm ich mich mit aller Gewalt zusammen, sprang auf, riß mich los und stürmte aus dem Zimmer zu dem Raum, in dem meine Familie wohnte.

Im schwachen Licht erkannte ich Alfred auf der Couch liegen; Clara hatte ihn, selbst kreidebleich und zitternd, halb hochgehoben und setzte ihm gerade einen Becher mit Wasser an die Lippen. Ich erkannte sofort, daß kein Lebensfunken mehr in ihm war, seine Glieder waren steif, seine Augen glasig geworden. Ich legte ihn sanft zurück, küßte seinen kleinen kalten Mund und redete in leisem, vergeblichen Flüstern auf ihn ein, auf ihn, der nun doch nicht einmal mehr den lautesten Kanonendonner zu hören vermochte.

Wo war Idris? Die Nachricht, daß sie ausgegangen sei, um mich zu besuchen, war alles andere als beruhigend, während ich den Regen und den heulenden Wind gegen das Fenster schlagen und drücken hörte. Dazu kam noch, daß ich zu spüren begann, wie mich nun selbst die Krankheit überfiel. Ich durfte keine Zeit mehr verlieren, wenn ich sie jemals wiedersehen wollte! Ich lief hinunter, sprang auf mein Pferd und ritt davon, um sie zu suchen. Fiebrig und von Schmerzen beinahe übermannt, wähnte ich, in jedem Windstoß ihre Stimme zu vernehmen.

Bei Dunkelheit und Regen ritt ich durch das verlassene Labyrinth der Londoner Straßen. Zu Hause lag mein totes Kind, und auch in mir keimte bereits die tödliche Krankheit. Ich suchte Idris, meine geliebte Frau, die nun allein umherirrte, während vom Himmel wahre Sturzbäche hinuntergingen und ihr zusetzten. In einem Torbogen stand eine Frau und rief mir etwas zu, als ich an ihr vorüber ritt. Es war nicht Idris, also galoppierte ich weiter, bis ich mich plötzlich eines anderen besann – war da nicht auch eine schmale, gebrechliche Gestalt gewesen, die sich an die Rufende geklammert hatte? Eine Minute später stand ich neben ihr und nahm sie in die Arme. Ich legte sie auf mein Pferd; sie war zu schwach, um sich aufrecht zu halten, also stieg ich hinter ihr in den Sattel, legte meinen Umhang um ihre Schulter und widmete ihrer Begleiterin (es war, wie sich später herausstellte, Juliet, die Tochter des Herzogs von L), erregt, wie ich war, keinen einzigen Blick. Sie nahm den Zügel in die Hand und führte unseren gefügigen Hengst nach Hause.

Darf ich so etwas wirklich beschwören? Das war mein letzter glücklicher Augenblick; doch glücklich war ich. Idris würde sterben, denn ihr Herz war gebrochen; ich würde sterben, denn mich hatte die Pest gepackt. Es wäre Wahnsinn gewesen, noch Hoffnung zu hegen; das Leben hatte sich mit dem Tod vermählt, sie waren eins geworden. Doch wie ich so meine erschöpfte Geliebte stützte und die Gewißheit hatte, bald sterben zu müssen, überflutete mich das Glücksgefühl, sie noch ein letztesmal besitzen zu dürfen. Immer und immer wieder küßte ich sie und drückte sie an mein Herz.

Schließlich kamen wir zu Hause an. Ich half ihr beim Absteigen, trug sie die Treppen empor und gab sie in Claras Obhut, damit sie ihre durchnäßten Kleider wechselte. Dann teilte ich Adrian kurz mit, daß ich sie sicher geborgen hatte und bat darum, daß wir uns zurückziehen durften. So wie der Geizhals immer wieder seine Schätze betrachtet, um sie zählen zu können, so zählte auch ich jeden Augenblick, den ich mit Idris noch verbringen durfte. Hastig eilte ich zu dem Zimmer zurück, in dem sie ruhte. Während ich noch vor der Tür stand, hielt ich eine kurze Weile ein, um meinen eigenen Zustand zu untersuchen. Ich litt unter Übelkeit und Schüttelfrost, mein Kopf schmerzte, ein Drücken umklammerte meine Brust, und meine Beine drohten, unter mir nachzugeben. Doch entschlossen schüttelte ich die wachsenden Anzeichen meiner Erkrankung ab und schritt ruhig und sogar freudig auf Idris zu. Sie lag auf einer Couch. Ich verriegelte sorgfältig die Tür, um jede Störung zu vermeiden, setzte mich neben sie, und dann umarmten und küßten wir uns innig. Ach, wäre dieser Augenblick doch mein letzter gewesen!

Schließlich rührten sich ihre mütterlichen Gefühle, und sie fragte: »Und Alfred?«

»Idris«, erwiderte ich, »wir sind einander erhalten geblieben, wir sind zusammen. Denk nur daran und an nichts anderes. Ich bin glücklich, selbst in dieser verhängnisvollen Nacht bin ich noch glücklich, über alle Maßen. Was willst du mehr, meine Liebe?«

Idris hatte verstanden. Sie senkte den Kopf, legte ihn auf meine Schulter und weinte.

»Warum«, fragte sie schließlich, »zitterst du, Lionel? Was ist mit dir?«

»Mag sein, daß mich das Glück erschüttert hat«, sagte ich.

»Unser Kind ist tot und alles ist dunkel und unheilverkündend. Da habe ich wohl Grund genug zum Zittern! Aber ich bin glücklich, meine Idris, außerordentlich glücklich!«

»Ich verstehe dich, mein Geliebter«, antwortete Idris. »So fahl und bleich du auch vor Kummer bist, versuchst du doch, mich zu trösten. Ich bin nicht glücklich«, und ihre Tränen strömten funkelnd herab, »denn wir sind die Bewohner eines erbärmlichen Gefängnisses, für uns gibt es keine Freude mehr. Doch die wahre Liebe, die ich für dich empfinde, wird dieses und jedes andere Unheil erträglich machen.«

»Wenigstens sind wir zusammen glücklich gewesen«, sagte ich. »Kein noch so großes zukünftiges Unheil kann uns die Vergangenheit fortnehmen. Jahrelang sind wir einander treu geblieben, seit der Nacht, da meine geliebte Prinzessin durch den Schnee gelaufen kam, um den mit Armut geschlagenen Nachkommen des gestürzten Verney aufzusuchen. Selbst jetzt, da bald die Ewigkeit unser sein wird, ziehen wir jeder unsere Hoffnung nur aus der Gegenwart des anderen. Idris, glaubst du, daß wir nach dem Tod getrennt sein werden?«

»Nach dem Tod? Was meinst du damit? Welches Geheimnis verbirgst du hinter diesen schrecklichen Worten?«

»Müssen wir denn nicht alle sterben, meine Liebste?« fragte ich mit traurigem Lächeln.

»Gütiger Gott! Bist du krank, Lionel, daß du vom Tod redest? Mein einziger Freund, Herz meines Herzens, so rede doch!«

»Ich glaube nicht«, erwiderte ich, »daß wir noch lange zu leben haben. Und wenn der Vorhang einst über diese sterbliche Szene fällt, wo, glaubst du, werden wir uns dann wiederfinden?«

Meine offene Rede und meine Miene beruhigten sie etwas. Sie entgegnete:

»Du kannst mir glauben, daß ich während des Aufkommens und Fortschreitens der Pest viel über den Tod nachgedacht und mich gefragt habe, in was für ein Leben wir danach wiedergeboren werden. Stunde um Stunde habe ich diese Gedanken in mir herumgewälzt und versucht, mit den Mitteln der Vernunft das Geheimnis zu durchdringen. Was wäre der Tod doch nur für eine erbärmliche Vogelscheuche, wenn wir lediglich den Schatten abwürfen, in dem wir nun wandeln, um in den unbewölkten Sonnenschein des Wissens und der Liebe einzutreten, umgeben von denselben Begleitern, erfüllt von denselben Gefühlen, um all unsere Hoffnungen erfüllt zu sehen und unsere Ängste im Grab zu lassen! Aber ach! Dasselbe Gefühl, das mich sicher glauben macht, daß ich nicht völlig sterben werde, hindert mich auch daran zu glauben, daß ich dann genauso erfüllt leben werde wie jetzt. Und doch kann ich niemals – niemals, Lionel! – jemanden so sehr lieben wie dich. Die ganze Ewigkeit hindurch werde ich mich nach deiner Begleitung sehnen, und da ich anderen nie wehgetan und Unheil zugefügt habe, hoffe ich darauf, daß uns der Herrscher dieser Welt nicht auseinanderreißen wird.«

»Deine Worte sind so wie du selbst, Liebe«, sagte ich, »sanft und gut. Wir wollen uns diesem Glauben hingeben und die Sorge aus unserem Bewußtsein verrannen. Aber wir sind so geschaffen, Liebe, daß wir das Leben lieben und uns daran klammern; es ist keine Sünde, dem nachzugeben, was Gott befohlen hat. Wir müssen das lebendige Lächeln lieben, die liebevolle Berührung, die betörende Stimme. Wir sollten über der Sorge um die Ewigkeit nicht die Gegenwart vernachlässigen. So kurz dieser jetzige Augenblick auch sein mag, ist er doch auch ein Teil der Ewigkeit, und zwar der allerkostbarste von allen, weil er nämlich ganz und gar uns gehört. Du bist die Hoffnung meiner Zukunft und die Freude meiner Gegenwart. Laß mich also in deine geliebten Augen blicken und mich an der Liebe, die ich in ihnen wahrnehme, laben!«

Meine Heftigkeit erschreckte sie ein wenig, so daß sie mich verschüchtert ansah. Meine Augen waren blutunterlaufen. Ich spürte jeden Pulsschlag, jeden Nerv. Ihr besorgter Blick verriet mir, daß ich ihr meinen Zustand nicht länger verschweigen konnte.

»Es ist so, meine Geliebte«, sagte ich, »für viele Glückliche ist nun die letzte Stunde gekommen. Wir können unserem Schicksal nicht mehr entgehen. Ich werde nicht mehr lange leben – aber dieser Augenblick, das sage ich immer und immer wieder, gehört uns!«

Marmorbleich, mit schmerzvoll zusammengepreßten Lippen, begann sie zu verstehen, was vorgefallen war. Ich hatte meinen Arm um sie gelegt, und sie spürte meine fiebrige Handfläche auf ihrem Herzen.

»Nur noch einen Augenblick«, murmelte sie beinahe unhörbar, »nur noch einen Augenblick ...«

Sie kniete nieder, legte die Hände vor ihr Gesicht und stieß ein Bittgebet aus. Sie wollte ihre Pflicht erfüllen und bis zum letzten Augenblick über mich wachen. Solange es noch Hoffnung gegeben hatte, war der Schmerz unerträglich gewesen. Doch da all dies nun vorüber war, wurde sie ruhig und faßte sich wieder.

Ich war wie verwandelt. Sobald ich mit Idris mein Wissen um unsere Lage teilen konnte, spürte ich, wie sich ein Druck von mir löste. Meine innere Aufgewühltheit legte sich mit einemmal.

»Es stimmt, daß ich erkrankt bin«, sagte ich, »und deine Gesellschaft ist meine einzige Medizin, liebe Idris. Komm und setz dich neben mich.«

Ich legte mich auf die Couch, sie zog eine Ottomane herbei, setzte sich an mein Kopfende und nahm meine heißen Hände in ihre kühlen Handflächen. Sie ließ mich in meinem Fieberwahn reden und unterhielt sich mit mir über Dinge, die äußerst seltsam waren für Wesen, die zum letztenmal das Letzte erblickten, was sie im Leben geliebt hatten. Wir sprachen über vergangene Zeiten, über die frohe Zeit unserer jugendlichen Liebe, über Raymond, Perdita und Evadne. Wir sprachen darüber, wie es auf der Erde wohl zugehen mochte, wenn nur noch zwei oder drei Menschen überlebt hatten und sie sie nun wieder aufs neue zu bevölkern versuchten. Wir sprachen über das, was jenseits des Grabes liegen mochte, und wir waren davon überzeugt, daß nun, da der Mensch in seiner menschlichen Gestalt beinahe ausgestorben war, andere Geister, andere bewußte Wesen, für uns unsichtbar dieses wunderschöne und unvergängliche Weltall mit ihren Gedanken und ihrer Liebe beleben mußten.

Wir unterhielten uns – ich weiß nicht, wie lange, doch am Morgen erwachte ich aus einem qualvollen Schlummer. Idris' fahle Wange lag neben der meinen auf dem Kissen. Sie schlief, doch selbst im Schlafen bewegten sich ihre Lippen unruhig, und ich wußte, daß sie litt.

Wenn wir tot wären, dachte ich, was würde das schon für einen Unterschied machen? Ihre halbgeöffneten Augen sind die Fenster ihrer Seele. Alles, was es an Anmut, Liebe und Klugheit gibt, ruht in dieser schönen Brust. Wenn sie tot sein sollte, wo wäre dann dieser Geist meiner geliebten anderen Hälfte zu finden? Denn schon bald wird dieses Bauwerk von einem Körper noch entstellter sein als die vom Sand erstickten Ruinen der Wüstentempel von Palmyra.

III

Idris bewegte sich unruhig und wachte auf. Doch was war das für ein Erwachen! Sie erblickte die Zeichen der Krankheit auf meinem Antlitz und fragte sich, wie sie es nur hatte unterlassen können, mir während der Nacht – keine Heilung, denn die war unmöglich – sondern wenigstens Linderung zu bescheren. Sie rief Adrian herbei, und schon bald war mein Lager von Freunden und Gehilfen umringt, die mir lindernde Medikamente verabreichten. Zu den furchtbaren Grauen unserer Heimsuchung gehörte es, daß niemand, der einmal von der Pest befallen Worden war, davon wieder genas. Schon die allerersten Symptome waren ein Todesurteil, für das es weder Pardon noch Aufschub gab. Folglich hatten meine Freunde auch keinerlei Hoffnung mehr.

Das Fieber und die Gliederschmerzen peinigten mich unablässig, und das einzige, das mir noch bewußt war, war der Schmerz; schließlich nahm ich nicht einmal ihn mehr wahr. Am vierten Morgen erwachte ich aus traumlosem Schlaf. Ich verspürte einen brennenden Durst, und als ich mich aufrichtete, merkte ich, wie mich die Kraft verließ.

Idris war drei Tage und drei Nächte nicht von meiner Seite gewichen. Sie hatte mich ununterbrochen gepflegt und weder geruht noch gerastet. Hoffnung verspürte sie keine mehr, und deshalb versuchte sie auch nicht, ängstlich die Miene des Arztes zu deuten oder nach Symptomen der Besserung Ausschau zu halten. Alles, was sie noch wollte, war, mir bis zum letzten Augenblick beizustehen, um sich dann neben mich zu legen und selbst zu sterben. In der dritten Nacht bewegte ich mich nicht mehr, und alle hielten mich für tot. Fast gewaltsam versuchte Adrian, Idris von meinem Lager fortzureißen. Er beschwor sie, an das Wohl ihrer Kinder und auch an sein eigenes zu denken, doch sie schüttelte nur den Kopf, wischte sich verstohlen eine Träne von der Wange und wollte nicht nachgeben. Sie flehte ihn an, wenigstens noch diese eine Nacht über mich wachen zu dürfen. Diese Bitte trug sie derart flehentlich und eindringlich vor, daß er ihr nachgeben mußte. Schweigend saß sie nun da und nur, wenn sie eine schmerzliche Erinnerung überfiel, neigte sie sich zu mir herunter, um meine Lippen zu küssen und meine starre Hand an ihr Herz zu pressen.

Morgens um drei, als der Hahn trotz der Winterdunkelheit krähte, hatte sie sich gerade über mich gebeugt; ihr Haar hing in mein Gesicht herab und lange Strähnen ergossen sich über das Bett; da bemerkte sie plötzlich eine leichte Regung. Ihr Haar bewegte sich wie von einem Atemhauch.

»Das kann nicht sein«, murmelte sie, »denn er wird nie wieder atmen.«

Dies geschah mehrere Male, und immer wieder tat sie es als Hirngespinst ab, bis sie sah, wie sich meine Brust hob und senkte. Zuerst überfiel sie eine grauenhafte Furcht, und der kalte Schweiß trat auf ihrer Stirn hervor. Ich öffnete halb die Augen. Da rief sie: »Er lebt!« Doch ein Krampf erstickte ihre Worte, und mit einem schmerzerfüllten Schrei sank sie zu Boden.

Adrian war ebenfalls im Zimmer. Nach langer Wacht war er in Schlaf versunken, doch nun schoß er hoch und sah seine Schwester auf dem Boden liegen. Aus ihrem Mund strömte das Blut. Die Lebenszeichen, die ich von mir gab, erklärten ihren Zustand: die Überraschung, der Freudenausbruch und die Aufgewühltheit ihrer Gefühle waren zuviel für sie gewesen. Von jahrelanger Sorge erschöpft und ausgelaugt, lag sie nun völlig zerstört da. Sie schwebte nun in einer noch viel größeren Gefahr als ich, der ich langsam wieder zum Leben erwachte. Lange Zeit hatte niemand geglaubt, daß ich jemals wieder aufwachen würde, denn noch nie zuvor war jemand der Pest entronnen, nachdem sie ihn erst einmal in ihrem Griff gehabt hatte. Man glaubte, daß ich nur eine trügerische Besserung erlebte, und daß der Rückfall um so schlimmer sein würde; doch schließlich überzeugte mein fieberfreier Zustand und das Schwinden meiner Schmerzen zusammen mit meinen neugewonnenen, von Tag zu Tag wachsenden Kräften auch die letzten Zweifler davon, daß ich von der Pest genesen war.

Schwieriger war es jedoch, Idris wiederherzustellen. Als ich selbst erkrankte, da waren ihre Wangen immer mehr eingesunken, und sie hatte ständig an Gewicht verloren. Die Ader, die aufgrund der großen Aufregung geplatzt war, heilte nun nicht mehr völlig, sondern entzog ihr Tropfen um Tropfen die Lebenskraft. Ihre dunkel umränderten Augen und ihr gezeichnetes Antlitz waren erschreckend anzusehen. Ihr Gesicht wirkte knochig und ausgemergelt, und sie war nur noch ein Gerippe. Ihre Hand besaß keine Kraft mehr und ihre Haut schimmerte wie durchsichtig. Es war seltsam, daß das Leben noch in einer Hülle existieren konnte, die bereits tot aussah.

Meine letzte Hoffnung bestand darin, sie aus dieser herzzerreißenden Umgebung fortzuführen, sie durch das Erlebnis der Reise abzulenken und sie in dem milden Klima, das unser Ziel war, gesundzupflegen. Die Vorbereitungen für die Abreise, die während meiner Erkrankung unterbrochen worden waren, wurden wieder aufgenommen. Ich kränkelte schon bald nicht mehr, sondern war gesünder als je zuvor. Ich hätte Bäume ausreißen können, so kräftig fühlte ich mich.

Immer noch hegte ich Hoffnung, meine geliebte Frau wieder heilen zu können. Folglich war ich auch eifrig bei der Sache als es um die Vorbereitungen ging. Unserem ersten Plan nach hätten wir am fünfundzwanzigsten November London verlassen sollen. Zwei Drittel unseres Volkes war bereits abgereist und hielt sich schon seit einigen Wochen in Paris auf. Zuerst hatte meine und dann Idris' Erkrankung Adrians Abteilung von etwa dreihundert Personen aufgehalten, so daß wir am 1. Januar des Jahres 2098 aufbrachen.

Ich wollte Idris soweit wie möglich von der lärmenden, aufgeregten Menge forthalten. Also sonderten wir uns von Adrian ab, der seinen Pflichten nachzugehen hatte. Die Gräfin von Windsor begleitete ihren Sohn. Clara, Evelyn und eine Frau, die uns als Hilfe diente, waren die einzigen, mit denen wir Verbindung hatten. Wir fuhren in einem geräumigen Gefährt, das unser Diener als Kutscher lenkte. Eine Gruppe von etwa zwanzig Personen reiste uns in einigem Abstand voraus. Ihre Aufgabe war es, die Orte unserer Rast für unser nächtliches Unterkommen vorzubereiten.

Ich war froh, schon bald nach unserer Abreise einen Wandel

in Idris zu bemerken, von dem ich hoffte, daß er ein sehr gutes Vorzeichen wäre. All ihre Fröhlichkeit war wiedergekehrt; sie war zwar immer noch schwach, so daß sich dieser Wandel nur in ihren Blicken und im Klang ihrer Stimme zeigen konnte, doch war er deswegen nicht minder wirklich und dauerhaft. Meine Genesung von der Pest und meine wiedererlangte Gesundheit überzeugten sie davon, daß ich nun vor diesem schrecklichen Feind der Menschheit sicher war. Sie sagte mir, daß sie davon überzeugt sei, selbst ebenfalls bald zu genesen.

Dann hatte sie eine Vorahnung, daß die Welle des Unheils, die unsere unglückselige Rasse heimgesucht hatte, sich nun zum Besseren gewandt habe. Sie glaubte, daß die Überlebenden verschont bleiben würden und daß ihre Liebsten dazugehörten. An irgendeinem auserwähltem Ort würden wir, von angenehmer Gesellschaft umgeben, unser Leben gemeinsam zu Ende leben.

»Laß dich nicht von meinem geschwächten Zustand täuschen«, sagte sie. »Ich spüre, daß es mir besser geht. Ich werde wieder lebhafter, und meine frohe Erwartung sagt mir, daß ich weiterleben werde, um ein Teil dieser Welt zu sein. Ich werde diese entwürdigende Körperschwäche abschütteln, die sogar meinen Geist bis an den Rand des Schwachsinns getrieben hat und werde weiterhin meine Pflichten wahrnehmen können.

Es hat mir zwar leid getan, Windsor verlassen zu müssen, doch nun bin ich frei von Bindung an diesen Ort. Ich bin es zufrieden, in ein milderes Klima zu kommen, das meine Genesung beschleunigen wird.

Vertraue mir, mein Liebster, ich werde weder dich, noch meinen Bruder, noch unsere Kinder verlassen. Es ist mein fester Vorsatz, bis zum Schluß bei euch zu bleiben, um euch glücklich zu machen, und dieser Vorsatz ist es auch, der mich auch dann am Leben erhalten würde, wenn sich der grimmige Tod mir noch mehr nähern würde.«

Diese Worte beruhigten mich nur halb; ich konnte nicht glauben, daß ihr überschneller Puls und ihre geröteten Wangen Zeichen der Genesung sein sollten. Doch andererseits fürchtete ich auch keine unmittelbare Katastrophe, sondern redete mir vielmehr ein, daß sie sich schon bald erholen würde.

Angeregt sprach sie über tausend Dinge. Es war ihr ein Anliegen, uns beide von trüben Gedanken fernzuhalten. Also malte sie in schillernden Farben ein Bild der stillen Einsamkeit und schilderte den hübschen Ort, an dem wir zurückgezogen leben würden; sie sprach über die schlichten Sitten unseres kleinen Stammes und über die Bruderschaft der Liebe, die nun alle vergangenen Völker überdauern würde. Wir schlossen die Gegenwart aus unseren Gedanken aus und wandten unsere Blicke von der trübseligen Landschaft ab, durch die wir fuhren. Draußen herrschte der Winter in all seiner Düsterkeit. Die laublosen Bäume hoben sich von dem grauen Himmel ab, und dichter Frost bedeckte den Boden. Die Wege waren von Unkraut überwuchert, ebenso die unbestellten Getreidefelder, und während sich Schafe vor den Türschwellen der Hütten scharten, pfiff der eisige Schneewind über das trauernde Land.

Wir kamen in Rochester an und mußten wegen eines Unfalls einen Tag länger dort bleiben als vorgesehen. Während dieser Zeit ereignete sich etwas, das unsere Pläne über den Haufen warf und einen schlimmen Einfluß auf unser Schicksal nehmen sollte. Doch bevor ich fortfahre, muß ich wohl erst einiges erklären und mich auf jene Zeiten zurückbesinnen, als der Mensch noch ohne Furcht über die Erde schnitt und die Pest noch nicht die Welt regierte.

In der Nähe von Windsor lebte einst die Familie der Claytons in äußerster Bescheidenheit. Sie hatte einmal bessere Tage gekannt, doch nach einer Reihe von geschäftlichen Rückschlägen war der Vater als Bankrotteur gestorben. Mit gebrochenem Herzen hatte sich die Mutter, eine langjährige Invalidin, mit den fünf Kindern in einem kleinen Landhaus zwischen Eton und Salt Hill niedergelassen. Lucy, die Älteste, war dreizehn Jahre alt, und, wohl durch das erlittene Leiden, ihrem Alter geistig weit voraus. Die Gesundheit ihrer Mutter verschlimmerte sich zusehends, doch Lucy pflegte sie aufopferungsvoll und war ihren jüngeren Geschwistern ein wirklicher Elternersatz. Dabei war sie stets fröhlich und gutgelaunt und so gütig, daß sie in der gesamten Nachbarschaft wohlgelitten und angesehen war.

Außerdem war Lucy äußerst hübsch, und als sie sechzehn wurde, zweifelte niemand daran, daß sie trotz ihrer Armut ihre Verehrer finden würde. Einer von diesen war der Sohn eines Landpfarrers, ein großherziger, ehrlicher Jüngling, der das Wissen liebte und keine geringen Vorzüge aufzuweisen hatte. Wenn Lucy auch ungebildet war, so hatte ihre Mutter ihr doch einen Geschmack für Dinge vermittelt, die weit über ihren Stand hinausreichten. Sie liebte diesen Jüngling, ohne es selbst zu wissen; immer, wenn sie mit Schwierigkeiten zu kämpfen hatte, wandte sie sich an ihn um Hilfe, und jeden Sonntag wachte sie mit pochendem Herzen auf, weil sie wußte, daß er sie mit ihren Schwestern bei ihrem Abendspaziergang begleiten würde.

Sie besaß noch einen weiteren Verehrer, einen der Oberkellner eines Gasthofes in Salt Hill. Auch er hatte durchaus städtische Manieren, er hatte den Herrendienern und den Kammerzofen einiges abgeschaut, das sein von Natur aus schon arrogantes Temperament noch verschlimmerte. Lucy wies ihn nicht ab, dazu wäre sie unfähig gewesen; vielmehr empfand sie Mitleid für ihn, versuchte aber, alle seine Annäherungen sanft in Grenzen zu halten. Der Bursche merkte schon bald, daß sein Rivale bevorzugt wurde, und dies war es, was Bewunderung in eine Leidenschaft verwandelte, die hauptsächlich auf Eifersucht und Neid beruhte und auf dem Wunsch, seinen Gegner auszustechen.

Lucys Geschichte war zwar traurig, aber leider auch nicht ungewöhnlich. Der Vater ihres Geliebten starb, und er blieb mittellos zurück. Er nahm das Angebot eines Gentleman an, ihn nach Indien zu begleiten, da er sicher war, schon bald unabhängig genug zu sein, um Lucys zu heiraten. In Indien geriet er in die dortigen Kriegswirren und wurde gefangengenommen, so daß Jahre vergingen, ehe man in seiner Heimat wieder Nachricht von ihm erhielt. In der Zwischenzeit verarmte Lucy noch mehr. Ihr kleines Landhaus brannte restlos nieder, und all ihr Besitz und ihre Habe wurde dabei vernichtet. Wohin nun mit ihrer Familie? Woher sollte sie eine neue Bleibe beschaffen? Ihre Mutter, die ohnehin schon bettlägerig war, würde eine neuerliche Armut voller Hunger und Not nicht überleben. In diesem Augenblick trat ihr anderer Verehrer erneut in Erscheinung. Er hatte etwas Geld gespart und wollte in Datchet ein kleines Gasthaus aufmachen. An diesem Angebot war nichts Verlockendes für Lucy, wenn man von dem Zuhause absah, das es ihrer Mutter bieten würde. Aber gerade zu diesem Zeitpunkt konnte Lucy die scheinbare Großzügigkeit nicht ausschlagen. Sie nahm an und opferte sich auf diese Weise für das Wohlergehen ihrer Mutter.

Wir lernten sie eine Weile nach ihrer Heirat kennen. Durch einen Sturm wurden wir zufällig gezwungen, in ihrem Gasthaus Zuflucht zu suchen, wo wir mitansehen mußten, wie zänkisch und brutal ihr Mann mit ihr umsprang und wie ergeben und geduldig sie dies über sich ergehen ließ. Sie hätte ein schweres Schicksal. Ihr erster Geliebter kehrte in der Hoffnung zurück, sie zu ehelichen und traf sie zufällig wieder – als Frau eines anderen. Verzweifelt ging er fort; auch er blieb vom Unglück verfolgt.

Schließlich ließ er sich als Soldat anwerben und kehrte krank und verwundet zurück, doch Lucy durfte ihn nicht pflegen.

Die Verlockungen seines Berufes verschlimmerten das Verhalten ihres Mannes nur noch, so daß seine Geschäfte immer schlechter gingen. Zum Glück hatten sie keine Kinder, ihr Herz hing an ihren Geschwistern; doch sein Geiz und seine Unleidlichkeit trieben sie schon bald aus dem Haus. Sie verstreuten sich über das ganze Land und gingen sittsam und fleißig ihrem Lebensunterhalt nach. Er versuchte sogar einmal, ihre Mutter loszuwerden, doch in diesem Punkt blieb Lucy standhaft. Sie hatte sich für sie aufgeopfert, sie lebte nur für sie, nie würde sie sie aufgeben. Wenn ihre Mutter gehen mußte, dann würde sie ebenfalls verschwinden und, wenn es sein mußte, für sie betteln gehen, um notfalls sogar mit ihr zusammen zu sterben. Nie würde sie sie jedoch verlassen. Da Lucys Anwesenheit für den reibungslosen Ablauf des Gasthausbetriebes unabdingbar war, gab er ihr schließlich nach; doch wenn er betrunken war und einen seiner Tobsuchtsanfälle bekam, kam er immer wieder auf dieses Thema zurück und beschimpfte Lucys Mutter aufs übelste.

Doch jede Leidenschaft birgt in sich ihren eigenen Trost. Lucy war ihrer Mutter mit ganzem Herzen ergeben, sie war ihr einziger Lebenssinn. Auch wenn sie unter dem Ergebnis ihrer Heirat zu leiden hatte, bereute sie sie jedoch nie. Es hatte drei Jahre gedauert, bis ihr Geliebter zurückgekehrt war; wie hätte ihre Mutter diese Zeit, mittellos wie sie gewesen waren, überleben sollen? Diese vorzügliche Frau verdiente die Hingabe ihrer Tochter voll und ganz. Zwischen den beiden herrschte vollkommenes Vertrauen; außerdem war sie keineswegs ungebildet, und da der Umgang mit ihrem ersten Verehrer Lucys Geist sehr kultiviert hatte, war sie die einzige, die sie verstehen und würdigen konnte. So litt sie zwar, war aber durchaus nicht verzweifelt, und wenn sie ihre Mutter im Sommer die blumenübersäten und schattigen Wege entlangführte, strahlte ihr Gesicht voller Freude. Sie merkte, daß sie glücklich war und wußte, daß dieses Glück ihren Lebenssinn darstellte.

Die Geschäfte ihres Mannes gingen immer schlechter; der Ruin stand kurz bevor und drohte schon, sie um alle Früchte ihrer Arbeit zu bringen, als die Pest ausbrach und alles änderte. Ihr Mann zog zunächst großen Vorteil aus dem allgemeinen Leiden, doch je schlimmer es wurde, um so unbeherrschter wurde auch er. Er verließ seine Familie, um sich in London den dort verheißenen Belustigungen in die Arme zu werfen. Dort fand er schon bald den Tod. Lucys früherer Liebhaber war als einer der allerersten der Pest zum Opfer gefallen. Lucy aber lebte weiterhin für ihre Mutter. Nur die Sorge um das Wohlergehen dieser Frau vermochte ihren Mut und ihre Tatkraft zu lähmen.

Bevor wir Windsor verließen, um nach London zu ziehen, hatten wir Lucy noch einmal aufgesucht und alles für ihre und ihrer Mutter Emigration genau geplant. Lucy war zwar traurig, ihre schöne Heimat verlassen zu müssen, und ihre kränkelnde Mutter einem Leben des Umherwanderns auszusetzen, doch hatte das Leiden sie gefügig genug gemacht, um sich nicht zu beklagen, also fand sie sich bereitwillig damit ab.

Die darauffolgenden Ereignisse, meine und schließlich Idris' Erkrankung, hatten die Erinnerung an sie aus unserem Gedächtnis verbannt. Als wir schließlich wieder an sie dachten, da meinten wir, daß sie wohl schon mit dem ersten Kontingent nach Paris aufgebrochen sein mußte. Wie wir in Rochester ankamen, waren wir folglich sehr erstaunt, als ein Mann aus Slough auf uns zukam, um uns einen Brief dieser armen Dulderin zu überbringen.

Er erzählte, daß er bei der Durchreise in Datchet erstaunt feststellen mußte, daß der Schornstein des Gasthauses noch rauchte. Da er glaubte, dort vielleicht Reisegefährten vorzufinden, klopfte er an die Tür und fand Einlaß. Im Haus waren nur Lucy und ihre Mutter zugegen, die unter einem schweren Anfall von Rheumatismus litt und sich nicht mehr bewegen konnte.

Alle Einwohner waren nach und nach aufgebrochen und hatten die beiden allein zurückgelassen. Lucy bat den Mann flehentlich, bei ihnen zu bleiben. In ein oder zwei Wochen würde ihre Mutter sich wieder erholt haben und sie könnten abreisen, doch wenn man sie nun hilflos zurückließ, so müßten sie elendiglich zugrundegehen. Der Mann antwortete, daß seine Frau und seine Kinder sich dem Emigrantentrupp bereits angeschlossen hätten und er deswegen unmöglich bleiben könne. Schließlich gab Lucy ihm als letzten Ausweg einen Brief an Idris mit, den er uns aushändigen sollte, falls er uns irgendwo begegnete. Nun hatte er endlich seinen Auftrag erfüllt und Idris las voller Rührung das folgende Schreiben:

> Ehrenwerte Lady,
> ich bin mir sicher, daß Ihr Euch noch an mich erinnern werdet und wage zu hoffen, daß Ihr mir nicht Eure Hilfe versagt; es ist dies meine allerletzte Hoffnung. Verzeiht mir die Art, wie ich an Euch schreibe, aber ich bin sehr verwirrt und erregt.
> Vor einem Monat hat meine kranke Mutter die Gewalt über ihre Glieder verloren. Es geht ihr schon viel besser, und ich bin sicher, daß sie in einem weiteren Monat durchaus in der Lage sein wird zu reisen, ganz so, wie Ihr es freundlicherweise für uns eingerichtet habt. Doch nun sind alle fortgegangen, niemand ist mehr hier, und alle sagten, bevor sie aufbrachen, daß es meiner Mutter sicherlich rechtzeitig wieder gut genug gehen würde, damit wir uns den Emigranten anschließen könnten, bevor wir hier gänzlich verlassen und allein wären. Doch vor drei Tagen bin ich zu Samuel Woods hinübergegangen, der wegen seines neugeborenen Kindes als letzter hiergeblieben ist. Da er eine große Familie hat, dachte ich, ihn vielleicht dazu überreden zu können, noch ein wenig länger auszuharren und auf uns

zu warten. Doch als ich ankam, war das Haus bereits verlassen. Seitdem bin ich keiner Menschenseele mehr begegnet, bis dieser freundliche Mann kam, der Euch meinen Brief übermitteln will.

Was soll nur aus uns werden? Meine Mutter weiß von nichts, sie ist so krank, daß ich ihr unsere Lage bisher verschweigen mußte.

Würdet Ihr vielleicht so gütig sein, uns jemanden herüberzuschicken? Ich bin sicher, daß wir sonst im Elend sterben müssen. Wenn ich meine Mutter jetzt einer Reise aussetzte, dann würde sie unterwegs zugrundegehen. Und wenn ich nach ihrer Genesung wirklich den Weg zum Meer finden sollte, was ich allerdings bezweifle, so wären alle bereits in Frankreich, und das Meer würde zwischen uns liegen, das selbst für Seeleute so viele Gefahren birgt. Wie soll da erst eine Frau wie ich zurechtkommen, die ich noch nie das Meer gesehen habe? Ganz alleingelassen, wären wir in diesem Land gefangen, völlig hilflos, so daß es wahrscheinlich besser wäre, wir würden auf der Stelle sterben.

Es fällt mir schwer zu schreiben – ständig muß ich mit den Tränen kämpfen, doch ich tue es nicht um meinetwillen. Was mich angeht, so könnte ich all mein Vertrauen in Gott setzen; allein könnte ich mich wohl auch in das Allerschlimmste fügen. Aber meine arme, meine geliebte kranke Mutter, die mir, seit ich denken kann, nicht ein böses Wort gesagt hat, die alle Leiden geduldig ertragen hat – liebe Lady, habt Mitleid mit ihr, denn wenn Ihr es nicht tut, dann muß sie einen erbärmlichen Tod erleiden. Die Leute reden achtlos über sie, weil sie nur eine alte Invalidin ist, so wie wir es alle einmal sein werden, wenn der Herrgott uns nicht gnädig ist; und wenn die Jungen einmal selbst alt geworden sind, dann werden sie ihrerseits auch erwarten, daß man sich ihrer annimmt.

Es ist sehr ungehörig, daß ich Euch derart schreibe, aber wenn ich versuche, ihr Stöhnen zu überhören, wenn ich ihr Lächeln sehe, mit dem sie mich trösten will, wenn ich weiß, wie sehr sie unter Schmerzen zu leiden hat und daran denke, daß sie das Schlimmste noch gar nicht weiß, aber irgendwann erfahren muß, und wenn ich mir ausmale, wie sie sich selbst dann noch nicht beklagen wird, ich aber an all das denken werden muß, was sie bekümmert, an den Hunger und das Leid – dann meine ich, daß es mir das Herz brechen muß, und ich weiß nicht mehr, was ich sage oder tue. Möge doch Gott meine Mutter, um deretwillen ich schon soviel ertragen habe, vor diesem Schicksal verschonen! Edle Lady, rettet sie, dann wird Euch sein Segen gewiß sein. Und ich armes, jämmerliches Wesen werde Euch dafür dankbar sein und für Euch beten solange ich lebe.

Eure unglückliche, gehorsame Dienerin,

LUCY MARTIN

Am 30. Dezember, 2097

Dieser Brief bewegte Idris zutiefst, und sie schlug sofort vor, daß wir nach Datchet zurückkehren sollten, um Lucy und ihrer Mutter beizustehen. Ich erwiderte, daß ich sofort dorthin aufbrechen wolle, bat sie aber, sich ihrem Bruder anzuschließen, um dort mit den Kindern auf meine Rückkehr zu warten. Doch Idris war guter Dinge und äußerst hoffnungsfroh. Sie erklärte, nicht einmal mit einer kurzen Trennung von mir einverstanden zu sein; eine solche sei auch nicht nötig, denn das Schaukeln des Gefährts täte ihr gut und die Strecke wäre äußerst kurz und kaum der Rede wert. Wir könnten Boten zu Adrian schicken, um ihn von der Änderung unserer ursprünglichen Pläne zu unterrichten. Beim Sprechen war sie sehr lebhaft und malte in glühenden Farben ein Bild davon, wie sehr wir Lucy erfreuen würden, und sagte mit

Bestimmtheit, daß sie mich begleiten müsse, weil sie Lucys Rettung nicht anderen anvertrauen wolle, die vielleicht voller Strenge und Kühle dabei vorgingen. Lucys Leben war eine einzige Hingabe und Aufopferung gewesen, so daß man ihr nun den kleinen Lohn gönnen sollte, eine angemessene Würdigung und Beistand von jenen zu erfahren, die sie verehrte und denen sie vertraute.

Mit sanfter Bestimmtheit trug sie diese und zahlreiche weitere Argumente vor, und da ihr Wunsch mir schon immer Befehl gewesen war, stimmte ich natürlich sofort zu, sobald ich gemerkt hatte, daß ihr die Angelegenheit sehr am Herzen lag. Wir schickten die Hälfte unserer Begleiter zu Adrian voraus und kehrten mit den anderen nach Windsor zurück.

Heute frage ich mich, wie ich nur so blind und gedankenlos gewesen sein konnte, Idris' Leben zu riskieren; denn wenn ich schon Augen besaß, so hätte ich doch das sichere Nahen des Todes an ihren glühenden Wangen und ihrer wachsenden Schwäche erkennen müssen! Aber sie sagte, daß es ihr besser ginge, und ich glaubte ihr. Es schien mir unmöglich, daß die Vernichtung auch ein Wesen heimsuchen könnte, das stündlich lebhafter und gesprächiger wurde und in dessen Körper, wie ich nur zu gerne glaubte, ein starker, ausdauernder Lebenswille pochte. Wer hätte nicht auch einmal nach einem großen Unglück verwundert auf seine eigene Begriffsstutzigkeit zurückgeblickt, die nicht dazu in der Lage gewesen war, die zahlreichen winzigen Fäden zu erkennen, mit denen das Schicksal das unzerreißbare Netz unserer Geschicke spinnt, bis wir schließlich vollkommen von ihm gefangen sind?

Die Landstraßen, über die wir nun fahren mußten, waren in einem noch schlimmeren Zustand als die seit langem vernachlässigten Hauptstraßen, was Idris' Gesundheitszustand arg zusetzte. Wir fuhren über Dartford und kamen am zweiten Tag in Hampton an. Schon in dieser kurzen Zeit verschlimmerte sich ihr Befinden zusehends, wenn sie auch nach wie vor guter Dinge war und versuchte, meine Ängste durch ihr heiteres Gebaren zu vertreiben. Manchmal schoß mir ein Gedanke durch den Kopf: Ist sie dabei zu sterben? als ich ihre blasse, magere Hand auf der meinen ruhen sah und die Langsamkeit wahrnahm, mit der sie sich, geschwächt wie sie war, bewegte. Ich verjagte dieses Gefühl als sei es der Wahn gewesen, der es mir eingegeben hatte, aber es kehrte immer wieder zurück, auch wenn Idris es mit ihrer Fröhlichkeit zeitweilig zu bannen wußte.

Kurz nachdem wir Hampton verlassen hatten, brach gegen Mittag unser Gefährt zusammen. Der Stoß ließ Idris in Ohnmacht fallen, doch nachdem sie sich wieder davon erholt hatte, war nichts Unheilvolles zu bemerken. Unsere Begleiter waren wie üblich vorangefahren, und unser Kutscher begab sich nun auf die Suche nach einem neuen Gefährt, da unseres nicht mehr fahrtauglich war. Der einzige Ort in unmittelbarer Nähe war ein armseliges Dorf, in dem er einen Planwagen auftrieb, der zwar vier Personen befördern konnte, jedoch nur schlecht verhangen war und wenig Schutz gegen das Wetter bot. Außerdem entdeckte er jedoch noch einen leichten Einspänner mit Klappdach, der in einem ausgezeichneten Zustand war. Unser Plan war schnell gefaßt. Ich würde Idris in dem Einspänner befördern, während die Kinder von dem Diener in dem Planwagen gefahren werden sollten. Doch all dies kostete uns Zeit. Wir hatten bis Windsor fahren wollen, und dorthin hatte sich auch unser Troß begeben. Es würde sehr schwierig sein, unterwegs eine Unterkunft zu finden. Bis Windsor waren es noch knapp zehn Meilen. Also wollte ich mit Idris in schnellem Tempo voranfahren, und die Kinder sollten in dem schwerfälligeren Gefährt folgen.

Es dunkelte viel schneller, als ich erwartet hatte. Als die Sonne am Horizont unterging, setzte schwerer Schneefall ein. Vergeblich versuchte ich, meine Geliebte vor dem Sturm zu schützen, doch der Wind wehte uns den Schnee ins Gesicht. Schon bald war der Weg so verschneit, daß wir nur mühsam vorankamen. Außerdem war es so dunkel, daß unsere Sichtweite kaum einen Yard betrug. Wir hatten unseren Planwagen schon lange abgehängt, und mit einemmal mußte ich feststellen, daß ich mir meines Weges nicht mehr sicher war. Wir hatten uns einige Meilen verfahren. Da ich die Gegend gut kannte, fand ich mich zwar bald wieder zurecht, doch anstatt die Abkürzung über Stanwell nach Datchet nehmen zu können, waren wir dazu gezwungen, über Egham und Bishopgate zu fahren. Folglich war ich mir sicher, daß wir unser Begleitfahrzeug nicht wiedersehen und auch sonst unterwegs keiner Menschenseele mehr begegnen würden, bis wir am Ziel angekommen waren.

Wir hatten das Verdeck hochgezogen, und ich befestigte eine Decke an der Vorderöffnung, um die leidende Idris vor dem Schneetreiben zu schützen. Sie lehnte sich bei mir an, legte ihren Kopf auf meine Schulter und wurde von Minute zu Minute schwächer. Zunächst antwortete sie noch auf meine aufmunternden Bemerkungen mit Dankesbekundungen, doch dann verfiel sie immer mehr in Schweigen. Schwer ruhte ihr Kopf auf mir, und ich merkte nur an ihrem unregelmäßigen Atem und an ihren häufigen Seufzern, daß sie noch am Leben war. Einen Augenblick lang zog ich in Erwägung, anzuhalten und den Einspänner mit seiner Rückwand gegen den Sturm zu stellen, um auf diese Weise den Morgen abzuwarten. Aber der Wind wehte eisig und scharf, und Idris' gelegentliches Zittern und meine eigene Verfrorenheit ließen dieses Vorgehen unratsam erscheinen. Schließlich schien sie in Schlaf gefallen zu sein, wie ich meinte – in einen tödlichen, vom Frost bewirkten Schlaf. In diesem Augenblick erblickte ich den klobigen Umriß eines nahen Landhauses. »Liebste«, sagte ich, »halt dich nur noch einen Augenblick aufrecht, dann sind wir in Sicherheit. Wir wollen hier haltmachen, damit ich die Tür dieses Hauses öffnen kann.«

Während ich sprach, überfielen mich Jubel und Dankbarkeit.

Ich lehnte Idris gegen die Wagenwand, sprang hinaus und bahnte mir meinen Weg durch den Schnee bis ich zu der Tür des Landhauses kam, die offenstand. Im Licht meiner Lampe sah ich einen bequem eingerichteten Raum, der noch völlig unversehrt zu sein schien; in einer Ecke lag sogar Feuerholz aufgestapelt. Nur der Schnee war durch die offenstehende Tür eingedrungen und versperrte die Schwelle. Ich lief zum Wagen zurück und war vom plötzlichem Wechsel der Lichtverhältnisse geblendet. Als. sich meine Augen daran wieder gewöhnt hatten – mein Gott, was mußte ich da sehen! O Gott, der du über diese gesetzlose Welt herrscht! O alles überragender Tod! Ich will dein stilles Reich nicht stören und werde meine Erzählung auch nicht mit fruchtlosen Entsetzensbekundungen belasten. Ich erblickte Idris, die auf den Boden des Wagens gesunken war; ich erblickte ihren Kopf mit dem herabhängenden Haar, und ich sah ihren Arm, der zu einer Seite ausgestreckt war. – Voller Grauen hob ich sie hoch. Ihr Herz stand still, und sie atmete nicht mehr.

Ich trug sie in das Haus und legte sie aufs Bett. Nachdem ich ein Feuer gemacht hatte, massierte ich ihre steifen Glieder. Zwei lange Stunden versuchte ich, sie wieder zum Leben zu erwecken, doch als die letzte Hoffnung starb, da schloß ich mit zitternder Hand ihre Augen. Ich wußte genau, was nun zu tun blieb. In der Verwirrung, die auf meine Erkrankung gefolgt war, hatte die Ex-Königin die Aufgabe übernommen, unseren geliebten Alfred zu bestatten, und sie hatte, ganz ihrem Wesen entsprechend, darauf beharrt, ihn nach Windsor bringen zu lassen, wo er in der Familiengruft der St. Georgs Kapelle beigesetzt wurde. Ich mußte nach Windsor, um Clara zu beruhigen, die dort voller Sorge auf uns warten würde. Und doch würde ich ihr den herzzerreißenden Anblick meiner toten Idris ersparen. Ich wollte sie also zuerst in der Gruft neben ihrem Kind beerdigen und dann die armen Kinder aufsuchen, die mich bereits erwarteten.

Ich zündete die Wagenlampen an, hüllte Idris in Felle und legte sie über den Sitz. Dann nahm ich die Zügel und trieb das Pferd an. So fuhren wir durch die Schneemassen, während das Treiben mir mit nun verdoppelter Wut gänzlich jede Sicht raubte. Der Schmerz, den mir die wütenden Elemente verursachten und die eisigen Nadelstiche des Frostes waren mir ein Trost, weil sie meine geistige Pein linderten. Das Pferd taumelte voran, und die Zügel lagen locker in meiner Hand. Manches Mal dachte ich daran, mein Gesicht an ihres zu legen und mich vom Schmerz überwältigen zu lassen. Und doch durfte ich sie nicht zur Beute der Raubvögel werden lassen, sondern mußte sie an der Grabstätte ihrer Vorfahren zur letzten Ruhe betten, wo mir ein gnädiger Gott es dann vielleicht vergönnen würde, ebenfalls ein Ende zu finden.

Die Straße durch Egham kannte ich gut, doch der Wind und der Schnee erschwerten uns das Vorankommen. Plötzlich schwenkte der Wind zuerst von Südwest nach West und dann wieder nach Südwest zurück. Das vertrieb einen guten Teil der Nebelschwaden und Schneewolken, so daß stellenweise sogar die Sterne wieder am Himmel zu sehen waren.

Bei Bishopgate traten wir in den Wald ein, und am Ende des Long Walk erblickte ich das Schloß, diese einstige Schutzstätte meiner Liebe und meines Glücks.

Nun hätte ich endlich meiner sanften, weichen Natur nachgeben können, um Tränen zu vergießen und bitterlich zu klagen wie ein Weib. Doch ich lenkte den Wagen bis zur St. Georgs Kapelle, hielt vor ihrer geöffneten Tür an, trat ein und stellte meine Lampe auf den Altar. Dann kehrte ich zurück, trug Idris vorsichtig den Gang hoch bis in den Altarraum und legte sie sanft auf den Teppich, der die Stufen zur Kommunionstafel bedeckte. Über den Kirchenstühlen hingen in eitler Pracht die Banner der Ritter vom Hosenbandorden mit ihren halb gezogenen Schwertern; auch das Wappen ihrer eigenen Familie hing dort, noch immer trug es die königliche Krone. Ade dem Ruhm und der Heraldik Englands! Ich wandte mich von diesem Tand ab und wunderte mich, wie sich die Menschheit jemals für derlei Dinge hatte interessieren können. Dann beugte ich mich über den starren Leichnam meiner Geliebten. Als ich ihre vom Tod verkrampften Glieder erblickte, da hatte ich das Gefühl, als ob das ganze sichtbare Universum so seelenlos, tot und trostlos geworden sei wie dieses steinkalte Abbild eines Menschen dort neben mir. Einen Augenblick lang verfluchte ich den unerträglichen Kampf gegen die Gesetze, die die Welt regierten und die ich nun aufs tiefste verachtete. Schließlich besänftigte das ruhige Antlitz meiner geliebten Gefährtin mein Gemüt ein wenig, und ich machte mich an den letzten Dienst, den ich ihr noch erweisen konnte. Um sie konnte ich nicht klagen, so sehr beneidete ich sie um ihren »traurigen Schutz des Grabes«.

Die Gruft war erst vor kurzem geöffnet worden, um unseren Alfred aufzunehmen. Man hatte die Begräbniszeremonie nur sehr hastig durchgeführt und die Steinplatten auf dem Boden der Kapelle, die den Eingang der Gruft abdeckten, waren zwar entfernt, nicht jedoch wieder an ihren Platz gelegt worden. Ich stieg die Treppen hinab und schritt durch den langen Gang in das Gewölbe, in dem die Gebeine der anderen Lieben meiner Idris ruhten. Ich erkannte den kleinen Sarg meines Kindes. Mit zitternden, hastenden Händen baute ich daneben eine Bahre auf und legte die Felle und indischen Schals darüber, in die ich meine Frau während der Fahrt gehüllt hatte. Ich zündete die glitzernde Lampe an, die an diesem Ort des Todes zaghaft zu flackern begann, dann brachte ich meine verlorene Geliebte zu ihrer letzten Ruhestatt, legte ihre Glieder zurecht und verhüllte ihre ganze Gestalt mit Ausnahme des Gesichts, das immer noch einen stillen, friedlichen Ausdruck trug. Sie sah aus, als sei sie übermüde und als ruhte sie in tiefem Schlummer. Und doch war sie tot! Ach, wie sehr sehnte ich mich danach, mich neben ihr ausstrecken zu können und sie solange zu betrachten, bis auch mich der Tod ereilte.

Doch der Tod kommt nicht dann, wenn der armselige Mensch ihn sich wünscht. Ich hatte mich erst vor kurzem von einer tödlichen Erkrankung erholt und war nun gesünder als je zuvor. Ich spürte, daß mein Tod schon ein Freitod sein müßte. Was wäre natürlicher, als neben meiner Geliebten am Hunger zu sterben? Während ich sie so ansah, erinnerten mich ihre Züge an ihren Bruder Adrian, und das lenkte meine Gedanken zurück zu den Lebenden, zu diesem geliebten Freund, zu Clara und zu Evelyn, die nun vermutlich in Windsor auf mich warteten und sich Sorgen machten.

Ich glaubte, ein Geräusch zu hören, Fußschritte am anderen Ende der Kapelle, deren Widerhall durch das Gewölbe verstärkt wurde. Hatte Clara etwa gesehen, wie mein Gefährt durch die Stadt gefahren war? War sie mir gefolgt, um mich hier zu suchen? Ich mußte ihr diesen letzten schrecklichen Anblick des Gewölbes ersparen! Also sprang ich die Treppen hoch und erblickte plötzlich eine weibliche Gestalt, vom Alter gebeugt und in Trauerkleidung gehüllt, die durch die dämmrige Kapelle auf einen Stock gestützt und dennoch bei jedem Schritt wankend auf mich zukam. Sie hörte mich und blickte hoch. Ich hob, die Lampe empor und erblickte ein verrunzeltes, hageres Gesicht, dessen Augen jedoch immer noch befehlsgewohnt und stechend in die Welt hinausschauten – es war die Gräfin von Windsor. Mit hohler Stimme fragte sie: »Wo ist die Prinzessin?«

Ich deutete auf die Öffnung im Boden. Sie ging darauf zu und blickte in die Dunkelheit hinab.

»Euer Licht!« sagte sie. Ich gab es ihr. Sie leuchtete hinab und schien die Stufen abzumessen wie um festzustellen, ob sie hinabsteigen könne. Instinktiv machte ich eine helfende Geste, doch sie wies mich mit einem vernichtenden Blick ab, deutete nach unten und sagte mit rauher Stimme: »Dort kann ich wenigstens allein mit ihr sein.«

Dann schritt sie vorsichtig die Stufen hinab, während ich mich in meiner Verzweiflung auf den Steinboden warf. Vor meinem Auge erblickte ich die immer starrer werdende Gestalt Idris' und ihr vom Tod gezeichnetes Gesicht. Das war das Ende! Noch am Tage zuvor hatte ich mir alle möglichen Abenteuer und Erlebnisse mit meinen Freunden ausgemalt – jetzt war der Sprung getan, stand ich am Rande der Verzweiflung und des Todes. In meine Trauer dergestalt versunken, erschreckten mich die plötzlichen Schritte, die aus der Gruft heraufhallten, und ich erinnerte mich an sie, die ich bereits völlig vergessen hatte, an meine zornige Besucherin. Schließlich kam sie aus der Gruft empor wie eine lebendige Statue, voller' Haß und leidenschaftlicher Gier. Bewegungslos stand sie dort und suchte mit ihren Augen die Kapelle ab, bis sie mich entdeckte. Da legte sie ihre faltige Hand auf meinen Arm und rief mit zitternder Stimme: »Lionel Verney, mein Sohn!«

Diese Worte, die die Mutter meines Engels in einem solchen Augenblick auszusprechen vermochte, erfüllten mich mit mehr Respekt und Achtung für diese hochmütige Dame, als ich jemals zuvor empfunden hatte. Ich verneigte meinen Kopf, küßte ihre vom Alter gezeichnete Hand, und da ich merkte, daß sie immer noch zitterte, stützte ich sie und führte sie bis zum Altarraum, wo sie sich auf die Stufen setzte, die in den königlichen Kirchenstuhl führten. Sie ließ sich willig führen und lehnte sich mit dem Rücken gegen den Kirchenstuhl, wobei sie immer noch meine Hand festhielt, während die Strahlen des Mondes, vom bunten Glas der Fenster gefärbt, ihre glitzernden Augen beleuchteten.

Als sie sich ihrer Schwäche bewußt wurde, erinnerte sie sich an ihre sonst so selbstbeherrschte Haltung und wischte sich die Tränen fort, die jedoch nicht aufhören wollten zu fließen.

Wie um sich zu entschuldigen, sagte sie: »Sie ist so schön und friedlich, selbst noch im Tod. Nichts Böses hat jemals ihre Stirn verunziert. Wie habe ich sie nur behandelt? Mit grober Kälte habe ich ihr sanftes Herz verletzt. Ich hatte früher kein Mitleid für sie übrig, wird sie mir je vergeben? Es ist wenig angebracht, davon zu reden, daß man den Toten verzeiht. Hätte ich doch nur ein einziges Mal ihre Wünsche geachtet, als sie noch lebte und mich selbst bezähmt, um sie zu erfreuen, so würde ich jetzt nicht so empfinden müssen.«

Idris und ihre Mutter glichen sich überhaupt nicht. Das dunkle Haar, die tiefliegenden dunklen Augen und kantigen Züge der Ex-Königin standen in krassem Gegensatz zu den goldenen Locken, den runden blauen Augen und den weichen Zügen ihrer Tochter. Und doch hatte die Krankheit in letzter Zeit bewirkt, daß das Antlitz meiner geliebten Frau an Fülle verloren hatte, so daß die Knochen hervortraten. In der Form ihrer Stirn, in ihrem ovalen Kinn, da ließen sich Gemeinsamkeiten zwischen ihr und ihrer Mutter erkennen; ja, in bestimmten Stimmungen glichen sich sogar manche ihrer Gesten. Das war ja auch nicht weiter verwunderlich angesichts der langen Zeit, die sie zusammen gelebt hatten.

Es ist eine magische Macht in der Ähnlichkeit. Wenn jemand, den wir lieben, stirbt, so hoffen wir darauf, ihn auf einer anderen Ebene wiederzusehen und erwarten halb, daß der Geist seiner neuen Hülle das gleiche Aussehen verleihen wird wie zuvor auf Erden. Aber das sind reine Hirngespinste. Wir wissen, daß die sichtbare Gestalt in tausend Teile zu Staub verfallen ist. Ein Blick, eine Geste oder eine körperliche Ähnlichkeit eines Lebenden mit dem Toten schlägt eine Saite in uns an, die unser Herz in Harmonie zu bewegen vermag. Dergestalt von der Ähnlichkeit in Aussehen und Bewegung gebannt, begann ich in der Gegenwart der hartherzigen, stolzen und bislang ungeliebten Mutter Idris' zu beben.

Arme, irregeleitete Frau! Wenn sie in sanfter Stimmung war, hatte sie früher darauf gehofft, daß ein Wort, ein einziger versöhnlicher Blick ihrerseits mit Freuden aufgenommen werden und die langen Jahre der Hartherzigkeit vergelten würde. Nun, da es zu spät dafür war, mußte sie mit einemmal die dornige Wahrheit erkennen und merken, daß weder ein Lächeln noch ein sanftes zärtliches Streicheln Eintritt ins Reich des Todes finden oder auch nur Einfluß auf das Glück ihrer Tochter nehmen konnte, die dort unten in der Gruft ruhte. Dies, und die Erinnerung an gütige Blicke, die wütendes Augenfunkeln beantwortet hatten, an die Falschheit, an die Erbärmlichkeit und an die Hoffnungslosigkeit ihrer liebgewonnenen Träume von Ruhm und Macht, das überwältigende Wissen, daß nur die Liebe und das Leben die wahren Herrscher über unser sterbliches Dasein sind – all das trat nun hervor, überflutete ihre Seele und wühlte sie auf.

Ich sprach mit ihr. Ich erinnerte sie daran, wie glücklich Idris gewesen war, ich pries sie, das Idol meines Herzens, redete mir die ganze Last meiner Trauer von der Seele und erwachte dadurch selbst zu neuem Leben. Dann sprach ich über Adrian, ihren geliebten Bruder, und über ihr überlebendes Kind. Ich erklärte, was ich zuvor beinahe vergessen hatte, welche Pflichten ich gegenüber Adrian wahrzunehmen hatte und bat die reuige Mutter, daran zu denken, daß sie vergangene Hartherzigkeit gegenüber der Toten am besten dadurch wiedergutmachen konnte, daß sie nun um so freundlicher und aufmerksamer zu den Überlebenden war. Indem ich sie tröstete, linderte ich auch meinen eigenen Schmerz, und meine Ernsthaftigkeit überzeugte sie vollends von meinem guten Willen.

Sie drehte mir ihr Gesicht zu. Mit einem milden, sanften Ausdruck sagte diese harte, nachtragende, unbeugsame Frau zu mir.

»Wenn unser geliebter Engel uns jetzt sehen sollte, dann wird es sie erfreuen, daß ich Euch wenigstens noch späte Gerechtigkeit angedeihen lasse. Ihr wart ihrer wert, und aus vollstem Herzen bin ich froh darüber, daß Ihr sie mir fortgenommen habt. Mein Sohn, verzeiht mir die vielen Kränkungen, die ich Euch zugefügt habe. Vergeßt meine bitteren Worte und mein unfreundliches Verhalten. Nehmt mich an und verfügt über mich.«

Ich nahm diese sanfte Stimmung dazu wahr, unseren sofortigen Aufbruch vorzuschlagen.

»Zuerst«, antwortete sie, »wollen wir die Gruft abdecken.«

Wir schritten zu der Öffnung. »Sollen wir sie noch einmal aufsuchen?« fragte ich.

»Ich kann es nicht«, erwiderte sie, »und ich bitte Euch, es ebenfalls zu unterlassen. Wir sollten uns nicht damit quälen, daß wir den unbeseelten Körper betrachten, während ihr lebendiger Geist doch in unseren Herzen bestattet ist, so daß sie uns immer gegenwärtig sein wird.«

Einige Augenblicke verneigten wir uns in feierlicher Stille über der Gruft. Ich wollte mein künftiges Leben Idris' heiligen Gedächtnis widmen; ich schwor, ihrem Bruder und ihrem Kind bis in den Tod zu dienen. Das Schluchzen meiner Begleiterin ließ mich aus meiner Versunkenheit zurückfinden, und so verschloß ich den Abgrund, der das enthielt, was einst mein ganzer Lebensinhalt gewesen war.

Dann stützte ich die trauernde Mutter beim Gehen ab, und zusammen verließen wir die Kapelle. Als ich in die frische Luft hinaustrat, hatte ich ein Gefühl, als hätte ich ein friedliches Nest der Ruhe verlassen, um in eine öde Wildnis hinauszutreten und eine schmerzvolle und hoffnungslose Pilgerfahrt anzutreten.

IV

Da wir Windsor Castle bereits zuvor auf immer verlassen hatten, wollten wir nicht noch einmal dort einkehren, so daß unsere Helfer Anweisungen erhalten hatten den Gasthof, der unterhalb des Schloßhügels lag, für unsere Ankunft vorzubereiten. Der Planwagen mit den Kindern war soeben angekommen. Ich wollte ihnen jetzt noch nicht die schlimme Nachricht übermitteln, also verließ ich sie gleich nach der hastigen Ankunft und machte mich auf den Weg nach Datchet.

Wie gut kannte ich doch noch diese Gegend mit ihren Pfaden und Bäumen und Tälern! Es war nur noch das Gespenst des Merry Old England, das ich da erblickte, und ich fühlte mich wie in einem Traum, als hätte ich alles schon einmal früher gesehen, und zwar mit genau denselben Gefühlen wie jetzt – ganz so, als seien meine gegenwärtigen Sinneswahrnehmungen nur Spiegelungen einer früheren Offenbarung. Um diese bedrohliche Besessenheit abzuschütteln versuchte ich, die Veränderungen dieses friedlichen Orts genauer wahrzunehmen, doch das verstärkte meine betrübliche Stimmung nur noch mehr, da ich nun doch genauer auf die Dinge achtete, die meinen Schmerz auslösten.

Schließlich kam ich in Datchet bei Lucys Heim an, das früher einmal vom Lärm der sonnabendlichen Feierer erfüllt gewesen war. Der Schnee lag hochgetürmt vor der Tür, als sei sie seit Tagen nicht mehr geöffnet worden.

Zuerst meinte ich, einen Lichtschimmer wahrzunehmen, doch dann stellte sich heraus, daß es nur der Widerschein der Mondstrahlen war, die sich in einem der Fenster spiegelten. Nur das Knacken der Äste und das Wehen der Schneeflocken waren zu hören, Vergeblich suchte ich zunächst nach Lebenszeichen, bis ich unter einem der Fensterläden im oberen Stock einen Lichtstrahl hervordringen sah. Die Tür war nur angelehnt, also trat ich ein und stieg die vom Mond beleuchtete Treppe empor. Auch die Tür des bewohnten Zimmers stand etwas offen, und als ich hineinsah, entdeckte ich Lucy, die am Tisch saß, neben sich eine Näharbeit. Sie hatte die Hände in den Schoß gelegt und den Kopf gesenkt. Sie schien in Gedanken verloren zu sein, und es war offensichtlich, daß die Anstrengungen der Nachtwachen und all ihrer Sorgen sie gezeichnet hatten. Und doch wirkte die ganze Szene im Licht der Kerze einen Augenblick lang sehr malerisch. Aber eine furchtbare Wirklichkeit riß mich schon bald wieder aus solchen Gedanken, denn auf dem Bett lag eine ausgestreckte Gestalt. Lucys Mutter war tot, und nun wachte sie, einsam und von aller Welt verlassen, neben ihrem Leichnam.

Ich trat ein, und mein unerwarteter Anblick ließ sie einen Schrei des Erschreckens ausstoßen. Doch dann erkannte sie mich und faßte sich wieder.

»Habt Ihr mich denn nicht erwartet?« fragte ich mit der gedämpften Stimme, zu der uns die Anwesenheit eines Toten immer unwillkürlich bewegt.

»Ihr seid sehr gütig, daß Ihr selbst gekommen seid«, erwiderte sie. »Ich werde Euch niemals genug dafür danken können, doch es ist leider zu spät.«

»Zu spät!« rief ich. »Was meint Ihr damit? Es ist noch nicht zu spät, um Euch von diesem verlassenen Ort fortzuführen, um Euch ...«

Mein eigener kürzlich erlittener Verlust, den ich beim Sprechen vergessen hatte, erstickte meine Worte, und ich mußte mich voller Trauer abwenden. Ich öffnete das Fenster und blickte die kalte, abnehmende, gespenstische Scheibe des Mondes an und die eisige weiße Erde – schwebte Idris' Geist gerade durch die vom Mond eingefrorene Kristallnacht? – Nein, nein, sie mußte sich doch wohl an einem angenehmeren, schöneren Ort aufhalten!

Eine kurze Weile hing ich diesen Gedanken nach, dann wandte ich mich wieder an die Trauernde, die von der Verzweiflung gebeugt ans Bett gelehnt dastand, resigniert und geduldig ihr Schicksal ertragend. Ein solcher Anblick ist viel bewegender als alles Klagegeschrei oder wildes Gestikulieren unbezähmter Trauer. Ich wollte sie von diesem Ort fortbringen, doch sie widersetzte sich meinem Vorschlag. Menschen, deren Vorstellungskraft und Empfindsamkeit sie noch nie über ihren eigenen beschränkten Sichtkreis hinausgeführt haben, klammern sich in der Regel an eben jene Wirklichkeit, die sie vernichtet, weil sie nicht dazu in der Lage sind, etwas anderes zu verstehen oder wahrzuhaben.

So wollte auch Lucy in einem verlassenen England, in einer toten Weit, dieselben Totenzeremonien durchführen, wie sie unter englischen Landbewohnern üblich waren, als der Tod noch ein seltener Besucher gewesen war und uns genügend Zeit gegeben hatte, uns mit Pomp und Umstand abzugeben, indem wir Prozessionen veranstalteten, um ihm die Schlüssel zu den Gräbern in seine siegreiche Hand zu legen. Einen Teil dieser Riten hatte sie bereits durchgeführt, so allein und verlassen sie auch war, und die Näharbeit, an der sie bei meinem Eintreten gesessen hatte, sollte das Leichentuch ihrer Mutter werden. Mir schmerzte das Herz angesichts solcher Einzelheiten, die die Trauer mit sich bringt, und die das weibliche Gemüt ertragen kann, während sie dem Mann mehr zusetzen als der schlimmste Todeskampf.

Ich sagte ihr, sie könne nicht hier bleiben. Dann erzählte ich ihr von meinem jüngsten Verlust, um sie umzustimmen und legte ihr den Gedanken nahe, daß sie mitkommen müsse, um sich der verwaisten Kinder anzunehmen, die nun keine sorgende Mutter mehr besaßen. Lucy widersetzte sich niemals einer Pflicht, also stimmte sie schließlich zu und verriegelte die Fenster und Türen aufs sorgfältigste. Dann begleitete sie mich nach Windsor.

Unterwegs schilderte sie mir, wie ihre Mutter gestorben war. Entweder hatte sie versehentlich Lucys Brief an Idris gesehen oder das Gespräch mitangehört, das sie mit dem Überbringer geführt hatte. Jedenfalls hatte die Mutter plötzlich erkannt, in welch einer schrecklichen Lage sie und ihre Tochter sich nun befanden, und ihre Altersschwäche und ihr von Krankheit und Entbehrung gezeichneter Körper konnten die Furcht und das Entsetzen, die diese Entdeckung bewirkte, nicht länger ertragen. Sie erzählte Lucy zwar nichts davon, aber sie brütete nächtelang darüber nach, bis sie im Fieberdelirium ihr Geheimnis preisgab.

Sie hatte schon lange am Rande des Todes geschwebt, und nun gaben ihre Lebenskräfte endgültig nach. Sie war noch am gleichen Morgen gestorben.

Nach den bewegten Ereignissen des Tages war ich froh, bei meiner Ankunft im Gasthaus festzustellen, daß meine Gefährten bereits zu Bett gegangen waren. Ich gab Lucy in die Obhut der Zofe der Gräfin und legte mich schließlich selbst zur Ruhe. Eine kurze Weile schritten die heutigen Geschehnisse wie eine Prozession an meinem geistigen Auge vorüber, doch dann übermannte mich endlich der heilsame Schlaf. Als ich am Morgen aufwachte, hatte ich das Gefühl, jahrelang geschlummert zu haben.

Meinen Gefährten war es anders ergangen. Claras gerötete und geschwollene Augen verrieten, daß sie die ganze Nacht über geweint hatte. Die Gräfin wirkte hager und erschöpft. Ihr stolzer Geist hatte keinen Trost im Weinen finden können, und die Reue und die unliebsamen Erinnerungen verschlimmerten ihr Leiden noch mehr. Sobald Lucys Mutter beerdigt worden war, brachen wir von Windsor auf und eilten, wie um endlich einen Szenenwechsel zu erleben, mit aller Kraft nach Dover, nachdem uns unsere Eskorte mit Pferden versorgt hatte, die sich überall im Lande in den Ställen aneinander drängten oder auf den Felsen umherirrten und nur zu bereit waren, ihre Freiheit gegen ein wenig Hafer einzutäuschen.

Während der Fahrt berichtete mir die Gräfin von den seltsamen Ereignissen, die sie so unversehens in der St. Georgs Kapelle an meine Seite geführt hatten. Als sie sich bei unserer Abreise von Idris verabschiedet und ihre abgemagerte Gestalt und ihr blasses Gesicht erblickt hatte, da hatte sie die plötzliche Gewißheit heimgesucht, daß dies das letzte Mal sei. Das machte ihr den Abschied schwer, und sie versuchte ihre Tochter dazu zu überreden, sich von ihr pflegen zu lassen und mir zu gestatten, mich

Adrian anzuschließen. Idris hatte dies jedoch sanft abgelehnt, und so hatten sie sich schließlich voneinander verabschiedet. Der Gedanke, daß sie einander niemals wiedersehen würden, hatte die Gräfin wie ein Spuk geplagt. Tausendmal war sie drauf und dran gewesen, umzukehren und sich uns anzuschließen, doch jedesmal hielten ihr Stolz und ihr Zorn, deren bedingungslose Sklavin sie war, davon ab. Stolz wie sie war, weinte sie nur nachts und harrte tagsüber bangen Herzens auf das Ereignis, das auch sie nicht abwenden konnte. Sie gestand mir, daß ihr Haß auf mich in dieser Zeit bis ins Grenzenlose angewachsen war, da sie in mir das Haupthindernis bei der Erfüllung ihres liebsten Wunsches sah, nämlich ihrer Tochter in ihren letzten Augenblicken beizustehen. So wollte sie denn ihrem Sohn davon Mitteilung machen, um entweder aus seiner Sympathie Trost zu schöpfen oder aus seiner Ablehnung ihrer Vorahnungen Mut zu ziehen.

Am ersten Tag nach ihrer Ankunft in Dover war sie mit ihm am Strand spazierengegangen und hatte das Gespräch mit der Zaghaftigkeit, die leidenschaftlichen und überspannten Gefühlen so oft eigen ist, auf das gewünschte Thema gebracht. Sie wollte ihm gerade von ihren Befürchtungen erzählen, als der Bote, der meinen Brief an Adrian überbringen sollte, in dem ich ihm mitteilte, daß wir in Windsor aufgehalten wurden, auf sie zugeritten kam. Er erzählte, wie er uns verlassen habe und berichtete, daß er trotz der Fröhlichkeit von Lady Idris befürchte, daß sie Windsor wohl kaum noch lebend erreichen würde.

»Das stimmt«, sagte die Gräfin, »Eure Befürchtungen treffen zu, sie liegt im Sterben!«

Während sie sprach, hatte sie ihren Blick auf eine grabesähnliche Höhle in der Klippe gerichtet; sie schwor, daß sie Idris dort erblickt habe, wie sie langsam auf die Höhle zugeschnitten sei. Sie hatte ihr den Rücken zugewandt, ihr Kopf war gesenkt, und sie trug ein weißes Kleid, wie sie es sonst auch oft zu tun pflegte, nur daß ein dünner Schleier nun ihre goldenen Locken verbarg und sie umhüllte wie ein leichter, durchsichtiger Nebel. Sie wirkte niedergeschlagen und schien irgendeiner befehlenden Macht zu gehorchen, auf deren Geheiß sie in die Höhle eintrat und sich schließlich im Dunkel verlor.

»Wenn ich häufiger Visionen hätte«, sagte die ehrwürdige alte Dame, »dann würde ich meinen Augen kaum trauen und mir wegen meiner eigenen Leichtgläubigkeit Vorwürfe machen. Aber ich lebe in der Wirklichkeit und das, was ich dort gesehen habe, war gewiß wirklicher, als ich selbst es bin.

Von diesem Augenblick an konnte ich nicht mehr ruhen, ich hätte mein Leben dafür gegeben, sie noch einmal zu sehen, bevor sie sterben mußte. Ich wußte, daß mir dies nicht vergönnt werden würde, und doch mußte ich es versuchen. Ich brach sofort nach Windsor auf, und obwohl man mir sagte, daß wir sehr schnell seien, erschien mir unser Vorankommen schneckengleich zu sein, und ich meinte, daß man nur Pausen einlegte, um mir zuzusetzen. Immer noch machte ich Euch Vorwürfe und überhäufte Euer Haupt mit der glühenden Asche meiner brennenden Ungeduld. Es war mir keine Enttäuschung aber ein schmerzlicher Stich, als Ihr auf ihre letzte Ruhestätte zeigtet. Und es läßt sich nicht mit Worten wiedergeben, welch einen Abscheu ich Euch gegenüber in diesem Augenblick empfand, da Ihr doch der triumphierende Helfershelfer bei der Vernichtung meiner liebsten Hoffnung wart. Doch dann erblickte ich sie schließlich, und Zorn, Haß und Ungerechtigkeit starben noch an ihrer Bahre. Gott sei Dank dafür, daß sich statt dessen nun Reue zeigt, die wohl solange Bestand haben wird, wie die Erinnerung und das Gefühl in mir noch leben.«

Um zu verhindern, daß übertriebene Reue bei ihr die gleichen schlimmen, fruchtlosen Folgen haben sollte wie zuvor ihr Haß und ihre Unversöhnlichkeit, strengte ich mich an, sie zu trösten. Wir waren eine traurige Gesellschaft: Jeder trauerte Dingen und

Personen nach, die nun doch nicht mehr zum Leben erweckt werden konnten, und selbst der kleine Evelyn litt, jung und unschuldig wie er wahr, schon unter dem Verlust seiner Mutter. Dazu kam noch die Ungewißheit der Zukunft. Ein unwillkürlicher Schauer überfiel mich, als ich daran denken mußte, wie wir am nächsten Tag das Wasser überqueren würden, um eine hoffnungslose, endlose, traurige Wanderschaft zu beginnen, die mir noch kurze Zeit zuvor als der einzige Trost für unsere schlimme Lage erschienen war.

Als wir in Dover ankamen, hörten wir das Brausen der winterlichen See. Dieses ungewohnte Geräusch erhöhte noch unsere Unsicherheit. Als wir ein Stück weiter kamen, stellten wir fest, daß ein Teil von Dover überflutet war – viele der Häuser waren von der Brandung umgeworfen oder eingedrückt worden, und das Schäumen des Wassers in den Straßen war ein schreckliches Auf und Ab.

Auch die Menschenmenge, die sich hier versammelt hatte, wirkte aufgewühlt. An dem Morgen, als die Emigranten unter Adrians Führung in Dover eingetroffen waren, hatten sie eine ruhige und beinahe spiegelglatte See vorgefunden. Man hatte dies als gutes Vorzeichen für die Reise gefeiert, und Adrian hatte sich sofort zum Hafen begeben, um die beiden Dampfschiffe zu inspizieren, die dort vor Anker lagen. Um Mitternacht war dann, während alle bereits schliefen, ein gewaltiger Sturm aufgekommen, und schließlich hatten der Eisregen und der Hagel zusammen mit den warnenden Rufen einiger Auswanderer die Schläfer geweckt, um ihnen klarzumachen, daß ihnen der Tod durch Ertrinken drohte. Als sie, nur notdürftig bekleidet, aus ihren Behausungen gestürmt waren, hatten sie die Sturmflut gesehen, die sich auf die Stadt zuwälzte. Voller Panik waren sie auf die Klippen geflohen, doch in der Finsternis waren nur die weißesten

Schaumkronen zu erkennen gewesen, während die heulenden Winde ihr Übriges taten, um die vielen seeungewohnten Menschen in Angst und Schrecken zu versetzen.

Der folgende Tag hatte keine Beruhigung gebracht. Als die Ebbe einsetzte, verschwand das Wasser zwar aus den Straßen, aber mit Rückkehr der Flut stieg es sogar noch höher als in der Nacht zuvor. Die riesigen Schiffe, die verfaulend auf den Straßen umhergespült wurden, zerschellten schließlich an den Klippen, während die Schiffe im Hafen von den schäumenden Wellen an Land geworfen und dort in tausend Stücke zerschlagen wurden. Auch gegen die Klippen selbst wütete die Brandung an, und so manches Landstück rutschte hinab in die tödlichen Fluten, während die verängstigte Menge zusehen mußte, wie große Erdmassen und Felsen vor ihren Augen abbrachen und in die Tiefe stürzten. Die meisten Menschen hielten es für ein Gottesgericht, das uns daran hindern wollte, unser Land zu verlassen und uns dafür bestrafen sollte. Andere wiederum waren nun um so bereiter, das Land zu verlassen, das nun zu ihrem Gefängnis geworden war und auch keinen ausreichenden Schutz mehr gegen das Vordringen der riesigen Meereswellen bot.

Als wir in Dover ankamen, da hatten wir eine ermüdende Reise hinter uns und sehnten uns nur nach Ruhe und Entspannung, doch das, was wir dort sehen mußten, vertrieb diese Gedanken sehr schnell. Wie der größte Teil unserer Gefährten stellten auch wir uns an den Rand der Klippen, um uns zu beratschlagen. Der Nebel begrenzte die Sichtweite auf etwa eine Viertelmeile und der dunstige Schleier verdeckte gleichermaßen Himmel und See. Zweidrittel unseres Volkes wartete nun schon seit geraumer Zeit auf uns in Paris, und diese Trennung, an die wir uns nun mit morbider Lust genauso gedanklich klammerten wie an alles, was unseren Zustand noch verschlimmern konnte, flößte uns noch mehr Angst ein. Nachdem wir uns eine Weile beraten hatten, zogen wir uns ins Schloß von Dover zurück, dessen Dach allen Schutz bot, die nun noch englische Luft atmeten, und versuchten, den so nötigen Schlaf zu finden, der uns, erschöpft und mitgenommen wie wir waren, endlich erquicken sollte.

Am frühren Morgen überbrachte mir Adrian die willkommene Botschaft, daß der Wind sich gedreht hatte: war er zuvor aus Südwest gekommen, so kam er nun aus Nordost. Die sich immer mehr auffrischende Brise fegte die Wolken vom Himmel, und die See zog sich endgültig aus den Straßen zurück. Zwar wühlte der neue Wind das Meer noch mehr auf, aber es verwandelte seine Farbe von dunklem Grau zu hellem Grün, und wenn es auch immer noch furchterregend tobte, so wirkte es doch schon wesentlich freundlicher, und dieser Anblick flößte uns neuen Mut und frische Hoffnung ein. Den ganzen Tag über beobachteten wir die Wellenberge, und als die Sonne unterging, da versammelten wir uns alle am Rande der Klippen, um die Vorzeichen für das Wetter des nächsten Tages zu deuten.

Als die gewaltige Sonne sich bis auf wenige Grad dem sturmgepeinigten Horizont genähert hatte, da geschah plötzlich ein Wunder! Drei weitere Sonnen, die alle gleich grell brannten, kamen aus verschiedenen Himmelsrichtungen mit einemmal auf die brennende Kugel zu und wirbelten um sie herum. Das Licht war so grell, daß wir die Augen abwenden mußten. Selbst sie Sonne schien in diesen Tanz einzustimmen, während die See wie ein Hochofen kochte und loderte wie ein fackelnder Vesuv, ganz so als glühe auf ihrem Boden die Lava. Voller Entsetzen brachen die Pferde aus ihren Ställen aus, und in panischer Furcht stürzte eine Rinderherde, vom gleißenden Licht geblendet, auf die Klippen zu und stürzte unter fürchterlichem Gebrüll in die Fluten. Die drei Kometen waren nur kurz zu sehen; plötzlich verschmolzen sie miteinander und stürzten ins Meer. Wenige Sekunden darauf hörten wir ein ohrenbetäubendes Tosen aus dem Wasser.

Die Sonne selbst zog unbeirrt und majestätisch ihre Bahn und versank im Westen. Als sich das Meer – wir wagten kaum, unsere Augen zu trauen, aber genauso sah es aus – hochbäumte, um sie in Empfang zu nehmen, da türmten sich seine Wellen immer mehr auf, bis der feurige Ball nicht mehr zu sehen war; doch noch immer wuchs die Wassermauer am Horizont empor, und uns war, als sei uns nun die Bewegung der Erde offenbart worden: Es schien, als ob nicht mehr die alten Gesetze Geltung hätten, sondern als ob wir mit unbekanntem Ziel ins Weltall hinausgewirbelt würden. Viele von uns riefen, daß die drei Kugeln keine Meteore gewesen seien sondern brennende Materie, die die Erde entzündet hätten und nun bewirkten, daß das Wasser zu unseren Füßen wie in einem Kessel brodelte. Das Jüngste Gericht sei gekommen, behaupteten sie, und es würde nicht mehr lange dauern, bis wir vor das Antlitz des allmächtigen Richters treten müßten. Andere, denen solch düstere Visionen fernlagen, meinten, daß zwei aufeinandergeprallte Böen an dieser Erscheinung Schuld trügen. Als Beweis wiesen sie auf die Tatsache hin, daß der Ostwind sich gelegt hatte und sich das Geheul des Westwinds nun mit dem Tosen der Brandung vermischte. Würde die Klippe diesem neuen Ansturm standhalten? Ragte die neue Riesenwelle nicht über den Fels empor? Würde unsere kleine Insel von ihr gänzlich überflutet werden? Die Menge der Zuschauer suchte das Weite und stürmte verängstigt über die Felder landeinwärts.

Mich hingegen überfiel ein Gefühl ehrfürchtiger Stille und innerer Ruhe. Ich wartete mit der feierlichen Gefaßtheit auf die Ankunft der vernichtenden Woge, wie sie die Unabdingbarkeit gebiert. Mit jedem Augenblick wirkte der Ozean noch furchterregender, und das Zwielicht wurde von den Wolkenfetzen noch weiter gedämpft, die vom Wind über den Himmel getrieben wurden. Doch je näher die Welle kam, um so schwächer wirkte sie. Irgendeine Strömung oder ein Hindernis mußten sie bremsen, so daß sie langsam kleiner wurde und versank, während die Wasseroberfläche sich plötzlich hob. Das nahm uns die Furcht vor einer unmittelbar bevorstehenden Katastrophe, auch wenn wir immer noch um die Wirkung fürchten mußten. Die ganze Nacht über beobachteten wir sorgfältig die See und die dahinjagenden Wolken; das Donnern der Naturgewalten machte jeden Schlaf unmöglich.

Drei Tage und drei Nächte dauerte dies an. Auch die Mutigsten waren eingeschüchtert von den drohenden Gefahren, und langsam gingen unsere Vorräte zur Neige, obwohl wir jeden Tag Beschaffungstrupps in die nähergelegenen Orte ausschickten. Vergeblich versuchten wir, einander dadurch zu beruhigen, daß wir darauf hinwiesen, daß an all diesen Ereignissen nichts Übernatürliches sei – das drohende, unvermeidliche Schicksal machte uns alle zu Feiglingen. Viele Monate lang hatte der Tod uns gejagt, bis hierher zu diesem schmalen Zeitstreifen, auf dem wir jetzt standen. Wirklich schmal war dieser unser Pfad über dem Abgrund –

Wie eine ungeschützte nördliche Küste
Von winterlicher Woge wird erschüttert –
Und ewiglich zahllose Stürme
(Wenn aus Westen die heulenden Winde toben,
Oder aus Osten oder von rauhen Bergen herab)
Die bebende, wankende Sandbank peitschen.*

Es bedurfte mehr als nur menschlicher Kraft, um sich gegen die Bedrohungen der uns allenthalben umzingelnden Vernichtung zu stellen.

Nach drei Tagen ließ der Wind nach, die Möven waren wieder am Himmel zu sehen, und auch das letzte gelbe Laubblatt an den

* Chor in *Oedipus Coloneus*.

Eichen bewegte sich nicht mehr. Auch die See war ruhig geworden, wenn sie auch unablässig anstieg und an Land drängte; doch wir hofften, daß sich dies in wenigen Tagen legen würde.

Am vierten Tag nahmen wir plötzlich gegen Sonnenuntergang einen dunklen Flecken wahr, der auf den Wellen auf und ab wiegte und immer näher kam. Schließlich stellten wir mit unseren Fernrohren fest, daß es ein Boot war, und wir gaben ihm Zeichen, um es ans Ufer zu lotsen. Die Mannschaft bestand aus neun Engländern, die zu den beiden Abteilungen zählten, die uns nach Paris vorausgereist waren.

Mit ausgestreckten Händen begrüßten wir fröhlich unsere Landsleute, doch sie verhielten sich recht zurückhaltend. Sie wirkten zornig und mißmutig, aber dies richtete sich anscheinend weniger gegen uns als gegen sie selbst. Es war ein seltsamer Anblick, diese Menschwesen zu sehen, die nun wie seltene, unendlich kostbare Pflanzen auf dieser Erde blühten und doch voller Wut und Mißgunst steckten. Als erstes verlangten sie, dem Lordprotektor von England vorgeführt zu werden, wie sie Adrian nannten, obwohl dieser den hohlen Titel schon längst abgelegt hatte, da er nichts mehr war als eine makabre Farce. Man brachte sie sofort zum Schloß von Dover, von wo aus Adrian die Ankunft des Bootes mitbeobachtet hatte. Er empfing sie mit der ihrem seltsamen Auftauchen angemessenen Neugier. Aus ihrem verwirrenden Gezänk um den Vortritt konnten wir endlich, wenn auch mühsam, entnehmen, was vorgefallen war. Ihr Geschrei und ihr wütendes Geplapper machten uns klar, daß sie Abgesandte unserer Kolonie in Paris waren, die sich mittlerweile in drei Parteien aufgesplittert hatte, die sich nun erbittert anfeindeten, da jede die Vorherrschaft erringen wollte. Man hatte die Abgesandten zu Adrian geschickt, da man ihn zum Schiedsrichter auserkoren hatte, und haßerfüllt waren sie gemeinsam von Paris über das verlassene Land nach Calais gereist, um nun ihre Anliegen aufgeregt und unversöhnlich vorzubringen.

Nach langen Einzelbefragungen erfuhren wir schließlich, was in Paris geschehen war. Seit das Parlament Adrian zu Rylands Stellvertreter ernannt hatte, unterstand ihm ganz England. Er war unser Anführer, der uns aus unserer Heimat in fremde Länder führen sollte, er war unser Gesetzgeber und unser Beschützer. Unserem ursprünglichen Plan zufolge war keine dauerhafte Trennung geplant gewesen, und der Earl of Windsor war der Oberbefehlshaber aller Überlebenden. Doch die unvorhergesehen Ereignisse hatten dazu geführt, daß der größte Teil unseres Volk nun fast zwei Monate von seinem Anführer getrennt lebte. Als die beiden Abteilungen sich in Paris wiedervereint hatten, war es sofort zu Meinungsverschiedenheiten zwischen ihnen gekommen.

Sie hatten Paris völlig verlassen vorgefunden. Als die Pest zum erstenmal aufgetreten war, da hatten uns noch Reisende, Kaufleute und Briefe über ihr Wüten auf dem Kontinent auf dem laufenden gehalten. Doch je mehr Menschen gestorben waren, umsomehr waren die Verbindungen zum Erliegen gekommen. Nicht einmal in unserem heimischen England hatten wir noch einen regelmäßigen Nachrichtenaustausch gehabt. Kein Schiff überquerte mehr das Wasser, das Calais von Dover trennte, und so wußten wir kaum etwas über die Vorgänge in Frankreich. Folglich hatten wir gehofft, vielleicht eine Anzahl Reisebegleiter dort vorzufinden, doch unser Schwesterland war noch viel schlimmer von der Seuche befallen worden als wir befürchtet hatten. Frankreich war eine einzige Einöde geworden. Auf der ganzen weiten Strecke zwischen Calais und Paris war nicht mehr ein einziger Mensch zu finden. In Paris gab es noch vielleicht hundert Überlebende, die sich in ihr Los gefügt hatten und auf den Straßen umherflanierten, um sich mit typisch französischer Lebhaftigkeit über vergangene Zeiten zu unterhalten.

Die Engländer nahmen Paris in Besitz, ohne auf den geringsten Widerstand zu stoßen. Bei den Tuilerien lungerten ein paar bleiche Gestalten herum, die sich fragten, warum diese Inselbewohner wohl ausgerechnet ihre heimgesuchte Stadt besitzen wollten, denn wenn einen ein Unheil befällt, dann glaubt man leicht, daß es einem selbst am schlimmsten von allen ergangen sein muß. Fast verächtlich hörten sie sich die Berichte der Auswanderer an. Achselzuckend meinten sie:

»Kehrt um, kehrt zurück auf eure Insel, wo euch die frischen Meeresbrisen und die Wassermassen, die euch vom Festland trennen, wenigstens eine geringe Hoffnung bescheren, der Pest zu entgehen. Wo sie bei euch Hunderte dahingeschafft haben mag, da hat sie bei uns Tausenden den Tod gebracht. Seht ihr denn nicht, daß eure Zahl immer noch viel größer ist als unsere?

Wäret ihr Vor einem Jahr gekommen, da hättet ihr nur Kranke gesehen, die ihre Toten begraben. Jetzt sind wir glücklicher dran, denn wir wehren uns nun nicht mehr, sondern warten geduldig auf den letzten Schlag. Aber ihr, die ihr euch nicht damit abfinden wollt zu sterben, ihr dürft nicht lange Frankreichs Luft atmen sonst werdet ihr schon bald Teil seiner Erde werden.«

Es war, als hätte man versucht, Menschen mit dem Schwert zurückzutreiben, nachdem sie soeben knapp dem Feuer entronnen waren. Meine Landsleute kannten die Gefahr, die nun hinter ihnen lag, während die, die vor ihnen drohte, ungewiß und weit entfernt schien. Und so kam es, daß die Angst schon bald von anderen Gefühlen verdrängt wurde und sich Leidenschaften zu zeigen begannen, die eigentlich keinen Platz in einer brüderlichen Gemeinschaft unglückseliger Überlebender einer sterbenden Welt hätten finden dürfen.

Die erste Abteilung, die in Paris ankam und zahlenmäßig die größere der beiden Gruppen darstellte, riß Vorherrschaft und Überlegenheit an sich, während die zweite Abteilung ihre eigene Unabhängigkeit zu behaupten suchte. Schließlich entstand noch eine dritte Gruppe, die sich um einen Sektierer scharte, der sich selbst zum Propheten ernannt hatte; zwar lag für ihn jede Macht und Gewalt bei Gott, doch er selbst versuchte dabei durchaus, das Kommando über seine Begleiter an sich zu reißen. Diese dritte Gruppe stellte zwar die kleinste von allen dar, aber sie war weniger zerstritten, hatte ein gemeinsames Ziel, und der Gehorsam gegenüber ihrem Anführer ließ ihre Mitglieder mutiger, unnachgiebiger und tatkräftiger scheinen.

Schon während der ganzen Herrschaft der Seuche waren alle möglichen Religionsführer aufgetreten und hatten einen großen Einfluß ausgeübt, zum Guten wie zum Schlechten, je nachdem, ob sie ihre Anhänger richtig leiteten oder ob Fanatismus und Intoleranz vorherrschten. In diesem Fall war es jedoch noch schlimmer, denn der Anführer der dritten Gruppe war ein Scharlatan übelster Sorte: Ein Mann, der sich schon früh allen möglichen Lastern verschrieben und dadurch jeglichen Sinn für Rechtschaffenheit oder Selbstwertgefühl verloren hatte. Als der Ehrgeiz einmal in ihm erwacht war, gab er sich dieser Leidenschaft ohne die geringsten Skrupel zügellos hin. Sein Vater war ein Methodistenprediger gewesen, ein begeisterungsfähiger Mann mit schlichten Zielen; doch seine verderblichen Lehren von der Auserwähltheit und der seiner Religionsgruppe eigenen besonderen Gnade hatte dazu beigetragen, jede Gewissensregung bei seinem Sohn zu zerschlagen. Als die Pest auftrat, schmiedete er zahlreiche Pläne, mit deren Hilfe er Anhänger um sich scharen und Macht für sich erlangen wollte. Adrian hatte von diesem Vorhaben erfahren und ihm erfolgreich gegengesteuert, doch nun war er weit fort. Der Wolf verkleidete sich als Schäfer, und die Herde fiel auf die Maskerade herein. Schon in den ersten wenigen Wochen hatte er in Paris eine Gruppe um sich gesammelt, die nun voller Eifer die Lehre von seinem göttlichen Auftrag verbreitete und daran glaubte, daß nur jene Sicherheit und Erlösung erlangen konnten, die ihr Vertrauen in ihn setzten.

Als die Uneinigkeit erst einmal Fuß gefaßt hatte, führten schon die nichtigsten Anlässe zum Ausbruch von Zwist und

Hader. Die erste Abteilung hatte sich gleich nach ihrer Ankunft in Paris in den Tuilerien einquartiert. Die zweite Gruppe hatte sich in ihrer Nähe niedergelassen. Es kam zu einem Streit über die Verteilung der Beute. Die Anführer der ersten Gruppe bestanden darauf, daß ihnen die Verteilungs- und Verfügungsgewalt darüber zustehen müsse, was die anderen jedoch energisch verneinten. Als die zweite Gruppe nun auszog, um sich das Notwendige zu beschaffen, verschloß man die Tore der Stadt hinter ihnen. Nachdem sie dieses Hindernis überwunden hatten, marschierten sie auf die Tuilerien zu, um schließlich feststellen zu müssen, daß ihre Gegner von den Auserwählten, wie sich die Fanatiker selbst benannten, bereits von dort vertrieben worden waren, Diese weigerten sich, jeden in den Palast zu lassen, der nicht zuvor allem, außer Gott und seinem Stellvertreter auf Erden, ihrem Anführer, den Gehorsam abgeschworen hatte.

Das war der Anfang der Streitigkeiten gewesen, der schließlich dazu geführt hatte, daß sich die drei Abteilungen mit Waffengewalt gegenseitig auf der Place Vendôme bekriegen wollten. Mit geladenen Musketen hatten sie sich versammelt, und ein einziges unbedachtes Wort hätte genügt, um das Pulverfaß zum Explodieren zu bringen, so daß die letzten Überlebenden der Menschheit in Mord und Totschlag ihr Leben ausgehaucht hätten. Doch schließlich hatte die Scham und die Erkenntnis, daß immerhin die ganze Zukunft der Menschheit auf dem Spiele stand, den Anführer der größten Gruppe dazu bewegt, einzulenken. Es kam zu Verhandlungen, und schließlich einigten sich alle Parteien auf einen Waffenstillstand bis zum 1. Februar. Nur der Fanatiker weigerte sich, Adrian als Schiedsrichter anzuerkennen, und so hatte er keine Stellvertreter, sondern Botschafter geschickt, die lediglich seinen Anspruch anmelden und nicht um Adrians Gunst werben sollten.

Es war also unabdingbar, daß Adrian rechtzeitig in Paris eintraf, um die verfeindeten Parteien miteinander zu versöhnen. Das

Boot war am achtundzwanzigsten Januar bei uns eingetroffen; wie ich schon erwähnte, war jedes Boot in Dover von der Sturmflut zerschlagen worden. Doch unsere Abreise duldete keinen Aufschub. Noch in derselben Nacht gingen Adrian, ich und zwölf andere Begleiter an Bord des Bootes. Wir wechselten uns am Ruder ab, und die Sorge um die bevorstehenden Ereignisse lenkte uns von der Tatsache ab, daß wir unser geliebtes Heimatland nun auf immer verließen.

Nach einer mühseligen Reise gelingt es Adrian und Verney, als einzige im letzten Augenblick in Paris einzutreffen, wo sich die verfeindeten Parteien bereits auf der Place Vendôme versammelt haben und nur darauf warten, übereinander herzufallen. Adrian wird jedoch vom überwiegenden Teil der Überlebenden als Retter aus der Not stürmisch begrüßt, und er kann die beiden größeren Parteien wieder versöhnen. Nur die Anhänger des selbsternannten Propheten drohen, sich durch Feindseligkeiten bemerkbar zu machen. Schließlich kommt es zu einem kurzen Streitgespräch zwischen dem Lordprotektor und diesem Anführer.

Adrian traf ihn auf halber Höhe. »Was wollt Ihr?« fragte er. »Wollt Ihr irgend etwas haben, was wir Euch verweigern und das Ihr nun mit Waffengewalt erringen müßtet?«

Ein allgemeiner Aufschrei der Fanatiker war die Antwort, in dem nur die Worte »Auserwähltsein«, »Sünde« und »blutiger rechter Arm Gottes« zu verstehen waren.

Adrian blickte ihren Anführer an, einen finsteren, massigen Mann mit heimtückischen Augen und fragte:

»Könntet Ihr Eure Gefolgsleute nicht zum Schweigen bringen? Meine gehorchen mir jedenfalls, wie Ihr sehen könnt.«

Der Bursche verzog wütend das Gesicht, und weil er möglicherweise fürchtete, daß seine Anhänger zuviel von dem Gespräch mitbekommen könnten, befahl er ihnen, sich zurückzuziehen und kam dann aber selbst auf Adrian zu.

»Was«, fragte Adrian erneut, »fordert Ihr von uns?«

»Buße«, erwiderte der Mann finster. »Gehorsam gegenüber dem Willen des Allerhöchsten, wie er ihn seinem erwählten Volk kundgetan hat. Sterben wir denn nicht alle wegen eurer Sünden, o Generation des Unglaubens? Haben wir da nicht das Recht, von euch Bußfertigkeit und Gehorsam zu fordern?«

»Und wenn wir Euch das versagen sollten, was wird dann geschehen?« fragte Adrian mit sanfter Stimme.

»Seht Euch vor!« rief der Mann, »Gott hört Eure Worte und wird Eure versteinerten Herzen mit seinem Zorn zerschmettern! Seine Giftpfeile sind bereits abgeschossen, seine Todeshunde laufen frei! Wir werden nicht ungesühnt sterben, und unser Rächer wird mächtig sein, wenn er Euch für alle sichtbar, in all seiner Majestät mit Vernichtung straft!«

»Mein lieber Mann«, sagte Adrian in kalter Verachtung, »ich wünschte, Ihr wäret lediglich unwissend; und es dürfte wohl auch nicht allzu schwierig sein, Euch zu beweisen, daß Ihr von etwas redet, wovon Ihr nichts versteht. Für diesmal soll es mir jedoch genügen, erfahren zu haben, daß Ihr nichts von uns wollt; und der Himmel soll unser Zeuge sein, daß wir auch von Euch nichts verlangen. Es würde mich schmerzen, die wenigen Tage, die einem jeden von uns noch verbleiben mögen, durch Zwist und Hader zu vergällen. Wenn wir erst einmal dort unten liegen«, und er wies auf die Erde, »dann werden wir uns nicht mehr streiten können. Solange wir hier oben leben, haben wir keinen Grund dazu. Kehrt heim oder bleibt, verehrt Gott so, wie Ihr es für richtig haltet, Eure Freunde mögen gern das gleiche tun. Ich will nur für Frieden und guten Willen beten, voller Ergebenheit und Hoffnung. Lebt wohl!«

Er verneigte sich vor seinem zornigen Gegenüber, der etwas

erwidern wollte, lenkte sein Pferd die Rue Saint Honoré entlang und bedeutete seinen Freunden, ihn zu begleiten. Als sich alle wieder versammelt hatten, gab er Anweisungen, daß jene, die ihm Gehorsam zollen wollten, sich in Versailles treffen sollten. Er überwachte den Rückzug und verließ die Stadt erst, nachdem alle in Sicherheit waren.

Etwa vierzehn Tage später trafen die restlichen Auswanderer aus England ein und wurden ebenfalls in Versailles untergebracht. Im Grand Trianon wurden Räume für die Familie des Protektors hergerichtet, und nachdem all diese stürmischen Ereignisse vorüber waren, fanden wir endlich die wohlverdiente Ruhe inmitten des Luxus der vergangenen Bourbonen.

V

Nachdem wir uns einige Tage ausgeruht hatten, beratschlagten wir darüber, was wir nun unternehmen sollten. Wir hatten ursprünglich geplant, mit unseren gelichteten Reihen in den Süden zu ziehen, um uns dort an dem Überfluß der Natur und dem milden Klima zu erfreuen. Dabei hatten wir keinen besonderen Ort im Auge gehabt, nur der ewige Frühling, die duftenden Haine und die glitzernden Bäche waren es gewesen, die sich vor unserem geistigen Auge abgezeichnet hatten. Doch zahlreiche unerwartete Ereignisse hatten uns aufgehalten, und nun war es bereits Mitte Februar. Wenn wir mit unserem Vorhaben weitermachen sollten, dann würden wir in eine noch schlimmere Lage geraten als zuvor, indem wir nämlich unser gemäßigtes Klima gegen die unerträgliche Sommerhitze Ägyptens oder Persiens eintauschten. Folglich beschlossen wir, bis zum Frühling in Versailles zu bleiben, um die heißen Monate in den kühlen Tälern der Schweiz zu verbringen und erst im Herbst in den Süden zu wandern, sofern wir diese Jahreszeit noch erleben sollten.

In Versailles lebten wir ruhig und umgeben von allen nur erdenklichen Annehmlichkeiten. Den einzigen Anlaß zur Unruhe bot uns der Prophet mit seinen Anhängern. Sie lebten noch immer in Paris, doch häufig sandten sie Missionare nach Versailles, die mit Hilfe ihrer – wenn auch noch so falschen – Verheißungen jedesmal einige von uns zu bekehren und in ihr Lager zu bringen wußten. So machten wir uns Sorgen um unsere armen Landsleute, die in ihrer Verblendung hier zurückbleiben würden als Opfer ihres eigenen Aberglaubens und der unbarmherzigen Tyrannei, unter der sie, wenn auch freiwillig, nun zu leiden hatten. Hätten wir den Prediger für einen Mann gehalten, der wirklich von seiner Sache überzeugt war, dann hätten wir sofort versucht, mit ihm ins Gespräch zu kommen, um ihn sanfter zu stimmen. Doch er war vom Ehrgeiz beherrscht, es war sein Streben, über die letzten Nachzügler dieser Welt zu herrschen, bevor sie der Tod heim in sein Reich holte. Er wollte sogar, wenn es nur noch wenige Überlebende geben sollte, die Zügel straff halten, um bei der Entstehung einer neuen Rasse nach der Pest als Patriarch und als Prophet, nein, sogar als Gottheit in Erinnerung gehalten zu werden, ganz so, wie es unter der nachsintflutlichen Menschheit Jupiter den Eroberer, Serapis den Gesetzesgeber und Vishnu den Erhalter gegeben hatte. Dies machte seine Herrschaft unbeugsam und erfüllte ihn mit einem wilden Haß gegen alle, die sich anmaßten, ihm sein Reich streitig zu machen.

Er hatte seine Anhänger davon überzeugt, daß ihre Rettung vor der Pest, die Rettung ihrer Kinder und das Entstehen einer neuen Menschheit aus ihrem Samen von ihrem Glauben an ihn und von ihrer Unterwerfung abhingen. Gierig machten sie sich diesen Glauben zueigen und waren in ihrer Leichtgläubigkeit eifrig genug zu versuchen, auch andere zu bekehren.

Adrian dachte oft darüber nach, wie man diesem Schwindler seine Anhänger wieder abspenstig machen könnte. Er entwickelte zahlreiche Pläne dafür, doch seine eigene Truppe nahm ihn voll in Beschlag, weil er sich ihrer Treue und ihrer Sicherheit gewiß sein mußte. Davon abgesehen, war der Prediger ebenso schlau und vorsichtig wie grausam. Seine Opfer wurden von allerstrengsten Gesetzen geknechtet, so daß sie entweder wie Gefangene in den Tuilerien lebten, oder nur in solcher Anzahl und unter peinlicher, Aufsicht die Anlagen verlassen durften, daß es unmöglich war, mit ihnen ein Gespräch zu führen.

Verney erfährt, daß die schon erwähnte Juliet, die Tochter des Herzogs von L –, mit ihrem Säugling zu den Opfern des Sektierers gehört, und er nimmt sich vor, sie zu befreien. Sie hat ihre gesamte Familie verloren und ist in ihrer Verzweiflung ein leichtes Opfer für den falschen Propheten geworden. Zahlreiche Versuche der Kontaktaufnahme schlagen fehl, doch schließlich gelingt es ihm, zunächst unbemerkt in die Tuilerien einzudringen.

Juliet warnt ihn dringend, daß er fliehen soll, doch es ist zu spät – Verney wird gefangengenommen.

Man verhörte mich, und ich gab offene und ehrliche Antwort.

»Mit seinen Worten richtet er sich selbst!« schrie der Scharlatan. »Er gibt zu, unsere geliebte Schwester vom Weg der Erlösung abbringen zu wollen. Fort mit ihm in den Kerker! Morgen soll er den Tod finden. Wir müssen endlich ein Exempel statuieren, um die Kinder der Sünde von unserem Ort der Erlösung fernzuhalten!«

Mein Herz bäumte sich gegen diese scheinheiligen Behauptungen auf, doch ich fand es unter meiner Würde, mich mit diesem Grobian auf ein Streitgespräch einzulassen. Kühl gab ich zur Antwort:

»Vergeßt nicht, wer ich bin! Seid vergewissert, ich werde nicht ungesühnt sterben. Euer legaler Herrscher, der Lordprotektor, weiß von meinem Vorhaben, und er weiß auch, daß ich mich hier aufhalte. Mein Blut wird schon bald zum Himmel schreien, und dann werdet Ihr und Eure armseligen Opfer dieses Trauerspiel schon bald beweinen müssen, das Ihr da anzuzetteln droht.«

Mein Gegner würdigte mich nicht einmal eines Blickes. »Ihr wißt, was ihr zu tun habt«, sagte er zu seinen Gefährten. »Gehorcht meinen Anweisungen!«

Sofort wurde ich zu Boden geworfen, gefesselt und mit verbundenen Augen abgeführt. Erst als ich mich in dem finsteren Kerker befand, nahm man mir die Augenbinde wieder ab. Ich war allein – und gefangen.

Ich konnte mir nicht vorstellen, daß er es wagen würde, mich zu töten. Und doch war ich nun in seiner Hand. Schon immer war er vom Streben nach Macht geblendet worden, er regierte nur mit Hilfe der Angst, und es könnte gut sein, daß es ihm leichter fallen würde, das einzige Wort auszusprechen, das meinen Tod besiegelte, als Gnade walten zu lassen. Er würde wohl kaum eine öffentliche Hinrichtung riskieren, aber ein Mord im Geheimen würde seine Anhänger gehörig einschüchtern. Und wenn er dabei umsichtig vorging, bestand auch Hoffnung, daß er sich Adrians Nachforschung und Rache entziehen könnte.

Vor zwei Monaten hatte ich mich in einer noch dunkleren Gruft hinlegen wollen, um zu sterben, jetzt aber schauerte mich bei dem Gedanken an den Tod. Ich malte mir alle möglichen Todesarten aus, die er vielleicht für mich vorgesehen haben könnte. Würde er mich verhungern lassen? Oder vergiften? Würde man mich heimsuchen, während ich schlief, oder mußte ich bis zum letzten Augenblick mit meinen Mördern kämpfen, genau wissend, daß ich zum Scheitern verurteilt war? Ich lebte in einer Welt, deren Bevölkerung inzwischen selbst ein im Rechnen ungeübtes Kind mühelos hätte zählen können; lange Monate hatte der Tod mir nachgestellt und mit seinem Skelett meinen Pfad überschattet. Ich hatte eigentlich geglaubt, daß ich dieses grimmige Phantom abgeschüttelt und genügend verhöhnt hätte.

So vergingen die Stunden und erschienen mir wie Jahrhunderte. Wenn ich alle Gedanken wiedergeben wollte, die mir in dieser Zeit durch den Kopf gingen, so würde das zahllose Bände füllen. Die Luft war feucht, der Kerkerboden schimmlig und eiskalt; schließlich plagte mich auch der Hunger, und von draußen drang nicht das leiseste Geräusch herein. Morgen sollte ich sterben, hatte der Wüterich gesagt. Wann würde es »morgen« werden? Hatte er vielleicht sogar schon begonnen, war er bereits angebrochen?

Plötzlich hörte ich, wie meine Kerkertür geöffnet wurde. Durch den Gang konnte ich Geräusche aus dem Palast hören. Dort schlug, die Uhr eins. Sie sind gekommen, um mich zu ermorden, dachte ich, denn zu dieser Zeit finden keine öffentlichen Hinrichtungen statt.

Ich drückte mich an die Wand gegenüber dem Eingang und sammelte meine Kräfte. Ich würde mich nicht kampflos ergeben. Langsam schwang die Tür in ihren Scharnieren auf, schon wollte ich vorspringen und den Eindringling anfallen, da sah ich plötzlich, daß es Juliet war, die bleich und zitternd die Lampe in der Hand hielt und an der Schwelle stand. Sie blickte mich traurig an, doch dann faßte sie sich wieder und sagte:

»Ich bin gekommen, um Euch zu retten, Verney.«

»Und Euch selbst ebenfalls«, erwiderte ich. »Teure Freundin, können wir wirklich fliehen?«

»Kein weiteres Wort«, sagte sie, »folgt mir!«

Ich gehorchte ihr ohne Widerspruch. Wir schritten durch zahlreiche Gänge, stiegen mehrere Treppen empor, kamen durch lange Galerien, bis sie schließlich eine niedrige Tür öffnete. Der heulende Wind drang herein und blies sofort ihre Lampe aus, doch dafür schien draußen auch der helle Mond.

Juliet brach das Schweigen.

»Ihr seid in Sicherheit«, sagte sie. »Gott segne Euch! Lebt wohl!«

Ich ergriff ihre zögernde Hand. »Liebe Freundin!« rief ich, »irregeleitetes Opfer, wollt Ihr etwa nicht mit mir zusammen fliehen? Habt Ihr denn nicht alles riskiert, als Ihr mir die Flucht ermöglicht habt? Meint Ihr wirklich, ich würde es Euch gestatten, zurückzukehren, um den Zorn dieses Kretins zu erleiden? Niemals!«

»Fürchtet nicht um mich«, erwiderte sie traurig, »und glaubt nicht, daß Ihr ohne die Zustimmung unseres Anführers dieses Gemäuer verlassen könntet. Er selbst hat mir den Auftrag gegeben, Euch hierher zu führen, weil er weiß, daß ich am besten über die Gründe für Euer Kommen Bescheid weiß und seine Gnade deswegen auch um so mehr zu schätzen weiß, wenn er Euch nun freiläßt.«

»Und Ihr seid wohl von diesem Mann völlig verblendet worden«, rief ich. »Als lebenden Feind fürchtet er mich, und wenn ich sterben sollte, so bangt er wegen meiner Rächer! Indem er mir gestattet, derart heimlich zu fliehen, zeigt er sich seinen Anhängern gegenüber als scheinbar konsequent, aber das Mitleid liegt ihm fern. Hat Ihr denn seine Listen vergessen, seine Grausamkeit und seine Betrügereien? Wenn ich frei bin, so seid Ihr es auch! Kommt, Juliet, die Mutter unserer verstorbenen Idris wird Euch willkommen heißen. Der edle Adrian wird beglückt sein, Euch empfangen zu dürfen, und Ihr werdet mehr Frieden, Liebe und Hoffnung bei uns finden, als Euch jeder Fanatiker bescheren kann. Kommt und fürchtet Euch nicht. Wir werden schon lange vor Tagesanbruch wieder in Versailles sein. Schließt das Tor zu dieser Hochburg des Verbrechens hinter Euch und entflieht dieser Heuchelei!«

Ich sprach hastig aber eindringlich auf sie ein, und während ich sie mit sanfter Gewalt fortzuziehen versuchte, bewegten sie die Erinnerungen an vergangene, glücklichere Zeiten dazu, meinen Worten zu lauschen. Doch schließlich riß sie sich mit einem schrillen Schrei von mir los: »Mein Kind! Mein Kind! Er hat mein Kind! Mein geliebtes kleines Mädchen ist seine Geisel!«

Sie lief wieder zurück in den Gang, das Tor schloß sich zwischen uns, und sie blieb zurück in den Fängen dieses Verbrechers, seinem dämonischen Treiben hilflos ausgeliefert.

Auf mich aber leuchtete der schöne Mond herab, und ein lauer Wind strich über meine Wange. Mein Weg war frei. Froh, entkommen zu sein, und doch nicht mit völlig ungetrübter Freude, ging ich nach Versailles zurück.

VI

Endlich war der ereignisreiche Winter vorüber, der uns Zeit zum Aufatmen gewährt hatte. Die Tage wurden wieder länger und die Sonne schien heller. Wir beschlossen, ohne Zögern in die Schweiz aufzubrechen. Wir hatten es nun eilig, Frankreich zu verlassen. Unter den eisigen Gletschern, im Schatten der schneebedeckten Kiefern, an kalten Gewässern und inmitten von reinigenden Stürmen glaubten wir, die Gesundheit zu finden, sofern diese selbst nicht schon verseucht sein sollte.

Eifrig begannen wir mit unseren Vorbereitungen. Diesmal brauchten wir nicht unserem Heimatland ade zu entbieten, und auch nicht den Gräbern unserer Lieben und der Landschaft unserer Kindheit. Paris verlassen zu müssen, fiel uns nicht sonderlich schwer. Und doch wurde uns mit jedem Tag, da unsere Abreise näherrückte, das Herz schwerer. Schlimme Visionen und böse Vorzeichen, wenn es tatsächlich welche waren, häuften sich immer mehr, so daß wir nur bang und verzagt in die Zukunft blicken konnten. Daß Eulen auch angesichts der Mittagssonne schrien, daß mitten am Tag Fledermäuse umhergeisterten, daß Donnergrollen den wolkenlosen Himmel erschütterte, daß plötzliche Trockenfäule Obstbäume und Sträucher heimsuchte – all das war zwar ungewohnt doch immerhin faßbar; schlimmer waren die rein geistigen Gespinste der allmächtigen Angst. Manche von uns erblickten Leichenzüge, die in schrecklicher Trauer durch die Alleen zogen; andere wiederum hörten plötzliches Geheul und Klageschreie in der Luft, und traurige Gesänge erklangen mit einemmal, ganz so, als ob die Geister das Requiem der menschlichen Rasse sängen. Waren das nicht alles Hirngespinste, die uns die Furcht eingab? War das nicht das Produkt krankhafter Einbildung und kindischen Aberglaubens? Gewiß, so mochte es vielleicht sein. Aber was am meisten Wirklichkeit zu besitzen schien, das war eben die Existenz dieser Ängste, das waren die blassen, gespenstischen Gesichter, die vor Furcht gedämpften, hohlklingenden Stimmen all jener, die solche Visionen und Erscheinungen hatten.

Auch Adrian gehörte dazu, und wenn er auch um die Täuschungen wußte, so gelang es ihm dennoch nicht vollends, sie wirklich abzuschütteln und das Entsetzen zu verjagen, das sie ihm einflößten. Selbst die unschuldigen Säuglinge bestätigten mit ihren unvermuteten Schreien und Zuckungen die Gegenwart unsichtbarer Mächte. Es war klar: Wir mußten von diesem Ort fort, uns ein Ziel setzen und uns durch Beschäftigung von diesem Alb befreien.

Als wir unsere Schar zählten, da stellten wir fest, daß sie vierzehnhundert Seelen zählte, Männer, Frauen und Kinder. Unsere Zahl hatte sich also bisher noch nicht verringert, mit Ausnahme derjenigen, die sich dem falschen Propheten zugewandt hatten und in Paris bleiben wollten. Etwa fünfzig Franzosen schlossen sich unseren Reihen an. Unsere Marschordnung festzusetzen, stellte keine Schwierigkeit dar. Die schlechten Erfahrungen, die wir mit unserer vorherigen Aufteilung und Trennung gemacht hatten, bewegten Adrian dazu, diesmal alle beisammen zu halten. Ich brach mit einer Vorhut von einhundert Männern auf, um entlang der Strecke die Rastplätze für die Hauptabteilung herzurichten. Wir wollten an der Côte d'Or entlang über Auxerre, Dijon, und Dole durch das Jura nach Genf marschieren. Alle zehn Meilen mußte ich dafür sorgen, daß in den am Wege liegenden Dörfern und Städten so viele Unterkünfte vorbereitet wurden, wie es die Gegebenheiten gestatteten. Dort blieb dann auch jeweils ein Melder zurück, der den Nachkommenden mitteilte, wie viele Personen dort untergebracht werden sollten. Dann teilten wir den Rest unseres Stammes in Gruppen zu fünfzig Personen auf, wobei jede Gruppe achtzehn Männer zählte, der Rest bestand aus Frauen und Kindern. Jede Gruppe wurde von einem Offizier angeführt, der eine Mitgliederliste bei sich trug und diese jeden Tag überprüfen mußte. Sollten die Gruppen über Nacht aufgesplittert werden, so wartete die Vorhut am nächsten Tag solange, bis die Nachzügler eingetroffen waren. In jeder der erwähnten großen Städte wollten wir uns dann alle gemeinsam versammeln, und ein Rat der Hauptoffiziere sollte dann Entscheidungen für das Gemeinwohl fällen. Ich brach also zuerst auf, Adrian als letzter. Seine Mutter blieb mit Clara und Evelyn ebenfalls bei seiner Gruppe.

So brach ich auf. Mein erstes Ziel sollte Fontainebleau sein, wo ich auf Adrian warten wollte, der nach wenigen Tagen ebenfalls dort eintreffen würde, bevor ich mich weiter in Richtung Osten aufmachte.

Mein Freund begleitete mich einige Meilen von Versailles aus. Er wirkte ungewöhnlich niedergeschlagen und hoffte nur, wie er sagte, daß wir schon bald in den Alpen ankämen. Er bedauerte es, daß wir noch nicht dort waren.

»Wenn das so ist«, meinte ich, »dann können wir unser Tempo ja beschleunigen. Was sollen wir einem Plan nachhängen, dessen Schwerfälligkeit du jetzt schon ablehnst?«

»Nein«, erwiderte er, »Jetzt ist es zu spät dafür. Vor einem Monat, da waren wir noch Herren unserer selbst, aber jetzt ...«

Er wandte seinen Blick von mir ab, doch dann fügte er hinzu: »Letzte Nacht ist ein Mann an der Pest gestorben!«

Die Tränen begannen aus seinen Augen zu strömen, als er fortfuhr: »Wieder und wieder wird diese Tragödie stattfinden. Immer wieder werde ich die Schreie der Sterbenden hören müssen, die Klagen der Hinterbliebenen; immer und immer wieder muß ich dem Schmerz begegnen, der alles umhüllt und selbst das kürzeste Leben zu einer endlosen Qual macht. Warum ist mir dies beschieden? Warum werde ich nicht als erster dahingerafft? Es ist wirklich hart für einen Menschen, soviel ertragen zu müssen!«

Ich versuchte, ihn mit wenigen Worten zu trösten, und schließlich faßte er sich wieder.

Schnell drehte er sich mir zu, streckte mir die Hand entgegen und sagte: »Lebewohl, Verney, Bruder meiner Liebe, lebewohl! Ich darf nicht wieder schwach werden, ich muß mich unseren Aufgaben widmen, um mit unserer unbesiegbaren Feindin bis zum letzten Augenblick zu kämpfen!« Dann wandte er sich wieder um und ritt davon.

Letzte Nacht war also ein Mann an der Pest gestorben! Der Köcher war also noch nicht leer, und auch der Bogen blieb gespannt. Wie Zielscheiben standen wir dort, während die parthische Pest auf uns anlegte und schoß, immer noch nicht von ihrem Sieg zufriedengestellt, ohne sich von den Bergen von Gemordeten abhalten zu lassen. Eine Seelenpein übermannte mich, die sich auch schnell auf meinen Organismus fortpflanzte, so daß meine Knie bebten, meine Zähne klapperten und mein Herz beinahe stillzustehen drohte. Ich fürchtete nicht um mich selbst, aber es war einfach entsetzlich, daß wir nicht einmal diese paar Überlebenden würden retten können, daß die, die ich liebte, schon in wenigen Tagen genauso steinkalt sein würden wie Idris in ihrer Gruft. Und weder körperliche Stärke noch geistige Tatkraft konnten etwas unternehmen, um den Schlag abzuwehren.

Ein Gefühl der Entwürdigung überfiel mich. Hatte Gott etwa den Menschen dazu erschaffen, als toter Staub inmitten einer gesunden, blühenden Natur zu enden? Waren wir unserem Schöpfer nichts als ein im Keim ersticktes Weizenfeld? Sollten all unsere stolzen Träume auf diese Weise enden? »Wenig niedriger als die Engel« sollten wir sein, und doch waren wir nur Eintagsfliegen. Wir hatten uns die »Herren der Schöpfung« genannt, und doch waren wir nichts als die »Quintessenz des Staubes.« Wir hatten darüber geklagt, daß die Pyramiden ihre einbalsamierten Erbauer überlebt hatten – ach, jede Strohhütte, an der wir vorbeikamen, hatte eine größere Lebenserwartung als die gesamte Menschheit! Wie sollten wir uns jemals mit diesem Widerspruch zwischen unserem Können und diesem Ende unserer Hoffnungen abfinden können?

Wird es den Leser nicht ermüden, wenn ich detailreich unsere lange Reise von Paris nach Genf schildern sollte? Wenn ich jeden einzelnen Tag beschreibe, das Elend unserer Gruppe, die Vielzahl der Leiden? Doch die letzten Geschehnisse, die unseren Marsch durch Frankreich kennzeichneten, sind zu schrecklich, als daß ich mich bei meinem Bericht lange aufhalten dürfte. Es ist schon recht, daß ich Euch, teurer Leser, dieses Denkmal unserer untergegangenen Rasse errichte, doch unrecht wäre es, Euch durch die Gänge der Hospitäler und in die geheimen Kammern der Gebeinhäuser zu zerren. Folglich will ich diesen Bericht rasch beenden. Ich will Bilder der Verwüstung und der Verzweiflung heraufbeschwören, die Prozession des letzten Triumphes des Todes soll vor Euren Augen entstehen, so schnell, wie die Wolkenfetzen, vom Nordwind getrieben, über den fleckigen Himmel jagen.

Unkrautüberwucherte Felder, verlassene Städte, heranstürmende verwilderte Pferde – an all das hatte mein Auge sich mittlerweile gewöhnt; nein, es hatte noch viel Schlimmeres erblicken müssen, unbestattete Leichname und menschliche Gestalten, die die Wege und Straßen übersäten und die Stufen der Häuser. Ach, solche Anblicke waren uns so vertraut geworden, daß wir schon lange aufgehört hatten, deswegen zu erschauern oder unseren Pferden die Sporen zu geben, um ihnen schneller zu entkommen. In seinen besten Tagen war Frankreich, oder jedenfalls der Teil, durch den wir reisten, eine bebaute Wüstenei gewesen, und das Fehlen von Koppeln, Landhäusern und sogar Bauernhöfen wirkte auf den durch Italien oder England Gereisten bedrückend. Und doch waren die Städte sehr lebhaft gewesen, waren sie groß an der Zahl, und die höfliche Freundlichkeit und das bereitwillige Lächeln der holzbeschuhten Bauern vertrieben schon bald wieder jeden Mißmut. Doch nun saß keine alte Frau mehr mit ihrem Spinnrad vor der Tür, kein Bettler bat mehr in höfischem Idiom um Almosen, es gab keine Bauernfeste und Tänze mehr – nur die Stille, diese trübselige Braut des Todes, begleitete ihren Herrn von Stadt zu Stadt über das weite Land.

In Fontainebleau verbrachten wir vier Tage. Viele von uns erkrankten und starben, und vergeblich warteten wir auf Adrian und unsere anderen Freunde. Meine eigene Truppe war in starker Erregung: alle wollten sie so schnell wie möglich in die Schweiz aufbrechen, um dort in den Schneebächen zu baden und in den eisigen Höhlen zu hausen. Doch wir hatten versprochen, auf den Earl zu warten, und er war noch nicht angekommen. Meine Leute verlangten, weitermarschieren zu dürfen, und es schien sich bereits ein Geist der Rebellion unter ihnen breitzumachen. Sie wären auch ohne Anführer bereit gewesen, das Weite zu suchen. Ich sagte ihnen, daß unsere einzige Überlebenschance darin bestünde, zusammenzubleiben, doch einige der Entschlossensten antworteten mir mißmutig, daß sie durchaus dazu in der Lage seien, auf sich selbst zu achten.

Am fünften Tag traf schließlich ein Bote von Adrian ein und überbrachte uns eine Nachricht, in der er uns aufforderte, uns nach Auxerre zu begeben, wo er mit nur wenigen Tagen Verzögerung bald selbst eintreffen werde. Das stand in seinem offenen Brief an uns. In seinem Privatschreiben an mich schilderte er mir jedoch minutiös die Schwierigkeiten seiner Lage und überließ es meiner Einschätzung, welche Maßnahmen ich nun ergreifen wollte.

Die Situation in Versailles sah schlimm aus. Zuerst hatte man das Auftreten der Pest verheimlicht, doch als die Zahl der Todesopfer anwuchs, da hatte sich diese Tatsache schon bald wie ein Lauffeuer herumgesprochen, und die ängstlichen Überlebenden bauschten alles noch gehörig auf. Manche von diesen unglückseligen Abgesandten des Scharlatans versuchten nun eifrig zu missionieren, indem sie behaupteten, daß die Rettung nur in der Unterwerfung unter ihren Anführer liege, und schon bald hatten sie die Mehrheit davon überzeugt, nicht in die Schweiz aufbrechen zu wollen und statt dessen in Paris zu bleiben, sich unter das Banner des Propheten zu scharen und durch feige Verehrung des Bösen darauf zu hoffen, vom drohenden Tod verschont zu werden. Die Unstimmigkeiten und das Durcheinander, das dadurch entstanden war, hatten Adrian aufgehalten, da er nun alle Hände voll damit zu tun hatte, ein Gegengewicht der Ruhe und der Ausgeglichenheit unter seinen verbliebenen Gefolgsleuten zu schaffen. Da er mir nun nicht wie geplant nachfolgen konnte, empfahl er mir, meine Truppe so weit von Versailles abzuhalten wie möglich, um dadurch zu verhindern, daß der Ungeist der Rebellion auch auf sie übergriff. Er wollte mir so bald wie möglich folgen, sobald es ihm gelingen sollte, den Hauptteil der Auswanderer dem bösen Einfluß wieder zu entreißen, unter dem sie im Augenblick noch standen.

Diese Nachricht verursachte mir eine qualvolle Ungewißheit. Mein erster Gedanke war es, sofort nach Versailles zurückzukehren, um dort unserem Anführer behilflich zu sein. Also versammelte ich meine Truppe und erläuterte meinen Vorschlag. Alle lehnten dies einhellig ab. Sie waren der Meinung, daß das Wüten der Pest den Protektor in Versailles aufhielt, und sie machten mir klar, daß sie notfalls auch ohne mich aufbrechen würden. Keine Beschwörung und kein Argument fruchteten etwas bei diesen Feiglingen. Die ständig wachsende Zahl der Todesopfer nahm ihnen den Geschmack an jeder Verzögerung, und mein Widerstand brachte die Gegensätze nur noch zum verschärften Ausbruch. Noch am gleichen Abend brachen sie nach Auxerre auf und spielten damit Adrians Befehl gegen meinen Wunsch aus. Sie hatten ihre Eide gebrochen, und da ich mich auch durch Eid gebunden hatte, sie nicht im Stich zu lassen, war es mir unmöglich, nun meinerseits mit einem Schwurbruch zu antworten. Der Geist, der sie zur Meuterei gegen mich bewegt hatte, würde sie schließlich auch dazu bringen, sich gegenseitig preiszugeben und zu verlassen. Das Ergebnis würde nur Chaos und allerschlimmstes Leiden sein. Deshalb unterwarf ich mich ihnen schließlich und begleitete sie nach Auxerre.

In derselben Nacht kamen wir in Villeneuve-la-Guiard an, einer kleinen Stadt, die vier Etappen von Fontainebleau entfernt lag. Als meine Männer sich zur Ruhe gelegt hatten, ging ich in Gedanken noch einmal alles durch. Was tat ich hier eigentlich? Offenbar war ich im Begriff, diese Gruppe selbstsüchtiger, gesetzesbrecherischer Männer in die Schweiz zu führen und meine Familie und meinen besten Freund zurückzulassen, die ich wegen des Todes, der ihnen (wie uns allen) stündlich drohte, vielleicht nie wiedersehen würde! War es nicht meine oberste Pflicht, dem Protektor zu helfen und damit ein Beispiel an Pflichterfüllung und Treue zu geben?

Noch in derselben Nacht reitet Verney in aller Eile nach Versailles zurück. Als er in das Schloß eintritt, findet er einen großen Tumult vor: Einer der Fanatiker ist soeben daran gehindert worden, Adrian zu erdolchen. Die aufgebrachten Getreuen des Lordprotektors wollen ihn in Stücke reißen, doch dieser stellt sich ihnen in den Weg und rettet dem Attentäter auf diese Weise das Leben.

Schließlich wurden wieder Ruhe und Ordnung im Schloß hergestellt; danach ritt Adrian von Haus zu Haus, von Truppe zu Truppe, um seine Gefolgsleute zu beruhigen und sie an ihre Gehorsamkeit zu erinnern. Aber die Todesfurcht hatte sich auch hier zur obersten Herrscherin aufgeschwungen, und ängstlich schielten alle auf Paris. Der Mensch ist derart in Krücken und Stützen verliebt, daß er sich sogar auf einen vergifteten Speer lehnen würde.

Selbst Adrian war erschüttert genug, daß er ernsthaft erwog, aufzugeben und mit seinen wenigen verbliebenen Getreuen die in die Irre geführte Masse zu verlassen, um sie zu willigen Opfern ihrer eigenen Leidenschaften und des Tyrannen werden zu lassen. Doch nach einem kurzen Schwanken schöpfte er wieder neuen Mut, und seine Menschenliebe gewann wieder die Oberhand. In diesem Augenblick, wie um ein gutes Vorzeichen zu geben, leitete sein Gegner selbst den Untergang seiner eigenen Herrschaft ein.

Die Macht, die er über seine Anhänger ausübte, beruhte auf der Behauptung, daß jene, die an ihn glaubten und ihm folgten, gerettet würden, während dem Rest der Menschheit der Tod gewiß sei. Wie zur Zeit der Sintflut, so habe der Allmächtige auch diesmal bereut, den Menschen geschaffen zu haben, und suchte ihn nun mit der Geißel der Pest heim, mit Ausnahme jener, die seinen Gesetzen, wie sie durch das *ipse dixit* des Propheten offenbart wurden, Gehorsam zollten.

Es ist unmöglich festzustellen, worauf dieser Mann seine Hoffnung gründete, diese Scharlatanerie aufrechthalten zu können. Es ist möglich, daß er sich der Gefahr bewußt war, des Strichs, den ihm die mörderische Natur durch seine Rechnung machen konnte; vielleicht wertete er dies als Prüfstein und Omen dafür, ob er in späteren Zeitaltern wirklich als Gottgesandter verehrt oder noch zu Lebzeiten von seinen Anhängern als Hochstapler entlarvt werden würde. Jedenfalls spielte er das Spiel bis zuletzt mit. Als mit Anbruch des Sommers die Pest unter Adrians Anhängern zu wüten begann, da erklärte der falsche Apostel jubelnd, daß alle seine Gefolgsleute gegen dieses universale Übel gefeit seien. Man glaubte ihm, und seine bis dahin in Paris eingeschlossen gewesenen Anhänger kamen nun nach Versailles, wo sie sich mit der feigen Bande dort einließen und Adrians Namen in den Schmutz zu ziehen versuchten, um ihre eigene Überlegenheit und Unanfechtbarkeit unter Beweis zu stellen.

Auf leisen Sohlen, aber unaufhaltsam, schritt die Pest voran und machte dieser Illusion schon bald ein Ende. Sie schlich sich unter die Reihen der Auserwählten und wütete fürchterlich unter ihnen. Mit Hilfe von einigen eingeweihten Gefolgsleuten versuchte der Scharlatan, dies zu verheimlichen. Alle Kranken wurden nachts heimlich fortgeschafft und bei Mitternacht hastig in Gräber geworfen, wobei man hinterher irgendeine einleuchtende Erklärung für ihre Abwesenheit erfand. Doch schließlich entging es der Aufmerksamkeit einer besorgten Mutter, die man mit Drogen zu betäuben versucht hatte, nicht, wie man ihr einziges Kind auf diese Weise ermordete. Wahnsinnig vor Entsetzen, hätte sie mit wilden Schreien ihre Mitopfer über das infame Verbrechen aufgeklärt, doch der Hochstapler stieß ihr in letzter Verzweiflung einen Dolch in die Brust. Zu Tode verwundet und blutüberströmt, schleppte sich Juliet, denn sie war es, ihr erwürgtes Kind in den Armen, zu den anderen und klärte sie über das wahre Wesen des Scharlatans auf.

Er sah, wie sich die entsetzten Blicke ihrer Zuhörer plötzlich mit Haß erfüllten, denn nun erinnerten sie sich an ihre eigenen Verwandten und reimten sich zusammen, was mit ihnen geschehen war. Er sah, daß sein Spiel vorüber war, und entschloß sich, es selbst zu beenden – also entriß er einem der Nahestehenden die Pistole und erschoß sich.

Man ließ seinen erbärmlichen Leichnam dort liegen, wo er zu Boden gestürzt war, und bahrte die tote Juliet mit ihrem Säugling auf einem Katafalk auf. Dann marschierte die ganze Prozession nach Versailles. Unterwegs trafen sie auf die Abtrünnigen aus Adrians Lager, die sich auf den Weg gemacht hatten, um sich den Sektierern anzuschließen. Schnell verbreitete sich die Nachricht von dem entsetzlichen Geschehen, und alle machten sich nun gemeinsam auf den Weg zu Adrian, dem sie nun feierlich und reumütig ewige Treue schworen.

VII

Diese Ereignisse nahmen soviel Zeit in Anspruch, daß bereits der halbe Juni vergangen war, bevor wir unsere unterbrochene Reise wieder aufnehmen konnten. Einen Tag nach meiner Ankunft in Versailles trafen sechs Männer aus Villeneuve-la-Guiard bei mir ein und meldeten, daß der Rest meiner Truppe bereits in die Schweiz weitermarschiert sei. Wir folgten ihnen auf der gleichen Strecke.

Es ist seltsam, wenn man nach Ablauf einer gewissen Zeitspanne auf eine Periode zurückblickt, die in sich zwar nur sehr kurz war, einem damals jedoch unendlich lang vorgekommen ist. Ende Juli trafen wir in Dijon ein. In Versailles waren wir mit tausendfünfhundert Seelen am achtzehnten Juni aufgebrochen. Das ganze Land war kahl, und nur in den Städten trafen wir gelegentlich auf ein oder zwei Überlebende, die wie Gespenster umherirrten. So vergrößerte sich unsere Zahl nur geringfügig, während der Tod es mit der Zeit immer leichter machte, die Überlebenden zu zählen. Da wir die Kranken nie im Stich ließen, bis sie tot und begraben waren, kamen wir nur sehr langsam und mühsam voran, während der Tod Tag für Tag große Lücken in unsere Reihen riß – die Menschen starben zu zehnt, zu fünfzig, zu hundert. Der Tod zeigte keinerlei Gnade, und wir erwarteten sie auch nicht mehr von ihm. Jeden Tag begrüßten wir die Sonne in dem Gefühl, sie nie wiederzusehen.

Die schrecklichen Visionen und Ängste, die uns bereits im Frühling so sehr gepeinigt hatten, verließen uns auch während dieser trübseligen Reise nicht. Jeden Abend wurden neue Erscheinungen gemeldet, in jedem Baum begannen wir, ein Gespenst zu erblicken, und jeder zottige Busch schien Ungeheuer zu bergen. Nach und nach beeindruckten uns diese gewöhnlichen Dinge nicht mehr, so daß andere an ihre Stelle treten mußten. Einmal wurde voller Überzeugung behauptet, daß die Sonne eine Stunde später aufgegangen sei als zu dieser Jahreszeit üblich; dann stellte man fest, daß sie immer blasser zu werden schien und daß die Schatten ein seltsames Aussehen angenommen hatten. Man kann sich kaum vorstellen, was diese spektakulären Illusionen unter sonst recht vernünftigen Menschen auslösten. Doch unsere Sinneswahrnehmungen sind derart wenig wert, wenn wir uns nicht gemeinsam und gegenseitig bestätigen, daß es selbst mir schwerfiel, nicht an diese übernatürlichen Ereignisse zu glauben, von denen die meisten überzeugt waren. Da ich als einziger Normaler von einer Meute Wahnsinniger umgeben war, traute ich mich kaum, mir selbst gegenüber die Behauptung aufrechtzuerhalten, daß sich die Sonne keineswegs verändert habe, daß die Schatten der Nacht keine unheilschwangeren Gestalten bargen und daß der Wind keine Klagerufe und Wehgeschrei mit sich trug, während der durch die Wipfel der Bäume strich. Manchesmal nahmen wirkliche Dinge gespenstische Gestalt an, und es war unmöglich, ruhig Blut zu bewahren angesichts dieser offensichtlichen Mischung aus Wahrheit und Angstvision.

Einmal erblickten wir während der Abenddämmerung eine ganz in Weiß gekleidete Gestalt, die größer zu sein schien als ein gewöhnlicher Mensch. Sie lief den Weg entlang, warf mal die Hände hoch, sprang mal erstaunlich weit in die Höhe, wirbelte mehrmals um ihre eigene Achse, richtete sich zu voller Höhe auf und gestikulierte wild. Nur zu bereit, an alles Übernatürliche zu glauben, blieb unser Zug abrupt stehen und schaute sich dieses Schauspiel an. Als es dunkler wurde, gewann die einsame Erscheinung immer gespenstischere Züge, und ihre Tollereien, die zwar nichts von geistiger Würde an sich hatten, wirkten doch recht übermenschlich. Doch plötzlich erblickte dieser Kobold uns, kam näher und zog sich dann wieder unter tiefen Verbeugungen zurück. Selbst in unserem traurigen Zustand mußten wir noch lachen und quittierten seine Artigkeit mit Applaus. Dann vollführte das Wesen wieder einen Luftsprung und sackte in sich mitten auf der Straße zusammen, so daß es im Halbdunkel kaum mehr zu erkennen war. Das flößte uns wieder Furcht ein. Einige Wagemutige näherten sich schließlich der Gestalt, und als sie bei dem armen Teufel angekommen waren, lüftete sich der Schleier dieses Geheimnisses: Es war ein Operntänzer, der zu unserer Truppe gehört hatte, die aus Villeneuve-la-Guiard desertiert war. Als er erkrankte, hatten ihn seine Gefährten zurückgelassen. In einem Delirium hatte er sich plötzlich eingebildet, sich auf einer Bühne zu befinden und hatte noch im Sterben wohl voller Wonne den letzten menschlichen Applaus aufgenommen, der seiner Anmut und Gelenkigkeit gezollt wurde.

Ein anderes Mal wurden wir mehrere Tage lang von einer Erscheinung verfolgt, die unsere Leute das »Schwarze Gespenst« nannten. Wir erblickten sie stets nur gegen Abend; sie ritt auf einem schwarzen Hengst, und ihre Trauerkleidung mit den schwarzen Federn am Hut verliehen ihr ein majestätisches Aussehen. Einer von uns, der das Gesicht einen Augenblick lang hatte erspähen können, sagte, daß es aschfahl sei. Er war hinter seiner Gruppe zurückgeblieben und hatte an einer Wegesbiegung plötzlich das Schwarze Gespenst erblickt, wie es auf ihn zugeritten kam. Ängstlich hatte er sich versteckt, und gemächlich waren Pferd und Reiter im Mondschein an ihm vorübergeritten, der dem Gesicht der Erscheinung eine grauenerregende Färbung gegeben hatte. Manchmal, wenn wir nächtlings an einem Krankenlager wachten, hörten wir, wie jemand durch die Stadt galoppierte; es war stets das Schwarze Gespenst, der Vorbote des Todes. Das gemeine Volk übertrieb sein Aussehen noch, wenn es von ihm sprach und behauptete, daß es von einer eisigen Ausstrahlung umgeben sei. Wenn es auftauchte, dann fingen alle Tiere an zu zittern und die Sterbenden wußten, daß ihre letzte Stunde geschlagen hatte. Es sei der Tod selbst, sagten sie, der in sichtbarer Gestalt auf die Erde gekommen sei, um unsere immer geringer werdende Zahl auszurotten, die sich als letzte gegen sein Gesetz stellte. Eines Tages entdeckten wir um die Mittagszeit eine zusammengesunkene Gestalt, die vor uns auf dem Weg lag. Als wir näherkamen, stellte es sich heraus, daß es das Schwarze Gespenst war, das vom Pferd gestürzt war und pestkrank im Sterben lag. Der Mann lebte nicht mehr lange, und seine letzten Worte klärten uns über ihn auf. Er war ein französischer Edelmann, den die Pest bisher als einzigen in seinem Gebiet verschont hatte, so daß er allein zurückgeblieben war. Viele Monate lang war er von Stadt zu Stadt geirrt, von Provinz zu Provinz, in der Hoffnung, vielleicht einen Überlebenden zu entdecken, der mit ihm das schreckliche Los der Vereinsamung teilen mochte. Als er uns schließlich entdeckt hatte, da überwand seine Furcht vor dem Angestecktwerden den Drang nach Gesellschaft, so daß er es nicht wagte, sich uns anzuschließen; also hatte er uns in seiner gespenstischen Verkleidung verfolgt, bis ihn die Pest schließlich doch ereilte und ihn in eine noch größere Gesellschaft heimführte, nämlich die der toten Menschheit.

Wenn solche vergleichsweise harmlosen Schrecken uns nur von unseren alltäglichen Sorgen hätten ablenken können, so wäre alles gut gewesen. Doch diese waren zu zahlreich und zu entsetzlich, als daß sie sich nicht in jedem Augenblick in unser Bewußtsein hätten drängen können. Manchmal mußten wir tagelang an einem Ort halten, bis wir einen nach dem anderen als Erdklumpen wieder dem Erdklumpen zugeführt hatten, der unsere Mutter war ... So reisten wir während der heißesten Jahreszeit weiter, und erst am ersten August traten wir – geschätzter Leser, bedenkt nur: wir waren nur noch achtzig an der Zahl! – durch die Tore Dijons.

Begierig hatten wir auf diesen Augenblick gewartet, denn nun hatten wir den schlimmsten Teil der Reise hinter uns, und die Schweiz war nicht mehr fern. Doch wie hätten wir uns selbst beglückwünschen können? Waren diese erbärmlichen Wesen, die da in einer armseligen Trauerprozession in die Stadt eintraten, wirklich die letzten Überlebenden der menschlichen Rasse, die sich einst wie eine Flut über die Erde ergossen hatte, um sie in Besitz zu nehmen?

Wir hatten Abschied von Dingen nehmen müssen, die Tausende von Jahren bestanden und unendlich gewirkt hatten. Herrschaft, Gehorsam, Verständigung, häuslicher Anschluß, all dies hatte unsere Herzen geprägt, seit wir denken konnten. Patriotischem Eifer, den schönen Künsten, der Ehre, dem Ruhm und dem Namen unseres Vaterlandes hatten wir Lebewohl sagen müssen. Alle Hoffnung, jemals wieder den alten Zustand erleben zu dürfen, war von uns gewichen. Alles, worauf wir noch schwach zu hoffen wagten, war, unser eigenes Leben aus den Trümmern der Vergangenheit zu retten. Wir klammerten uns so gut wir konnten an die Regeln und an die Ordnung, die uns vielleicht die Rettung verheißen mochte, in dem Glauben, daß eine kleine Kolonie überlebender vielleicht eines Tages wieder die verlorene Gemeinschaft der Menschen erneut aufkeimen lassen würde.

Doch das Spiel war verloren! Alle mußten wir sterben und konnten weder Überlebende noch Nachkommen hinterlassen, um die Erbschaft der Erde anzutreten. Alles mußte mit uns untergehen: die Handwerkskunst, die edle menschliche Gestalt, der hehre Geist – all dies mußte sterben.

Wir hatten uns danach gesehnt, Dijon betreten zu dürfen, doch nun war es ein schmerzlicher Einzug. Zögernd hatten wir uns davon überzeugen müssen, daß wir wohl nicht einen Menschen würden retten können, so sehr wir uns auch anstrengen mochten. Also legten wir das Ruder unseres gebrechlichen Bootes aus der Hand und ließen uns treiben. Das Sichgehenlassen und die Unbekümmertheit lösten die Trauer und die Verzweiflung ab.

Während dieser katastrophalen Reise verloren wir mit Ausnahme unserer eigenen Familie all jene, die uns nahegestanden hatten. Ich will diesen Bericht nicht durch eine Auflistung all unserer Verluste verlängern, und so soll nur erwähnt werden, daß das kleine Mädchen, das Adrian während unseres Ritts durch London am zwanzigsten November gerettet hatte, in Auxerre gestorben war. Die Gräfin von Windsor starb während unseres Aufenthalts in Dijon. Eines Morgens wurde mir ausgerichtet, daß sie mich zu sprechen wünsche. Diese Botschaft erinnerte mich daran, daß ich sie seit einigen Tagen nicht mehr gesehen hatte, da ich, wie bei dieser Reise so häufig, bei der Nachhut geblieben war, um darauf zu achten, daß niemand zurückblieb. Irgend etwas an dieser Nachricht beunruhigte mich, und aus irgendeinem unerfindlichem Grund meinte ich, daß Clara oder Evelyn etwas zugestoßen sein mußte; mit keinem Gedanken dachte ich daran, daß es vielleicht die alte Gräfin selbst sein könnte, die erkrankt war. Unsere endlosen Befürchtungen brauchten ständig frisches, ungewohntes Entsetzen als Nahrung, und es schien mir einfach viel zu selbstverständlich, daß die Alten vor den Jungen sterben mußten. Als ich zu ihr kam, da ruhte sie ausgemergelt und erschöpft auf ihrem Lager. Nur die Augen gaben noch ein Lebenszeichen von sich, ansonsten wirkte sie verrunzelt und hohlwangig. Auch ihre Stimme klang verändert, als sie mich ansprach.

»Ich fürchte, daß ich selbstsüchtig gewesen bin, Euch darum zu bitten, noch einmal eine alte Frau wie mich aufzusuchen, bevor sie das Zeitliche segnet. Und doch wäre es für Euch vielleicht ein noch größerer Schlag gewesen, plötzlich von meinem Tod zu erfahren.«

Ich ergriff ihre faltige Hand. »Seid Ihr wirklich so krank?« fragte ich.

»Seht Ihr denn nicht den Tod in meinem Antlitz?« fragte sie. »Es ist seltsam; eigentlich hätte ich es doch erwarten müssen, und doch hat es mich überrascht, muß ich gestehen. Ich habe mich nie an das Leben geklammert, ich habe es nie genossen, bis auf diese letzten Monate, als ich in der Gesellschaft derer war, die ich einst so töricht verlassen habe. Und es ist ein hartes Los, so plötzlich fortgerissen zu werden. Ich bin allerdings froh, daß ich kein Opfer der Pest geworden bin. Wahrscheinlich wäre ich auch dann in dieser Stunde gestorben, wenn die Welt ihren gewohnten Gang genommen hätte.«

Sie mußte sich beim Sprechen anstrengen, und ich merkte, daß es ihr noch mehr leid tat, sterben zu müssen, als sie bereits eingestanden hatte. Und doch hatte sie keinen Grund zur Beschwerde, man sah es ihr an, daß ihre Lebensspanne vorüber, ausgelebt war. Zuerst waren wir allein gewesen, nun trat auch

Clara zu uns. Die Gräfin drehte sich lächelnd zu ihr um und nahm sie bei der Hand. Clara beugte sich vor und küßte ihren Mund.

»Verney«, sagte die Gräfin, »ich brauche Euch dieses liebe Mädchen nicht erst anzuvertrauen, Ihr werdet Euch schon um Eurer selbst willen ihrer annehmen. Wäre die Welt jetzt nicht in dem Zustand, in dem sie nun einmal ist, so hätte ich tausend Ratschläge und Ermahnungen zu erteilen, um zu gewährleisten, daß ein solch empfindsames, gutes, schönes Geschöpf vor den Gefahren geschützt bleibt, die den Edlen und Guten auflauern, doch das ist nun alles sinnlos geworden.

Meine freundliche Pflegerin, ich vertraue dich nun der Obhut deines Onkels an. Und sei auch Adrian das, was du mir gewesen bist, erhelle seine Trauer mit deiner Fröhlichkeit, lindere seinen Schmerz mit deinem ernsten, vergeistigten Gespräch, wenn er einst im Sterben liegt. Pflege ihn so, wie du mich gepflegt hast.«

Clara brach in Tränen aus.

»Liebes Kind«, sagte die Gräfin, »weine nicht um mich. Es bleiben dir noch viele liebe Freunde.«

»Und doch«, rief Clara, »sprecht Ihr schon davon, daß auch sie sterben werden! Das ist wirklich grausam! Wie wollte ich denn weiterleben, wenn sie fort sind? Wenn mein geliebter Beschützer vor mir sterben sollte, wenn das möglich sein sollte, dann werde ich ihn nicht pflegen können, dann werde ich ebenfalls sterben müssen!«

Die ehrwürdige alte Dame lebte nur noch vierundzwanzig Stunden. Sie war das letzte, was nun an den früheren Zustand band. Es wäre unmöglich gewesen, sie anzublicken, ohne an all die Dinge der Vergangenheit zu denken, die uns einst bewegt hatten. Sie hatte einst die englische Krone auf ihrem Haupt getragen; sie erinnerte uns an meinen Vater und an sein Mißgeschick, an den vergeblichen Kampf des letzten Königs, an Raymond, Evadne und Perdita, die auf dem letzten Höhepunkt des menschlichen Lebens gestorben waren. Nur zögernd mochten wir sie beisetzen, und als ich von ihrem Grab zurückkehrte, da hatte Janus auch sein rückwärtsgewandtes Gesicht verhüllt, nachdem sein auf die Zukunft gerichtetes Antlitz schon lange nichts mehr wahrnahm.

Nachdem wir eine Woche in Dijon geblieben und weitere dreißig von uns ins Reich des Todes heimgeholt worden waren, machten wir uns wieder auf den Weg nach Genf. Am zweiten Tag trafen wir gegen Mittag am Fuß des Juragebirges ein. Hier machten wir Rast, um erst die heißeste Zeit des Tages vorüberziehen zu lassen. Fünfzig Menschen – die einzigen fünfzig Menschen, die noch auf dieser an Nahrung so reichen Erde lebten, blickten einander ängstlich an, um Anzeichen für die Seuche zu entdecken, um jeder im Antlitz des anderen zu überprüfen, wie tief die Narben waren, die Kummer, Verzweiflung oder sogar Gleichgültigkeit gegenüber vergangenem und zukünftigem Unheil hinterlassen hatten. Wir versammelten uns am Fuße der gewaltigen Bergmauer unter einem weitgefächerten Walnußbaum. Ein gluckernder Bach erfrischte mit seinen Wasserspritzern das Gras, und emsige Grashüpfer zirpten im Thymian.

Als die Sonne sich langsam gen Westen neigte und die Schatten länger wurden, schickten wir uns an, den Berg emporzusteigen. Da wir auf unsere Kranken Rücksicht nahmen, kamen wir nur sehr langsam voran. Der Anstieg war sehr mühsam, und ich bemerkte eine Mattigkeit an Adrian, die mich sehr beunruhigte. Als er oben angekommen war, streckte er auf dem Gipfel seine Arme aus. Neugierig eilte ich ihm nach. Dann verstand ich seine Bewegtheit. Das herrliche Panorama der Berge war überwältigend: Wie ein Weltwunder ragten die gewaltigen Alpen in den klaren Himmel empor. Unten in den Tälern waren die verstreuten Städte und Dörfer des Jura zu erkennen. Nach und nach trafen auch die anderen ein und bewunderten entzückt den Ausblick. Ein Hauch von Glückseligkeit schien sich sogar wieder zu zeigen, und tief atmeten wir die reine Bergluft ein.

VIII

Wir hatten die Schweiz erreicht, die so lange das Ziel all unserer Mühen und Anstrengungen gewesen war. Doch was für einen Grund hätten wir eigentlich dafür haben sollen, hier auf Linderung zu hoffen? Wie unser heimisches England und das weite, fruchtbare Frankreich war auch dieses von Bergen eingeschlossene Land von der Pest heimgesucht worden und unbevölkert. Weder die kahlen Berggipfel noch die vom Schnee gespeisten Bäche, weder der verschneite Biz noch der Donner, dieser Bezähmer der Epidemie, hatten seine Einwohner von der Seuche bewahren können – weshalb sollten wir also hoffen, verschont zu bleiben?

Und wer hätte eigentlich noch verschont werden können? Ein Zug von Menschen, die halbtot vor Todesangst waren – eine trostlose, widerstandsschwache, fast leichtsinnig gewordene Mannschaft, die ihr Lebensschiff nicht länger selbst steuern mochte und sich nun den verderblichen Winden preisgegeben hatte – das waren wir!

Wir verließen den hübschen Genfer See und bahnten uns unseren Weg in die Serpentinen der Alpen. Wir verfolgten die schäumende Arve an ihren Ursprung und schritten durch das felsige Tal von Servox an den gewaltigen Wasserfällen vorbei, im Schatten der emporragenden Berge. Die üppige Walnuß wich der dunklen Kiefer, und schließlich wich auch der letzte Bewuchs den in den Himmel ragenden schroffen, pfadlosen und unfruchtbaren Felsen, »den Knochen der Welt, die darauf warten, von allem bekleidet zu werden, das Leben und Schönheit verleihen könnte.«*) Merkwürdig, daß wir ausgerechnet hier Schutz suchen wollten! Wenn die Erde sich doch schon in jenen Gebieten, in denen sie zuvor wie eine gütige Mutter ihre Kinder reichlich beschert hatte, als Zerstörerin herausgestellt hatte, was suchten wir dann hier unseren Schutz, wo sie, von Armut geschüttelt, schon in ihren steinigen Adern zu erzittern schien!

Und unsere Befürchtungen stellten sich leider als richtig heraus. Vergeblich suchten wir die riesigen, ständig bewegten Gletscher von Chamonix auf und schritten über das Eis und die Gipfel. Auch hier regierte überall die Pest. Bis zur Tag- und Nachtgleiche mußten immer mehr der letzten Überlebenden der Menschheit zum letztenmal die Augen schließen.

Und doch war es nicht völlig falsch gewesen, uns eine solche Szenerie auszusuchen, in der unser Drama ein Ende finden konnte. Selbst im tiefsten Leid spendete die Natur uns noch Trost, wenn wir die unaussprechliche Herrlichkeit unserer Umgebung betrachteten, die unserer Trauer eine majestätische Würde verlieh.

Diese feierliche Harmonie von Geschehen und Umgebung machte uns ruhiger und verlieh unserem letzten Akt gewissermaßen ein angemessenes Kostüm. Majestätische Düsternis und tragischer Prunk begleiteten das Aussterben der unglückseligen Menschheit.

An den Quellen des Arveiron begruben Adrian und ich, die wir nun zusammen mit Clara und Evelyn die vier einzigen Überlebenden waren, unseren allerletzten Kameraden in einer Gletscherhöhle auf nacktem Eis. Kaum hatten wir den Ort der Andacht mit leisen Schritten verlassen, da stürzten große Eisblöcke von der Decke der Höhle auf den Leichnam herab und bedeckten ihn. Es war eine ziemlich helle Mondnacht gewesen, doch nun versank der Mond im Westen, und die verschneiten

*) Aus Mary Wollstonecrafts *Briefe aus Norwegen (Letters from Norway)*.

Berge und blauen Gletscher schimmerten in ihrem eigenen Licht. Gegenüber war der schroffe Gipfel des Mont Anvert zu sehen, neben uns ragte der Gletscher empor, und unter uns schäumte der Arveiron über die Felsen und erfüllte mit seinem Rauschen die Bergesstille. Welch ein Kirchhof, welch ein Requiem für unseren Gefährten!

Er lag auch nicht allein in seiner ewigen Krypta, denn mit ihm verschwand auch die Pest vom Antlitz der Erde. Dem Tod hat es noch nie an Waffen gebrochen, um das Leben zu vernichten, und wir Schwache und Verlassene waren gegen seine anderen Pfeile nun keineswegs gefeit; doch die Pest gehörte nicht mehr dazu. Sieben Jahre lang hatte sie auf Erden gewütet und auch die entlegenste Ecke unseres Planeten heimgesucht; sie hatte sich mit der Atmosphäre vermengt, die wie ein Mantel all unsere Mitlebewesen umhüllt, und die Bewohner Europas, die prunkgewohnten Asiaten, die dunklen Afrikaner und die freiheitsliebenden Amerikaner waren von ihr besiegt und vernichtet worden. Hier, im felsigen Tal von Chamonix, hatte ihre barbarische Tyrannei endlich ein Ende gefunden.

Die sich Tag für Tag wiederholenden Szenen des Leidens und der Qual hörten auf, wir führten das Wort »Pest« nicht mehr ohne Unterlaß im Munde, und die fleischgewordene Seuche trat uns nicht länger unter die Augen. Von diesem Augenblick an erblickte ich die Pest nie wieder. Sie hatte ihrem Thron entsagt und das Zepter ihres Reiches an den eisigen Felsen zerschmettert. Nun regierten die Einsamkeit und die Stille.

Meine jetzigen Gefühle sind derart mit denen der Vergangenheit verquickt, daß ich nicht genau sagen könnte, ob uns dieses Wissen um die Wende bewußt wurde, als wir an jenem kahlen Ort standen, oder nicht. Ich glaube schon, daß das der Fall gewesen sein muß, daß die Wolken für uns vom Himmel verschwanden, daß uns eine schwere Last genommen wurde und daß wir von da an freier atmeten und unsere Köpfe wieder etwas höher trugen. Doch Hoffnung besaßen wir nicht mehr. Wir wußten wohl, daß die Pest uns nun nicht mehr vernichten würde, daß unsere Zeit aber dennoch abgelaufen war.

Was würde aus uns werden? Ach, wenn wir doch nur ein delphisches Orakel besäßen oder eine pythische Jungfrau, die uns die Geheimnisse der Zukunft offenbarte! Wenn doch nur irgendein Ödipus das Rätsel der grausamen Sphinx zu lösen vermöchte! Ich sollte ein solcher Ödipus werden – keiner, der mit Worten jongliert, um ihren Sinn zu ergründen, sondern einer, dessen qualvoller Schmerz und trauerbeschwertes Leben der Antrieb werden sollten, um die Geheimnisse des Schicksals zu enthüllen und den Sinn des Rätsels zu erraten, mit dessen Erklärung die Geschichte der Menschheit ihr Ende finden würde.

Als wir so an diesem natürlichen Grabmal standen, von leblosen Bergen, den Adern der Natur, umgeben, da waren es solche Gefühle, die uns bewegten.

»Da stehen wir nun alleingelassen«, sagte Adrian, »wie zwei traurige, vom Blitz getroffene Bäume, dort, wo einst ein Wald emporragte. Wir sind übriggeblieben, um zu trauern, dahinzusiechen und zu sterben. Doch selbst jetzt noch gibt es Pflichten, die wir erfüllen müssen: die Pflicht, Freude zu geben, wo wir nur können und mit der Macht der Liebe den Sturm des Leids mit Regenbögen zu mildern.

Wenn wir nur das halten können, was wir nun noch besitzen, dann will ich es zufrieden sein. Verney, irgend etwas sagt mir, daß wir unsere schlimme Feindin nicht mehr zu fürchten brauchen, und ich klammere mich freudig an diese Orakelaussage. Auch wenn es uns seltsam anmuten sollte, so wird es doch schön sein zu beobachten, wie sich Claras junges Herz entfaltet und wie dein kleiner Junge sich entwickelt. In dieser verwüsteten Welt sind wir alles, was ihnen verblieben ist, und wenn wir länger leben sollten, so muß es unsere Aufgabe sein, ihnen dieses neue Leben zu verschönern. Im Augenblick ist das noch leicht, denn ihre kindlichen Gemüter sind, was die Zukunft angeht, noch unbekümmert, und das stechende Verlangen nach Zuneigung und Liebe, das doch so sehr ein Teil unserer Natur ist, ist in ihnen noch nicht erwacht. Wir wissen nicht, was dann geschieht, wenn die Natur ihr Recht geltend macht, aber vielleicht liegen wir dann schon alle tot unter der Erde. Wir müssen uns nur um die Gegenwart sorgen und versuchen, den Geist deiner hübschen Nichte mit angenehmen, erbaulichen Dingen zu prägen. Das, was uns hier umgibt, ist dazu nicht geeignet. Hier ist die Natur wie unser Schicksal – gewaltig, aber zu zerstörerisch, kahl und rauh, um ihrer jugendlichen Empfindsamkeit zu gefallen. Wir wollen in die sonnigen Ebenen Italiens hinabsteigen. Schon bald wird hier der Winter einsetzen und diese Wildnis noch trostloser machen. Wir aber werden über die Berge steigen und die jungen Menschen an Orte der Fruchtbarkeit und der Schönheit führen, wo ihr Weg mit Blumen geschmückt wird und die fröhliche Umgebung sie mit Freude und Hoffnung erfüllt.«

Am Tag darauf setzten wir diesen Plan in die Tat um und verließen Chamonix. Wir hatten keinen Anlaß dazu, unsere Schritte zu beschleunigen, wir blickten nur auf die Gegenwart und gaben folglich jeder Laune und Gemütsregung nach, so daß wir unsere Zeit als wohlverbracht ansahen, wenn die Stunden schnell vorbeiflogen. Wir wanderten geruhsam durch das schöne Tal von Servox und verbrachten einige Stunden auf der Brücke, die über die Schlucht der Arve führte und von der aus man einen wunderbaren Blick über ihre von Kiefern übersäten Tiefen und über die Berghänge hatte, die sie einschließen. Wir wanderten durch die romantische Schweiz, bis uns schließlich die Furcht vor dem einsetzenden Winter dann doch zur Eile antrieb. Anfang Oktober waren wir im Tal von La Maurienne, das nach Cenis führt. Ich kann kaum Worte dafür finden, wie widerwillig wir dieses gebirgige Land verließen. Vielleicht mochte es daran liegen, daß wir die Alpen als Grenze ansahen, die unser bisheriges Leben von unserer Zukunft abschnitt, so daß wir uns an Liebgewonnenes klammerten. Vielleicht war es der mangelnde Antrieb, uns zwischen zwei Vorgehensweisen zu entscheiden, der uns am status quo festhalten ließ, so daß wir lieber an das dachten, was uns noch bevorstand als an das, war wir hinter uns ließen. Wir hatten das Gefühl, daß die Gefahr für dieses Jahr gebannt war und glaubten, einander wenigstens einige Monate erhalten geblieben zu sein. An diesem Gedanken war etwas Fesselndes wenn auch Schmerzliches, er trieb uns die Tränen in die Augen und zerriß uns fast das Herz; doch wir wollten unserer meteorgleichen Bahn auch Leben und Individualität verleihen und uns vergewissern, daß kein Augenblick achtlos an uns vorüberziehen sollte. So taumelten wir denn in schwindelerregender Höhe an einem Abgrund und waren glücklich. Ja, wie wir so neben den gestürzten Felsen saßen, neben den Wasserfällen, neben

Wäldern, so alt wie die Hügel,
Und entfalteten sonnigen grünen Flecken,

dort, wo die Gemsen ästen und die zaghaften Eichhörnchen ihre Nahrung horteten – da genossen wir in vollen Zügen die herrliche Natur und sahen uns satt an ihrer unverfälschten Schönheit und waren glücklich in dieser leeren Welt.

Und doch, ihr Tage der Freude, Tage, in denen das Auge mit dem Auge sprach, in denen ich Stimmen hörte, die mir noch lieber waren als die Musik der leise schwankenden Kiefernwipfel oder das sanfte Murmeln eines Bächleins, und doch, o ihr Tage voller Friede und Entzücken, voller geliebter Gesellschaft anderer, ihr Tage, die ihr mir Verlorenem so unaussprechlich teuer ward – zieht an mir vorüber, zieht vorbei, auf daß ich mich in der Erinnerung an euch verlieren kann, auf daß ich vergessen kann, wer ich bin! Seht nur, wie meine strömenden Tränen dieses gefühllose Papier benetzen, seht, wie sich mein Antlitz verzerrt, sobald ich mich eurer entsinne, jetzt, da ich allein bin und meine Tränen fließen, meine Lippen beben, mein Schluchzen die Luft erfüllt, unbemerkt und von niemandem mehr wahrgenommen! Und doch, o ihr Tage der Freude, laßt mich in der Erinnerung an eure langen Stunden schwelgen!

Als es kälter wurde, überschritten wir die Alpen und wanderten nach Italien hinab. Als der Morgen graute, saßen wir bei unserem Mahl und versuchten, unser Bedauern durch fröhliche Scherze oder durch gelehrte Gespräche zu überspielen. Den ganzen lieben Tag lang schlenderten wir weiter und behielten zwar unser Ziel dabei im Auge, kümmerten uns jedoch nicht sonderlich darum, wann wir es wirklich erreichen würden. Als der Abendstern aufstieg und sich im Westen der Himmel orange färbte und das liebgewonnene Land beschien, das wir nun für immer hinter uns gelassen hatten, da versuchten wir, uns durch Gespräche abzulenken, so daß die Stunden wie im Flug vergingen. Ach, wenn wir doch nur ewig so hätten weiterleben dürfen! Was machte es unseren vier Herzen schon aus, daß wir die einzigen Quellen menschlichen Lebens auf der ganzen weiten Welt waren? Was bloße persönliche Gefühle anging, so war es uns lieber, auf diese Weise vereint zu bleiben, als in einer dichtbevölkerten Wüste uns unbekannter Menschen wirklich allein und freundlos durchs Leben zu ziehen, bis der Tod uns heimholte. So versuchten wir, einander zu trösten, und so lehrte uns die wahre Philosophie die Vernunft.

Es bereitete Adrian und mir großes Vergnügen, Clara aufzuwarten und sie als kleine Königin unserer Welt zu bezeichnen, deren ergebenste Diener wir seien. Wenn wir in einer Stadt ankamen, so richteten wir für sie die vornehmste Unterkunft her, die wir nur finden konnten; wir entfernten alle betrüblichen Spuren früherer Bewohner, beschafften Nahrung und sorgten voller Liebe und Sanftheit für sie. Clara spielte unser Spiel mit kindlicher Freude mit. Sie kümmerte sich in erster Linie um Evelyn, aber es bereitete ihr großen Spaß, sich in kostbare Gewänder zu hüllen und mit strahlenden Juwelen zu schmücken, um sich wie eine Prinzessin vorzukommen. Ihre tiefe und reine Religiosität untersagte es ihr nicht, der Trauer auf diese Weise den Stachel zu nehmen, und mit jugendlicher Lebhaftigkeit war sie mit Herz und Seele bei diesen seltsamen Maskeraden dabei.

Wir hatten uns dazu entschlossen, den Winter in Mailand zu verbringen, da dies eine große und prunkvolle Stadt war, in der wir eine reiche Auswahl an Unterkünften haben würden. Wir waren von den Alpen hinabgestiegen und hatten ihre gewaltigen Schluchten und Wälder hinter uns gelassen, um in das lächelnde, freundliche Italien zu kommen.

Auf den Ebenen wuchsen Gras und Getreide, und die unbeschnittenen Rebstöcke umschlangen in üppigem Überfluß die Ulmen. Die überreifen Trauben waren abgefallen oder hingen purpurrot oder sattgrün zwischen den roten und gelben Blättern. Die verschwenderischen Winde hatten die Getreidekörner aus den Ähren geschüttelt; die Bäume hatten mit ihrem Laub den Boden übersät, die Bäche waren von Unkraut überwuchert, und an den Olivenbäumen hingen schwer die schwarzen Früchte. Nur die Eichhörnchen ernteten noch als einzige die Kastanien ab. Alles war ein Bild des Überflusses und der Armut zugleich und färbte in mannigfachen Tönen dieses schöne Land. In den Städten, den schweigenden Städten, besichtigten wir die Kirchen, die mit Meisterwerken der Malerei oder ganzen Galerien der Bildhauerkunst geschmückt waren, während die Tiere in diesem angenehmen Klima durch die prunkvollen Paläste umherstreunten und uns Vertreter einer vergessenen Menschheit kaum zu fürchten schienen. Die taubengrauen Ochsen blickten uns mit ihren großen Augen an und schritten langsam an uns vorüber; dann und wann scheuchten wir versehentlich eine Herde stumpfsinniger Schafe in irgendeiner Kammer auf, sie rannten mit wildem Getrappel an uns vorbei, die Marmortreppen hinunter auf die Straße, um dort durch die nächste offenstehende Tür ungehindert wieder in irgendein Heiligtum oder ein königliches Ratsgemach einzudringen. Wir erschreckten uns nicht mehr darüber und hatten uns auch an all die Veränderungen gewöhnt: So waren Paläste zu Grabkammern geworden, von Leichen übersät und von beißendem Gestank erfüllt, und wir konnten feststellen, wie die Pest ein seltsames Spiel getrieben hatte, indem sie vornehme Damen auf die kahlen Felder und in irgendeine ärmliche Hütte getrieben hatte oder grobschlächtige Bauern und zerlumpte Bettler zwischen indischen Webteppichen und auf seidenen Betten dahingerafft hatte.

Wir kamen in Mailand an und nahmen im Palast des Vizekönigs Quartier. Hier stellten wir uns selbst Regeln auf, teilten unseren Tag ein und setzten bestimmte regelmäßige Tätigkeiten für bestimmte Stunden fest. Am Morgen ritten wir entweder hinaus aufs Land oder suchten die Paläste nach Gemälden oder Antiquitäten ab. Am Abend versammelten wir uns, um zu lesen oder uns zu unterhalten. Es gab nur wenige Bücher, die wir noch zu lesen wagten, denn fast alle zerstörten das heile Bild, das wir uns von unserer Einsamkeit geschaffen hatten, weil sie an Möglichkeiten und Gefühle erinnerten, die nie mehr unsere sein würden. So vertrieben wir uns die Zeit mit metaphysischen Abhandlungen, mit Dichtung, die sich von jeder Wirklichkeit entfernte, um sich in ihren selbstgeschaffenen Irrtümern zu verlieren, Dichter, die schon so lange tot waren, daß sich ihre Werke wie

Berichte über Atlantis oder Utopia lasen, Werke, wie sich nur mit der Natur befaßten und mit den Gedankenwindungen eines einzigen Verstands – vor allem aber mit immer neuen und immer vielseitigeren Gesprächen und Unterhaltungen.

Während wir auf diese Weise dem Tod geboten, eine Pause einzulegen, ging die Zeit ihren gewohnten Lauf. Still und ewig drehte die Erde sich um sich selbst, in ihrer Hülle aus Luft wie ein Gefährt von den unsichtbaren Kräften niemals fehlender Notwendigkeit angetrieben. Und nun bewegte sich dieser Tautropfen im Himmel, dieser von Bergen übersäte Ball, dem die Wellen ihr leuchtendes Schimmer liehen, aus der kurzen Tyrannei der wässrigen Fische und des eisigen Widders in das strahlende Revier des Stiers und der Zwillinge. Dort wurde er von den warmen Brisen des Frühlings umfächelt, so daß der Geist der Schönheit sich aus seinem kalten Schlaf wieder erhob und mit schwingenden Flügeln und sanftem Schritt die Erde mit einem grünen Gürtel umgab, durch die Veilchen streifte, sich im Laubwerk der aufkeimenden Bäume versteckte und behutsam die strömenden Bäche bis in die sonnigen Tiefen verfolgte.

> Denn siehe, der Winter ist vergangen, der Regen ist vorbei und dahin. Die Blumen sind aufgegangen im Lande, der Lenz ist herbeigekommen, und die Turteltaube läßt sich hören in unserem Land. Der Feigenbaum hat Knoten gewonnen, und die Reben duften mit ihren Blüten.*)

Doch wie hätten wir Erbärmlichen das Eintreffen dieser erfreulichen Jahreszeit begrüßen sollen? Wir hofften zwar, daß sie in ihrem Schatten nicht wieder den Tod mit sich führen würde, aber wenn wir allein waren, so blickten wir einander ängstlich in die Augen und wagten es nicht, uns auf unsere Vorahnungen zu ver-

*) Aus dem Hohelied Salomos (2.11–13).

lassen. So versuchten wir zu erahnen, wer von uns wohl die anderen drei als letzter überleben mochte. Den Sommer wollten wir am See von Como verbringen, und sobald der Frühling seinen Höhepunkt erreicht hatte und der Schnee auf den Bergkuppen geschmolzen war, begaben wir uns dorthin. Zehn Meilen vor Como lag am Fuße der östlichen Berge am Rande des Sees eine Villa mit dem Namen »Pliniana«; sie hieß so, weil sie an einer Quelle erbaut worden war, die der jüngere Plinius in seinen Briefen erwähnt. Das Haus war fast völlig verfallen, bis es im Jahre 2090 von einem englischen Adligen gekauft worden war, der es mit jedem nur erdenklichen Luxus hatte ausstatten lassen. Zwei große Eingangshallen, mit prunkvollen Wandvorhängen verziert, waren beide auf einer Seite offen und führten in einen Hof, von dessen anderen beiden Seiten aus man auf den tiefdunklen See und auf einen Berghang blickte, von dem die Quelle herabsprudelte. Der Fels wurde oben von Myrte und duftenden Kräutern geschmückt, während unten Riesenzypressen mit ihren Spitzen nach den Sternen langten und im gebirgigen Hinterland die üppigen Kastanien zu erkennen waren. Hier richteten wir unsere Sommerresidenz ein. Wir besaßen ein wunderschönes Skiff, in dem wir mal mitten auf dem See, mal am schroffen, felsigen Ufer entlangsegelten, das dicht mit Immergrün bewachsen war, dessen glänzende Zweige in das Wasser hinabhingen und sich an manchen stillen Stellen spiegelten. Hier blühten organgefarbene Pflanzen, hier sangen zahlreiche Vögel ihre Melodien, und hier kroch auch die kalte Schlange aus ihrer Felsspalte, um sich auf den Steinen zu sonnen.

Waren wir denn nicht glücklich an diesem paradiesischen Ort? Ich glaube, wenn uns ein barmherziger Geist mit der Gnade des Vergessens gesegnet hätte, so wären wir wirklich glücklich gewesen, hier, wo die hohen, beinahe völlig unwegsamen Berge uns die Sicht auf die weiten Felder der kahlen, verlassenen Erde verstellten, und wo wir uns mit nur geringer Anstrengung hätten vorstellen können, daß die Städte immer noch von Leben wimmelten, die Bauern mit ihren Pflügen immer noch die Felder bestellten und daß wir, freie Bürger dieser Welt, unser Exil freiwillig genossen und nicht unbarmherzig von unserer ausgestorbenen Art abgetrennt worden waren.

Keiner von uns genoß die Schönheit dieser Landschaft so sehr wie Clara. Bevor wir Mailand verließen, hatte sich ein Wandel in ihrem Wesen und in ihrem Verhalten kundgetan. Sie verlor ihre Fröhlichkeit, sie ließ das Spielen sein und kleidete sich mit beinahe vestalischer Strenge. Sie mied unsere Gesellschaft und zog sich mit Evelyn in irgendein abgelegenes Zimmer oder an einen stillen Ort zurück. Sie nahm auch nicht mehr mit dem alten Eifer an seinen Spielen teil, sondern saß oft da und beobachtete ihn mit traurig-sanftem Lächeln, mit Tränen in den Augen, ohne daß sie jedoch geklagt hätte. Sie näherte sich uns nur noch schüchtern, wich unseren Liebkosungen aus und ging nur dann aus sich heraus, wenn wir gemeinsam ernste Gespräche führten oder uns mit hochgeistigen Dingen befaßten. Wie eine Rose, die sich im Sommerwind entfaltet, blühte ihre Schönheit nun in aller Pracht auf. Ihre Wangen waren sanft gerötet, und ihre Bewegungen schienen einem geheimen, ihr innewohnenden Gesetz der Harmonie und der Anmut zu gehorchen. Wir verdoppelten nun unsere Aufmerksamkeit und unsere Zärtlichkeit. Sie empfing sie mit dankbarem Lächeln, das über ihr Gesicht huschte wie ein Sonnenstrahl im April über eine glitzernde Woge.

Gemeinsam war uns vor allem noch die Liebe zu Evelyn. Dieser liebe kleine Bursche war uns ein ständiger Trost und eine Quelle unaussprechlichen Entzückens. Sein überschäumendes Wesen und sein unschuldiges Unwissen um unser gewaltiges Desaster waren wie Balsam für uns, deren Gedanken und Gefühle von unserem unendlichen geistigen Leiden unablässig gequält wurden. Wir alle strebten danach, ihn zu streicheln, zu liebkosen und ihn zu amüsieren. Clara, die sich ihm gegenüber fühlte wie eine junge Mutter, nahm unsere Freundlichkeit dankbar hin. Und mir, der ich in seiner feingeschnittenen Stirn und in seinen sanften Augen ein Abbild meiner teuren, verlorenen und ewig geliebten Idris sah, die sich in seinem weichen Gesicht aufs neue inkarniert hatte, war er so lieb, daß es mich beinahe schmerzte. Wenn ich ihn an mein Herz drückte, so meinte ich, einen lebendigen und wirklichen Teil von ihr zu umarmen.

Adrian und ich hatten es uns zur Gewohnheit gemacht, jeden Tag in unserem Skiff fortzusegeln, um im Umland Nahrung zu beschaffen. Bei diesen Expeditionen wurden wir nur selten von Clara oder ihrem kleinen Schützling begleitet, doch unsere Rückkehr war jedesmal ein Anlaß großen Jubels. Mit kindlichem Eifer durchstöberte Evelyn unsere Beute, und wir brachten auch stets irgendein Geschenk für unsere schöne Begleiterin mit. Wir entdeckten auch wunderschöne Orte oder heitere Paläste, die wir dann am Abend alle gemeinsam besuchten. Unsere Segelfahrten waren alle köstlich, und wenn wir guten Wind hatten, so stießen wir schnell durch die wässrigen Wellen; wenn das Gespräch auch einmal zu ernst wurde und unsere Gemüter schwer werden ließ, so hatte ich doch stets meine Klarinette dabei, die uns mit ihrem Klang sofort wieder fröhlicher werden ließ. Dann kehrte auch Claras Frohsinn wieder, und sie sprach frei und ungezwungen mit uns. Und wenn unsere vier Herzen auch die einzigen sein mochten, die auf dieser Welt noch schlugen, so schlugen sie dennoch voller Glückseligkeit.

Eines Tages kehrten wir aus Como mit voll beladenem Boot zurück und erwarteten, wie gewöhnlich an der Anlegestelle von Clara und Evelyn empfangen zu werden. Deshalb waren wir sehr erstaunt, als der Strand leer blieb. Wie es meinem Wesen entsprach, mochte ich nicht sofort an ein Unheil denken und versuchte, die Sache zu verharmlosen. Anders jedoch Adrian: Plötzlich überfiel ihn ein Zittern, und mit schlimmsten Vorahnungen wies er mich an, so schnell wie möglich das Ufer anzusteuern; als wir es fast erreicht hatten, sprang er aus dem Boot und stürzte dabei fast ins Wasser. Er kletterte das steile Ufer empor und hastete über den schmalen Gartenstreifen, der das einzige flache Stück Land zwischen dem See und dem Berg darstellte. Ich folgte ihm, ohne zu zögern. Der Garten und der Innenhof waren leer und das Haus auch, das wir vollständig absuchten. Adrian rief laut nach Clara und wollte schon einen der nahegelegenen Bergpfade hochstürmen, als sich die Tür des kleinen Sommerhauses am Ende des Gartens öffnete und Clara mit bleichen Wangen und einem Ausdruck nackter Verzweiflung und Niedergeschlagenheit erschien. Sie näherte sich uns nicht, sondern lehnte sich gegen einen Pfeiler. Adrian sprang mit einem Freudenschrei auf sie zu und wollte sie an sich drücken, doch sie entwand sich seiner Umarmung und schritt wortlos zurück ins Sommerhaus. Ihre bebenden Lippen und ihr verzweifelndes Herz machten es ihr unmöglich zu sprechen und das Unheil mit Worten zu schildern. Beim Spielen hatte den armen kleinen Evelyn plötzlich ein Fieber überfallen, und nun lag er bewegungslos und still auf einer kleinen Couch im Sommerhaus.

Zwei volle Wochen wachten wir unablässig am Lager des armen Kindes, während es mit einem bösartigen Typhus rang. Seine kleine Gestalt und seine Gesichtszüge beherbergten den aufkeimenden Geist eines Menschen: Voller Leidenschaften und Vorlieben wie es war, hätte die Natur des Menschen in diesem kleinen Herzen ein Heim finden können, doch nun pochte es beharrlich seinem Ende entgegen. Seine kleine Hand, die nun matt auf dem Bett dort lag, hätte mit ihren Sehnen und Muskeln einmal Werke der Schönheit oder der Kraft hervorbringen können. Mit fester Manneskraft hätten seine rosigen Füße sich einmal einen Weg durch das Gestrüpp und die Täler der Erde bahnen können – doch all diese Gedanken waren nun vergebens.

Matt und hilflos lag er dort und wartete auf den vernichtenden Schlag.

Wir wachten an seinem Lager, und wenn ihn das Fieber überkam, so wechselten wir kein Wort miteinander und blickten uns auch nicht mehr in die Augen, sondern achteten nur auf seinen unruhigen Atem und das ungesunde Glühen seiner eingefallenen Wangen, auf den schweren Tod, der auf seinen Lidern lastete. Es wäre ein billiges Ausweichen, wollte man sagen, daß Worte nicht genügen, um unsere lange Agonie zu schildern; doch wie sollte man mit Worten Gefühle beschreiben, deren Heftigkeit und deren Schmerz uns bis aus die verborgenen Wurzeln unserer eigenen Natur zurückwerfen, die unser ganzen Wesen so sehr erschüttern wie ein Erdbeben, so daß wir uns gewohnten Gefühlen anvertrauen, die uns, wie die Mutter Erde auch, Halt verleihen – so sehr, daß wir uns an irgendeine beliebige Vorstellung oder an eine trügerische Hoffnung klammern, die schon bald vom allerletzten Schlag zunichte gemacht werden wird? Ich habe geschrieben, daß wir vierzehn Tage lang über das kranke Kind wachten, und das mag wohl auch stimmen – doch jede Nacht wunderten wir uns aufs neue, daß schon wieder ein Tag vergangen war, während jede einzelne Stunde eine wahre Ewigkeit lang zu dauern schien. Tag und Nacht wechselten einander ab, ohne gezählt zu werden, wir schliefen fast überhaupt nicht und verließen sein Zimmer nur dann, wenn die Trauer uns überwältigte und wir voreinander unsere Tränen und unser Schluchzen verbergen wollten. Vergeblich bemühten wir uns, Clara von diesem erbärmlichen Anblick fernzuhalten. Stunde um Stunde saß sie neben ihm, rückte sein Kissen zurück und flößte ihm, wenn er stark genug war, es aufzunehmen, etwas Wasser ein. Schließlich kam der Tod: Sein Blut stockte, seine Augen öffneten sich und schlossen sich wieder, und ohne jedes Aufbäumen oder Seufzen verließ die Seele ihre schwächliche Behausung.

Ich habe einmal davon gehört, daß der Tod die Materialisten

in ihrem Glauben bestärken würde. Ich habe ihn stets anders empfunden. War das noch mein Kind, diese bewegungslose, verfallende Leblosigkeit dort? Mein Kind war stets entzückt von meinen Liebkosungen; seine Stimme verlieh seinen sonst niemanden zugänglichen Gedanken Ausdruck; sein Lächeln war ein Strahlen seiner Seele gewesen, und dieselbe Seele hatte in seinen Augen auf ihrem Thron gesessen. Ich wandte mich von dem erbärmlichen Blendwerk ab, das dieser Körper darstellte. Nimm deinen Tribut, Erde! Gern und auf ewige Zeiten will ich dir die Hülle wiedergeben, die du ihm einst beschert hast. Doch du, liebes Kind, geliebter kleiner Junge – entweder hat deine Seele nun einen angemesseneren Wohnort gefunden, oder du lebst in meinem Herzen auf immer fort, so lange es schlagen mag.

Wir setzten ihn unter einer Zypresse bei, nachdem wir ein Loch in den Berg gehauen hatten, um ihn aufzunehmen. Dann sagte Clara:

»Wenn ihr wollt, daß ich weiterlebe, dann bringt mich von diesem Ort fort. Es ist etwas an dieser transzendenten Schönheit hier, an diesen Bäumen, Bergen und Wellen, das mir unaufhörlich zuflüstert: ›Lasse dein hinderliches Fleisch hinter dir und werde eins mit uns!‹ Ich bitte euch inständig, mich von hier fortzuschaffen.«

Also entboten wir am fünfzehnten August unserer Villa adieu, den Schatten dieses schönen Ortes, der stillen Bucht und dem lärmenden Wasserfall; wir sagten Evelyns kleinem Grab ade und machten uns schweren Herzens auf die Pilgerreise nach Rom.

IX

Nun sanft, bin ich dem Ende schon so nahe? Jawohl! Es ist alles vorüber. Nur noch ein oder zwei kleine Schritte über diese frischen Gräber, dann hat der mühselige Weg sein Ende gefunden. Werde ich meine Aufgabe erfüllen können? Wird es mir gelingen, Worte auf mein Papier zu bannen, die fähig sind, den gewaltigen Schluß auszudrücken? Erhebe dich, schwarze Melancholie! Verlasse deine kimmerische Einsamkeit! Bring dunstige Höllennebel mit, auf daß sie den Tag ersticken mögen; bring Gifthauch mit und Pestilenz, auf daß sie in die Höhlen und in den Atem der Erde eindringen mögen, nicht nur, um alles Blühende zu vernichten, nein, um ihre steinigen Adern zu durchdringen, die Bäume zu vergiften, die Bäche zu vergällen – und um die ewigen Berge zu zersetzen, die mächtigen Tiefen und die milde Luft, die den Erdball umhüllt, auf daß sie alle Fruchtbarkeit verlieren! Erfülle dies, du Macht mit dem traurigen Antlitz, während ich diese Worte schreibe, während Augen diese Seite lesen.

Und wer wird sie lesen? Hüte dich, zarter Abkömmling einer wiedergeborgenen Welt – hüte dich, schönes Wesen, das du ein Menschenherz besitzt, das noch nicht von Sorge gram geworden ist, und eine Stirn, auf der die Zeit noch keine ihrer Furchen eingegraben hat! Hüte dich, auf daß dein Blut nicht ins Stocken geraten möge, auf daß deine goldenen Locken nicht ergrauen und deine hübschen Lachfalten nicht zu tiefen Runzeln werden! Laß kein Tageslicht diese Zeilen erblicken, auf daß der grelle Tag nicht verfalle, bleich werde und sterbe! Suche dir einen Zypressenhain, dessen klagenden Zweige diesem Bericht eine geziemende Umgebung verleihen; suche dir eine Höhle, tief unten im Schoße der Erde, in die kein Licht eindringt außer jenem, das durch einen Spalt rot und flackernd seinen Weg zu dir findet, um deine Seiten mit dem grimmigen Kleid des Todes zu umhüllen.

In meinem Hirn herrscht schmerzvolle Unordnung, so daß es

sich weigert, die aufeinanderfolgenden Ereignisse klar und eindeutig wiederzugeben. Manchmal erblicke ich das sanfte strahlende Lächeln meines Freundes und meine zu wissen, daß sein Leuchten die Ewigkeit umfaßt und ausfüllt, doch dann wiederum spüre ich den peinigenden Schmerz …

Wir verließen Como und machten, einem innigen Wunsch Adrians folgend, auf unserem Weg nach Rom einen Umweg über Venedig. Es ist etwas an dieser wellenumspülten Inselstadt, das die Engländer stets fasziniert hat. Adrian war noch nie dort gewesen. Wir fuhren in einem Boot den Po und die Brenta hinunter, und da die Tage unerträglich heiß geworden waren, reisten wir nur bei Nacht und ruhten uns während der Hitze in den am Ufer liegenden Palästen aus. Des Nachts waren die Ufer kaum zu erkennen und ließen uns unsere Einsamkeit weniger bemerken, wenn der wandernde Mond die Wellen beleuchtete, die wir mit unserem Bug im Wasser aufwühlten und sich das Rauschen des murmelnden Stroms mit dem Rascheln der Baumwipfel und dem Flattern der Segel zu einer harmonischen Melodie vereinten.

Clara hatte ihre lange Trauer ein wenig überwunden und hatte auch zum großen Teil ihre schüchterne, beinahe kalte Distanz abgelegt und nahm unsere Aufmerksamkeiten wieder mit dankbarer Sanftmut an. Während Adrian mit dichterischem Eifer von den ruhmreichen Völkern der Toten sprach, von der schönen Erde und dem Schicksal des Menschen, rückte sie näher an ihn heran und sog begierig sein Worte auf. Wir versuchten, unsere gegenwärtige Verlassenheit so weit wie möglich aus unseren Gesprächen zu verbannen, und es würde jedem Stadtbewohner, umgeben von einer geschäftigen Menschenmenge, in Erstaunen versetzen, wie gut uns dies gelang. Wir waren wie ein Mann, der in einem Kerker eingesperrt ist und das schwache Licht, das durch einen schmalen Spalt eindringt, zunächst kaum wahrzunehmen vermag, bis sich seine Augen an die Dunkelheit gewöhnt haben, und er feststellt, daß die Mittagssonne seine Zelle durchflutet. So vervielfältigten wir, ein schlichtes Dreigespann auf dieser verlassenen Erde, uns füreinander, bis wir alle in allen waren. Wie Bäume, deren Wurzeln vom scharfen Wind bloßgelegt wurden, stützten wir nun einander ab und schützten uns gegenseitig vor dem heulenden Sturm.

So trieben wir den immer breiter werdenden Po entlang und ruhten, während die Zikaden sangen, und wachten, wenn die Sterne am Himmel erschienen waren. Wir führen in die schmalere Brenta ein und kamen am sechsten September zum Sonnenaufgang in der Lagune an. Langsam erhob sich die leuchtende Kugel hinter den Kuppeln und Türmen der Stadt und warf ihre Strahlen über das Wasser. Am Strand von Fusina lagen die Wracks von Gondeln, es waren nur wenige intakte darunter. Wir stiegen in eine von diesen, um der verwitweten Tochter des Ozeans, die nun, verlassen und leer, auf ihrem Inselvorsprung ruhte und auf die fernen Berge Griechenlands blickte, einen Besuch abzustatten. Langsam durchruderten wir die Lagune und fuhren in den Canale Grande ein. Mißmutig brach sich die Flut an den Trümmern der Torbögen und geschundenen Hallen Venedigs. Auf dem schwarzen Marmor lag angespülter Seetang und auch allerlei Seegetier, während das Salz die beispiellosen Kunstwerke an den Wänden zerfraß und die Möven durch die zerschmetterten Fensterscheiben flogen. Inmitten dieser ehrfurchtgebietenden Ruine menschlicher Macht forderte die Natur immer noch ihr Recht und wirkte durch den scharfen Gegensatz zum Verfall um so schöner und beeindruckender. Das leuchtende Wasser bewegte sich kaum, während die Wellenkreise die Sonne tausendfach widerspiegelten.

Vom Turm von San Marco blickten wir auf die unglückselige Stadt herab und wandten unsere Augen dem Meer zu, das zwar ebenfalls ein Grab sein mag, das jedoch keine Denkmäler und

Ruinen emporragen läßt. Langsam ging die Sonne majestätisch hinter den Apenninen unter und färbte die Berge der gegenüberliegenden Küste golden und rosig.

»Dies Land dort«, rief Adrian, »das gerade von den letzten Strahlen des Tageslichts bestrichen wird, ist Griechenland!«

Griechenland! Dieses Wort schlug eine Saite in Claras Herz an. Sie erinnerte uns eindringlich daran, daß wir ihr versprochen hatten, sie wieder nach Griechenland zu bringen, zum Grab ihrer Eltern. Warum nach Rom reisen? Was sollten wie denn in Rom? Wir konnten doch irgendeines der hier vor Anker liegenden Schiffe nehmen und sofort nach Albanien aufbrechen.

Ich wies auf die Gefahren einer Seereise hin und versuchte, ihr klarzumachen, wie weit Athen noch von jenen Bergen entfernt war, durch wildes, unbegehbares Land von ihnen abgetrennt. Adrian, dem Claras Vorschlag gut gefiel, wies diese Einwände jedoch zurück. Die Jahreszeit sei günstig, und der Nordwest würde uns in gerader Linie über den Golf treiben. Dort würden wir in irgendeinem verlassenen Hafen einen griechischen Kajik finden, der für eine solche Fahrt geeignet sei, und die Küste von Morea entlangsegeln, durch den Isthmus von Korinth stechen, um beinahe mühelos und ohne jede nennenswerte Anstrengung in Athen ankommen. Das erschien mir wie närrisches Gerede, aber die See wirkte derart ruhig, und meine geliebten Begleiter waren so sehr dazu entschlossen, diesen Plan in die Tat umzusetzen, daß ich mich nicht länger dagegen sperren konnte, als Adrian meinte: »Nun, auch wenn es nicht das sein sollte, was du wünscht, so willige doch wenigstens mir zuliebe ein!« Noch am gleichen Abend suchten wir uns ein Schiff aus, das für unser Vorhaben gerade die richtige Größe zu haben schien. Wir brachten Segel und Tauwerk in Ordnung und legten uns schließlich in einem der tausend Paläste der Stadt zur Ruhe, um bei Sonnenaufgang am nächsten Tag in See zu stechen.

Wenn Winde über das blaue Meer streichen ohne
Seine glatte Oberfläche zu kräuseln, dann liebe ich
das Land nicht mehr;
Das Lächeln der ruhigen, stillen Tiefen
Versucht meinen unruhigen Geist –

Adrian zitierte diese Übersetzung des Dichters Moschos aus Syrakus, als wir im klaren Morgenlicht über die Lagune am Lido vorbei aufs offene Meer hinausruderten. Ich wollte hinzufügen:

Doch wenn das Tosen
Des grauen Abgrunds des Ozeans erklingt, und
schäumend sich die See aufbäumt, die hohen Wellen
sich brechen –

doch meine Freunde meinten, dies sei Schwarzmalerei. Also verließen wir frohen Mutes das flache Wasser und hißten, auf offener See angekommen, die Segel, um uns der Hilfe des günstigen Windes zu bedienen. Die fröhliche Morgenbrise blähte die Segel bald auf, und das Sonnenlicht überflutete die Erde, den Himmel und das Meer. Willig teilten sich die sanften Wellen, um unseren Kiel aufzunehmen und schlugen spielerisch gegen unser kleines Skiff. Endlich lag das Land schon weit hinter uns, und wir segelten in schneller Fahrt über die blaue Weite. Da Wasser und Wind ruhig waren, machten wir uns keine Sorgen. Verglichen mit der makellosen Tiefe, erschien uns die Erde wie ein einziges Grab, ihre steilen Felsen und majestätischen Berge waren nur Denkmäler, ihre Bäume waren die Federbüsche eines Leichenwagens, und Bäche und Flüsse führten brackiges Wasser – Tränen, die um die untergegangene Menschheit vergossen worden waren. Ade, ihr verlassenen Städte, ihr Felder mit eurem wilden Wuchs von Getreide und Unkraut, ihr Reliquien unserer vergangenen Art, die ihr euch ständig vermehrt. O Ozean, dir vertrauen wir uns an! So wie einst der Patriarch über der ertrunkenen Welt trieb, so laß es auch uns ergehen, rette uns, während wir uns deinen uralten Fluten aussetzen.

Adrian saß am Ruder, während ich mich um die Vertäuung kümmerte. Die Brise von achtern blähte unser Tuch, und wir fuhren über stilles Wasser. Gegen Mittag ließ der Wind nach, so daß wir gerade noch unseren Kurs halten konnten. Wie müßiggängerische Gutwettermatrosen scherten wir uns nicht um die Zukunft und sprachen fröhlich über unsere Küstenfahrt und unser Eintreffen in Athen. Wir würden uns auf einer der Kykladen einrichten und dort zwischen Myrten im ewigen Frühling leben, von angenehmen Meeresbrisen liebkost. Dort würden wir viele Jahre in geruhsamer Stille und Harmonie leben … Gab es auf der Welt wirklich so etwas wie den Tod? …

Die Sonne überschritt den Zenit und senkte sich langsam am klaren, makellosen Himmel. Ich lag auf dem Rücken im Boot und meinte, weiße, marmorierte Streifen am hellen Blau zu erkennen; sie waren so schwach, so unwirklich, daß ich sie zunächst als reines Hirngespinst abtun wollte. Doch plötzlich überkam mich eine schlimme Furcht. Ich sprang auf, lief zum Bug und spähte gen Osten – da sträubten sich mir die Haare, als ich dort ein dunkles Wellenband am Himmel erblickte, das mit großer Schnelligkeit auf uns zutrieb. Kaum hatte ich es Adrian atemlos mitgeteilt, da drehte sich auch schon der Wind, das Segelflattern war nicht zu überhören, das Boot begann zu schaukeln, und plötzlich ballte sich über unseren Köpfen der Sturm zusammen, während die Sonne als roter Feuerball unterging, die See zu schäumen begann und unser Skiff auf und ab geworfen wurde.

Stellt Euch vor, wie wir da nun in unserer zerbrechlichen Schale von den gierigen, tosenden Wellen bedroht und von den Winden hin und her getrieben wurden! Im mittlerweile tintenschwarzen Osten trafen zwei gewaltige Wolken aufeinander, ein Blitz durchzuckte die Atmosphäre und ein Donnern erscholl mit dumpfem Grollen. Dann gaben die Wolken im Süden Antwort, und nun wurde der ganze Himmel von gezuckten Blitzen erhellt, die uns die bedrohlichen Wolken zeigten, gegen die sich die Wellen aufbäumten. Großer Gott! Und wir drei einsamen ... einsamen ... einzigen Bewohner dieser Meere und Erde, wir drei mußten untergehen! Das unendliche Weltall mit seinen zahllosen Welten und die Ebenen der grenzenlosen Erde, die wir verlassen hatten, die gewaltige, uferlose See um uns herum – all dies zog sich für mich zusammen, schrumpfte bis auf einen winzigen Punkt, bis zu unserem schlingernden Schiff mit seiner Fracht, der glorreichen Menschheit.

Ein Ausdruck der Verzweiflung überzog Adrians Gesicht, als er zwischen zusammengebissenen Zähnen murmelte:

»Und doch werden sie gerettet werden!«

Clara kroch bleich und zitternd neben ihn – er blickte sie mit ermutigendem Lächeln an, »Fürchtest du dich, liebes Mädchen? Nein, fürchte dich nicht, wir sind schon bald wieder an Land!«

Wegen der Dunkelheit konnte ich ihren veränderten Gesichtsausdruck nicht erkennen, doch ihre Stimme klang klar und lieblich, als sie ihm entgegnete:

»Warum sollte ich mich fürchten? Weder die See noch der Sturm können uns etwas anhaben, wenn der allmächtige Herrscher über unser Schicksal es nicht zuläßt. Und außerdem brauche ich hier nicht zu fürchten, daß ich einen von euch überleben könnte, Wenn wir sterben sollten, dann alle zusammen.«

Inzwischen holten wir die Segel bis auf einen Ausleger ein und veränderten unseren Kurs, sobald sich dies gefahrlos bewerkstelligen ließ. Nun segelten wir, vom Wind begünstigt, auf die italienische Küste zu. Es herrschte finstere Nacht, und wir konnten kaum einmal die weißen Schaumkronen erkennen, wenn der Blitz nicht gerade für wenige Sekunden alles in grelles Licht tauchte, um uns unsere Gefahren vor Augen zu führen. Wir schwiegen, bis auf Adrian, der am Ruder ab und an eine aufmunternde Bemerkung machte. Unsere kleine Nußschale gehorchte dem Ruder auf geradezu wunderbare Weise und schoß über die Wellenkämme hinweg, als sei sie der See entsprungen, als schütze die zornige Mutter ihr gefährdetes Kind.

Ich saß am Bug und hielt Ausschau. Plötzlich hörte ich, wie die Wellen sich mit doppelter Wut zu brechen begannen. Mit Sicherheit mußten wir uns in der Nähe der Küste befinden – ich rief: »Wenden!«, da leuchtete ein Blitz an der Himmelswölbung auf und zeigte uns einen Augenblick lang den flachen Strand, den Sand und das hohe Schilfgras. Dann wurde es wieder finster, und wir atmeten tief durch wie jemand, der inmitten von fliegenden Felstrümmern bei einem Vulkanausbruch erkennt, wie der Boden unter seinen Füßen sich zu öffnen beginnt. Wir wußten nicht, was wir tun sollten. Überall um uns herum tosten die Wogen und sprühten uns ihren verhaßten Schaum ins Gesicht. Schließlich gelang es uns unter zahllosen Mühen und Gefahren, unseren Kurs erneut zu ändern und Abstand von der Küste zu gewinnen.

Ich drängte meine Gefährten, sich auf das Zerschellen unseres kleinen Skiffs einzustellen und sich an ein Ruder oder an einen Sparren festzuzurren, so daß sie wenigstens auf dem Wasser treiben konnten. Ich selbst war ein ausgezeichneter Schwimmer, schon der bloße Anblick des Meeres genügte, um meine Gefühle in Wallung zu versetzen, ganz wie bei einem Jäger, der das aufgeregte Gebell einer Hundemeute hört. Ich liebte das Gefühl, von den Wellen eingehüllt zu werden und mich gegen ihre Gewalt zu stemmen, während ich meinen eigenen, selbstbestimmten Kurs verfolgte. Auch Adrian konnte schwimmen, doch war er körperlich zu schwach, um daran Freude zu haben oder große Leistungen zu vollbringen. Doch mit welcher Kraft hätte sich selbst der allerstärkste Schwimmer gegen die überwältigende Wut eines tobenden Ozeans wehren können? Meine Versuche, die Gefährten auf das Schlimmste vorzubereiten, wurden zunichte gemacht, weil die tosenden Brecher meine Stimme übertönten und ich mit aller Kraft das Wasser wieder aus dem Boot schöpfen mußte, das ständig mehr wurde. Wir waren von Dunkelheit umgeben, undurchdringlich und völlig finster, nur vom Zucken der Blitze durchbrochen. Manchmal erblickten wir feurige Donnerkeile, die ins Meer stürzten, dann wiederum spien die Wolken heftig Wassermassen aus, die den wildgewordenen Ozean aufwühlten, so daß er sich gegen sie aufbäumte, während der stürmische Wind die Wolken zerfetzte und über den Himmel jagte, bis sich Himmel und Meer im Chaos vereinten. Unser Schandeckel war fortgerissen worden, unser Hauptsegel zu Streifen zerfetzt; wir hatten unseren Mast gekappt und allen Ballast abgeworfen. Clara versuchte, mir beim Wasserschöpfen behilflich zu sein, und als ein Blitz ihr Gesicht beleuchtete, sah ich, daß die Resignation bei ihr die Furcht abgelöst hatte.

Selbst in den allerschlimmsten Situationen besitzt der Mensch eine Kraft, die seinen ansonsten so schwachen Geist stärkt und ihn dazu befähigt, auch die übelsten Qualen auszuhalten, und zwar mit einer inneren Seelenruhe, die er sich in Stunden des Glücks niemals hätte vorstellen können. Eine Ruhe, die viel furchterregender war als der Sturm, besänftigte mein pochendes Herz, eine Ruhe, wie sie der Wilderer, der Selbstmörder und auch der Mörder kennen kurz bevor der Würfel fällt – während die Lippen noch am Giftbecher ruhen, wenn der letzte Todesstoß bevorsteht.

So vergingen Stunden, Stunden, die jeden Jüngling in einen Greis hätten verwandeln können, Stunden, in denen das tobende Chaos weiterging, während sich die Windstöße gegenseitig zu überbieten suchten und unser Skiff emporgeworfen und in die

Wellentälern hinabgeschleudert wurde. Einen Augenblick lang machte der Wind eine Pause, und auch der Ozean beruhigte sich ein wenig – es war eine atemlose Unterbrechung; mit einemmal fuhr ein Windstoß mit verdoppelter Wucht über uns hinweg und drückte die Wellenberge gegen unser Boot. Adrian rief mir zu, daß das Ruder fortgerissen worden sei.

»Wir sind verloren!« rief Clara, »rettet euch – rettet euch!«

Im Licht des Blitzes sah ich, wie das arme Mädchen halb im Wasser am Boden versunken dalag. Sie sank gerade vollends zusammen, als Adrian im letzten Augenblick den Arm um sie legte und sie wieder emporriß. Ohne Ruder liefen wir voll in die sich vor uns auftürmenden Wellenberge hinein – sie schlugen über uns zusammen und überschwemmten das winzige Skiff. Ich hörte einen Schrei und rief selbst, daß wir verloren seien – dann fand ich mich im Wasser wieder, von Dunkelheit umgeben. Als der Sturm wieder aufblitzte, erblickte ich den Kiel unseres Bootes und knallte meine Hände hinein, während ich versuchte, ein Lebenszeichen von meinen Gefährten zu entdecken. Ich meinte, Adrian unweit von mir zu sehen, wie er sich an einem Ruder festhielt; ich machte einen Sprung und versuchte, auf ihn zuzuschwimmen, um ihn zu retten. Doch ich scheiterte; da überkam mich mein Selbsterhaltungsinstinkt und kämpfte mit meinem Wunsch, mich in mein Schicksal zu fügen. Ich stemmte mich gegen die Wellen und schüttelte sie ab wie die Klauen eines Löwen, der meine Brust zu zerfetzen drohte. Hatte mich eine Welle überspült, so schwamm ich auf der nächsten wieder empor, während meine Lippen sich in verbittertem Stolz verzogen.

Seit der Sturm uns auf die Küste zugetrieben hatte, hatten wir uns nicht mehr sehr weit von ihr entfernen können. Bei jedem Lichtblitz konnte ich das Ufer erkennen, doch ich kam nur langsam voran, während jede Welle versuchte, mich wieder auf Meer hinauszureißen. Einen Augenblick lang spürte ich, wie mein Fuß den Sand berührte, im nächsten befand ich mich wieder im tiefsten Wasser. Langsam wurden meine Arme müde, und ich begann zu keuchen – tausend wilde, rauschhafte Gedanken schossen mir durch den Kopf. So weit ich mich heute noch daran erinnern kann, war mein Hauptgedanke der, wie schön es doch sein mußte, mein Haupt auf den stillen Erdboden legen zu dürfen, wo mich keine Wellen mehr umspülen würden und ein Wassertosen mehr meine Ohren betäuben könnte. Um dies zu erreichen – und nicht, um mein Leben zu retten! – mache ich eine letzte Anstrengung – da faßte ich plötzlich Fuß am Ufer, ich erhob mich und wurde von den Brechern sofort wieder niedergerissen, doch ich hatte mich an eine Felsspitze geklammert und konnte mich einen Augenblick ausruhen. Dann nutzte ich eine zurückflutende Welle aus und rannte vor, betrat den trockenen Sand und stürzte bewußtlos auf den schleimigen Tang, der ihn bedeckte.

Lange Zeit muß ich leblos dort gelegen haben; denn als ich mit einem Gefühl von Übelkeit das erstemal meine Augen öffnete, grüßte mich das Licht des Morgens. Inzwischen hatte sich vieles geändert: Die graue Dämmerung färbte die fliehenden Wolken, in die der Wind langsam nach und nach immer größere Löcher riß und die den reinen blauen Himmel offenbarten. Im Osten ergoß sich ein immer größer werdender Lichtquell hinter den Wellen des Adriatischen Meeres und machten aus dem Grau zunächst ein Rosa und schließlich ein luftiges Gold.

Ich befand mich in einer Art geistiger und körperlicher Regungslosigkeit; meine Sinne funktionierten zwar, doch ich besaß kein Erinnerungsvermögen mehr. Diese gesegnete Pause war nur kurz – neben mir lauerte eine Schlange, um mich in die Wirklichkeit zurückzuholen –, und als die ersten Erinnerungen zurückkehren, wollte ich aufspringen, doch meine Glieder versagten, meine Knie zitterten, und meine Muskeln hatten ihre Kraft verloren. Noch immer glaubte ich daran, daß ich wenigstens einen meiner geliebten Gefährten am Strand wiederfinden könnte. Ich beeilte mich, so bald wie möglich wieder volle Herrschaft über meinen Körper zu erlangen. Ich preßte das Salzwasser aus meinem Haar, und die Strahlen der aufgegangenen Sonne durchfluteten mich schon bald mit wohliger Wärme. Als mein Körper sich etwas erholt hatte, wurde ich mir auch meiner Umgebung etwas bewußter, mit all dem Leid, das sie in sich trug. Ich lief an das Wasser und rief die Namen meiner Lieben. Der Ozean saugte den Klang meiner Stimme auf und gab mit unbarmherzigem Getose Antwort. Ich erklomm einen nahen Baum, doch ich konnte nur den von einem Kiefernwald begrenzten Sandstrand und das Meer erkennen, das am Horizont in den Himmel überging. Ich suchte vergeblich den Strand ab, doch alles, was ich dort fand, war der Mast, den wir gekappt hatten, und der nun hier mit seinem Taugewirr angeschwemmt worden war. Manchmal blieb ich stehen und rang verzweifelt die Hände. Ich verfluchte die Erde und den Himmel, die Maschine des Universums und die allmächtige Kraft, die sie so schlecht lenkte. Dann warf ich mich wieder auf den Sand, bis mich ein Windseufzen, das einen menschlichen Schrei nachäffte, wieder voller trügerischer Hoffnung aufspringen ließ. Hätte ich irgendein kleines Boot gefunden, ich hätte das Meer darin abgesucht, um die Überreste meiner Lieben zu finden, sie zu umarmen und um mit ihnen unterzugehen.

So verging der Tag. Jeder Augenblick wurde in die Länge gezogen wie eine wahre Ewigkeit. Und dennoch wunderte ich mich stets, wenn einige Stunden vergangen waren, wie schnell die Zeit doch verflog. Doch noch immer hatte ich den Kelch nicht bis zur bitteren Neige geleert, noch immer war ich nicht davon überzeugt, meine Lieben verloren zu haben, noch spürte ich es nicht in jeder Fiber meines Körpers und meiner Seele, daß ich als einziger meine Rasse überlebt hatte, daß ich der LETZTE MENSCH war.

Schließlich bewölkte sich der Himmel wieder, und gegen Sonnenuntergang setzte ein Regen ein. Sogar der ewige Himmel vergießt seine Tränen, dachte ich. Ist es dann etwa eine Schande, wenn ein sterblicher Mensch sich ebenfalls in Tränen ergeht? Ich erinnerte mich an alte Fabeln, in denen Menschen beschrieben werden, die, von Tränen aufgelöst, zu ewigen Bächen wurden. Ach, wenn es doch nur so sein könnte! Dann würde ich wenigstens im Wasser den Tod Adrians und Claras teilen! Ach, dieser Schmerz ist unglaublich, ist unwirklich; er spinnt ein Netz, in dem sich alles, was ihn umgibt, in eine Erinnerung an das Leid selbst verwandelt, er verschmilzt mit der lebendigen Natur selbst, er nährt sich durch alles, wie das Licht erfüllt er alle Dinge und wie das Licht färbt er sie auch auf seine Weise.

Bei meiner Suche war ich den Strand entlanggewandert und kam schließlich an einem der Leuchttürme an, die in regelmäßigen Abständen an Italiens Küste stehen. Ich war froh, einen Unterschlupf gefunden zu haben, froh, ein Zeugnis menschlicher Hände Arbeit zu entdecken, nachdem ich schon so lange mit der öden Natur hatte vorlieb nehmen müssen; also trat ich ein und stieg die Wendeltreppe hoch in das Zimmer des Leuchtturmwärters.

Das Schicksal war mir immerhin so weit gewogen, daß es keine grausigen Überreste der früheren Bewohner des Turms hinterlassen hatte; ein paar Planken, die auf eisernen Böcken ruhten und mit getrocknetem Laub bedeckt waren, bildeten ein Bett. In einer geöffneten Kiste fand ich ein paar halbverschimmelte Biskuits, die meinen Hunger erweckten, den ich bisher wohl nur noch nicht wahrgenommen hatte. Ich litt unter entsetzlichem, brennendem Durst, und die Natur war so gütig, diese meine Bedürfnisse zu befriedigen; also trank ich ein wenig von dem sauren Wein, der in einer halbleeren Flasche auf dem Tisch stand, und aß von diesen erbärmlichen Lebensmitteln, die mich sogar stärkten. Dann streckte ich mich auf dem Bett aus, das für einen Schiffbrüchigen wie mich eine wahre Köstlichkeit darstellte. Nach dem widerwärtigen Gestank des Seetangs war der erdige Geruch der trockenen Blätter Balsam für meine Sinne. Ich vergaß meine Einsamkeit. Ich blickte weder zurück noch nach vorne; meine Sinne erlahmten, und ich schlief ein. Im Traum erblickte ich allerlei liebgewonnene Festlandszenen: Bauern beim Heumachen und einen Schäfer, der seinen Hund herbeipfiff, um seine Herde nach Hause zu treiben und vieles aus meiner Jugend in den Bergen, das ich schon lange vergessen hatte.

Voller Schmerz wachte ich auf, denn ich meinte, daß der Ozean seine Grenzen überschritten und den Kontinent, die tiefverwurzelten Berge und all die Bäche, die ich so sehr liebte, fortgerissen hätte, zusammen mit den Wäldern und den Schafherden – tobend und tosend wütete er mit jenem unablässigen Donnern, das schon den Schiffbruch der letzten Überlebenden der Menschheit begleitet hatte. Als ich wieder zu mir kam, erblickte ich die kahlen Wände des Wärterzimmers und hörte, wie der Regen gegen das einzige Fenster prasselte.

Wie schrecklich ist es doch, aus dem friedlichen Vergessen des Schlummers zu erwachen um am Morgen vom Schmerz des eigenen Herzens empfangen zu werden – aus dem Land trügerischer Träume heimzukehren in das Wissen um die unveränderte Katastrophe! So erging es mir, und so sollte es nun und auf alle Zeiten bleiben! Die Zeit mag manchen Schmerz lindern, und selbst mir gelang es manchmal bei Tage, mich an meinen Sinneswahrnehmungen oder an meinen Phantasien zu erfreuen. Doch morgens mußte ich mir stets als erstes ans Herz greifen und den Schmerz niederkämpfen, der meine Seele durchflutete. Nun erwachte ich zum erstenmal in einer toten Welt – erwachte ich allein –, und der dumpfe Trauergesang der See, der noch durch den Regen zu vernehmen war, erinnerte mich unerbittlich daran, was für ein armseliges Wesen ich nun war. Wie ein Vorwurf, wie ein Höhnen, wie ein Anflug von Reue überfiel mich dieses Geräusch, und ich rang verzweifelt nach Luft. Ich steckte mir die Finger in die Ohren, ich vergrub mein Gesicht im Laub meines Bettes, ich hätte forttauchen können, nur um diesem entsetzlichen Stöhnen zu entgehen.

Doch ich hatte eine andere Pflicht zu erfüllen. Wieder ging ich an den verhaßten Strand und suchte ihn vergeblich ab, wieder rief ich nach meinen Gefährten, ohne Antwort zu erhalten.

Was war ich doch für ein erbärmliches, einsames, verzweifeltes Wesen! Schon meine Kleidung legte beredtes Zeugnis davon ab, ebenso mein Aussehen. Mein Haar war verfilzt und zottig, meine Glieder vom Salz bedeckt; im Meer hatte ich die Kleidungsstücke abgestreift, die mir das Schwimmen erschwerten, und der Regen durchtränkte die dünne Sommerkleidung, die ich noch trug. Ich war barfuß, und die scharfen Muscheln und das spitze Schilf ließen meine Füße bluten. Doch ich eilte hin und her, suchte mal einen Felsen ab, auf dem ich etwas erblickt zu haben glaubte, oder spähte mal vorwurfsvoll über das grausame, mörderische Meer.

Eine Weile lang verglich ich mich selbst mit jenem Monarchen der Einöde, mit Robinson Crusoe. Beide waren wir ohne Begleiter an Land gespült worden, er an die Küste einer öden Insel, ich an die Küste einer verödeten Welt. Mit den sogenannten Annehmlichkeiten des Lebens war ich reich gesegnet. Wenn ich mich von diesem kahlen Ort abwandte und irgendeine der Millionen von irdischen Städte betreten sollte, dann würde ich üppige Vorräte dort vorfinden: Kleidung, Nahrungsmittel, Bücher und Unterkünfte, wie sie sich kein Prinz von früher prunkvoller und bequemer hätte wünschen können. Sogar mein Klima konnte ich mir selbst aussuchen, während er hingegen dazu gezwungen war, sich alles mühsam zu erarbeiten und auf einer tropischen Insel hausen mußte, vor deren Hitze und Stürme er sich nur unzureichend schützen konnte. Wenn man die Lage auf diese Weise betrachtete, wer hätte da nicht meine sybaritischen Freuden vorgezogen, die mir zur Verfügung standen: all die philosophische Muße und die üppigen geistigen Möglichkeiten – im Gegensatz zu seinem Leben voller Mühsal und Gefahr? Und doch war er weitaus glücklicher dran als ich, denn er konnte wenigstens noch hoffen, und zwar nicht vergebens; immerhin kam schließlich doch das rettende Schiff, um ihn zurückzubringen zu seinem Volk, wo man sich seine Abenteuer später am Kamin erzählte. Ich würde niemals meine Geschichte einem anderen berichten können, ich hatte nichts mehr, worauf ich hätte hoffen können. Er wußte, daß es hinter dem gewaltigen Ozean, der zwischen ihnen lag, Tausende gab, auf die die Sonne zur gleichen Zeit ihre Strahlen hinabsandte wie auf ihn; ich hingegen war das einzige menschliche Wesen, das unter dem Meridian und dem wandernden Mond umherirrte; ich allein war noch dazu in der Lage, Gedanken auch auszusprechen. Er war vor seinen Artgenossen geflohen, schon ein Fußabdruck hatte ihn in Angst und Schrecken versetzt, ich aber hätte mich auf die Knie geworfen, um ihm zu huldigen. Die wilden, grausamen Kariben und die gnadenlosen Kannibalen – ja, was noch schlimmer war, selbst die ungehobelten, brutalen und unbarmherzigen Veteranen der Laster der Zivilisation wären mir eine innig geliebte Gesellschaft geworden, denn wir wären miteinander verwandt gewesen, wir hätten einander geähnelt, das gleiche Menschenblut wäre in unseren Adern geströmt, und auf ewige Zeiten hätte uns menschliche Liebe miteinander verbunden. Es konnte doch einfach nicht sein, daß ich niemals mehr einen Gefährten finden würde! Niemals! Niemals! Und wenn ich jahrelang warten mußte! Sollte ich wirklich aufwachen, um mit niemandem mehr ein Wort wechseln zu können und die unendlichen Stunden auf dieser Welt gestrandet zu verbringen, von einem Vakuum umgeben? Sollte denn auf diese Weise ein Tag auf den anderen folgen? Nein, nein! Auf dieser Welt herrschte doch ein Gott, die Vorsehung hatte doch ihr goldenes Zepter nicht gegen eine giftige Natter, gegen eine Spike eingetauscht! Fort! Ich wollte dieses Meeresgrab fliehen, diesen kahlen Felsen verlassen und einmal mehr über das Pflaster der Städte schreiten, über die Schwellen menschlicher Behausungen treten – und schon bald würde sich diese Vision als ein verrückter, wahnwitziger Alptraum erweisen.

Ich betrat Ravenna (die nächstgelegene Stadt) am zweiten Tag nach dem Schiffbruch. Ich erblickte viele Lebewesen dort: Rinder und Pferde und Hunde, doch es war kein Mensch unter ihnen. Ich betrat eine Hütte – sie war leer. Ich suchte einen Palast auf, schritt über seine Marmortreppe Fledermäuse und Eulen hingen an den Wandbehängen. Ich schritt leise daher, um die schlafende Stadt nicht zu wecken, und tadelte einen Hund, der mit seinem Jaulen die geheiligte Stille störte. Ich mochte nicht glauben, daß alles wirklich so war, wie es zu sein schien – die Welt war nicht tot, ich war nur wahnsinnig geworden; ich besaß weder Seh- noch Geruchs- noch Tastsinn mehr; ich krankte an einem Zauber, der es mir gestattete, alles auf Erden wahrzunehmen außer den Menschen; diese aber gingen ihren geregelten Tätigkeiten nach. Jedes Haus hatte seine Bewohner, ich konnte sie nur nicht sehen. Wäre es mir gelungen, einen solchen Glauben aufrechtzuhalten, mir wäre wohler gewesen. Doch mein scharfer Verstand weigerte sich, sich solchen Einbildungen auszuliefern, und obwohl ich versuchte, mir selbst etwas vorzugaukeln, wußte ich gleichzeitig doch, daß ich, ein Abkömmling der Menschheit, der ich einst einer von vielen gewesen war, nun als einziger meine Art überlebt hatte.

Hinter den westlichen Hügeln ging die Sonne unter. Seit dem

Abend zuvor hatte ich nichts mehr zu mir genommen, aber obwohl ich matt und erschöpft war, ekelte mich der Gedanke an Nahrung, und ich hörte nicht auf, in den verlassenen Straßen umherzuirren. Schließlich brach die Nacht ein, und alle Lebewesen außer mir legten sich zur Ruhe. Ich versuchte, meinen seelischen Schmerz dadurch zu betäuben, daß ich meinen Körper peinigte. Von all den Tausenden von Betten suchte ich mir keines aus, das bequem gewesen wäre; nein, ich streckte mich auf dem Pflaster aus, und eine kalte Marmorstufe diente mir als Kopfkissen. Schließlich wurde es Mitternacht, und erst dann schlossen sich meine Lider, und ich erblickte nicht länger die blinkenden Sterne und ihre Widerspiegelung auf dem Pflaster. So verbrachte ich die zweite Nacht meiner Einsamkeit.

X

Ich erwachte am Morgen, als sich die ersten Strahlen der aufgehenden Sonne in den obersten Fenstern der Häuser spiegelten. Die Vögel zwitscherten auf den Fenstersimsen und den Türschwellen. Ich erwachte, und mein erster Gedanke war: Adrian und Clara sind tot. Nie wieder werden sie mir ihren Morgengruß entbieten und mir den ganzen Tag über Gesellschaft leisten. Ich werde sie nie wiedersehen. Das Meer hat sie mir entrissen und mir alles genommen, was mir noch teurer war als das Licht, das Leben und die Hoffnung.

Als Adrian sich herabließ, mir seine Freundschaft anzubieten, da war ich ein ungebildeter Hirtenjunge gewesen. Ich hatte die besten Jahre meines Lebens mit ihm zusammen verbracht. Alles, was ich an weltlichen Gütern erlangt hatte, an Glück, an Wissen und an Tugend – all das verdankte ich ihm.

Auch meine wunderschöne Clara war nicht mehr. Sie, die letzte Tochter der Menschheit, die in sich all die weiblichen und jungfräulichen Tugenden verkörperte, die die Dichter, die Maler und die Bildhauer in ihren jeweiligen Sprachen darzustellen versucht hatten. Und doch – durfte ich wirklich trauern, weil sie noch in früher Jugend davon erlöst worden war, das sichere Leid des Alters erleben zu müssen?

Diese beiden wunderbaren Menschen waren erhalten geblieben, um im letzten Jahr der Einsamkeit meine Gefährten zu sein. Doch ich würde sie nie wiedersehen. Ich war nun allein auf der Welt.

Die Gezeiten des Denkens und des Gefühls verfolgen immer dieselbe Bahn, auch wenn sich die Küsten und die Hindernisse, an denen sie sich brechen, verändern mögen. So ließ schließlich der Schmerz des frischen Verlusts langsam nach, um dem Gefühl restloser, auswegloser Vereinsamung Platz zu machen. Drei Tage irrte ich durch Ravenna. Mal gedachte ich meiner Lieben, die in den feuchten Höhlen des Ozeans schliefen, mal blickte ich auf die fürchterliche Leere, die sich nun vor mir auftat. Ich erzitterte bei dem Gedanken, einen Schritt nach vorne tun zu müssen und wand mich im Schmerz, wenn ich sah, wie die Stunden vergingen.

Drei Tage lang wanderte ich durch diese trostlose Stadt. Ganze Stunden verbrachte ich damit, von Haus zu Haus zu gehen und nach Geräuschen menschlichen Lebens zu lauschen. Manchmal zog ich an einer Haustürglocke; ihr Klang hallte durch die Räume – danach setzte wieder Stille ein. Ich habe mich selbst als hoffnungslos beschrieben, und doch hegte ich Hoffnung. Die schweigende Enttäuschung läutete die Stunden ein und versetzte mir immer tiefere Stiche. Ich fühlte mich wie ein wildes Tier, das nur dann Nahrung zu sich nimmt, wenn es von unerträglichem Hunger gepeinigt wird. In all diesen Tagen wechselte ich weder meine Kleidung, noch schlief ich unter dem Schutz eines Daches.

Die ganze Zeit hatten mich Wärme- und Nervenfieber, wirre Gedanken und schlaflose Nächte in ihrem Griff gefangen.

Je mehr mein Blut zu fiebern begann, um so mehr wuchs in mir der Wunsch, umherzuwandern. Ich erinnere mich, wie ich am fünften Tag nach meinem Schiffbruch gegen Sonnenuntergang Ravenna verließ. Ich muß damals sehr krank gewesen sein. Wäre ich in einem geringeren oder noch stärkerem Delirium gewesen, jene Nacht wäre mit Sicherheit meine letzte geworden. Denn als ich am Ufer des Mantone entlangschritt, blickte ich wehmütig auf diesen Strom und versicherte mir selbst, daß seine sanften Wogen meine Leiden auf immer stillen könnten; doch es war mir auch unverständlich, warum ich so lange gezögert hatte, Schutz vor den vergifteten Pfeilen des Denkens zu suchen, die mich pausenlos durchbohrten. Einen guten Teil der Nacht verbrachte ich mit Wandern, bis es meiner völligen Erschöpfung schließlich gelang, meine Abneigung gegen das Aufsuchen einer verlassenen menschlichen Behausung niederzukämpfen. Der soeben aufgegangene abnehmende Mond zeigte mir ein Landhaus, dessen gepflegter Eingang und schöner Garten mich an England erinnerten. Ich öffnete die Tür und trat ein. Ich kam als erstes in eine Küche, in der ich Utensilien zum Lichtmachen fand. Dahinter lag ein Schlafzimmer. Das Bett war mit blendend weißem Leinen bezogen, und das am Kamin aufgestapelte Feuerholz und der wie für ein Mahl gedeckte Tisch ließen mich beinahe glauben, hier endlich gefunden zu haben, wonach ich so lange gesucht hatte – wenigstens einen Überlebenden, einen Gefährten für meine Einsamkeit, einen Trost für meine Verzweiflung. Ich stählte mich jedoch gegen diese Täuschung; der Raum war leer, und es erschien mir ein Gebot der Vorsicht zu sein, auch die anderen Zimmer abzusuchen. Ich bildete mir ein, nun gefeit gegen heimliche Hoffnungen zu sein, und doch pochte mein Herz hörbar lauter, als ich eine Türklinke niederdrückte – und schlug wieder mutloser mit jeder neuen Enttäuschung. Die Zimmer waren so dunkel und leer wie Gruften, also kehrte ich in das Schlafzimmer zurück und grübelte darüber nach, welcher Gastgeber wohl alles für meine Speisung und meinen Schlaf vorbereitet haben mochte. Ich setzte mich an den Tisch und begutachtete die Speisen, die ich zu mir nehmen sollte. Es war ein wirklicher Leichenschmaus! Das Brot war blau und schimmlig, der Käse war nur noch einen Haufen Staub. Ich wagte es nicht, die anderen Lebensmittel zu untersuchen. Auf dem Tischtuch marschierte eine Truppe Ameisen in langer Prozession umher, und alles war verstaubt, von Spinnweben übersät und voller toter Fliegen. All dies waren weitere Beweise für die Täuschung, der ich aufgesessen war.

Die Tränen traten mir in die Augen. Dies war doch nun wirklich ein grausamer Beweis für die Macht des Zerstörers! Was hatte ich nur getan, daß ich solches erleiden mußte? Doch was sollte ich mich jetzt noch mehr beklagen als sonst? Dieses leere Haus brachte kein neues Leid, denn die Welt war eine Einöde geworden, der Mensch war ausgestorben – ich wußte es nur zu genau! Was sollte ich mich also mit dieser alten, dieser wohlvertrauten Wahrheit noch auseinandersetzen? Und doch hatte ich, wie ich schon erwähnte, noch inmitten der Verzweiflung Hoffnung gehegt, so daß jede neue Enttäuschung mich schmerzlich traf. Tag um Tag sollte es nun so weitergehen, Monat um Monat, Jahr um Jahr, solange ich lebte. Ich wagte gar nicht daran zu denken, wieviel Zeit mir noch verbleiben würde. Zwar war ich nicht mehr jung, aber auch noch nicht sehr alt. Es hat Menschen gegeben, die mein Alter als die »besten Jahre« bezeichneten: Ich war gerade siebenunddreißig Jahre alt, ich war völlig gesund und robust, ganz wie damals, als ich noch in den Hügeln Cumberlands Schafe gehütet hatte. Und mit diesen Vorzügen gesegnet, sollte ich nun allein weiterleben. Diese Gedanken waren es, denen ich in dieser Nacht vor dem Einschlafen nachhing.

Immerhin war ich am nächsten Morgen wieder einigermaßen

bei Kräften und hatte mich von den Strapazen der letzten Tage erholt. Am Abend zuvor hatte ich unter den Vorräten auch eine Menge getrockneter Trauben entdeckt, die mich nun stärkten, als ich aufbrach und auf eine Stadt zuschritt, die ich in geringer Entfernung ausgemacht hatte. Soweit ich weiß, muß es Forli gewesen sein. Voller Freude betrat ich ihre breiten, vom Gras überwucherten Straßen. Es ist wahr: all dies bot einen trostlosen Anblick, doch ich genoß es, mich nun an Orten aufzuhalten, die einst meinen Artgenossen als Wohnstätte gedient hatten. Ich erfreute mich daran, Straße um Straße zu durchwandern, die hohen Häuser emporzublicken und mir selbst zu wiederholen, daß sie einst von Wesen bewohnt gewesen waren, die mir glichen, daß ich nicht immer in einer solch erbärmlichen Lage gewesen war. Der breite Platz von Forli, die ihn umgebende Arkade, das Licht und der Anblick – all dies erheiterte mich. Ich freute mich an dem Gedanken, daß wir, falls die Erde jemals wieder bevölkert werden sollte – wir, die untergegangene Rasse – den Neuankömmlingen kein geringes Bild von unserer Macht und unserem Streben hinterlassen würden.

Ich betrat einen der Paläste und öffnete die Tür zu einem der prunkvollen Salons. Ich zuckte zusammen – dann starrte ich erneut verwundert hinein. Was war denn das dort für ein ungekämmter, halbnackter Wilder vor mir? Doch diese Überraschung war nur von kurzer Dauer.

Ich merkte, daß ich mich selbst im Spiegel am anderen Ende des Raumes erblickt hatte. Kein Wunder, daß der Geliebte der königlichen Idris sich in diesem erbärmlichen Wesen dort nicht ohne weiteres wiederzuerkennen vermochte. Ich trug noch immer die Lumpen, die ich aus dem Meer gerettet hatte. Mein langes, zottiges Haar hing in blonden Locken in meine Stirn herab, meine Augen stachen aus ihren tiefen Höhlen darunter hervor, meine Wangen waren von Strapazen und Mißachtung gelb geworden, und darauf sproß eine tagealter Bartwuchs.

Doch warum sollte ich nicht in diesem Zustand bleiben? fragte ich mich, die Welt ist tot, und diese schäbige Aufmachung ist eine angemessenere Trauerkleidung als die Fopperei eines schwarzen Anzugs. Und so wäre ich auch dabei geblieben, hätte mir nicht die Hoffnung, deren Existenz ich nicht mehr für möglich gehalten hatte, zugeflüstert, daß ich auf diese Weise dem Wesen, das es irgendwo – wo auch immer! – noch geben mußte, sicherlich Angst und Schrecken einjagen müßte, wenn ich es endlich entdecken sollte. Werden meine Leser nun meine Eitelkeit mit Verachtung strafen, weil sie mich dazu bewegte, mich sorgfältiger anzukleiden, nur um meiner Vision gerecht zu werden? Oder werden sie mir diese Narreteien einer halb wahnsinnig gewordenen Einbildung verzeihen? Ich selbst kann mir leicht vergeben – denn die Hoffnung, so schwach sie auch sein mochte, war mir so lieb und teuer, daß ich willig jeder Vorstellung nachgab, die ihr als Nahrung dienen konnte.

Danach suchte ich jede Straße, jeden Hinterhof und jeden Winkel in Forli ab. Diese italienischen Städte boten ein noch schrecklicheres Bild der Einsamkeit als die Englands oder Frankreichs. Hier war die Pest viel früher aufgetreten und hatte ihr Werk auch früher vollendet als bei uns. Wahrscheinlich hatte es im letzten Sommer bereits kein einziges lebendes Menschenwesen mehr zwischen den Küsten Kalabriens und den nördlichen Alpen gegeben. Ich suchte vergebens, und doch gab ich es nicht auf. Ich war der Meinung, daß die Vernunft auf meiner Seite stünde und daß es keineswegs unmöglich sei, in Italien vielleicht einen weiteren Überlebenden ausfindig zu machen. Als ich so durch die Straßen irrte, faßte ich einen Plan für mein künftiges Vorgehen. Ich würde nach Rom weiterziehen und mich überall genauestens davon überzeugen, daß keine weiteren Menschen mehr zu finden waren. Dann würde ich in jeder Stadt an einer auffälligen Stelle mit weißer Farbe in drei Sprachen die Worte anbringen. »Verney, der letzte der Engländer, hat sich in Rom niedergelassen.«

Ich betrat also ein Farbgeschäft und versorgte mich mit dem Nötigen. Es mag seltsam anmuten, daß eine solch banale Beschäftigung mich getröstet, ja sogar belebt haben soll. Aber die Trauer macht den Menschen kindisch, die Verzweiflung läßt ihn Hirngespinsten nachhängen. Diesen schlichten Worten fügte ich die Bitte hinzu: »Freund, komm zu mir! Ich erwarte dich! – *Deh, vieni! ti aspetto!*«

Am nächsten Morgen brach ich, nicht ohne Hoffnungen auf einen Gefährten, von Forli nach Rom auf. Bislang hatten mich der schmerzliche Blick in die Vergangenheit und die betrüblichen Zukunftsaussichten bei Tage gequält und bei Nacht meinen Schlaf unruhig gemacht. Viele Male hatte ich mich der Tyrannei der Qual ergeben, oft hatte ich daran gedacht, meinem Schmerz ein schnelles Ende zu setzen, und der Tod aus eigener Hand war mir eine Möglichkeit, die mich geradezu erheiterte. Was hatte ich im Jenseits schon zu befürchten? Wenn es eine Hülle geben sollte, in die ich käme, so würde ich mich schon bald an ihre Qualen gewöhnt haben – die Tat würde mir leichtfallen und meiner Tragödie ein schnelles, sicheres Ende setzen. Doch angesichts meiner neugeborenen Erwartungen verflüchtigten sich diese Gedanken schon bald.

Während ich am Fuß der Apenninen über die Ebenen, Täler und Gipfel wanderte, kam ich durch ein Land, in dem einst Helden umherwandelten, das einmal von Tausenden verehrt worden war. Wie die Ebbe waren sie wieder verschwunden und hatten mich leer und einsam zurückgelassen. Doch weshalb sollte ich mich beschweren? Hoffte ich denn nicht wieder? So wies ich mich selbst zurecht, als sich meine Begeisterung gelegt hatte und ich wieder mit meiner Verzweiflung zu kämpfen hatte.

Jeden Morgen stand ich mit der Sonne auf und verließ mein einsames Quartier. Wie ich so durch das unbevölkerte Land schritt, beschäftigten sich meine Gedanken mit dem Universum, und ich war immer dann am wenigsten unglücklich, wenn ich, in Träumerei versunken, die Zeit vergessen konnte. Abends vermied ich es trotz aller Müdigkeit, irgendein Haus zu betreten. Stundenlang habe ich manchmal auf der Treppe eines Landhauses gesessen, unfähig, die Tür zu öffnen, um in seinem Inneren mit der gähnenden Leere konfrontiert zu werden. Manch eine Nacht verbrachte ich unter einer Stechpalme, oft lebte ich von Erdbeben und Kastanien, machte wie ein Zigeuner ein Lagerfeuer, weil mich die wilde Natur nicht so beharrlich an mein Leiden erinnerte. Ich zählte die Tage und trug einen Stab aus Weidenholz bei mir, in den ich für jeden Tag nach dem Schiffbruch eine Kerbe eingeschnitten hatte und dem ich jeden Abend eine neue hinzufügte.

Ich hatte einen Hügel erklommen, der auf dem Weg nach Spoleto lag. Von oben aus konnte ich die weite Ebene überblicken, die von den kastanienbedeckten Apenninen begrenzt wurde. Auf der einen Seite lag eine Schlucht, über die ein Aquädukt führte, dessen hohe Bögen im Boden des Tales verankert waren und ein Zeugnis davon ablegten, daß der Mensch hier einst geruht hatte, die Natur zu verzieren und zu zivilisieren – die wilde, undankbare Natur, die nun seine Überreste verkümmern ließ und sie mit Leichtigkeit wieder zu überwuchern begonnen hatte. Ich setzte mich auf einen Felsen und blickte hinab. Die Sonne hatte den westlichen Himmel golden gefärbt, und im Osten fingen die Wolken ihre Strahlen auf und erblühten strahlend. Die Sonne ging in einer Welt unter, in der ich der einzige Bewohner war. Ich zog meinen Stab hervor und zählte die Kerben. Fünfundzwanzig … fünfundzwanzig lange Tage waren schon vergangen, seit ich zum letztenmal eine menschliche Stimme gehört, ein menschliches Antlitz gesehen hatte. Fünfundzwanzig lange, mühselige Tage, gefolgt von dunklen, einsamen Nächten, hatten sich mit den vergangenen Jahren vermengt und waren ein Teil der Vergangenheit geworden, unwiederbringlich ... ein wirkliches, ein unbezweifelbares Stück meines Lebens ... fünfundzwanzig lange, lange Tage.

Aber das war ja noch nicht einmal ein voller Monat! Was sollte es, von Tagen zu reden, von Wochen oder von Monaten – wenn ich mir die Zukunft wirklich vor Augen führen wollte, dann mußte ich in Jahren denken, an die dritte, die fünfte, die zwanzigste, die fünfzigste Wiederkehr jenes fatalen Ereignisses. Das Jahr zu zwölf Monaten, von denen jeder einzelne länger war als die bisher vergangene Zeitspanne ... Konnte das wirklich so sein? Würde es so sein? Wir waren es gewohnt gewesen, den Tod zu fürchten, doch nur, weil sein Zeitpunkt so ungewiß war. Doch meine unbekannte Zukunft war noch viel schlimmer, viel ungewisser. Ich zerbrach meinen Stab und warf ihn fort. Ich brauchte keine Aufzeichnungen über das langsame Wachstum meines Lebens, während meine Gedanken anderen Einteilungen nachhingen, nämlich jenen, die von den Planeten bestimmt wurden; und als ich auf das wahre Zeitalter zurückblickte, das bisher vergangen war, da weigerte ich mich, meine Qualen in Tagen und Stunden zu bemessen.

Ich vergrub mein Gesicht in den Händen. Das Gezwitscher der jungen Vögel, die in den Bäumen raschelten und sich nun zur Ruhe begeben wollten, erfüllte die stille Abendluft. Die Grillen zirpten, und ab und an rief auch ein Käuzchen. Ich hatte Todesgedanken nachgehangen, doch diese Geräusche riefen mir wieder das Leben ins Bewußtsein zurück. Ich hob den Kopf: Eine Fledermaus schwirrte umher, die Sonne war hinter den schroffen Gipfeln untergegangen, und die bleiche Mondsichel schimmerte silbern durch das Rot der Dämmerung, von einem hellen Stern begleitet, so daß das Zwielicht länger andauerte. Unten im Tal zog eine Herde verwilderter Rinder vorbei, die zu einer Wasserstelle wollten. Die sanfte Brise brachte das Gras raschelnd in Wallung, und die Olivenhaine hoben sich mit ihrem hellen Grün vor den dunklen Kastanien ab. Ja, das hier war die Erde! Es gab keinen Wandel, keine Zerstörung, nichts hatte sich geändert, noch immer drehte sie sich um sich selbst, wechselte den Tag mit der Nacht ab, und dies alles, obwohl kein Mensch sie nun noch bewunderte oder bewohnte. Warum konnte ich nicht mein Selbst vergessen wie eines dieser wilden Tiere und das Elend abschütteln, unter dem ich nun schon so lange litt? Und doch – welch ein Abgrund klaffte zwischen ihnen und mir! Hatten sie denn etwa keine Gefährten? Hatten sie nicht ihre Lieben, ihre jungen, ihr Heim, durch die in ihren Augen, auch wenn wir es nicht wahrnehmen konnten, die Natur schöner wurde? Nur ich war es, der einsam war … ich, hier oben auf diesem kleinen Hügel, der ich auf die Ebene und die Bergzüge blickte, der ich den Himmel mit seinen zahlreichen Sternenvölkern betrachtete und jedem Geräusch der Erde, der Luft und der murmelnden Welle lauschte … nur ich konnte keinem Gefährten meine Gedanken mitteilen, konnte mein Haupt auf keiner geliebten Brust ausruhen … Hatte ich also etwa keinen Grund, mich zu beklagen? Sollte ich da die mörderische Maschinerie etwa nicht verfluchen, die die Kinder der Menschen, meiner Brüder, niedergemetzelt hatte? Sollte ich etwa nicht alle anderen Abkömmlinge der Natur verwünschen, die es wagten, das Leben zu genießen, während ich an ihm zu leiden hatte?

Ach, nein! Ich werde mein trauerndes Herz dazu zwingen, euren Freuden Wohlwollen entgegenzubringen. Ich werde glücklich sein, weil ihr es seid. Lebt weiter, ihr Unschuldigen, ihr auserwählten Lieblinge der Natur, ich bin nicht allzu sehr verschieden von euch. Nerven, Puls, Gehirn, Gelenke und Fleisch – aus diesen bin ich geschaffen, und das seid auch ihr. Ich besitze etwas, das darüber hinausreicht, doch ich will es einen Makel nennen, nicht eine Gabe, wenn es mich ins Unglück führt, wo ihr doch glücklich sein könnt.

In diesem Augenblick kamen zwei Ziegen und ein kleines Zicklein aus einem nahegelegenen Waldstück hervor und begannen, am Abhang zu grasen. Ich näherte mich ihnen, ohne daß sie mich bemerkten. Ich riß ein Büschel Gras aus und hielt es ihnen hin. Das Kleine drückte sich enger an seine Mutter, doch der Bock fixierte mich mit seinem Blick. Ich schritt immer weiter auf sie zu und hielt das Gras als Lockmittel ausgestreckt. Da senkte er die Hörner und stürmte auf mich zu. Ich war ein Narr, das wußte ich sogar schon dann, und doch ließ ich meine Wut zu: Ich hob einen großen Stein auf, mit dem ich ihn mühelos hätte zerschmettern können. Ich zielte – doch dann verließ mich der Mut. Ich warf den Stein weit fort, und meine drei Besucher galoppierten verängstigt zurück in den schützenden Wald, während ich mit blutendem Herzen den Hügel hinunterlief und versuchte, durch körperliche Anstrengung meinem erbärmlichen Selbst zu entkommen.

Nein, nein, ich wollte nicht länger in der wilden Natur leben, bei dieser Feindin allen Lebens. Ich wollte die Städte aufsuchen – Rom, die Hauptstadt der Welt, die Krone menschlicher Errungenschaften. In ihren Straßen und inmitten ihrer Ruinen würde ich nicht ein beständiges Zeugnis dafür finden, daß der Mensch vergessen war …

Ich betrat Rom durch die Porta del Popolo und grüßte ehrfurchtsvoll die Ewige Stadt. Der weite Platz, die nahen Kirchen, der lange Corso, die majestätische Trinita de' Monti, all dies erschien mir wie das Werk von Feen, so still war es, so friedlich und so schön. Es war schon Abend, und die Tiere, die nun die Stadt bevölkerten, hatten sich bereits zur Ruhe gelegt. Das einzige Geräusch kam von den murmelnden Springbrunnen her, deren sanfte Monotonie mein Gemüt umschmeichelte. Schon das Wissen, in Rom zu sein, beruhigte mich, in dieser Stadt, die kaum mehr für ihre Helden und Weisen berühmt war als für die Art, wie sie die Einbildungskraft des Menschen anspornte. Still, ruhig, beruhigt legte ich mich schlafen.

Am nächsten Morgen begann ich, umherzuirren und das Vergessen zu suchen. Ich stieg die vielen Terrassen des Colonna Palastes empor, unter dessen Dach ich geschlafen hatte, und fand mich schließlich auf dem Monte Cavallo wieder. Der Springbrunnen funkelte in der Sonne, der Obelisk ragte in den klaren blauen Himmel empor. Auf beiden Seiten standen die gewaltigen Skulpturen des Phidias und des Praxiteles, die Castor und Pollux darstellten. Als ich daran denken mußte, wie viele Generationen diese steinernen Halbgötter schon überlebt hatten, fühlte ich, wie nichtig ich war, doch schließlich war ich es, der letzte der Menschen, der sie nun bewunderte. Das verlieh mir wieder Selbstvertrauen.

So irrte ich durch das verlassene Rom, dessen geringste Straßen schon an vergangene, historische Zeiten erinnern. Ich umarmte die gewaltigen Säulen des Tempels des Jupiter Stator auf dem Forum, ich erfreute mich daran, mir vorzustellen, wie Camillus, die Gracchen, Cato und die letzten Helden des Tacitus gewirkt hatten, ich entsann mich der Verse des Horaz und des Virgil und gedachte der Dichtung des Cicero. Das Colosseum, die Triumphbögen, das Capitol – wie ein Diarama der Vergangenheit zogen all die Szenen der Geschichte an meinem geistigen Auge vorüber. Endlich hatte ich Trost gefunden; es war nicht vergebens, daß ich das mächtige Rom aufgesucht hatte – ich hatte eine Medizin für meine vielen tödlichen Wunden gefunden.

Lange Zeit hing ich solchen Gedanken nach; doch die Seele wird die pausenlosen Höhenflüge schon bald leid, und so stürzte sie mit einemmal wieder tausend Klafter in die Tiefe, in den Abgrund der Gegenwart – in zehnfaches Leid zurück. Ich erhob mich und schüttelte meine Tagträume ab. Ich, der ich noch soeben beinahe die Rufe der römischen Massen vernommen hatte, der ich inmitten zahlloser Menschen einhergeschritten war, mußte nun das schlafende, schweigende Rom erblicken. Still ergossen sich die Schatten über den Boden, überall grasten Tiere. Ich stand allein auf dem Forum, ich war allein im Rom, allein auf der Welt. Wäre nicht ein einziger menschlicher Gefährte mehr wert, als all der Ruhm und all die vergangene Macht dieser uralten Stadt? Verdoppelte Trauer, die in kimmerischen Höhlen ausgebrütet worden war, erfaßte mein Gemüt, hüllte meine Seele in Klagekleider. Die Generationen, die ich soeben heraufbeschworen hatte, stellten noch schärfer den Gegensatz zum Ende allen Seins heraus …

So wandte ich mich den Einzelheiten meiner eigenen Lage zu. Bislang war es mir nicht gelungen, mein einziges Ziel zu erreichen, nämlich einen Gefährten für meine Einsamkeit zu finden. Und doch verzweifelte ich nicht. Zwar fanden sich meine Wandinschriften zum überwiegenden Teil nur in bedeutungslosen kleinen Städten und Dörfern, und doch wäre es möglich, daß ein anderer, wie ich auch, auf der Suche nach Menschen nach Rom kommen könnte. Je geringer meine Erwartung war, um so mehr klammerte ich mich an sie.

Es war also notwendig, daß ich mich für eine Weile in Rom einrichtete und daß ich meinem Unglück illusionslos ins Auge zu blicken begann.

Doch wie hätte ich mich mit meinem Schicksal abfinden können? Wie hätte ich ohne Liebe und Sympathie, ohne Austausch mit Gefährten, morgens die Sonne begrüßen können und ihren Tageslauf bis zum Abend verfolgen sollen? Warum lebte ich noch weiter? Warum warf ich nicht die qualvolle Last der Zeit ab und befreite von eigener Hand die gefangene Seele aus meiner Brust? Es war keine Feigheit, die mich zurückhielt, denn der wahre Mut bewies sich im Durchhalten, und der Tod hatte ein sanftes Flüstern an sich, das mich nur zu leicht in seinen Bann hätte locken können. Doch das wollte ich nicht. Seit ich zum erstenmal darüber nachgedacht hatte, hatte ich mich dazu entschlossen, mich dem Schicksal zu unterwerfen, ein Diener der Notwendigkeit zu sein, den sichtbaren Geboten des unsichtbaren Gottes zu gehorchen. Ich meinte, daß mein Gehorsam ein Ergebnis vernünftiger Erwägungen sei und des reinen Gefühls, sowie eines hehren Gespürs für die Vortrefflichkeit und den Adel meines wahren Wesens. Hätte ich auf dieser verödeten Erde nur das Walten einer blinden Macht erkennen können, so hätte ich meinem Leben nur zu gern ein schnelles Ende gesetzt. Doch das Schicksal hatte mir das Leben geschenkt, als die Pest es schon für sich gefordert hatte, an den Haaren hatte es mich aus den Fluten gezogen und gerettet. Durch dieses Wunder hatte es mich für sich gewonnen, und nun beugte ich mich seinem Ratschluß und seinem Gesetz. Wenn dies nun mein nach reiflicher Überlegung gefaßter Entschluß war, so war es unabdingbar, daß ich dafür sorgte, daß ich weiterlebte. Und doch – wie sollte ich aufhören zu leiden, wenn es keine helfende Hand mehr gab, die mir die Speerspitze aus dem Herzen hätte ziehen können? Ich war von einer siebenfacher Mauer der Einsamkeit umringt, und nur Beschäftigung konnte meinen Schmerz betäuben. Also beschloß ich, meinen Verbleib in Rom zu planen und mir eine passende Unterkunft zu suchen. Der Colonna Palast schien mir dafür gut geeignet zu sein. Sein Prunk, seine Schätze an Gemälden und kostbarer Einrichtung waren ein Balsam für meine Nerven.

Die Silos von Rom waren reichlich mit Getreide gefüllt, besonders mit Mais. Da dieser weniger Aufwand bei der Zubereitung verlangte, machte ich ihn zur Grundlage meiner Ernährung. Nun erwiesen sich die Entbehrungen und das vogelfreie Leben meiner Jugend als Segen. Man wirft nicht so leicht ab, was man sechzehn Jahre lang getan hat. Inzwischen hatte ich zwar im Luxus gelebt oder zumindest umgeben von den Annehmlichkeiten der Zivilisation, doch davor war ich ein »ungebildeter Wilder, so wie die von der Wölfin gesäugten Gründer Roms gewesen«. Jetzt, in Rom selbst, stellte es sich heraus, daß mein Leben als Räuber und Hirte mir wertvolle Dienste leistete. Ich vertrieb mir den Morgen damit, in der Campagna zu reiten und zu jagen; viele Stunden verbrachte ich in den Galerien, betrachtete aufmerksam jede Statue und bewunderte gedankenverloren manch schöne Madonna oder hübsche Nymphe. Ich suchte den Vatikan heim und blieb dort stehen, umgeben von steinernen Verkörperungen der Schönheit, die mich mitleidlos anblickten, so daß ich sie manches Mal verfluchte.

Ich widmete mich dem Lesen. Ich suchte die Bibliotheken der Stadt auf, wählte ein Buch und suchte mir einen abgeschiedenen, schattigen Platz am Tiber oder gegenüber des schönen Tempels in den Borgheser Gärten oder unter der alten Pyramide von Cestius, und floh vor mir selbst in die Seiten.

Ach, während ich diesem Papier anvertraue, was ich alles tat, das Skelett meiner Tagesabläufe skizziere, da bebt meine Hand, da pocht mein Herz, und mein Hirn weigert sich, passende Worte zu suchen, um das unaussprechliche Leid zu schildern, das diese alltäglichen Wirklichkeiten umhüllte.

Während einer meiner Streifzüge durch die Häuser von Rom entdeckte ich auf dem Pult eines Schriftstellers Schreibmaterial. Verstreut lagen Teile eines Manuskripts herum. Es war eine gelehrte Abhandlung über die italienische Sprache; auf der einen Seite war eine unvollendete Widmung an die Nachwelt, zu deren Wohl der Autor die schönen Idiome dieser harmonischen Sprache ausgewählt und dargestellt hatte, und der er seine Mühen widmete.

Ich will auch ein Buch schreiben! rief ich (doch wer sollte es lesen? Wem sollte ich es widmen?) und begann sofort damit, mit kindischem Schwung die folgende Worte auf ein Blatt Papier zu schreiben:

WIDMUNG
AN DIE EDLEN TOTEN.
SCHATTEN, ERHEBT EUCH
UND LEST VON EUREM UNTERGANG!
SEHET HIER DIE GESCHICHTE DES
LETZTEN MENSCHEN.

Doch wird denn diese Welt nicht noch einmal aufs neue bevölkert werden, von den Kindern irgendeines geretteten Paares Liebender, die irgendwo an einem mir verborgenen, unbekannten Ort umherirrten und einmal bei ihrer Wanderschaft auch auf die üppigen Überreste der Menschheit vor der Pest stoßen werden? Werden sie sich nicht wundern, wie Wesen, die solches hatten vollbringen können, mitsamt ihrer unendlichen Vorstellungskraft und ihrer gottgleichen Macht untergehen konnten?

Ich will in dieser uralten Stadt das »einzige Monument der Welt« schreiben und hinterlassen, einen Bericht über diese Vorgänge; ich werde das Monument des Lebens von Verney hinterlassen, des Letzten Menschen.

Zuerst dachte ich daran, nur von der Pest zu berichten, vom Tod und vom Untergang, doch ich gedachte mit Freuden meiner Jahre auf Erden und beschrieb voller Eifer die Tugenden meiner Gefährten. Während ich dieses Werk vollbrachte, haben sie mir Gesellschaft geleistet. Jetzt, da ich es zu Ende geführt habe, da habe ich wieder die Augen – und sie sind wieder fort. Wieder spüre ich, wie allein ich bin.

Mittlerweile ist ein Jahr darüber vergangen, und ich habe versucht, mich mit meiner Lage abzufinden, mir die Lehren der Weisheit zueigen zu machen. Es will nicht gelingen. Mein Haar ist beinahe völlig ergraut, meine Stimme klingt mir selbst fremd. Mein ganzes Wesen erscheint mir wie ein abnormer Auswuchs der Natur. Wie soll man in menschlicher Sprache ein Leid ausdrücken, das kein Mensch zuvor jemals hat erleben müssen! Wie kann ich schildern, was nur ich selbst begreifen und nachempfinden kann?

Niemand ist nach Rom gekommen. Es wird auch niemals jemand kommen. Verbittert belächle ich die Illusionen, der ich so lange Zeit nachgehangen habe, erst recht jetzt, da ich sie gegen eine neue, genauso trügerische eingetauscht habe.

Der Winter ist gekommen, und die Gärten Roms tragen keine Blätter mehr. Über der Campagna weht ein scharfer Wind, der die Tiere in die Stadt getrieben hat, um dort Unterschlupf und Schutz zu suchen. Der Frost hat die Springbrunnen zum Ersterben gebracht, und auch die Trevi gibt nicht länger ihre ewige Musik von sich. Mit Hilfe der Sterne habe ich eine grobe Berechnung durchgeführt, um den Beginn des neuen Jahres festzustellen. In alten, längst vergangenen Zeiten war es üblich, daß der Papst in großem Pomp eine Prozession zum Tempel des Janus anführte, um in dessen Pforte zu Beginn des neuen Jahres einen Nagel einzuschlagen. An diesem Tag bestieg ich den Petersdom und schnitzte in seinen höchsten Stein die Jahreszahl 2100 ein – das letzte Jahr der Welt.

Mein einziger Begleiter war ein zottiger Hund, den ich bei einer Schafsherde in der Campagna entdeckt hatte. Sein Herr war tot, doch noch immer erfüllte er treu seine Pflicht als Hirtenhund und wartete auf seine Rückkehr. Wenn ein Schaf die Herde verließ, so zwang er es zur Umkehr und hielt jeden Eindringling ab. Ich hatte in der Campagna eine Weile lang beobachtet, wie er seine vom Menschen erlernten Aufgaben erfüllte, die nun keinerlei Sinn mehr hatten. Er war hocherfreut, als er mich wahrnahm. Er sprang an meinen Knien hoch, lief um mich herum, wedelte mit dem Schwanz und stieß ein kurzes, freudiges Gebell aus. Er verließ die Herde, um mir zu folgen, und seitdem wacht er unablässig über mich und zeigt mir immer auf stürmische Weise seine Dankbarkeit, wenn ich ihn streichle oder mit ihm spreche. Nur sein Pfotengetrappel und meine Schritte waren zu hören, als wir in das gewaltige Kirchenschiff von St. Peter eintraten. Wir stiegen gemeinsam die unzähligen Stufen empor, und ich schnitzte, oben angekommen, die Zahl in groben Ziffern in den Stein. Dann blickte ich auf das Land hinaus und nahm Abschied von Rom. Ich hatte mir schon lange vorgenommen, es zu verlassen, und nun beschloß ich, was ich in Zukunft tun wollte.

Ein einsames Wesen ist schon vom Instinkt her ein Wanderer, und ein solcher wollte ich auch werden. Der Ortswechsel trägt in sich immer die Hoffnung auf Verbesserung, und diese würde mir sogar meine Last erleichtern. Ich war ein Narr gewesen, so lange Zeit in Rom zu bleiben: in einem Rom, das für seine Malaria berüchtigt war, dieser berühmten Dienerin des Todes. Und es war immerhin möglich, daß ich, wenn ich die ganze Erde absuchen sollte, tatsächlich doch noch einen Überlebenden finden könnte. Ich war der Meinung, daß ein solcher sich vermutlich an der Meeresküste aufhalten würde. Wie ich auch, so würden alle Überlebenden umherwandern und einen Gefährten suchen, der ihre Einsamkeit teilen konnte.

Also würde ich mich nun aufmachen in Richtung Meer – ans Meer, das die Ursache für mein Leid geworden war und nun vielleicht auch seine Ärztin werden konnte. Ade, Italien! Ade, du beispiellose Zier der Welt, Rom, die Zuflucht des Einsamen während langer, langer Monate! Nun wird die Gefahr mich begleiten, und ich werde sie wie eine Freundin begrüßen. Der Tod wird ständig meinen Weg kreuzen, und ich werde ihn als gütigen Wohltäter empfangen. Entbehrungen, ungnädiges Wetter und gefährliche Stürme werden meine Spießgesellen sein. Ihr Geister des Sturms, nehmt mich an! Ihr Kräfte der Vernichtung, breitet eure Arme aus und schließt mich in euer Herz! – sofern nicht eine gütigere Macht meiner Wallfahrt ein anderes Ende vorgesehen hat und mir einen Begleiter beschert.

Mir zu Füßen lag der Tiber, und an seinen Ufern waren zahlreiche Boote vertraut. Mit ein paar Büchern, Vorräten und meinem Hund würde ich eines davon besteigen und mit dem Strom aufs Meer hinaustreiben; dann würde ich mich an der Küste halten und an Neapel und Kalabrien vorbei das blaue Mittelmeer durchsegeln, zwischen Scylla und Charybdis hindurch; dann würde ich mutig – denn was hatte ich schon zu verlieren? ... Malta und die fernen Kykladen ansteuern. Konstantinopel würde ich meiden, denn seine wohlvertrauten Türme und Buchten gehörten einem anderen, abgeschlossenen Abschnitt meines Lebens an. Danach würde ich die Küste entlang an Kleinasien vorbei nach Syrien steuern, den Nil mit seinen sieben Zuflüssen seitlich liegenlassen, um dann wieder Kurs nach Norden zu nehmen, bis ich das vergessene Karthago und die Wüste Libyen hinter mich gebracht und die Säulen des Herkules erreicht hatte. Dann sollten, egal wo, die feuchten Höhlen und Tiefen des Ozeans mein Zuhause werden, bevor ich diese lange Reise beendet hatte oder mich der Pfeil der Krankheit auf hoher See treffen sollte. Vielleicht fand ich aber auch an irgendeinem Ort einen Gefährten. Wenn das nicht sein sollte, so könnte der alternde Wanderer vielleicht erneut die Segel hissen, um seine Reise von neuem zu beginnen, in immer neuen Häfen und Buchten vor Anker zu gehen und den unfruchtbaren Ozean zu durchpflügen, das grüne Heimatland Europas hinter sich lassend, um die dunkle Küste Afrikas zu umschiffen, bis mich mein Skiff, nachdem ich die aufgewühlte See um das Kap bewältigt hatte, vielleicht einen Fluß empor befördert, der von den würzigen Hainen der wohlduftenden Inseln des fernen Indischen Ozeans überschattet wird.

Dies sind wilde Träume. Doch seit sie mich auf dem Turm von St. Peter vor einer Woche heimgesucht haben, lassen sie mir keine Ruhe mehr. Ich habe mein Boot bereits ausgesucht und meine kargen Vorräte eingelagert. Ich habe einige Bücher ausgewählt, vor allem Homer und Shakespeare – doch es stehen mir ja die Bibliotheken der ganzen Welt offen, in jedem Hafen kann ich meinen Vorrat aufstocken.

Ich erwarte keine Besserung, aber die Monotonie der Gegenwart ist mir unerträglich geworden. Weder die Hoffnung noch die Freude sind noch meine Lotsen – die rastlose Verzweiflung und das heftige Verlangen nach Veränderung sind mein Antrieb. Ich sehne mich danach, mit der Gefahr zu ringen, von Furcht erregt zu werden, eine Aufgabe zu haben, so lächerlich diese auch sein mag, die meinen Tag ausfüllt. Ich werde Zeuge aller Veränderungen sein, derer die Elemente fähig sind. Ich werde gute Omen an Regenbögen ablesen, Bedrohung an den Wolken, aus allem werde ich irgend etwas lernen, was mir teuer sein wird. So werden sie die Küsten der verlassenen Erde erblicken, während die Sonne hoch am Himmel steht und der Mond wächst und wieder kleiner wird, die Geister der Toten und das stets wache Auge des Allerhöchsten, sie alle werden die winzige Barke sehen, die als Last Verney trägt – den LETZTEN MENSCHEN.

Zur Autorin:

MARY W. SHELLEY (1797–1851)

Mary Shelley ist heute fast nur noch als Autorin des Romans FRANKENSTEIN bekannt, der zu einem der bekanntesten modernen Mythen wurde. Als Frau des Dichters Percy Bysshe Shelley kämpfte sie nach dem frühen Tod ihres Mannes jahrzehntelang gegen dessen Vater um die Herausgabe an Shellys Werken. In dieser Zeit schrieb sie noch fünf weitere Romane, dazu Dramen und Erzählungen, von denen jedoch nichts einen Publikumserfolg wie FRANKENSTEIN hatte. Insbesondere ihr zweiter Roman, das phantastische Weltuntergangsepos VERNEY, wird heute von der englischen Literaturforschung an die Seite von FRANKENSTEIN gestellt und steht Mary Shellys Erstling kaum nach. Es ist der erste Roman, der den Untergang der Menschheit nicht als Jüngstes Gericht, sondern als fast beiläufige Naturkatastrophe beschreibt, nach der die Natur über die Ruinen der menschlichen Zivilisation hinweg zur Tagesordnung übergeht. Mary Shellys Zeitgenossen verdammten den Roman prompt als geschmacklos und morbid. Nachdem heute die globale Vernichtung der Menschheit längst zur denkbaren Möglichkeit geworden ist, dürfte VERNEY, DER LETZTE MENSCH als eines der interessantesten Spätwerke der englischen Schauerromantik endlich den gebührenden Platz in der phantastischen Literatur finden.

Sleath ist ein kleines, abgelegenes Dorf in den Chiltern Hills, nordwestlich von London. Hier scheint die Welt noch in Ordnung zu sein, und wenig stört die jahrhundertealte Ruhe. Bis die Geister erscheinen und sich erschreckende und bizarre Ereignisse häufen.

David Ash wird nach Sleath geschickt, um den Dingen auf den Grund zu gehen. Er selbst ist ein Skeptiker, doch auch er muß bald erkennen, daß in Sleath nicht alles so ist, wie es scheint. Er sieht Dinge, die es nicht geben kann, und hört Stimmen, die in einem alten Choral den Tanz der Toten besingen; denn die Toten finden in Sleath keinen Frieden. Seit Generationen wird das Dorf von einer alten Familie beherrscht, in der Gegenwart vertreten durch den Reverend Edmund Lockwood und dessen Tochter Grace. Als Vikare des Ortes haben die Lockwoods stets ihre Aufgabe darin gesehen, die Menschen vom Diesseits ins Jenseits zu geleiten. Doch hinter ihrem Dienst als Begleiter der Seelen steht ein tieferer, düsterer Zweck. Und nun kehren die Toten zurück und verlangen Rechenschaft.

ISBN 3-404-14219-5

BASTEI
LÜBBE

Eine unerklärliche Flugzeugkatastrophe. Unter den Opfern: die Frau und die beiden kleinen Töchter des Reporters Joe Carpenter. Ein Jahr später ist Joe immer noch im Würgegriff der Trauer gefangen. Da begegnet er einer Frau namens Rose. Sie behauptet, den Absturz überlebt zu haben und ein Geheimnis zu kennen, das Joe seinen Seelenfrieden wiedergeben könnte. Getrieben von einer verzweifelten Hoffnung, macht sich Joe daran, Rose wiederzufinden. Bei seiner Suche gerät er einer mächtigen Organisation in die Quere, die alles daran setzt, Joe aufzuhalten, bevor er erfahren kann, wer wirklich hinter dem Absturz steckt – eine Wahrheit, die die Welt erschüttern und das Schicksal der Menschheit ändern könnte.

ISBN 3-404-14374-4

BASTEI
LÜBBE

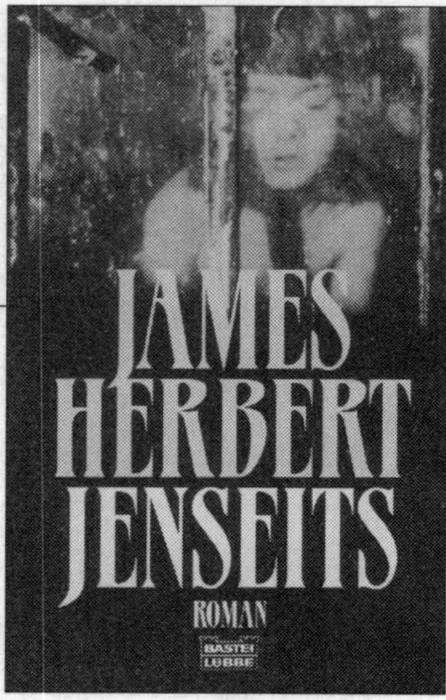

Als die attraktive Shelly Ripstone das Büro des Privatdetektivs Nicholas Dismas betritt, kann dieser nicht ahnen, welche Gefahren ihm drohen. Denn Shellys Anliegen klingt zunächst völlig harmlos: sie, die erst vor kurzem ihren Mann verloren hat, brachte vor ihrer Ehe ein Kind zur Welt. Dieses Kind war angeblich stark deformiert und starb kurz nach der Geburt. Doch Shelly Ripstone ist überzeugt, daß ihr Kind am Leben ist. Nicholas Dismas wird beauftragt, das Kind zu suchen. Er macht die Hebamme ausfindig, die seinerzeit bei der Geburt anwesend war. Doch die alte Dame, die in einem Seniorenheim namens Perfect Rest untergebracht ist, stirbt kurz nach Nicholas' Besuch unter mysteriösen Umständen. Und überhaupt scheint in dem Altenheim nicht alles mit rechten Dingen zuzugehen.

ISBN 3-404-14452-X

BASTEI
LÜBBE

›Dann sah ich: Das Lamm öffnete das erste der sieben Siegel ...‹ *Offenbarung des Johannes*

Im Hudson Valley nahe New York werden ein Mann und eine Frau brutal ermordet. – In Nordkorea wird ein Dorf buchstäblich von der Erdoberfläche gebombt. Als der einzige Überlebende Tage später aufgegriffen wird, stammelt er etwas von einer Frau. – In der norwegischen See bahnt sich ein Eisbrecher den Weg zu einer kleinen Insel. An Bord ist ein Wissenschaftlerteam, das die Leichen von fünf lange verstorbenen Bergleuten exhumieren will. Aber als sie an ihr Ziel kommen, finden sie die Gräber bereits geöffnet vor ...
Frank Daly, Reporter der *Washington Post*, wittert die Story seines Lebens, als er den Zusammenhang zwischen diesen drei unheimlichen Ereignissen erkennt. Doch überall stößt er auf eine Mauer aus Schweigen. In einem atemlosen Wettlauf gegen die Zeit führt ihn die Spur schließlich zu einer fanatischen Gruppe, deren Glaubensbekenntnis Apokalypse heißt ...

ISBN 3-404-14565-8

BASTEI LÜBBE

Bedrohlich ragt die Silhouette des alten, seit Jahrzehnten leerstehenden Irrenhauses über Blackstone auf. An seiner Stelle soll ein modernes Einkaufszentrum entstehen und der Kleinstadt neuen Wohlstand bringen. Doch als die erste Mauer fällt, erwacht das Böse in dem alten Gemäuer wieder zum Leben. Eine dunkle Gestalt schleicht durch die Straßen Blackstones und verteilt geheimnisvolle Geschenke mit einer grauenvollen Vergangenheit, die scheinbar unbescholtene Bürger ins Verderben stürzen werden …

ISBN 3-404-14394-9

BASTEI LÜBBE